놀랍도록 독창적이며 섬뜩할 정도로 현실과 비슷한 무시무시한 세계를 창조해냈다.

레베카 호크스Rebecca Hawkes, 《텔레그래프》

자비 따윈 없지만 아름다운 이야기. 다음 내용이 궁금해 앉은자리에서 다 읽어버렸다. 신화와 마법으로 가득 찬 이 책은 심장을 옥죄어 잠시도 눈을 뗄 수 없게 만든다. 계속해서 책장을 넘길 수밖에.

키란 밀우드-하그레이브Kiran Millwood-Hargrave,
《소녀의 잉크와 별들The Girl of Ink and Stars》의 저자

다채롭고 강력한 환상의 세계로 안내하는 책. 스릴 넘치고 극악무도하면서도 신나는 모험이 교차한다. 우리가 사는 세상과는 사뭇 다른 것 같으면서도 오싹할 정도로 비슷한 세계를 정교히 만들어놓았다. 우리는 멀리서 들려오는 이 마법 같은 주문에서 벗어나지 못할 것이다. 주인공 마레시의 이야기만큼이나 매력적이고 훌륭한 서사가 이렇게 출간된 것은 우리에게 크나큰 행운이다.

조너선 스트라우드Jonathan Stroud,
《사마르칸트의 부적The Amulet of Samarkand》의 저자

영어덜트 판타지 소설 중 보기 드물게 잘 쓰인 책이다. 나는 완전히 빠져들었다. 이 책은 완전히 색다르다.

《북리스트》 특별 추천 리뷰

어둡고 매혹적이며 독창적이다. 영어덜트 소설 중 단연 돋보인다. 스릴 넘치고 서스펜스 가득하며 페미니즘이 멋지게 녹아든 서사.

《북셀러》

누구도 따라 할 수 없는 아름답고 멋진 이야기. 이 이야기는 내 마음속에 아주 오랫동안 남을 것이다.

벤 앨더슨Ben Alderson, 크리에이터

매혹적이고 가슴 시리며 오래도록 기억될 책. 이 책을 읽는 사람이라면 누구든 마레시의 조용한 마법에 걸려들어 이 독창적이고 박진감 넘치는 이야기에 흠뻑 빠지게 될 것이다.

포 북스 세이크For Book's Sake

어둠과 모험, 용기로 가득한 책. 이 책을 잡은 당신은 마지막 장을 덮을 때까지 일어나지 못할 것이다. 읽는 내내 다음 장에서 무시무시한 사건이 나타날 것만 같은 예감에 등골이 오싹하다. 그러다 뒷장으로 넘기면…….

로라 도크릴Laura Dockrill,
《그냥 말해도 돼》의 저자

책을 읽고 그 책과 주인공에 마음을 완전히 빼앗기는 일은 인생에서 몇 번 일어나지 않는다. 이 책이 바로 그런 책이다. 마법과 환상의 세계가 마치 눈앞에 흐르고 있는 듯한 착각을 일으킨다. 이 책을 읽은 뒤 내가 여자라는 사실이 뿌듯해졌다.

케이시 대버론Casey Daveron, 크리에이터

경이로운 책. 당신이 만약 루이즈 오닐의《오직 당신의 것Only Ever Yours》팬이라면 이 책도 사랑하게 될 것이다. 놀랍도록 독창적이며 꼭 읽어야 하는 책.

앰버 커크-퍼드Amber Kirk-Ford, 크리에이터

투르트샤니노프는 고전적인 방법으로 여자들의 마법 세계를 훌륭히 연출해 냈다. 하지만 그보다 더 놀라운 건, 새들의 경고, 잔잔한 바다, 그 위를 떠다니는 나뭇가지를 통해 고요한 섬과 수도원 생활이 배경인 매혹적인 판타지 세계를 창조해냈다는 점이다.

《더 혼북》

대단히 훌륭하고 놀라우리만치 마음을 사로잡으며 읽는 재미가 가득한 책. 나는 완전히 매혹당해 이 책에서 벗어나고 싶지 않다.

원스 어폰 어 북케이스Once Upon a Bookcase

아주 잘 쓰인 책이다. 주인공 마레시는《헝거 게임》의 캣니스와 비슷한 매력을 지녔으며, 디스토피아 속 모험을 좋아하는 여성 독자들이 특히 환호할 만한 책이다.

《더 스쿨 라이브러리언The School Librarian》

마리아 투르트샤니노프. 1977년 출생의 핀란드 작가로 다섯 살 때부터 동화 쓰기를 즐겼으며 지금은 여러 권의 책을 출간한 판타지 소설 작가이다. 핀란드-스웨덴 방송 YLE 문학상과 두 차례의 스웨덴 문학 협회상을 수상했으며, 2017년에는 한국의 백희나 작가가 수상한 아스트리드 린드그렌상과 카네기상 후보에 오르기도 했다.《레드 수도원 연대기2 : 나온델의 항해》는 레드 수도원 연대기 3부작 중 제2권에 해당하며 푸시킨 프레스에서 전권 출간되었다.

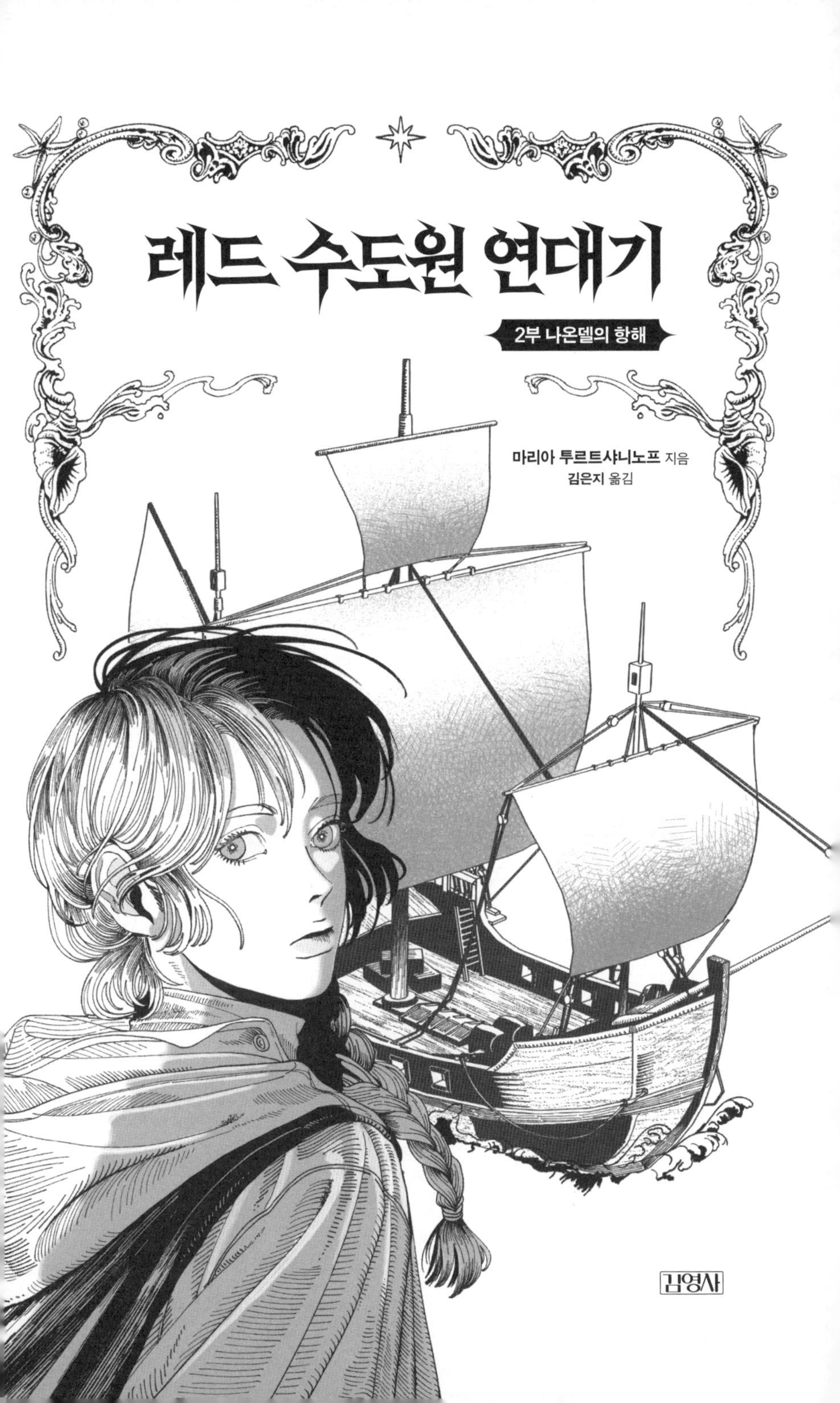
레드 수도원 연대기
2부 나온델의 항해
마리아 투르트샤니노프 지음
김은지 옮김
김영사

나의 친구,
한나에게

데벤란드
사미트라
메노스
타네
엘리안
네르나이
렝카
카레노코이
암메카
오하틴
사카누이
스후쿠린
카레노코이와
그 주변국들
하웅 아크 시스헤-슈가
지도를 바탕으로 후에 그의 충실한 종
란테 아크 마카-셰가 다시
테라수
고벨리

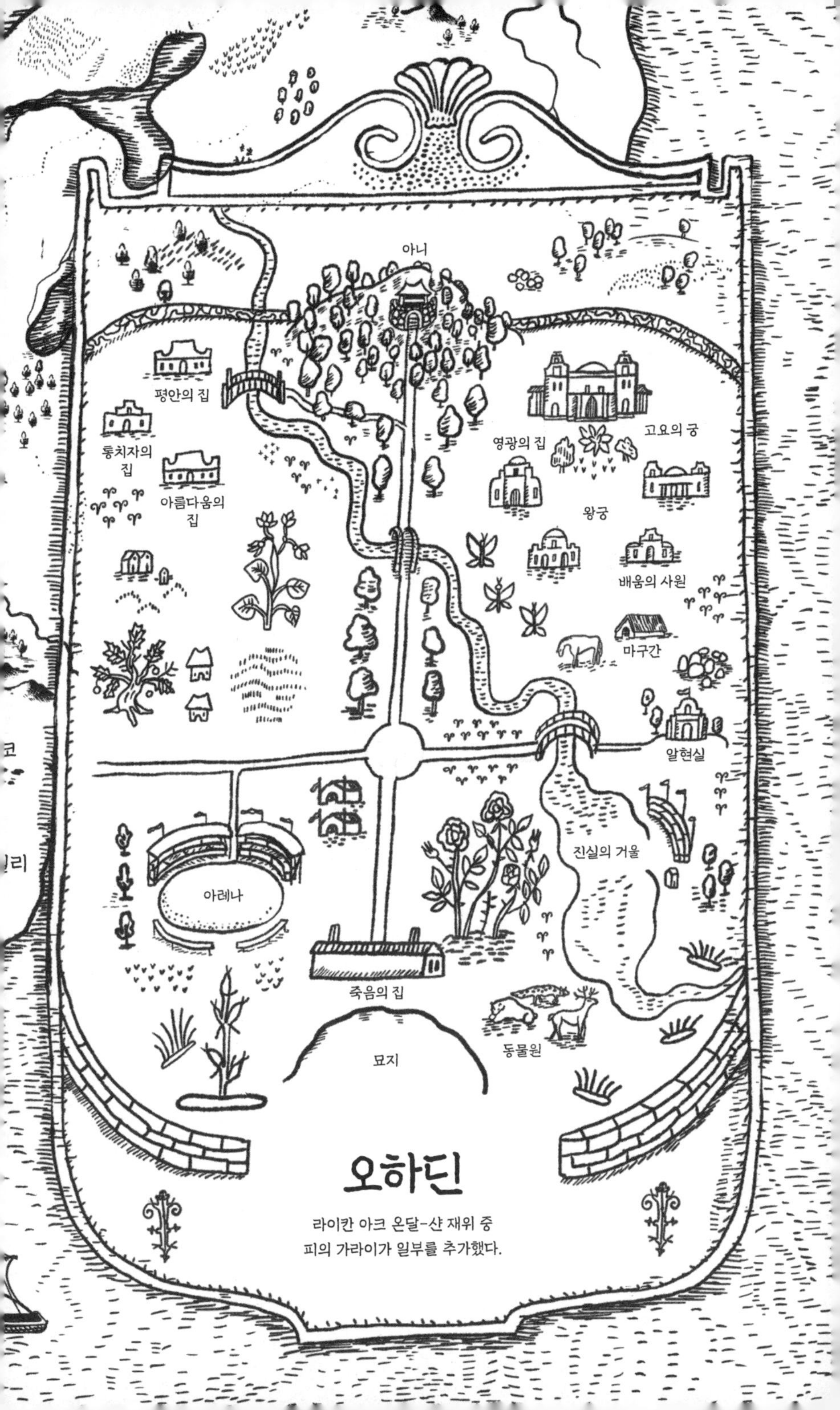

아니
평안의 집
통치자의 집
아름다움의 집
영광의 집
고요의 궁
왕궁
배움의 사원
마구간
알현실
진실의 거울
아레나
죽음의 집
묘지
동물원
오하딘
라이칸 아크 온달-샨 재위 중
피의 가라이가 일부를 추가했다.

프롤로그

이 글은 레드 수도원의 가장 내밀한 기록이다. 나온델의 역사와 초대 수녀들이 메노스섬에 이르기까지의 긴 여정이 모두 담겨 있다. 우리의 여정이자 우리 손으로 직접 써내려 간 이야기다. 메노스 섬에 오기 전에 쓴 것도 있고 레드 수도원이 세워지고 난 뒤에 쓴 이야기도 있다. 수도원의 수호벽을 넘어서는 절대 안 되는 기록도 있다. 사람들에게 알려지면 너무 위험하기 때문이다. 그러나 우리가 쓴 이 연대기는 결코 잊혀서는 안 된다. 우리 뒤에 오는 이들이 함께 일하고 배울 이 안식처를 만들기까지 우리가 어떤 일들을 이겨내야 했는지 기억해야 한다. 성벽이 굳건히 버티는 한 우리의 유산이 오래도록 이어지기를 감히 바란다.

초대 원장 수녀 카비라, 우리의 탈출을 이끈 클라라스, 대사제 가라이, 여종이자 제2대 원장 수녀 에스테기, 꿈 엮고 짜는(dreamweaver) 오르세올라, 전사 술라니, 초대 로즈 다에라, 그리고 우리 곁을 떠난 이오나까지. 우리의 유산이 언제까지나 잊히지 않기를.

카비라

너무나도 길었던 내 인생에서 내가 사랑한 이는 얼마 되지 않는다. 그 중 두 명은 내가 배신했다. 한 명은 내가 죽였고 한 명은 내게 등을 돌렸다. 그리고 한 명은 내 목숨을 손에 쥐고 있었다. 내 인생에는 아름답다고 말할 만한 구석이 없다. 기뻐할 만한 일도 없었다. 하지만 이제 내 과거와 오하딘 궁에서 일어난 모든 일을 되돌아보며 이곳에 글로 남기려 한다.

원래는 오하딘에 궁전 같은 건 없었다. 그곳엔 내 아버지의 저택뿐이었다. 우리 가족은 부유했다. 대대로 물려받은 땅이 있었고 향신료 농장과 과수원, 그리고 오카하라와 양귀비와 밀이 자라는 드넓은 밭도 있었다. 아름다운 우리 집은 언덕의 끝자락에 자리 잡아, 여름에는 한낮의 뙤약볕을, 겨울에는 혹독한 비바람을 피할 수 있었다. 역사가 깊은 그 집은 좋은 벽돌과 진흙으로 지어졌고 지붕 아래 테라스에서는 끝없이 펼쳐진, 우리 땅과 이웃들의 땅, 집과 농장, 그리고 바다로 굽이 굽이 이어지는 사카누이 강이 저 멀리 내려다보였다. 동쪽을 보면 카레노코이의 수도인 아레코에서 피어오르는 연기가 보이곤 했다. 왕이 사는 곳이었다. 날씨가 맑은 날에는 남서쪽에서 은빛으로 반짝거리는 바다가 신기루처럼 모습을 드러냈다.

열아홉 살 때, 나는 향신료 시장에서 이스칸을 만났다. 우리 가족은 농장에서 난 시나몬과 엣세, 바오 같은 향신료를 팔러 나간 참이었다. 나와 여동생 아긴, 레한, 우리는 부잣집 딸들이었기에 그런 일에 나설 필요가 없었고 아버지와 남동생 티헤의 감독 아래 집사와 일꾼들이 알아서 처리했다. 시나몬 껍질이며 바오, 새빨간 엣세 더미가 잔뜩 실린 수레들이 길게 이어지던 행렬이 기억난다. 아버지와 티헤는 빗질이 잘된 말을 타고 행렬 선두에 섰다. 수레마다 일꾼과 말이 양옆에 나란히 섰는데, 이는 강도를 만날 것에 대비해서였지만 아버지의 지위를 과시하려는 목적도 있었다. 나와 어머니, 여동생들은 금색 수가 놓인 녹색 실크 스카프를 머리에 둘러 눈부신 해를 가리고 행렬의 마지막 마차 안에 앉아 있었다. 울퉁불퉁한 길 위를 따라가는 마차 안에서 우리는 끊임없이 재잘거렸고 스카프 위로 기분 좋을 정도의 햇빛이 들었다. 향신료 시장에 처음 나온 레한은 호기심에 가득 차 끊임없이 질문을 해댔다. 반쯤 왔을까, 어머니가 향신료로 맛을 낸 돼지고기 덤플링과 부드러운 빵, 신선한 대추, 오렌지를 넣은 물을 내주셨다. 마차가 웅덩이를 지났는지 덜커덩 흔들리는 바람에 레한이 노란 실크 옷 위에 덤플링을 떨어뜨렸고, 이를 본 아긴이 레한을 혼냈다. 그 옷은 아긴이 레한을 위해 소매와 목둘레에 정성스레 오렌지꽃을 수놓아 준 옷이었던 것이다. 그러나 어머니는 이제 막 오카하라 꽃이 피기 시작한 들판을 물끄러미 바라보느라 정신이 팔려 있었다. 문득 어머니가 나를 돌아보았다.

"오카하라에 꽃망울이 맺힐 무렵 네 아버지를 만났단다. 네 아버지는 우리의 두 번째 만남에 내게 새하얀 꽃을 한 아름 안겨줬지. 난 그가 가난한 남자인 줄 알았어. 다른 남자들은 구애하는 여자에게 귀한 난이나 좋은 실크, 금이나 은으로 만든 보석 같은 것을 줬거든. 네 아버지는 날 보고 실크처럼 부드러운 오카하라 꽃잎이 떠올랐다고 했어. 젊은 남자가 여자에게 할 수 있는 말 중 가장 형편없는 말이었지!"

어머니가 빙그레 웃으며 말했다. 나는 대추를 한입 베어 물었다. 대추에서 즙이 한 움큼 흘러나왔다. 어머니는 우리에게 아버지와 처음 만났을 때의 이야기를 자주 들려주셨다. 우리는 그 이야기를 무척 좋아했다. 어머니와 아버지는 시냇가에서 만났다고 했다. 어머니는 물을 길러 그곳에 종종 갔고 아버지는 아레코에서 농기구를 사 집으로 돌아가던 길이었다. 아버지는 할아버지의 외아들이자 유일한 후계자였는데, 어머니와 세 번 만날 때까지 자기 이름을 알려주지 않았고 어머니도 마찬가지였다.

"나는 이미 네 아버지에게 푹 빠져 있었단다."

어머니가 긴 숨을 내쉬며 말을 이었다.

"가난한 네 아버지와 결혼하기로 결심하고서, 난 내가 시인과 결혼하는 줄로만 알았지. 그런데—"

우리 셋이 외쳤다.

"—재물과 시를 모두 얻었잖아요!"

어머니는 그릇 덮개로 내 무릎을 톡 쳤다.

"이 버릇없는 꼬마 암탉들 같으니!"

하지만 꿈을 꾸는 듯한 어머니의 입가엔 미소가 걸려 있었다.

국왕의 정원에 도착하자마자 내가 이스칸을 알아본 건 어쩌면 어머니가 불어넣은 기분 탓인지도 모르겠다. 시장이 크게 열릴 때마다 국왕은 그 어디에도 비할 수 없이 아름다운 국왕의 정원을 높은 가문의 부인과 딸들에게 개방하곤 했다. 남자들과 일꾼들은 항구 근처 광장에서 향신료를 경매에 부쳤다. 이국 상인들은 카레노코이의 명물인 향신료를 사려고 아주 먼 곳에서부터 배를 타고 왔고 높은 세금도 기꺼이 얹어 냈다. 카레노코이의 향신료는 외국에서 무척 비싸게 팔렸고 멀리서 온 상인들일수록 더 많은 향신료를 샀다. 그게 카레노코이가 번성하고 왕의 재산이 불어날 수 있었던 이유였다.

국왕의 정원으로 들어가는 속삭이는 자들의 문에 다다랐을 때, 우리는 앞서 온 사람들이 마차에서 내리는 동안 잠시 멈춰 기다려야 했다. 레한은 그 틈을 참지 못하고 마차 밖으로 고개를 내밀어 반짝거리는 눈으로 다른 여자들을 쳐다보았다. 아긴이 재빨리 레한을 안으로 끌어당겼다.

“그건 우리 같은 가문의 여자들이 하는 행동이 아니야!”

레한은 자기 자리로 돌아가 눈썹을 잔뜩 찌푸린 채 팔짱을 끼고 앉았다. 어머니도 나무라셨다.

“그렇게 심술궂은 표정을 하면 예쁜 얼굴을 망친단다.”

우리 자매 중 가장 예쁜 레한은 어머니께 평생 그 말을 들어야 했다. 장미꽃처럼 화사한 레한의 얼굴빛은 밖에서 모자 없이 온종일 햇볕을 쬔 뒤에도, 부모님이 청을 들어주지 않아 숨이 넘어갈 때까지 울고 난 뒤에도 한결같이 발그스레하고 예뻤다. 커다란 갈색 눈에 넓은 이마, 갸름한 얼굴에 탱글탱글하고 새까만 머리카락. 힘없는 내 머리카락과는 완전히 달랐다. 한편 아긴은 선이 굵은 얼굴에 손과 발도 컸는데, 아버지는 가끔 아긴을 보며 둘째 아들이라는 농담을 하기도 했다. 아버지는 나쁜 뜻 없이 한 말이었지만 동생은 그때마다 무척 속상해했다. 아긴은 레한과 티헤 그리고 자기보다 나이가 더 많은 나까지 살뜰하게 챙기는 착한 아이였다. 돌아가신 집안 어른들을 기리는 일 역시 정작 그 일을 맡은 나는 깜빡 잊기가 일쑤였지만 그 애는 절대로 잊는 법이 없었다. 아긴은 조상들의 무덤이 있는 언덕에 오르는 일도 마다하지 않았고 조상들의 영혼을 위해 향을 피우는 일도 잊지 않았다. 내가 게으름 피우지 않고 의무를 다했던 일은 딱 하나, 샘을 돌보는 일이었다. 나는 하루도 빠지지 않고 샘 주변을 쓸고 닦았으며 물 위에 떠다니는 낙엽이나 죽은 곤충 따위를 그물로 건져 올려 깨끗이 청소했다. 샘에 관한 비밀을 나만 알고 있었기 때문이었다.

내가 앉은 자리에서는 레한처럼 밖으로 고개를 내밀지 않아도 많은 게 보였다. 비싼 보석이 여기저기 박힌 화려한 색의 실크 코트를 입은 여자와 소녀들이 머리에 무거운 은색 고리와 동전 장식을 달고 마차에서 내리고 있었다. 그 앞에서는 짙은 파란색 상의에 헐렁한 흰색 바지를 입고 콧수염을 단정하게 다듬은 남자들이 마차에서 내리는 여자들을 돕고 있었다. 또 한쪽에서는 짐작건대 후궁의 딸로 보이는 소녀들이 정원에 도착한 여자들에게 환영의 뜻으로 목에 화관을 걸어주고 있었다. 그중 다른 남자들보다 머리 하나만큼 더 큰 남자가 특히 눈에 띄었다. 옷이 특별히 은색 자수로 장식된 걸 보니 꽤 높은 신분일 거라는 짐작이 갔다. 머리카락은 짧고 눈동자는 짙었다. 우리가 문 앞에 다다르자 그 남자가 우리 마차 앞에 섰다. 어머니는 남자의 도움을 받아 마차에서 내린 뒤 기품 있는 자세로 고개를 한 번 끄덕여 인사했고 소녀들에게 화관을 받았으며 남자는 어머니께 고개를 숙여 응답했다. 남자는 다시 우리 마차로 돌아와 내게 손을 내밀었다. 나는 손을 건넸고 남자는 내 손을 잡았다. 그의 손은 건조했으나 따뜻하고 깃털처럼 부드러웠다. 그의 빨간 입술이 미소를 지었다.

"환영하오. 카비라 아크 말리크—쇼."

집안의 맏딸이 어머니 다음으로 마차에서 내릴 거라는 사실은 예상하기 어렵지 않았겠지만 그래도 그가 내 이름을 미리 알고 있었던 것만은 확실하다. 어머니의 머리에 달린 아홉 개의 은색 줄을 보고 우리가 쇼 가문이라는 사실도 알 수 있었을 것이다. 나는 무표정한 얼굴로 대답도 하지 않은 채 마차에서 내렸다. 적절한 행동은 아니었다. 그는 여전히 내 손을 놓지 않았다.

"나는 당신들을 도와줄 이스칸 아크 혼타-셰오. 연못 옆에 가벼운 다과가 준비되어 있소. 긴 여정이었으니 더우셨겠소."

내가 가볍게 고개를 숙여 인사하자 그가 내 손을 놓았다. 남자는 말없이 아긴을 내려주었고 레한을 내려줄 때 그의 시선이 그 애의 얼굴, 머리카락, 두 눈에 잠시 멈추었다.

"이리 와, 레한."

나는 레한의 손을 잡았다.

"연못은 이쪽이야."

나는 무례하게 보이고 싶지 않아 이스칸에게 한 번 더 고개를 숙여 인사했다.

"셰."

그는 내 마음을 들여다보듯 웃었다.

나는 아긴과 레한을 데리고 걸음을 옮겼다. 레한은 주변의 풍경을 하나라도 놓치지 않으려는 듯 이리저리 둘러보았다. 한껏 치장하고 나온 여자들, 조개껍데기 장식으로 뒤덮인 길, 달콤한 향기를 뿜내는 아름다운 꽃들. 손바닥만 한 나비들이 날아올랐고 나무들이 우리 머리 위에 가지를 드리워 그늘을 만들어주었다. 어머니는 우리 뒤에서 걸으며 각자 자기 딸들을 거느리고 걷는 하리카 여자들에게 우아하게 인사를 건네고 있었다. 나는 화려한 색의 실크 옷을 입은 우리가 나비 같다고 생각했다.

궁이 모습을 드러냈다. 거대한 진주처럼 반짝이는 연못이 궁 앞에 있어 한층 아름다웠다. 레한은 눈이 동그래져 자리에 멈춰 섰다.

"이렇게 클 줄은 몰랐어."

레한은 황홀감에 취해 혼잣말을 했다.

궁전은 카레노코이에서 단연 가장 큰 건물이었고 그보다 더 장엄한 건축물을 상상하기란 불가능했다. 왕의 정원 북쪽에 위치한 궁전은 카레노코이 내륙에서 나는 붉은 대리석으로 지어져 홀로 오묘하고 아름다운 빛을 발하고 있었다. 그 2층 건물은 지붕이 검정 타일로 덮여 있고 거대한 아치형 문은 번쩍이는 금으로 세공되어 있었다. 궁 안에는 국왕, 첩들, 줄줄이 딸린 왕자와 공주들, 그리고 궁중 관리들까지 아주 많은 사람이 있었다. 궁은 높은 담에 가려져 바깥에서는 보이지 않았으며 가끔 지붕이 보이는 게 전부였다.

궁은 여전히 그곳에 있다. 적어도 내가 들은 바에 의하면 그렇다. 그러나 지금은 당연히 아무도 살지 않는다.

연못 주변에는 긴 테이블이 몇 개 놓여 있었고 금색 실로 화려하게 수놓은 다마스크 천이 테이블을 덮고 있었다. 접시마다 신선한 과일이며 시원한 녹차, 설탕에 조린 꽃잎, 꿀을 잔뜩 바른 페이스트리 같은 것이 쌓여 있었다. 레한은 넋을 잃고 궁을 바라보느라 먹는 데는 관심도 없었지만 나와 아긴은 궁에서 준비한 다과를 맛보며 즐거워했다. 어머니는 낯익은 얼굴들을 만나 자카란다나무 아래에서 이야기를 나누고 있었고 어린 소녀들은 시원한 음료를 나르고 있었다. 레한이 궁 앞에 서서 궁을 뚫어져라 쳐다보고 있는데 파란색 상의를 입은 키 큰 남자가 그 애에게 다가가는 모습이 보였다. 정원 입구에서 우리 마차 문을 열어준 이스칸이었다. 이스칸이 뭔가를 가리키며 레한에게 말하자 그 애가 웃음을 터뜨렸다. 어머니는 인상을 찌푸렸고 아긴과 나는 동시에 한숨을 내쉬었다.

"제가 갈게요."

나는 레한에게로 갔다.

"이것 좀 봐, 카비라 언니. 저기가 왕비님이 계시는 곳이래!"

내가 가까이 가자 레한이 말했다.

"이스칸도 궁에 산대. 폐하를 거의 매일매일 뵌대!"

이스칸은 해맑은 레한을 보며 웃었다. 이 남자는 웃지 않을 때가 있긴 한 건가?

"내게 궁을 안내할 수 있는 영광을 주겠소? 아쉽게도 2층은 폐하와 왕족만 출입할 수 있지만 1층에도 훌륭한 방이 무척 많소."

"제발, 카비라 언니. 우리 가보자, 응?"

레한은 한껏 들떠 그야말로 자리에서 폴짝폴짝 뛰고 있었다. 내가 그 애를 진정시키려고 어깨 위에 손을 얹자 레한은 그제야 규범에 맞게 처신해야 한다는 생각이 퍼뜩 든 것 같았다. 레한은 등을 곧게 세우고 시선을 아래로 향했다.

"정말 친절하시군요, 셰. 하지만 혼인도 하지 않은 여자 두 명이……."

나는 일부러 말끝을 줄였다. 부적절하기 짝이 없는 행동이란 걸 그에게 일깨워 줄 필요가 있었다.

그가 커다란 갈색 눈을 동그랗게 뜨며 화들짝 놀란 듯 말했다.

"나 혼자 안내할 생각은 꿈에도 없었소! 내 어릴 적 보모가 동행할 거요. 당연히 그럴 것이오."

레한이 짙은 속눈썹 아래로 나를 보며 내 허락을 기다리고 있었다. 나는 입을 꾹 다물었다. 순간 이스칸의 눈에 장난기가 번쩍였다. 그는 나를 놀리고 있었던 것이다!

"알겠어요. 가자, 레한."

나는 황금색 문을 향해 계단을 올랐고 레한은 나직이 기쁨의 환호성을 지르고는 총총걸음으로 내 뒤를 따라왔다. 핏빛 달팽이로 물들인 붉은 캐노피 아래서 우리는 잠시 기다렸다. 흰옷을 입은 나이 든 여자가 이스칸의 팔짱을 끼고 나타났다. 보모라는 노인은 엄격한 얼굴로 고개만 끄덕여 인사했고 이스칸은 그녀를 소개하지 않았다. 대신 그는 다소 지나치게 거창한 몸짓으로 궁의 문을 열며 우리를 안으로 안내했다.

"궁전이 자기 거라도 되는 것처럼 구네."

레한은 입구부터 이어지는 대리석 바닥과 벽마다 걸려 있는 아름다운 그림에 감탄하느라 내 말이 들리지도 않는 것 같았다. 보모가 한쪽 구석에 있는 의자에 앉아 잠시 숨을 골랐고 이스칸은 나를 보며 미소를 지었다.

"보시다시피 이곳에 있는 것들은 전부 수준이 훌륭하지요."

나는 들은 체 만 체했지만 실은 어떻게 대답해야 좋을지 몰랐기 때문이었다. 이스칸은 어느 휘장을 보며 서 있는 레한에게로 갔다. 폭풍우가 몰아치는 바다 한가운데 배가 하나 떠 있고 그 앞에는 초록 섬이 우뚝 서 있는 그림이었다.

"거장 리아우 아크 티베-시의 작품이오."

레한의 눈이 동그래졌다.

"그럼 400년이 넘은 작품이라는 거네요!"

"폐하께는 이보다 훨씬 더 오래된 예술품도 많습니다."

이스칸의 다정한 대답에 레한의 얼굴이 붉어졌다. 레한은 다음 그림으로 건너갔다.

"당신 동생이 미술을 좋아하는가 봅니다."

이스칸이 내 옆으로 왔다. 나는 팔짱을 낀 채로 소매 속에 손을 넣고 있었는데 어머니는 내가 그럴 때마다 진저리를 치며 싫어하셨다. 나를 노려보는 늙은 보모의 시선이 느껴졌다.

"아니요, 그렇지 않아요. 저 애는 그냥 예쁜 것이나 금으로 된 것, 값나가는 것이라면 뭐든 좋아해요. 하지만 아버지께서는 저희가 교양을 쌓을 수 있게 많은 걸 배우게 하셨죠."

"내가 맞춰보죠. 당신 아버지는 말리크 아크 상우이-쇼, 당신은 북서쪽 할림산 근처에 살고 있죠. 맞소?"

나는 내심 놀랐지만 태연하게 고개를 끄덕였다.

"하지만 저희 집이 할림산만큼 멀리 있진 않아요. 그 산에도 저희 땅이 있긴 하지만요."

나는 그의 옷깃에 놓인 은색 자수를 힐끗 보며 물었다.

"궁에서 당신의 신분은 무엇인가요?"

"나는 비시에르의 아들, 혼타 아크 리엔-셰오."

서쪽 벽을 따라 걸으며 그림을 보던 내가 발을 휘청이며 멈추었다. 비시에르 경의 아들이라니! 내가 계속해서 핀잔을 주고 톡 쏘아대던 남자가 비시에르 경의 아들이라니! 나는 황급히 팔짱을 풀고 고개를 숙여 인사했다.

"송구합니다. 저는……."

그는 손을 흔들며 내 말을 물리쳤다.

"나는 내 신분을 먼저 밝히는 걸 좋아하지 않소. 이렇게 하면 사람들이 실제로 날 어떻게 생각하는지 알 수 있지."

고개를 들자 그의 눈에 다시 한번 장난기가 번뜩였다. 나는 입술을 꽉 깨물었다.

"당신을 한 번에 알아보지 못할 정도로 멍청한 사람이 누군지도 알 수 있겠군요."

그런 식으로 나를 떠본 그가 마음에 들지 않았다. 그러나 이스칸은 우리를 안내하는 짧은 시간 동안 그 상황을 대단히 즐기는 것처럼 보였다. 우리는 응접실을 돌며 진귀한 예술품들을 보았고 그는 레한에게만큼 내게도 관심을 보였다. 이스칸은 그림과 조각, 설치물, 가구에 관해 방대한 지식을 갖고 있었다. 레한과 달리 나는 미술과 역사를 정말 좋아했다. 그러다 보니 내 의지에 반해 나도 모르게 자꾸만 그의 말에 귀를 기울이게 됐다. 그가 나를 놀리고 있는 듯해 불쾌했고 신분을 과시하는 행동이 신경을 거스르긴 했지만 기본적으로 그는 유쾌한 사람이었다. 비취로 만든 조각상이 약탈당한 역사를 설명해 줄 때는 나만이 그에게 가장 중요한 사람이며 그가 이야기를 나누고 싶은 사람은 오직 나밖에 없다는 듯이 내게 열정을 보였다. 그의 짙은 눈동자에서 눈을 뗄 수가 없었다. 이스칸이 우리를 다시 밖으로 안내하며 황금 문을 여는 순간 그의 손이 내 손을 스쳤다.

심장이 두근거려 진정되기까지 한참이 걸렸다.

황혼이 저물어 갈 무렵이 되어서야 우리는 집으로 돌아갔다. 아버지는 거래를 마무리하기 위해 하루 늦게 돌아오실 예정이었고 티헤가 우리와 함께 이동했다. 말을 탄 티헤는 일꾼 몇 명을 데리고 행렬 선두에 섰고 우리 뒤를 두 명의 호위병이 따랐다. 궁으로 갈 때는 설레서 다들 시끌벅적했지만 집으로 돌아가는 길은 조용했다. 레한은 도시 성벽을 벗어나기도 전에 이미 어머니의 무릎을 베고 잠이 들었고 아긴과 나는 각자 생각에 빠져 있었다. 아긴이 무슨 생각을 했는지는 모르겠다. 우리 수레에 실린 실크를 생각하고 있었을지도 모른다. 내 머릿속은 내가 이미 책에서 수도 없이 읽은, 그러나 한 번도 눈으로 본 적은 없었던 예술품으로 가득 차 있었다. 너무 넓어서 소리가 웅웅 울리던 홀, 금으로 장식된 천장, 지상에서 가장 고요한 알현실과 3백 년이 넘은 왕실의 근엄함. 그러나 이 모든 기억 속에는 어떤 강렬한 눈빛과 언뜻언뜻 비치는 미소가 함께 있었다. 나는 의자에 기댄 채로 어둠이 내리는 모습을 가만히 바라보았다.

그날 이후 이스칸을 생각하지 않은 날은 단 하루도 없었다.

아버지는 다음 날 돌아오셨다. 은화가 두둑이 담긴 주머니와 시장에서 일어난 온갖 이야기들과 함께 거래를 잘 성사하고 돌아온 아버지는 기분이 무척 좋았고 시장에서 만난 상인들 이야기를 들려주셨다. 잠시 후, 우리는 캐노피 아래 어머니가 차려주신 저녁 테이블에 다 같이 둘러앉았다. 아버지는 바닥에 놓인 쿠션들에 편히 기대어 손에 묻은 기름을 핥으며 포도주를 꿀꺽꿀꺽 들이마셨다.

"우리 예쁜 딸들은 어떠셨는지? 즐거운 하루였겠지?"

나는 레한이 정원이며 궁, 우리에게 궁을 안내해 준 멋진 남자 따위에 대해 계속해서 떠들어대게 내버려 두었다. 아무 말도 하지 않았다. 아버지는 레한이 실컷 말하는 동안 그 애를 유심히 바라보다가 드디어 레한이 할 말이 남지 않게 되자 포도주가 담긴 잔을 조용히 내려다보며 말씀하셨다.

"집으로 돌아오기 전에 어떤 젊은이를 만났다. 그가 우리 집에 와서 궁에서 함께 즐거운 시간을 보냈던 내 딸들과 다시 만나도 되는지 묻더구나."

나는 아버지를 보았다가 그와 시선이 마주쳤다.

"정확히 내 딸들, 이라고 말하더구나. 너희 중 그를 마음에 둔 사람이 있느냐?"

레한이 얼굴을 붉히며 고개를 숙였다.

"아버지, 저……."

"레한을 두고 한 말이겠죠. 그는 그저 예의 바르게 군 거예요."

내가 조용히 말했다.

"나는 그게 예의 바른 행동인지 모르겠구나. 구혼을 하려는 거라면 응당 어느 딸에게 구애를 하는 건지 밝혀야지."

아버지가 말했다.

"저는 궁이 재밌었어요."

레한이 말했다.

"그도 멋지긴 했지만요."

"레한은 너무 어려요. 고작 열네 살인걸요."

어머니가 아버지의 잔에 포도주를 따라주며 말했다.

"뭐라고 대답하셨어요, 아버지?"

나는 나와 상관없는 문제라는 듯 목소리를 한껏 꾸며 물었다.

"환영한다고 했지."

어머니가 날카로운 눈빛으로 아버지를 쏘아보자 아버지가 어깨를 으쓱했다.

"비시에르 경의 아들이다. 내가 달리 뭐라고 할 수 있겠니."

"그러게요. 비시에르 경의 아들이니 아마 거절 같은 건 당해본 적도 없겠죠."

내가 비꼬듯 말했다.

나는 뺨이 불타오르는 것 같아 아무렇지 않은 척하려고 괜히 대추를 집어 들었다. 하지만 언제나 예리한 아긴이 이를 눈치챘다. 나는 시선을 돌렸다. 아긴이 아버지에게 말했다.

"어서 옷을 만들고 싶어요. 노란 사프란색이라니! 아버지, 그게 어디서 온 거라고 하셨죠?"

"헤라크의 실크, 그걸 탐내는 사람들이 많았다는 걸 알아주렴, 내 딸! 하지만 그 상인과 벌써 몇 년째 거래한 덕을 보았지. 우리 향신료를 좋은 가격에 아주 많이 줬더니 그 대가로 헤라크의 실크를 살 수 있었단다. 헤라크의 실크는 그곳 사람들조차 구하기가 힘들어 외국에 나오는 일도 거의 없다더구나. 왕비님조차 그런 귀한 옷감을 잔뜩 쌓아두고 바느질할 수는 없을 게다, 아긴!"

아긴이 웃었다.

"왕비님이 바느질을 하시기라도 하는 것처럼 말씀하시네요, 아버지! 하여간 재미있으세요!"

나는 가족들 몰래 아긴에게 고맙다는 눈짓을 보냈다. 자연스레 얘깃거리가 이스칸에서 실크로 훌쩍 넘어갔다.

*

다음 몇 주 동안 나는 레한과 나 자신을 열심히 들여다보았다. 나는 당혹감에 어쩔 줄을 몰랐다. 짜증나고 오만한데다가 동생에게 관심을 보이는 남자 생각이 왜 자꾸만 나는 걸까? 왜 낮에는 그 남자의 눈빛과 미소가 떠오르고 밤에는 꿈에까지 그 남자의 손과 입술이 나타나는 걸까? 나는 사랑에 빠져본 적이 없었다. 가끔 길에서 남자를 보고 아긴과 함께 킥킥거린 적은 있지만 그저 가벼운 장난일 뿐이었다. 밀가루와 꿀, 시나몬으로 진짜 케이크를 굽기 전에 아이들이 연습 삼아 모래로 케이크를 만들어보는 것과 마찬가지랄까. 아무리 부정하려고 해도 지금 내 손에 꿀과 시나몬이 결국 들려 있다는 사실을 인정할 수밖에 없었다.

레한의 마음은 알아내기가 어려웠다. 레한이 이스칸을 언급하는 일은 없었다. 하긴 그건 나도 마찬가지였지만. 그 애가 궁에 갔던 날 얘길 한 적은 있지만 옥으로 만든 왕좌 얘기뿐이었지 그걸 보여준 남자에 대해서는 한마디도 꺼내지 않았다.

나는 레한이 여전히 모래 케이크를 만드는 중이라고 믿었다. 하지만 그렇다고 해서 내 마음이 편해지는 건 아니었다. 이스칸 정도의 남자라면 원하는 건 무엇이든 가질 수 있었고 내 동생은 렝카 전체에서 가장 아름다운 소녀였다.

어느 무더운 여름날 저녁, 이스칸이 예고도 없이 불쑥 찾아왔다. 어머니와 아버지는 그가 오래된 친구인 것처럼, 비시에르의 아들이 우리 집에 오는 일이 일상적인 것처럼 반기며 맞아주었다. 하인들은 은색 쟁반에 대추와 설탕에 조린 아몬드, 장미수로 향을 낸 라이스케이크,

시원한 차, 식초에 절인 자두 등 할머니의 요리법을 따라 만든 음식들을 담아 나르느라 정신이 없었다.

나는 어릴 때부터 할머니의 자두 절임을 무척이나 좋아했다. 할머니는 돌아가시기 전에 내게 자두 절임 만드는 법을 알려주셨다. 잘 익은 자두를 골라 식초, 설탕, 갖가지 향신료를 넣고 푹 절이는데, 한번 절여두고 더운 여름 내내 먹는다. 옛 어른들 말씀에 따르면 식초는 몸을 식혀주는 효과가 있었다. 우리 집에는 나무에서 갓 얻은 시나몬, 촉촉한 옛세 껍질과 그 안에 든 과육 같은 신선한 향신료가 늘 가득했다. 할머니가 만든 자두 절임을 한입 베어 물면 식초의 톡 쏘는 맛에 눈물이 잠깐 핑 돌지만 혀끝에 닿는 그 달콤함이 정말 끝내줬다.

이제는 자두 절임을 마지막으로 먹은 게 언제였는지도 생각이 나지 않는다.

아버지와 어머니, 티헤가 테라스에서 손님과 즐거운 시간을 보내는 동안 우리 자매는 초대받지 못한 채 집 안에 있었다. 테라스는 우리 집 북쪽에 있고 바로 뒤에 있는 산이 그늘을 드리워주는 덕에 여름날 한낮의 열기를 피할 수 있는 가장 시원한 장소였다. 레한과 아긴, 나는 자수를 놓으며 호기심을 달래고 있었다. 건너편의 말소리가 들리지는 않았지만 아버지의 소탈한 웃음소리가 가끔 뜰을 넘어 우리에게까지 건너왔다. 해가 저물기 시작하자 아버지는 우리 집안의 악사들을 불렀다. 곧 신나의 기분 좋은 현 소리와 악사 틸란의 부드러운 목소리가 들려왔다. 나는 웃음이 새어 나왔다. 하리카 사람들이 모두 악사를 거느리지는 못한다. 우리 가문은 비시에르 경의 아들을 대접할 만큼 명망 있는 집안이었다.

저녁 하늘은 벌써 까만 벨벳처럼 어두워졌다. 밤의 비둘기와 매미의

합창 소리가 들려올 때쯤 아버지가 가장 신뢰하는 하인 아이콘이 우리를 부르러 왔다. 우리는 램프 옆에 자수 천을 내려놓고 옷매무새를 가다듬었다. 내가 레한의 옷깃을 똑바로 세워주는데 아긴이 내 머리를 부드럽게 넘겨주며 말했다.

"하늘색 옷을 입어 다행이야, 언니. 꽃처럼 화사해 보여."

내가 레한을 앞세웠다.

"그게 뭐가 중요해."

어슴푸레한 불빛에 내 새빨개진 얼굴을 감출 수 있어 다행이라 생각하며 낮은 목소리로 대답했다.

램프에 둘러싸인 테라스에 들어서니 어머니, 아버지, 티헤, 그리고 이스칸이 낮은 로즈우드 테이블에 빙 둘러앉아 있었다. 창과 문은 시원한 저녁 바람을 맞기 위해서 모두 활짝 열려 있었고 램프의 오일 냄새와 음식 냄새가 뒤섞여 남아 있긴 했지만 테이블은 얼음이 담긴 찻잔 몇 개만 빼고는 전부 깨끗이 치워진 상태였다. 우리 자매는 그들과 적당한 거리를 두고 양탄자 위에 무릎을 꿇고 앉았다.

"제 귀하신 손님께서는 물론 제 딸들을 만나보셨겠지요."

아버지가 우리를 차례로 손짓하며 소개했다.

"카비라, 제 큰딸입니다. 아긴, 제 조수나 다름없지요. 그리고 레한, 제 막내딸입니다."

나는 고개를 숙인 채로 이스칸을 흘끗 보았다. 이스칸의 눈길이 우리를 차례로 지나갔고 레한에게 좀 더 오래 머물렀다. 놀라울 건 없었는데도 나는 몇 번이나 마른침을 삼켜야 했다. 내 옆에 있던 아긴이 아주 작게 한숨을 내쉬었다.

"오늘은 밤이 늦어 손님께서 궁으로 돌아갈 수가 없다. 그러니 오늘 밤엔 손님이 우리 집에서 묵을 것이다, 카비라."

나는 고개를 들었다. 아버지가 수염을 긁적거렸다.

"티헤와 나는 내일 아침 일찍 볼일이 있어 북쪽에 다녀와야 한다. 우리가 없는 동안 네 어머니가 이스칸-셰에게 우리 영지를 보여드리기로 했으니 곁에서 잘 보필해 드리거라."

"네, 아버지."

내가 고개를 숙이며 대답하자 이스칸의 시선이 나를 향했다. 그리고 또 그 미소. 왠지 모르게 불쾌한 미소였다. 나는 턱을 치켜들고 그의 눈을 똑바로 마주 보았다. 그에 대한 내 감정을 결코 드러내지 않을 작정이었다.

다음 날, 아긴은 자수를 놓지 못하는 데 화가 나 뾰로통했다.

"여기서 얻는 것 하나 없는 사람은 나뿐이야. 언니랑 레한은 우리 귀한 손님을 즐겁게 해드리고 싶어 안달이잖아."

아긴이 장난기 가득한 얼굴로 짓궂게 말했다.

나는 대꾸할 말을 찾지 못해 픽 웃고는 레한을 데리고 계단을 내려갔다. 어머니와 이스칸은 벌써 뜰에 나와 이야기를 나누며 우리를 기다리고 있었다.

"숙녀분들."

우리가 다가가자 이스칸이 정중하게 고개를 숙여 인사했고 이내 특유의 그 미소를 지었다. 이스칸은 검푸른색 상의에 흰색 실크 바지를 입고 있었다.

"오늘의 나들이가 기대되어 어젯밤 거의 잠을 자지 못했소."

나는 얼굴이 새빨개지려고 하는 것 같아 입을 앙다물었다. 그가 내 마음을 읽은 걸까? 나는 간밤에 잠을 전혀 이루지 못했다. 그와 한집에 있다는 생각만으로도 심장이 빠르게 뛰어 마음을 가라앉힐 수가 없었다.

"비시에르 경."

나도 인사를 했고 레한도 고개를 살짝 숙여 인사를 건넸다. 우리는 둘 다 푸른색 옷을 입었는데 레한은 새로 잎을 틔운 풀잎 같았던 반면 나는 짙고 어두운 이끼 같았다. 그날 아침 나는 평소보다 훨씬 더 공들여 레한의 머리를 만져주었는데, 아긴도 내게 그렇게 해주었다.

"저희의 보잘것없는 영지를 보여드리게 되어 영광입니다."

어머니가 앞장서며 말했다. 우리는 북쪽 낮은 담에 난 문을 통해 밖으로 나갔다. 땅은 아침 이슬에 촉촉이 젖어 있었고 공기에서는 상쾌한 향기가 났다. 이스칸이 내 옆에 서서 나란히 걸었고 레한은 우리 몇 걸음 뒤에 있었다.

기분 좋은 아침이었다. 이스칸은 배려심이 깊었고 우리 집안의 영지와 아버지가 기르는 작물, 하인과 일꾼의 수, 가문의 조상과 역사에 대해서 관심을 보이며 물었다. 어머니가 그렇게 적극적으로 이야기하는 모습은 본 적이 없었다. 어머니가 아버지 곁에 있을 때는 아버지가 주로 대화를 이끌어갔고 우리와 함께 있을 때 어머니는 끊임없이 잔소리와 훈계를 하느라 쉴 새가 없었다. 그러나 지금 어머니는 꽃과 땅을 돌보는 법을 줄줄이 늘어놓고 있었다. 이스칸이 어머니의 허브 정원과 화분들을 계속 치켜세워 주자 어머니는 기분이 대단히 좋아 보였다. 그리고 그가 왕의 개인 정원에서 나는 식물을 가져다주겠다고 약속했을 때는 고마워 어쩔 줄을 몰라 하셨다.

이스칸은 어머니의 이야기를 예의 바르게 경청했다. 내게 질문할 때는 재치 있는 입담으로 나를 즐겁게 했다. 그의 시선은 궁에서와 마찬가지로 늘 레한에게 가장 오래 머물렀다. 레한은 이제 열네 살밖에 되지 않았으므로 이야깃거리가 그렇게 많지 않았다. 이야기 상대로는 내가 더 흥미로웠을 것이다. 하지만 레한은 아름답다. 나는 마음이 아팠지만 스스로 아픔을 달랠 수 있는 나이였다. 이런 아픔을 겪는 여자가 나만은 아닐 테니까. 언젠가 내가 주인공이 되는 날이, 나를 위한 멋진 남자가 우리 집으로 찾아오는 날이 올 거라 생각했다. 그가 내게 시나몬과 꿀의 향기를 안겨주지 못한다고 하더라도 그럭저럭 받아들일 수 있을 거라 믿었다.

아버지와 티헤가 돌아오자 우리 자매는 다시 우리의 소일거리로 돌려보내졌고 이스칸은 아레코로 돌아가기 전에 아버지와 티헤와 가벼운 식사를 했다. 뜰에서 서예 연습을 하고 있었는데 티헤가 왔다.

"정말 놀라운 사내야, 이스칸 말이야."

티헤가 아긴의 발치에 앉다가 아긴의 팔을 치는 바람에 붓이 엇나갔다. 아긴이 한숨을 푹 내쉬었고 티헤는 씩 웃었다.

"이스칸이 전투에 나갔었다는 거 알아? 첫째 왕자님과 함께 네르나이 반란을 진압했대. 전투에서 이긴 것도 그의 전략 덕택이라던걸."

"그러시겠지."

나는 퉁명스럽게 대꾸하며 티헤가 내 글씨까지 망치기 전에 얼른 붓을 내려놓았다. 남동생은 우리를 놀리는 걸 좋아했지만 다른 사람이 우릴 괴롭힐 때면 가장 먼저 달려와 우리 편에 서곤 했다.

"무슨 뜻이야?"

티헤가 쿠션 위에 누워 맑은 여름 하늘을 올려다보았다. 그는 작년 한 해 동안 엄청난 속도로 자라 이제 아버지보다 더 컸다. 나보다 한 살이 어린 티헤는 이스칸만큼이나 자부심이 강한 아이였다.

"그냥 뭐, 그 남자는 성공은 모두 자기 덕이고 실패는 모두 남 탓이라고 생각하는 부류 같아서."

티헤가 내게 쿠션을 던졌고 아긴은 웃음을 터뜨렸다. 붓을 내려놓은 건 현명한 처사였다.

"여자들은 아무것도 모른다니까."

티헤가 비꼬듯 말했다.

"이스칸은 어릴 때부터 통치자가 되도록 교육받았어. 아버지인 비시에르의 오른팔인 그가 궁에서 일어나는 일 중에 모르는 일은 없지. 이스칸은 실제로 뭔가를 실행하는 곳에 있는 거잖아. 나처럼 먼지 쌓인 허브 농장에 처박혀 있는 게 아니라. 다음에 전쟁이 나면 나도 꼭 나가고 싶어!"

"넌 정말로 이스칸이 전투에 참여했다고 생각하는 거니? 이스칸과 왕자는 아마 전장에서 가장 멀리 떨어진 천막 안에 앉아서 포도주를 마시면서 포샤시나 하고 있었을 거야."

아긴이 염려하는 듯한 얼굴로 말했다.

"언니가 그를 좋게 보지 않는다는 건 확실히 알겠어."

"내가 왜 그 사람을 좋게 봐야 돼? 자기가 최고인 줄 아는 남자들은 하나같이 다 똑같아. 비시에르의 아들이건 향신료 상인의 아들이건."

나는 자리에서 일어났다.

"글씨 쓰는 거 지겨워졌어. 우리 이제 옷 만들어볼까? 이번에 들어온 사프란색 실크로 얼른 옷을 만들어서 입고 싶어."

우리가 옷 이야기를 꺼내자 티헤는 자리를 떠났고 그날 더는 이스칸 이야기가 나오지 않았다. 그러나 그의 이름은 계속해서 내 귓가를 맴돌

왔고 심장이 뛸 때마다 내 심장이 그를 부르는 듯했다. 이스칸, 이스칸.

이스칸.

그날 이후, 이스칸은 우리 집에 자주 들렀고 그의 방문은 우리 가족의 일상이 되었다. 이스칸은 궁에서 임무를 마치고 나면 저녁 무렵 말을 타고 우리 집에 왔고 아버지와 어머니, 티헤와 함께 시간을 보냈다. 다음 날 아버지와 티헤가 일로 바쁘면 어머니와 우리 자매가 이스칸을 응대했다. 우리는 정원을 걷거나 가까운 농장을 둘러보았고 날이 너무 더우면 집에서 수를 놓는 우리 곁에 이스칸이 앉아 이야기를 나누며 시간을 보냈다. 가끔 마음이 욱신거리는 때도 있었지만 그의 방문이 잦아짐에 따라 차츰 익숙해졌다. 아픔과 같이 사는 법을 배웠다. 아긴은 이제 나를 놀리지 않았다. 아긴조차 이스칸이 우리 막냇동생을 바라보는 눈빛이 예사롭지 않다는 걸 알 수 있었던 것이다. 이를 눈치채지 못했거나 신경 쓰지 않는 건 레한뿐이었다. 레한은 관심받는 걸 즐기는 건 분명했지만 티헤를 좋아하듯 이스칸을 좋아하는 것 같았다. 내 생각에는, 이스칸은 그 사실에 자존심이 상함에도 불구하고, 아니 어쩌면 그래서, 결단력 있게 레한에게 구애하지 못하고 그저 우리 집에 와 그 애 주변을 빙빙 도는 것 같았다.

"이스칸은 뭉그적거리는 상인 같소. 물건을 집었다가 냄새를 맡았다가 하면서도 결국 사지 않고 돌아서는 치 말이오."

이스칸이 수도로 돌아간 어느 날 저녁, 아버지가 말씀하셨다. 아버지는 이스칸을 좋아했고 그가 우리 집에 계속해서 오길 바라면서도 동시에 자기 속마음을 드러내지 않는 그에게 짜증이 났던 것이다.

우리 가족은 램프를 밝힌 테라스에 둘러앉아 쉬고 있었다. 환한 램프 주변에 나방들이 날아들었다. 얼굴이 붉어진 레한이 램프에 오일을 채운다는 핑계로 다른 방으로 건너갔다. 아버지가 자기 얘기를 하는 걸 앞에서 듣고 있기가 편치 않았을 것이다.

“그런 상인들이 나중에 어떻게 되는지 잘 알잖아요.”

어머니가 바느질하던 실을 자르며 말했다.

“가장 좋은 물건을 놓치고 말죠.”

아버지는 파이프에 불을 붙였고 생각에 잠긴 채 연기를 빼끔 뿜었다.

“당신 말이 맞소, 에시코. 하지만 다른 제안도 없었잖소.”

“레한이 아직 너무 어린걸요. 우리 친구들은 아마 우리 집의 첫째와 둘째 딸들을 제치고 레한에게 구혼하는 일이 예의에 어긋난다고 생각하고 있을 거예요.”

아긴과 내가 눈이 마주쳤다. 우리가 거기서 뭐라 말할 수 있겠는가? 아긴은 열여섯 살이었으므로 혼인하기에 딱 적당한 나이였고 나는 거의 스무 살이었지만 나와 결혼하겠다고 아버지를 찾아온 남자는 아직 없었다.

“그래, 서두를 필요는 없을 것 같군. 레한이 좀 더 성숙해지는 기회가 되겠지. 이 일을 빨리 끝내고 싶어 하는 건 내 안의 상인뿐인 것 같소.”

어머니와 아버지는 레한에게 이스칸을 어떻게 생각하는지 몇 번이나 물었지만 들은 말은 “유쾌한 사람이에요”라는 대답뿐이었다. 부모님은 딸의 의사에 반하는 혼인을 시키고 싶어 하지는 않았지만 그렇다고 레한이 이스칸에게 아예 마음이 없어 보이지도 않았다. 그래서 부모님은 그 문제를 그냥 내버려 두기로 하셨다. 그리고 나도 내 바보 같은 마음을 접기로 했다.

열흘 뒤 이스칸이 우리 집을 다시 방문했다. 이번에 우리 집은 거의 빈집이나 다름없었는데, 혹독한 무더위로 작물이 완전히 망가져버려 아버지와 티헤가 바오나무를 사러 동쪽으로 떠났기 때문이었다. 최악의 더위는 물러갔고 이제 보름쯤 지나면 가을비가 내릴 것이다. 나무들을 새로 심기에 가장 좋은 때였다. 아긴은 이번에 혼인하는 고모의 큰딸 네이카의 혼례복을 만드는 일을 도와주러 갔다. 네이카는 가을비가 그치면 혼례식을 올릴 예정이었다. 레한은 지독한 여름 감기에 걸려 침대에 누워 있었는데, 집안의 하녀들이 몸에 좋다는 차가운 음료, 따뜻한 음료, 붕대, 마사지 등 온갖 치료법을 가지고 와 동생을 애지중지 보살폈다. 그날 저녁, 어머니와 나는 둘이서 단출하게 응접실에 앉아 있었다. 어머니는 레한의 옷깃에 수를 놓고 있었는데 그 장식이 신부의 예복과 너무 닮았다는 생각을 하지 않을 수가 없었다. 나는 하옹아크 시스헤-슈의 경전을 낭독하고 있었다. 철학과 역사를 연관 짓는 그의 관점 때문에 나는 아홉 명의 현자 중 그를 가장 좋아했다. 세 번째 두루마리를 펼쳤을 때 하인 아이콘이 들어와 이스칸의 방문을 알리며 그를 안으로 안내했다. 내가 급히 두루마리를 정리하려고 하자 이스칸은 괜찮다며 손을 들어 올렸다.

"내가 방해가 되지 않게 해주시오."

그가 미소를 지었다. 어머니는 손에 자수를 든 채로 고개 숙여 인사를 건넸고 나는 두루마리를 든 채로 어쩔 줄 몰라 망설이고 있었다. 분명 놀리는 듯한 말투였는데 설마 어머니 앞에서 정말로 그런 의도는 아니었겠지? 이스칸은 진심으로 하던 일을 계속하라는 듯 편히 쿠션 위에 앉았고 나는 심장이 마구 뛰었지만 혼란스러운 표정으로 그냥 조금 전까지 읽던 하옹의 글을 다시 펼쳐 낭독을 이어갔다.

세 번째 두루마리를 다 읽고 네 번째를 절반쯤 읽을 때까지 집중해

듣던 이스칸은 내가 시원한 차를 한 모금 마시려고 멈추자 다른 가족들은 어디에 있는지 물었다. 어머니가 대답하는 동안 나는 조용히 앉아 있었다. 레한이 아파 침대에 누워 있다는 소식을 전할 때 나는 이스칸의 표정을 조심히 살폈다. 그는 레한이 괜찮은지, 자기가 도울 수 있는 건 없는지 예의 바르게 묻긴 했지만 특별히 걱정하는 것 같지는 않았다. 심장이 빠르게 뛰었다. 여름 감기가 그렇게 걱정할 일은 아니긴 했지만.

이스칸이 나를 돌아보며 말했다.

"내일은 당신과 나만 남겠군. 카비라-쇼. 무엇을 하고 싶으시오?"

나는 고개를 푹 숙이고 두루마리를 말아 정리했다.

"이스칸-셰에게 샘을 보여드리면 되겠구나, 카비라."

어머니가 자수를 내려놓으며 말했다.

"샘? 당신에게 샘 이야기는 들은 적이 없는 것 같소만, 쇼."

이스칸에게는 샘을 보여준 적이 없었다. 누군가에게 샘을 보여주는 일이 오아키, 그러니까 금기는 아니었지만 그곳은 신성한 구역이었다. 카레노코이에서는 렝카의 이 샘처럼 신성한 산이나 강, 호수를 중심으로 사람들이 모여 살았다.

"우리 집안은 렝카의 신성한 샘, 아니의 수호자예요."

나는 마지못해 대답했다. 예상한 대로 이스칸이 흥미로운 표정을 지었다.

"아니에 대해 들어본 적이 있소. 어렸을 적 보모가 들려준 옛날이야기에 나왔는데."

"샘은 진짜예요."

내가 화난 목소리로 대꾸했다.

"그 말을 믿소."

이스칸은 내 반응이 재미있다는 듯 웃으며 뒤로 기대 앉았다.

"하지만 그 샘을 신성하다고 믿는 이는 이제 거의 없지 않소."

"카레노코이에는 이제 그런 오래된 이야기를 믿는 사람이 거의 없죠. 하지만 여전히 많은 곳에서 신성한 전통이 이어져 내려오고 있어요. 시어머니께서는 가문의 전통대로 샘을 무척 소중히 여기고 신성시했어요. 시어머니는 제 큰딸에게 그 전통을 이어갈 책임을 주셨지요."

어머니가 말했다.

나는 당황했다. 샘과 그 수호자에 대한 이야기가 비밀은 아니었지만 잘 모르는 사람에게 우리 집안의 전통에 대해 말하는 일이 왠지 모르게 큰 잘못처럼 느껴졌다. 할머니가 내게 물려주신 진짜 지혜에 대해서는 어머니, 아버지는 물론 그 누구도 알지 못했다. 그래서 가족들은 나만큼 아니를 소중하게 생각하지 않았다. 특히 어머니는 할머니가 과거의 전통에 사로잡혀 쓸데없는 일로 내 시간을 너무 많이 빼앗고 늦은 밤에 나를 데리고 샘으로 간다고 늘 불평하셨다. 현실적인 어머니의 눈에는 아니에 대한 이야기가 오래된 미신일 뿐 아니라 늦은 밤에 내가 샘에 가는 게 적절한 처신도 아니었던 것이다. 어머니는 직접 보고 만질 수 있는 것만 믿었고 그렇지 않은 것은 가치가 없다고 여겼다.

어머니는 자기가 보고 만지는 것의 상당수가 아니의 존재에 신세를 지고 있다는 걸 알지 못했다. 샘이 우리 집안의 부와 건강, 농사를 좌지우지한다는 것을 알지 못했다.

"당신의 신성한 장소에 방문하게 해준다면 영광이겠소. 내일 새벽이면 괜찮겠소?"

이스칸이 고개를 숙이며 내게 물었다.

그는 내가 아침 일찍 일어난다는 사실을 알고 있었다. 나는 잠시 머리를 굴렸다. 달이 차오르고 있었고 보름까지는 며칠도 남지 않았다. 아니는 신선하고 강한 상태였다. 안 될 게 뭐가 있겠는가? 어쩌면 내가 이 오만한 남자의 콧대를 조금 꺾어줄 수 있을지도 모른다. 옛날이야기니 어쩌니 하는 그 거만한 태도를 쏙 들어가게 해줄 테다!

나는 상자에 두루마리를 정리해 넣고 뚜껑을 쾅 닫으며 대답했다.

"그렇게 하죠, 셰."

나도 다정한 미소를 보냈다. 그의 눈썹이 올라가는 걸 보고 나는 내가 그에게 웃음을 보인 게 처음이라는 사실을 깨달았다.

우리는 다음 날 아침 샘으로 올라가는 길목에서 만났다. 나는 빗자루와 잔, 그리고 물이 담긴 작은 병 하나를 챙겨 아이콘과 함께 나갔다. 혼인하지 않은 내가 혈연관계가 아닌 남자와 함께 있는 건 법도에 어긋나기 때문이었다. 이스칸은 아침 안개 속에 어슴푸레 보이는 아레코를 바라보고 있었다. 반짝거리는 지붕과 여기저기 피어오르는 연기 탓에 궁전이 신기루처럼 보였다. 그의 마음이 분명 들썩이고 있었을 것이다. 궁으로 돌아가면…… 글쎄, 아름다운 여자들을 만나든, 왕의 신발을 닦든 뭐든 할 수 있을 텐데 이곳에서 웬 나이 많은 여자와 시간을 썩히고 있으니 말이다. 이스칸은 궁에서 뭘 하는지 정확히 말한 적이 없었지만, 자기가 무척 중요하고 필요한 사람이라고 늘 자신했다. 나는 그를 곧장 지나치며 말했다.

"따라오세요."

그게 내 아침 인사의 전부였다. 그처럼 높은 신분의 남자에게는 용납되지 않는 무례한 언행이었다. 그러나 이스칸에게는 늘 내 신경을 거스르는 뭔가가 있었다.

우리 집 뒤에 있는 언덕을 오르자 이스칸이 곧 내 뒤를 따라왔다. 여름 햇볕에 풀이 모두 말라 언덕은 갈색이 되어버렸고 그 길을 오르는 우리의 신발도 먼지로 시커멓게 뒤덮였다. 최악의 더위는 지나갔으니 이제 가을비가 내릴 것이다. 나는 그 비가 너무 빨리 오지는 않기를 바랐다. 이스칸의 콧대를 꺾어주고 싶었다.

길이 왼쪽으로 구부러지는 지점에 다다랐다. 그 길을 따라가면 언덕 꼭대기에 있는 묘지에 이른다. 나는 딱히 길이라고 부를 수 없는 오른쪽으로 몸을 틀었다. 그렇게 풀숲을 헤치며 언덕을 돌아가느라 메마른 풀이 발밑에서 바스락거리며 부서졌다. 신발은 새벽이슬이 스며들어 검게 물들었다.

"뭘 그렇게 서두르시오, 쇼."

이스칸이 거친 숨을 내뱉으며 말했다. 걷기와 노동에 익숙한 이곳 농장 사내들과 이스칸이 다르다는 사실이 새삼 떠올랐다. 맛있는 음식과 지극한 보살핌에 익숙한, 왕실의 귀여운 개. 그게 바로 그였다. 나는 이미 알고 있었다. 그런데 왜 그의 목소리에 심장이 이렇게 빠르게 뛰는 걸까? 왜 그와 단둘이 아침을 보낸다는 생각만으로도 제비의 날개 위에 올라탄 듯 이렇게 설레고 기쁜 걸까? 언덕을 돌아 동굴 입구에 도착해서 내가 아이콘에게 말했다.

"아이콘, 여기서 기다려요."

아이콘은 안 그래도 주름진 얼굴을 찌푸렸지만 내 지시를 따랐다. 나는 그에게 걱정하지 말라는 미소를 지어 보였다.

"샘에 있을 건데요, 뭘. 필요한 게 있으면 부를게요."

이스칸이 두 손을 들어 올리며 말했다.

"쇼, 내가 이렇게 부탁하오. 나와 함께 있는 한 그 어떤 것도 겁낼 필요 없소."

나는 입술을 꾹 다물고 그를 지그시 바라보았다. 그가 장난기 가득한 눈빛으로 활짝 웃었다.

"이곳은 신성한 곳이에요. 존중해 주면 좋겠어요, 셰."

그는 사뭇 진지한 표정을 짓더니 고개를 끄덕였다. 우리는 침묵 속에서 마지막 구간을 함께 걸었다. 동굴 입구에는 빛이 하나도 들지 않아 발을 디디기 전까진 아무것도 볼 수 없었고 샘은 아주 고요했다. 그 좁고 어두운 길은 언덕의 동쪽으로 이어진다. 나는 내 뒤를 바짝 따르는 비시에르의 아들, 이스칸과 함께 그 길을 걸었다.

마침내 동굴 안에서 불어오는 차가운 공기가 내 피부에 닿고 샘 특유의 냄새가 풍겨오자 마음이 평안해졌다. 모든 짜증과 초조함이 씻겨 내려갔다. 어머니가 뭐라고 하시든 이곳은 아주 오래전부터 집안 대대로 지켜온 신성한 공간이었다. 샘에 올 때마다 나는 온몸으로 그것을 분명히 느낄 수 있었고 다른 사람들이 나와 같은 걸 느끼지 못한다는 사실을 이해할 수 없었다. 나는 숨을 깊게 들이마셨다. 마음이 고요해지고 차분해졌다. 나는 동굴 안으로 걸어 들어갔다.

아니는 깊은 동굴 속에 있다. 바위로 둘러싸인 그 깊은 어둠 속에 살아 있는 거라고는 이끼뿐이었다. 이끼는 기나긴 가뭄을 겪은 뒤에도 벨벳처럼 싱그러운 진녹색을 띠고 있었다. 샘은 작은 거울처럼 보이기도 했다. 솥 두 개를 펼쳤을 때 정도의 크기다. 누군가가 아주 오래전에 갖다놓은 듯한 동그랗고 하얀 돌멩이가 샘을 빙 둘러 에워싸고 있다. 하얀 돌 위로 낙엽이 나뒹굴고 있어 빗자루로 조심히 쓸어냈다. 낙엽 하나가 어두운 수면 위에 떠 있기에 나는 할머니가 가르쳐주신 기도를 조용히 읊은 뒤 나뭇잎을 건져 올렸다. 죽은 것은 신성한 물을 더럽히지 않는다. 손에 닿은 물이 차가워 흠칫 놀랐다. 매번 그렇게 새삼 놀라곤 한다. 나는 몸을 숙여 고요한 수면에 비친 내 얼굴을 물끄러미 보았다. 가끔 다른 것들이 보일 때도 있다. 과거에 지나간 일, 앞으로 다가올 일 같은 것들.

수면에 비친 내 얼굴 옆에 다른 얼굴이 불쑥 나타났다. 나는 소스라치게 놀랐다. 이스칸이 함께 있다는 사실을 완전히 잊고 있었던 것이다.

"예쁜 샘이오. 무척 시원하군."

긴장했는지 몸이 굳었는데도 내 뺨이 뜨겁게 달아올랐다.

"아니는 더위를 식혀주는 것 말고도 더 큰 능력이 있어요."

나는 가져온 물병을 꺼냈다.

"이건 저희 집 우물에서 길어온 평범한 물이에요."

나는 마개를 열고 물을 한 모금 마셨다.

"독 같은 건 없어요, 봤죠?"

이스칸이 재미있다는 듯 눈썹을 치켜떴지만 별다른 말은 하지 않았다. 나는 아니에 고개를 숙여 감사 기도를 한 뒤 집에서 가져온 잔에 얼음처럼 차가운 샘물을 한 잔 가득 떴다. 그러고는 동굴 입구로 걸어갔다. 그곳엔 말라 죽은 엉겅퀴 두 포기가 쓰러져 있었다. 나는 이스칸에게 잔을 들어 보인 뒤 서쪽에 핀 엉겅퀴에 샘물을 조심히 따라주었다. 그러고는 같은 방법으로 집 우물에서 길어온 물을 동쪽에 핀 엉겅퀴에 따라주었다. 이스칸은 팔짱을 끼고 벽에 기댄 채 이를 지켜보았다.

"다 됐어요. 사흘 뒤에 여기서 다시 만나요. 보름달이 뜰 때."

이스칸이 뭐라고 대답도 하기 전에 나는 유리병의 마개를 닫으며 곧바로 그곳을 빠져나왔다. 아이콘이 여전히 걱정스러운 표정을 하고는 같은 자리에서 나를 기다리고 있었다. 손에 땀이 배어났고 숨도 잘 쉬어지지 않았다. 내가 지금 무슨 짓을 한 거지? 발을 헛디뎌 넘어질 뻔한 걸 아이콘이 가까스로 붙잡아 주었다. 내가 남자에게 밤에 만나자고 청한 것이다. 그것도 부모님도 다 알고 있는, 동생의 구혼자를. 그러니까 보호자도 동행하지 않고 혼자 이스칸을 만나겠다는 거였다. 수치심으로 빰이 불에 타들어 가는 것만 같았다. 하지만 후회는 하지 않았다.

다음 사흘 동안 나는 모범적인 언니이자 딸로 지냈다. 열은 좀 내렸지만 여전히 기운이 없는 레한을 정성껏 돌봤고 어머니를 도와 온갖 심부름을 했다. 묘지를 찾아가 먼저 떠난 조상들을 위해 봉헌하는 일을 잊지 않았고 아버지와 티헤가 갑자기 오른 바오 나무 가격과 씨름하느라 고된 하루를 마치고 집으로 돌아왔을 때도 정성껏 시중을 들었다. 그 모든 건 대체 내가 무슨 일을 저지른 건지, 그리고 앞으로 어떻게 할 작정인지 걱정할 틈을 없애기 위해서였다.

보름달이 뜬 날 밤, 하늘은 구름 한 점 없이 맑았다. 나는 내 방에 앉아 가족들이 모두 깊이 잠들길 기다렸다. 내가 겁도 없이 집을 나왔을 때는 이미 자정이 지난 지 오래였다.

언덕 아래를 돌아 익숙한 길을 걷고 있는데 덤불 속에서 이름 모르는 새들의 울음소리가 들려왔다. 이 시간의 빛깔, 냄새, 소리, 모든 게 낯설었다. 밤이 되니 나 자신조차 달라진 것 같았다. 나는 완전히 다른 사람이 되어버렸다. 사랑하는 남자를 만나기 위해 가족, 세상 사람들의 눈, 앞으로 닥칠 일 같은 건 상관도 하지 않고 몰래 집을 빠져나오는 여자가 된 것이다. 수치심이나 의심은 모두 뒤에 제쳐두었다. 그 순간, 나는 자유로웠다. 그때보다 자유로웠던 적은 없었다. 나는 지금도 종종 그 언덕길을 걷는 꿈을 꾼다. 꿈에서 길은 끝이 보이지 않는다. 가끔은 땅 위로 둥둥 떠서 가기도 한다. 거대한 보름달 아래 검푸른 그림자가 보이고 피부에 닿는 공기가 상쾌하다. 새벽이슬과 흙, 엣세 냄새가 풍겨온다. 꿈이 너무 생생해 현실과 분간하기가 어렵다. 가슴속에 자유와 기쁨이 차올라 터져버릴 것만 같다.

꿈은 언제나 같은 방식으로 끝난다. 뭔가가 다가온다. 아주 커다랗고 어두운. 달빛과 별빛조차 모두 집어삼키는 어둠이 내게 다가온다. 어둠이 모든 걸 집어삼킬 것만 같다. 나는 비명을 지르려 발버둥을 치다 잠에서 깬다. 정신을 차리고 나면 깊은 밤 침대에 누워 있는 나를 발견한다. 심장이 세차게 뛰고 나는 너무 늦었다는 걸 알아차린다.

비명을 지르기엔 너무 늦어버리고 만 것이다.

동굴에 도착하자 이스칸이 기다리고 있었다. 그는 동굴로 들어가는 입구 초입에 등을 기대고 앉아 있었다. 이스칸 옆에 죽은 엉겅퀴의 검은 윤곽이 보였다. 우물에서 길어온 물을 준 동쪽 엉겅퀴는 사흘 전과 같은 모습이었다. 그러나 아니의 샘물을 준 서쪽 엉겅퀴는 뿌리에서 손바닥만 한 새순이 나고 있었다.

"우연일 수도 있지 않소."

어둠 속에서 이스칸이 말했다.

"그 후로 당신이 매일 여기 와 물을 줬을지도 모르고."

그러나 이스칸의 목소리에는 놀라움이 담겨 있었다. 나는 그의 옆에 가서 앉았다. 너무 어두워 얼굴이 보이지는 않았다.

"적절한 때에 마시면 아니는 생명과 부를 가져다줘요. 하지만 잘못된 때에 마시면 죽음과 파멸을 불러오죠. 아니는 태곳적부터 그 힘을 간직해 오고 있어요. 다른 곳에 있는 신성한 장소들도 모두 한때는 아니와 같은 힘을 지니고 있었지만 사람들의 욕심 때문에 파괴되었거나 아니면 그냥 잊혀버렸다고 할머니께서 말씀하셨어요."

내가 이스칸 쪽으로 고개를 돌리자 내 머리에 달린 은색 장신구들이 쨍그랑거리는 소리를 냈다.

"아니는 저희 집안의 부의 원천이에요. 대대로 맏딸이 이 샘을 수호하고 보살펴 왔어요."

내가 이런 식으로 이방인에게 아니의 비밀을 발설하는 것을 할머니는 결코 허락하지 않으셨을 것이다. 하지만 그날 밤의 분위기와 달빛이 내 안에 있는 일말의 거리낌조차 모두 휩쓸어 가버렸다. 나는 이스칸과 단둘이 나란히 앉아 있었다. 그가 날 믿게 하기 위해서라면, 날 보게 하기 위해서라면 나는 무슨 말이든 했을 것이다.

"그럼 당신 말고는 아무도 이 사실에 대해 모른단 말이오?"

이스칸의 목소리에는 의심이 가득했다. 날 비웃는 듯했다.

내가 그의 손을 잡았다. 세상에서 이보다 더 자연스러운 일은 없다는 듯, 그의 손을 잡을 권리가 당연히 내게 있다는 듯. 이스칸의 손은 따뜻하고 부드러웠다.

"이리 오세요."

나는 그의 손을 잡고 일어서며 말했다. 그를 데리고 동굴 안으로 들어갔다. 심장이 밖으로 튀어나올 것처럼 빠르게 뛰었고 입안은 바싹 타들어 갔지만 정신은 또렷했고 머리도 맑았다. 동굴 안 암흑 속에서 내 발이 알아서 길을 찾아 걸었다. 안으로 들어가니 샘이 달빛 아래 은색으로 반짝거리고 있었다.

"샘을 들여다보세요."

내가 속삭였다.

"무엇이 보이세요?"

이스칸은 별 관심 없다는 듯 무심하게 몸을 기울였다.

"내가 보이고, 달이 있소. 무척 밝고. 달이……."

이스칸이 말을 멈췄다. 정적이 흘렀다. 냉담하던 태도는 온데간데없이 사라졌고 그는 온몸이 얼어붙은 채로 한참을 가만히 있었다. 나는 샘을 들여다보진 않았다. 이스칸을 보았다.

나는 여전히 그의 손을 잡고 있었다.

이스칸이 나를 홱 돌아보더니 날 가까이 끌어당겼다.

"이게 뭐요?"

그가 낮은 목소리로 소리쳤다.

"내가 본 게 뭐지?"

"아니는 과거나 미래를 보여줍니다. 때로는 가장 갈망하는 것을 보여주기도 하고요."

이스칸은 여전히 굳어 있었다. 그가 내 어깨를 잡았다. 너무 세게 잡아 어깨가 아팠다.

"당신은 왜 보지 않지?"

"제 과거는 이미 알고 있습니다. 제 미래가 어떻게 보일지도 알아요. 그리고 제 소망은 제가 잘 알고 있습니다."

마지막 말은 잘 들리지 않을 정도로 작은 목소리로 말했다. 내가 그런 말을 입 밖에 냈다는 게 믿기지 않았다. 이스칸이 지금 내 앞에 있었다. 달빛에 비친 그의 얼굴을 보니 두 눈이 무척 크고 깊었다. 그와 이렇게 가까이 있는 것도 처음이었다. 그에게서 화려한 향기가 났다. 아몬드 오일, 궁전에서 쓰는 향, 오하딘을 향해 달리는 말.

그는 전율이 이는 듯 몸을 떨었다. 그리고 뭔가 변했다. 내 어깨를 움켜쥔 그의 손의 감촉이 달라졌다. 긴장이 풀린 듯한 이스칸이 다정하게 미소를 지었다.

"카비라, 내가 여름 내내 이곳에 온 이유를 알고 있소?"

그가 내게 몸을 숙였다. 이스칸의 숨결이 느껴졌다. 와인처럼 달콤했다.

"당신 때문이오."

이스칸이 내게 입을 맞췄다. 그에게서 꿀과 시나몬 맛이 났다.

그날 밤, 내 안의 고삐가 풀려버렸다. 내 안에서 광기와 방종의 불꽃이 활활 타올랐다. 이스칸과 가까워지기 위해서라면 못 할 것이 없었다. 하지 않은 것도 없었다. 사랑에 빠진 여자들이 한다는 모든 일, 금지된 일, 내가 그렇게도 멸시하던 일을 나도 했다. 밤이 되면 사람들 몰래 연인을 만나러 집을 빠져나가는 그런 사람이 되었다. 이스칸은 전처럼 우리 집에 자주 들렀고 그가 손님방에서 지내고 갈 때면 우리는 늘 샘에서 단둘이 만났다. 가끔 그는 나만 보고 가려고 밤에 잠시 들르기도 했다. 우리는 샘 옆에 앉아 시간 가는 줄도 모르고 밤새 이야기했다. 나는 이스칸의 궁 이야기를 듣는 걸 좋아했고 그는 얘기하는 걸 좋아했다. 하지만 이스칸은 자기 이야기만 늘어놓는 사람이 아니어서 금세 내 이야기도 듣고 싶어 했다. 나는 이스칸이 가장 궁금해하는 것들, 샘과 샘이 가진 능력에 대해 모든 걸 털어놓았다. 할머니가 가르쳐주신 것뿐 아니라 나 스스로 배우고 깨우친 것까지 전부 말이다. 달이 차오르기 시작할 때 샘물이 가장 신성하고 힘과 능력, 젊음을 준다는 것, 그리고 달이 기울기 시작하면 샘물은 위험해지고 타락과 역병, 죽음을 가져올 수 있다는 것, 그리고 이보다 더 큰 능력이 아니에게 있다는 것, 우리 집안이 대대로 아니에 대한 지식을 쌓아왔다는 것 전부를 말이다.

"어머니는 아니의 힘을 믿지 않으시지만 아버지는 아니에 대해 알고 계세요."

어느 날 밤, 우리는 단둘이 다시 만났다. 가을비가 내리는 시기가 시작되었지만 그날은 비가 오지 않았다. 기우는 달 위로 구름이 스쳐 지나고 있었고 우리는 바람을 피해 동굴 안으로 들어갔다. 이스칸이 축축한 땅 위에 천을 깔아주었지만 이내 천에도 물기가 스며들어 나도 모르게 몸이 부르르 떨렸다.

"아버지와 제가 드러내놓고 아니에 대해 말한 적은 없지만 아버지는 제가 하는 조언을 신뢰하세요. 저는 그동안 앞으로 닥칠 가뭄과 홍수, 해충에 대해 경고해 왔어요. 아니를 만나 언제 씨를 뿌려야 하는지, 수확은 언제 해야 할지를 물었고 아버지께 다 알려드렸어요. 아버지는 이웃들에게 말을 전했죠. 현명한 이들은 귀담아들었고 그들의 농장은 번창했어요. 저희 농장만큼 수확물을 거두었죠."

"하지만 이번 여름에는 가뭄 피해를 보지 않았소?"

이스칸이 물었다. 며칠 전 그가 동굴에 가져다 놓은 램프 불빛에 그의 오른쪽 뺨과 아몬드 모양 두 눈이 반짝거렸다. 그 눈은 눈부실 정도로 빛났고 무척 아름다웠다.

"맞아요. 아니는 제게 그것도 보여주었어요. 하지만 땅이 마른다고 해서 인간이 뭘 할 수 있겠어요? 아버지는 작물이 시드는 것에 대비해 은화를 아주 많이 모아두셨어요."

"그런 것은 어떻게 보는 것이오? 미래가 눈앞에 나타나기라도 하는 거요?"

나는 고개를 저었다.

"느낌 같은 거예요. 제 머릿속에 어떤 광경이 스쳐 지나가기도 하고 수면에 뭔가가 비치기도 하고 모든 게 동시에 일어나요. 해석하기가 늘 쉬운 건 아니에요. 저도 수련하는 데 몇 년이 걸렸어요. 때로는 이미 일어났던 일에 대해서도 보여줘요."

"그건 무슨 소용이 있지?"

이스칸이 등을 세우고 깍지 낀 두 손을 머리 뒤에 대며 말했다. 그는 축축함과 추위가 아무렇지 않은 듯했다.

"아니는 쓸모를 위한 존재가 아니에요. 샘은 원시 그대로의 생명력을 지니고 있어요. 한계도 없고 자유롭죠. 이걸로 무엇을 할지는 우리 인간에게 달려 있어요."

"물론 그렇겠지. 당신은 이웃들에게 경고를 해야 할 의무도 없잖소. 당신 집안이 렝카에서 제일 부유해질 수도 있는데."

이스칸이 천천히 말했다.

"아니는 그런 걸 금지해요!"

나는 가슴 위에 원을 그리며 말했다.

"그건 균형을 깨는 행위예요. 그런 행동이 우리에게 어떤 결과를 가져올지는 알 수 없어요. 아니에게 나쁠 수도 있고요."

"그렇지, 그러기엔 당신은 너무 정직한 사람이야."

이스칸이 말했다.

나는 자세를 고쳐 등을 곧게 펴고 앉았다. 그는 내가 화가 났다는 걸 알아차렸다. 이스칸은 아무 말 없이 손을 뻗어 나를 가까이 끌어당겼다. 그의 입술이 내 몸에 불을 지폈고 나는 곧 추위와 축축함 따위는 전부 잊어버렸다.

샘은 전보다 내게 훨씬 더 중요한 존재가 되었다. 그곳은 이제 이스칸과 나, 우리만의 공간이 되었다. 나는 종종 낮에도 샘으로 가 낙엽을 쓸고 잡초를 뽑고 램프에 기름을 채운 뒤 그곳에 앉아 이스칸을 생각했다. 그는 예전처럼 우리 집을 자주 찾아오지 않았고 그 일이 아버지의 신경을 자극했다. 이스칸이 우리 집에 오는 이유가 나라는 사실을 여전히 밝히지 않았기 때문이다. 그는 이전과 다름없이 우리 세 자매에게 똑같이 친절하고 다정한 태도를 유지했다. 한편 이스칸이 밤에 나를 찾아오는 횟수는 점점 늘어나 달에 몇 번씩이나 샘에 왔다 갔다. 그는 만날 때마다 다음 만날 날짜를 말해주곤 했다.

그러던 어느 날 오후, 나는 혼자 샘에 들렀다가 그 주변에 남아 있는 발자국을 보고 무척 놀랐다. 닷새 동안 그를 보지 못했는데 그가 이곳에 왔던 걸까? 나를 기다리다가 간 걸까? 내가 그의 말을 잘못 알아들었던 걸까? 아니면 다른 누군가가 이곳에 왔던 걸까? 온갖 생각이 머릿속을 스쳤다. 램프에 담긴 기름을 보니 며칠 전 내가 채워둔 그대로였다. 그렇다면 이스칸이 아닌 다른 누군가가 왔던 것이다.

나는 그날 이후 거의 잠을 자지 못했고 한밤중에 일어나 앉아 보이지도 않는 샘을 향해 멍하니 허공을 바라보았다. 이스칸이 샘에 왔다가 날 만나지 못해 화가 났다면 어쩌지? 그래서 다시 오지 않는다면? 생각이 꼬리에 꼬리를 물고 마구 뻗어나가 마음을 가라앉힐 수가 없었다. 마침내 이스칸이 오기로 한 날 밤, 나는 마치 열이라도 난 듯 온몸이 뜨거웠다. 덜덜 떨리는 손으로 가장 아름다운 옷을 꺼내 입고 눈가에 검은 콜을 짙게 바르고는 머리에 재스민 기름을 발랐다. 은색 머리 장식은 달지 않았다. 장식이 쨍그랑거리는 소리에 사람들에게 들킬까 봐 두려웠다. 나는 맨발로 뜰을 살금살금 걸어간 뒤 집 밖으로 완전히 나가 바깥문까지 닫고 나서야 신발을 신었다. 샘까지 어떻게 갔는지 기억도 나지 않는다. 동굴 입구에 아무도 없는 걸 보자 심장이 철렁 내려앉았다. 나는 어두컴컴한 길을 발로 더듬으며 나아갔다. 평소와 달리 내 발이 길을 찾기를 거부하는 것 같았다. 적막 속에 빠르게 뛰는 내 심장 소리만 들려왔다.

누군가가 샘을 들여다보고 있었다. 큰 키에 짙은 머리, 낯익은 뒷모습이었다. 나는 안도감에 울음이 터져 나왔다. 이스칸이 나를 돌아보았다.

"오늘 보름달이 떴소. 그런데 무슨 일 있소?"

그가 물었다.

"당신이 여길 다녀간 줄 알았어요."

나는 평소와 다름없는 목소리로 침착하게 말하려고 애썼다.

"샘 주변에 누군가가 다녀간 흔적이 있었어요. 우리가 만나는 날을 제가 착각한 게 아닌가 걱정했어요."

"아니, 난 오지 않았는데."

그가 다정하게 대답했다.

"이쪽으로 와요. 왕실 최고 요리사가 만든 케이크를 가져왔소."

이스칸은 우리가 평소 앉던 자리에 이미 천을 깔아두었고 그쪽으로 걸어가 램프를 켰다. 그윽한 불빛 아래 놓인 은빛 접시 위에는 갈색 케이크가 담겨 있고 그 옆에 포도주와 잔 두 개가 있었다. 그가 날 기다리고 있었다는 생각에 심장이 뛰었다.

우리는 평소처럼 앉아 이야기를 나누었다. 이스칸은 국왕과 아버지 비시에르와 함께 렌카 동쪽에 있는 암두라비에 다녀온 이야기를 들려주었다. 그곳의 총독이 국왕의 방문을 기뻐하며 불꽃놀이 축제를 열었다고 했다. 나는 그가 하는 모든 말에 귀를 기울였다. 이스칸이 지금 나와 함께 여기 있다는 사실이, 우리가 함께 보낸 밤들이 소중하게 감춰둔 보석처럼 느껴졌다.

"암두라비 이야기가 나와서 말인데,"

이스칸이 내 입에 케이크를 넣어주며 말했다.

"이 샘이 다른 곳에서 일어나는 일도 보여줄 수 있소?"

내가 입가에 묻은 부스러기를 털어내며 말했다.

"아니요. 아니는 렝카의 샘이에요. 아니의 생명력은 이곳의 흙과 산에서 나오고요. 멀리서 일어나는 일들은 다른 신성한 장소의 영역이에요. 암두라비에서는 아마 신성한 하란산이 그 역할을 할 거예요."

"아니가 특별히 당신 집안의 미래를 더 잘 보여주는 것도 그 이유요?"

"저도 모르겠어요. 하지만 제 생각엔 샘에 지리적으로 가까운 곳의 일일수록 더 선명히 보이는 것 같아요. 하지만 제게는 저와 관련된 것만 보이죠. 당신이 보름달 아래서 본 건 제가 본 것과는 아마 아주 다를 거예요."

이스칸은 보름달이 뜬 날 본 것에 대해 말하기를 꺼렸다. 그는 생각에 잠긴 채 고개를 끄덕였다.

"당신과 마찬가지로 저도 아니가 보여주는 걸 전부 이해하지는 못해요. 모든 게 뒤섞여 있고 흐릿해요. 하지만 계속 수행해 나갈 거예요."

그는 자리에서 일어나더니 나도 일으켜 세웠다.

"이리 와요!"

이스칸이 잔을 뒤집어 남은 포도주를 바닥에 버린 뒤 말했다.

"보름달이 떴으니 샘물로 건배를 합시다!"

그는 아니에서 샘물을 떠 잔을 가득 채운 뒤 내게 건넸다. 그러고는 잔을 높이 들어 올렸다.

"우리를 위해, 미래를 위해!"

나도 잔을 들어 차가운 샘물을 마시며 이스칸과 나 그리고 우리의 미래를 마음속에 그려보았다. 내 몸에 기쁨의 노래가 넘쳐흘렀다.

이스칸이 건배를 들며 한 말 때문에 나는 그가 곧 아버지께 나와 혼인하겠다고 청할 줄로만 알았다. 그러나 겨울이 되고 북서쪽에서 춥고 메마른 바람이 불어오는데 이스칸이 우리 집을 방문하는 일은 오히려 줄었다. 우리는 계속 샘에서 따로 만나기는 했지만 그 횟수도 차츰 줄고 있었다. 이스칸은 아버지의 일을 도와야 해서 어쩔 수 없다고 했다.

"아버지는 내가 없으면 안 되오."

어느 날 밤 우리가 담요를 두르고 나란히 앉아 있을 때 그가 말했다. 너무 추워 이가 덜덜 떨리던 밤이었다.

"아버지는 내가 없으면 일을 할 수 없다고 늘 말씀하시지. 이제 나이가 드신 탓에 궁의 업무를 나만큼 처리하지 못하시오. 폐하를 모시는 비시에르는 궁에서 일어나는 일을 모두 알고 있어야 하오. 그러니 어떻게 보나 폐하에게 가장 중요한 사람은 나요. 폐하의 한심한 아들들보다 말이오. 그건 분명하지."

그가 코웃음을 치며 말했다.

"그런데 얼마 전 폐하께서 왕자들에게 말을 하사했소. 일곱 명 모두에게 말이오. 서쪽 엘리안에서 데려온 아주 훌륭한 말들이오. 폐하는 그 멍청이들에게 선물을 아끼는 법이 없소. 정작 폐하께 도움이 되는 건 나인데!"

"폐하께서 가을에 새 검을 하사하셨잖아요. 누가 그런 선물을 받아

보았겠어요? 폐하께서는 당신을 자기 검처럼, 없으면 절대 안 되는 오른팔처럼 여기시는 거예요."

내가 조심스레 그의 기억을 상기시켰다.

이스칸의 얼굴에 먹구름이 지나가고 표정이 점차 환해졌다.

"그렇지, 그렇고말고. 어리석게 그걸 모르시진 않을 거요."

나는 마른침을 꿀꺽 삼켰다. 국왕은 신성한 존재였다. 국왕을 그런 식으로 말하는 건 신성모독처럼 위험해 보였다. 그러나 이스칸은 그런 말을 자주 했다. 궁전에 있을 때도 그렇게 말하진 않을 거라고 생각했다.

"하지만 카비라, 그러니 내가 한동안 이곳에 오지 못하더라도 이해해 줘야 하오. 어쩌면 따뜻한 봄이 올 때에야 다시 오게 될 거요."

이스칸이 우리의 어깨 위로 두른 담요를 끌어당기며 말했다.

"이곳은 너무 추워서 궁에 돌아간 다음 날까지 몸이 풀리지 않더군."

그가 내 이마에 입을 맞추고 자리에서 일어났다.

"카비라, 이리 와요. 어서 따뜻한 봄바람이 불어오길 바라며 건배합시다."

이스칸이 나를 샘으로 데려갔다. 새로운 달이 시작되면 그는 늘 샘물을 마시고 싶어 했다. 물이 너무 차가워 목이 아팠다. 그는 물을 마시고 손등으로 입을 닦았다.

"이 물이 내 몸과 마음에 힘을 불어넣는 게 느껴져."

이스칸이 품에서 병을 하나 꺼내더니 샘물을 가득 채웠다.

"우리가 다시 만날 때까지는 버틸 수 있겠군. 내가 곧 소식을 보내겠소, 카비라."

그가 몸을 숙여 내게 입을 맞췄다.

"봄에 만나요, 나의 작은 새."

나는 동굴 밖으로 나가 이스칸이 수풀 사이로 언덕 아래 말을 묶어둔 곳을 향해 사라지는 모습을 지켜보았다. 바람이 내 뺨을 매섭게 스쳐 지나갔지만 나는 거의 느끼지 못했다. 내 심장이 그보다 더 차가웠다.

아주 길고 지루한 겨울이었다. 평소의 즐거움은 사라졌고 그 어떤 일도 기쁘지 않았다. 아긴은 내가 변한 걸 곧 알아차렸다. 눈썹을 찌푸린 채로 나를 유심히 쳐다보다가 종종 나와 시선이 마주쳤고 그 때문에 나는 더 화가 나고 기분이 나빠졌다. 나는 동생들을 피했고 혼자 있는 시간이 많아졌다. 나를 걱정한 어머니는 내가 밖에 나가지 못해 그런 걸로 생각하고는 나를 데리고 이웃과 사촌들을 만나러 이리저리 다니셨다. 게다가 어머니는 내게 남편이 필요하다고 생각하셨던 것 같다. 그러나 내 앞에 나타난 그 어떤 남자도 이스칸에 견줄 수는 없었다. 그들에게는 이스칸과 같은 기품도, 궁에서 일어나는 일 같은 재미있는 얘깃거리도 없었다. 이스칸처럼 입술이 붉지도 않았으며 그들의 웃음소리는 내게 아무런 감흥을 가져다주지 못했다. 이스칸처럼 그윽한 눈으로 나를 바라봐 주지도 않았고 그가 내 앞에 나타났을 때처럼 내 가슴을 뛰게 하지도 못했다. 유감스럽게도 나는 우리 마을의 예의 바르고 정직한 남자들에게 무관심했고 그들을 업신여겼다. 그들이 비시에르의 아들보다 잘할 수 있는 게 뭐가 있겠는가?

이미 오래된 일이지만 그때를 돌이켜보면 내 행동은 부끄럽기 짝이 없다. 내 평판이 점점 나빠지자 어머니는 나를 데리고 사람들을 만나러 다니는 일을 그만두셨다. 이제 오만한 말리크-쇼와 자기 아들을 맺어주려는 부모는 단 한 명도 없었다.

내가 스스로 했던 유일한 일은 샘에 가는 것이었다. 나는 하루도 빠지지 않고 샘에 올라갔고 하루에 몇 번씩 가는 날도 있었다. 매일 쓸고 닦아 샘 주변에는 낙엽 하나, 풀잎 한 포기도 떨어져 있지 않았다. 하얗고 예쁜 조약돌을 주워 아니를 장식하기도 했다. 두꺼운 외투 위에 숄을 여러 개 걸치고 동굴 안에 한참 머물며 고요한 샘을 가만히 들여다보기도 했다. 그렇게 앉아 이스칸을, 그리고 우리의 만남들을 다시 마음속에 떠올렸다. 그와의 입맞춤을 생각하면 수면에 비친 내 뺨이 빨갛게 달아올랐다. 이스칸이 내게 입을 맞췄다. 나를 그의 것이라고 했다. 곧 다시 오겠다고 약속했다.

샘이 변했다. 아니와 나의 관계는 늘 특별했다. 어머니가 들으면 비웃을 테지만 그건 사실이었다. 나는 할머니보다 아니를 더 잘 알았고 아니가 보여주는 것들을 본능적으로 이해했다. 그런데 지금은 아니가 나를 버린 것 같은 기분이 들었다. 아니의 바로 옆에 있는데도 평소에 느껴지던 친밀감이 전해지지 않았다. 샘은 더 이상 나에게 관심이 없는 듯했다. 샘에 손을 담갔다. 얼음처럼 차가운 아니는 내가 아무리 불러도 응답하지 않았다. 나는 이스칸과 아니 모두에게 버림받은 기분이었다. 가슴이 무너졌다. 그 둘을 잃는 건 참을 수 없었다.

다음 보름달을 기다렸다. 아니가 왜 내게 등을 돌렸는지 알기 위해 샘을 지켜봐야 했다. 어쩌면 아니가 내게 이스칸을 보여줄지도 몰랐다. 그가 언제 돌아오는지, 우리의 미래는 어떤지. 매서운 겨울 추위가 지나갔고 따뜻한 봄기운이 돌아오고 있었다. 곧 봄이 올 것이다. 봄이 오면 이스칸이 소식을 전해 올 터였다.

나는 옷을 입은 채로 침대 위에 앉아, 전에 이스칸을 만나러 밤에 몰래 집을 나설 때처럼 모두가 잠들길 기다렸다. 그러나 지금은 온통 아니 생각뿐이었다. 언덕을 오르는 내 위로 하얀 보름달이 따라왔고 환한 달빛에 풀잎 하나하나조차 날카로운 그림자를 드리웠다. 동굴에 가까워지자 아니가 뿜어내는 짙은 생명력이 공기 중에 가득했다. 아니가 깨어 있다, 강한 기운이다! 아니를 만나기 위해 발걸음을 서둘렀다. 가쁜 숨을 몰아쉬며 동굴 안에 들어섰다. 다음 순간, 나는 그 자리에 멈췄다. 누군가 샘 앞에 서 있었다. 그 형체가 천천히 몸을 돌렸는데 그의 손에 달빛 아래 번쩍이는 뭔가가 들려 있었다. 검이었다. 나도 모르게 입에서 외마디 소리가 흘러나왔다.

"누구지?"

기쁨과 안도감에 나는 거의 주저앉을 뻔했다. 이스칸이었다.

"저예요, 카비라. 돌아왔군요, 셰!"

내 목소리가 떨렸다.

이스칸이 여전히 손에 검을 쥔 채 내게 다가왔다.

"여기서 뭘 하고 있는 거지?"

그가 성난 목소리로 내게 얼굴을 가까이 대며 물었다.

"대답해!"

"아니를 보러 왔어요."

내가 손을 뻗으며 말했다.

"이스칸, 무슨 일이에요? 왜 화를 내는 거죠?"

"다른 남자를 만나러 온 거요? 날 배신하고?"

그가 내 손목을 잡아 비틀었다.

"아니에요!"

나는 마른침을 삼키며 이스칸이 기분이 좋지 않을 때 그를 달래기 위해 내가 어떻게 했는지를 떠올렸다.

"비시에르의 아들이자 폐하의 가장 소중한 보석, 이스칸 아크 혼타-

셰에게 감히 견줄 수 있는 남자가 어디 있겠어요? 제게 그런 사람은 없어요."

그제야 이스칸은 내 손을 놓고 뒤로 물러섰다. 칼날이 달빛에 번뜩였다.

"내가 보고 싶긴 했소? 내 생각을 했소?"

"날마다요, 셰! 매 순간요! 당신은 절 너무 오래 기다리게 했어요!"

"나도 당신을 생각했소, 카비라. 궁전에서 외로운 밤이 되면 당신을 자주 떠올렸소."

그가 바닥에 검을 내려놓고 내게 다가왔다.

"당신은 내 사람이지? 그렇지, 카비라?"

"그럼요, 이스칸. 지금도 그리고 영원히요. 나는 당신의 사람이에요."

그가 얼굴을 가까이 대고 내 귓가에 속삭였다.

"당신의 마음을 내게 보여주겠소? 오늘 말이오, 나의 카비라."

나는 고개를 끄덕였고 그는 가슴에 닿는 내 고갯짓을 느꼈다.

"말해주시오, 카비라. 나를 원한다고."

"당신을 원해요, 이스칸."

지난 시간 우리가 입을 맞추고, 껴안고, 그가 나를 어루만질 때 나도 이 순간을 수없이 상상했었다. 하지만 그의 손길이 내게 불러일으킨 욕망에 대해서 나는 아는 바가 전혀 없었다. 어머니는 이런 일을 내게 알려준 적이 없었다. 내 몸에 일어난 강렬한 욕망이 이성을 제쳐버렸다. 나도 이스칸을 원했다. 오래전부터 그를 원했다. 하지만 여기선 아니다. 이런 식으로는 원하지 않았다. 하지만 이스칸이 두려웠다. 그의 불같고 변덕스러운 분노가 두려웠다.

"그렇다면, 당신이 원하는 걸 갖게 될 것이오."

그가 조용히 속삭이며 내 목에 입을 맞췄다.

"당신에게 오늘 줄 것이오."

그리하여 나는 아니가 있는 동굴에서, 차가운 바닥 위에서 그와 정사를 나눴다. 내가 꿈꿔온 모습은 아니었지만 나는 이스칸을 안으며 그가 이제 내 것이라고, 진정한 내 것이라고 스스로를 달랬다. 이스칸이 나를 원했다. 원하면 누구든 가질 수 있는 비시에르의 아들이 나, 카비라를 원한 것이다.

내 방으로 돌아와 바지에 묻은 흙을 털어내다가 그제야 이스칸이 보름달 아래 아니의 곁에서 무엇을 하고 있었는지, 혹은 아니에서 무엇을 보고 있었는지 그에게 묻지 않았다는 사실이 떠올랐다.

우리는 계속해서 만났지만 이스칸은 더 이상 우리 집에 오지 않았다. 그는 밤중에만 샘으로 와서 나를 만났다. 지난번 보름달이 뜬 날 밤처럼 그가 가끔 혼자 다녀가는 건 아닌가 하는 생각도 들었지만 그걸 감히 확인하거나 물어볼 생각은 들지 않았다. 그의 차가운 분노를 다시 대면하고 싶지 않았다. 이스칸의 그런 모습이 무서워서 나는 그의 기분을 좋게 해주려고 애를 썼다. 화려한 궁 생활에 관해 묻거나, 이스칸이 아버지와 국왕 폐하를 위해 하는 일들을 추켜세우거나, 국왕이 자기 노력을 알아주지 않는다며 화가 났을 때 그의 편을 들어주거나 하는 방법들로 말이다. 이스칸은 거의 모든 일을 부당하게 생각하거나 모욕으로 받아들였다. 이제 우리는 연인이었으므로 그는 내게 자기 속내를 더 많이 털어놓았다. 때때로 냉정을 잃고 불안한 속내를 드러내기도 했는데 나는 그게 이스칸이 나를 사랑하는 증표라고 생각했다. 이스칸은 내게 속마음을 숨기지 않았고 나는 내심 뿌듯해 그것들을 보석처럼 마음에 간직했다.

이스칸은 궁에서 가장 높은 신분임에도 궁 안에 있는 사람들을 지나칠 정도로 견제했다. 그러나 그의 지위는 그의 가문 사람에게 자연스레 주어지는 것이라는 사실이 이스칸의 마음을 짓눌렀다. 그는 하루빨리 스스로 권력을 얻어 행사할 수 있게 되기를 원했다.

"궁에 나만큼 명민한 사람은 없을 것이오! 다른 치들은 땅속 두더지처럼 눈이 멀었소!"

이스칸은 샘 가장자리에 앉아 손가락으로 수면 위에 뭔가를 그리며 말했다. 그는 이제 내게 말하는 만큼이나 아니에 대고 자주 말을 거는 듯했다.

"폐하도 그 사실을 알아야 하는데! 하지만 폐하도 똑같이 눈이 멀었소. 왕자들에게는 온갖 좋은 것을 약속했지. 그들은 응석이나 부리는 게으름뱅이인데! 첫째 왕자 올란은 사냥만 하러 다니고 다른 왕자들도 연회다, 첩이다, 전부 한심하기 짝이 없어. 약하고 나태한 자들이오. 남자라면 하찮은 욕망 때문에 몸이나 정신이 약해지게 두어선 안 되는데. 폐하는 그렇게 많은 후궁을 들이지 말아야 했소. 그들 때문에 진짜 중요한 것에는 관심도 두지 않고 있소."

이스칸은 허공에 손을 들어 손가락 끝에서 샘물이 똑똑 떨어지는 모습을 바라보고 있었다. 그 눈길이 꼭 사랑하는 연인을 보는 듯했다.

"당신의 때가 올 거예요. 저는 알아요."

나는 내가 여기 있다는 걸 상기시키려고 입을 열었다. 나는 이스칸의 발치에 앉아 그의 얼굴을 가만히 바라보았다.

"당신 말이 맞소."

이스칸이 여전히 아니에서 눈을 떼지 못한 채 웃으며 말했다.

"나는 그들이 모르는 걸 알고 있지, 안 그러오?"

그의 목소리가 한결 부드러워졌다.

"그리고 나는 계속 배우고 있소. 조급하게 굴지 않을 거요. 나의 때가 오기를 기다릴 거요. 때가 오면 당신이 내게 말해 주겠지, 그렇지?"

"아니가 당신께 많은 걸 보여주나요?"

내가 조심스레 물었다. 어쩌면 이스칸이 곧 나만큼이나 아니가 보여주는 것을 잘 읽을 수 있게 될지도 모른다. 그렇게 되면 그에게 내가 필요하지 않을 것이다.

"조금 보여주긴 하오."

그가 연인을 떠올리듯 말했다.

"내가 알고 싶은 걸 전부 보여주진 않아. 하지만 덕분에 내가 옳은 길로 가고 있다는 정도는 알 수 있지. 곧 샘을 잘 달래 모든 걸 알아낼 것이오."

이스칸이 꿈에서 깨어나듯 손에 묻은 물방울을 털어내더니 내게로 몸을 돌렸다.

"카비라."

그는 자리에서 일어나 검을 내려놓은 뒤 바지 끈을 풀고는 내게 다가왔다. 우리는 만날 때마다 정사를 나눴다. 그는 우선 처음엔 샘물을 마시고 샘에 손을 담그거나 수면에 뭔가를 그리거나 하며 가만히 바라보았다. 나는 그를 방해하지 않았다. 그렇게 아니와 시간을 다 보내고 나면 이스칸은 나를 원했다. 그는 내게 입을 맞추고 나를 어루만졌으며 가끔은 내 안에 불을 지폈다. 나는 마음속 깊이 그를 원했다. 그럴 때면 이스칸은 완전히 내 것이었다. 그와 나는 진정으로 함께였고 아니조차 우리 사이를 방해하지 못했다.

머지않아 내가 두려워하는 동시에 바라온 일이 생겼다. 봄이 절정에 이르렀을 때 월경이 멈췄다. 아이가 생긴 것이다. 이 소식을 어떻게 이스칸에게 전해야 할지 몰랐다. 그가 화를 낼까 봐 두렵기도 했지만 최소한 이제는 그가 우리 아버지께 나와의 관계를 말해야 하니 다행이라고도 생각했다. 그는 혼인을 청할 터였다. 그러고 나면 이제 어두운 밤에 사람들 몰래 만나는 일도 그만둘 수 있었다.

그날 밤, 이스칸은 기분이 좋아 보였다. 쿠션과 라이스케이크, 달콤한 포도주 따위를 가져왔고 우리는 동굴 밖에 앉아 음식을 먹으며 얘기를 나눴다. 이스칸이 말했고 나는 들었다. 향신료 시장이 열릴 때 일부 귀족들이 외국 상인들에게 좋은 자리를 주는 대신 자릿세를 받고 있었는데, 이스칸의 조언으로 이제 향신료 거래에 대한 세금은 전부 국왕에게 귀속되도록 법령이 바뀌었다. 이 일로 폐하는 이스칸의 공을 크게 치하했다.

"이번 일을 통해 똑똑히 경고해야 한다고 내가 폐하께 말했소. 누구도 그 귀족들의 전철을 밟지 않도록 말이오. 사람들이 우리의 통치자, 통치자의 조상, 그리고 조상의 조상들까지도 우러러보게 해야 하오. 하지만 폐하는 그런 더러운 일은 직접 하길 꺼리시지. 그런 일은 내 아버지께 위임하고 아버지는 내게 맡기시오. 나는 그 귀족들을 거세하고 자식과 아내, 손주까지 모두 없앴소. 그자들의 혈통은 이제 끊어졌고 죽고 난 뒤에 혼을 기려줄 사람도 없지. 그들은 그 사실을 몸에 새긴 채로 죽을 때까지 비참하게 살게 될 것이오."

내 표정을 본 이스칸이 고개를 흔들었다.

"필요한 일이었소, 카비라. 내 임무는 그 어떤 상황에서도 폐하를 지키는 것이오."

그저 그 귀족들의 재산을 몰수하고 추방하기만 해도 충분했을 거라 말하고 싶었지만 감히 그의 말에 맞서지는 않았다. 특히나 지금은 그에게 중요한 말을 꺼내야 했으니 말이다.

"이스칸-셰."

그가 내게 몸을 숙이고 뺨을 쓰다듬자 내 목소리가 살짝 떨렸다.

"자, 자, 무슨 일이오, 내 작은 새."

"아이를 가졌어요."

이스칸이 팔짱을 끼고 나를 유심히 바라보았다. 나는 그가 화를 낼까 봐 두려워 숨도 쉬지 못했다.

그가 싱긋 웃었다.

"기다리고 있었소."

나는 어떻게 반응해야 좋을지 몰랐다. 가슴이 환희로 차올랐다. 이 얼마 만에 다시 맡아보는 시나몬과 꿀의 향기인가. 이스칸이 나를 사랑하고 있었다! 그는 나와 내 배 속의 아이를 원한다. 우리의 아이!

그가 자리에서 일어나더니 나를 일으켜 세웠다.

"이리 오시오!"

나는 이스칸을 따라 동굴 안으로 들어갔다. 아니에게로. 그녀는 하현달 아래 고요했다. 이스칸이 몸을 숙여 잔을 들었고 샘에서 물을 떴다.

"마시시오!"

"하지만 달이 기울고 있는걸요! 아니의 물은 지금 위험해요, 오아키라고요!"

"그러니까 말이오."

희미한 달빛 아래 미소를 드러낸 그의 얼굴이 보였다.

"이제야 내가 오랫동안 궁금해했던 걸 시험해 볼 수 있겠어. 마셔!"

나는 몸이 얼어붙었다. 그 자리에서 꼼짝도 하지 못한 채 이스칸의 손에 들린 잔을 멍하니 바라보았다. 인내심이 바닥난 그는 내 뒷머리를 잡아 고개를 젖혀 내 입술에 잔을 갖다 댔다. 나는 마시지 않으려 발버둥 쳤지만 샘물은 내 입과 목을 타고 내려갔다. 나는 모든 걸 놓았다. 포기해 버렸다. 샘물이 내 안으로 흘러 들어왔다.

아니의 검은 물은 마셔본 적이 없다. 시원했다. 그렇게까지 위험한 물은 아닐지도 몰랐다. 검은 물이 죽음과 파멸을 가져온다는 얘기는 진실이 아닐지도 모른다. 할머니가 내게 해준 말이 전부였다. 나는 물을 삼켰다. 이스칸은 가만히 나를 관찰했다.

"뭔가가 느껴지나?"

나는 고개를 저었다. 맥박이 뛰는 소리인지, 귀에서 뭔가 낯선, 웅웅대는 소리가 들려왔다. 혈관 속 피가 급류를 타고 흐르는 듯했고 그 소리가 점점 더 커져갔다. 급류가 더 강해졌다. 강이 흐르고 폭포가 쏟아지는 것 같았다. 아니가 내 안에 있었다. 나는 평생 샘물을 마셔왔고 그녀의 힘도 내 안에 함께 존재했다. 아니는 내 피와 섞여 내 일부가 되었고 지금의 나를 만들었다. 이스칸의 형체가 어둠 속에서 파문처럼 번졌다. 이스칸은 분명 내 앞에 서 있는데 동시에 그의 지나간 날과 앞으로 그에게 닥칠지도 모르는 미래가 내 눈앞에 보였다. 그는 늙어 죽음을 맞는다. 내가 손만 뻗으면 그의 죽음을 만질 수도 있었다. 그것을 움직이고, 가까이 끌어당기고, 지금 당장 이곳에 오게 할 수도 있었다.

나는 손을 뻗었다. 내 손이 떨렸다. 이스칸은 나를 지켜보고 있었다. 단 한 순간도 놓치지 않고 있다. 나는 손가락 끝으로 조심스레 그의 죽음을 쓸어보았다. 신나를 연주할 때처럼 아주 부드럽게. 이스칸의 숨이 막혔다.

나는 손을 떼고 그의 눈을 바라보았다. 이스칸은 그 순간 깨달았다.

내가 가진 능력과 그 능력으로 그에게 무슨 일을 할 수 있는지, 그리고 내가 지금 무엇을 하지 않으려고 분노를 억누르고 있는지도 모두 깨달았다.

"집으로 돌아가겠어요."

이스칸은 순순히 뒤로 물러섰다. 나는 몸을 돌려 그 자리를 떠났다.

다음 사흘 동안 나는 아이를 잃었다. 그때의 기억은 남아 있지 않다. 온몸에 열이 올랐고 그 열이 이스칸에게 남아 있을지 모르는 일말의 마음조차 모조리 태워버렸다. 피, 엄청난 피가 흘러나왔던 것을 기억한다. 비탄에 잠긴 어머니와 아긴의 얼굴과 목소리, 다급한 발걸음, 민트와 검붉은 버넷 차, 따뜻한 로디올라도 기억난다.

나흘째 되는 날부터 열이 가라앉기 시작했다. 잠에서 깨고 보니 내가 깨끗한 새 침대 위에 누워 있었다. 내 발치에 있던 아긴이 나와 눈을 마주치지 못하고 자기 손을 내려다보며 말했다.

"언니가 죽는 줄 알았어. 대체 무슨 짓을 한 거야?"

나는 고개를 돌렸다.

"어머니도 아셔?"

"어머니는 아이를 넷이나 낳았어. 어떨 거라 생각해?"

아긴의 목소리가 차가웠다.

"이제 내가 싫어?"

아긴의 눈을 쳐다볼 수가 없었다. 아긴은 한숨을 푹 내쉬었다.

"그럴 리가, 언니는 여전히 나의 사랑하는 언니지. 그래도 화는 나. 왜 나한테 말하지 않았어? 이런 짓을 하다니! 아버지께 말했어야지. 그랬다면 아버지가 둘을 혼인시켜 줬을 수도 있었잖아."

하지만 그렇게 말하는 아긴도 자기 말을 확신하지 못한다는 걸 알 수 있었다.

“아무도 그 남자에게 명령할 수 없어. 그리고 그는 절대 나와 결혼하지 않을 거야. 이제야 알았어. 그래도 이제는 그 사람에게서 벗어났잖아. 다시는 그를 보지 않을게, 맹세해.”

아긴은 나를 쓰다듬었다.

“그렇게 생각한다니 다행이야. 그 사람, 여기 왔었어.”

나는 너무 놀라 숨을 쉴 수가 없었다.

“아무렇지 않게 아버지와 어머니를 보러 오다니 정말이지 뻔뻔해. 언니를 무척 걱정하는 척했어. 질문이 많았거든. 언니의 상태에 대해 모든 걸 알고 싶어 했어. 아버지와 티헤는 아무것도 모르니까 전처럼 그를 귀하게 대접했어. 어머니는 한시도 그 사람 옆에 있고 싶지 않아 해서 내가 시중을 들었어. 그 남자가 나를 보는데…….”

아긴은 몸을 부르르 떨었다.

“전에는 몰랐는데 그가 내 마음을 꿰뚫어 보는 것 같았어. 그 눈빛만으로도 내게 무슨 짓을 할 수 있을 것만 같고.”

동생이 머리를 흔들었다.

“언니가 이제 그 남자를 떨쳐냈다니 정말 다행이야. 좋을 게 없는 작자야. 처음부터 그럴 줄 알았어.”

아긴이 일어나 내 머리맡으로 다가와 나를 꼭 안아주었다. 언제부터였지, 우리가 어릴 적에 침대를 함께 쓰던 때부터였던가. 깜깜한 밤이 무서울 때면 우리는 나란히 누워 꼭 부둥켜안고는 서로를 지켜주겠다고 했었다. 땀으로 얼룩지고 더러운 내 머리에 아긴이 입을 맞췄다.

“삶은 계속돼. 언니도 곧 그렇게 느끼게 될 거야. 시간은 걸리겠지만 다시 행복을 느끼는 날이 올 거야.”

아긴이 자리에서 일어났다.

"내가 그런 게 아니야."

내가 그 애를 보며 말했다.

"이스칸이 그랬어."

아긴이 다시 소스라쳤다.

"그렇다면 그를 만나지 않기로 한 건 정말 잘한 거야."

나는 아긴이 방을 나가는 모습을 지켜보았다. 나는 슬펐지만 동시에 안도했다. 적어도 이스칸에게서 도망쳐 나왔으니까. 나는 자유였다.

그땐 그렇게 생각했다.

다음 날, 내 안에서 웅웅 울려오는 소리 때문에 잠에서 깼다. 해가 뜬지 한참이 지났는데도 집 안이 조용했다. 봄이 거의 다 지나가고 여름이 오는 시기라 커튼 안으로 들어오는 햇살이 무척 따뜻했다.

나는 침대에서 일어나 앉았다. 아직 몸에 힘이 없어 침대 밖으로 내려가기가 힘들었다. 천천히 일어나 겨우 벽에 기대어 섰다. 이제 내 안에서 울려오는 소리가 귀가 먹먹할 정도로 커져 집이 정말 조용한 건지 이 소리 때문에 내가 듣지 못하는 건지 알 수가 없었다. 내 시야에 들어오는 모든 것이 파문처럼 흔들리고 번져, 지금 내가 과거나 미래를 보고 있는 건 아닌지 헷갈렸다. 벽이 투명했다. 벽 뒤로 다른 벽들이 보였는데 그 벽들은 우리 집이 아니라 훨씬 더 큰 다른 집의 것이었다. 그곳에는 반투명한 모습의 사람들이 금색, 감청색, 핏빛 달팽이로 염색한 검붉은색 등의 화려한 옷을 입고 소리도 없이 미끄러지듯 움직이고 있었다. 그들은 전부 여자였다. 새까만 머리카락에 핀을 두 개 단 어린 여자에게 내가 손을 뻗자 내 손가락이 여자의 팔을 그대로 통과했다. 아주 잠시, 그녀가 나와 눈이 마주친 듯했다. 그리고 바로 다음 순간, 그 광경이 온데간데없이 사라져버렸다. 나는 다시 집으로 돌아왔다. 숨이 차고 등줄기에 땀이 흘러내렸다.

"아긴?"

나는 조심히 아긴을 불러보았다. 내 목소리가 천둥소리처럼 귓가를 울렸다.

"어머니?"

아무런 대답도 들려오지 않았다. 나는 숨을 고르며 문을 향해 천천히 걸었다. 제대로 서 있기조차 힘들었다.

2층 테라스에는 아무도 없었다. 어머니와 아버지의 침실 문이 활짝 열려 있었다. 나는 벽에 기대며 부모님 침실 쪽으로 걸음을 옮겼다.

부모님의 침대 끝에 레한이 앉아 있었다. 레한이 등을 지고 앉아 있어 그 애의 길고 구불구불한 머리카락만 보였다. 침대는 헝클어져 있었고 레한이 뭔가를 쥐고 있었다. 아직 커튼이 쳐져 있어 방이 어두웠다.

나는 느릿느릿 방 안으로 들어섰다. 레한은 내가 오는 소리를 들었을 텐데도 나를 돌아보지 않았다.

"커튼을 걷어야지."

내가 말했다. 목이 마르고 따가웠다.

눈이 서서히 어둠에 적응하자 레한이 잡고 있는 것이 보였다. 손이었다. 내가 너무나도 잘 아는 가느다란 손. 어머니의 손이었다. 침대는 헝클어진 게 아니라 누군가가 누워 있는 것이었다. 어머니와 아버지가 나란히 누워 있었다. 또다시 공기가 파르르 떨렸고 마지막 환영이 눈앞을 스쳤다. 늙은 어머니와 아버지가 나란히 누운 채로 손주들에게 둘러싸여 죽음을 맞는다. 그런데 그 평안한 죽음이 도둑맞은 것이다.

어떤 사악한 손이 그들의 죽음을 이곳으로 가져온 것이었다. 환영이 사라졌다.

“밤사이에 돌아가신 것 같아. 전부 다.”

망연자실한 레한의 목소리가 들렸다. 닿을 수 없는 아주 먼 곳에서 들려오는 소리 같았다.

세상이 무너져 내리는 것 같았다. 나는 레한의 말을 이해했다. 그런데도 나는 물었다.

“전부 다?”

“티헤랑 아긴도 침대 위에 누운 채로 있어. 하인들도 거의 전부. 살아남은 사람들은 도망쳤어.”

레한의 목소리는 차갑고 딱딱했고 그 어떤 감정도 실려 있지 않았다.

나는 아무 말도 하지 않았다. 내 몸이 허락하는 한 최대한 빨리 아긴의 방으로 달려갔다. 아긴은 두 눈을 감고 이불 위에 손을 올린 채 누워 있었다. 그 애가 평소 잠자던 모습 그대로였다. 나는 아긴 옆에 털썩 주저앉아 아긴을 두 팔로 꼭 끌어안았다.

내 동생 아긴. 나와 레한을 잘 보살펴 주고 늘 다른 사람들을 먼저 생각하던 내 동생. 그리고 티헤, 우리의 자랑인 아름다운 동생. 아버지, 어머니. 모두 죽었다. 내가 우리 집안에 죽음을 불러온 것이다. 그들이 죽은 건 내 탓이었다. 내가 이스칸에게 아니의 비밀을 알려주었다. 아니의 오아키, 금지된 샘물이 어떻게 사용될 수 있는지 알려준 것은 바로 나였다. 그가 나를 살려둔 이유를 이해할 수 없었다. 이스칸은 내가 아프니 그대로 두어도 죽을 거라 생각했던 걸까?

내 아이와 함께 그때 죽었어야 했다.

그 비통함 속에서 나는 40년을 더 살았다.

이웃들이 우리를 발견했다. 하인들이 겁에 질려 도망치면서 우리 집에 죽음이 닥쳤다는 소문이 퍼져나갔다. 우리 집을 휩쓸고 간 이 끔찍한 사건에서 살아남은 생존자를 구해내려고 아버지의 오랜 친구들이 위험을 무릅쓰고 달려왔다. 그들이 우리를 데려가 돌봐주고 죽은 가족들을 묻어주었다. 어머니와 아버지, 티헤, 아긴이 집안 묘지에 묻힌 뒤에는 고모가 와 나와 레한을 자기 집으로 데려갔다. 레한과 나는 그저 넋을 잃고 있었다. 우리는 서로 대화도 거의 하지 않았다. 아침이 오면 옷을 갈아입고 앞에 놓이는 음식을 먹고 누군가 물으면 대답을 하고 밤이 오면 침대로 돌아갔다. 그런데 레한이 낯설게 느껴졌다. 우리가 서로에게 의지가 되어주지 못하는 이유를 알 수 없었다. 어쩌면 내 죄책감이 너무 컸던 탓일 것이다. 레한의 슬픔 또한 너무 컸다. 고모와 사촌들은 우리를 극진히 보살펴 주었지만 나는 슬픔과 괴로움의 안개 속에서도 마음 한편으로는 우리가 영원히 이곳에 있을 수는 없다는 사실을 알고 있었다. 어디로 가야 할지 몰랐을 뿐이다.

늦여름의 아침, 레한과 고모, 사촌 에케와 함께 테라스에 앉아 자수를 놓고 있는데 하인이 들어왔다.

"이스칸 아크 혼타-세가 오셨습니다."

하인이 문을 열었다. 에케는 호기심 가득한 표정으로 고개를 들었고 레한은 자수를 내려놓았다. 고모는 일어나 연신 고개를 숙이며 인사를 했고 그에게 시원한 차와 케이크를 대접했다. 나는 하던 바느질을 계속했다. 얼굴을 들 수가 없었다. 그가 이제 나를 죽이러 온 것이라고 생각했다. 그는 한 치의 망설임도 없이 그렇게 할 수 있었다. 일말의 후회도 갖지 않을 것이다. 심장이 너무 빠르게 뛰어 손이 떨렸다. 이스칸이 예의 부드러운 목소리로 격식에 맞게 애도의 말을 전했다. 어쩌면 그가 일을 빨리 처리할지도 몰랐다. 그러고 나면 나는 이 끔찍한 고통에서 벗어날 수 있다. 더 이상 죄책감을 끌어안고 살지 않아도 된다. 나는 고개를 들었다.

그는 슬픔에 잠긴 척 고개를 숙인 채 레한 앞에 서 있었고 동생은 눈물을 글썽거리며 그를 바라보았다.

"당신의 어머니와 아버지는 내 평생 가장 좋은 분들이었소, 레한-쇼. 내 부모님만큼이나 내게 소중한 분들이셨소. 나는 그분들이 정말 내 부모님이 되어주셨으면 하고 바랐었소."

그다음 순간, 이스칸은 방 안에 있는 모두가 들을 수 있도록 큰 목소리로 말하며 레한의 손을 잡았다.

"나는 그분들의 막내딸 레한과 혼인하고자 했소. 그러나 쇼 집안에 닥친 이 거대한 비극 앞에 차마 그럴 수는 없다는 생각이 들었소."

에케는 작게 외마디 소리를 질렀고 고모는 자리에서 벌떡 일어났다.

"제 남편을 모셔 오겠습니다. 집안의 가장이 있어야 할 자리네요."

이스칸이 레한의 손을 잡은 채 고개를 끄덕였다. 그러고는 시선을 돌려 나와 눈을 마주쳤는데 나는 그의 눈에 담긴 경고를 읽을 수 있었다. 위협의 눈빛이었다.

고모가 고모부 네토모와 함께 돌아왔다. 두 분은 하인들이 다과를 내어놓은 테이블로 가 앉았다. 나는 한 발짝도 움직일 수가 없었고 이스칸은 레한의 손을 잡은 채 그대로 서 있었다. 금방이라도 매가 급습해 올까 봐 걱정하는 참새처럼 나는 그에게서 눈을 뗄 수가 없었다.

"말리크 아크 상우이-쇼와 저, 그리고 그분과 제 아버지 사이에 공식적인 약속은 없었지만 지난 한 해 동안 제 마음은 분명했습니다. 저는 단지 궁에서 아내를 맞을 만한 위치에 오른 뒤 청혼하려고 기다리고 있었을 뿐입니다. 그러나 지금은, 저의 바람을 앞세우기보다는 마땅한 책임을 다하는 것이 옳은 일이라고 느껴집니다."

그는 잠시 다정한 눈으로 레한을 보더니 슬픈 미소를 지었다.

"이들은 집안을 휩쓸고 간 병마에서 홀로 살아남았습니다. 저는 두 자매의 삶과 환경이 최대한 바뀌지 않도록 그들을 보살펴야겠다는 책임을 느낍니다."

그러고는 그는 레한의 손을 놓고 나를 바라보았다. 나는 그 자리에 얼어붙었다. 그가 다른 사람들 앞에서 말하지 않은 것들이 나를 짓눌렀다. 이스칸이 내게 한 걸음 더 가까이 다가왔고 나는 손에 쥔 자수를 더욱 꽉 움켜쥐었다. 그는 절대 내 손을 잡을 수 없다. 그의 손이 닿으면 참을 수 없을 것 같았다.

"카비라 아크 말리크-쇼. 당신의 아버지는 형제도 다른 남자 친척도 없으니 당신이 아버지의 유일한 후계자요. 나와 혼인해 주시오. 내가 당신의 소중한 동생 레한도 돌보겠소. 우리가 부부가 되면 레한은 내 동생이 되는 것과 마찬가지요. 우리가 당신 아버지의 집에 살면 당신은 예전처럼 그 집에 계속 살 수 있소. 동생과 떨어져 살 필요도 없지. 당신과 레한도 그걸 원할 거라 생각하오. 당신에게 부족한 것 없이 해주고 그 어떤 어려움도 겪지 않게 해주겠소. 당신과 레한 둘 모두 말이오."

이스칸은 마지막 문장을 말할 때 특히 힘을 주면서 그 검고 살기 띤 두 눈으로 나를 보았다. 그가 다른 사람들을 등지고 서 있었으므로 그의 표정은 나만 볼 수 있었다. 나는 분명히 보았다. 그리고 그의 말뜻을 알아들었다.

만약 내가 그의 말을 따르지 않는다면 그 대가는 나만 치르는 것이 아니었다. 이스칸은 레한을 죽일 작정이었다. 그는 샘 때문에 이 모든 일을 벌였다. 아니를 자기 손에 넣기 위해서라면 어떤 짓이든 할 준비가 되어 있었다.

나는 입을 뗄 수가 없었다. 답이 이미 정해져 있다는 걸 알고 있었지만 차마 내 입으로 말할 수가 없었다. 고모부가 이스칸에게 가 그의 손을 잡고 쓰다듬었다. 비시에르의 아들과 한 가족이 된다니 절대 놓칠 수 없는 기회였을 것이다.

"이게 다 너무 갑자기 닥친 일이라. 저희 어린 조카가 경황이 없어 그러니 이해하세요. 말씀하신 게 얼마나 관대한 제안인지 저 아이도 이해할 겁니다. 당연히 받아들일 거예요. 안 그러니, 카비라?"

나는 체념하듯 고개를 떨어뜨렸다. 친척들은 그것을 동의한다는 뜻으로 받아들였다. 고모부는 이스칸의 등을 두드리며 축하 인사를 건넸고 고모는 하인들에게 포도주와 잔을 가져오라 일렀다. 우리는 곧 모두 자리에서 일어나 잔을 들고는 곧 부부가 될 연인의 부와 건강을 기원했다. 붉은 잔을 든 이스칸이 몸을 숙여 내 귀에 대고 속삭였다. 젊은 남자가 혼인을 약속한 이에게 비밀의 말을 속삭이는 일, 세상에서 가장 자연스러운 이 행동에 사람들은 즐거워하며 손뼉을 쳤다.

"겁낼 필요 없소, 카비라. 내가 시키는 대로만 하면 되오. 그러면 당신과 아름다운 동생은 무사할 것이오. 알아듣겠소?"

나는 고개를 끄덕였다.

"좋소. 당신이 가장 먼저 지켜야 할 것은 샘과 샘의 능력에 대해 그 누구에게도 발설하지 않는 것이오. 샘에 가지도 마시오. 이를 어기면 내가 알게 될 거요. 카비라, 당신이 잘 알고 있겠지. 아니는 이제 내 것이오."

그의 목소리와 어조는 따뜻하고 다정해서 연인끼리 은밀한 얘기를 속삭이는 것처럼 보였을 것이다. 주변에 있는 그 누구도 그의 말이 사나운 협박이라는 사실을 알지 못했다. 이스칸이 고모부에게로 몸을 돌렸다.

"하루라도 빨리 식을 올리고 싶습니다. 숙녀분들이 어서 집으로 돌아갈 수 있게요."

"물론이죠."

고모부가 고개를 끄덕이며 수긍했다.

"다음 보름달이 뜨기 전에 하시지요. 제게 카비라 아비의 집 열쇠가 있습니다. 아마 그사이에 당신이 새로 살게 될 집을 준비해 놓고 싶겠지요."

이스칸이 미소를 지었다. 그는 그날 오후 내내 웃고 또 웃었다. 그는 레한을 보며 미소를 지었고 내게도 미소를 지었다. 오직 나만이 그 미소가 감추고 있는 것을 알고 있었다.

그 뒤로 예식을 올리기 전까지의 일들은 거의 기억나지 않는다. 많은 것을 준비해야 했겠지만 나는 거의 관여하지 않았다. 레한과 함께 쓰는 침실에 온종일 틀어박혀 우리에 갇힌 짐승처럼 방 안을 서성거렸다. 이 덫을 빠져나가려고 아무리 머리를 써봐도 탈출구가 보이지 않았다. 이스칸의 분노를 사지 않고 레한을 위험에 빠뜨리지 않으면서 여기서 탈출할 수 있는 방법은 없어 보였다.

어느 날 저녁, 레한은 잠자리에 들 준비를 하고 있었다. 나는 초조하게 방 안을 왔다 갔다 했고 레한은 거울 앞에 앉아 머리를 빗으며 그런 나를 지켜봤다.

"대체 왜 그래? 고모부가 웬 이상한, 이도 빠지고 몸에 진드기나 우글대는 늙은 남자한테 언니를 보내는 것처럼 굴고 있잖아. 젊고 잘생긴, 비시에르 경의 아들과 혼인하는 거야. 그것도 우리를 위해 최선을 선택한 남자. 지금 슬퍼해야 할 사람이 있다면 그건 나라고."

나는 그 자리에 멈춰 레한을 보았다. 레한이 고개를 돌려 나를 보았는데, 동생의 고운 피부가 빨갛게 달아올라 있었다.

"혼인을 하는 건 이스칸과 나였어야 했잖아."

그 말은 우리 둘 사이를 유리 조각처럼 맴돌았다.

"하지만…… 넌 늘 그에게 관심이 없다고 했잖아."

"관심 없어."

레한이 여전히 붉은 얼굴을 떨구었다.

"하지만 이스칸은 비시에르의 아들이잖아. 그에게는 장밋빛 미래가 있지. 우린 잘살았을 거야. 그리고 그는 친절해. 좋은 남자야."

"레한, 그 남자는 악마야!"

나는 레한 곁으로 가 무릎을 꿇고, 그 애를 위험에 빠뜨리지 않으면서 경고해 줄 수 있는 말이 뭐가 있을까 떠올리려 애썼다.

"이스칸을 믿으면 안 돼. 그 남자는 너를 원한 적도 없어. 아버지도 이스칸이 그 얘길 한 번도 꺼내지 않았다고 하셨잖아. 그는 악의 화신이야. 오, 레한, 우린 달아나야 해. 우리 둘 다. 오늘 밤 떠날까?"

내 안에서 희망의 불씨가 타올랐다. 그래, 달아나자. 왜 진즉에 생각하지 못했을까? 아주 멀리, 아니의 힘이 닿을 수 없는 곳으로, 그래서 이스칸이 우리를 찾을 수 없는 곳으로 달아나자.

얼굴이 하얗게 질린 레한이 화난 얼굴로 나를 보았다.

"이스칸이 나를 원하지 않는다고? 그럼 이스칸이 언니를 보러 왔다고 생각하는 거야? 여태껏 혼자 그렇게 생각했던 거야?"

"그게 사실이야. 하지만 네가 생각하는 그런 이유는 아니야, 레한. 그 남자는—"

레한이 내 말을 끊으며 말했다.

"언니가 그렇게까지 바닥일 줄은 몰랐어."

레한의 목소리는 얼음장처럼 차가웠고 레한은 내 말을 몸에서 떨쳐내기라도 하려는 듯 자리에서 일어나 양팔을 두 손으로 감싸고는 문질렀다.

"아버지와 어머니도 알고 계셨어. 모두가 알았고 이스칸도 그렇게 말했어. 나와 결혼하고 싶었다고. 그리고 지금은 최선을 다해 우리 둘을 돌봐주려 하고 있어. 가족이 살던 집을 내게 돌려주려고 하는 남자에게서 내가 왜 달아나야 하지? 우리 집이 너무 그리워. 고통스러워, 언니. 어머니가 걸었던 복도를 다시 걷고 싶고 아킨 언니의 손이 닿았던 물건을 만지고 싶어. 가족들과 가까이 있고 싶어. 그런데 언니는……."

레한의 얼굴이 분노로 일그러졌다.

"언니는 미쳤어. 그런 좋은 남자를 남편으로 맞을 자격도 없어. 고모한테 에케 방에서 자겠다고 할 거야. 신부가 혼자 있을 시간이 필요한 것 같다고."

내가 뭐라고 말을 하기도 전에 레한은 나만 혼자 남겨두고 방을 떠나버렸다.

*

예식은 전통에 따라 이스칸의 집안 묘지가 있는 아레코 외곽에서 올려졌다. 그곳에는 봉헌을 위한 작은 제단이 있었고 그와 나는 그 앞에 서서 전통대로 세 가지 선물을 교환했다. 레한이 들고 있던 선물 바구니 중 하나에서 행복을 기원하는 무화과주와 영원을 기원하는 실크, 후손을 기원하는 바오를 꺼내 이스칸에게 건넸다. 그는 그 예물을 받아 사촌에게 전해준 뒤 레한에게 고개를 숙여 인사했다. 레한이 미소 짓자 뺨에 있는 보조개가 쏙 들어갔다. 동생은 두 번째 바구니를 이스칸에게 건넸다. 이스칸은 부를 기원하는 은화와 풍요의 상징인 포도, 건강을 위한 한남나무 껍질, 지혜의 상징인 식초, 그리고 우리의 새 출발을 축하하는 쇠못을 바구니에서 골라 내게 주었다. 나는 그것들을 받았다. 마지막으로 레한이 꿀과 견과류가 가득 든 케이크를 건넸고 이스칸과 나는 그걸 반으로 잘라 나눠 먹었다. 그것으로 나와 이스칸은 공식적으로 혼인한 사이가 되었다. 예식이 끝나고 나면, 아버지의 집이었으나 이제는 이스칸의 집이 된 그곳에서 우리는 부부로서 함께 살게 되어 있었다. 정원의 나무마다 걸린 램프의 불빛 아래 하객들은 고모가 준비한 맛있는 음식을 즐겼고 아버지의 악사들이 연주하는 곡에 맞춰 춤을 추었다. 마지막 음악이 끝나고 마지막 술잔이 비자 이스칸은 나를 부모님의 침실로 데려갔다. 침대는 새것이었다. 이스칸은 우리 집안을 휩쓴 병마를 쫓는다는 명분을 내세우며 집에 있던 가구와 천 따위를 모조리 태워버렸다. 새 침대라고 해서 다를 건 없었다. 내게 그 침대는 여전히 부모님이 돌아가신 침대였다. 이스칸이 부모님을 죽였다. 나는 차마 그 방에 들어갈 수가 없어 문 앞에 서 있었다.

이스칸은 주위를 둘러보더니 만족스러운 듯 고개를 끄덕였다.

"이것 좀 보시오. 아버지가 선물로 보내신 리아우 아크 티베-시의 작품이오."

그가 침대 옆에 걸린 휘장을 가리켰다.

"갑옷으로 무장한 말 다섯 필은 줘야 얻을 수 있는 그림이오. 귀한 예술품과 고상한 가구로 집을 채웠소. 이제야 비로소 비시에르 아들의 집 같군."

그는 침대 끝에 앉아 다리를 꼬았다.

"공사를 좀 할까 하는데. 언덕에 있는 봉분 주변에 담을 쌓을까 생각 중이오."

그가 웃었다.

"그건 시작일 뿐이오. 나는 대단한 것들을 보았지, 카비라. 눈부시게 영예로운 미래 말이오. 몇 년 안에 당신 아버지의 영지는 알아볼 수도 없게 변할 것이오. 샘의 기운이 가장 좋을 때마다 나는 매일 그 물을 마시고 보름달이 뜰 때는 환영을 보지. 시간이 갈수록 환영이 점점 더 뚜렷해지고 있어. 내가 미래를 조금씩 밀고 당기기만 하면 위대한 미래를 금방 손에 쥘 수 있소."

그의 목소리가 낮아졌다.

"하지만 그녀의 검은 물, 오아키를 마시는 건 완전히 다른 이야기지. 당신에게 있는 힘! 삶과 죽음을 다스리는 힘 말이오. 당신은 마셔봤으니 알고 있겠지, 카비라. 아니의 검은 물은 내 미래를 실현해 줄 나의 또 다른 무기요, 내 작은 새."

그는 유감이라는 듯 미소를 지으며 고개를 기울였다.

"그래도 이제 사랑하는 내 아내인 당신이 그 물을 다시 마실 일은 없을 것이오."

그날 밤 전에도 우리는 여러 번 함께 밤을 보냈지만 이번에는 달랐다. 이번에 그는 내게 고통과 모멸감을 주는 걸 즐기는 듯했다. 아침이 되자 그의 집안 여자들이 와 내 순결을 확인하기 위해 침대보를 살폈다.

이스칸은 나를 집 밖으로 나가지 못하게 했다. 그와 레한 말고는 다른 사람과 대화를 나누는 것도 금지했는데, 레한은 더 이상 나에게 말을 걸지 않았다. 나는 하인들과도 말할 수 없었고 이스칸과는 내가 말하고 싶지 않았다. 그래서 나는 침묵했고 목소리를 잃어갔다. 밖에서 동굴을 에워싸는 담을 쌓고 두꺼운 문을 세우는 공사 소리가 집 안의 적막을 찢었다. 공사가 끝나자 이스칸이 내 앞에 나타나 열쇠를 들고 웃었다.

“이제 아니가 정말 내 것이 되었소! 국왕이 온다고 해도 그녀의 비밀을 손에 넣지 못할 것이오. 아니는 사랑하는 남자, 오직 한 남자에게만 자신을 드러내는 아름다운 여인이오. 그녀가 원하는 사람은 바로 나뿐이지. 나에게 아무것도 숨기지 않고 전부 보여주거든.”

그는 매일 밤 나를 원했다.

“아들을 낳으시오, 카비라.”

어느 밤, 자기 손에 묻은 내 피를 닦아내며 이스칸이 말했다.

“남자는 아들이 있어야 하오. 아들보다 충직한 자는 없지. 아들이 있어야 내 이름을 물려줄 수 있어. 딸의 혼인으로 맺어진 동맹은 믿을 만한 것이 못 돼. 당신이 아들을 가질 때까지 우린 이렇게 함께 지내게 될 것이오.”

나는 더 이상 생각 같은 걸 하지 않았고 희망도 버렸으며 반항도 하지 않았다. 시간이 얼마나 흘렀는지도 기억나지 않는다. 더 이상 낮과 밤의 숫자를 세지 않았다. 씻지도 꾸미지도 않았지만 그는 여전히 밤마다 내 침실로 왔다. 나를 보는 그의 얼굴에 언뜻 혐오감이 스치면 얼마간 만족감도 들었다. 그의 미소 띤 얼굴을 참을 수가 없었다. 그의 오만하던 태도가 점차 분노로 바뀌었다. 내가 월경을 할 때마다 그는 불같은 화를 참지 못했다.

"지금 내 위치로는 첩을 둘 수 없단 말이야."

그가 으르렁대며 말했다.

"나도 좋아서 이러는 줄 아시오? 아들을 낳아야 한단 말이오. 이 빌어먹을 사막 같은 여자야!"

결국 나는 임신을 했다. 나는 어렸고 몸이 마음을 따르지는 않으니 말이다. 그 사실을 알자마자 이스칸은 아니를 찾아가 배 속의 내 아이가 남자인지 여자인지 물었다. 여자였다.

그는 내게 다시 검은 물을 마시게 해 아이를 지웠다.

그 뒤로도 내가 딸을 가지면 같은 일이 반복되었다.

그의 아내가 된 지 1년쯤 지났을 무렵 결국 남자아이를 갖게 되었다. 내 배 속에 있는 아기가 그가 그토록 원하던 아들이라는 것을 아니가 확인해 주자 드디어 그는 나를 내버려 두었다. 몇 달 동안 그를 보지 못했다. 이스칸은 자기가 궁에 꼭 필요한 사람이란 걸 증명하기 위해 어떤 일이든 가리지 않고 했다. 아이를 갖자 속이 메스꺼웠지만 집에 찾아온 평화에 조금은 감사한 마음이 들었다. 아침에는 침대에 누워 있다가 정오 무렵에는 뭔가를 좀 먹고 뜰로 나갔다. 뜰에 나가는 일은 허락되었다. 나는 뜰에 앉아 이른 봄의 향기를 맡았다. 버드나무 그늘 아래 핀 아름다운 꽃, 새들이 지저귀는 소리. 기쁨이라고 느낄 만한 감정을 느낀 건 2년 만에 처음이었다. 아이가 삶의 의미를 다시 일깨워주고 있었다. 이스칸의 아들이라는 사실은 중요하지 않았다. 아이는 내게, 삶을 다시 시작할 수 있을지도 모른다는 새벽빛이 되어주고 내 양심을 괴롭혀 온 모든 죽음을 속죄해 주었다.

나는 레한을 거의 보지 못했다. 처음엔 레한이 내게 냉담해서였고, 지금 레한은 내가 임신한 뒤 몸이 힘들어 내팽개친 집안일을 돌보느라 바빠 보였다. 뜰에 앉아 있으니 열린 창 너머로 하인들에게 이것저것 지시를 내리는 레한의 목소리가 들렸다. 동생은 이 방에서 저 방으로 옮겨 다니며 이 집에 필요한 일들을 챙기고 있었다. 그 내용을 다 듣고 있으니 레한이 하는 일이 얼마나 많은지 알게 되었다. 이른 아침이면 레한은 하인들이 농장과 숲으로 흩어지기 전에 그날 해야 할 일을 일러주었다. 이런 일들은 사실 가장의 임무였지만 이스칸은 집에 없는 날이 더 많았다. 동생이 마냥 어린 줄로만 알았는데 언제 이런 것을 다 배웠을까? 하인 중 레한의 권위에 의문을 품는 사람은 없었고 동생 덕분에 집안이 무탈하게 돌아갔다. 방은 윤이 나게 깨끗했고 식물은 잔가지 하나 없이 단정했으며 음식도 꼭 알맞게 다양하고 맛있었다. 나는 조심스레 하인들에게 말을 걸었다. 이스칸이 집에 없으니 말을 걸기가 무섭지는 않았다. 그러나 내 시중을 드는 여종들은 단순한 인사치레 외에는 나와 말을 하지 않으려고 했다.

어느 날 오후 정원에 앉아 배 위에 손을 올리고 아이의 태동을 가만히 느끼고 있던 때, 마침 레한이 초록색 실크 두루마리를 안고 바쁘게 지나가고 있었다. 동생은 나를 보자 다시 뒤로 돌아가려는 듯 걸음을 멈추었다.

"레한."

내가 애원하듯 동생에게 손을 뻗었다.

"이리 와서 잠깐 나랑 있자."

레한은 움직이지 않았고 나는 뻗은 손을 거두었다.

"우리 다시 친구가 될 수는 없는 거야? 내가 했던 말들 모두 사과할

게. 용서해 줘."

나는 무척 외로웠다. 아이를 가져 기뻤지만 동시에 이루 말할 수 없이 두려웠다. 이런 마음을 나눌 친구도, 조언을 구할 어머니도 없었다. 내게 남은 유일한 사람은 레한뿐이었다.

레한은 내가 앉은 벤치로 천천히 걸어와 내게서 멀리 떨어져 앉았다. 실크 두루마리는 무릎 위에 올려두었다.

"그게 뭐야? 새 옷을 지으려고?"

내가 다정한 목소리로 물었다.

레한은 옷감을 쓰다듬었다. 처음엔 레한이 말을 하지 않기로 작정한 줄로 알았는데 숨을 크게 들이쉬더니 입을 열었다.

"이스칸이 아침에 아레코에서 보내줬어. 응접실에 있는 의자 쿠션을 새로 만들라고."

나는 놀라 잠시 아무 말도 하지 않았다.

"예쁜 천이구나. 흔치 않은 색깔이야."

나는 겨우 할 말을 찾아 레한에게 말했다.

레한은 고개를 끄덕이고 옷감을 보며 미소를 지었다.

"우리가 산 초록색 화병과 잘 어울릴 것 같아. 이스칸이 마이코 사막에서 온 화병을 구해 왔어. 사막 모래로 구운 거래."

"너…… 이스칸과 집안 물건을 함께 골랐니?"

레한이 내 시선을 피하며 대답했다.

"응, 우린 취향이 비슷해서."

동생이 변명하듯 말했다.

"이스칸이 돈이 얼마가 들든 원하는 대로 꾸미라고 했어."

나는 뭐라고 대꾸할 말을 찾지 못했다. 이스칸은 레한을 아내처럼 대하고 있었다. 그리고 레한 또한 그 역할을 잘 따르고 있는 것 같았다. 나는 쇼 집안의 후계자니까, 비시에르의 아들을 낳아야 하니까 필요해서 어쩔 수 없이 데리고 있는 존재였다. 하지만 레한을 탓할 수는 없었다. 동생은 지금껏 좋은 아내로서 가정을 잘 꾸리는 여자로 자라도록 교육을 받아왔다. 우리는 어릴 때부터 그렇게 교육받아 왔다. 다만 나는 그 역할을 잘 수행할 수가 없었다.

레한은 내 침묵을 비난으로 받아들였다. 갑자기 자리에서 일어나더니 붉어진 얼굴로 나를 보며 말했다.

"언니 꼴 좀 봐! 대체 목욕은 언제 한 거야? 옷은 갈아입은 거야? 언니한테 냄새가 나. 언니는 우리 가족의 수치야! 언니가 임신하자마자 이스칸이 피하는 것도 놀라운 일은 아니지. 이런 언니를 보는 것조차 괴로웠을 거야. 그래서 내게 집안일을 의논한 거야. 난 그런 이스칸을 도운 거고."

레한은 방금 자기가 그런 말을 했다는 걸 믿을 수 없다는 듯 입을 손으로 막았다. 동생의 두 눈이 공포에 질려 동그래졌다.

"조심하는 게 좋아, 레한."

천천히 입을 떼며 말했다.

"넌 네가 지금 무슨 짓을 하고 있는지 몰라."

나는 화나지 않았다. 그저 이루 말할 수 없이 슬펐다. 레한을 이스칸의 손아귀에서 구해낼 방법을 알 수 없었다.

레한은 몸을 홱 돌려 집으로 들어가 버렸다. 나는 그렇게 하면 동생을 다시 불러올 수 있기라도 한 것처럼 그 애가 들어간 문을 한참 바라보았다. 이스칸의 집으로 레한을 끌어들인 건 나였다. 동생이 위험한 건 내 탓이었다. 아니의 금지된 물이 내게 들러붙어 내 몸속을 흐르고 있었다. 어렸을 적 샘물을 마시고 나면 몸과 마음이 강해진 걸 느낄 수 있었다. 그런 기운이 몇 달이나 계속됐다. 그때와 마찬가지로 지금은 내 몸에 달라붙은 더러운 것들이 떨쳐지지가 않았다. 검은 물이 내 피와 함께 흘렀다. 내가 모두를 진흙탕 속으로 끌어들일 것만 같았다. 아직 태어나지 않은 내 아이마저 그 안으로 휩쓸려 들어갈 것만 같았다.

산달이 가까워졌지만 나는 기쁘지 않았다. 아이를 낳는 일도 두렵지 않았다. 죽으면 이 모든 죄책감과 고통에서 해방될 테니까. 하지만 아이와 나는 모두 건강했다. 보름달이 뜬 밤, 이스칸이 집으로 돌아왔다. 아니와 너무 오래 떨어져 있을 수 없는 거라고 생각했다. 그에게는 아니의 힘과 환영이 필요했다. 집 안을 돌아다니며 모든 게 이상 없이 돌아가고 있는지 확인하는 이스칸의 목소리가 들렸다. 그가 없는 동안 어떤 일이 있었는지를 그에게 알려주는 레한의 다정한 목소리도 들렸다. 테라스에서 레한과 이스칸이 식사를 했고 신나의 선율과 악사 틸란의 목소리가 내 방의 창을 통해 흘러들어 왔다. 나도 아래로 내려가 그 테이블에 앉을 수도 있었다. 나를 막는 건 없었다. 이스칸이 아레코에서 좋은 음식들을 가져왔을 것이다.

나는 침대에 누워 부푼 배를 쓰다듬으며 들려오는 노래를 따라 흥얼거렸다. 어머니가 좋아하시던 노래였다. 나는 내 어머니를 죽인 자와 함께 식사하고 싶지 않았다.

자정 무렵 이스칸이 방으로 와 잠에서 깼다. 그는 침대맡에 있는 테이블 위에 램프를 내려놓았다. 나는 일어나 베개에 몸을 기댔다.

"아주 볼만하군그래."

그가 코를 찡그리며 말했다.

"이 냄새하며. 레한이 말한 그대로군. 이제 다 포기한 건가? 당신은 내 아들의 어머니라는 사실을 명심하시오."

"이 아이는 내가 어떤 모습이든 상관하지 않아요."

이스칸이 비웃으며 침대 가까이 왔다. 그는 짙은 눈동자로 나를 빤히 보았다.

"아이는 잘 있소?"

나는 마지못해 고개를 끄덕였다.

"곧 산달이지?"

"그럴 거예요. 제가 조언을 구할 만한 여자들과도 얘기를 못 하게 하니 알 수 없지만, 얼마 남지 않은 것 같아요."

"산파가 필요하겠군. 물론 산파를 불러줄 거요."

그는 자기 후계자인데도 성가시다는 듯 말하며 관심을 보이지 않았다. 그는 나른한 집고양이처럼 기지개를 켰다.

"내 핏줄에 아니의 힘이 흐르고 있소. 샘물이 얼마나 그리웠던지! 아니의 힘과 환영이 얼마나 그리웠던지. 아레코와 궁에서 해야 할 일이 너무 많았소. 아니에 올 수가 없었지. 그런데 이제 때가 된 것 같군, 카비라."

그가 웃으며 침대에 걸터앉았다. 나를 원하는 건가? 나도 모르게 내 손이 배를 보호하듯 가렸다.

"나에게 협력하는 자들이 있소. 그리고 그들은 내가 더 큰 힘을 갖기를 바라지. 이제 내가 비시에르가 될 차례요."

"그럼 당신의 아버지는요?"

나는 결혼식 때 본 다정한 백발 노인을 떠올리며 물었다.

"아버지는 너무 늙었소."

이스칸이 씩 웃었다.

"그의 죽음이 머지않은 것 같소. 내가 본 것 같기도 하고."

그는 농담이라는 듯 웃었지만 나는 숨을 쉬지 못했다. 이스칸은 가장 금기시되는 오아키를 말하는 것이었다. 부친 살해. 내 표정을 보며 이스칸은 즐거운 비밀이라도 공유하듯 고개를 끄덕였다.

"나는 아니의 오아키가 가장 강해지는 때를 기다리면 되오. 그때가 오면 검은 물을 마시고 아버지를 만날 것이오. 다음 날 사람들은 아버지를 발견해도 그저 노인이 떠날 때가 되어 떠났다고 생각하겠지."

그가 비웃으며 말했다.

"물론 나는 아버지의 진짜 죽음을 보았지. 아버지가 얼마나 오래 사는지 당신은 상상도 못 할 거요! 거북이처럼 끈질긴 노인네! 그래서 죽음을 좀 앞당길 수밖에 없게 됐지."

이스칸이 머리 뒤에서 깍지를 끼고 침대맡에 등을 기댔다. 희미한 램프 불빛이 그의 윤기 나는 머리칼과 매끈한 단추를 비추었다. 근심도 걱정도 없고 원하는 건 늘 손에 넣고야 마는 젊은 사내의 모습이었다.

"내가 비시에르가 되면 정말로 중요한 일들이 시작될 것이오. 나는 카레노코이에서 가장 힘 있는 사람이 될 거요. 사람들이 감히 상상할 수 없는, 왕조차 뛰어넘는 훨씬 더 강력한 힘을 가지게 될 것이오."

그제야 이스칸은 내가 배에 손을 올리고 방어적인 자세로 앉아 있는 걸 보고서는 미간을 찌푸렸다.

"착각하지 마시오. 당신이 해야 할 일도 끝났는데 내가 왜 당신과 있고 싶어 하겠소?"

그는 침대에서 내려가 방을 나갔다. 이스칸이 떠난 뒤에도 그가 들고 온 램프, 그리고 가죽과 포도주 냄새가 내 방에 남았다. 나는 바로 램프를 꺼버렸다. 그가 침대에 앉았던 자리조차 보고 싶지 않았다. 나는 다시 침대에 누웠고 심장도 천천히 제 속도를 찾아갔다. 이제 그가 무슨 짓을 하든, 내가 죽든 말든 나는 아무런 관심이 없었다. 하지만 여전히 이스칸이 두려웠다. 그리고 마음 한구석에는 일말의 부끄러움이 자리하고 있었다. 한때 내가 세상에서 가장 아름다운 여자라고 느끼게 만들어주었던 남자가 나를 혐오스럽게 보는 눈길에 수치스러웠다.

창밖에서 말들의 울음소리가 이따금씩 울려왔고 어둠 속에서 개구리와 귀뚜라미 소리도 들려왔다. 고요한 밤이 내 마음을 어루만지고 다독여주었다.

그 순간, 다른 소리가 들렸다. 내가 너무나도 잘 아는 소리였다. 이스칸이었다. 그 소리는 내 방 바로 옆에 있는 레한의 방에서 들려오고 있었다. 나는 일어나 앉았다. 소리가 다시 들려왔다. 신음소리였다. 그가 레한에게 마수를 뻗치고 있는 것이다. 그럴 리가 없다, 그럴 수는 없다, 뭔가를 해야 했다, 동생을 구해야 했다! 무기가 될 만한 것을 찾으려고 주변을 둘러봤지만 아무것도 없어 빈손으로 무거운 몸을 이끌고 무작정 복도로 달려 나갔다. 뭔가 방법이 있을 것이다! 방법이 없다면 하다못해 소리라도 질러 하인들을 부를 작정이었다. 아내의 동생과 동침하는 것은 오아키다. 근친상간의 죄다.

레한의 방문 앞에서 나는 걸음을 멈췄다. 레한의 숨소리였다. 그건 두려움이나 저항의 소리가 아니라 쾌락에서 나오는 소리였다. 이스칸이 내게선 절대 얻지 못하는 것. 레한은 즐기고 있었고, 그를 원하고 있었다.

비명이 새어 나오려는 내 입을 손으로 막았다. 비틀거리며 돌아가는데 레한의 목소리가 귓가에 울렸다.

그날 이후 거의 매일 밤, 레한과 이스칸의 소리를 들었다. 내가 아들을 낳았던 그날 밤조차 그들의 소리를 들어야 했다. 내가 고통으로 내지르는 비명을 자신들의 소리로 덮기라도 하려는 것처럼 말이다. 내가 밤새 몇 시간이나 사경을 헤매고 나서야 이스칸은 아침에 산파를 불렀다. 진통은 다음 날 밤까지도 이어졌다. 극심한 진통 끝에 코린이 태어났고 아이를 내 품에 안자 희미하게나마 행복을 느낄 수 있었다. 내 아이였다. 작고 아름다운 아이는 속눈썹이 진하고 길었고 고집이 세 보이는 눈썹을 찡그리고 있었다. 아이가 나오기까지 시간이 오래 걸리긴 했지만 아기는 건강했다. 아이의 작고 부드러운 손과 두 눈은…….

아니, 이건 더 말하고 싶지 않다.

이스칸은 단 열흘 동안만 내가 코린을 돌볼 수 있게 해주었다. 열흘은 금방 지나갔다. 그 시간 동안 나는 코린을 품에 안고, 젖을 물리고, 냄새를 맡고, 그의 엄마가 되고, 세상 전부가 되었다. 열흘째 되는 날, 이스칸은 자신의 어머니와 유모를 집으로 데려와 그들이 코린을 맡아 키우게 했다. 이스칸은 그야말로 내 품에서 아이를 빼앗아 갔는데, 이 얘기도 더 이상 하고 싶지 않다. 이스칸의 어머니 이사니를 처음 제대로 대면한 그날을 결코 잊지 못한다. 그 여자는 코린이 자기 아들인 것처럼, 자기가 코린을 낳기라도 한 것처럼 내 아이를 품에 안았다. 그러면서 코린을 아버지와 똑 닮게 키워주겠다고 아들에게 얼마나 자랑스레 말하던지. 이사니는 나를 쳐다보지도 않았다.

그들이 코린을 데려가고 며칠이 지난 뒤, 레한이 나를 찾아왔다. 나를 찾아올 사람은 레한밖에 없었다. 나는 방을 나가지 못했다. 이사니가 코린을 데려간 뒤로 이스칸은 내 방문을 잠가버렸다. 여종들이 와 내 방을 청소했고 나는 손도 대지 않는 음식을 계속해서 가져다주었다. 레한은 문 앞에 서서 가만히 나를 바라보았다. 나는 온종일 그러듯 벽에 몸을 기대고 웅크린 채로 멍하니 있었다. 코린을 낳았던 그 침대에 다시 누울 수가 없었다. 레한이 말을 하기 전까지는 그 애가 온 것도 거의 의식하지 못하고 있었다.

"언니가 마음을 좀 가라앉히면 이스칸이 코린을 만나게 해줄 거야."

연민과 경멸이 뒤섞인 목소리였다. 내가 고개를 들자 레한이 시선을 피하며 손가락을 만지작거렸다. 동생은 왼손에 커다란 초록색 보석이 박힌 금반지를 끼고 있었는데 이스칸이 준 것이 분명했다. 그걸 보기 전까지만 해도 나는 절망과 헤아릴 수 없는 슬픔 외에는 아무것도 느낄 수가 없었는데, 그걸 본 순간 내 안에서 증오심이 불타올랐다. 분노로 온몸이 파르르 떨렸다. 뭐든 내뱉고 싶었지만 목이 메어 한마디도 할 수 없었다.

"언니가 지금 미친 여자처럼 굴고 있잖아. 이스칸이 아들을 위해 이럴 수밖에 없다는 걸 모르겠어? 엄마의 정서가 불안정하면 아이가 다치거나 더 나쁜 일이 생길 수도 있어."

그렇게 말하는 레한도 자기 말이 옳다고 완전히 믿지는 못하는 것 같았다. 정말로 그렇게 생각했다면 내 눈을 보며 말했을 것이다.

"네가 매일 밤 자는 남자가 어떤 사람인 줄 알고나 있니?"

며칠 밤과 낮을 억눌려 있던 분노의 말들이 내 목구멍을 뚫고 터져 나왔다. 나는 레한의 눈을 똑바로 쳐다보며 자리에서 가까스로 일어났다. 분노가 차오를 때면 주먹으로 벽을 치는 바람에 찢어져 있던 내 손등의 상처가 다시 벌어져 피가 흘렀다.

"네가 누구 걸 보고 암캐처럼 헐떡이는지 알고나 있냐고! 누구랑 그런 짓을 하고 있는지 알고나 있는 거냐고!"

레한이 황급히 방을 나가 문을 닫으려고 했지만 내가 달려가 문을 붙잡았다. 밖에서 기다리는 하인이 없는 걸 보니 레한은 사람들 몰래 내 방에 온 것 같았다. 나는 레한보다 힘이 셌으므로 어렵지 않게 문을 열어젖혔다. 반짝이는 머릿결에 부드러운 피부, 작고 가녀린 레한.

"언니의 남편을 네 침대로 끌어들인 것만으로도 충분히 역겨운 일이야. 그런데 넌 우리 어머니를 죽인 자와 동침하고 있어. 우리 아버지의 살인범을 네 침대에 불러들인 거라고. 아긴과 티헤까지 죽인 자를."

그제야 레한은 겁에 질린 두 눈을 들어 나를 보았다. 나는 그 애를 붙잡고 방 안으로 다시 끌고 들어와 문을 닫았다. 그러고는 그 애 가까이 다가가 낮은 목소리로 말했다.

"잘 들어, 레한. 애송이 매춘부, 잘 들으라고! 이스칸이 내게 아니의 비밀을 털어놓게 했고, 그는 아니의 금지된 물을 이용하는 법을 터득했어. 그 덕에 이스칸은 흔적도 없이 사람들을 죽일 수 있게 됐지."

레한의 얼굴에 내 침이 튀었지만 동생은 넋이 나가 있었다.

"언니는 미쳤어."

레한은 그렇게 말하면서도 내게서 눈을 떼지 못했다. 레한은 독뱀에 물려 얼어붙은 들쥐처럼 멍하니 서 있었다.

"내가? 내가 미쳤다고? 말해봐, 레한, 이스칸의 노리개. 비시에르가 아직 살아 있니? 아니면 이스칸이 자기 아버지를 죽인다던 계획을 벌써 실행에 옮겼나? 아마 비시에르가 자다가 죽었다고 들었겠지."

레한의 얼굴이 하얗게 질렸다.

"이스칸은…… 이스칸은 비시에르 경이 자다가 돌아가셨다는 소식을 어제 전해 들었어."

그 애가 뒷걸음질 치며 말했다.

"하지만 그분은 나이가 드셨고 언니가 어쩌다 상황을 맞춘 걸 수도 있잖아."

내가 레한의 팔을 꽉 움켜쥐었다.

"그럴 수도 있지. 그렇다면 말해봐. 이스칸의 아버지가 죽기 전날 이스칸이 비시에르를 만났지? 그날이 보름달이 뜬 바로 다음 날이었고?"

레한의 침묵은 답이 되고도 남았다. 내가 눈을 부릅뜨며 웃었다. 아마 미친 것처럼 보였을 것이다.

"그래, 그래, 레한. 생각해 봐. 우리 가족이 전부 죽었을 때도 달이 기울고 있었지? 네 표정을 보니 이제 너도 깨달은 것 같구나. 내가 아파서 누워 있었던 것도, 레한, 이스칸이 내 첫 아이를 죽여서였어. 넌 이스칸이 너만을 원한다고 생각하겠지. 하지만 이스칸은 내게 먼저 손을 뻗었어, 요망한 계집, 그것도 여러 번. 그러고 나선 내 첫 아이와 가족, 그리고 코린을 갖기 전에 생겼던 딸들까지도 모조리 죽였지. 내가 왜 이렇게 됐다고 생각해?"

레한은 온몸을 부르르 떨며 울었고 눈물, 콧물로 얼굴이 뒤범벅되었다. 오, 지금 이 광경을 이스칸이 봤다면 얼마나 좋았을까! 나는 제정신이 아닌 채로 손을 뻗어 그 애 뺨에 흐르는 눈물을 찍어 핥기까지 했다.

"그런데…… 그런데 왜 그 사람이랑 결혼을 했어?"

레한이 울며 물었다.

"아무도 강요하지 않았잖아! 언니, 왜 이 덫으로 걸어 들어왔냐고!"

그 애가 내 팔을 움켜잡으며 소리쳤다.

나는 레한의 일그러진 얼굴에 사로잡혔다. 동생이 그렇게 빨갛게 퉁퉁 붓고 못생긴 모습을 보인 건 처음이었다.

"너 때문이었어, 모르겠니?"

내가 고개를 옆으로 기울이며 말했다.

"이스칸이 네 목숨을 가지고 협박했으니까. 시키는 대로만 하면 넌 살려준다고 했으니까. 나쁜 계집, 널 살리려고 그랬어. 그 대가로 나는 매일 밤 네 신음을 들어야 했지. 그 대가로 넌 날 배신했고, 또 그 대가로 너는 그 남자를 도와 내 아이를 빼앗아 갔어. 말해봐. 오늘 밤에도 이스칸과 그렇게 즐거울 것 같아? 그가 부드럽고 어린 네 가슴을 핥을 때 과연 전처럼 기쁠까? 우리 가족들의 영혼이 이 복도를 떠나지 못하고 있어. 널 보고 있지. 그들은 네 더러운 짓거리도 다 봤고 네 소리도 다 들었어. 어머니, 아버지, 아긴, 티헤, 전부 다. 이제 상상이 되니? 다행이야. 그렇다면 네가 지금 가족들을 어떻게 기리고 있는지 생각해봐. 난 경고하려고 했어. 그러니 몰랐다는 변명은 하지 마."

나는 내 팔을 잡은 레한의 손을 뿌리치고 그 애를 밀쳐낸 뒤 그 애의 발 옆에 침을 뱉었다.

"분명한 건, 네가 하나는 확실히 알고 있었다는 거야. 이스칸이 내 남편이라는 것. 그 사실은 변하지 않아."

나는 방 밖으로 레한을 밀어냈고 그 애는 저항하지 않았다. 문이 쾅 닫힌 뒤 나는 바닥에 쓰러졌다. 모든 기력이 몸에서 빠져나갔다. 방 한 구석으로 기어가 두 팔로 머리를 감싸고 몸을 웅크렸다. 레한의 세상이 무너져 내리는 걸 보니 아주 잠시 기뻤다. 내가 받은 고통을 되갚아 줄 수 있음에 내 혈관에 달콤한 꿀이 흘렀다. 그러나 그것도 잠시, 나는 빈방에 홀로 남았다. 그 어떤 것도 내게 위안이 되지 못했다.

그날 밤, 이스칸이 레한을 발견했다. 아긴의 옷을 밧줄 삼아 목을 맨 레한을 보았다. 레한이 그런 짓을 한 이유를 곧바로 알아차린 그는 나를 그 방으로 끌고 가 레한을 바닥에 내리게 하고 그 애를 씻겨 수의도 입히게 했다. 레한의 마지막 모습을 나는 절대 잊지 못할 것이다. 레한을 죽음으로 몰고 간 자를 절대 잊지 못할 것이다.

"당신이 더 큰 화를 자초하고 있다는 걸 모르는군!"

이스칸이 고개를 저었다.

"이제 당신 곁에는 아무도 없어. 보시오, 카비라. 이제 제멋대로 살던 삶은 끝낼 때가 되었지. 내가 애초에 기대했던 대로 순종적인 아내 노릇만 잘한다면 코런도 보게 해주고 좋은 옷과 보석도 사줄 거요. 당신은 이제 비시에르의 부인이니까. 내 원대한 계획도 시작될 것이오. 집도 더 크게 지어야 하고 할 일이 무척 많아. 아들들도 더 필요하지. 시키는 대로만 하시오. 아들들도 자주 만나게 해주고 당신을 어머니라 부르게 해줄 테니."

내게 남은 건 아무것도 없었다. 저항하고 싶은 의지조차 들지 않았다. 그렇게 나는 비시에르의 첫째 부인 카비라가 되었고 그 삶은 40년 동안 이어졌다.

가라이

하레라 야영지의 다른 노예들이 내게 조언했다.

"저항하고 소리를 질러봤자 상황만 나빠져. 그냥 즐기는 척해. 그럼 예쁨받을 수 있어. 특별 대우도 받을 수 있고. 지금으로서는 그게 우리가 기대할 수 있는 최선이야."

나는 더 나은 것을 바랐다. 하지만 어쨌든 그들의 충고를 따랐다. 그건 유용한 조언이었다.

물론 나도 두려웠다. 이곳에 붙잡혀 온 이래 두렵지 않은 날이 없었다. 하지만 감히 대항해 볼 엄두는 나지 않았다. 우리가 잠들어 있던 밤에 남자들이 침입해 나와 동생들을 납치해 갔을 때도 그랬다. 그들은 오랫동안 우리를 염탐하다가 우리가 무리를 떠나 약초를 구하러 메이렘 사막 남쪽으로 떠났을 때 습격해 왔다. 정착민들은 감히 스스로 사막에 발을 들이지 않는다. 그래서 사막은 안전할 거라 생각했다. 우리를 위협하는 건 없으리라 생각했기 때문에 대비하지 못했다. 지금도 나는 그때의 나를 저주한다. 나는 만언니였다. 내가 좀 더 주의했어야 했다.

남자들은 우리를 두려워했다. 우리가 주문을 몇 마디 외우면 자기들을 순식간에 해치울 수 있는 사제인 줄로 믿었다. 이해하지 못하는 건 그게 뭐든 두려워하는 부류의 인간들이었다. 그래서 남자들은 우리 입에 재갈을 물리고 손을 묶었다. 우리를 데리고 서둘러 남쪽으로, 계속해서 남쪽으로 내려갔고 어떤 날은 밤에도 이동했다. 북쪽에서 노예 거래는 불법이었다. 우리는 머리카락이 길고 수염이 덥수룩한 남쪽 상인에게 팔렸다. 그리고 하레라라고 불리는 더럽고 역겨운 곳에 도착했다. 나와 동생들은 그곳에서 헤어졌는데, 우리는 울지도 않았다. 흘릴 눈물조차 남아 있지 않았다.

노예 시장에서 나는 다른 어린 여자들과 함께 연단 위에 묶여 있었다. 우리는 전부 다른 곳에서 와 피부색도 머리색도 제각각이었다. 하얀색 머리카락에 회색 눈동자를 지닌 사람은 나밖에 없었다. 남자들은 속닥이며 나를 가리켰다. 그들의 손짓과 눈빛을 보니 내가 제법 값이 나갈 거란 사실을 알 수 있었다.

경매가 시작되었다. 상인들은 내가 더 많은 관심을 끌게 하려고 나를 마지막 차례로 두었다. 하레라의 태양은 무자비했다. 그런 불볕은 처음 겪었다. 입술이 갈라지고 부르텄고 땀 때문에 옷이 몸에 달라붙었다.

한 남자가 연단 쪽으로 걸어왔다. 파란색과 흰색 옷을 입은 사내였다. 머리카락이 짙은 그는 키가 크고 호리호리했지만 어깨는 넓고 다부졌다. 또 입술이 무척 빨갰다. 내 눈을 똑바로 쳐다본 건 그가 유일했다. 그는 그렇게 한참을 나를 보았다. 그러고는 상인을 불렀다.

"이게 당신이 보물을 다루는 방식인가? 망할 태양이 이 여자의 아름다움을 다 갉아먹겠군."

남자가 돈주머니를 꺼냈다.

"값을 말하게. 그대로 주겠네."

상인이 경매가 있을 거라고 더듬거리며 말하자 남자는 입가에 조소를 띤 채 참지 못하고 소리쳤다.

"값을 말하라고 했다. 내 물건이 이 뙤약볕에 망가지기 전에."

남자는 내가 평생 본 것보다 더 많은 금과 은을 상인에게 건넸다. 그게 내 값이었다. 내가 그만큼은 가치가 있다는 뜻이었다. 그가 지시하자 다른 남자가 뛰어와 내 손에 묶인 밧줄을 풀었다. 나는 그 자리에 풀썩 쓰러졌다. 나를 산 남자가 시원한 물이 담긴 병을 내게 건넸지만 나는 그걸 들 힘조차 없었다. 남자가 물병을 들어 내 입에 댔다. 그러고는 나를 들어올려 그늘로 갔다. 마구간이었다. 남자는 내가 그곳에서 물을 마시며 쉬게 했고 사람을 시켜 화상 입은 내 피부에 바를 연고를 가져오게 했다. 다음 날, 남자가 나를 보러 왔다.

"훨씬 나아졌군. 이제 내가 제대로 된 물건을 샀는지 좀 봐야겠어."

남자가 바지 끈을 풀었다. 나는 저항하지 않았다.

남자는 나를 조심히 다루었고 나는 다른 노예들이 해준 충고를 기억하고 있었다. 나는 이전에도 남자들을 만났었다. 같은 부족 남자들이었고 그들은 자기의 만족만큼이나 내 기분에도 신경을 썼다. 그러나 이 남자는 그러지 않았다. 그래야 할 이유가 없었다. 그와 나는 동등한 관계가 아니었으니까. 이 남자는 나를 소유했다. 오래 걸리지 않았다. 그는 무척 만족스러워 보였다.

"자기 분수를 아는 여자라. 저항도 하지 않고 표정 하나 안 변하는군.

게다가 내가 평생 본 여자 중 가장 아름답기까지 해. 아레코에 가면 모두 네 얘기를 하게 될 거다. 그렇고말고. 내가 물건 하나는 제대로 샀군."

남자는 내 옷자락으로 자기 몸을 닦았다.

"네게 씻을 시간을 주고 싶지만 이제 떠나야 한다. 여기서 처리해야 할 일들이 있어. 꾸물거릴 수 없어."

"알겠습니다, 주인님."

내가 조용히 대답했다.

그리하여 방랑족 가라이, 나는 그를 주인님이라 부르게 되었다. 우리는 아무도 섬기지 않는다. 자연만을 섬기고 자연의 섭리를 따른다. 그래서 우리는 자유롭게 떠돌아다니며 우리의 신성한 장소를 숭배하고 정착민과 적당한 거리를 유지한다. 소유한 재물과 집, 따르는 신과 법이 있는 자들 말이다. 우리는 인간의 어떤 법도 따르지 않는다. 땅속에 흐르는 에너지가 우리를 진실로 이끈다. 땅은 우리에게 먹을 것과 쉴 곳을 내어준다. 우리가 지나온 삶은 이야기와 신화를 통해 입에서 입으로 전해진다. 우리의 본능이 몸과 정신을 지켜주고 폭풍 속에서도 길을 찾아 인도해 준다. 하지만 이제 나는 다른 내가 되어야 했다. 새로운 가라이에게는 섬기고 복종해야 할 주인이 있었다.

우리는 그날 하레라를 떠났다. 나는 마차 행렬의 가장 마지막에, 주인이 사들인 다른 물건들 틈에 섞여 노새를 타고 갔다. 주인은 내게 뜨거운 태양을 가릴 숄과 스카프를 가져다주었고 마실 물과 음식도 부족함 없이 주었다. 나는 그의 텐트 안에서 잤다. 그는 나를 묶어두지 않았는데, 그도 그럴 것이 내가 그 사막에서 대체 어디로 도망갈 수 있겠는가? 그들의 시야에서 채 벗어나기도 전에 시체로 발견될 것이다.

그는 매일 밤 나와 함께 지냈다. 나는 예전의 나와는 달리 얌전하고 온순하며 순종적인 사람이 되었다. 과거의 나는 기억 구석에 숨겨둬야 했다. 진짜 가라이, 과거의 내가 튀어나와서는 안 됐다. 주인은 내게 친절했고 내가 말을 잘 들을수록 더 잘해주었지만 나는 알고 있었다. 그의 눈빛은 한밤중에 나와 내 동생들을 납치한 남자들, 그리고 금과 은에 나를 팔아넘긴 남자들의 눈빛과 다르지 않다는 것을 말이다. 그들에게 나는 물건과 다름없었다. 그들은 나를 스스로의 감정과 욕망을 가진 사람으로 보지 않았다. 그저 두려워할 존재 혹은 이용 가치가 있는 도구로 보았다. 내가 짐이 되는 순간, 그들은 나를 죽일 것이다. 나는 살고 싶다. 살아남는 것, 그것이 진짜 가라이인 내가 원하는 것이었다. 진짜 가라이는 메이렘 사막으로 돌아가 해 질 녘 어머니의 노래를 듣고 동생들의 손을 잡고 싶어 한다. 새로운 가라이는 이것들이 불가능하다는 걸 잘 알고 있다. 그러나 진짜 가라이는 이 현실에 자꾸만 맞서려고 한다.

이제 나는 렝카의 수도이자 주인의 땅인 아레코로 왔다. 몇 달간의 여정 끝에 어젯밤 이곳에 도착했다. 나는 목욕을 하고 주인의 처소에 딸린 작은 방으로 안내받았다. 주인은 오하딘에 새로운 궁이 준비될 때까지만 이곳에서 지낼 거라고 했다. 곧 왕실과 궁 전체가 오하딘으로 옮겨 갈 거라고 했는데 국왕은 아직도 이 사실을 전혀 알지 못한단다. 주인은 내일 사람들에게 나를 내보일 거라고 했다. 내 방에 새로운 옷들이 도착했다. 화려한 자수가 놓인 이상한 실크 옷과 머리를 올리는 데 쓰는 장식, 팔과 손에 두를 띠 같은 것들이었다. 여기 사람들은 모두 물건에 집착했다. 우리 부족은 필요한 물건만 등에 지닐 수 있을 만큼 들고 다닌다. 칼과 밧줄, 약초, 부싯돌, 음식, 이런 것 말이다. 추운 밤에 반지가 무슨 소용이겠는가? 배고플 때 그 예쁜 머리핀을 먹을 텐가? 상처가 곪고 있을 때 화려한 옷이 무슨 도움이 될까?

나는 주인이 산 물건 중 종이와 펜을 훔쳤다. 어머니는 글을 쓸 줄 아셨다. 나를 후계자로, 부족의 사제로 훈련시키려고 글을 가르쳐주셨다. 공부를 자주 하지는 못했다. 뭔가를 써야 할 일이 별로 없었기 때문이다. 어머니가 아는 지식은 껍질 속 콩처럼 전부 어머니의 머릿속에 있었다. 내가 질문을 하면 어머니는 기억 속에 있는 지식을 건져내 알려주셨다. 그러니 글을 쓸 일이 뭐가 있었겠는가? 하지만 어머니는 글을 쓰는 법을 알았고, 내가 당신이 아는 것을 모두 배우길 바라셨다.

이제 내 평생 처음으로 뭔가를 글로 써야 할 이유가 생겼다. 진도는 더디다. 연습이 부족해 노련하지 못하다. 하지만 말도 전혀 모르는 이국땅에 와버렸으니 노력해야 한다. 더러 알아듣는 말도 있다. 우리는 유목민의 언어인 시드히를 쓰지만 나는 다른 언어도 여럿 알고 있다. 떠돌아다니며 살면 많은 사람을 만나기 마련이다. 어머니가 얼마나 많은 말을 아는지는 정확히 모르지만 열 가지는 족히 넘을 것이다. 여기 아레코의 말은 성스러운 오모네산에서 쓰는 말과 같다. 오모네산은 우리가 평소 다니던 곳보다 훨씬 남쪽에 있었고 오모네산 기슭에 사는 사람들은 내가 그때껏 들어본 말과 전혀 다른 언어를 썼다. 여기 아레코에서 쓰는 말은 그쪽말과 억양은 다르지만 단어가 거의 비슷하다. 해서 걱정을 조금 덜었다. 새로운 가라이가 적응하는 일이 조금은 수월해질 것이다. 그녀가 말을 하는 데까지는 시간이 좀 걸리겠지만 어차피 그녀에게 그런 걸 기대하는 사람은 없다. 다른 사람의 말을 알아듣는 것만으로도 충분하다.

나만 아는 글자로 글을 쓰는 일은 얼마간 위안이 된다. 내가 쓴 글을 아무도 읽지 못할 테니 말이다. 계속해서 글을 쓰면 내 언어를 잊지 않을 수 있다. 하지만 말을 글로 옮기는 순간 그것은 생명을 잃고 희미해져 버린다. 종이 위에 묶인 글보다는 말에 훨씬 더 많은 것을 담을 수 있다. 선율, 어조, 리듬, 침묵, 이런 것은 글에 담을 수가 없다. 내가 잡으려고 손을 뻗는 순간, 오모네산에만 산다는 희귀새 얄라포처럼 모두 사라져버리고 만다. 전설에 따르면 얄라포의 노래는 슬픔과 두려움에 갇힌 영혼을 치유해 준다고 한다. 새는 오모네산의 정기를 받아 생명을 이어가기 때문에 새를 잡아 산에서 데리고 나가면 금방 죽는다. 어쩌면 말의 영혼도 그럴지 모르지. 이렇게 긴 글은 써본 적이 없다. 하지만 지금은 써야만 한다. 쓰지 않으면 진짜 내가 어떤 사람인지 나조차 잊을까 봐 두렵기 때문이다. 이 번쩍이는 금빛 새장 안에서 나는 얄라포처럼 시들어 죽어갈 것이다. 밤이 되면 글을 쓰고 내 방 한구석에 숨겨둔다. 진짜 나, 피의 가라이의 모습은 어둠 속에 숨겨두어야 한다.

나는 도롱뇽의 가장 달콤한 살이다
나는 메이렘 바위 위로 지는 황금빛 일몰이다
나는 생명의 힘에 드리는 저녁 경배다
나는 봄에 깨어난 땅 위를 맨발로 걷는다
나는 나뭇잎과 나누는 피의 대화다
나는 하얀 살갗 위의 붉은 흙터다

*

나는 오늘 주인의 부인을 만났다. 많은 사람을 보았고 그중에는 국왕도 있었다. 그의 아들들은 나를 탐내는 눈빛이었다. 하지만 내게 말을 건 사람은 주인의 아내뿐이었다. 주인이 사람들에게 나를 소개한 뒤에 그녀가 내 작은 방으로 왔다. 부인이라는 여자는 키가 크고 왠지 모르게 묘한 느낌을 주었으며 매력이나 상냥함 같은 건 없어 보였다. 임신 중이고 산달은 넉 달쯤 남은 것 같았는데 주인보다 훨씬 더 나이가 들어 보였다. 주인 같은 남자를 사로잡을 만한 숨은 매력이 있거나 아버지가 무척 부자일 거라고 생각했다.

나는 바닥에 무릎을 꿇고 고개를 깊이 숙여 절을 했다. 힘없고 순종적인 새로운 가라이는 살아남는 법을 아는 여자다. 힘을 가진 자가 누군지, 누구에게 고개를 숙여야 하는지, 또 얼마만큼 숙여야 하는지를 잘 알고 있다. 새로운 가라이는 자신이 그런 걸 잘 알고 있다는 사실에 깜짝 놀랐다. 어떻게 알게 된 걸까? 부인은 내 인사를 마음에 들어 하지 않았다. 내게 성큼성큼 걸어오더니 내 머리핀을 홱 낚아챘다.

"넌 팔려 온 노예일 뿐이야. 부인만이 머리에 일곱 개의 핀을 꽂을 수 있다. 넌 한 개면 충분해."

부인이 낮은 목소리로 소리쳤다.

그 순간 나는 내 자리를 똑똑히 알게 되었다. 제일 밑바닥, 팔려 온 노예, 가장 낮은 자리보다 더 낮은 자리, 그곳이 내 자리였다. 부인이 내 머리에서 핀을 빼는 동안 나는 고개를 숙인 채 가만히 있었다. 나의 순종적인 반응에 부인의 마음이 차츰 가라앉는 것 같았다. 부인이 한 걸음 물러섰다.

"일어나라."

나는 그녀의 분부를 따랐다. 부인은 거친 손길로 나를 이리저리 돌려보며 관찰했다.

"네 매력을 알겠구나. 피부색도 독특하고. 그런데 옷이 그게 뭐지.

봐줄 수가 없어. 노란 옷이 네 반짝거리는 머리카락을 살려주지 못하는구나. 담청색 옷이 좋겠어. 네 은은한 피부색과 머리색을 돋보이게 하려면 은색 자수가 잘 어울리겠어."

이 옷을 준 사람이 주인이라는 사실은 말하지 않았다. 나는 그저 고개를 끄덕였다.

부인이 한숨을 쉬며 말했다.

"네가 이스칸을 계속 만족시켜 준다면 이제 내 침대로는 오지 않겠지. 그러니 행운이라 여겨야겠군."

그녀의 표정이 한결 부드러워졌고 나는 여자가 처음 생각한 것만큼 늙지 않았다는 사실도 깨달았다. 실제로는 나보다 겨우 몇 살 많은 것 같았다. 나는 여자의 부푼 배를 가리키며 물었다.

"첫 아이인가요?"

차가운 반응이 돌아왔다.

"셋째 아들이다."

그러고는 부인은 한마디 말도 없이 휙 돌아 그대로 방을 나가버렸다. 그날 오후, 하인들이 은색 실과 진주로 수놓은 아름다운 담청색 실크 옷을 여러 벌 가져왔다. 내가 살면서 가져본 옷들보다 훨씬 더 많았다. 하지만 새로운 가라이는 그 실용적이지 못한 옷들을 매일같이 입고 치장했다. 머리에 핀을 꽂고 긴소매와 은색 장신구로 흉터를 가렸다. 나는 이 모든 것을 잊지 않으려고 글을 쓰며, 다 쓴 종이는 내 방 마룻바닥 아래 숨긴다. 내가 지금 아래에 쓰는 것들은 절대 잊어서는 안 되는 것들이다.

진짜 가라이는 피부에 징표를 지니고 있다. 피를 제물로 바친 봉헌식에서 얻은 세 개의 흉터. 두 개는 맹세를 위한 것이며 한 개는 내가 물리친 적을 위한 것이다. 새로운 가라이가 용사와 지혜, 생명의 힘을 대신하는 일은 결코 없을 것이다.

*

오늘 나는 부인에게 정원으로 나가도 되는지 물었다. 창을 통해 밖에 정원이 있는 걸 보았다.

"그곳은 폐하의 정원이다."

차가운 대답이 돌아왔다. 그러나 잠시 후 부인이 나를 데리고 경비병이 지키는 문 앞으로 갔다. 궁과 분리된 여자들의 숙소는 늘 잠겨 있으며 허리에 검을 찬 병사들이 지키고 있다.

"폐하께서 오후에 산책을 허락해 주셨다."

부인이 말하자 경비병 중 한 명이 문을 열었고 우리는 사방이 금으로 장식된 복도로 걸어 나갔다. 뒤에 난 작은 계단을 따라 내려가는데 경비병 두 명이 우리를 뒤따라왔다. 나는 힘껏 달려 나가고 싶었지만 부인은 배 속의 아이 때문에 걸음이 무척 느리고 몸이 무거웠다. 나는 참아야 했다. 테라스로 나가니 눈부시게 우거진 정원이 우리 앞에 펼쳐졌다. 나무 앞에 서니 그제야 내가 그동안 살아 있는 풀과 나무를 얼마나 그리워했는지 알게 되었다. 새로운 가라이가 미처 나를 막기도 전에 내 입에서 작은 탄성이 새어 나왔다. 부인이 날카로운 눈으로 날 쳐다보았다.

"난 여기 그늘에서 쉬고 있을 거야."

들뜬 마음으로 정원을 나서는 내 뒤로 경비병 한 명이 따라왔고 나머지 한 명은 부인이 앉은 벤치 뒤에 남았다.

이곳 식물들은 내가 떠돌며 본 식물들과는 완전히 달랐다. 어떤 것은 잎과 꽃이 두껍고 통통했는데 긴 가뭄 동안 물을 충분히 빨아들이기 위해 그렇게 진화한 것 같았다. 어떤 꽃은 내 얼굴보다 더 큰 꽃받침이 달려 있었고 아주 멋진 향기를 풍겼다. 이곳의 꽃들은 왕실 정원사가 물을 듬뿍 주지 않는다면 찌는 듯한 여름에는 살아남지 못할 것 같았다. 정원에 물을 주고 나무를 가꾸던 남자들은 내가 다가가자 전부 등을 돌렸고 경비병도 헛기침을 해 내게 다른 방향으로 가라는 신호를 보냈다. 주인이 아닌 다른 남자와 말을 해서는 안 되며 그들의 눈에 띄지도 말라는 경고였다. 나는 이 경비병들도 전부 거세한 게 아닐까 궁금했다. 이들은 호리호리하고 수염도 없고 아이처럼 피부도 고우니 그렇지 않으리라는 법도 없다. 기괴한 문화다.

나는 화려한 정원에 압도되었고 내가 찾는 것은 여기 없을 거라 생각했다. 정원의 식물들은 전부 처음 보는 것이었고 꽃에서는 꿀이 뚝뚝 떨어졌으며 아주 큰 나비들이 날아다녔다. 내리쬐는 태양 아래 자태가 아름다운 나무들이 그늘을 만들어주어 온종일 거닐 수도 있을 것 같았다. 하지만 내게 주어진 시간은 얼마 없을 테니 조만간 경비병이 나를 데리러 올 것이다. 나는 숨을 깊이 들이마시고 온 신경을 땅속 깊은 곳에 집중했다. 깊은 곳에서 대지의 기운이 고동치고 있었다. 발바닥 아래서 전해지는 그것은 내 고향의 산이 발하는 에너지와는 달랐다. 땅은 비옥하고 풍요롭고 생명력이 넘쳤지만 자연 그대로의 날것이 아니었다. 나는 걸음을 멈추고 눈을 감은 채로 생명의 힘이 내게 흘러들어 오도록, 내 안을 가득 채우도록 했다. 눈을 뜨자 성벽이 보였다. 시끌벅적하고 혼잡한 도시와 궁 사이를 가로막는 담. 담 너머에서 소리가 들려왔지만 볼 수는 없었다. 늦은 오후의 햇살이 담을 비추고 있었는데, 바로 그곳에 낯익은 빨간 꽃이 있었다. 내가 잘 아는, 길고 뾰족한 이파리에 꽃잎이 작고 수수한 꽃이었다. 기뻐서 웃음이 나왔다.

경비병이 다른 곳으로 잠깐 시선을 돌린 사이 나는 재빨리 그 잎사귀를 한 움큼 꺾었다. 낯익은 톡 쏘는 향기를 맡으니 짧은 순간이지만 행복했다. 고향의 냄새였다. 소매 안에 감춰 넣은 뾰족한 잎사귀가 내 상처를 긁었다.

따가운 상처가 다른 상처를 떠올리게 했다. 눈을 감았다. 나는 어머니와 함께 사막의 가장자리를 걷고 있었다.

이른 아침 해가 뜰 무렵, 우리는 동쪽 산등성이를 걷고 있었는데 산 아래쪽에는 아직 어둠이 서려 있었다. 어머니와 나는 둘 다 손에 창을 들고 있었다. 장밋빛 아침 햇살에 어머니의 회색 머리칼이 윤이 났고 한밤중 산 아래로 내려왔다가 지금은 꼭대기로 물러난 구름의 수증기를 머금은 가파른 능선이 반짝거렸다. 어머니가 몸을 숙이고 앉아 뭔가를 가리켰다.

"보이니, 가라이? 이 풀은 여신의 혀란다. 이 작은 풀은 어디서나 자랄 수 있지. 살아남는 데 많은 게 필요하지 않거든. 기억해 두렴. 이 풀은 여자의 가장 좋은 친구가 될 수도 있단다."

"언제요?"

나도 어머니 옆에 앉아 물었다. 길고 뾰족한 잎이 뒤엉켜 덩굴을 이루며 산길 여기저기에 얼굴을 내밀고 있었다.

"월경을 계속하길 원할 때. 아이를 갖고 싶지 않을 때."

"아이는 축복이라고, 어머니가 그렇게 말씀하셨잖아요."

내가 자리에서 일어서며 말했다.

"사실이야. 나는 여신의 혀가 필요하지 않았지만 임신 때문에 목숨이 위협받는 여자들도 있단다. 아니면 여사제들이 월경을 다스려 생명의 힘과 강하게 교감하고 싶을 때 쓸 수도 있지."

어머니는 태양에 경배를 드리기 위해 동쪽을 향해 두 팔을 높이 들었다. 소매가 흘러내리자 부드러운 햇살 아래 하얀 흉터가 희미하게 빛을 냈다. 어머니의 몸에는 흉터가 가득했다. 그 안에는 수많은 맹세와 봉헌, 승리가 담겨 있었다. 나도 언젠가는 어머니처럼 몸에 많은 증표를 지닌 사제가 되기를 바라고 있다.

정신을 차리고 주위를 둘러보니 테라스였다. 나는 차가운 대리석 바닥에 누워 있었다. 주인의 아내가 벤치에 앉아 나를 보고 있었다.

"정신을 잃었더구나. 경비병이 너를 이리로 데려왔다."

나는 눈을 길게 한 번 깜박였다. 환영이 너무 생생했다. 아니면 단지 내 기억이었을까? 어머니와 나는 수도 없이 함께 산길을 올랐었다. 나는 머리가 지끈거려 눈을 감았다. 새로운 가라이에게는 기억도 비밀도 없어야 한다. 나는 숨을 깊게 들이마신 뒤 내 발아래 깊은 곳에서 고동치는 생명의 힘을 끊어냈다. 나는 몸을 일으켜 앉았다.

"너무 더워서 그랬나 봐요. 이제 괜찮아요."

경비병을 따라 방으로 돌아가니 내 방에는 이미 식사가 차려져 있었다. 나는 혼자 식사를 하며 정원에서 가져온 잎을 조금 삼켰다. 그 남자의 아이는 갖고 싶지 않았다. 그런 일은 절대 원하지 않는다. 나는 피를 멈추지 않게 하고 생명의 힘에 가까이 있고 싶다. 내가 누구인지 잊지 않고 싶다.

사제 가라이

딸 가라이
사냥꾼 가라이
방랑자 가라이
가라이

*

주인은 새로운 궁을 짓는 일을 감독하느라 오하딘에 가 있다. 그가 하레라까지 가서 산 대부분의 것은 궁을 짓는 데 필요한 것이었다. 떠나기 전에 주인이 내게 말하길, 그 일은 벌써 3년째 진행 중이라고 했다. 우리는 주인의 침대 위에 누워 있었다. 방에는 그만의 특징이 묻어났는데, 호화로운 카펫과 커다란 항아리, 그림이 그려진 휘장, 그리고 은으로 만든 램프 같은 것이 셀 수 없을 만큼 많았다. 왜 그렇게 많은 금과 은과 그림이 필요한지 이해할 수 없다. 비와 추위를 막아줄 지붕, 그건 나도 이해한다. 정착민들은 우리 방랑자들과 달리 강하지 않다. 하지만 다른 것들이 필요한 이유는 뭘까? 하늘과 바람, 햇살을 느낄 수 있는 창 말고 다른 것들이 필요한 이유가 과연 뭘까?

주인이 내 생각을 읽기라도 한 듯, 온갖 낡은 것에 경멸의 시선을 던졌다. 새로운 궁전은 완전히 다를 것이라고, 위대할 것이라고 했다. 그는 발 빠른 상인들을 보내 정글이 우거진 남쪽 테라수섬에서는 통나무를, 북쪽에서는 대리석을 가져오게 했다. 아레코의 최고 건축가들과 석공, 목수들이 궁을 짓고 있다.

"내 궁은 세상의 중심이 될 거야!"

그가 머리 뒤에서 깍지를 끼고 누워 말했다. 나는 그가 농담을 하는 거라고 생각했다. 세상의 중심은 단 하나, 바닥 없는 세마이해(海)다. 세상의 배꼽인 세마이해는 신이 피와 소금물로 대지를 창조하기 전부터 신과 탯줄로 연결되어 있었다. 나는 세상 사람들이 전부 알고 있는 줄로만 알았다. 진실을 알려주고 싶었지만 새로운 가라이가 쉿 하고 내 입을 막았다. 나는 아무 말 없이 팔목 안쪽에 난 흉터만 만지작거렸다.

"궁은 10년 뒤면 완성될 것이다. 하지만 그 전에 궁을 옮길 수 있길 바라고 있지."

"궁 전체를요?"

"그렇다, 요 마녀 같은 것."

그가 기분 좋은 웃음을 지었다.

"폐하의 건강이 나빠지고 있다. 오하딘에 있는 내 영지에서 나는 아주 특별한 샘물을 폐하께 바치고 있지. 가끔은 기력 회복에 도움이 되는 것 같더군."

그가 혼자만 아는 듯한 농담을 하며 웃었다.

"그 샘 가까이에 있으면 폐하께도 도움이 될 거라고 설득했다. 샘을 손에 넣고 싶은 사람들이야 많겠지만 실제 샘을 가질 수 있는 건 국왕뿐이라고."

그가 옆으로 돌아누워 나를 보았다. 램프의 부드러운 불빛 아래 그의 형체가 어슴푸레 보였다. 주인은 우리 부족 남자들처럼 몸이 우락부락하지 않았다. 메이렘 사막 근처에 사는 고양이 카볼처럼 부드러우면서 강하다. 그는 손을 뻗어 내 가슴을 만졌다.

"나를 질시하는 사람들이 많다. 내가 태어날 때부터 그랬지. 어머니는 처음부터 내가 선택받은 자라는 걸 알고 계셨어. 위대한 업적을 이룰 거라는 걸 말이야. 내가 그걸 지금 증명하고 있다. 어머니는 내 아들

코린과 에논이 내 어릴 적 모습을 빼닮았다고 하시지. 나는 아들들의 도움을 받아 계속해서 영토를 늘려갈 계획이다. 코린은 네 살밖에 되지 않았지만 벌써 말 타기와 활쏘기, 그림에까지 능하다."

"주인님에게 딸은 없나요?"

남자는 혼자 떠드는 걸 좋아했기 때문에 내가 질문하는 일은 드물었다. 그러나 나는 궁금했다. 그의 부인은 이미 출산을 여러 번 반복한 것처럼 보였다.

"딸이라니! 딸을 어디에다 쓰지? 딸이 있어 봤자 도움도 안 되고 지참금만 축낼 텐데. 아니, 나는 아들만 가질 것이다. 그것도 아주 많이. 이미 내가 다 보았지."

새로운 가라이가 더 이상 입을 떼지 못하게 했다. 그녀는 입안에 차오르는 단어들을 다시 속으로 삼켰다.

그는 여전히 내 가슴을 만지며 한참을 생각에 잠겨 있었다.

"폐하도 내 계획을 마음에 들어 하고 있어. 그래서 자기 금을 마음껏 쓸 수 있게 해줬지만 그것도 벌써 바닥이 나고 있어. 국왕은 이보다 부유할 줄 알았는데. 하지만 물론 보충할 방법이 있지. 세금을 올릴 것이다. 전쟁을 해서 전리품도 챙겨야겠지. 이웃 도시들에게 아레코를 돕는 게 자기들에게도 좋을 거라는 걸 알게 해줘야 하고. 내 말에 따르지 않는다면……."

그가 하품을 했다.

"그 뒤로 어떻게 할지는 아직 정하지 않았어. 어쨌든 때가 되면 오하딘 궁은 세상에서 제일가는 명성을 떨치게 될 거야. 전설이 될 거다."

그가 몸을 일으켰다.

"이리 와. 한 번 더 안아야겠다. 그리고 떠나기 전에 잠을 좀 자야겠어."

나는 가만히 누워 주인이 좋아하는 소리를 냈다. 두 번째는 시간이 좀 더 걸렸지만 그는 금세 풀썩 쓰러져 잠이 들었다. 그가 좀 더 깊이 잠이 들 때까지 기다렸다가 나는 슬며시 내 방으로 돌아왔다. 주인은 자고 일어나 눈을 떴을 때 다른 사람이 자기 침대에 있는 걸 좋아하지 않는다. 나는 지금 의자에 앉아 희미한 램프에 의지해 이 글을 쓰고 있다. 지금 글을 써야만 한다. 새로운 가라이가 내게 하지 못하게 했던 말들을 전부 여기에 쏟아야 한다. 딸은 무척 소중하다는 것을 말이다. 내 어머니는 우리 네 자매를 이루 말할 수 없이 귀하게 여기셨다. 우리 한 명 한 명이 모두 축복이라고 생각하셨다. 아주 오래전에는 지혜의 여인들도 많았고 세상 전체가 유목민들이 먼저 걸어간 길을 따랐으며 대지가 신의 포궁에서 나왔다는 사실도 모두가 알고 있었다고 어머니가 말씀하셨다. 하지만 지금 우리는 진실을 안다는 이유로 핍박받고 있다. 우리는 지혜롭고 인간에게 도움이 되는 식물과 치료법에 대해 잘 알고 있음에도 우리의 신념과 의례를 비밀로 해야 한다.

어머니는 입에서 입으로 전해지는 이야기들을 내게 전해주셨다. 우리가 납치되어 팔리기 전, 어머니는 가장 깊은 비밀을 우리 자매들에게 전해주셨다. 동생들은 지금 어디에 있을까? 이번 생에 동생들을 다시 만날 수 있을까? 아마 그러지 못할 것이다. 하지만 동생들도 지금 이 저녁, 나를 생각하고 있을 거라는 걸 나는 알고 있다.

내 손에 든 창의 무게
어둠 속에 울리는 카볼의 울음소리
대지 바로 아래 흐르는 신의 피
벌거벗은 발 아래 고동친다

*

주인이 오하딘에 가 있는 동안 산달이 다 된 부인의 진통이 시작됐다. 밖에서 비명과 소란이 들려왔고 여종들이 복도를 달리고 계단을 오르내렸다. 내가 머무르는 곳은 궁의 여자들이 모여 있는 공간인데 이곳 안에서 돌아다니는 건 허용된다. 주인은 이곳에 자기 방을 여러 개 가지고 있지만 나는 내 방에 있는 비밀 통로를 통해서만 그곳으로 갈 수 있다. 다른 남자들도 아내와 첩의 공간을 이런 식으로 나눠 이용하는 것 같다. 하지만 여기저기 배치된 경비병들이 누구 하나 잘못된 길로 들어서지 않도록 감시한다. 주인은 궁의 구조가 조잡하다며 새 궁은 완전히 다를 것이라고 했다. 어쨌든 나는 방을 거의 벗어나지 않으므로 내게는 어디나 마찬가지다.

부인의 방에서 울부짖는 소리가 들려와 나는 방문을 열고 고개를 살짝 내밀었다. 하인 하나가 항아리와 그릇 같은 걸 들고 황급히 지나갔다. 내가 방을 나오자 경비병이 나를 부인의 방으로 들어가게 해주었다. 응접실은 사람들로 가득했다. 하얀 옷을 입은 늙은 여자들이 향을 태우며 기도를 외고 있었다. 먼저 세상을 떠난 조상을 숭배하는 그들은 신에 대해서는 아무것도 모른다. 실크 쿠션 위에 앉아 조용히 대화를 나누던 귀족의 어린 아내들은 방에서 비명 소리가 들려올 때마다 해쓱한 얼굴이 되어 대화를 이어나가지 못했다. 하인들은 계속해서 뭔가를 나르고 있었지만 내가 보기에 진짜로 필요한 물건은 하나도 없었다. 나를 막는 사람은 없어서 나는 부인의 방으로 들어갔다. 방 안은 더웠고 향이 피어오르고 있었다. 나는 심호흡을 한 뒤 무슨 냄새가 나는지 확인하려고 혀를 내밀었다. 그중 부인에게 도움이 되는 향은 거의 없었지만 다행히 고통을 줄여주는 효과가 있는 아올리움은 있었다. 기도만 중얼거리는 음침한 노인들이 방 안에도 있었다. 부인은 새하얗게 질린 얼굴로 땀을 뚝뚝 흘리며 침대에 축 늘어져 있었다. 키가 크고 몸이 다부지며 회색 옷을 입은 여종 하나가 부인의 이마에 시원한 천을 가져다 댔다. 진통이 오자 부인이 고통에 찬 비명을 질렀다. 부인의 까만 머리카락이 베개 위에 늘어져 있었고 두 눈은 푹 꺼져 있었다. 방에는 기도와 냉찜질 말고는 실제로 출산에 도움이 될 만한 게 하나도 없었다. 나는 침대로 다가가 부인이 덮은 이불을 걷어 빠르게 부인을 진찰했다. 부인은 나를 노려보았지만 다시 진통이 오는 바람에 입을 열지 못했다. 진통 간격은 짧아졌지만 아직 질 입구가 충분히 열리지 않은 상태였다. 아이는 바른 위치에 있는 것으로 보였다.

"진통한 지 얼마나 됐지?"

나는 하인에게 물었다.

"어젯밤부터예요."

여종은 침착하고 명민해 보였다. 날 도울 수 있을 것이다.

"이 여자들을 전부 나가게 해. 너랑 내가 출산을 도울 거야. 다른 사람들은 이 방에 없는 게 나아."

하인은 내 눈을 보더니 고개를 끄덕였다. 나는 서둘러 내 방으로 돌아가 내 물건들을 전부 꺼냈다. 얼마 전 국왕의 정원에서 꺾은 식물들을 말려두었다. 그것들도 모두 챙겼다. 방에는 하인들뿐이었으므로 내가 뭘 하는지도 감추지 않았다.

감레아프가 있었다면 제일 좋았겠지만 이렇게 먼 남쪽에서는 자라지 않는다. 게다가 이곳 정원에서 자라는 식물들은 대부분 관상용이라 브란베리도 없었다. 하지만 향신료로 쓰이는 바오가 있다. 바오는 아주 많은 양을 쓰면 진통제 역할을 한다. 그리고 내게는 '천 개의 뿌리'가 있었다. 이걸로 충분해야 할 텐데. 나는 약초 꾸러미를 들고 다시 부인의 방으로 달려갔다. 대기실에는 하얀 옷을 입은 여자들이 아까보다 더 많았다. 내가 지나가자 그들은 심술궂은 눈빛으로 나를 보며 더욱 열성적으로 기도를 올렸다. 기도해야 할 때와 행동을 취해야 할 때가 있다고 어머니는 내게 늘 말씀하셨다. 지금은 행동해야 할 때다. 신께는 나중에 감사 기도를 올릴 수 있다.

방에 들어서자 아까 그 하인이 문 앞에 서 있고 부인은 옆으로 누워 가쁜 숨을 몰아쉬고 있었다. 그런데 여자가 한 명 더 있었다. 주인의 어머니인 이사니였다. 노인의 회색 머리에 은색 체인이 달랑거렸고 옷에는 진주와 보석이 너무 많이 달려 있어 팔을 들기도 벅차 보였다. 이사니의 얼굴이 분노로 가득했다.

"너! 팔려 온 노예 주제에! 감히 네가 명령을 내리다니."

새로운 가라이가 무릎을 꿇고 이마가 땅에 닿도록 바짝 엎드렸다. 이 늙은 여자가 주인의 부인보다 더 높은 위치에 있다는 걸 본능적으로 알 수 있었다. 그 여자가 결정하는 자였다.

"용서하세요. 지극히 높으신 어머니시여. 제가 온 곳에서는 아이를 받는 것이 노예의 일이었습니다. 벌레들이 제 눈을 파먹게 하시어 부디 저를 벌하세요."

"일어나거라."

명령대로 나는 자리에서 일어났다. 또다시 진통이 온 부인이 비명을 질렀지만 나는 듣지 못한 척했다.

"지저분한 일만이라도 제 손으로 끝낼 수 있게 허락해 주세요. 귀하신 분의 옷에 피가 묻을까 두렵습니다."

이사니는 침대 위에 누운 여자를 흘깃 보았다. 늙은 여자는 자리를 떠나고 싶지만 내가 그 일을 결정한 것처럼 보이기는 싫은 듯했다.

"저 노예를 여기서 당장 치워."

주인의 부인이 사납게 소리쳤다. 그러자 이사니는 결심한 듯 보였다.

"너, 이 아이 곁을 떠나지 말거라. 그리고 아기가 태어나는 즉시 내게로 데려와. 건강한 사내아이라면 말이다."

"분부대로 하겠습니다."

이사니가 방을 떠났다.

"갔어?"

다시 진통이 오기 전, 주인의 부인이 겨우 말을 꺼냈다.

"네, 가셨습니다."

곁에 있던 하인이 대답한 뒤 나를 돌아보며 물었다.

"더 필요한 건 없으세요?"

하인과 눈이 마주치자 그제야 나는 하인이 키는 크지만 어린아이에 불과한 나이라는 사실을 깨달았다. 많아야 열세 살쯤 되었을까. 하지만 그 애는 차분하고 침착했으며 동요하지 않았다.

"이름이 뭐지?"

내가 물었다.

"에스테기입니다."

"에스테기, 뜨거운 물과 그릇이 필요해. 그리고 주변을 조용하게 해줘. 아이가 곧 나올 것 같은데 우리가 좀 도와줘야 할 것 같아."

에스테기는 고개를 끄덕인 뒤 서둘러 방을 나갔다. 내가 침대 곁으로 갔고 동공이 풀린 부인은 불규칙한 숨을 내쉬고 있었다. 나는 몸을 숙여 여자의 눈을 보고 말했다.

"당신이 저를 좋아하지 않는 걸 알아요. 당신은 저를 모르시니 저를 믿으라는 말이 지나친 요구라는 것도 알고 있어요. 하지만 여기엔 당신을 도와줄 만한 사람이 없어 보여요. 저는 당신을 도울 수 있어요. 아기를 많이 받아봤고요. 제가 있던 메이렘 사막에서요."

내 입으로 그 이름을 말하니 가슴이 너무 아팠다. 노예로 잡혀 온 뒤로는 고향을 생각나게 하는 이름들을 입 밖에 꺼내지 않았다. 그때 내가 창만 가지고 있었다면! 내 안에서 가득 차오르는 그 이름들이 넘쳐흐르지 못하게 혀를 꽉 물었다. 내 동생들, 내 어머니, 우리 부족의 친구들, 다른 부족의 방랑자들.

부인이 날 믿지 못하겠다는 듯 눈썹을 찌푸리고 내 눈을 노려보았다.

"저도 처음부터 노예는 아니었어요. 제 도움을 받으시겠어요?"

나는 손바닥에 침을 뱉고 손을 들었다. 다시 진통이 오자 부인은 눈을 감고 비명을 질렀다. 나는 기다렸다가 손을 뻗었다. 진통은 지나갔지만 부인은 눈을 감고 있었다. 그러나 잠시 후, 부인이 한쪽 손을 들어 핥고는 그 손을 내게 내밀었다. 나는 그 손을 꼭 잡았다.

"좋아요. 먼저 앉아야 해요."

부인은 저항할 힘도 없었다. 내가 부인을 일으켜 세울 때 마침 에스테기가 뜨거운 물과 그릇을 가져왔다. 나는 에스테기에게 그것들을 테이블 위에 두고 부인을 부축해 달라고 하고는 바오를 한 움큼, 천 개의 뿌리를 아주 조금 집어 물에 섞었다.

"이제 걸으셔야 해요."

내가 주인의 부인 곁에 서며 말했다.

"저와 에스테기에게 기대세요. 그리고 이 약물을 드세요. 도움이 될 거예요."

"독."

숨도 잘 쉬지 못하는 여자가 나직이 내뱉었다. 내 입에서 헛웃음이 나왔다.

"제가 왜 당신에게 독을 주겠어요? 원한다면 제가 먼저 마실게요."

가끔 그때 그녀가 내뱉은 말을 곱씹는다. 그건 어쩌면 의심이 아니라 간절한 청이었는지도 모른다.

부인을 일으켜 세워 걷게 한 뒤 진통제로 좀 진정시켰더니 출산이 빠르게 진행되었다. 이른 저녁 나는 그녀의 품에 건강한 사내아이를 안겨주었다. 부인은 한참 아이를 바라보았다. 그러고는 고개를 돌렸다.

"유모를 데려와."

그게 부인이 한 말의 전부였다. 아이를 갓 낳고도 그렇게 매몰찬 여자는 처음 보았다. 내가 잠시 머뭇거리자 부인이 날 돌아보았는데, 얼굴이 뭐라 표현할 수 없는 고통으로 일그러져 있었다. 아이를 낳으면서 가장 고통스러웠던 순간에도 그녀는 그런 얼굴을 하진 않았었다.

"지금 당장!"

부인이 소리쳤다. 에스테기는 나를 기다리지 않고 그 즉시 밖으로 달려나갔다. 부인이 몸을 바르르 떨었는데, 분노 때문인지 아니면 피로 때문인지 알 수 없었다. 여자는 조그만 아기의 손을 조심스레 감싸쥐더니 아기의 얇은 눈꺼풀 위에 입을 맞추고 자그마한 귀에 대고 뭔가를 속삭였다. 그러고는 큰 두 눈으로 나를 보았다.

"이스칸이 아이의 이름을 지을 거야. 부탁이야, 지금 당장 아이를 데려가줘. 이 고문을 끝내줘."

그 순간, 나는 깨달았다. 부인은 이번이 세 번째 아들을 낳는 것인데 그동안 나는 그녀가 아이들과 함께 있는 모습을 한 번도 본 적이 없었다. 그녀는 스스로 선택하는 삶을 살지 못한 것이다. 그런 인생도 있다니, 그런 황량한 인생이라니.

나는 아기를 안았다. 아기는 크고 건강했다. 얌전했지만 입술을 빨고 있는 걸 보니 배가 고파 보였다. 아기를 안고 응접실로 들어서자 여자들은 기쁨의 탄성을 지르며 눈물을 흘렸고 기도 소리 또한 더욱 크게 울려 퍼졌다. 이사니는 내게서 아기를 홱 낚아채 가더니 마치 자기가 낳기라도 한 것처럼 보란 듯 아기를 높이 들어 올렸다. 그 늙은 여자의 소매에 주렁주렁 달린 보석이 아이의 보드라운 새 살을 긁자 아기가 울음을 터뜨렸다. 에스테기가 유모를 데리고 돌아오자 이사니는 마지못해 아이를 유모에게 넘겨주었다. 나는 에스테기를 불렀다.

"부인이 기운을 차릴 수 있게 먹을 걸 좀 가져다줘. 수프가 좋겠어. 젖을 멈추게 해야 하니까 세이지 차도 내오고. 부인에게 세이지 차를 계속해서 가져다줘. 무엇보다 안정을 취하실 수 있게 해주고. 원하는 만큼 푹 쉬실 수 있게. 알겠지?"

에스테기가 고개를 끄덕였다. 어린 여자아이에게는 무리한 부탁이란 걸 알았지만 그 아이가 잘해줄 것 같았다. 어차피 부탁할 수 있는 다른 사람도 없었다.

나는 한창 떠들고 있는 여자들 틈을 비집고 나와 내 방으로 돌아왔다. 내가 매일 밤 자고 생활하는 공간으로 돌아오자 주인이 지금 궁에 없다는 사실이 기뻤다. 이제 좀 쉬면서 생각을 정리할 수 있다.

나는 매일 여신의 혀를 잊지 않고 먹는다. 내 피와 살이나 마찬가지인 내 아이를 만나지도 못하게 할 남자의 아기를 가지고 싶지는 않다. 이곳 궁 안에서 내가 할 수 있는 일은 그리 많지 않다. 주인은 매일 밤 나를 찾지만 그사이의 낮 시간이 무척 길다. 시간이 그저 흘러간다. 나는 내 작은 방에서 창가를 서성이며 세상을 엿보고 괜히 물건을 한번 들었다가 다시 제자리에 놓는다. 이렇게 하는 일도 없이 시간을 보내기는 태어나 처음이다. 고향에서 우리는 늘 어딘가를 향해 움직였다. 산으로 사냥을 하러 가거나, 사막으로 다른 부족을 만나러 가거나, 남쪽으로 식물을 구하러 갔다. 메이렘 사막 한가운데 있는 보디엔 호수에 가기도 했는데 호수를 다 돌려면 유목민의 속도로도 이레가 걸렸다. 서쪽 해안가에는 사누엘나무가 자라는데 사누엘은 아주 오래전부터 존재한 나무로, 그 뿌리가 세상의 중심까지 뻗어 있었다. 우리는 때때로 사누엘나무나 오모네산, 바닥없는 세마이해 같은 신성한 곳으로 긴 여행을 떠났었다. 그곳에서 어머니가 피를 봉헌하셨고 에이데(eide, 가라이가 속한 부족에서 소녀가 성인 여성이 되었음을 기념하여 행하는 의식—옮긴이 주)를 치르고 난 뒤에는 나도 봉헌을 하기 시작했다. 내가 봉헌하는 자임을, 내가 사누엘의 생명의 힘과 깊이 교감하고 그녀에게 내 피를 바쳤음을 잊지 않기 위해 나는 지금도 그때 생긴 상흔을 일부러 더듬곤 한다.

우리는 떠돌지 않을 때는 뭔가를 만들었다. 모닥불을 지피고 옷이나 도구를 고쳤다. 어머니가 나와 동생들에게 지식을 가르쳐주실 때도 우리는 손에 뭔가를 쥐고 만들며 이야기를 들었다. 나는 조각을 잘해서, 괜찮은 나무와 좋은 칼만 있다면 뭐든 만들 줄 알았다. 숟가락, 그릇, 플루트, 단추. 그 외에도 막냇동생이 어릴 때는 장난감도 만들어주었다.

내 동생은 이제 막 소녀티를 벗었을 텐데. 동생이 살아 있다면 말이다. 그 아이는 어디로 팔려 갔을까.

새로운 가라이는 이런 생각을 하지 않고 진짜 가라이의 기억과 질문을 억누른다. 진짜 가라이는 글을 쓸 때만 잠깐씩 나타나는데, 점점 드문드문 나타난다. 이제는 쓸 이야기도 별로 없다. 새로운 가라이는 아무짝에도 쓸모가 없다. 그 애가 하는 거라고는 기다리는 일, 주인이 오면 얼굴을 보이는 일뿐이다. 목적도 임무도 없는 그 여자의 손은 새들의 초조한 날갯짓 같다. 어떤 옷이 잘 어울릴지 이 옷, 저 옷 입어본다, 머리를 빗는다, 바깥에서 들려오는 궁 안의 소리를 듣는다, 창가에 가만히 서서 지나가는 계절을 물끄러미 바라본다. 지붕 위로 떨어지는 빗소리는 산에서 듣는 빗소리와 다르다. 그녀는 밖으로 뛰어나가 팔과 다리 위로 떨어지는 빗방울과 머리카락을 흐트러뜨리는 바람을 느끼고 싶다. 그리하여 그것들이 자기를 들어올려 멀리 데려가 줄 거라 믿고 싶다. 하지만 이런 생각을 하는 건 새로운 가라이가 아니다. 진짜 가라이, 예전의 가라이다. 새로운 가라이는 진짜 가라이를 잠시 옆에 두고 진짜 폭풍 앞에서 등을 돌려 그림 속 폭풍과 산, 바다로 걸어 들어간다.

새로운 가라이는 내가 신성시하고 소중하게 여기는 모든 걸 배신한다. 쓸모도 없고 목적도 없다. 그저 주인을 기쁘게 하고 누구에게나 고개를 숙이고 심지어 경비병과도 눈을 마주치지 않는다. 나는 그녀를 증오한다.

하지만 그녀는 단 하나의 쓸모가 있었다. 그녀는 내 목숨을 살려두는 법을 알고 있었다.

*

나는 무료한 시간을 달래기 위해 식물을 캐고 모았다. 정원에서 치료용으로 쓸 만한 허브들을 꺾어 말리고 직접 키우기 시작했다. 카비라에게 식물의 이름을 물어 정성스레 받아 적었다. 비밀 일기를 쓰기 시작한 뒤로 필체가 좋아졌다. 이렇게 할 일이 있을 때는 마음이 누그러진다. 꽃과 이파리를 그리고 종이 위에 압화도 했다. 어떤 건 주인에게 보여주기도 했는데, 주인은 재밌다는 듯 웃었다. 며칠 뒤, 깡마른 하인 에스테기가 내 방에 선물을 가져왔다. 그 아이가 조심스레 침대 위에 내려놓은 건 질 좋은 종이였다. 세 가지 색의 잉크와 펜, 붓, 물감도 있었다.

"주인님이 보내신 거니?"

내가 물었다. 하긴, 누가 이런 걸 내게 보내겠는가?

에스테기가 고개를 끄덕였다.

"그림을 그릴 줄 아세요?"

"연습 중이야. 주로 꽃과 나무를 그려."

나는 손가락 끝으로 종이를 쓰다듬으며 대답했다.

에스테기가 방을 나가려다 망설이듯 문 앞에 섰다.

"무슨 일이야?"

"저…… 나중에 그림을 빌릴 수 있을까요?"

"왜?"

나는 미간을 찌푸렸다.

"자수를 놓으려고요. 예쁜 꽃을 수놓고 싶은데, 어려워서 보고 따라 그릴 수 있는 게 있으면 좋을 것 같아서요……."

아이가 부끄러워 기어들어 가는 목소리로 말했다.

나는 종이를 내려놓고 말했다.

"내 방에 와서 해. 그림을 가져가는 건 안 돼."

에스테기가 고개를 숙여 감사 인사를 하고는 내 방을 나갔다.

그래서 나는 글을 조금 덜 쓰게 되었다. 대신 꽃과 풀을 꺾고 압화를 하고 그림을 그린다. 에스테기는 구석에 앉아 내가 그린 그림을 앞에 놓고 고운 천에 비단실로 수를 놓는다. 카비라의 옷일 것이다. 카비라는 가끔 내 방에 들러 무심하고 오만한 표정으로 우리를 지켜보다 가기도 한다. 아이 낳는 걸 도와준 뒤로 그녀는 가끔 내 방에 들렀다. 그럴 때면 새로운 가라이가 나서서 말 잘 듣는 첩의 얼굴로 제일 좋은 쿠션을 권하고 에스테기에게 시원한 녹차를 내오라고 한다. 카비라는 보통 그런 격식 차린 접대를 손으로 물리치고는 그냥 편하게 앉는다. 그녀가 아무 말 없이 가만히 있으면 나는 다시 그림을 그리고 에스테기도 실과 바늘을 집어 든다. 정원에서 새가 지저귀는 소리가 들려오고 궁에서는 사람들의 목소리와 오가는 걸음 소리가 들린다. 내가 먼저 말을 꺼내는 법은 없다. 새로운 가라이는 자신의 위치를 잘 알고 있다.

시간이 좀 지나면 카비라가 말을 꺼낸다. 내가 뭘 하는지 묻거나, 압화 작업을 하고 있는 식물에 관해 그녀가 알고 있는 지식을 알려줄 때도 있다. 그러고 나면 나도 식물의 이름이나 쓰임새 같은 것을 그녀에게 질문할 수 있다. 하지만 그녀도 알지 못하는 식물이 많은데, 그럴 때면 카비라는 에스테기에게 불쑥 몸을 돌리고 자수 작업이 언제 끝나는지 묻는다. 어제는 카비라가 뭔가를 한 아름 안고 우리에게 왔다.

"첩이 무지하면 보기에 안 좋아."

카비라는 가져온 두루마리들을 테이블 위에 올려놓았다. 에스테기가 재빠르게 램프를 켜고 카비라가 편히 앉도록 쿠션을 가져왔다. 카비라는 에스테기가 계속 자수를 놓도록 놔둔 채 자리에 앉아 나를 보았다.

"위대한 시인들에 대해 배워둬. 그리고 아레코의 역사에 대해서도. 비시에르는 자기 것이 뭐든 최고이길 바라니까."

주인은 나의 다른 매력에 관심이 있을 뿐 아니라 내가 말하는 것보다는 듣는 쪽을 좋아할 테지만, 나는 새로운 가라이가 시키는 대로 잠자코 있었다.

"들으면서 그림을 그려도 좋아."

카비라가 품위 있게 말했다. 그러고는 시를 읽기 시작했다.

부인은 좋은 목소리를 지녔고 나는 시를 좋아하지만 카비라가 읽는 것들은 내가 전에 들어본 적 없는 종류의 이야기였다. 내게는 의미 없이 지루했다. 통치자, 권력을 가진 남자들, 전쟁, 계략, 뺏고 빼앗기는 영토 분쟁 같은 얘기뿐이고 진짜 중요한 이야기는 없었다. 대지, 생명의 힘, 그리고 그 생명의 힘과 어울려 살아가는 사람들의 이야기 같은 것 말이다. 그래도 나는 카비라가 낭독하는 내용을 기억해 두었다가 낭독이 끝나면 붓을 내려놓고 가장 인상적인 사건과 시구를 이야기했다. 에스테기와 카비라는 놀란 듯 보였고 카비라조차 표정을 숨기지 못했다. 하지만 내게는 그다지 놀라운 일이 아니었다. 어머니는 늘 이런 식으로 우리를 가르치셨다. 어머니는 머릿속에 있는 걸 우리에게 이야기로 들려주셨고 우리가 들은 것을 다시 어머니께 이야기하게 하셨다. 내용의 본질만 전할 수 있다면 완전히 똑같이 말하지 않아도 괜찮다. 그사이 내 습득력이 떨어져 전만큼 지식을 정확히 흡수하지 못한 것이 느껴졌다. 다른 사람이 아니라 나를 위해 다시 공부해야 한다.

우리는 그렇게 낮과 저녁 시간을 함께 보낸다. 우리의 시중을 드는 건 거의 언제나 에스테기다. 에스테기는 조용하고 민첩했으며 카비라가 원하는 걸 스스로 깨닫기도 전에 미리 준비해 주었다. 마룻바닥을 따라 햇빛이 미끄러지며 하루가 지나가고 어둠이 내리면 에스테기가 램프에 불을 붙인다. 신나 연주자들도 자리에서 물러난다. 밤새 한두 마리가 머뭇거리며 노래를 시작하고 그 노랫소리가 차츰차츰 커진다. 나는 말을 아끼고 보통은 카비라가 말을 한다. 예술이나 시, 그녀가 스승이라고 부르는 사람들처럼 위험하지 않은 이야기들. 나는 듣고 이해해 보려 애쓴다. 하지만 잘되지 않는다. 한낱 글이 어떻게 진실을 전할 수 있겠는가? 내가 종이 위에 쓰는 문장들도 언젠가 모두 죽고 시들 것이다. 사막의 도마뱀을 노래하는 시를 쓴다고 한들 도마뱀의 진짜 모습을 어떻게 표현할 수 있을까? 한낮의 태양과 밤의 추위에 대해 시가 우리에게 대체 뭘 알려줄 수 있겠는가?

아무것도 알려주지 않는다.

하지만 카비라는 계속해서 말한다. 그리고 나는 듣는다. 해가 지고 밤이 오고 날이 다시 밝는다. 우리가 할 수 있는 건 기다리는 것뿐이다.

최근 주인은 궁을 자주 비웠다. 주인은 궁을 짓는 일을 감독하느라 오하딘에 자주 갔고 목재며 대리석, 돌 따위를 사들이느라 여러 도시를 돌았다. 그는 큰 궁을 짓는 일에 집착했는데, 나로서는 이해가 되지 않았다. 가끔 주인이 오하딘에서 돌아오면 뭔가가 좀 달라져 있었다. 그의 속 깊은 곳에 어둡고 강력한 힘이 감춰져 있는 것 같았다. 그럴 때는 그가 나를 대하는 방식도, 바라보는 방식도 달랐다. 절대 공유하고 싶지 않은 내 속마음을 그가 꿰뚫어 보는 것만 같았다. 그가 감춰진 가라이를 알아보는 것 같았지만 그래도 그는 놀라지 않았다. 주인은 새로운 가라이와 미래의 가라이까지도 볼 수 있는 것만 같았다. 그가 다녀가고 나면 내가 안팎으로 완전히 드러난 기분이었다. 숨고 싶지만 그의 시선이 닿지 않는 곳이 없었다. 그럴 때면 진짜 가라이를 불러오고 싶었다. 그녀는 강하고 두려워하지 않는다. 두 손으로 뭐든 만들고, 발바닥은 메이렘 사막의 돌멩이 하나도 전부 기억하며, 혈관에는 대지의 힘이 고동치고, 온몸이 사누엘나무와 연결되어 있다. 그녀의 흉터가 바로 그 증거—

내 흉터! 흉터가 사라졌다. 아무리 뒤져도 흉터가 보이지 않는다.

*

긴 시간이 지났다. 몇 년의 시간이. 아주 오랫동안 나는 글을 쓰지 않았는데, 쓸 말이 없었기 때문이었다.

이제 곧 오하딘 궁이 완공될 것이다. 그 궁전을 짓는 데 8년의 세월이 걸렸다.

주인은 오늘 나를 불렀다. 그는 침대에서 일어나 창가에 서서 오하딘으로 출발하는 첫 번째 마차를 내다보았다. 기지개를 켜는 그의 몸은 몇 년 전 내가 주인을 처음 만났을 때처럼 여전히 부드럽고 강인하며 늙지도 않았다. 반면 나는 달랐다. 나는 밖에서 마음껏 달릴 수도 없었고 달콤한 케이크와 꿀에 절인 과일, 설탕이 잔뜩 발린 베야 튀김을 너무 많이 먹었다. 내 배는 축 늘어졌고 얼굴도 동그래졌다.

주인은 기대에 찬 표정으로 두 손을 허벅지에 문질렀다.

"드디어 이날이 왔군. 이날을 위해 그동안 내가 얼마나 애를 썼던지! 왕실을 포함한 궁 전체를 이번 달이 가기 전에 옮길 것이다. 새로운 달에 새로 시작할 수 있도록 말이야. 그러고 나면 이제 국왕을 더 쉽게 조종할 수 있겠지. 명줄만 긴 왕자들은 아레코에 남을 거야. 자기들이 내 손바닥 안에 있는 좋은 꿈에도 모를 거다."

"어떻게요, 주인님?"

그는 내가 그렇게 묻는 걸 좋아했다.

"국왕과 왕자들을 서로 떨어뜨리고 나면 왕자들이 아버지 일에 간섭을 할 수 없지. 그 철부지들을 겉으로는 중요해 보이지만 사실은 별 볼 일 없는 업무에 처박아 둘 수도 있고. 그러면 국왕을 조종할 수 있는 건 나밖에 없게 되지. 크든 작든 국왕이 내리는 모든 결정은 실제로는 내가 하게 될 거야. 그리고 첫째 왕자를 헤라크와의 전투에 보낼 생각이다. 헤라크가 지금 3년째 공물을 바치지 않고 있어. 머지않아 이 아레코와 오하딘에 복종하게 되겠지. 내겐 그럴 힘이 있다. 카레노코이의 모든 이가 왕실과 내게 무릎을 꿇게 될 것이다."

나는 침대에 길게 깔린 가죽 위에 나체로 누워 있었다. 주인이 나를 향해 몸을 돌렸다가 미간을 찌푸렸다.

"살이 쪘구나. 나이도 들었고."

수치심이 나를 덮쳤다. 주인의 눈에조차 들지 않는다면 나는 어떤 존재일까? 나는 담요를 끌어당겨 몸을 가렸고 시선을 아래로 돌렸다. 주인은 마지막으로 기분 좋게 창밖을 내다본 뒤 하인을 불러 옷을 입었다. 그들이 방을 떠날 때까지 나는 그대로 누워 있었다. 나는 옷을 입고 비밀 통로로 빠져나와 다이라헤시의 그레이트홀로 갔다. 그곳엔 아무도 없었다. 내가 벨을 울리자 에스테기가 조용히 나타나 예의 온순한 자세로 내게 머리를 숙였다. 에스테기는 지난 몇 년 사이 훌쩍 자라 이제 나보다 머리 하나만큼이나 키가 컸고 코도 커졌다. 확실히 예쁜 얼굴은 아니다. 하지만 그 애도 나보다는 날씬했다.

"내 물건 좀 가져다줘. 목욕하러 갈 거야. 아레민 오일이랑 내가 만든 아몬드 오일, 그리고 장미수도. 지금 당장."

나는 한참을 욕조에 몸을 담갔다. 달콤한 향이 나는 비누로 머리를 마사지하고 허연 각질을 벗겨냈다. 주인의 마음에 들기 위해 면도도 하고 눈썹과 입술 주변 털도 정리했다. 그러고는 새로 태어난 아기처럼 몸이 부드러워질 때까지 아몬드 오일을 바르고 또 발랐다.

주인이 새로운 여자를 들이면 나는 어떻게 되는 걸까? 주인은 내가 왔을 때 부인에게 그랬던 것처럼 나를 영영 떠나버릴까? 그러면 내 하루는 더욱 공허해질 것이다. 이곳에서는 주인이 나를 아낀다는 그 사실 하나 때문에 내 존재가 의미를 띤다. 그의 애정이나 판단이 담긴 시선이 내 가치를 결정한다. 그렇지 않으면 영영 묻힐 내 존재의 윤곽이 그의 손길을 따라 드러난다. 가끔은 그 때문에 기쁘기도 하다. 그게 너무 싫다. 하지만 여기서는 주인이 있어 아주 잠깐이라도 내가 가치 있는 존재라는 기분을 느낀다. 그런데 그것마저 사라진다면 난 이제 어떡해야 하지?

바로 윗부분을 쓰고 있을 때 카비라가 내 방에 왔다. 내 방은 내가 잠글 수 없게 되어 있다. 나는 종이를 감추려고도 하지 않았다. 카비라는 전에도 내가 글을 쓰는 걸 본 적이 있지만 아무에게도 말하지 않았다.

카비라는 쿠션 위에 앉아 가만히 기다렸다. 잠시 후 에스테기가 장미와 민트 향이 나는 차와 설탕이 가득 올라간 케이크를 내왔다. 에스테기는 카비라와 나에게 차례로 차를 건넸다. 케이크를 입에 넣자 혀끝에 닿는 달콤함에 기분이 나아졌다. 에스테기는 문 쪽 구석에 앉아 다음 지시가 있을 때까지 기다렸다.

나는 카비라를 봤다. 그녀는 조용히 앉아 차분하게 차를 마시고 있었다. 카비라는 나만큼이나 한적하고 무료한 하루를 보낸다. 주인이 카비라를 찾는 일이 없으니 훨씬 더 단조로운 시간을 보낼 것이다. 카비라에게는 이사니를 위해 해야 하는 일들과 아들들과 함께 참석하는 행사가 있다는 것을 알고 있다. 하지만 그런 일들은 그녀의 지루하고 우울한 삶을 조금 더 연장하는 것 이상의 의미는 없었다.

"첫째 부인이라는 자리, 어떻게 해나가시는 거예요?"

침묵을 깨고 내가 물었다.

카비라가 피식 웃었다. 대답해 줄 거라는 기대는 없었는데, 카비라는 차를 한 모금 마신 뒤 입을 뗐다.

"나는 삶에 아무것도 기대하지 않아. 이스칸이 이미 모든 걸 빼앗아 갔으니까."

목소리는 작았지만 매서웠다. 카비라 앞에 놓인 찻잔에서 피어오르는 수증기 때문에 그녀의 모습이 흐릿하게 보였다.

"매일 아침 눈을 뜨면 죽은 내 가족들을 생각하지. 이스칸이 빼앗아 간 모두를. 아들들은 나를 알지도 못하고 심지어 부끄러워하지. 내 손만 닿아도 몸을 움츠려. 이스칸은 내가 죽는 것조차 마음대로 하게 두지 않을 거야."

카비라가 차를 한 모금 더 마셨다.

"이스칸이 다녀갔니?"

나는 고개를 끄덕였다. 그녀가 찻잔을 내려놓고 창밖으로 시선을 돌렸다.

"얘기도 나눴고?"

우리가 주인에 대해 이야기한 건 처음이었다. 이번엔 주로 내가 말을 했다.

"네, 조금요. 주인님은 오하딘에 새 궁을 짓는 일이 잘 진행됐다며 기뻐하셨어요. 저를 보고는 덜 기뻐하셨고요."

내가 내 배와 두꺼워진 허벅지를 가리켰다.

카비라가 고개를 돌려 나를 보았다. 그녀는 웃고 있었는데, 그건 뭐랄까…… 잔인하다기보다는 슬픈 표정에 가까웠다. 내 마음을 알고 있다는 얼굴이었다. 그 얼굴을 보니 방금 카비라가 주인을 향해 쏟아낸 비난에도 불구하고 그녀가 여전히 그를 마음에 품고 있을지도 모른다는 생각이 들었다. 나는 단 한 번도 가져본 적 없는 감정이었다.

그 마음 때문에 카비라는 오히려 나보다 더한 노예로 살고 있는 듯했다.

카비라가 에스테기를 불러 낮은 목소리로 뭐라고 속삭이자 에스테기가 일어나 방을 나갔다. 카비라도 자리에서 일어나 심호흡을 한 뒤 내게 말했다.

"가자. 짐을 챙길 시간이야. 다른 사람들에게 네 일기를 보여주려는 건 아닐 테지."

그녀가 옷매무새를 가다듬었다.

"이스칸이 우리를 오하딘으로 데려갈 거야. 왕실과 자기 집도 전부. 너도 새로운 집에 갈 준비를 해야지."

나는 내 물건들을 챙겼다. 그러니까 내가 생각하기에 내 것인 것들, 주인이 준 옷과 머리핀, 보석, 압화한 꽃과 필기구, 말린 허브 같은 것들 말이다. 내 비밀 일기는 압화한 꽃들 뒤 제일 마지막 장에 숨겨두었다.

하지만 이중 진짜 내 것은 하나도 없다. 나도 알고 있다. 이건 전부 주인의 것이다. 사막에서는 꽃, 나무, 동물, 모든 걸 마음껏 쓸 수 있었다. 누구도 이들을 소유하지 않고 딱 필요한 만큼만 쓰기 위해 도구를 들고 다녔다. 그러나 지금은 눈에 닿는 것 전부가 주인의 소유다. 그는 나조차 소유하고 있다.

우리가 언제 이동하는지는 모른다. 나는 그 어떤 것도 알아서는 안 된다. 카비라도 마찬가지다. 우리는 그가 언제든 원하는 대로 움직일 수 있는, 주인의 손안에 든 물건과 다름없다. 이렇게 아무것도 예상할 수 없다는 것이 가장 견디기 힘든 일이었다. 그가 언제 나를 부를지, 언제 나와 함께 있고 싶어 할지 나는 알 수 없다. 그 무엇도 미리 알게 되는 법이 없다. 일들은 그저 불쑥 일어나고 설명해 주는 이도 없다. 어느 날 갑자기 우리는 마차에 태워져 오하딘으로 옮겨질 것이다. 나는 그곳에 가본 적도 없었다. 새로운 새장이 나를 기다리고 있다.

*

오늘 우리는 오하딘에 도착했다. 늦은 저녁인데다 오는 내내 이리저리 흔들리고 숨 막히는 마차 안에 갇혀 있었더니 무척 피곤했다. 멀미 때문인지 속이 메슥거리고 기분이 좋지 않았다. 옆에 앉은 에스테기가 슬금슬금 내 눈치를 보다가 결국 나를 피할 정도였다. 하지만 그래도 지금 이 글은 써야만 한다. 정말 멋진 일이 생겼다. 여태까지 내가 살아남은 이유를 이제야 알았다! 모든 일이 결국 나를 이리로 데려오려고 일어난 것이었다. 내 인내심이 마침내 보상받게 되었다. 나를 살아남게 해준 새로운 가라이에게 감사한다. 대지와 하늘, 그리고 죽은 자들의 영혼에 영광이 있으리니!

오하딘에 가까워지자 나는 바로 알 수 있었다. 마차는 늦은 오후, 해질 무렵 농장에서 고된 하루를 보내고 땀에 절어 집으로 돌아가는 일꾼들을 지나쳐 가고 있었다. 언덕 뒤에서 천천히 모습을 드러내는 궁은 내가 상상했던 것보다 훨씬 더 컸다. 바로 그 순간, 나는 알았다. 그 진동을 느꼈다. 바람에 실려 온 듯, 처음엔 너무 희미하고 미묘해서 이름이 떠오르지 않는 그런 향기였다. 에스테기가 꿀에 절인 수박과 장미수를 권했지만 나는 곧바로 손을 들어 그녀가 입을 다물게 했고 움직이지도 못하게 했다. 우리 행렬이 앞으로 나아갈수록 그 낯선 느낌 또한 점점 강해졌다. 웅웅 울리는 리듬이 내 몸을 관통해 요동쳤다. 그토록 강한 생명의 힘을 느낀 것은 처음이었다. 사누엘나무도 그 정도는 아니었다. 나는 침착하게 앉아 있을 수가 없었다. 지금 당장이라도 마차에서 뛰어내려 이 힘에, 이 부름에 응답해 달려가고 싶었다.

우리가 오하딘의 궁 안에 들어섰을 때는 이미 땅거미가 진 뒤라 경비병들이 손에 횃불을 들고 있었다. '아름다움의 집'이라는 여자들을 위한 건물이 따로 있었다. 내 방으로 가는 길에 보니 방들이 무척 크고 욕조도 거대했고, 눈길 닿는 곳마다 사방에 금과 그림, 항아리, 꽃, 분수가 놓여 있었다. 그리고 어딜 가도 나를 부르는 노래가 귓가에 웅웅댔다. 나는 방으로 와 실크 쿠션 위에 누웠다. 내 머리 위에는 동물 가죽이 걸려 있고 방에는 감미로운 장미 향기와 제단에 피우는 향 냄새가 가득했다. 나는 잠들지 못하고 있다. 지혜의 여인, 진짜 가라이는 잠들 수 없다. 그녀의 정신은 지금 수정처럼 맑고 깨끗하다. 나는 손가락으로 흉터를 문질러봤다. 지금 당장 밖으로 나가 근처 어딘가에 분명히 있을 신성한 장소로 달려가 피를 바치고 싶다. 위대한 봉헌이 될 거라는 걸, 내가 평생 기다려 온 봉헌이라는 걸 나는 알 수 있었다.

하지만 기다려야 한다. 나는 그곳을 찾을 것이다. 새로운 가라이가 이 거대한 새장에서 내가 살아남을 수 있게 도와줄 것이고, 나는 이 노래의 근원지를 찾아낼 것이다. 이제 그 어떤 일이 생겨도 견뎌낼 수 있다.

그 어떤 일도 참을 수 있다.

진짜 가라이가 몸을 숙이고 기다린다. 이제 다시는 그녀를 손에서 놓지 않을 것이다. 하지만 오하딘에서의 생활은 예전보다 더 어려워졌다. 매일같이 생명의 힘이 나를 부르고 손짓하는데도 갈 수가 없다. 위대한 봉헌이 바로 가까이에 있지만 아직 손에 닿지 않는다. 주인에게서 뿜어져 나오는 어둠 또한 더욱 깊어졌다. 내 안에 미치는 그의 힘이 그 어느 때보다 커져 내 몸과 정신을 모두 지배한다. 도저히 나 자신을 방어할 길이 없다.

나를 베고 피를 흘려 신성한 장소에 봉헌하고 싶은 열망으로 들끓는다. 하지만 그건 옳지 않다. 흉터에는 의미가 있어야 한다. 흉터는 진정한 희생을 위한 것이어야 한다. 그저 나의 위안만을 위해 상처를 낼 수는 없다.

*

오하딘에 온 첫날, 주인은 어머니 이사니와 부인, 그리고 나를 데리고 정원으로 산책을 갔다. 세 명의 하인이 이사니 뒤로 양산과 쿠션, 시원한 음료 바구니를 들고 따랐다. 카비라는 에스테기가 정원을 구경할 수 있도록 그 애를 데리고 나갔고 하인을 놀게 해서는 안 된다고 훈계할 이사니를 의식해 에스테기에게 양산을 들게 했다. 우리 뒤로 검을 찬 두 명의 경비병도 함께 따라왔다. 자기의 업적을 과시하고 우리에게 칭송받고 싶은 주인의 마음이 뻔히 보였다. 그럴 만도 했다.

정원은 눈부시게 아름다웠다. 주인은 국왕이 이곳에 옮겨 오기 전에 정원을 완공시켰는데, 국왕이 궁의 아름다움에 반해 오하딘으로 기꺼이 궁을 옮기고 그가 가진 금을 아낌없이 썼으면 하는 바람에서였다. 주인은 서쪽 건물들을 쓴다. 주인이 혼자 쓰는 방과 욕조, 서재가 갖춰진 '평안의 집'이 있고, 업무를 보고 사람들을 만나는 '통치자의 집', 그리고 주인의 여자들과 어머니, 여종들이 사는 '아름다움의 집', 이렇게 세 채가 있다. 북서쪽에서 남동쪽으로 정원을 가로질러 흐르는 인공 시내와 작은 폭포, 작은 다리도 있었다. 동쪽에는 주인이 쓰는 서쪽 건물들을 거울로 비춘 것처럼 똑같이 생긴 건물 세 채가 국왕을 위해 지어져 있었는데, 그쪽에는 더 크고 화려한 건물들이 몇 채 더 지어질 예정이었다.

"카레노코이에서 구할 수 있는 최고의 것들로만 지었지."

주인이 궁 앞에 서서 말하는 동안 그의 양옆에는 이사니와 카비라가 있었고, 몇 걸음 떨어진 곳에 내가 서 있었다. 이른 아침이지만 건물 안에서 벌써 일꾼들이 일을 시작하는 소리가 들려왔다. 아레코에서 가져와 풀고 정리할 물건들이 많았다. 하인들이 먼저 와 가구와 짐 따위를 정리한 덕에 우리는 편히 적응할 수 있었다.

"남쪽에 있는 어떤 멋진 섬에서 이국적인 나무들도 가져왔지. 테라수라는 섬인데, 저 기둥 좀 봐. 얼마나 색이 짙은지. 이곳 나무들과는 다르게 아주 단단해. 색을 입히거나 따로 더할 필요가 없지. 그리고 돌만큼이나 다루기가 까다로워."

그가 가벼운 코웃음을 쳤다.

"이것 말고도 놀라운 걸 가져왔어. 조금 있으면 보게 될 거야."

궁전은 높은 계단 위에 2층으로 지어져 밖에서는 안이 들여다보이지 않았다. 계단의 겉면은 꽃 장식이 가득 그려진 밝은색 타일로 장식돼 있었는데, 너무 생생해 정원의 꽃들과 견주어도 될 정도였다. 솟아오르는 태양처럼 번쩍이는 금빛 천장을 본 이사니는 반지를 잔뜩 낀 손을 들어 눈을 가렸고 그 모습을 본 주인이 웃었다.

"이 금빛 광휘는 제가 의도한 겁니다. 여기 들어서는 모든 자가 고개를 숙이도록. 백성들은 이 카레노코이를 다스리는 힘이 어디에서 나오는지 똑똑히 알게 될 거예요. 그 어떤 왕도 이보다 장엄한 궁은 갖지 못했습니다. 이제 곧 모두가 오하딘의 권세 아래, 제 권력 아래 머리를 숙이게 될 겁니다."

"아들아, 정말 대단하구나."

이사니가 자랑스러운 듯이 아들의 팔을 쓰다듬으며 말했다.

"그렇지 않니, 카비라?"

아들의 아내에게 말하는 이사니의 목소리는 아들에게 말할 때와는 다르게 날카로웠다.

"여태껏 이렇게 크고 아름다운 것은 본 적이 없습니다."

카비라가 무표정한 얼굴로 대답했다.

"이곳이 네 아버지의 영지였을 때 모습은 찾아볼 수가 없구나."

이사니가 카비라를 보며 물었다.

"네, 전혀요. 모든 것이 훨씬 눈부시게 아름답습니다."

카비라의 목소리에는 슬픔이 감춰져 있었지만 주인은 알지 못하거나 안다고 해도 신경 쓰지 않는 것 같았다.

우리는 꽃이 흐드러지게 핀 나무 아래를 좀 더 거닐었다. 아주 커다란 새장 안에 깃털이 빨갛고 파란 새들이 노래를 하고 있었다.

"노랫소리가 아름답기로 유명한 새들을 모두 데려왔지요."

주인이 새장을 가리키며 말했다.

"몇몇은 새장 안에 있지만 새들은 정원을 마음껏 날아다닐 수 있어요. 왕비와 공주들이 새를 무척 좋아해요. 새총과 활쏘기에 능한 어린 소년들을 고용해 궁의 새에게 위협이 되는 맹금류를 쏘게 하고 있어요. 시장에서는 벌써 새의 먹이가 될 만한 곤충과 씨앗 거래가 활발해졌고요."

정원에는 식물에 물을 주고 청소를 하고 나무를 가꾸는 정원사들이 무척 많았다. 시들거나 비뚤어진 잎사귀 하나 없이 모든 꽃과 나무가 완벽한 모습이었다.

"저희에게 허브 정원을 보여주시겠어요, 셰?"

카비라가 겸손한 말투로 물었다.

이사니는 못마땅한 얼굴이었지만 주인은 고개를 끄덕였다.

"물론이오, 쇼."

한껏 들뜬 주인은 다소 과장된 몸짓으로 한 팔에 아내를, 한 팔에는 어머니를 데리고 연분홍 꽃이 흐드러지게 핀 향이 짙은 오솔길을 따라갔다. 그들의 옷에 스쳐 떨어진 꽃잎들이 뒤를 따르는 내 샌들 아래 짓밟혔다. 우리는 아치형의 화려한 다리를 건너 시내 반대편으로 넘어갔다. 수정처럼 맑고 깨끗한 물에서 금색 물고기가 헤엄쳤고 시내와 이어지는 연못 위에 버드나무가 잎을 드리웠으며 수련이 보석 같은 자태를 뽐내고 있었다.

"아들들이 낚시를 할 수 있게 잉어도 넣어두었어요. 여름에는 더위를 피해 뱃놀이를 할 수 있게 작은 배도 몇 척 사두었지요. 폐하의 여인들은 이곳과 저쪽 기슭에서 악단의 연주도 즐길 수 있습니다. 여기에 무대를 세우면 숙녀분들은 일몰을 감상할 수도 있지요. 밤에는 불을 밝힌 배를 띄워 그 위에서 연주회를 열 생각입니다. 평안의 정원이라는 이름을 붙일 거예요."

"훌륭하구나, 아들아."

이사니가 연신 고개를 끄덕였다.

"국왕과 그 일가를 이곳에 초대해야겠구나. 이렇게 호화롭고 아름다운 것들을 보면 네 앞에 무릎 꿇을 수밖에 없을 게다."

이사니는 자신이 너무 많은 걸 입 밖으로 뱉었다는 사실을 눈치채지 못했다. 국왕 앞에 무릎 꿇는 건 아들과 이사니여야 했다. 이스칸은 어머니의 속마음을 듣고 그저 웃었다.

"그리고 여기, 당신의 청대로요, 카비라. 장미 정원을 만들면서 허브 정원도 만들었소. 깜짝 선물이오."

우리는 형형색색의 장미를 지나 낮은 담에 다다랐다. 주인이 안으로 들어가는 문을 열어 우리를 안내했다. 이사니는 걸음을 멈추고 언짢은 얼굴로 하인들에게 그곳에 파라솔을 세우고 부채질을 하라고 일렀다. 에스테기도 공손한 자세로 그 뒤에 서 있었다.

안으로 들어가니 기다란 화단을 따라 원형과 나선형, 갖가지 모양으로 허브와 향신료가 심어져 있었다. 나는 몸을 숙여 잎을 만지고 향을 맡았다. 톡 쏘고, 달콤하고, 쓰고, 상쾌한 향들. 약효가 있는 식물이 많았고 그중엔 내가 처음 보는 것도 있었다. 이 정원에서는 내가 매일 걷고 탐험하고 수집하고 말리고 그림을 그릴 수 있었다. 좀 더 돌아다니며 살펴보니 몇몇 허브는 흙이 알맞지 않거나 그늘이 더 필요하거나 공간이 모자라거나 했다. 그것들을 파내서 옮겨 심고 싶어 손가락이 근질거렸다.

나는 주변을 둘러보았다. 카비라는 뒤쪽에서 세이지를 보고 있었고 주인과 이사니는 얘기를 나누고 있었는데 이사니의 표정이 무척 심술궂었다. 아들이 카비라의 비위를 맞춰준 게 못마땅한 눈치였다. 이사니는 카비라가 원하는 대로 하는 걸 견디지 못했다.

나는 카비라 앞에 무릎을 꿇었다. 그건 진심이었다. 목숨을 부지하려고 격식만 갖추던 새로운 가라이가 아니라 진짜 가라이가 무릎을 꿇은 것이었다.

"고귀하신 첫째 부인이시여."

나는 주인이 듣지 못하게 나직이 말했다.

"감사드립니다."

"일어나라!"

카비라가 짜증이 난 목소리로 낮게 소리쳤다. 나는 일어섰지만 다시 깊이 고개를 숙여 인사했다.

"감사드립니다. 제게 크나큰 친절을 베풀어주셨습니다. 아주 값비싼 선물이라는 걸 알고 있습니다."

나는 이사니를 얼핏 보았다.

"그래, 그래. 어쨌든 이번 겨울에 내 몸이 나은 건 네 약 덕분이니까. 소난도 네가 준 차를 마시고 감기가 나았다고 하고. 남편도 그런 점 때문에 허락한 거겠지. 내 덕이 아니다. 남편에게 아들은 그 무엇보다 소중한 자산이니."

주인에게는 딸이 없다. 그는 카비라의 침실에 가지 않고, 나는 임신하지 않도록 주의하고 있다. 주인은 내가 아이를 낳을 수 없는 것으로 여겼지만 개의치 않았다. 지금 있는 아들 셋이면 충분하다고 했다. 열 살, 아홉 살, 일곱 살인 아이들은 활발하고 고집도 세고 건강하다. 이 글을 쓰는 지금 이 순간에도 그 아이들이 밖에서 뛰노는 소리가 들린다. 아이들과 말을 해본 적은 없다. 나는 그럴 수 있는 신분이 아니다. 아이들이 어머니를 보러 올 때 나는 방에서 나가지 않는다. 아이들이 아버지의 첩을 보고 상처받지 않도록 하기 위해서인데, 누가 그렇게 하라고 명했는지는 잘 모르겠다. 주인인지 아니면 카비라인지, 어쩌면 나일지도 모르겠다.

아이들은 어머니가 아니라 이사니와 함께 지낸다. 그리고 이사니가 허락할 때만 가끔 어머니를 보러 온다. 아이들이 다녀가고 나면 카비라는 한동안 방에서 나오지 않는다. 그러다 며칠이 지나야 내가 꽃을 그리고 에스테기가 수를 놓는 평소의 자리로 돌아온다. 대리석 분수에서 물이 흘러내리는 소리를 배경으로 신나 연주자가 아름다운 음악을 들려주지만 카비라의 침묵은 평소보다 늘 더 무겁다. 시간이 지나면 말도 조금씩 하기 시작하고 하인들에게 지시도 내리고 내 옷차림을 지적하기도 한다. 맛있는 케이크를 내오라고 하기도 하고 그림이 좀 더 잘 보이도록 휘장 위치를 바꾸기도 하며 두루마리도 꺼내 내게 읽어준다. 그러고 나면 그제야 모든 게 예전과 같아진다.

나는 뭐라고 대답하면 좋을지 몰랐다. 말로는 부족했다. 카비라는 아닌 척했지만 허브 정원이 그녀가 내게 주는 선물이라는 걸 나는 알고 있다. 나는 카비라를 더 이해할 수 있게 되었다. 그녀는 나를 싫어하지 않는다. 카비라가 나를 어떻게 생각하는지는 모르지만 나는 그녀의 유일한 친구였다.

나는 다시 한번 깊이 고개 숙여 인사했고 이사니가 보기 전에 그녀의 손등에 살짝 입을 맞추었다.

"이제 가자. 이스칸이 또 보여주고 싶은 게 있을 테니."

방법은 아직 모르지만 그녀가 내게 보여준 마음에 나도 화답하고 싶었다.

이스칸은 우리를 다시 정원 북쪽으로 데려갔다. 아름다움의 집에 있는 눈처럼 새하얀 대리석 계단에 이르자 이스칸은 걸음을 멈추고 어머니의 뺨에 가볍게 입을 맞추며 말했다.

"어머니는 이제 들어가 쉬시는 게 좋겠어요. 피곤해 보이세요. 이제 무척 더워질 겁니다. 저는 카비라에게 보여줄 게 있어요."

이사니는 못마땅한 얼굴이었지만 달리 어쩔 도리가 없었다. 그녀는 하인들을 데리고 궁전으로 홱 들어가 버렸고 에스테기는 남아 주인과 카비라의 뒤를 따랐다. 나는 잠시 머뭇거리다가 그들을 따라갔다. 카비라에게 보여줄 게 있다고 말하는 그의 어조가 불길했고 카비라도 긴장하는 것 같았다. 카비라가 내게 친절의 손길을 내밀었는데 그녀를 저버리고 혼자 돌아가는 게 내키지 않았다. 감시병들도 내 뒤를 따라왔다.

우리는 북쪽 성벽을 향해 계속 걸었다. 시스밀나무가 우거진 숲이 나오자 주인은 경비병들에게 나무 아래서 기다리라는 신호를 보냈다. 시스밀나무는 오모네산에서도 자라기 때문에 나는 그 향을 알고 있었다. 시스밀나무는 자기 나름의 고집스러운 방식으로 자라는데, 가늘고 구불구불한 몸통에서 가지가 드문드문 하늘을 향해 쭉 뻗는다. 빨리 자라는 편이라 몇 그루는 이미 사람의 키만큼 컸지만 심어진 지 몇 년 되지 않은 것 같았다. 주먹을 꽉 쥔 카비라는 긴장한 기색이 역력했고 걸음도 빨라지고 있었다. 나무들이 앞을 가리는 바람에 그들이 어디를 향해 가는지는 알 수 없었지만 나는 느낄 수 있었다. 생명의 노래가, 오하딘 땅속 깊은 곳에서 울려오는 그 소리가 점점 더 거세지고 있었다. 나도 걸음을 빨리했다. 이제 그 힘이 넘치는 생명의 근원지를 볼 수 있는 것이다! 이제 곧 봉헌도 할 수 있을 것이다!

카비라가 보였다. 카비라는 자리에 멈춰 어딘가를 올려다보다가 낮은 울음을 터뜨렸다.

우리가 도착한 곳은 오하딘을 둘러싼 성벽 바로 안쪽에 작게 솟은 언덕이었다. 칠흑처럼 까만 타일이 깔린 좁은 길 하나가 언덕 위로 쭉 뻗어 있었다. 그 길의 끝에는 뭔가를 봉쇄한 듯한 높은 담이 둘러져 있었고 담에는 피처럼 검붉은 색깔의 지붕이 덮여 있었다.

이스칸이 부인을 돌아보았다. 그는 맹수 같은 웃음을 만면에 띠며 말했다.

"부인, 이 문은 세상에서 가장 튼튼한 쇠로 만들어졌소. 무너지지 않고 불에도 끄떡없지. 아니는 이제 완전히 내 것이오. 나 말고 다른 사람은 들어갈 수도 없지."

카비라의 얼굴이 새하얗게 질렸다.

"무덤은요? 이 언덕 위에 있던 제 가족들의 무덤요."

그녀는 말을 제대로 잇지도 못했다.

"여길 만드느라 없앴소."

주인은 관심 없다는 듯 어깨를 으쓱했다. 그는 세상을 먼저 떠난 자들에게 예를 갖추는 정착민들의 문화조차 신경 쓰지 않았다. 여기 사람들은 대지나 신을 숭배하지는 않지만 죽은 자들을 기린다. 이곳에 온 뒤로는 나도 성스러운 날이면 동생들과 어머니를 위해 초를 켜기 시작했다. 가족들이 죽었는지 살았는지는 알 수 없지만 내가 그들을 잊지 않고 있다는 걸 보여주고 싶었다. 카비라 가족들의 무덤을 파헤치는 것이 이곳에서 얼마나 끔찍한 일인지 나는 알 수 있었다.

카비라는 그 자리에 얼어붙었다.

"뭐, 국왕은 가끔 데려와야 할 거요. 샘물을 먹이려면 그래야겠지. 내게 건강한 왕이 필요할 때는 좋은 날에 올 거고, 내가 조종할 수 있게 약해빠진 왕이 필요할 때는 나쁜 날에 와야겠지."

주인은 말을 가려 하지도 않았다. 여자들만 있는 자리였으니 반역을 입에 올린다고 해도 두려울 게 없었다. 그에게 우리는 아무것도 아니었다. 땅 위에 있는 잡초처럼 신경 쓰지 않아도 되는 존재였다. 언제든 다른 사람으로 대체할 수도 있었다.

"이렇게 아니를 가둘 수는 없어요!"

카비라가 애원하듯 주인의 팔을 움켜쥐었다.

"이러면 안 돼요!"

카비라에게서 그렇게 절망적인 표정은 본 적이 없었다. 그녀 스스로 남편의 몸에 손을 대는 모습도 처음이었다. 평소 카비라는 그의 몸에 털끝 하나 닿지 않으려고 했다.

주인은 미소를 띤 채 카비라를 옆으로 밀었다. 그에게 카비라의 분노는 아무것도 아니었고 대꾸할 필요조차 없는 것이었다. 주인은 시스밀나무 사이로 사라져버렸다.

나는 카비라를 데리고 아름다움의 집으로 돌아왔고 경비병들도 우리를 따라왔다. 태양이 뜨거워지자 흙과 시스밀나무의 수액 냄새가 강하게 풍겨왔다.

나는 생명의 근원지에 대해 카비라도 알고 있다는 걸 알게 되었다. 그녀를 달래 말을 끌어내 보려 했지만 카비라는 입을 열지 않았다. 그녀는 주제를 바꾸거나 자기 방으로 돌아가 버렸다. 하지만 그녀가 생각보다 많은 걸 알고 있다는 건 분명히 알 수 있었다. 우리가 힘을 합치면 그 안에 들어갈 수 있을지도 모른다! 그녀의 말이 옳다. 생명의 원

천이 한 사람만을 위해 이용되어서는 안 된다. 이스칸이 그런 짓을 벌였고 그의 힘은 그 샘에서 나왔던 것이다. 나는 이제야 깨달았다. 그의 어둠이 어디서 흘러온 것인지, 이제야 보인다. 그가 내 안을 샅샅이 들여다볼 수 있었던 이유를 알게 되었다. 다행이다. 이런 종류의 힘에 관해서라면 나도 잘 알고 있다. 내가 평생 배워온 것이었으니까. 이제는 그에게서 나를 지킬 수 있다.

나는 새로운 가라이를 옆에 내려둔다. 지금부터 그녀는 위장용일 뿐 그 이상도 이하도 아니다. 내 안에서, 진짜 가라이 안에서 생명의 힘이 움트기 시작했다. 아직 내 손엔 닿지 않는다. 하지만 언젠가는 닿게 될 것이다. 언젠가는.

교활한 가라이
간사한 혀를 가진 가라이
감추는 가라이
기다리는 가라이
깨어난 가라이

나는 어제 쓰다 만 글을 이어서 쓰고 있다. 이곳에 우리만 있는 게 아니라는 사실을 어제저녁에 알게 되었다. 2층 전체는 이사니가 그녀의 손주들과 함께 쓰고 가장 아래층에는 하인들이 머물며 다이라헤시에는 나와 카비라가 지낸다. 내 방은 작고 카비라의 방은 크고 호화롭다는 차이는 있다. 다른 응접실과 테라스, 침실들은 전부 비어 있다. 그렇게 믿고 있었다. 그런데 방에서 나오자 그레이트홀의 분수 옆에 어떤 여자가 다리를 꼬고 쿠션 위에 앉아 있었다. 나는 걸음을 멈췄다. 분명 하인은 아니었다. 전에 본 적 없는 이국적인 외양이었는데, 어제 테라수섬에서 놀랄 만한 걸 가져왔다는 주인의 말이 생각났다. 어두운 피부색에 키가 큰 여자는 곧은 자세로 앉아 있었다. 내게로 얼굴을 돌리자 그녀가 무척 아름답고 어리다는 걸 알 수 있었다. 내가 처음 노예로 이곳에 팔려 왔을 때보다 더 어려 보였다. 탱글탱글하게 흘러내리는 머리카락 위에 핀이 하나 꽂혀 있는 걸 보니 나와 같은 노예였다.

"누구지?"

나는 예의도 갖추지 않고 대뜸 물었다. 카비라가 없으니 나를 꾸짖을 사람은 없었다. 여자가 크고 까만 눈을 들어 나를 보았다. 내 말을 이해하는 것 같았다.

"오르세올라예요."

굵은 목소리였다. 여자는 가슴이 조이는 이국적인 황금빛 옷을 입고 있었는데 그 순간 나는 그녀가 주인의 새로운 첩이라는 사실을 깨달았다. 드디어 나는 자유다! 나는 그날 온종일 기뻐 환호했다. 나는 이제 자유다!

"나는 가라이다."

미소를 지으며 나를 소개했다. 그러고는 궁전과 정원, 그 안에 있는 것들이 내 것이기라도 하듯 말했다.

"오하딘에 온 걸 환영해."

오르세올라

우리는 나무에서 살았다. 델타 근처였다. 우리의 땅은 부드럽고 축축해 집을 짓기가 어려워 나무 위에 집을 지었다. 카레노코이 사람들은 테라수의 나무 같은 건 상상도 하지 못할 것이다.

나는 안다. 카레노코이 사람들의 꿈을 직접 봤으니까. 나는 카레노코이 사람들의 꿈에 테라수의 나무를 엮어보려고 해봤다. 집채만큼 크고 하늘을 가릴 만큼 우거진 나무들을 말이다. 하지만 그곳 사람들은 그렇게 크고 영원하며 동시에 살아 있는 뭔가를 상상하지 못했다.

테라수의 나무 위에는 집을 지을 수 있었다. 나무들 사이에는 다리도 있다. 아버지는 골풀과 갈대를 엮어 꽤 근사한 다리를 만들었다. 다리를 엮은 모양을 보면 그 다리가 어디서부터 어디까지 연결되는지, 누가 만들었는지를 알 수 있었다. 아버지를 상징하는 무늬는 고동색 파도였다.

나뭇가지 사이에는 줄사다리가 있었다. 축제가 열리면 아이들은 사다리를 꽃으로 장식하곤 했다. 불을 피우거나 꽃을 꺾는 일만 빼면 낚시를 포함해 거의 모든 일을 나무 위에서 할 수 있었다. 불이나 꽃이 필요할 때는 땅으로 내려가야 했다. 우리 같은 어린아이들은 도시 외곽의 바다로 모험을 떠나기도 했다. 부들로 엮은 배를 타고 꽃이 핀 들판이 있는 섬이 나타날 때까지 노를 저었다. 그 섬에는 아이 얼굴만큼이나 큰 분홍색 꽃과 이곳의 레몬나무 꽃처럼 새하얀 꽃이 가득 피어 있었다.

우리는 그 꽃들을 무척 좋아했고 그걸로 화관도 즐겨 만들었다. 우리가 배를 꽃으로 한가득 채워 돌아가면 어머니는 기뻐했다. 그때는 나도 어머니를 무척 사랑했다.

그렇게 가져간 꽃들로 줄사다리를 장식하고 나면 나무에 꽃이 핀 것처럼 보였다.

고벨리는 나무 위에 세워진 도시로, 아레코보다 더 컸다. 뭐든지 파는 시장나무라는 곳이 있고 환락의 나무와 애도의 나무도 있었다. 환락의 나무에서는 고아들이 음식과 옷을 얻으려고 몸을 팔았고 애도의 나무에는 죽은 이들을 위한 화관과 그들의 이름이 쓰인 과일이 걸려 있었다. 그것들은 썩거나 곤충, 짐승들의 배 속으로 들어가고 나서야 사라졌으므로 애도의 나무에서는 늘 역한 냄새가 났다. 그런 나무들은 고벨리의 동쪽 끝에 있었다. 부자들은 나무 하나 전체를 자기 집으로 사용했고, 가난한 사람들은 나무 하나에 여럿이서 판잣집을 지어 비좁게 모여 살았다.

집나무들은 신성하게 여겨졌다. 고의로든 실수로든 절대로 다치게 해서는 안 됐다. 그중에서도 가장 신성한 나무는 도시 중앙에 있는, 여왕이 사는 여왕나무였다. 여왕나무는 고벨리에서도 가장 오래된 나무인데, 나무의 나이를 아는 사람은 없었다.

도시에는 광대와 거지, 음악가, 주술사, 예언자, 시인이 있었다. 점성술사와 가수, 게으름뱅이, 뱃사람, 집행관, 넝마 장수, 베 짜는 사람, 재단사, 목수, 배 만드는 사람, 치료사, 보석 공예가, 새 조련사, 곤충 채집가도 있었다.

대장장이와 전사는 없었다.

할아버지는 그물을 짜는 사람이었다. 아버지는 개암나무로 류트와 하프를 만들었다.

어머니는 꿈을 엮는 사람이었다.

이런 것들이 기억난다.

나무는 나이가 들면 죽음을 맞는다. 어느 날 나뭇잎이 떨어지기 시작하면 기둥이 이미 썩었으며 그 나무에서 계속 사는 건 위험하다는 뜻이다. 그곳에 살던 사람들은 자기 집에서 널빤지를 하나씩 떼어내 들고 다리를 건너 집행관이 정해준 새로운 나무로 이사를 한다. 감사 의식을 치르고 새로운 나무에 이름을 지어주고는 새로운 집을 짓는다. 나무들은 모두 생김새도 다르고 가지도 제 마음대로 뻗으니 새로운 집은 당연히 모양이 달라진다. 방이 작아지거나 바닥이 높아질 수도 있고 없던 베란다가 생기기도 한다.

나무가 죽으면 우리는 사흘 동안 애도의 시간을 가졌다. 나무에 감사의 말을 새겼다. 집나무에 칼을 대는 건 그때가 유일했다. 맨 처음 그 나무에 살았던 사람부터 지금 떠나는 사람까지 모든 이의 이름을 새겼다. 그러면 집행관이 와서 두루마리에 그 이름들을 다시 옮겨 적었다. 애도 기간에 우리는 마른 나뭇잎으로 목걸이를 만들어 걸고 다녔고 수

영과 노래는 하지 않았다. 목걸이가 까칠까칠해서 계속 걸고 있으면 목이 가려웠다. 잎이 사각대며 부서져 옷 속으로 들어가곤 했다. 죽은 나무의 집에서 판자를 떼서 들고 다리를 건너면 삐걱대는 소리가 났다.

애도의 시간이 끝나면 새로운 집나무를 위해 시를 읊고 춤을 추었다. 아버지는 꽤 괜찮은 시인이었다. 아버지가 시를 낭독할 때 유독 두드러지던 하얀 이도 생각난다. 그는 나무의 가장 높은 곳에 앉아 한가롭게 발을 까닥까닥 흔들며 벌꿀술을 한 잔 들고 시를 읊었다. 아버지의 시가 도시로, 바다로 둥둥 떠갔다.

우리의 아침 식사도 기억난다. 아버지가 사오르세 껍질로 만들고 빨간색과 하얀색으로 파도를 그린 그릇에 우리는 시큼한 염소 젖과 꿀, 견과와 씨를 담아 남기지 않고 싹싹 먹었다. 어머니는 사람들에게 꿈을 짜준 밤에는 집에 늦게 돌아와 한낮까지 주무셨다. 아버지는 톱밥이 날리지 않도록 나무 아래에 지은 작업실을 갖고 계셨는데 이른 아침부터 일을 시작하셔서 내가 여동생들의 아침 식사를 챙겨줘야 할 때도 종종 있었다. 우리는 베란다에 앉아 아침을 먹으면서 사람들이 일어나 활기차게 하루를 시작하는 모습을 지켜보았다. 집 나무에 사는 사람들이 이야기하는 소리, 아기 울음소리, 지붕 위에 사는 염소들이 풀을 뜯으며 우는 소리가 들려왔다. 형형색색의 새들이 날아다니며 나뭇가지나 베란다 난간에 앉아 기분 좋게 노래를 했다. 여름에는 벌레들이 떼로 합창하는 소리에 귀가 먹먹했다. 우리 같은 어린애들은 벌레에 물리지 않으려고 온몸에 진흙을 잔뜩 묻혔다. 밤 동안 차가워진 마룻바닥에 맨발이 닿으면 무척 상쾌했다. 아몬드가 부서져 이 사이에 꼈다.

아침 식사가 끝나면 그릇을 씻어 거실 찬장에 올려두었다. 우리 집에는 방이 세 개 있었는데, 부모님 침실, 우리 침실, 그리고 음식과 다양한 물건들을 보관하는 방이었고 서쪽과 북쪽에 베란다도 두 개 있었다. 지붕에서는 바르크라는 염소를 길러 젖과 치즈, 요구르트 같은 것을 얻었다. 한가할 때는 아버지가 연주하는 류트와 만돌린의 선율을 따라 어머니가 신화와 꿈, 웃음에 관한 노래를 불러주셨다. 맏이인 나는 동생들을 보살펴야 했지만, 어머니가 잠에서 깨면 곧장 집을 나와 지붕을 타고 다른 나무로 갔다. 친구들을 만나 재미있는 놀이를 찾아 헤맸고, 우리 이야기로 노래를 만들고, 아몬드 껍질이나 솔방울로 장난감도 만들었다. 한낮에 햇볕이 너무 뜨거워지면 바다나 시냇가로 나가 장어보다 빠르게 헤엄을 쳤고 다시 나무 위로 올라가 시원한 바람을 맞았다.

넓적한 얼굴에 항상 웃는 표정을 하고 까만 머리카락을 정수리 위에서 높게 묶고 다니는 아우렐로라는 친구가 있었다. 우리는 누가 더 빨리 달리는지, 누가 시장에서 과일을 훔쳐 올 수 있는지, 누가 더 높은 나뭇가지에서 물속으로 다이빙할 수 있는지를 두고 내기를 했다. 거의 모든 걸 두고 경쟁하는 사이였지만 우리는 배가 고플 때는 훔친 과일을 반으로 쪼개 나눠 먹었고 우리보다 덩치 큰 아이가 나타나 괴롭히면 맹렬한 두 입과 사나운 네 발 달린 한 마리의 맹수가 되어 함께 싸웠다. 삼촌과 숙모는 우리를 고벨리의 날아다니는 맹수라고 불렀다. 왜냐하면 우리는 앞뒤 보지 않고 날아다니듯 나무 사이를 누볐기 때문이다.

물론 가끔은 우리도 나무에서 떨어졌다. 몸 여기저기가 빨갛게 긁히고 상처투성이였다. 한번은 아우렐로가 팔이 부러져 몇 달 동안 나무에 오를 수 없었던 적이 있다. 나는 하는 수 없이 다른 친구들과 어울려 놀러 다녔다. 몇 달이나 밖에서 놀지 못하는 건 아이에게 너무 잔인한 일이었다. 하지만 그 애의 팔이 좋아지자마자 우리는 다시 고벨리의 날아다니는 맹수로 활약했다. 우리를 갈라놓을 수 있는 건 없었다.

아우렐로의 꿈이 나타나기 전까지는 그랬다.

*

처음 다른 사람의 꿈속에 들어갔던 일이 생각난다. 무더운 여름밤이었다. 모든 게 내 몸에 쩍쩍 들러붙는 것만 같았다. 공기조차 무겁고 짜증이 났다. 나는 땀에 젖어 자는 동생들 사이에 누워 잠을 청하는 중이었다. 바람 한 줄기 불지 않아 집 안이 찌는 듯 더웠다. 동생 오바레는 옆에서 쌕쌕 소리를 내며 자고 있었다. 바로 그때, 내 몸이 허공으로 붕 떠올랐다. 마치 바닷물에 뜨듯 둥둥 떠다녔다. 내 몸은 열린 창문을 넘어갔다. 우리 집 지붕 위를 날아갔다. 곧 우리 집 위에 있는 삼촌 집까지도 날아올랐다. 나는 더 높이 날아올랐고 내 발아래에서 사람들이 나뭇가지와 다리, 땅 위를 걸어 다니고 있었다. 나는 나무 가장 높은 곳으로 날아올랐고 그곳에는 내 시야를 가로막는 나뭇가지도 이파리도 없었다. 나는 물고기 같은 새였다. 허공을 가르는 내 손을 보았는데 그건 내 손이 아니었다. 좀 더 작고 어두운색 손이었다. 나는 동그래진 눈으로 나를 보며 감탄하는 동생들 앞에 사뿐히 내려앉았다.

"오르세올라."

어머니가 나를 부드럽게 흔들어 깨웠다. 눈을 떠보니 눈앞에 어머니가 있었다. 지금 어머니가 부른 이름은 내 이름이 아닌데. 너무 더웠다. 다시 날아오르고 싶었다. 일어서는데 내 팔다리가 너무 무겁게 느껴졌다. 다시 훨훨 날고 싶었다. 모든 걸 뒤로하고 날아오르고 싶었다. 나는 창밖으로 뛰어내렸다.

나는 그대로 추락했다.

그때 심하게 땅에 떨어지는 바람에 치료사가 한동안 우리 집에 머물며 나를 돌봐야 했다. 왼쪽 팔은 그날 이후로 완전히 낫지 않아서 지금도 곧게 펴지지 않는다. 어머니는 내가 열이 나서 환상을 보고 창밖으로 뛰어내린 거라고 했다. 어머니는 내게 시원하고 평화로운 꿈을 짜주셨고 그 덕에 나는 편안히 잠들 수 있었다. 어머니가 내 머리맡에 앉아 나를 지켜봐 주고 있다는 걸 알았기 때문이었다. 그때처럼 마음이 평화로운 적은 없었다. 어머니에게 그런 관심을 받은 것도 처음이었다. 어머니가 나가야 하거나 음식을 준비할 때는 아버지가 내 곁에 있어주셨다. 아버지는 내게 이야기를 들려주고 노래를 불러주고 만돌린을 연주해 주셨다.

아우렐로도 가끔 나를 보러 왔다. 그 애가 침대 신세였을 때 나는 그렇게 개를 챙기지 않았는데, 내가 아플 때 아우렐로는 아주 충직한 친구가 되어주었다. 훔친 과일들을 가져다주기도 했는데 인심 좋은 아우렐로의 친척들이 줬다는 과일보다 훨씬 맛있었다. 마을에 떠도는 소문과 새로운 소식도 잊지 않고 전해주었다. 아우렐로가 오면 모험과 햇빛, 바다 냄새가 났고 방에만 갇혀 있던 나도 조금 숨통이 트이는 것 같았다. 그 애가 내게 왜 창밖으로 뛰어내렸느냐고 물어서 나는 어머니가 한 말을 그대로 들려주었다. 온몸에 열이 났고 꿈에서 환상을 봤다고.

하지만 마음속 깊은 곳에서는 그게 아니라는 걸 나는 알고 있었다. 어떻게 된 일인지는 정확히 몰랐지만 그 꿈은 정말 생생했다. 꿈이 살아 움직이는 것 같았다.

며칠 지나지 않아 또다시 그 일이 일어났다. 어느 날 저녁, 나는 혼자 서쪽 베란다에 앉아 있었다. 한낮의 불볕더위가 그치고 서쪽에서 시원한 바람이 불어오고 있었다. 동생들은 자고 있었고 어머니는 거실에서 염소 치즈를 만들고 있었으며 아버지는 만돌린 연주를 부탁받아 외출 중이었다.

한 줄기 바람이 휙 불어와 나뭇잎들을 스쳤다. 나는 그보다 한참 전에 그 소리를 들었는데 이상했다. 어느 순간 정신을 차리고 보니 나는 시장나무에 죽 늘어선 가판대 위에 있는 과일과 과자를 마구 집어 먹고 있었다. 상인들은 그저 고개를 끄덕이며 미소를 지었고 아무도 나를 막지 않았다. 동시에 나는 우리 집 베란다의 벤치에 앉아 내 머리카락을 스치는 서풍을 느끼고 있었다. 나는 벤치에 가만히 앉아 움직이지도 않고 구역질이 날 때까지 과자와 과일을 입안에 욱여넣고 또 욱여넣었다. 목이 막힌 나는 결국 캑캑거리며 내 무릎 위에 먹은 것을 전부 토해냈다.

어머니가 달려왔다. 나를 혼내지는 않으셨다. 집 안으로 나를 데려가 깨끗이 닦아주고 내 입안을 허브로 문질러주셨다. 그래도 속은 여전히 역했다. 어머니가 나를 동생들 옆에 눕혀주셨다. 동생 오에라가 입맛을 다시며 자고 있었다.

내 정신이 어떻게 되고 있는 건 아닌지 무서웠다. 무슨 일이 일어나고 있는 건지 전혀 알 수 없었다. 나는 아무에게도 이 일을 말하지 않았다. 그런데 아우렐로의 꿈이 나타났다.

나는 금방 회복했다. 아우렐로와 나는 우리가 제일 좋아하는 나무에 가서 놀기로 했다. 바닷가에 있는 그 카오라나무는 키는 작지만 나뭇잎이 아주 무성해 그 안에 숨으면 머리카락 하나 보이지 않았다. 마음껏 움직일 수 있어 신이 난 나는 아우렐로와 함께 아침 내내 수영을 하고 홍합과 카오라를 따 배불리 먹은 뒤 나무 위에 누워 꾸벅꾸벅 졸았다. 시원한 바람이 솔솔 불어와 몸을 식혀주었다. 아우렐로가 짙은 속눈썹 아래로 나를 조용히 바라보았다.

"너 아프고 난 뒤에 좀 약해진 것 같아. 팔 좀 봐. 이제 내 팔처럼 강해 보이지 않는걸."

아우렐로가 내 팔을 가리키며 말했다.

"여기, 완전 동글동글해졌어."

아우렐로의 시선이 내 몸을 훑었다.

"너 몸 전체가 동그래지고 있어."

나는 카오라를 하나 집어 그 애에게 던졌다. 카오라는 정확히 그 애 이마에 명중했다.

"그래도 여전히 너보다는 더 잘 던지지."

나는 옆으로 누워 눈을 감았다. 평화롭고 따뜻하고 나른했다. 나는 며칠 뒤 할머니를 만나러 간다는 것을 떠올렸다. 할머니가 사는 하얀 섬은 내가 제일 좋아하는 곳 중 하나였다. 할머니의 파이프 냄새가 내 코끝을 찌르는 듯했다.

어디선가 햇살에 따뜻해진 살갗 냄새가 났다. 나뭇가지 위에 누군가가 몸을 길게 펴고 누워 있었다. 엉덩이와 가슴이 볼록 나온 여자아이였다. 나는 손을 뻗어 그 아이의 보드라운 배를 쓰다듬었다. 오르세올라가 나를 보며 웃는다. 오르세올라가 내 손을 자기 가슴으로 가져갔다. 나는 흥분했다. 몸을 숙여 그녀의 가슴에 입을 맞췄다.

그 순간, 나는 발버둥 쳤고 정신이 들었다. 자리에서 벌떡 일어나 앉았다. 심장이 빨리 뛰고 머리가 빙빙 돌아서 나무를 꼭 붙잡았다. 옆에서 아우렐로가 잠을 자고 있었다. 내가 본 것이 아우렐로의 꿈이라는 사실을 깨달았다. 그 애의 시선과 손이 내 몸을 스쳐 지나갔다. 다른 사람의 꿈속에서 다른 사람의 시선으로 나를 보니 기분이 끔찍했다. 무엇이 현실이고 무엇이 꿈인지 헷갈렸고 모든 게 흐릿하게 느껴졌다. 한겨울에 며칠씩, 때로는 몇 주씩 이어지는 고벨리의 안개 같았다. 나는 나뭇가지를 씹어봤다. 나무껍질에서 흙 맛과 맵싸한 맛이 났다. 현실이었다. 이건 지금 일어나고 있는 일이 틀림없었다.

아우렐로를 깨우지 않고 높은 나무로, 우리 마을로, 집나무로 돌아왔다. 어머니가 거실에서 오에라에게 으깬 망고를 먹이고 계셨다. 오바레는 나무로 만든 배를 가지고 놀고 있었다. 창밖에서 집 안으로 따뜻한 햇살이 스며들어 왔고 방 안에서는 시큼한 우유와 잘 익은 과일 냄새가 풍겼다. 나는 바짝 긴장한 채로 집 에 들어섰다. 모든 게 그저 내 망상이거나 다른 사람의 꿈일지도 몰랐다. 나, 오르세올라만이 알고 있는 것을 떠올려 보려고 애썼다. 처음으로 이가 빠진 날 그걸 어디에 숨겨뒀는지, 과일을 처음 훔친 곳은 어디였는지, 가장 최근에 싸운 사람은 누구였는지 같은 것들. 하지만 이 기억들조차 진짜인지 아닌지 무슨 수로 알 수 있지?

"어머니, 언제부터 꿈을 엮으셨어요?"

어머니는 숟가락에 묻은 망고를 핥고 짜던 꿈을 벽에 건 뒤 오에라를 바닥에 내려놓았다. 오에라가 오바레를 타고 기어올라 장난감 배를 쥐었다.

"여자가 된 지 얼마 안 됐을 때였지."

어머니는 등에서 소리가 날 때까지 기지개를 죽 켜면서 기분 좋은 목소리로 대답했다. 어머니는 지난밤 여왕에게 꿈을 짜드리러 다녀오신 참이었다.

"너보다 조금 더 컸을 때였지. 우리 집 여자들이 그래온 것처럼 우리 어머니가 나를 시험하셨어. 곤히 잠든 사람 옆에 나를 앉히고는 무엇이 보이느냐고 물으셨어."

어머니는 창밖의 흔들리는 나뭇가지에 시선을 둔 채 회상에 잠겨 있었다.

"꿈속에서 망망대해 위에 작은 배가 한 척 떠 있었어. 그 배에 누가 타 있는지는 알 수 없었어. 그때 내 실력은 형편없었거든."

"꿈을 엮는 건 어떻게 배우셨어요?"

머리가 지끈거렸다. 내 가슴에 닿은 그 낯선 손이 머릿속을 떠나지 않았다.

어머니가 혀를 차며 자리에서 일어섰다.

"네 할머니. 너도 알잖니. 스승이 수련생에게 알려주듯 하시는 분이 아니었어. 오, 아니었지. 어머니는 내가 스스로 모든 걸 발견하도록 하셨단다. 혼자 고생해 가면서 배워야 했어. 어머니의 방식 때문에 나는 몇 년을 낭비했지. 넌 그러지 않아도 된단다. 때가 되면 내가 모든 걸 알려줄 거야. 내가 한 실수를 너는 하지 않아도 돼."

그제야 어머니는 눈을 들어 나를 보았다. 집에 들어온 뒤로 어머니와 처음 눈이 마주쳤다.

"뭔가를, 본 거니?"

나는 고개를 끄덕였다. 그러자 깜짝 놀란 어머니가 고개를 한쪽으로 갸웃했다.

"너무 어린데……. 무섭지 않았니?"

나는 다시 고개를 끄덕였다. 어머니의 눈을 쳐다볼 수가 없었다. 어머니가 내 눈을 보고 내가 본 것을 알게 될까 봐 두려웠다. 부끄러웠다. 꿈에 들어와 달라고 요청하지 않은 사람의 꿈에 들어가는 것은 금기라는 사실을 나는 아주 어릴 적부터 교육받아 알고 있었다.

어머니가 웃으셨다.

"그럴 만도 하지."

어머니가 내게 와 나를 가까이 끌어당기며 말씀하셨다.

"내가 너에게 아무것도 알려주지 않았구나. 꿈이 이렇게 일찍 너를 찾아올 줄은 상상도 못 했단다. 그래도 네가 능력을 지녔다니 기쁘구나. 늘 내 딸 중 한 명이 내 일을 이어받을 수 있길 바랐단다. 우리의 지식을 물려줄 수 있겠어."

어머니가 내 뺨을 쓰다듬었다.

"오늘 밤부터 시작하자꾸나. 오늘은 일이 없으니 동생들이 잠들면 지붕 위로 올라오렴."

어머니가 모두 가르쳐주실 거라고 생각하니 그제야 안심이 되었다. 꿈과 현실을 구분하는 법도 배울 수 있을 것이다. 창밖으로 뛰어내리는 일을 되풀이하고 싶지는 않았다. 난데없이 다른 사람이 되어 나를 보고 싶지도 않았고. 정말이지 끔찍한 경험이었다.

하지만 꿈에 관해 어머니와 나는 달라도 너무 달랐다. 나는 어머니를 이해하지 못했고 어머니는 나를 이해하지 못했다. 어머니는 잠든 아버지 머리맡에 나를 앉히고는 아버지의 꿈속에 새로운 꿈을 짜 넣는 법을 보여주셨다. 하지만 어머니가 하는 대로 따라 하려니 잘되지 않았다. 뭔가 잘못된 것 같았고 부자연스러웠다. 그래서 내 방식대로 했더니 어머니는 화를 내며 내 손가락을 찰싹 때리셨다.

"예의를 갖춰야지!"

그 소리에 아버지가 잠에서 깨고 말았다. 어머니가 손을 내리며 말했다.

"내가 시키는 대로 하지 않을 거면 널 가르칠 이유가 없다!"

어머니는 문을 왈칵 열고 밖으로 사라졌다. 어머니가 집을 나가 다리를 건너는 소리가 삐걱삐걱 들려왔다. 하지만 나는 어머니께 배우고 싶었다. 현실을 단단히 붙잡고 싶었고 낯선 꿈이 내게 불쑥 들이닥치는 일이 없게 하고 싶었다. 그러나 내가 어머니께 그 방법을 물어보자 어머니는 내 질문 자체를 이해하지 못하셨다. 그래서 나는 그저 어머니가 가르쳐주는 대로 어머니의 동작을 그대로 따랐으며 꿈이 서서히 내게서 물러날 때는 작게 안도의 숨을 내쉬었다. 어머니는 그런 내 모습을 보고 기쁜 듯 고개를 끄덕이며 작고 세세한 것들만 바로잡아 주셨다. 내가 보는 걸 어머니가 보지 못하는 것 같았다. 꿈의 색이며 에너지 같은 것이 어머니에게는 보이지 않는 것 같았다. 내게 꿈은 뭔가 압도되는 감각으로 시작해 눈앞에 형체로 나타나고, 내가 실제로 그 사람 꿈속에 있는 것처럼 그 광경을 보는 일이었다. 그 느낌이 너무나 생생해 며칠 동안 사라지지 않을 때도 있었다. 나쁜 꿈이거나 무서운 꿈일 때는 공포와 두려움을 떨쳐내기가 어려웠다. 평범한 꿈일 때조차 그건 무거운 짐이었다. 사람들의 꿈에 드러나는 그 모든 갈망과 걱정, 고통을 다 겪어내기에 나는 너무 어렸다.

어머니와 내가 다투는 횟수가 점점 늘어갔다. 어머니는 순종적인 제자이자 딸을 원했다. 나도 어머니 말을 잘 따르고 싶었지만 한편으로는 어머니가 알려주지 못하는 것들을 알고 싶은 열망으로 들끓고 있었다. 어머니를 사랑하지만 동시에 분노했다. 어머니가 시키는 대로 따르면서도 그게 점점 힘에 부쳤다. 나는 잠도 잘 자지 못했고 꿈 때문에 또 나쁜 일을 겪을까 봐 두려워했다. 나는 자는 사람들에게서 최대한 멀리 떨어지기 위해 밤마다 슬며시 집을 빠져나와 도시 외곽에 외따로 떨어져 있는 나무로 올라갔다. 잠을 제대로 자지 못해 몸에 힘이 없었고 눈은 텅 비었으며 식욕도 잃었다. 더 이상 아우렐로와도 어울리지 않았다. 그 애가 그리웠다. 아우렐로가 없으니 내 가슴에 큰 구멍이 난 것 같았다. 하지만 그 애가 날 보던 시선이, 아우렐로의 꿈이 내 머릿속에서 떠나질 않았다. 그 애가 꿈을 마음대로 꿀 수 있는 게 아니라는 걸 알면서도 그랬다.

어느 날 밤 어머니와 나는 다시 어둠 속에서 아버지의 머리맡에 앉았다. 어머니는 의자에, 나는 쿠션 위에 앉아 있었는데 나는 아버지의 꿈에 물고기 한 마리를 넣는 간단한 기술조차 해내지 못하고 있었다. 비가 오게 하거나, 산길을 오르게 하는 것도 다 실패했다. 얼마 전에 다 해봤던 것들이고 폭풍에서 도망치거나, 음식을 준비하거나, 누군가를 만나 눈물을 흘리게 하는, 이보다 더 어려운 꿈들도 만들 수 있었는데 이번에는 잘되지 않았다. 나는 너무 피곤했고 겁에 질려 있었다. 손이 덜덜 떨렸고 눈물이 터져 나올 것만 같았다.

결국 어머니는 손을 내리고 등을 의자에 기대더니 날 보며 한숨을 내쉬었다. 나도 손을 내리고 아버지의 꿈이 흩어져 사라지도록 내버려 두었다.

"너를 내 어머니에게 데려갈 때가 된 것 같구나."

어머니가 자리에서 일어났다.

우리는 다음 날 배를 탔다.

*

길을 떠나기 전, 어머니는 옷과 말린 생선, 물을 챙겼다. 하루짜리 여정치고는 짐이 많았지만 바다 위에서는 폭풍을 만날 수도 있으니 늘 대비해야 했다. 할머니를 위한 선물도 준비했는데 이모들이 머리카락과 말 털, 진주, 말린 산딸기 등으로 만든 꿈의 덫이었다.

우리는 할머니를 찾아뵙는 일이 거의 없었고 가족들이 모두 함께 몇 번 찾아뵌 게 다였다. 어머니는 할머니와 사이가 좋지 않았다. 이유는 나도 모른다. 어머니는 우리를 전부 데리고서만 할머니를 찾아갔다. 우리의 존재를 과시하려고 한 건지 아니면 방패로 삼으려고 한 건지는 모르겠지만. 어쨌든 이번에는 어머니와 나, 단둘이 배를 탔다. 배가 텅 빈 것처럼 느껴졌다. 어머니는 내게 말을 거의 하지 않았고 배에 짐을 실을 때나 밧줄을 풀 때나 장대로 배를 밀 때나 한숨만 내쉬었다.

탁 트인 바다로 나가자 환한 빛이 쏟아져 내렸다. 내 눈은 이파리와 나뭇가지 사이로 비치는 부드러운 햇살에 더 익숙했다. 뱃머리에 앉아 눈을 찡그렸다. 공기마저 달랐다. 더 가볍고 짠맛이 났다. 고벨리 밖에는 섬이 몇 개 있는데, 멀리서 볼 때는 태양의 뜨거운 열기에 유령의 푸른 그림자처럼 보인다. 그러다 섬에 가까워지면 바위투성이의 높은 섬이 모습을 드러낸다. 나무가 우거진 델타와는 다르다. 큰 섬에는 작은 마을들이 있고 작은 섬에는 해안가를 떠도는 나무토막처럼 듬성듬성 집이 있다. 섬사람들은 나무가 아니라 돌로 만든 집에 살았다. 바람에 속삭이는 이파리들의 자장가 없이 어떻게 잠들 수 있는지 궁금했다.

섬사람들은 세상을 우리와 다르게 보았다.

할머니는 가장 먼 섬에 혼자 살았다. 몽글몽글한 조약돌 해변을 지나 길을 따라 오르면 언덕 중턱에 할머니 집이 있었다. 해가 질 무렵 우리는 섬에 다다랐다. 할머니가 사는 섬은 아스프리스라고 불렸다. 하얀 섬이라는 뜻이다. 섬에 나무는 없었고 낮은 덤불이나 할머니가 키우는 염소들이 풀을 뜯어먹는 풀밭뿐이었다. 우리가 섬에 발을 내딛자 산등성이 가장 높은 곳에서 염소들이 우리를 내려다보았다. 푸른 하늘 아래 하얀색, 검은색, 갈색 뿔이 난 염소들의 머리가 보였다. 나는 염소들이 조금 무서웠다. 할머니네 염소들은 우리가 기르는 바르크와는 달랐다. 할머니의 염소들은 거칠고 위험하고 이름도 없었다.

우리가 배를 묶어놓을 동안 할머니는 기슭 위쪽에 서 계셨다. 할머니는 내가 기억했던 모습보다 더 작고 등도 굽었고 머리도 새하얘졌다. 할머니는 검은 천을 자루처럼 덮어쓰고 있었다. 아이처럼 작은 할머니가 딸 넷에 아들 하나까지 낳았다는 사실이 새삼 믿기지 않았다. 어머니는 무표정했지만 그래도 예의를 차려 무릎을 꿇고 할머니의 발에 입을 맞췄다. 할머니가 건네주신 샘에서 길러온 물을 어머니와 내가 차례로 마셨다. 우리 집에서 먹던 물과는 달랐지만 무척 맛있었다. 우리는 딱딱한 염소 치즈도 한 조각씩 받아먹었다. 누구도 말은 꺼내지 않았다. 할머니는 자기 딸에게는 거의 눈길도 주지 않으면서 나를 유심히 쳐다보셨다. 해가 지자 주위가 어둑어둑해졌다. 할머니가 나를 빤히 보는 눈빛이 따가웠다. 치즈는 적당히 짜고 맛있었다.

"네가 가르치고 있니?"

할머니는 내게서 눈을 떼지 않고 어머니에게 물었다. 어머니가 고개를 끄덕였다.

"똑똑한 아이구나. 방법이 조금 서툴 뿐 정확히 보는구나. 아주 정확히 봐."

할머니가 코웃음을 치며 말했다.

"그런데 왜 여길 데려왔니?"

할머니의 말은 간결하고 차가웠다. 어머니가 자세를 고치며 말했다.

"들어가 앉아서 얘기해도 될까요? 라엘라와 이미안다가 보낸 선물을 가져왔어요. 저희는……."

할머니는 어머니의 말을 무시했다.

"그게 네게 들이닥쳤니? 꿈 말이다."

할머니가 내게 물었다.

"네."

"꿈과 현실을 구분할 수 있니?"

순간, 어머니가 날카로운 눈빛으로 나를 보았다. 어머니에게는 무서워 감히 하지 못한 얘기였다. 나는 어머니가 알아차리고 이해해 주기를 바랐었다. 나는 고개를 내저었다.

"넌 당연히 할 수 있어, 오르세올라."

더 이상 참지 못한 어머니가 끼어들었다.

"단지 꿈을 너무 생생하게 느껴서 그래. 내가 시키는 대로 하지 않아서 그런 것뿐이야."

할머니가 한숨을 푹 내쉬었다.

"들어오너라. 뭐 좀 먹자."

할머니는 바닥에 내가 잘 자리를 만들어주셨다. 어머니는 침대 위에서 잠을 잤고 할머니는 이불을 가지고 해변으로 가 밤하늘의 별 아래 자리를 폈다. 나는 잠이 오지 않아 가만히 누워 곤히 잠든 어머니의 숨소리를 듣고 있었다. 할머니 집은 무척 작았다. 부들이며 말 털, 새 깃털, 진주, 뼛조각, 견과로 만든 꿈의 덫이 수백 개도 넘게 천장에 걸려 있었고 그중 어떤 건 빙글빙글 돌며 댕그랑거리는 소리를 내고 있었다. 잠이 오지 않았다. 바람에 고요히 흔들리는 나무가 그리웠다. 낯선 적막함에 몸에 소름이 일었다.

나는 조용히 자리에서 일어났다. 끽 소리도 내지 않고 문을 열었다. 보름달이 뜬 밤하늘에는 별이 쏟아지고 있었다. 해변에 누워 있는 할머니의 형체가 어슴푸레 보였다. 나는 반질반질한 조약돌 위를 걸어 할머니 옆에 가 앉았다.

"꿈을 잡아서 뭘 하세요?"

할머니는 대답이 없었다. 파도가 밀려왔다 밀려갔다. 할머니가 주무시는 건지 깨어 계신 건지 알 수 없었다. 그때 이불 아래서 어깨가 들썩였다.

"내가 왜 여기서 혼자 사는지 아니?"

나는 잠시 생각해 봤다. 여태껏 그 이유를 얘기해 준 사람은 없었다. 할머니는 우리처럼 델타족이었다. 할머니가 얼마나 오래 혼자 그 섬에 사셨는지 나는 몰랐다. 대체 무엇이 할머니를 나무와 과일, 사람들에게서 떠나게 만든 걸까? 내가 혼자 있고 싶을 땐 이유가 뭐였더라?

"꿈이군요. 꿈에서 멀리 달아나신 거예요."

할머니가 자리에서 일어나 앉았다. 옷 안에서 파이프를 꺼내 담뱃잎을 천천히 채웠다. 어머니가 가방 한가득 가져온 담뱃잎은 아주 신선했고 달콤한 냄새가 났다. 연기가 피어오르자 할머니는 생각에 잠긴 채로 파이프만 뻐끔뻐끔 피우셨다.

"꿈 때문에 마음이 평화로운 적이 없었다. 꿈을 엮는 일을 그만두고 네 어머니에게 그 일을 물려준 뒤에도 꿈은 계속해서 나를 불쑥불쑥 찾아왔지. 나는 될 수 있는 한 멀리 떠나야 했다."

할머니는 멍한 얼굴로 내게도 파이프를 건넸고 나는 고개를 저었다.

"지금은 갈 곳을 잃은 꿈들을 잡아넣는 꿈의 덫이 있지."

"하지만 그걸로 뭘 하세요?"

할머니가 나를 보았다. 두 눈이 장난스럽게 반짝거렸다.

"꿈을 물에 빠뜨려 버린단다."

"할머니 꿈도요?"

"나는 꿈을 꾸지 않은 지 오래되었다."

"그건 어떻게 하는 거예요?"

"네가 혼자 힘으로 배워야 한단다. 이게 네 엄마가 이해하지 못했던 부분이었지. 꿈에 관한 것은 배워서 알 수 있는 게 아니야. 우리는 모두 각자의 방식으로 꿈을 본단다. 꿈이 우리에게 뻗치는 힘도 제각각이고. 네 엄마는 영리해. 사람들에게도 존경받지. 하지만 방식이 너무 엄격해. 현실적이기만 하지. 너와 난……."

할머니가 혀에 붙은 담뱃잎을 떼어냈다.

"우리가 원하든 원하지 않든 꿈이 우리에게 닥치지 않니, 그렇지?"

나는 고개를 끄덕였고 할머니는 다시 파이프를 깊이 빨아들였다.

"말해보거라. 무슨 일이 있었니?"

나는 할머니에게 하늘을 날았던 꿈과 다른 꿈도 전부 털어놓았다. 어둠 속에 있어서인지 별로 두렵지 않았다. 그리고 할머니는 나를 비난하지 않을 거라는 것도 알 수 있었다. 비슷한 일을 경험했거나 더한 일도 겪으셨을 거다. 나는 내가 두려워하는 것을 모두 말씀드렸고 지금은 현실과 꿈을 구별하기가 더 힘들어졌다는 사실도 고백했다. 할머니는 놀라거나 걱정스러워하는 표정 없이 그저 고개만 끄덕이며 내 말을 들어주셨다.

"너와 나는 스스로의 안에서 꿈을 느낄 수 있단다. 꿈이 네 안에 너무 깊숙이 들어오지 못하도록 조심해야 한다. 꿈이 너와 외부의 경계를 지우고 너를 아예 집어삼키려 들 수도 있으니까. 그렇지만 걱정말거라. 너를 지킬 수 있는 방법들이 있으니. 다만 시간이 걸리고 배우기가 어려울 뿐이지. 너는 나보다 훨씬 어린 나이에 이 일을 겪게 되었구나. 하지만 요청하지 않은 사람의 꿈에 들어가는 건 용서받지 못하는 죄다. 알고 있니?"

나는 고개를 끄덕였다. 어머니는 내게 그것을 가장 먼저 가르치셨다.

"우리는 일부러 그러는 게 아니니까 우리의 경우엔 좀 다르긴 하다만. 그렇다고 해서 용서받을 수 있는 건 아니란다. 그러니 그 사실을 아무에게도 말하지 말거라."

할머니는 잠시 아무 말이 없으셨다. 나는 쌀쌀한 바다 공기에 몸이 덜덜 떨렸다. 할머니가 문득 나를 보더니 내 몸에 이불을 둘러주셨다. 이불은 까슬까슬했고 염소 냄새가 났다.

"자려무나, 오르세올라. 여기 누워 꿈도 꾸며 자거라. 그러면 내가 그게 꿈이라고 일러주는 꿈을 엮어 넣어줄 테니. 나중에, 좀 더 크면 이해할 수 있게 될 게다. 내가 엮어준 꿈이 네 안 어딘가에 남아 있다가 필요할 때 떠오를 거야."

할머니가 묘한 웃음을 지었고, 그렇게 웃는 할머니의 모습이 평소와는 다르게 어딘가 무척 낯설었다.

"내가 엮어준 꿈은 절대 잊을 수 없지."

“하지만 할머니, 이제 더 이상 꿈을 엮지 않으시잖아요, 할머니.”

나는 할머니를 여기에 붙잡고, 할머니 대신 온 듯한 이 거칠고 위험한 페르소나를 쫓아버리려고 할머니를 두 번이나 불렀다. 할머니가 빙그레 웃었고 그제야 나의 할머니의 모습으로 돌아온 듯했다.

“내 손녀딸을 위해 한 번은 해줄 수 있지. 이리 오거라. 내 무릎을 베렴. 내일은 꿈의 덫 땋는 법을 알려주마. 네가 꿈을 다룰 수 있게 될 때까지 안정을 줄 게다.”

나는 할머니의 앙상한 허벅지에 머리를 대고 누워 이불을 덮었다. 파도 소리만이 들려올 뿐 주변은 고요했고 파도 소리가 나뭇잎을 스치는 바람 소리처럼 들리기도 했다. 할머니의 파이프 연기가 코끝을 간지럽혔다. 나는 꿈을 꾸었다.

그 꿈은 마치 하나의 예술품 같았다. 어머니가 내게 짜준 꿈과는 전혀 달랐다. 할머니의 꿈은 훨씬 더 생생하고 강력했으며 냉혹했다. 나는 어머니께 배웠던 것보다 훨씬 많은 것을 그날 밤 배웠다. 할머니의 꿈은 내가 있는 곳으로 정확히 다가와 말을 걸었고 나를 어루만져 주었다. 그때 할머니가 엮어준 꿈 중 일부는 내가 꿈 엮는 일을 좀 더 배우고 실력이 좋아지고 난 뒤에야 이해할 수 있게 되었다.

어떤 것들은 지금도 여전히 알지 못한다.

*

내가 테라수섬을 떠나던 그날은 오랜 장마가 끝나고 해가 반짝 뜬 날이었다. 따사로운 햇살을 즐기며 깃털을 말리는 새들의 기쁜 노랫소리가 고벨리에 가득 울려 퍼지고 있었다. 몇 달 동안 우리는 집 안에 틀어박혀 지붕과 잎사귀 위로 떨어지는 빗소리만 하염없이 듣고 있었다. 동생들은 티격태격 싸워댔고 아버지는 이를 피해 공방으로 내려가 늦은 밤까지 악기를 만들며 지냈다. 어머니와 나는 더 이상 싸우지 않았다. 대신 우리는 대화를 하지 않았다. 함께 집안일을 하거나 집에 있을 때도, 꿈 엮는 일을 배울 때도 서로 대화를 하지 않았다. 더 이상 내가 어머니께 배울 게 없어서는 아니었다. 우리는 둘 다 그 사실을 알고 있었지만 인정하지 않으려 했다. 그래서 우리는 계속해서 아버지를 두고 꿈을 짰고, 쏟아지는 비와 미끄러운 길을 감수해 가며 어머니를 찾아오는 손님들을 위해 꿈을 짜주었다. 나는 어머니가 시키는 대로 했지만 그렇게 만들어진 꿈은 생기도 없고 죽은 꿈 같았다. 어머니는 우리가 지닌 재능이 서로를 가깝게 해줄 거라고 기대했지만 오히려 그 반대였다. 우리는 이것 때문에 멀어지고 있었다.

나는 침대 위에 꿈의 덫을 걸었다. 어머니는 입을 꾹 다물고 그걸 쏘아보았지만 아무 말도 하지 않았다. 꿈의 덫은 어떤 꿈들은 쫓아주지만 너무 강력한 꿈들은 어쩌지 못했다. 그래서 나는 훈련했다. 수많은 밤, 침대에 누워 꿈에 굴복하지 않으려고 애를 썼다. 내가 누군지 잊지 않으려고, 나를 정의하는 것들을 지키려고, 수그러들 줄 모르고 들이닥치는 꿈 세례에 맞서 강해지려고 발버둥 쳤다. 나는 점점 강해지고 있었다. 할머니가 부적으로 준 씨앗 목걸이를 밤낮으로 걸고 다녔다. 눈앞에 보이는 것이 현실인지 아니면 누군가의 꿈인지 알 수 없을 때는 손가락으로 목을 더듬어 목걸이를 만졌다. 나는 씨앗의 생김새를 전부 기억하고 있었다. 목걸이가 없거나 씨앗의 모양이나 크기가 조금이라도 다르면 내가 꿈속에 있다는 걸 알 수 있었다. 꿈에서 빠져나오는 방법도 터득했다. 간단하고 평범한 꿈이라면 쉬웠지만 무서운 꿈은 빠져나오기가 어려웠다.

그날 밤, 나는 바람에 스치는 나뭇잎 소리를 들으며 깨어 있었다. 드디어 지긋지긋한 장마가 끝났다. 드디어 지긋지긋한 이 집을 나가 마음껏 나무 사이를 누빌 수 있었다.

나는 물건 몇 개를 챙겼다. 꿈을 엮을 때 쓰는 의자도 등에 멨다. 잠든 가족들의 얼굴을 보았다. 남편과 아이들. 나는 가족들이 깨지 않게 조심히 밖으로 나갔다. 맨발로 다리를 뛰어 건너갔다. 심장이 빨리 뛰었다. 가족들이 내가 사라진 걸 알게 될까? 그런데 뒤에서 발걸음 소리가 들렸다. 나는 뒤를 돌아보았다. 그곳엔 내 큰딸이 화난 눈을 하고 서 있었다. 딸이 눈치채면 안 되는데.

"오늘 밤엔 일이 있어. 어서 들어가서 자렴."

내가 말했다.

딸은 내 말을 따르지 않았다. 그 애는 내 말을 따르는 법이 없었다. 딸이 입을 열고 소리를 질러 들킬 것만 같았다. 나는 머리끝까지 화가 났다. 아이가 소리를 지르기 전에 딸의 뺨을 후려쳤다. 다리 난간 위로 딸을 들어올렸다. 아이가 무거운 몸을 버둥거렸고 뜨거운 입김을 내 목에 내뿜었다. 그 애 목에 걸린 끔찍한 씨앗 목걸이가 내 뺨을 긁었다. 나는 내 몸에서 아이를 떼어내 다리 밑으로 던져버렸다. 물이 딸을 집어삼켰다. 딸이 흔적도 없이 사라졌다.

나는 내 목을 더듬었다. 아무것도 없다. 씨앗이 없다. 빠져나가야 한다, 이 꿈에서 나가야 한다, 이건 현실이 아니다. 누군가가 깨기 전에 어서 떠나야 한다. 나무들이 가지를 뻗어 나를 붙잡았다. 나는 비틀거리다 물을 향해 떨어졌다.

발이 바닥에 닿았다,

뭔가를 붙잡으려고 몸부림쳤다.

됐다.

물이 나를 집어삼키려는 순간 나는 가까스로 꿈에서 나왔다.

나는 일어나 비틀거리며 베란다로 걸어나갔다. 난간을 잡고 구토를 했다. 한참을 가만히 서서 깊게 심호흡했다. 아침 새들이 잠에서 깨어났다. 가족들도 이제 곧 일어날 것이다.

나는 부모님 방으로 살금살금 기어갔다. 잠든 어머니의 미간에 주름이 져 있었다. 어머니의 숨소리에 맞춰 가슴이 규칙적으로 오르락내리락했다. 어머니의 두 손이 살짝 움직였다.

어머니가 나를 물속에 던졌다. 어머니는 우리에게서 달아나기를 원했다. 어머니의 혼란스러운 감정이 내 안에서도 고스란히 느껴졌다.

꿈은 소원 같은 게 아니다, 나도 알고 있다. 이 사실을 스스로 계속 되뇌었다. 사람들은 자기 꿈을 통제할 수 없다.

하지만 어머니 눈에 비친 내 모습, 그리고 어머니가 날 보며 느낀 그 혐오감을 떨쳐낼 수가 없었다. 어머니는 진심으로 나를 미워했다. 어머니에게 나는 간단한 꿈조차 다루지 못하는 실망스러운 존재였다.

나는 손을 뻗어 어머니의 꿈을 잡았다. 꿈이 쉽게 잡힌 적은 없었다. 그러나 조금 전까지 그 꿈속에 내가 있었으므로 그 향기와 감정이 내 안에 있었다. 나는 어머니의 꿈속으로 슬픔을 흘려 넣었다. 내가 느꼈던 거대한 해일과도 같았던 슬픔을 어머니에게로 흘려보냈다. 자고 있는 어머니가 몸을 들썩이며 조용히 훌쩍였다. 아버지는 곤히 자고 있었다. 나를, 자기 딸을 죽였으니 어머니는 슬퍼해야 마땅했다. 나는 델타의 진흙을 온몸에 뒤집어쓴 채 머리카락에서 물을 뚝뚝 흘리는 나를 만들어 어머니의 꿈에 넣었다. 꿈속에 있는 내가 어머니를 쏘아보았다. 그러고는 어머니를 향해 두 팔을 뻗었다.

꿈꾸는 사람에게 감정이나 환영, 경험을 만들어줄 수는 있지만 그의 반응까지 통제할 수는 없다.

꿈속에서 어머니는 나를 안지 않았다.

꿈속에서 분노에 찬 내가 어머니를 안고 바다로 뛰어내려 어머니의 입과 코에 물이 차게 했다. 당신이 나를 사랑할 수 없다면 나를 두려워하게 만들 거야!

침대 위에 있던 어머니가 몸을 비틀며 들썩였다.

어머니의 꿈이 내게 저항했다. 그러다 갑자기 움직임이 뚝 멈추었다.

침대 위에 누운 어머니의 몸이 축 늘어졌다.

나는 어머니를 흔들었다. 몸이 차가웠고 숨도 쉬지 않았다. 나는 미친 듯이 어머니를 불렀고 아버지가 깨어났다. 나는 울부짖었다. 어머니의 뺨을 때려보았다.

헉. 어머니가 거친 숨을 내뱉었다. 그리고 다시 헉. 어머니가 눈을 뜨고 벌떡 일어나 앉았다. 어머니는 나를 쏘아보았다. 어머니의 두 눈에는 감히 내가 상상도 할 수 없는 분노가 담겨 있었다. 나 또한 그랬다.

"오르세올라가 내게 꿈을 짜 넣었어요."

어머니가 자기 손을 꼭 잡은 아버지에게 말했다.

"청하지 않은 꿈을요."

순간, 아버지의 몸이 얼어붙었다. 어머니와 아버지는 나를 보았다. 나는 당장 일어나 달아나고 싶었다. 내가 저지른 이 끔찍한 짓에서 도망치고 싶었다. 하지만 어머니가 더 빨랐다. 내 팔목을 홱 움켜잡았다. 거스를 수 없는 힘이었다. 나도 이제 어머니만큼 키가 자랐지만 여전히 어머니 힘을 당해낼 수는 없었다. 달아날 수 없었다.

어머니는 내게 한마디도 하지 않고 나를 밖으로 끌고 나갔다. 아버지는 잠에서 깬 동생들을 하나씩 등에 업고 손을 잡고 우리 뒤를 따라왔다. 처음에 나는 어머니에게 저항했지만 이내 포기하고 순순히 따라갔다. 다리를 하나씩 하나씩 건너 도시 중심으로 갔다. 부드러운 바람에 나뭇잎이 조용히 흔들렸다. 오랜 장마 뒤라 다리는 아직 눅눅했고 나무가 젖어 썩어가는 냄새가 났다. 긴 비 뒤에는 언제나 그랬다. 아침 일찍 일어난 사람들이 호기심에 찬 눈으로 우리를 쳐다보았다. 무슨 일인지 보려고 뒤따라오는 사람들로 다리가 삐걱댔다.

어머니는 나를 곧장 여왕나무로 끌고 갔다. 어머니는 나무 앞에 있는 연단에 올라갔다.

"여기, 죄지은 자를 데려왔습니다. 여왕님의 판결을 청하는 바입니다."

어머니가 크게 외쳤다.

"죄명이 무엇이냐?"

여왕나무의 계단 앞을 지키는 호위병이 물었다.

"꿈을 존중하지 않았습니다."

어머니가 다시 크게 외쳤다. 호위병 중 한 명이 곧바로 뒤를 돌아 계단을 올라갔다.

"신중히 생각한 거요?"

아버지가 낮은 목소리로 어머니에게 물었다.

"오르세올라는 배워야 해요."

어머니가 단호하게 말했다.

"이 아이는 가지치기가 필요한 나무예요. 너무 큰 재능을 지녔지만 거기엔 큰 책임도 따른다는 것을 배워야 해요. 이런 끔찍한 짓을 저지르는 아이를 내 제자로 삼을 수는 없어요."

어머니의 말에는 딸인 나를 걱정하는 말은 단 한마디도 없었다. 어머니는 나를 실패한 골칫거리 제자로밖에 여기지 않았다.

"용서해 주세요, 어머니. 전 몰랐어요. 어머니가…… 꿈에서 누군가가 다칠 수도 있다는 걸 몰랐어요."

어머니는 여전히 내 손목을 꽉 붙든 채 날 보지도 않고 말했다.

"그건 몰랐을 수 있다. 하지만 요청하지 않은 사람의 꿈에 들어가는 것은 금지된 일이라는 걸 너는 알고 있었어. 꿈을 꾸고 있는 사람 몰래 꿈을 엮어 넣어서는 안 된다는 것도. 그건 내가 제일 먼저 가르쳤던 거야. 우리 일에서 가장 중요한 기본이다. 우리가 사람들의 의지에 반해 꿈에 들어가기 시작하면 우리는 의심받고, 공포의 대상이 되고, 박해를 받게 돼."

어머니가 꿈속에서 나를 향해 품었던 증오심이 아직도 내 안에 달라붙어 있었다. 나는 어머니께 실망스러운 존재였다. 어머니와 나를 동시에 증오하는 마음이 내 안에서 불타올랐다. 온몸에 열이 들끓는데 출구가 없었다. 나는 몸을 부들부들 떨었다.

여왕이 호위병 두 명과 여종 두 명을 데리고 계단을 내려왔다. 여왕을 그렇게 가까이에서 본 건 처음이었다. 여왕은 머리가 희끗희끗하고 눈가에 주름이 져 있어 어머니보다 나이가 많아 보였다. 여왕은 어머니를 보았다. 하인이 흑요석 검을 여왕에게 건넸다. 여왕이 진실과 거짓, 선과 악을 구별하기 위해 판결을 내릴 때 쓰는 검이었다.

"죄가 무엇이냐?"

"꿈 엮는 사람이 되기 위해 수련 중인 제 딸이 허락도 없이 제 꿈에 침입했습니다, 폐하. 꿈 엮는 사람에게 이는 중대 범죄입니다. 딸은 그에 마땅한 벌을 받아야 합니다."

"이 아이의 어머니인 네가 그 벌을 내리면 될 것이다."

고심하던 여왕이 말했다. 호위병이 여왕에게 아름답게 조각 된 의자를 가져다주었다.

"옳으신 말씀입니다."

어머니가 고개를 끄덕였다.

"하지만 이 아이가 저지른 잘못은 이 일을 하는 사람들의 명예를 손상시키는 큰 죄입니다. 그러니 공적인 벌을 받아야 한다고 생각합니다."

나는 수치심이 일었다. 달아나고 싶었다. 사람들의 시선을 견딜 수가 없었다. 나는 어머니의 손에서 벗어나려고 팔을 비틀어봤지만 소용없었다.

"좋다. 그렇다면 내가 너를 대신해 벌을 내리겠다. 여느 어머니가 자식에게 줄 만한 벌을 말이다."

여왕이 나를 돌아보았다. 나는 여왕을 쳐다볼 수가 없었다. 어둡게 번뜩이는 검이 보였다.

"재능이 아니라 부모에게 맞선 네 죄의 대가로, 한 달 동안 낮은 일 중 가장 낮은 일을 행할 것을 명한다. 사람들이 청하는 일은 무슨 일이든 해야 할 것이다. 변소를 치우고, 생선의 내장을 빼내고, 염소를 도살하는 일도 해야 한다. 또한 부모님을 존중하는 법을 배울 수 있도록 모든 이의 자식으로 지내야 할 것이다."

어머니가 무거운 숨을 내쉬며 내 손을 놓았다. 여왕이 말을 듣지 않는 자식에게 주는 벌이 아니라 장인의 명예를 더럽히는 자에게 내리는 큰 벌을 줄까 봐 어머니가 두려워했다는 사실은 나중에 알게 되었다. 내가 저지른 일은 여왕이 내린 판결보다 더 큰 벌을 받을 수도 있었다.

하지만 수치심이 내 온몸을 뒤덮었다. 내가 한없이 나약하게 느껴졌다. 그때 내 머릿속을 꽉 채운 것은 어머니가 나를 증오하고 미워한다는 사실뿐이었다. 나는 어머니를 그토록 사랑했는데 어머니는 차갑게 나를 내쳤다. 이제 모든 사람이 이 사실을 알게 되었고 내가 무슨 짓을 저질렀는지도 알게 되었다. 내 안에서 맹렬한 분노가 솟구쳤다. 어머니란 자가 어떻게 저토록 냉정할 수 있지? 어떻게 내게 이런 수치심을 안겨주는 거지? 어머니도 뭔가를 느끼길 바랐다. 그게 뭐든!

여왕의 손에 들린 검이 나를 유혹했다.

나는 누가 미처 말리기도 전에 그 흑요석 검을 낚아챘다. 나를 잡으려는 팔들 사이를 미끄러지듯 빠져나와 여왕나무의 부드러운 몸통 한가운데를 깊숙이 찔렀다.

일순간에 주위가 고요해졌다. 까만 눈동자들과 벌어진 입들이 보였다. 사람들이 고함을 질렀지만 내게는 들리지 않았다. 모든 게 느리게, 아주 느리게 움직였다. 몸에서 열기가 빠져나갔다. 내 안이 텅 비었다. 완전히 텅 비었다. 여기저기서 손들이 칼을 뽑아 들고 나를 붙잡거나 여왕을 보호했고 아수라장이 벌어졌다. 이 소용돌이 가운데 나처럼 고요한 단 한 사람이 있었다.

어머니였다.

어머니의 팔이 힘없이 늘어져 있었다. 어머니는 그때 단 한 번 나를 보았다. 그녀의 눈에는 절망이 가득했다.

사람들이 소리치고 웅성거리는 소리는 들리지 않았지만 이제 내게 어떤 일이 닥칠지 알 수 있었다. 금기라는 사실을 알면서도 나무를 해하는 일은 가장 사악한 죄에 해당했다. 그리고 내가 찌른 것은 여왕나무였다. 추방 혹은 사형에 처해지는 죄다.

여왕이 입을 열었다. 어머니가 달려가 그 앞에 무릎을 꿇었다. 어머니는 여왕의 발에 입을 맞췄다. 여왕이 뭔가를 계속 말했고 그녀의 입술이 움직이는 것이 보였다. 나는 이제 무슨 일이 일어나도 상관없었다. 아무것도 상관없었다.

어머니는 내 목숨을 구걸했을 거다. 누군가 내게 튜닉을 던졌다. 나를 끌고 계단과 사다리를 내려가 배나무로 갔다. 나는 작은 배에 내동댕이쳐졌다. 가방 몇 개도 던져졌다. 그리고 물 한 병. 배를 묶고 있던 밧줄이 잘렸다. 배가 바다로 밀쳐졌다.

이제 어머니와 아버지가 보이지 않았다. 떡 벌어진 입들만 나무 사이로 듬성듬성 보일 뿐. 돌멩이가 날아왔다. 돌이 날아온 방향에서 아우렐로의 들창코가 보인 것 같았다.

나는 배에 누웠다. 파도가 나를 망망대해로 실어 갔다.

*

가장 나빴던 건 내가 스스로 항복했다는 점이다. 그건 내 가장 쓰라린 기억으로 남아 있다. 모든 게 달라질 수 있었는데, 모든 게 내 탓이었다.

나는 배가 계속 떠가도록, 내가 아는 섬들을 모두 지나쳐 가도록 내버려 두었다. 나는 아스프리스로 갈 수도 있었다. 그곳으로 가는 길은 쉬웠다. 할머니는 추방 기간이 끝날 때까지 나를 돌봐줄 것이다. 아니면 할머니처럼 그 섬에서 소박하게 늙어갈 수도 있었다.

하지만 내 꿈 때문에 할머니가 괴로워지는 건 원치 않았다. 나는 내 꿈이 어떤 것인지, 어떤 모습으로 나타날지 알고 있었다. 또, 내가 다른 사람의 꿈에 침입했다는 걸 할머니에게 어떻게 말하겠는가? 어머니의 꿈에 침입해 어머니를 죽이려고 했던 건 또 어떻고?

사람들이 배에 음식과 물을 던져준 걸 알고 있었지만 나는 먹고 싶지 않았다. 뜨거운 태양 아래 살갗이 다 벗겨지고 입술이 갈라지는데도 배 위에 가만히 누워만 있었다. 나뭇가지 위에 누우면 바람에 내 몸이 살랑살랑 흔들리던 것처럼 파도에 내 몸이 조용히 흔들렸다. 같은 바람처럼 느껴졌다. 고향의 바람 같았다.

나는 더 이상 집이 없다. 가족들은 나를 보고 싶어 하지 않을 것이다. 내 삶은 아무런 의미가 없었다.

나는 오랫동안 그렇게 가만히 누워만 있었다. 내 몸은 약해빠져서 죽고 싶어 하지도 않았다. 나는 겨우 일어나 물을 마시고 허기를 채우고 주위를 둘러보았다.

태양 아래 눈부시게 푸른 바다, 그것 말고는 아무것도 보이지 않았다. 섬도, 모래사장도 없었다.

집에서 이렇게 멀리 온 건 처음이었다. 아무도 없이 혼자 있는 것도 처음이었다. 배에 부딪혀 부서지는 파도 소리만 들렸다. 그리고 또 뭔가가 다른데. 나는 내가 잠시나마 아주 깊게 잠을 잤다는 사실을 깨달았다.

사람들과 떨어지니 그들의 꿈에서도 멀리 떨어질 수 있었던 것이다.

나는 물을 좀 더 마셨다. 최소한 지금은 죽을 때가 아니라고 생각했다. 괴로운 생각은 접고 낚싯대를 찾았다. 테라수의 배에는 늘 낚싯대와 후크, 칼 같은 것이 실려 있었다.

흑요석으로 만든 칼은 없었지만 부싯돌로 만든 소박한 칼이 있었다.

둘째 날에는 물고기를 잡았다.

그때 바다에서 지냈던 날들이 내 인생에서 가장 좋은 날들은 아니었지만 가장 단순한 날들이었다는 생각을 가끔 한다. 평생 수치심과 죄책감에서 진정으로 자유로웠던 적이 없는 인생이었다. 나는 늘 다른 사람들의 꿈속에 남겨졌지만 단 한 번도 즐거웠던 적이 없었다. 하지만 바다에서는 모든 게 단순했다. 살아남는 것, 그것만 생각하면 됐다. 나는 자루를 열어 햇빛을 가릴 만한 것을 만들었다. 날생선도 먹었다. 가끔은 거북이가 배에 부딪히기도 했는데 작은 건 손으로 끌어올릴 수 있었다. 물이 다 떨어졌을 때는 거북이의 피를 빼냈다. 비가 오는 날에는 한쪽에 비를 받아놓아 한동안 버틸 수 있었다. 사람들이 던져 넣은 견과와 말린 과일도 많았다.

배를 오래 탄 건 아니었다. 아마 며칠 정도 되었을 거다. 다른 배를 처음 발견했을 무렵에도 나는 여전히 건강했다. 그리 절박하지 않았다. 그 배에 어떤 사람들이 타고 있을지가 더 궁금했다. 배는 거대했다. 테라수에서는 볼 수 없는 배였다. 사람의 손으로 만든 것이 그렇게 큰 경우는 본 적이 없었다. 아주 많은 사람이 타고 있을 것 같았다.

그 배를 그냥 지나쳐 갈 수도 있었다. 밤이라면 그랬을지도 모른다. 그 사람들의 꿈이 전부 보였을 테니 도망쳤을 것이다.

나는 손을 흔들었다. 갑판 위에 있는 사람도 손을 흔들어 대답했다. 사람들이 움직였고 난간 위로 몇 명이 고개를 내밀었다.

그쪽에서 뭐라고 소리쳤지만 내가 알지 못하는 외국어였다. 나는 크게 외쳤다.

"그 배에 탈 수 있을까요?"

사람들이 말하고 소리쳤다. 모두 모르는 말이었다. 그러다 사다리 하나가 내려왔다. 나는 노를 저어 배를 가까이 댔다. 사다리를 잡고 배 위로 올라갔다.

그땐 내 인생은 내가 선택하겠다고 생각했다. 생선 비늘과 거북이 사체가 가득 쌓인 내 작은 배를 파도에 흘려보냈다.

사람들이 나를 난간 위로 끌어 올렸다. 남자가 아주 많았다. 무뚝뚝한 눈, 우락부락한 팔, 시퍼런 검. 그런 철로 만든 검은 여왕의 행사에서만 보았다. 우리는 철에 관해서는 아무것도 몰랐다. 나는 덜컥 겁이 났다.

화려한 옷을 입은 남자가 나를 향해 걸어왔다. 나를 유심히 관찰하더니 웃었다. 남자는 내 어깨에 손을 올리더니 내가 모르는 언어로 말했다. 다정하고 부드러운 목소리였다. 다른 사람들이 뒤로 물러섰다. 남자는 명령을 내리는 자였다. 갈라지고 터진 내 입술을 그가 가볍게 쓰다듬었다. 그러고는 내 귀에 대고 뭔가를 속삭였다. 남자는 무장한 다른 남자들을 뒤로하고 나를 어느 문으로 안내했다. 안은 어두웠고 강렬한 태양에 내 눈이 타버린 것처럼 아무것도 보이지 않았다. 남자가 부드럽게 나를 안으로 이끌었다. 침대였다. 나는 안심했다. 내가 피곤하고 쉬어야 하는 상태라는 걸 남자도 아는 것이다. 나는 침대 위에 풀썩 앉았다. 배의 딱딱한 나무 바닥 위에서 며칠 밤을 잤더니 침대가 무척 부드럽게 느껴졌다.

"물 좀 주세요."

내가 남자에게 말했다.

"목이 말라요."

나는 물 마시는 시늉을 했다. 그는 고개를 끄덕였다. 알아들은 것이다.

남자가 내게 몸을 숙이더니 나를 침대에 눕혔고 내 안으로 들어왔다.

그는 다음 날이 되어서야 내게 물을 주었다.

*

사람이 살고 싶은 욕구가 얼마나 강한지 믿기지 않을 때가 있다. 죽고 싶을 때조차 우리의 몸은 계속해서 숨 쉬고, 먹고, 자고, 사랑하기를 원한다. 나는 진정한 사랑을 해본 적이 없으므로 그걸 경험해서 아는 것은 아니다. 하지만 내가 정말 죽고 싶었을 때 내 몸은 자주 나를 배신했다.

배에 오른 첫날 밤, 나는 내가 무슨 짓을 저지른 건지 깨달았다. 죽음의 신의 손바닥 안으로 제 발로 걸어 들어간 것이다. 잘 웃던 남자의 꿈은 끔찍했다. 그런 꿈은 본 적이 없었다. 나를 보호해 줄 꿈의 덫도 없었다.

남자는 몇 주나 나를 작은 방 안에 가둬두었다. 햇빛도 들어오지 않는 방이었다. 점차 꿈과 현실이 뒤섞이기 시작했다. 나는 그 남자가 무슨 일이든 저지를 수 있는 사람이란 걸 알게 되었다. 그의 두려움, 갈망, 욕구, 과거, 계획이 보였다. 그것들이 전부 내게로 흘러들어 왔고 나는 피로 물든 그의 꿈에 갇히지 않으려고 밤낮으로 몸부림쳤다.

그가 나를 찾아올 때는 저항할 힘도 남아 있지 않았다. 눈앞에 닥친 일이 현실인지 아니면 그의 뒤틀린 욕망인지도 분간할 수 없었다. 사실 그 남자인지 아니면 다른 남자 중 하나인지도 알지 못했다.

배는 쉬지 않고 항해했다.

남자의 꿈을 통해 남자가 어떤 사람인지를 알게 되었다. 그가 쓰는 말도 배웠다.

남자가 내게 말을 한 적은 없었고 나는 그의 이름도 알지 못했다. 나는 그 남자가 되어 나를 잃어가고 있었다.

바다와 타르, 생선, 내 몸의 냄새가 뒤섞인 악취 나는 요강 옆에 누워 있으면 자주 죽고 싶어졌다. 하지만 내 안의 모든 욕구가 죽어버렸다. 내가 아는 거라곤 남자의 바람과 명령뿐이었다.

그런데 평소와 다른 소리가 문득 들려왔다. 파도가 배에 부딪히는 소리도, 돛이 바람에 펄럭이는 소리도, 축축한 밧줄이 삐걱대는 소리도 아니었다. 가지각색의 새소리였다.

나는 팔꿈치를 세우고 일어나 앉았다. 육지 근처에 다다른 게 틀림없었다.

잠시 후, 방문이 열렸다. 햇빛이 방 안을 비추었고 내가 고개를 들었다. 남자가 한 명 서 있었다. 그 남자는 아니었다. 그가 뭐라고 말을 했고 나는 그 말을 이해했다.

"일어나."

나도 일어나고 싶었지만 몸이 말을 듣지 않았다. 너무 오랫동안 움직이지 않은 탓이었다. 그 남자의 생각이 아니라 내 생각을 따라 움직이는 게 낯설었다. 새로 온 남자는 혐오스럽다는 듯 얼굴을 잔뜩 찌푸리고 침대로 와 나를 일으켰다. 그러고는 나를 끌고 방을 나와 갑판으로 갔다.

처음에는 아무것도 보이지 않았다. 어둠에 익숙했던 두 눈 위로 강렬한 햇볕이 사정없이 쏟아져 내렸다. 갑판 위를 분주하게 오가는 무거운 발소리가 들렸다. 남자들이 뭐라고 외쳤는데 이번에는 알아들을 수 있는 단어가 몇 개 있었다. 하늘의 새들이 노래하는 소리가 크게 울려 퍼지고 꿀과 침엽수 향기가 났다. 눈이 햇빛에 적응하자 내가 고향에서 보던 나무와 전혀 다른 나무들이 자라고 있는 섬이 보였다. 똑같은 태양이었지만 열기가 달랐다. 이곳의 태양은 건조하고 가벼웠다.

누군가가 내 옆에 와 앉았다. 나를 도와주려는 줄 알았는데 내 손목에 동아줄을 묶었다. 내가 짐승이라도 되는 것처럼 내 손을 뒤로 묶었다. 심장이 빠르게 뛰었다.

그 남자가 보였다. 바다처럼 푸른 색과 은색의 옷을 입고 갑판 위를 오가고 있었다. 남자가 잠시 멈춰 옆에 있는 다른 남자에게 말을 걸었다. 아는 단어가 들렸다.

바다.

그는 계속 여기저기를 바쁘게 오갔다. 남자에게 나는 보이지 않는 존재나 마찬가지였다. 그는 다른 남자에게 동아줄에 관해 뭔가를 얘기하는 것처럼 보였다.

그때, 내 옆에 있던 남자가 나를 난간 위로 들어 올렸다.

바다가 내 죽음을 기다리고 있었다. 내 몸이 발악했다. 나는 죽기를 거부했다. 그렇게 다치고 모욕을 당하고도 죽기를 원치 않았다. 나는 힘을 쓰며 몸부림쳤다. 남자가 욕지거리를 내뱉었다.

한 단어가 머릿속에 떠올랐다. 나는 크게 외쳤다.

"아니!"

나는 남자의 꿈에서 이 단어를 들었다. 그것이 강력한 힘을 지닌 단어라는 걸 알고 있었다. 그의 모든 갈망과 두려움을 품고 있는 단어였다.

그 남자가 하던 일을 멈췄다. 성큼성큼 걸어와 내 앞에 섰다. 그는 나를 자기 앞에 똑바로 세우더니 내 턱을 잡고 내 눈을 보았다.

"말해."

남자의 얼굴에서 웃음이 사라졌다.

나는 내가 아는 단어들을 총동원해 더듬더듬 말했다. 내가 뭘 할 수 있는지, 그에게 뭘 줄 수 있는지 알려줘야 했다.

"꿈. 나는 준다."

남자가 뭐라고 말했지만 나는 알아들을 수 없었다. 내 턱을 잡은 남자의 손에 힘이 더 들어갔다.

"잔다. 나는 준다. 꿈."

남자가 조용히 내 눈을 관찰했다. 나를 이렇게 만든 그의 눈을 처음으로 똑바로 볼 수 있었다. 나는 그저 간절히 바라는 수밖에 없었다. 그의 눈이 순간 반짝였다. 호기심이었을까, 어쩌면 또 다른 탐욕일지도 몰랐다.

그는 잠시 생각에 잠겼다. 그러고는 내 손을 묶은 남자에게 뭐라고 말했는데 나는 알아듣지 못했다. 그는 갑판 반대편으로 성큼성큼 걸어가 사람들 사이로 사라져버렸다. 배는 계속해서 항해했고 남자들이 분주하게 일하는 가운데 나는 한쪽 구석에 버려졌다. 남자들의 얼굴에 안도와 설렘의 기색이 역력했다. 그들은 길고 긴 항해를 끝내고 집으로 돌아갈 참이었다. 남자들은 그들을 기다리는 여자들을 생각했다. 그들에게 나는 아무것도 아니었다.

해가 지고 있었다. 나는 여전히 묶인 채 누워 있었다. 나는 모든 걸 보았고 기다렸다.

밤이 될 무렵 나는 건조한 땅에 가까워지고 있음을 느꼈다. 배가 작은 만에 닻을 내렸다. 남자들은 빛이 조금이라도 남아 있을 때 항구에 정박하고 싶어 했다. 내가 살려둘 가치가 있다는 것을 증명할 기회는 딱 하룻밤뿐이었다. 그러지 못하면 남자들은 해가 뜨기 전에 나를 바다에 던져버릴 것이다. 바다에서 생긴 일을 집까지 끌고 가고 싶은 남자는 아무도 없었다.

누군가가 내게 와 밧줄을 풀어주었다. 그러고는 나를 아주 큰 방으로 안내했는데 그 방에는 양초와 램프가 무척 많았다. 얼굴에 미소를 잘 띠는 그 남자는 테이블에 앉아 이제 막 저녁 식사를 끝낸 참이었다. 잘 구워진 생선 냄새를 맡으니 그들이 오늘 내게 먹을 것을 주지 않았다는 사실이 떠올랐다. 내가 방에 들어서자 남자가 나를 보았다. 그리고 그 미소. 그는 내게 가까이 오라는 손짓을 했다.

"이쪽으로."

나는 다리를 절뚝거리며 테이블 반대쪽에 가 앉았다.

남자는 내게 자기가 먹다 남긴 걸 먹어도 좋다는 손짓을 했다. 그러고는 웃으며 나를 데리고 온 남자에게 뭐라고 말했다. "강하다", "배부르다" 같은 단어들이 들렸다. 아마도 내가 뭘 좀 먹어야 기운을 차릴 거라고 생각한 것 같았다. 나는 빵 부스러기와 생선 내장을 입안에 욱여넣고 포도주도 좀 마셨다. 남자를 흘깃 보았더니 화장실에 갔다가 다시 들어와 손을 씻는 중이었다. 그는 호위병의 도움을 받아 장화와 옷을 벗었다. 내 앞에서 나체를 보이는 일을 전혀 부끄러워하지도 않았다. 나를 보며 장난스러운 미소를 지을 뿐이었다. 그동안 나를 모욕한 일 따위는 없다는 듯한 얼굴을 하고 말이다. 나는 식탁보에 기름이 잔뜩 묻은 손을 닦았다. 남자가 파자마로 갈아입고는 기다리는 듯한 표정으로 나를 보았다.

나는 침대를 가리켰다.

"자."

남자가 웃음을 터뜨리며 누웠다.

"꿈. 무엇이지?"

처음에 남자는 이해하지 못하는 눈치였다. 그러다 눈썹을 추켜올렸다.

"선택하라는 말인가?"

내가 고개를 끄덕였다.

"하늘을 나는 꿈!"

남자가 곧이어 너무 빠르게 말해서, 나는 천천히 말해달라는 손짓을 했다. 그는 두 팔을 쭉 펴고는 천천히 말했다. 남자가 하늘을 나는 꿈을, 모든 사람 위에서 나는 꿈을 가장 좋아한다는 사실을 나는 알고 있었다. 나는 남자가 내가 할 줄 모르는 뭔가를, 혹은 내가 만들어낼 수 없는 꿈을 얘기할까 봐 조마조마했다. 하지만 하늘을 나는 꿈이라면 내가 가장 잘 아는 것이었다. 내게 처음 들이닥친 꿈도 하늘을 나는 거였으니까. 이 배에 오르고 나서는 그가 하늘을 나는 꿈을 보기도 했고. 남자가 원하는 꿈이 어떤 것인지 대충 짐작이 되었다. 나는 안심했다. 내가 잘하는 일이었다.

호위병이 문 옆에 앉아 나를 감시했다. 나를 남자와 단둘이 두지 않는 걸 보니 내가 위험한 존재일 수도 있다고 판단한 것 같았다. 내가 양초와 램프의 불을 차례로 끄자 호위병이 마지막 불빛은 남겨두게 했다. 그는 조그맣고 음침한 여자애가 무슨 짓을 하는지 감시해야 했다. 나는 만족스러운 기분으로 베개 옆에 무릎을 꿇고 앉았다.

나는 기다렸다. 호위병도 기다렸다. 배가 고요히 흔들리며 삐걱대는 소리를 냈다. 멀리서 어수선한 소리도 들려왔다. 촛불이 깜박거렸다. 입안에는 아직 포도주의 단맛이 남아 있었다.

드디어 남자가 잠이 들었다.

꿈 엮는 일을 손에서 놓은 지 한참 만이었다. 하지만 상관없었다. 나는 꿈을 짜기 시작했다.

나는 그가 사는 궁전의 가장 높은 지붕에서 그를 뛰어내리게 했다. 그가 자주 꾸던 꿈이었다. 꿈에 나오던 여자들과 남자들이 그의 발아래서 그를 따라 뛰었다. 나는 그들이 남자를 향해 손을 뻗으며 제발 아래로 내려와 달라고 소리쳐 애원하게 했다. 하지만 남자는 더 의기양양해져 그들의 머리 위로, 궁전 위로, 하늘 높이, 더 높이 날아올랐다. 남자는 자유로웠다. 정원 위를 미끄러지듯 날았고 산 아래로 곤두박질치듯 쏜살같이 하강했다. 한창 공사가 진행 중인 언덕 자락에서 장정들이 바쁘게 나무와 돌, 장비들을 나르고 있었다. 그 한가운데에서 검은 샘이 유혹하듯 빛을 발했다. 샘에는 높은 담이 둘러져 있었다. 나는 남자를 샘으로 내려가게 해 모든 게 뜻대로 돌아가고 있는지 확인하게 해주었다. 그러고는 그가 다시 하늘 높이 날아올라 이 모든 것과 모든 이를 발아래 두고, 그 위에 홀로 군림할 수 있도록 해주었다.

어려운 꿈이 아니었다. 남자의 꿈에서 이미 보았던 환영들을 사용했을 뿐이었다. 무척 달콤한 꿈이었을 것이다. 나는 남자의 꿈을 그가 열망하는 것들로 가득 채웠다. 그러고는 마침내 등을 기대고 앉아 남자가 푹 자도록 내버려 두었다. 꿈에서 깨어나면 남자는 깨달을 것이다. 그리고 나를 살려두게 될 것이다.

그 자리에서 남자를 죽일 수도 있었다. 그를 땅에 거꾸러뜨리거나 목을 부러뜨릴 수도 있었다. 하지만 그때는 그 남자가 얼마나 사악한 자인지 알지 못했다. 그가 어떤 짓까지 할 수 있는 자인지, 그자의 손에서 내 인생이 어떻게 될지 전혀 알지 못했다.

나는 두려웠다. 그를 죽이지 않은 건 꼭 그런 좋은 이유들 때문만은 아니었다.

내가 그를 죽이면 다른 남자들이 그 즉시 나를 죽일 게 분명했다. 나는 살고 싶었다. 그때는 그랬다.

그때 나는 죽음을 택했어야 했다. 그의 죽음과 나의 죽음을.

호위병은 구석에서 코를 골며 졸고 있었다. 나는 기다렸다.

새벽이 밝았다.

나는 몸을 씻을 수 있는 물과 기름을 받았다. 내 앞에는 노란 사프란색 비단으로 만든 이상하게 생긴 옷과 부드러운 가죽으로 만든 신발도 놓여 있었다. 여정 중에 샀거나 훔친 물건일 것이었다. 집에서 기다리는 여자에게 선물하려 했거나 내다 팔 물건이었을지도 모른다. 그때까지 나는 나무껍질로 만든 옷 말고는 입어본 적이 없었다. 남자는 세 겹으로 된 하얀 진주 목걸이를 손수 내 목에 둘러주었다.

내 씨앗 목걸이는 옷 속에 감춰두었다. 테라수에서 가져온 것이라고는 그거 하나였다. 현실과 광기를 구별해 주는 내 마지막 수단이었다.

나는 이제 살려둘 가치가 있는 존재였다. 남자에게 득이 되는 존재였다. 단순히 욕망을 채워주는 것 말고도 다른 쓸모가 생긴 것이다. 잠에서 깬 그는 전혀 달라진 태도로 나를 대했다. 남자가 내 능력을 높이 산다는 걸 알 수 있었다. 그리고 나를 잘 쓰기 위해, 내 능력을 최대한 이용하기 위해 이리저리 재고 고심하고 있다는 것도 알 수 있었다. 그는 내게 여러 가지를 물었지만 내가 말할 수 있는 건 얼마 없었고 나는 질문 자체도 잘 이해하지 못했다. 남자는 참을성이 바닥난 듯 보였지만 이내 혼자 고개를 끄덕였다. 뭔가를 결심한 듯했다. 그는 내 머리를 고쳐 만지고 한 걸음 뒤로 물러나 나를 보더니 뭔가 마음에 들지 않는다는 듯 침대 발치에 있는 궤를 뒤져 금으로 만든 머리핀을 찾아냈다. 내 머리에 그 핀을 꽂고는 그제야 마음에 든다는 미소를 지었다. 그제야 내가 그에게 걸맞아 보였던 것이다.

육지로 돌아가는 배였으므로 남은 것이 별로 없을 텐데도 그들은 내게 배에서 가장 좋은 음식과 포도주를 내어주었다. 남자는 내게 자기 선실을 쓰게 했다. 방 안에 있는 둥근 창을 통해 멀리서 항구가 보였다. 부두에는 크고 작은 배들이 무척 많았고 부두가 있는 마을에는 고벨리 주변 섬에 있던 집들처럼 조그마한 집들이 다닥다닥 붙어 있었다. 마을 뒤로 넓은 들판이 북쪽 산까지 이어졌다. 들판은 작은 숲들을 경계로 해서 나뉘어 있었고 그 숲의 나무들은 테라수의 나무들과는 완전히 달랐다.

나는 무척 멀리 온 게 분명했다. 그런데도 두려움이나 그 어떤 감정도 느껴지지 않았다. 내 안은 텅 비어 있었고 나는 나 자신이 아니었다. 사람들의 꿈에 담긴 모든 감정과 환영, 악몽들이 회오리바람처럼 나를 스치며 지나갔다. 항구 마을에서는 밤마다 사람들이 잠이 들었고 그들의 꿈이 피를 찾는 모기처럼 나를 향해 달려들었다. 나는 씨앗 목걸이를 더듬어 한 알, 한 알 손가락으로 쓰다듬었다. 몇 번이고 쓰다듬었다. 고벨리에서는 내 안으로 꿈이 스며드는 일이 아주 가끔씩 일어났다. 이유를 알 수 없지만 그 이국땅에서는 그 일이 너무 자주 나를 찾아왔다. 꿈의 풍경이 낯설어서였을까, 아니면 그 남자 때문에 내 안의 모든 방어벽이 무너져 내렸던 걸까. 더 이상 내가 누군지, 내가 어떻게 변해가고 있는지 도무지 알 수 없는 상태에 빠져버렸다.

나는 더 이상 죽음이나 어떤 종류의 폭력도 두렵지 않았다. 내가 느낄 수 있는 건 오직 광기뿐이었다. 그러나 곧 그것조차 두렵지 않게 되었다. 나는 아무 감정도 느끼지 못하게 됐지만 한편으로는 강해지기 위해 애썼다. 내가 얼마나 오랫동안 이들의 광폭한 허기를 견딜 수 있을지 궁금하기도 했다.

배는 육지에 닿았지만 정박할 곳이 마땅치 않아 작은 배가 사람과 물건을 육지까지 실어 날랐다. 나는 씨앗 목걸이의 날카로운 쪽을 손가락으로 꾹꾹 눌렀다. 따끔함이 잠깐씩 내 정신을 현실로, 내 몸으로 돌아오게 해주었고 그럴 때면 불안, 허기, 두려움, 무력감 같은 감정들이 나를 스쳐 지나갔다. 얼굴 없는 손님들로 가득한 파티에서 어떤 여자를 보았다. 어둠 속에서 희미하게 빛나는 길을 따라 젊은 여자가 웃으며 걸어갔고 그 뒤를 남자가 쫓고 있었다. 남자는 자기보다 더 큰 물고기를 붙들고 싸우는 중이었다. 진한 이끼색과 히비스커스색이 뒤섞인 물고기의 크고 차가운 두 눈이 내 눈을 쏘아보았다.

나는 엄지손가락으로 씨앗 목걸이를 더듬었다.

방문이 열리고 한 남자가 들어왔다. 남자는 내게 짧게 고개 숙여 인사를 한 뒤 자기를 따라오라는 손짓을 했다. 나는 노란 옷자락을 잡고 햇빛 속으로 천천히 걸어나갔다. 그는 별다른 말은 하지 않고 내가 사다리를 타고 작은 배로 이동할 수 있게 도와주었다. 작은 배의 선원들이 나를 태워 뭍으로 나를 데려갔다. 나는 궤 위에 앉아 있었고 내 옆에도 가방과 보따리가 한가득 있었다. 나도 그것들과 다름없었다.

선착장에 도착하자 남자들이 나를 끌어 올려줬다. 배에서 짐을 다 내릴 때까지 나는 그곳에 서 있었다. 남은 짐을 싣기 위해 배가 돌아간 사이 몇몇은 남아 짐을 푸는 것을 감독했다. 호기심 많은 구경꾼들이 부두로 몰려들었다. 사람들은 놀라며 나를 손가락질했다. 내 피부색은 그들과 달랐고 그들의 머리카락은 곧고 짙었다. 게다가 전부 나보다 머리 하나는 더 작았다.

"궁전."

나는 사람들이 숙덕거리는 소리를 들었다.

"오하딘."

나는 구경꾼들의 시선을 피했다. 등을 곧게 세우고 바다를 향해 섰다. 저 바다 건너 어딘가에 내 고향이 있다. 하지만 고향 사람들은 나를 내쫓았다. 나는 환영받지 못하는 존재였다.

나는 목걸이를 계속 만지작거렸다.

가라이

새로운 가라이는 오랫동안 나를 지켜주었고 내 주인도 기쁘게 했다. 주인은 하루가 다르게 점점 악해져 그를 기쁘게 하는 일도 점점 어려워졌다. 그는 종종 폭력적으로 변했다. 전에 없던 일이었다. 그는 이제 내 안의 가장 깊은 곳, 내 영혼까지 침범해 들어와, 오히려 신체적인 폭력이 견딜 만하게 느껴졌다. 나를 지키기가 거의 불가능했다. 몇 년의 시간이 흘렀다. 나, 진짜 가라이는 숨죽이며 기다리고 있다. 나는 기회만 되면 샘으로 가 굳게 잠긴 문 앞에 무릎을 꿇고 생명의 힘의 소리를 가만히 듣는다. 가끔은 그곳에서 카비라를 만나기도 했다. 그러면 카비라는 고개를 돌려 나를 못 본 체했다. 그녀는 자신의 고통도 그렇게 모르는 척했다.

그녀의 아들들은 쑥쑥 커 코린은 이제 거의 성인이 되었다. 아들들은 어머니에게 늘 냉담했는데, 그것이 카비라에게 말할 수 없는 고통과 아픔이라는 것을 나는 알고 있다. 그녀는 무표정한 얼굴 뒤로 이 슬픔 또한 숨겼다.

그리고 그 일이 생겼다. 내가 몇 년을 바라온 일이었다. 늘 그랬듯 우리는 아무것도 알지 못했다. 며칠 전 아침, 나는 그레이트홀에 앉아 꽃을 그리고 있었고 카비라는 종이 위에 시구를 옮겨 적고 있었다. 화로가 군데군데 놓여 있긴 했지만 겨울이라 홀은 무척 추웠다. 국왕에게 밤새 꿈을 짜주고 돌아온 오르세올라도 그날 아침엔 우리와 함께 있었다. 그녀의 무릎 위에는 전날 밤 호숫가에서 주워 모은 부들을 엮어서 만든 무언가가 놓여 있었다. 이따금 오르세올라는 자기의 까만 머리카락을 한 올 뽑아 그렇게 만든 것들 사이에 같이 묶었다. 나는 아주 오랫동안 카비라와 단둘이 지냈기 때문에 아직 오르세올라와 함께 있는 것이 어색하다. 오르세올라가 오자 그 균형이 깨져버렸다. 주인은 국왕에게 오르세올라의 능력을 내보였고 국왕은 그녀가 짜주는 꿈에 대한 답례로 사치스러운 선물을 아낌없이 하사했다. 오르세올라는 여기 말을 빨리 배우긴 했지만 억양이 어색하다. 그녀가 말을 하는 일은 거의 없다. 한번은 그 애가 정원의 나무 아주 높은 곳에 올라서 있는 걸 본 적이 있다. 모른 척하고 지나갔지만 그때 나는 오르세올라가 어리다는 사실을 새삼 깨달았다. 내가 이곳에 처음 왔을 때보다 훨씬 더 어려 보였으니 아직 성인도 아닐 터다. 그 사실을 깨달은 뒤로는 오르세올라에게 좀 더 친절하게 대하려고 노력하지만 쉽지는 않다. 그녀는 자기가 우리 꿈을 볼 수 있다며 농담이라도 하듯 웃었다. 나는 그 말을 믿지 않는다.

설사 그렇다고 해도 내 꿈에서 뭘 볼 수 있겠는가? 메이렘 사막을 누비는 것? 달빛 아래 동생들과 춤을 추는 모습? 거친 바위 사막에서 끝내 결실을 보지 못할 사냥을 위해 발바닥에 피를 흘리며 뛰어다니는 모습이나 보게 되려나?

다이라헤시의 문이 딸깍 열렸다. 우리 셋은 하던 일을 멈추고 고개를 들었다. 두 명의 경비병 뒤에 선 하인들이 짐을 가져왔다. 그리고 여자가 들어왔다. 어리고 머리카락이 검은 미인이었다. 15년 전 카비라의 모습이 그랬을 것이다. 여자는 분홍색 자수가 놓인 노란 옷을 입고 있었는데 아주 뛰어난 장인의 솜씨는 아니었지만 그럭저럭 괜찮은 옷이었다. 팔이며 발에 장신구를 가득 달고 있어 신부처럼 보이기도 했지만 그건 아니었다. 경비병들의 감시 아래 하인들이 빈방에 들어가 짐을 푸는 동안 그녀는 두 팔을 늘어뜨린 채 핏빛 달팽이로 물들인 붉은 카펫 위에 서서 주위를 둘러보았다. 에스테기도 하인들과 함께 왔고 그중 몇 명이 베개며 쿠션, 램프를 여자의 방으로 가져갔다.

경비병들은 무슨 일인지 따로 말해주지 않았다. 카비라는 붓을 내려놓고 배 위에 두 손을 올린 채 가만히 이를 지켜보았다. 그녀의 얼굴에는 아무런 표정도 없었다. 나는 고개를 돌리고 다시 내 그림으로 돌아갔다. 무슨 의미인지는 알았지만 어떻게 반응해야 좋을지 몰랐다. 자유로워졌으니 기뻤다! 그러나 이제 내 운명을 더 이상 미룰 수 없게 되었으니 두려웠다.

나는 계속 그림을 그렸다. 조용히 돌바닥을 스치는 발걸음 소리가 등 뒤에서 들려왔다. 경비병들이 맡은 일은 금세 끝났고 다이라헤시의 문은 다시 굳게 잠겼다. 내가 그린 꽃을 보니 괴상한데다 테이블 위에 놓인 꽃과 닮지도 않았다. 나중에 다시 그려야겠다.

카비라가 조용히 자리에서 일어났다. 나는 어깨 너머로 여자 쪽을 흘깃 보았다. 검은 머리의 여자는 여전히 서 있었고 에스테기가 문 앞에 서서 다음 지시를 기다리고 있었다. 오르세올라는 이미 자기 일로 돌아갔다. 여자는 자기만 들을 수 있는 음악을 듣고 있는 것처럼 보였다. 카비라가 여자 둘레를 한 바퀴 빙 돌았다.

"건강해 보이는구나. 좋아. 몇 살이지?"

"열아홉 살입니다."

여자가 다소곳하게 대답했다.

카비라가 여자의 턱을 잡았다.

"입을 열어보거라."

여자는 카비라가 시키는 대로 했지만 속내를 표정에서 숨기지는 못했다.

"치아도 좋고. 좋은 나이다."

카비라는 여자의 턱을 놓아준 뒤 정신이 딴 데 가 있는 사람처럼 손을 옷에 문질러 닦았다.

"이스칸이 너를 샀느냐?"

검은 머리 여자가 고개를 흔든 뒤 턱을 조금 치켜들었다.

"아버지가 저를 선물로 드렸습니다. 아버지는 주인님의 환심을 사고 싶어 하세요."

"그럼 아버지에게 자랑스러운 딸이 되어야겠구나. 에스테기! 내 보석함에서 머리핀 두 개를 가져와."

에스테기는 고개를 숙인 뒤 서둘러 카비라의 방으로 갔다. 나는 천천히 그림을 말았다. 머리핀 두 개라니. 그게 뭐든, 팔려 온 노예에게보다는 늘 좋은 것이 주어졌다.

여자는 자기 방으로 가고 싶은 눈치였지만 카비라는 한마디 말도 없이, 손짓 하나 없이 그녀를 꼼짝도 못 하게 했다. 에스테기가 핀을 들고 돌아왔다. 카비라는 전에 내게 했던 것처럼 여자의 머리에 구리 장식으로 된 핀을 두 개 꽂아주었다.

"하고 다니도록 해."

그러고는 카비라는 뒤를 돌아 홀을 나갔다. 여자는 한동안 어떻게 해야 할지 모르는 표정으로 서서 나와 오르세올라를 번갈아 쳐다보았다. 우리가 아무 말도 하지 않자 입술을 꾹 다물고 가슴을 약간 앞으로 내밀며 말했다.

"저는 메리바예요."

딱히 누군가를 향해 말한 것은 아니었다. 그러고는 팔찌와 발찌를 쨍그랑거리며 자기 방으로 돌아가 문을 쾅 닫았다.

나는 그날 이후로 거의 내 방에 머물렀다. 밖으로 나갈 이유가 딱히 없었다. 이제 주인은 더 이상 나를 찾지 않는다. 대신 메리바를 찾는다. 나는 식물 목록을 만들었지만 주인이 더 이상 종이와 잉크를 보내주지 않아 아직 완성하지 못하고 있다. 지금 이 글도 버리는 그림 뒤에 쓰는 중이고 이 종이는 내가 가진 마지막 종이다.

내 식사도 무척 소박해졌다. 지금에 와서야 주인이 나를 아낀다는 이유로 내가 받은 특혜가 얼마나 컸는지 깨닫게 되었다. 이제 주인에게는 새로운 여자가 생겼다. 음식 따위야 어떻든 상관없었다. 나는 고기와 생선에는 손도 대지 않고 채소와 밥, 렌틸콩만 먹었다. 다른 것은 그다지 먹고 싶지도 않았다. 아쉬운 건 딱 하나, 종이뿐이다.

이제 나는 창에 달린 덧문을 열지 않는다. 눈부신 햇빛에 예민해져 밤이든 낮이든 램프를 켜고 지낸다. 종종 카비라가 내 방에 온다. 내가 슬픔에 빠졌다고 생각하는 듯했다. 에스테기도 베야 튀김과 아몬드 사탕, 라이스케이크 같은 것을 들고 왔다. 한때 내가 무척 좋아했던 것들이었다. 전부 카비라가 보낸 음식이었다. 이스칸의 부인인 그녀는 주인의 애정과 상관없이 높은 지위에서 나름의 대접과 존중을 받고 있다. 하지만 나는 그 맛있는 음식들도 먹지 않았다. 카비라는 잘못 알고 있다. 나는 위로 같은 건 필요 없었다.

슬프지 않았다. 내 안에는 슬픔을 느낄 만한 여유가 없다. 나는 허물을 벗고 있다. 오래된 이 껍질 아래에 더 오래되고 두껍고 딱딱한 껍질이 있다. 견딜 것이다. 봉헌을 할 때마다 팔목을 따라 흉터가 하나씩 생겼다. 나는 계속해서 허물을 벗었고 허브도 말렸다. 주인을 깊은 잠에 빠뜨릴 수 있는 허브였다. 열쇠를 훔칠 작정이었다. 샘으로 갈 것이다. 그 길에 있는 잠긴 문을 하나씩, 하나씩 열고 나아갈 것이다. 보름달이 뜬 밤, 그렇게 할 계획이다. 내게 흐르는 이곳의 힘과 이 대지의 핏줄에 바칠 수 있는 피가 있다면 진정한 가라이를 불러올 수 있다. 그걸 막을 수 있는 건 아무것도 없다.

그런데 주인이 더 이상 나를 찾지 않는다. 그리고 어딜 가나 경비가 삼엄하다.

그래도 나를 막을 수는 없다. 곧 방법을 찾아낼 것이다. 나는 새로운 가라이를 땅에 묻었다. 나는 이제 그녀가 필요하지 않다. 마침내 나는 나 자신으로 돌아왔다.

진짜 나를 되찾게 해주심에 대지, 그리고 생명의 힘에 감사드린다. 영영 나를 잃은 것이 아니었다. 그 지난한 세월을 생각하면 이건 기적이나 다름없다.

사막의 딸 가라이

피의 가라이

생명의 힘 가라이

노래의 가라이

복수의 화신 가라이

지금 주인이 아끼는 사람은 메리바다. 그녀의 방에는 꽃과 꽃병, 그림, 금으로 만든 램프, 촛대가 가득하고 침대에는 쿠션과 동물 가죽 담요, 수놓은 비단 이불이 넘쳐났다. 이스칸이 선물을 보내올 때면 나는 늘 감사를 표했는데, 그건 이스칸이 내게 그런 모습을 기대했기 때문이었다. 하지만 나는 그 물건들의 의미를 이해하지 못한다. 내게는 별 의미 없는 물건일 뿐이었다. 하지만 메리바는 그런 것을 좋아하며 그것들을 위해 산다고도 할 수 있었다. 그녀는 꽃을 예쁘게 꽂아두고 하루에도 몇 번씩 보석을 바꿔 끼우며 계절마다 옷 색깔을 바꾼다. 언제나 눈을 검게 칠하고 작은 입술을 빨갛게 단장한다. 메리바는 무척이나 아름답다.

그녀는 아무 일도 하지 않는다. 가장 크고 화려한 검붉은 쿠션 위에 앉아 손을 무릎 위에 포갠 채 눈은 반쯤 감고 우리가 하는 일을 가만히 지켜본다. 메리바의 주위에는 한 무리의 하인들이 오가며 쿠션과 램프 위치를 바꿔주고 그녀가 먹지도 않는 음식과 음료를 가져다주며 추울 때는 모피를 가져오고 메리바의 기분에 따라 향을 바꿔주기도 한다. 에스테기는 그녀의 시중을 들지 않는다. 메리바가 에스테기의 못생긴 얼굴을 보고 싶지 않다고 했다. 그녀는 예쁘고 어린 소녀들하고만 웃고 떠들고 싶어 했다.

그날 저녁도 메리바는 평소와 다름없는 모습으로 앉아 있었다. 나는 이제 방 밖으로 나가기 시작했다. 나는 허물을 다 벗었고 준비가 되었다. 여전히 춥고 매서운 바람이 불어 우리는 정원에 거의 가지 않는다. 나는 추위를 신경 쓰지 않지만 다이라헤시에서는 모두에게 같은 규칙이 적용된다. 메리바가 밖으로 나가기를 원치 않아 우리 모두가 방 안에 틀어박혀 있어야 했다. 그날 메리바는 기분이 좋지 않았는데, 주인과 다퉜거나 주인이 원하는 것을 사주지 않았다는 뜻이었다. 그녀는 하인들에게 화롯불을 피우라고 하고는 이내 연기가 난다며 짜증을 냈다.

"너무 가깝잖아!"

메리바가 하인에게 소리를 질렀다.

"난 피부가 예민해서 그렇게 가까우면 아프다고!"

그러고는 샌들로 하인을 때렸다.

"거기 서 있지 말고 비켜!"

겁먹은 하인들이 벌벌 떨며 자리에서 물러났다. 커다란 쿠션 위에서 깜박 잠이 들었던 오르세올라가 눈을 떴다. 오르세올라는 며칠 동안 계속해서 밤에 국왕에게 꿈을 짜주고 있었다. 에스테기가 전해준 말에 따르면 국왕은 어두운 악몽에 시달리는데, 그 때문에 극심한 공포와 절망에 빠져 있다고 했다. 에스테기는 궁에 있는 하인들과 대화를 나눌 기회가 많아 우리에게 가끔 소문을 전해준다. 오르세올라는 비단 숄로 얼굴을 덮고 등을 돌려 잠을 청했다. 그녀가 침대에 똑바로 누워 자는 모습을 본 적이 없다. 메리바는 오르세올라의 서열을 가늠하기가 어려워 보통은 그녀를 없는 사람 취급한다. 그런데 그날은 메리바가 오르세올라에게 벌컥 짜증을 내며 쏘아붙였다.

"방으로 들어가! 사람들이 있는 곳에서 자다니 보기 싫어."

"고향에서는,"

오르세올라가 여전히 벽을 보고 누운 채 조용히 말했다.

"아무도 혼자 안 자. 누군가가 늘 곁에 있었어."

"넌 지금 네 야만인 친구들과 있는 게 아니잖아. 여긴 카레노코이야. 우리는 마룻바닥에서 자지 않아."

메리바가 으르렁대며 말했다.

오르세올라가 메리바를 향해 몸을 돌렸다. 그러고는 그녀 특유의 방식으로, 말하는 상대 뒤에 누가 있기라도 한 것처럼 눈을 크게 뜬 채 메리바를 바라보았다.

"하얀 남자가 오늘 밤 다시 올 거야. 남자는 네 머리 가죽을 벗기기도 전에 네 얼굴을 먼저 먹을 테지."

메리바가 얼굴이 하얗게 질려 입을 다물었다. 오르세올라는 자리에서 일어나 자기 쿠션과 숄을 집어 들고는 카비라를 향해 고개를 숙이고 내게 살짝 목례한 뒤 자기 방으로 들어갔다.

조용해진 메리바는 분을 삭이지 못하고 씩씩댔다. 빗줄기가 창문을 두드리고 화롯불이 타닥타닥 소리를 내며 고요히 타고 있었다. 나는 작은 서재에서 발견한, 카레노코이의 역사에 관한 글을 읽고 있었다. 아니를 더 알고 싶었다. 아니에 관한 단서나 다른 생명의 근원지에 관한 이야기를 찾고 싶었다. 고향에서는 모든 지식이 이야기와 노래를 통해 후대로 전해졌다. 새로운 가라이를 버리자 그 기억들이 조금씩 더 선명해지고 있다. 이런 노래가 있었다.

바위 옆 사누엘
신의 다리 위
저 해안 너머

거대한 호수가
진실을 말한다
힘을 부여하지
네 붉은 피를 바쳐라
피가 필요한 곳에 피를
생명을 맛보라
대지의 수액

이 노래가 기록된 적이 있는지, 아니면 내가 종이 위에 처음 옮긴 건지 궁금하다. 그 생각에 이르니 갑자기 마음 한구석이 불안해졌다. 어떤 비밀은 사람들 손에 쉽게 닿을 수 없도록 감춰야 한다. 아마도 이 부분은 지워야 할 것이다. 하지만 이곳 사람들은 사누엘나무와 거대한 호수가 어디 있는지 모른다. 이 이름들과 진실은 우리 부족 사람들만이 이해할 수 있다. 그러니 이건 놔둬도 괜찮을 것이다. 다음부터는 좀 더 조심해야겠다.

카비라는 낮은 테이블에 앉아 하인들이 가져온 서신에 답신을 쓰고 있었다. 누구에게 쓰는 걸까? 이 담 너머에 그녀의 가족이나 친구가 있을지도 모르지만 그녀의 아들들 말고 다른 누군가가 그녀를 방문하는 것을 본 적은 없다. 메리바는 초조한 듯 소매 끝을 자꾸 만지작거렸다. 카비라의 붓펜이 종이를 스치고 내가 두루마리를 읽느라 종이에서 바스락거리는 소리가 났다. 메리바의 팔찌가 조용히 흔들리며 쨍그랑쨍그랑 소리를 냈다.

바깥에서 정문이 열리는 소리가 들렸다. 이스칸이 들어왔다. 그가 여기 다이라헤시의 그레이트홀에 온 건 처음일 것이다. 우리 셋 모두 자리에서 일어나 그 앞에 무릎을 꿇고 땅에 이마를 댔다. 그를 마지막으로 본 지 시간이 꽤 지났기에 나는 그를 힐끗 쳐다보았다. 그의 머리와 수염은 언제나 그렇듯 단정했고 그는 짙은 청색 재킷에 새하얀 바지를 입고 있었다. 손가락에는 온갖 종류의 무거운 보석을 끼고 있었다. 이스칸은 주위를 한번 쓱 둘러보더니 미소를 지었다.

"즐거워 보이는군."

이스칸은 카비라가 있던 탁자 쪽으로 걸어가 그녀가 쓰던 서신을 슬쩍 보았다.

"쓰는 일이 즐겁소?"

이스칸의 말을 일어나도 좋다는 신호로 받아들인 카비라가 일어섰다. 그녀는 예의 무표정한 얼굴로 대답했다.

"사촌 네이카에게 쓰고 있었어요. 한번 만나신 적이 있지요. 얼마 전에 첫 손주를 보았답니다."

"그렇게 어린데? 당신보다 조금 더 나이가 많지 않소."

"딸이 어린 나이에 결혼했습니다."

"당신은 어리지 않은 나이에 코린을 낳았지."

이스칸은 애석하다는 표정으로 카비라의 펜을 들고 손가락 사이로 빙글빙글 돌렸다.

"자, 카비라, 남편을 이렇게 세워만 둘 것이오?"

카비라가 손짓하자 에스테기가 재빨리 와 지시를 기다렸다. 카비라는 손수 편한 쿠션들을 놓아 이스칸이 편히 앉을 자리를 만들어주었고 쓰고 있던 종이와 펜을 한쪽으로 치웠다. 이스칸이 나와 메리바에게 손짓해 우리도 고개를 들고 앉았다. 메리바의 얼굴에는 혼란과 염려가 가득했다. 주인이 자기를 찾는 게 아니라면 왜 여기 온 건지 영문을 알 수 없다는 표정이었다. 이번엔 카비라가 정부였지만 그녀는 평정심을 잃는 법이 없었다. 카비라는 화로를 이스칸 가까이 옮기고 램프도 더 밝히라고 지시했다. 에스테기가 포도주와 과일, 케이크를 내오자 카비라는 이번에도 직접 그의 잔을 채워주었다.

"고맙소, 부인."

이스칸이 포도주를 한 모금 마셨다.

"좋은 포도주군. 당신에게 포도주를 좀 더 보내도록 하겠소."

카비라가 고개를 숙였다.

"그리고 당신 사촌의 딸에게도 포도주를 한 통 보내는 게 어떻소? 적당한 선물일 것 같은데, 안 그러오? 집에 축하해 주러 오는 사람들에게 뭔가를 내줘야 할 테니."

이스칸이 카비라를 향해 다정한 웃음을 짓자 그녀의 눈에 뭔가가 반짝 스쳐 지나갔다. 혼란이었을까? 두려움? 희망? 카비라가 이내 시선을 아래로 내려 알 수가 없었다.

이스칸의 시선이 내 쪽을 향했다.

"이리 와서 맛 좀 보지, 작은 마녀. 이제 그렇게 작지는 않지만 말이야."

나는 곧바로 일어나 그의 오른쪽으로 가서 앉았다. 그는 소매를 걷고 멜론 한 조각을 집어 내 입에 넣어주었다. 그러고는 내 눈을 지그시 바라보았는데, 그가 나를 그렇게 본 건 처음인 것 같았다.

"이런, 살이 빠졌군. 뺨이 홀쭉해졌어!"

이스칸이 웃으며 말했다.

"그동안 토라진 건가?"

나는 뭐라고 대답해야 할지 몰랐다. 그를 기쁘게 해줄 말을 잘 찾아내는 새로운 가라이는 사라져버렸다. 나는 카비라를 따라 했다. 고개를 숙이고 눈을 아래로 향했다. 이스칸은 수긍의 의미로 받아들이고는 내 팔을 쓰다듬었다.

"자, 자, 널 곧 다시 찾아가야겠군."

나는 이를 악물었다. 한쪽에서는 독기 어린 눈으로 나를 쏘아보고 있는 메리바의 시선이 느껴졌다. 독수리에게 먹이를 뺏긴 카볼처럼 보였다.

"그 전에 지금 당장 너를 기쁘게 해줄 만한 게 있느냐?"

나는 여전히 바닥으로 시선을 향한 채 대답했다.

"종이요, 주인님. 주인님만 괜찮으시다면요."

이스칸이 부드럽게 웃었다.

"참으로 소박하군."

그의 말은 분명 메리바를 향한 것이었다.

"종이를 보내주겠다."

그러고는 에스테기를 불러 그 애에게 뭔가를 속삭였다. 에스테기는 인사를 하고 홀을 떠났다.

포도주를 또 한 모금 마신 이스칸은 뒤로 기대앉아 만족스러운 표정으로 주변을 둘러보았다.

"이곳은 정말 아름답게 꾸며져 있군. 당신들은 장식이 뭔지 확실히 잘 알고 있어. 꽃이며 그림이며 전부 그렇소. 내 하인들은 도무지 감각이 없어."

"메리바의 솜씨입니다, 주인님. 보고 계신 것들 전부 메리바가 꾸민 것들입니다."

내가 말했다.

그는 내 말에는 아랑곳하지도 않고 말했다.

“부인, 포도주를 좀 더 주시오. 그리고 우리를 위해 낭독을 해주지 않겠소? 당신이 잘하지 않소.”

카비라는 다시 한번 그의 정부가 되었다. 그녀는 덤덤하게 포도주를 따른 뒤 일어서서 홀의 한구석을 물끄러미 바라보며 자세를 가다듬었다. 메리바는 산처럼 쌓인 자기 쿠션과 모피 위에 혼자 떨어져 앉아 있었다. 이스칸이 테이블로 오라고 부르지 않은 것이다. 메리바는 평정심을 유지하려고 애썼지만 그녀의 감정이 고스란히 얼굴 위로 나타났다. 분노, 질투, 증오, 두려움.

그날 저녁, 카비라는 고전 사랑의 비가 중 하나를 골랐다. 그녀가 왜 그 비가를 골랐는지 나는 모른다. 이스칸의 다정한 어조 때문이었을까? 우리는 모르고 그녀만 아는 이유일지도 모른다. 카비라가 낭독한 것은 서사시였다. 첫눈에 사랑에 빠진 두 젊은 남녀가 다시 만나기 위해 끊임없이 닥쳐오는 시련을 뛰어넘는 이야기. 그 둘은 결국 만나지 못하고 벽을 사이에 둔 채 죽음을 맞는다. 무척 감동적인 이야기였다. 나는 그런 사랑을 알지 못한다. 고향에서 내 마음을 동하게 한 사람이 있었고 가끔은 이스칸에게 그런 감정을 느꼈으며 동생들과 어머니를 사랑한다. 하지만 죽음을 불사하는 사랑이라니. 그런 사랑은 시에서나 존재하는 게 아닐까?

카비라의 낭독이 끝난 뒤에도 이스칸은 자기 생각에 빠져 있는 듯 보였다. 그러고는 카비라에게 예를 갖춰 고맙다는 인사를 하고 내 뺨을 쓰다듬고는 홀을 떠났다. 메리바에게는 단 한마디도 하지 않았다. 하지만 오늘 저녁 일어난 이 모든 일은 메리바를 향한 것이었다. 그녀가 똑똑히 알아두어야 할 것들에 대한 경고였다. 내 호의가 없다면 너는 아무것도 아니라는 경고. 너는 아무것도 아니라는 경고.

메리바는 알아들었다. 이제 그녀는 카비라와 나를 극렬히 증오한다. 카비라는 신분이 높으니 그녀에게 복수를 할 수는 없었지만 메리바보다 신분이 낮은 내게는 거리낄 것이 없었다.

내가 목욕을 하는 사이에 메리바는 내가 만든 식물 표본집에 불을 붙였다. 내가 몇 년 동안 모으고 기록한 것들이 한순간에 재가 되었다. 압화한 꽃과 그림, 설명 전부 말이다. 내가 숨겨둔 비밀 일기만 살아남았다. 내가 방에 돌아왔을 때는 이미 모든 게 화로 안에서 까맣게 타 재만 남은 뒤였다. 에스테기가 그 옆에 앉아 울고 있었다. 게다가 재를 뒤집어써 옷과 손이 까맣게 그을려 있었다.

"살려보려고 했어요, 가라이. 그랬는데, 전부 불길에 타오를 때까지 메리바가 저를 붙잡았어요."

내가 에스테기의 손을 잡고 손바닥을 펴니 불에 데어 빨개져 있었다. 나는 얼른 물을 가져와 에스테기의 손을 조심히 씻기고 알로에를 발라주었다. 에스테기가 말없이 훌쩍였다. 내 안에 있던 뭔가가, 너무 오랫동안 억눌려 있던 뭔가가 탁 풀어졌다. 너무 오랫동안 참아온 것이다.

그 일이 있은 뒤 나는 정원으로 나가기 시작했다. 메리바가 여전히 이스칸의 눈 밖에 나 있던 터라 나는 정원에 나가도 좋다는 허락을 받을 수 있었다. 감시병 두 명이 나를 따라오긴 했지만 정원을 마음껏 돌아다닐 수 있었다. 비는 내리지 않았지만 습하고 추운 날이었다. 나는 아니가 있는 언덕의 지스밀나무 숲으로 갔다. 나는 지스밀나무의 수액과 잎, 열매, 뿌리가 제각각 어떻게 쓰이는지 알고 있다. 그걸 알기 위해 기록을 들춰볼 필요는 없다. 내가 알고 있는 지식은 누가 망가뜨릴 수 있는 것이 아니었다.

나는 나무 아래 누웠다. 주위에는 아무도 없었고 정원은 고요했다. 새들은 안개에 젖어 축축해진 날갯죽지에 머리를 넣고 자는 중이었고 벌레들은 이끼와 나무 사이에서 쉴 곳을 찾았다. 내 등 아래 있는 흙도 물기를 잔뜩 머금고 있었다. 나는 땅속에 손가락을 쑥 넣어 떨어진 잔가지며 나뭇잎을 만져보았다. 생명과 부패의 냄새가 짙게 풍겨왔다. 나는 눈을 감았다. 나뭇가지 끝에 맺힌 이슬이 똑똑 떨어지는 소리가 들렸고 안개가 스멀스멀 내 뺨을 타고 속눈썹을 덮었으며 고요한 바람이 불어와 우듬지의 잎사귀를 조용히 흔들었다. 나는 숨을 그들의 숨에 맞췄다. 내 안에서 뭔가가 고동치고 웅웅 울렸다. 나는 내 몸에 귀를 기울였다. 나는 완전히 자유였다. 나를 이곳에 붙잡아 두는 건 아무것도 없었다. 내 영혼이 가벼워지면서 하늘로 붕 떠올랐다. 처음에 나는 땅 위에 누워 있는 나를 보았지만 내 몸은 이내 나무에 가려져 보이지 않았다. 다음엔 남쪽 바다가, 그다음엔 동쪽의 아레코가 보였고 남쪽과 서쪽에 있는 들판과 향신료 농장도 보였다. 여러 갈래로 난 길들이 녹색 풍경 사이로 리본처럼 구불구불 흘렀다. 까만 거위 한 무리가 하늘 위를 가로지르고 있어 나는 그들을 따라 북쪽으로 날았다. 산, 호수, 강이 모두 우리 아래 있었다. 우리 날개 아래로 바람이 미끄러졌다. 나는 거위들을 뒤로하고 동쪽으로 방향을 틀었다. 여동생들을 찾아 나섰다. 찾을 수 있을 거라는 확신이 들었다. 마치 등대의 불빛이 그러듯 동생들이 나를 불렀다. 나는 아주 멀리까지 날아갔고 모든 걸 보았다. 대지 위에 흩어져 있는 생명의 근원지가 내 아래서 횃불처럼 모습을 밝히고 있었다. 산과 샘, 강, 호수, 그것들은 대지의 동맥이다. 나는 한 명씩, 한 명씩 동생들을 차례로 찾아냈다. 그들은 모두 각자의 방식대로 살고 있었고 좋은 삶도, 힘든 삶도 있었다. 내 막냇동생, 팔뚝이 가느다랗던 구에라를 찾을 수 없었다. 어딜 가도 그 애는 찾을 수 없었다.

누가 나를 흔들어 깨우는 바람에 나는 내 몸으로 돌아왔다. 감시병 두 명이 몸을 숙여 나를 보고 있었다. 딱딱한 얼굴을 하고 서 있는 그들의 땀 냄새가 고약했고 그 둘 다 허리에 단검을 차고 있었다. 그 순간, 나는 카볼처럼 날렵한 동작으로 검 하나를 낚아챘다. 나를 붙잡으려는 그들을 피해 나는 내 왼쪽 팔을 검으로 그었다. 지스밀나무 뿌리 위로 내 피가 뚝뚝 흘렀다. 지스밀나무는 아주 깊은 땅속까지 뿌리를 뻗는다. 지스밀나무의 특별한 점이다. 그래서 건조한 곳에서도 깊은 땅속에 숨겨진 물을 찾아 살아갈 수 있는 것이다. 다른 나무들은 그렇게까지 뿌리를 깊이 뻗지 못한다. 내 봉헌을 받아들인 나무가 하늘 높이 뻗은 가지를 살랑살랑 흔들었다. 감시병들이 나를 끌고 가는 중에도 나는 내 피를 받아들인 나무가 땅속 깊이 그 뿌리를 뻗어 태곳적 기원을 향해 뻗어나가고 있음을 느낄 수 있었다. 저 깊은 곳, 샘이 시작되는 그곳을 향해서 말이다.

아니는 이제 나를 시험하기 시작했다. 생명의 힘이 내게 손을 뻗고 있었다. 지스밀나무는 이제 성스러운 봉헌의 장소가 되었고 나는 기회가 될 때마다 그곳으로 간다. 나무들은 내게 진실을 속삭여주고 내 안을 신성한 힘으로 가득 채워준다. 나는 이제 갈색 옷만 입고 머리도 감지 않는다. 모두가 나를 피하고 카비라마저 나를 피하고 있다. 메리바는 내가 자기 때문에 정신이 나갔다고 생각했지만 사실 그녀가 나를 자유롭게 해준 것이었다. 이제 내게 남은 유일한 것은 이 일기와 메리바가 이스칸의 눈 밖에 난 사이 얻어낸 종이뿐이다.

메리바는 다시 이스칸이 가장 아끼는 첩이 되었다. 그는 메리바를 불러 검은 진주와 상아 장식이 달린 머리핀을 선물로 주었다. 이스칸은 국왕의 명을 받아 동쪽 전쟁터로 떠났다. 그가 떠난 지 벌써 두 달이 지났다. 왕자들이 먼저 전쟁터로 달려가 일을 해결해 보려 했지만 진압해야 할 자들을 진압하지 못했다던가, 학살해야 할 자들을 학살하지 못했다던가 했다. 어느 쪽인지는 모르겠다. 나는 예전의 내 모습으로 돌아가고 있다. 성스러운 날에는 단식을 하고, 성스러운 노래를 부르며, 성스러운 춤을 춘다. 밤에 치러야 하는 의식도 있지만 밤에는 밖으로 나갈 수 없었으므로 대신 방 안에서 춤을 추었다. 오늘 아침, 카비라가 나를 한쪽 구석으로 데려갔다.

"가라이."

카비라가 내 이름을 부르는 건 흔치 않은 일이었다. 그녀는 심각한 표정으로 나를 보았다. 그녀의 손에 난 희미한 검버섯을 보고 세월이 그토록 많이 흘렀다는 사실을 새삼 깨달았다. 내가 여기 온 지 얼마나 됐더라? 내가 이곳에 오고 얼마 되지 않아 카비라가 막내아들 소난을 낳았다. 아이는 벌써 아홉 살이다. 시간이 그렇게 빠르게 지나갔다는 것이 실감나지 않았다. 그건, 이제 나도 더 이상 젊지 않다는 뜻이기도 했다.

그건 좋은 일이다. 나이 든 지혜의 여인은 어릴 때보다 힘이 강해진다. 나이가 들수록 내 지식은 깊어가고 있다.

"가라이, 내 말 들려? 이 짓을 멈춰야 해. 이스칸이 돌아오면 메리바가 곧장 달려가 일러바칠 거야."

나는 당황한 표정으로 고개를 들었다.

"이스칸은 이런 걸 용납하지 않아. 내 말 알아들어? 다이라헤시에,

자기 집에 웬 미친 여자를 두지 않을 거라고."

"미친 여자요?"

카비라가 답답하다는 듯 고개를 저었다.

"너, 알 수 없는 말로 된 노래를 밤낮으로 부르지, 목욕도 안 해, 한밤중엔 네 방에서 무서운 소리도 들려. 초승달이 뜰 때 이스칸이 돌아와. 조심해야 해. 알아들어?"

카비라는 그렇게 말한 뒤 등을 돌려 검은 머리를 곧게 세우고는 자리를 떠났다. 나는 샌들을 고치고 있던 오르세올라를 보며 말했다.

"미친 여자라고?"

"지혜가 눈앞에 있다고 해서 모두가 그걸 알아보는 건 아니니까요."

오르세올라가 실을 끊으며 말했다.

"악도 그렇고요."

그녀가 한숨을 푹 내쉬었다.

"폐하의 건강이 다시 안 좋아졌어요. 비시에르가 떠나 있어서 그런 것 같아요. 비시에르는 떠나기 전에 늘 폐하께 뭔가를 하거든요. 그러면 폐하는 약해지고 어딘가 아프게 돼요. 비시에르 없이는 아무것도 결정하지 못하고 악몽도 많이 꿔요."

오르세올라가 끔찍하다는 듯 몸서리를 쳤다.

"아주 악몽이 딱 달라붙어 있어요."

"물."

내가 혼잣말을 하자 오르세올라가 눈을 동그랗게 뜨고 나를 보았다.

"맞아요, 물. 왕은 건강에 좋다며 어떤 샘물을 마셔요. 비시에르가 물에 뭘 타는 거예요?"

"달이 기울고 있잖아. 뭔가를 넣을 필요도 없지."

"모르겠어요. 온통 수수께끼 같은 말뿐이네요."

화가 난 오르세올라가 일어나 홱 돌아섰다.

"기다려."

내가 손을 뻗었다.

"물 그 자체로 해로운 거야. 샘물 말이야. 이스칸이 가둔 성스러운 샘."

내가 정원 쪽을 가리키며 말했다.

"그 샘물은 좋은 시기와 나쁜 시기가 있어. 그 샘이 힘의 근원이야. 비시에르는 국왕을 조종하기 위해 샘물을 이용하고 있는 거고."

"그렇다면 폐하께 알려야죠!"

겁에 질린 오르세올라가 소리쳤다.

나는 고개를 저었다.

"안 돼. 넌 꿈을 엮는 사람일 뿐이야. 노예라고. 국왕이 네 얘기를 들으면 이스칸에게 샘물에 대해 묻겠지. 이스칸은 곤란해질 거고. 이스칸은 샘물로 눈 깜짝할 사이에 널 허수아비로 만들 수도 있어."

그녀의 얼굴을 보니 이해하지 못한 표정이었다.

"널 죽일 거라고. 이스칸은 오랫동안 국왕 곁에서 일해왔어. 그 긴 시간 동안 서서히 국왕의 몸과 마음을 모두 타락시킨 거야. 국왕이 충직한 자기 신하를 두고 네 말을 믿을 것 같아? 너는 얻는 것 하나 없이 죽임을 당할 거야."

오르세올라는 그것도 나쁘지 않다고 생각하는 것 같았다. 죽음이 완전히 반갑지 않은 것은 아니라고.

"하지만 걱정하지 마. 비시에르가 국왕을 죽이진 않을 거야. 그는 국왕이 지금처럼 자리를 지키면서 자기 말대로 인형처럼 움직여주길 바라거든. 어둠 속에 숨어서, 자기가 고른 음악에 맞춰 사람들을 춤추게 하고 싶어 하지."

*

이스칸은 아직 돌아오지 않았고 메리바가 임신을 했다. 그녀는 이제 더 제멋대로 굴었다. 말도 안 되는 시간에 특별한 음식을 내오라 하고 시도 때도 없이 배에 오일 마사지를 시켰다. 메리바는 늘 화가 나 있어 하인들은 그녀를 무서워한다. 물론 그녀는 아들을 바라고 있다. 아들을 낳으면 신분과 지위가 높아지기 때문이다. 첩의 아들보다는 카비라 아들의 서열이 늘 높겠지만 누가 낳든 상관없이 아들이 많을수록 남자의 위상은 높아진다. 아들은 궁의 중요한 정치나 모의에 참여해 중요한 역할을 맡을 수도 있다.

카비라는 메리바의 모습을 눈여겨보았다. 그녀가 메리바의 배를 보며 뭔가 골똘히 생각하는 걸 나는 여러 번 보았다. 메리바가 아들을 갖게 될까 봐 걱정하는 걸까? 카비라와 이스칸은 서로 만나는 일이 거의 없었지만 정실부인인 카비라의 자리는 안전하다.

상황이 어떻게 되든 내게는 다를 게 없다. 다이라헤시 안에서 일어나는 일들은 더 이상 내 관심사가 아니다. 나는 하루하루 더 멀리, 더 깊이 예전의 나로 돌아가는 중이었다. 나무들이 내게 응답했다. 내가 가까이 다가가면 나무들은 나를 향해 가지를 구부렸다. 내 살갗 바로 아래서 생명의 힘이 고동치고 흙터가 눈처럼 하얗게 빛을 내고 있다.

*

어제 아침 일찍 이스칸이 돌아왔다. 병사들이 서쪽에 있는 마구간으로 말들을 몰아넣자 말들이 힝힝대는 소리와 이를 진정시키는 소리로 소란스러웠다. 메리바는 초조하게 창가를 이리저리 서성이며 이스칸이 자기를 부르기만을 기다렸지만 하루가 다 가도록 소식이 없었다. 그녀는 옷과 보석을 바꿔가며 방을 들락거렸는데, 그저 가만히 있을 수 없어 그러는 것뿐이었다. 그래도 임신한 뒤로 그렇게 오래 자기 두 발로 걸어 다니는 건 처음이었다.

오르세올라는 구석에 앉아 혼잣말을 하고 있었다. 가끔은 꿈이 그녀를 장악해 버렸다. 나는 요즘 오르세올라에게 소바네와 아올리움을 끓여주고 있는데, 그걸 마시면 꿈꾸지 않고 깊게 잠들 수 있다. 하지만 그녀가 깨어 있는 동안 다른 사람들의 꿈이 그녀에게 달라붙어 고통받는 것까지는 어찌할 도리가 없었다. 오르세올라가 자기 상태를 내게 설명해 준 적이 있다. 국왕을 만나고 오면 며칠 동안이나 국왕의 꿈속에서 살게 된다고 했다. 그리고 우리의 꿈속에서도. 밤에 일하느라 낮에 자는 하인이 근처에 있을 때도 그의 꿈속에서 헤매게 된다고 했다. 꿈의 덫이 얼마간 안정을 주기도 하지만 오하딘에는 꿈꾸는 사람들이 넘쳐나기에 모든 꿈을 잡아낼 수는 없다. 내가 이마에 꿈의 덫 문양을 새기는 건 어떠냐고 제안했더니 오르세올라가 어이없다는 듯 웃었다.

"그럼 잡은 꿈은 어떡해요? 내가 평생 갖고 다녀요?"

대신 그녀는 꿈의 덫을 목에 걸어 옷 속에 감추고 다녔지만 그녀를 찾아오는 꿈에 비하면 늘 부족했다.

이스칸은 같은 날 저녁 다이라헤시로 왔다. 이제 완연한 여름이 되었고 창문은 아늑한 밤공기를 들이려 모두 열려 있었다. 카비라는 하인들에게 시원한 과일과 차가운 차를 내오게 했다. 그가 안에 들어서며 한 줄기 바람이 일자 램프가 깜박거렸다.

떠나 있는 동안 이스칸은 나이가 든 것 같았다. 왼쪽 다리를 살짝 절뚝거렸고 왼손에는 붕대를 감고 있었다. 그사이 머리도 희끗희끗해졌고 입가의 주름도 깊어졌다. 한동안 샘에 가지 못했기 때문이리라. 아니의 힘을 얻지 못하면 이스칸은 곧 쇠락할 것이다. 나는 모든 걸 꿰뚫어 보는 듯한 그의 시선과 마주쳤고 그 시선이 내 영혼 깊숙한 곳을 찔렀다. 이스칸이 벌써 샘물을 마시고 온 것이다. 달이 기울고 있었다.

그는 기분이 좋았다. 카비라에게 차를 내달라고 했고 과일도 먹었다.

"얼마나 혹독한 겨울이었는지."

그가 손가락을 핥으며 말했다.

"하지만 내가 원하던 것을 손에 넣었소. 아레코부터 마이코 사막에 이르는 모든 땅이 이제 오하딘에 충성을 다하기로 맹세했소. 우리에게 세금도 바칠 것이오. 카레노코이는 더 이상 작은 나라가 아니야. 내 덕분에 국왕은 그 어느 때보다 더 넓은 국토를 다스리게 되었지. 이제 우리에게 대적할 자는 없을 것이오."

이스칸이 만족스러운 미소를 지었다.

"게다가 이번 작전에서 얻은 게 많아. 하레라에서는 어둠의 지식을 아주 많이 아는 남자를 만났지. 그 지식은 이제 내 것이 되었소. 내 서재로 모두 옮겨왔거든. 코이아마에서는 아직도 엄청난 힘을 품고 있는 성스러운 산을 만났고. 그 산에 있던 돌들로 오하딘의 성벽을 쌓을 거요. 반란이 일어난다고 해도 이제 우리 궁은 끄떡없소."

그가 아몬드 사탕을 먹으며 말했다.

나는 오하딘 바깥에 살고 있는, 아레코와 렝카 사람들을 떠올렸다. 동쪽 사람들이 분노와 복수심으로 불타오르면 오하딘 사람들은 어떻게 되는 걸까? 하지만 나는 아무 말도 하지 않았다.

"메리바, 나의 꽃. 이리 오시오."

이스칸이 그녀를 불렀다.

"어떻게—"

그는 하던 말을 멈추고 그녀의 배를 보았다. 임신한 지 일곱 달이나 된 그녀의 배가 벌써 크게 불러 있었다.

"내가 오래 나가 있었긴 한가 보군. 꽃이 벌써 열매를 품고 있어. 이리 오시오."

메리바는 조심히 자기 주인에게로 갔다. 이스칸이 배에 손을 올리자 메리바는 알맞은 정도로 얼굴을 붉혔다. 카비라의 주먹에 힘이 들어갔고 그녀는 이내 고개를 돌렸다. 이스칸의 입에서 음 하는 소리가 흘러나왔는데, 한숨은 아니었지만 그와 비슷했다. 메리바가 몸을 움츠렸다. 그는 그녀의 배에 얹었던 손을 내렸다.

"따라오시오."

이스칸이 일어나 문을 향해 성큼성큼 걸어갔다.

"정원을 잠깐 걷지. 당신과 나 둘이 말이오."

여전히 얼굴이 붉은 메리바가 당황한 채로 이스칸을 따라갔다. 그들이 나가고 문이 쾅 닫혔고 그 바람에 램프를 밝히는 불빛이 심하게 흔들렸다. 벌떡 자리에서 일어난 카비라가 창가로 달려가 캄캄한 어둠 속을 조용히 응시했다. 곧 정원에서 소리가 들려왔다. 메리바의 초조한 웃음소리와 이스칸의 낮은 목소리. 깊은 밤이었다. 나도 카비라 곁에 가서 섰다. 그들이 횃불을 들고 간 게 아니라서 아무것도 보이지 않았다. 달빛 아래 나무와 덤불 형체만 어슴푸레 보일 뿐이었다.

그때, 그 소리가 들렸다. 내가 주의 깊게 잘 듣다가 알게 된 소리. 깊은 밤이라 아주 선명히 들렸다. 자물쇠가 열리고 차가운 금속 문이 열리는 소리였다. 카비라는 황급히 창가에서 몸을 돌렸다.

"막을 수 없어."

두 손을 꼭 움켜쥔 카비라가 혼잣말을 했다.

"내가 할 수 있는 건 없어, 없다고."

그녀가 그렇게 안절부절못하는 모습은 처음이었다. 카비라는 방으로 돌아가 문을 굳게 닫았다.

오르세올라는 국왕에게 가 있었으므로 달빛 아래 나만 혼자 남아 상황을 지켜봤다. 정적이 흘렀다. 바람 한 점 없었다. 그때, 지스밀나무들이 가지를 격렬하게 흔들기 시작했다. 나뭇잎들이 바스락거렸다. 나무들이 내게 뭔가를 말하려고 애썼고 내 피도 그에 응답했지만, 나는 그 의미를 이해할 수 없었다.

오늘 아침 나는 누군가가 내지르는 긴 비명소리에 잠에서 깼다. 메리바였다. 아기가 나올 모양이었다. 너무 일렀다. 나는 허브와 약물을 챙겼다. 에스테기가 메리바의 방 앞에서 나를 기다리고 있었다. 정실부인의 아기가 아니라 한낱 첩의 자식일 뿐이었으니 이번에는 산파나 방해만 되는 구경꾼들이 없었다. 꽃병과 그림, 도자기로 둘러싸인 방에 들어서자 놀랍게도 카비라가 메리바의 침대 옆에 서 있었다. 카비라의 얼굴은 창백했고 입가의 주름도 평소보다 깊어 보였다.

"메리바가 혼자 진통한 지 꽤 됐어."

나를 보자마자 카비라가 말했다.

"이제 기운이 없는 것 같아."

나는 그녀의 말이 사실이라는 걸 알 수 있었다. 메리바의 두 눈은 퀭

하고 빰가죽도 축 늘어졌으며 숨소리도 얕고 거칠었다. 나는 이불을 걷고 배를 살짝 눌러보았다. 상황이 안 좋았다.

메리바가 눈을 떴다. 나는 소스라치게 놀라고 말았다. 그녀의 눈이 온통 까맸다. 흰자위가 보이지 않았다. 그녀 안에서 깊고 커다란 구멍이 생기고 있었다. 카비라를 쳐다보자 입술을 굳게 다물고 있던 그녀가 참지 못한 듯 불쑥 내뱉었다.

"이스칸이 한 짓이야. 배 속의 아이가 딸이라서."

그 순간, 그동안 내가 이해하지 못하던 일들이 모두 한꺼번에 이해되었다. 카비라에게 아들만 있는 것, 몇 번째 임신이냐는 질문에 그녀가 입을 다물었던 일, 지난밤 메리바와 이스칸이 샘으로 산책하러 갔던 일까지. 내 안에서 증오심이 솟구쳤다. 대지의 힘을 이런 식으로 이용하다니! 이렇게 제멋대로 생명과 힘을 지배하려 하다니! 여자아이는 태어날 가치도 없다는 듯 모조리 없애버리다니. 신성히 여겨야 할 힘을 이렇게 악하게 이용하다니!

나는 메리바를 위해 할 수 있는 모든 걸 시도했다. 메리바는 고통으로 거의 정신을 잃은 상태였다. 내가 준 약도 그녀를 진정시키는 데 도움이 되지 못했다. 아이는 버티지 못했다. 너무 작았다. 결국 피와 물과 함께 밖으로 빠져나왔다. 아이를 내 품에 안자 그 작은 폐가 숨을 쉬려 안간힘을 썼다. 자그마한 몸도 완벽했다. 손가락과 그보다 더 작은 손톱, 구부린 다리하며 부들부들한 발바닥까지. 눈썹은 마치 꽃잎 같았다.

내가 살면서 본 광경 중 가장 처참한 모습이었다. 아이는 살고 싶어 했지만 너무 작았다. 나는 아이를 어머니의 가슴 위에 올려주었다. 아기가 어머니 품에서 마지막 숨을 쉴 수 있도록. 나는 고개를 돌렸다. 창밖으로 시선을 돌렸다. 내게 아무런 힘이 없다는 걸 깨달았다.

메리바는 눈을 뜨지 못했다. 검은 물이 안에서부터 그녀를 갈기갈기 찢었다. 메리바의 몸이 떨리고 비틀렸다. 끔찍한 죽음이었다. 카비라와 에스테기와 나는 마지막까지 메리바의 곁을 지켰다. 카비라가 메리바의 한쪽 손을 잡고 내가 다른 한쪽 손을 잡았다. 나는 대지에 대고 메리바를 무사히 받아주시기를, 그래서 그녀에게 새로운 생명을 주시기를 기도했다. 카레노코이에서는 다른 식으로 죽은 자를 애도하는 것 같지만 나는 지혜의 여인으로서 죽은 자를 다른 세계로 인도할 의무가 있다. 그리고 메리바와 나는 같은 남자를 사이에 두고 있었다. 그건 풀 수 없는 결속 같은 것이었다.

지독한 고통 뒤에 그녀가 결국 떠나버리고 우리는 한참을 멍하니 앉아 있었다. 창으로 햇살이 스며들었고 정원에서 아이들의 목소리가 들려왔다. 카비라의 아들들이 뛰놀고 있는 모양이었다. 나는 메리바의 까만 두 눈을 감겨주었다. 에스테기가 메리바와 아기 위로 시트를 덮어주었다. 카비라는 초를 세 개 밝혔다. 내가 메리바의 죽음을 슬퍼했다고는 말할 수 없지만 그녀의 딸의 죽음은 비통했다. 자신을 죽인 아버지를 둔 아이였다. 아이는 너무 작아 시트 위로 형체도 드러나지 않았다. 굵고 까만 머리카락을 가진 아이였다.

우리는 방을 나왔다. 카비라가 에스테기를 보내 아기와 메리바의 죽음을 알렸고 하인들에게 차와 수프를 가져오게 했다. 우리는 작은 테라스에서 함께 조용히 식사를 했다. 카비라가 나를 위해 고기가 없는, 야채와 버섯이 들어간 수프를 준비해 줘서 감사히 먹었다.

겨우 식사를 마치고 카비라를 보았다.

"당신은 살아남으셨군요."

카비라는 자기 앞에 놓인 빨간색 접시를 멍하니 바라보았다.

"세 번."

카비라가 나직이 대답했다.

"나는 아니의 물을 마시면서 자랐어. 그래서 살아남을 수 있었을 거야. 내 몸이 그 물에 친숙했을 테니까. 하지만 아니가 오아키일 때 마신 적은 단 한 번도 없었어. 내 몸은 그저 아니의 힘에 익숙했던 거야."

"메리바가 임신했을 때 걱정했던 게 이것 때문인가요?"

카비라가 천천히 고개를 끄덕였다.

"하지만 메리바가 죽을 거라고는 생각하지 못했어."

그때 홀의 문이 벌컥 열리더니 이스칸이 곧장 메리바의 방으로 갔다. 그리 오래 머물지는 않았다. 우리는 주먹을 꽉 움켜쥐고 조용히 그를 보았다. 이스칸이 우리를 노려보았다.

"메리바가 죽었군!"

"놀랍지 않을 텐데요."

카비라가 대꾸했다. 나는 그 용기에 깜짝 놀랐다. 이스칸이 분노에 가득 찬 눈으로 카비라를 보았다. 그의 눈은 메리바처럼 흰자위가 거의 보이지 않았다.

"그럴 의도는 없었다."

"너!"

이스칸이 나를 가리켰다.

"네가 독을 먹여 메리바를 죽였지! 넌 그 애를 질투했어. 늘 그랬지!"

"이스칸, 그 애에게 아니의 물을 먹였어요?"

카비라의 눈에서도 분노가 일었다.

"그렇다면 메리바를 죽인 건 가라이가 아니라 당신이에요!"

"그만!"

이스칸이 카비라의 입을 후려쳤다.

"경비병!"

이스칸이 나를 가리켰다.

"이 애를 매질 서른 번에 처해라!"

그들이 곧장 명령을 따랐다. 경비병이 내 상의를 벗기려고 해 나는 그를 제지했다. 나는 스스로 옷과 속옷을 벗은 뒤 그것들을 단정하게 접어 쿠션 위에 내려놓았다. 나는 몸을 숙였다.

내 몸에 채찍이 닿을 때마다 새로운 상처에서 피가 흘렀다. 그 하나 하나가 나의 봉헌이었다. 서른 개의 새로운 상처가 생겼고 나는 그것들을 전부 아니와 메리바, 메리바의 딸, 카비라의 딸들, 그리고 내 동생들을 위해 바쳤다.

만약 이스칸이 정말 내가 메리바를 죽였다고 생각했다면 그는 나를 살려두지 않았을 것이다. 누가 메리바를 죽게 했는지 그는 알고 있었다. 단지 자기 탓이라고 믿고 싶지 않았던 것이다.

*

이스칸은 네 명의 새로운 첩을 들였다. 모두 어리고 아름답고 다루기 쉬운 여자들이었다. 나는 그 네 명을 구분하기가 어려울 지경이다. 이스칸이 마음만 먹으면 언제든 바꿀 수 있는 여자들이었다. 그는 이제 누군가에게 특별한 애정을 갖지 않았다. 그에게 애정이란 게 있다면 그 털끝만큼의 애정이 여전히 메리바를 향해 있다는 걸 나는 느낄 수 있었다. 새로운 첩 중 한 명은 벌써 임신을 했다. 아이의 성별이 어떻든 이스칸이 그 아이를 내버려 둘 거라고 생각한다.

카비라는 변했다. 그녀는 뭔가를 마음속에 품고 있었다. 그게 뭔지 모르지만 그녀가 걱정된다. 카비라에게는 내가 감히 닿지 못할 어둠이 웅크리고 있다. 우리는 입 밖으로 표현하지 않았지만 점점 더 서로에게 의지했다. 오르세올라는 주로 혼자 지내지만 에스테기와 카비라, 나는 다시 함께 앉아 그림을 그리고, 색을 칠하고, 글을 쓰며 차를 마셨다. 나도 열심히 생각 중이다. 봉헌 이상의 것을 결심했다. 복수를 넘어선 무언가를 생각하고 있다. 아직 방법은 모르지만 나는 아니를 해방시킬 것이다.

카비라

어느 날 밤, 나는 에스테기가 가져온 소식에 잠에서 깼다. 오랫동안 기다려온 소식이었다. 비시에르의 어머니가 죽음을 앞두고 있다고 했다. 두 명의 경비병이 나를 데리러 왔고 나는 내 뒤를 따르는 에스테기와 함께 다이라헤시의 황금색 문을 열고 밖으로 나갔다. 이스칸이 어머니를 위해 새로 지은 건물을 방문하는 건 처음이었다. 그녀는 내게서 아들들을 빼앗아 가 그곳에서 키웠다. 아들들은 모두 자고 있었다. 아직 깨우지 말라고 명령해 두었다. 아직은 때가 아니었다.

우리는 아주 크고 텅 빈 방들을 지나갔다. 분홍색과 흰색이 뒤섞인 대리석 바닥에 옻칠한 기둥이 여기저기 세워진 방이었는데, 제단에서 향이 타고 초가 불을 밝히고 있었다. 제단 앞에 장미꽃잎이 가득 뿌려진 걸 보니 이스칸의 아버지를 기리는 곳 같았다.

늙은 여자는 자기 남편이 아들 손에 죽었다는 사실을 알지 못했다.

서둘러 방을 건너가는 우리의 발소리가 크게 울렸다. 에스테기가 앞장서는 걸 보니 그 애는 이곳을 잘 아는 것 같았다. 낮은 계급의 하인인 에스테기가 비시에르의 부인인 나보다 훨씬 더 자유롭게 궁 안을 돌아다닐 수 있다. 그 길을 미끄러져 걸어가는 에스테기의 해골 같은 그림자를 보니, 달빛이 아니의 수면에 비쳐 섬광을 번쩍이듯 순간 부러움이 잠시 타올랐다. 하지만 이내 평소처럼 무감각해졌다.

늙은 여자는 희미한 촛불 아래 조용히 누워 있었다. 애도 의식을 주관하는 이들이 격식에 맞춰 여자의 발치에 앉았다. 그들은 이미 하얀 얼굴로 분장을 하고 놋쇠 종을 울리며 사자를 인도하는 애도의 노래를 부르며 곡을 했다. 한쪽에는 이사니 아크 오스히메-시의 마지막 여정에 필요한 온갖 것이 접시와 그릇에 가득 담겨 있었다. 금화와 은화, 향, 담배, 포도주, 일곱 명의 어부에게 줄 일곱 개의 조개껍데기. 눈앞에 펼쳐진 광경을 보고 있으니 이런 선물과 안내해 줄 이 하나 없이 세상을 떠난 내 부모님과 동생들이 생각났다.

이사니는 산처럼 쌓인 비단 베개에 기대어 편히 누워 있었다. 커튼은 활짝 열려 있었으나 아직 어둠이 짙었다. 에스테기는 문 옆에 무릎을 꿇고 기다렸다. 나는 공손하게 천천히 이스칸의 어머니 앞으로 걸어갔다.

그녀는 나를 바로 알아보지는 못했다. 뭔가를 말하려는 건지 아니면 숨쉬기가 힘든 건지 얇은 입술이 불안정하게 씰룩거렸다. 그녀는 푹 꺼진 눈으로 주변을 두리번거렸고 두 손은 이불 위에 가지런히 놓여 있었다. 나는 몸을 숙여 그녀의 눈을 똑바로 바라보았다.

"제가 왔어요, 사랑하는 어머니."

나는 내 안에 있는 독기를 모두 끌어 모아 말하면서도 곡하는 여자들에게는 들리지 않도록 목소리를 낮추었다.

"당신이 마땅히 받아야 할 마지막 인사를 드리려고 이렇게 제가 왔어요."

갈 곳을 헤매던 그녀의 시선이 내게 멈추었고 두 손에 경련이 일었다.

"이스칸, 이스칸."

"그이는 여기 없어요. 아레코에 있어요. 소식을 보냈는데 안타깝게도 제시간에는 오지 못할 것 같아요. 전령이 늦나 봐요."

나는 미소를 지으며 말했다. 이스칸에게 배운 미소였다.

"하지만 당신께서 원하신다면 우리 이스칸 이야기를 해요, 어머니."

"그래, 내 아들, 자랑스러운 내 아들."

이사니의 숨이 불규칙해져 갔다. 그녀는 초조해 보였지만 두려워 보이지는 않았다. 그때까지는 그랬다.

"이스칸에 관해서라면 제가 많은 걸 알고 있어요. 듣고 싶으세요? 그럼 처음부터 시작해 볼게요. 당신이 그렇게나 아끼는, 그 소중한 아들이 빼앗아 간 목숨을 전부 알려드릴게요."

이사니가 헉하고 숨을 들이마시며 뭔가를 말하려고 했지만 나는 그녀에게 말할 기회를 주지 않았다. 나는 모든 걸 밝혔다. 이스칸의 손에 묻은 그 모든 피를 밝혔다. 가장 처음부터 시작해 단 한 명도 빠뜨리지 않았다. 죽어가는 그 여자의 얼굴에 대고, 불쌍하게 죽어간 모든 영혼의 이름을 하나하나 말해주었다. 자비는 없었다. 나는 모든 사건에 증거를 댈 수 있었고 모든 전말을 낱낱이 밝힐 수 있었다. 처음에 이사니는 내 말을 믿지 않았다. 입을 꾹 다물고 먼 곳만 쳐다보았다. 하지만 귀를 닫을 수는 없는 법. 여자는 나를 떨쳐낼 수 없는 신세였다. 이스칸이 자기 아버지를 어떻게 죽였는지, 그러고는 뭐라고 떠들고 다녔는지 이야기할 무렵 동이 터오고 있었다. 이사니가 끔찍한 비명을 질러댔다. 나는 그녀의 손을 꽉 쥔 채 애도하는 자들에게 노래를 계속하라는 신호를, 죽음이 거의 다 왔다는 신호를 보냈다.

"거짓말."

이사니가 가쁜 숨을 몰아쉬었다.

"마실 것을 줘."

"목이 마르세요?"

나는 여자의 귀에 대고 속삭였다.

"당신 아들의 악행을 듣느라 피곤하시겠군요."

나는 탁자 위에 놓인 빈 잔을 들어 그녀의 입술에 갖다 댔다.

"여기, 시원한 물을 좀 드세요. 제가 아들들을 애타게 그리워할 때 당신이 저를 위로해 주셨던 것처럼 위로가 될 거예요. 이스칸이 제 딸들을 죽여 눈물을 흘렸을 때처럼요. 당신이 제게 주셨던 위안을 저도 당신께 드릴게요."

애도하는 자들이 종을 울렸고 날이 밝아오고 있는데 이사니가 아직 살아 있었다. 불현듯 나는 이 늙은 여자의 목숨이 붙어 있는 동안 이스칸이 돌아오는 게 아닐까 하는 불안감에 휩싸였다. 나는 전령에게 목걸이를 하나 주고 이스칸에게 소식이 너무 빨리 닿지 않게 손을 써놓았다. 이건 너무 위험했다. 하지만 다음 일은 생각하지 않기로 했다. 지금 내가 벌이는 일이 발각되더라도 이스칸이 날 어떻게 할지에 대한 생각은 제쳐두기로 했다.

나는 이스칸이 저지른 온갖 악행을 읊었는데, 그중에는 조금 꾸며진 기억도 있었을 것이다. 이사니는 벌레처럼 몸을 비틀었고 그녀가 내뱉는 숨에서 죽음의 냄새가, 썩은 내가 진동하는 시큼한 냄새가 뿜어져 나오는데도 그녀의 정신은 죽음에 저항했다. 그녀는 아들을 만나고 싶었던 것이다. 그렇게 둘 수는 없었다. 내가 폭로한 것들을 여자가 아들에게 말하게 둘 수 없었다. 그리고 나는 그녀가 죽음 앞에 단 한 순간도 평안하지 못하기를 바랐다.

"이스칸은 제 아버지를 위해 예를 갖춰 제사를 지낸 적이 한 번도 없어요."

그녀의 귀에 대고 속삭였다.

"아버지를 마음으로도 추모하지 않죠. 당신 또한 그렇게 될 거예요."

나는 미소를 지었다. 그녀가 나를 볼 수는 없겠지만 내 목소리에 담긴 웃음은 느낄 수 있었을 것이다.

"하지만 좋은 아내라면 고인이 된, 남편의 어머니를 잘 모셔야죠. 때가 되면 제사를 지낼 테고요. 죽은 이가 빈손으로 배를 곯으며 혼자 중천을 떠돌게 하지 않겠지요. 저처럼 친절한 여자를 아들의 아내로 두었으니 당신은 얼마나 운이 좋은지요. 당신이 제게 보여주었던 그 사랑과 존경을 저도 당신께 똑같이 베풀어드릴게요. 당신이 받아야 할 몫을 당신께 드릴 거예요. 어머니인 내게서 아들들을 빼앗고 아들들의 마음과 머리를 온통 거짓말로 채워놓은 당신이 받아야 할 그 몫을 말입니다."

이사니는 공포에 질린 얼굴로 나를 보았다. 나는 내 긴 손톱으로 여자의 힘없고 메마른 손바닥을 깊이 찔렀다. 그 순간, 나는 그녀의 죽음을 본 것 같았고, 그건 아주 가까이에 있었다. 내 안에 있는 온 힘을 끌어 모으는 동안 웅웅 소리가 귀청을 찢을 듯 크게 울렸다. 결국 내 안에 오아키가 조금은 남아 있었던 것이다.

"한 달이 채 되기도 전에 당신은 존재한 적도 없었던 것처럼 잊힐 거예요. 제가 그렇게 만들 거니까요."

여자가 흐느껴 울었다. 결국 그녀는 내게 굴복했다. 마지막 숨을 거두었다.

이스칸은 어머니가 돌아가신 바로 직후에 도착했다. 그는 내 건너편 어머니 침대 옆으로 가 그녀의 가슴에 고개를 묻은 채 한참을 있었다. 나는 차갑게 굳어가는 여자의 손을 여전히 잡고 있었다. 이사니는 내가 그곳에 있다는 것을 알고 있을 것이다. 그녀의 영혼이 보았을 것이다.

나는 저 멀리 희미하게 어른거리는 희망을 보았다. 아주 희박하지만 가능성이 없지는 않았다. 나는 오랫동안 이를 준비해 왔다. 메리바가 죽은 지 벌써 몇 년이 흘렀다. 새로 들어온 여자들, 그리고 그들의 딸과 아들로 다이라헤시가 붐볐다. 하지만 나는 기다려야 했다. 기회는 딱 한 번뿐이다. 그 기회를 놓치면 다음 기회는 영영 다시 오지 않는다. 나는 이미 늙어 아무도 신경 쓰지 않는 어둠 속에 있다. 이것이, 내가 사라지기 전에 아주 작은 행복에라도 한 번은 손을 뻗어볼 수 있는 마지막 기회였다.

나는 그날 이사니의 임종을 지키며 첫발을 내딛었다. 시트 위로 손을 뻗어 이스칸의 손을 잡았다. 내 다른 손은 여전히 이사니의 발톱을 움켜쥐고 있었다.

"이스칸 아크 혼타-셰. 카레노코이와 그 속국들의 위대한 비시에르. 국왕 폐하의 오른팔이자 가장 가까운 조력자시여. 나의 남편 되시는 분. 이 비통한 시간에 제가 당신께 위안을 드릴 수 있도록 허락해 주세요. 저는 누구보다 당신을 잘 알고 있습니다."

이스칸이 고개를 들어 나를 보았다. 나는 빨갛게 충혈된 그의 눈을 마주치고서 그가 슬픔을 느낄 줄 아는 사람이라는 사실에 잠시 놀랐다. 하지만 그건 사랑하는 어머니를 떠나보낸 아들의 슬픔이 아니었다. 자신의 원대한 계획을 공유할 수 있는 유일한 자신의 편을 잃은 사람의 고통일 뿐이었다. 흠 없고, 절대 틀리지 않으며, 끊임없이 훼방받고 오해받는 자신을 온전히 이해해 주는 사람을 잃은 것이다.

"고맙소, 부인."

그는 내 손을 꼭 쥐고 말했다.

언제나 그렇듯 그는 내 안의 증오심은 조금도 눈치채지 못했다. 이스칸은 자기밖에 생각할 줄 몰랐으므로 자신의 행동 때문에 다른 사람들이 어떻게 느낄지에 대해서는 상상하지 못했다. 나는 그의 아내였고 긴 시간 동안 침묵하고 복종했다. 그는 내 충성심을 의심하지 않았다.

물론 그를 증오하기만 한 것은 아니었다. 다른 감정이 밀려올 때도 있었지만 꾹꾹 억눌러 그를 죽도록 미워하는 마음만 남겨두었다. 하지만 한때 나는 그를 사랑했다. 지금도 가끔 그 잔상이 고개를 들고 나타난다. 그것 때문에 내가 나를 얼마나 증오했는지 모른다. 하지만 그날만큼은 나를 용서해 주었다. 그 잔상 없이는 내가 해야만 하는 일을 감행하지 못했을 테니까.

나는 죽은 여자의 손을 놓고 이스칸을 데리고 밖으로 나갔다. 애도하는 자들은 종을 울리고 마지막 통곡을 하며 새로운 영혼이 그리로 가고 있음을 저승에 알렸다.

나는 이스칸을 데리고 내 방으로 갔다. 에스테기에게 미리 지시해 이스칸이 좋아할 만한 것들로 방을 가득 채워두었다. 그의 섬세한 취향에 맞게 식사 후 피울 파이프도 준비했다. 이스칸을 상석에 편히 앉힌 뒤 그가 열을 식힐 수 있도록 하인에게 부채질을 시켰다. 해가 뉘엿뉘엿 넘어가고 있었지만 어머니를 잃은 그의 몸에 열기가 남아 있을지 몰랐다.

이스칸은 포도주를 한 모금 마신 뒤 이제 뭘 해야 할지 모르는 어린 아이처럼 멍하니 앉아 있었다. 그의 귀 뒤쪽은 머리칼이 하얗게 세고 두 눈가에는 아니가 남긴 주름이 짙게 져 있어 더 이상 잘생겼다고 볼 수 없는 얼굴이었다.

"남자에게 부모가 곁에 없다는 것이 얼마나 큰 슬픔인지 모르겠소."

나는 그가 내 표정을 보지 못하도록 고개를 숙였다.

"당신 말이 옳아요, 이스칸-셰. 이런 날에 남자는 아들들에게서 위안을 얻을 수 있겠지요?"

이스칸이 미소를 지었다.

"당신은 정말 나를 잘 아오, 카비라-쇼. 이리 불러주시오."

나는 몇 달 동안이나 아들들을 보지 못했다. 이건 나를 위한 계획이었으며 나는 아들들이 미리 옷을 갖춰 입고 위로의 말도 준비해 놓을 수 있도록 하인들에게 지시해 두었다.

아들들이 방에 오자 심장이 빠르게 뛰었다. 코린은 이제 어엿한 성인이었고 듬직한 어깨에 얼굴도 잘생겼다. 벌써 조문을 위해 하얀 옷으로 갈아입은 코린은 손을 이마에 대고 고개를 숙이는 형식적인 인사를 내게 한 뒤, 아버지를 꼭 껴안고 두 뺨에 입을 맞추었다. 에논은 형과 아주 많이 닮았지만 아직 솜털이 보송보송하고 어깨도 왜소했다. 에논은 내게 희미한 미소를 지은 뒤 내 두 뺨에 입을 맞춰주었다. 나는 에논에게서 풍기는 장미수와 땀 냄새를 깊이 들이마셨다. 그 냄새를 잊지 않으려고 마음에 꼭 담았다.

마냥 어렸던 소난도 더는 어리지 않았다. 열네 살이 된 그 아이는 올해 자기 검과 말을 받았다. 소난도 두 형을 많이 닮았지만 그보다는 내

동생 티헤를 많이 닮았다. 소난과 티헤, 둘 다 잘 웃고 함께 있는 사람들을 웃게 해주었다. 하인부터 손님, 이스칸의 요리사, 그리고 국왕까지, 사람들은 모두 소난을 예뻐했다.

소난은 코린을 따라 해야 할지 에논을 따라 해야 할지 몰라 망설이다가 내게 고개 숙여 인사하고는 쭈뼛쭈뼛 서 있었다. 나는 소난에게 얼른 아버지를 안아드리라고 손짓했다. 내 팔은 당장 아이의 가녀린 목과 어깨를 품 안에 끌어안고 느끼고 싶었지만 그렇게 하면 코린이 소난을 혼낼 거라는 걸 알고 있었다. 에논은 성인이니 원하는 대로 할 수 있지만 소난은 아니었다.

세 아이의 얼굴에는 눈물과 슬픔의 흔적이 역력했다. 아이들에게는 할머니가 어머니나 다름없었다. 이사니가 그들을 키웠다. 아이들의 보모와 선생님을 감독했고 아버지 같은 남자로 자라는 법을 가르쳤다. 그들은 아버지와 함께 앉아 할머니 얘기를 하며 그녀를 위해 잔을 부딪쳤다. 그날만큼은 소난도 포도주를 마셔도 좋다는 허락을 받은 터라 그 애의 뺨이 빨갛게 달아올라 있었다. 두 형이 아버지와의 대화에 집중하고 있을 때 소난이 내게 가까이 왔다.

"쇼?"

"그래, 내 아들."

아들이 말을 걸 때마다 나는 심장이 두근거렸다.

아이는 포도주 잔을 흔들기만 할 뿐 내 눈을 바라보지 못했다. 나는 당장 아이를 꼭 껴안아 주고 싶었지만 참고 기다렸다.

"이제 이자니-시가 떠났으니……"

소난이 망설이듯 말을 멈췄다.

"가끔 어머니 방에 와도 될까요? 그러면 어머니가 불편하실까요?"

그때도 그 노파가 죽지 않고 살아 있었다면 그 자리에서 내 손으로 그녀의 목을 졸랐을 것이다. 나는 마음을 가라앉히고 침착하게 말할 수 있을 때까지 잠시 기다렸다. 눈을 동그랗게 뜬 소난이 초조한 표정으로 나를 보았다. 그 애는 형들에 비해 특히 섬세했다. 이사니 아래에서 크는 게 쉽지 않았을 것이다. 소난은 형들이나 아버지와는 전혀 달랐다.

"소난, 내 아들. 그럼, 되고말고. 언제고 환영이란다. 늘 그래왔단다. 원할 때 언제든지 오렴."

나는 소난의 손을 잡고 그의 두 눈을 바라보았다.

"내가 문 앞에서 너를 돌려보내는 일은 절대 없을 거야. 내 방에 사랑하는 아들이 오는 게 어찌 불편한 일이겠니, 절대 그렇지 않아."

나는 이스칸이 듣지 못하도록 나직한 목소리로 말했다. 소난은 놀라움과 안도감이 뒤섞인 얼굴로 나를 보았다. 아이는 어릴 때부터 이사니가 늘어놓은 나에 대한 거짓말을 떠올리며 혼란에 빠져 있었다. 어머니는 너를 사랑하지 않는다, 너와 만나기를 원하지도 않는다, 이런 말도 안 되는 거짓말들. 아이는 너무 착해 그런 이야기를 내게 털어놓지도 못했다. 소난이 아는 어머니의 모습은 이사니가 전부였다. 우리가 만나지 못했던 14년의 공백을 지울 방법은 없었다. 하지만 아들 중 최소한 한 명은 내가 돌볼 수 있을지도 몰랐다. 소난이 크고 단단한 손으로 어색하게 내 손을 잡았다.

코린이 의심스러운 눈으로 우리를 쳐다보아서 나는 바로 고개를 숙였다. 지금은 순종적인 아내 역할을 해야 했다. 코린은 내 손을 잡고 있는 소난을 보고는 눈살을 찌푸리며 자리에서 일어났다.

"저희는 이제 가볼게요, 아버지. 그리고 아버지 말씀이 옳아요. 부인을 들이는 것도 진지하게 생각해 보겠습니다."

코린의 목소리가 왠지 차갑게 들려 나는 이스칸을 흘깃 보았다. 그도 탐탁지 않은 표정을 하고 있었다.

코린은 내게 짧은 묵례를 했다.

"소난."

막내아들은 마지못해 일어서며 내 손을 놓았다. 나는 코린이나 이스칸이 허락하지 않을까 봐 두려워 소난에게 꼭 날 보러 오라는 말도, 다른 어떤 말도 감히 하지 못했다. 코린은 소난을 데리고 방을 나갔고 에논은 겸연쩍게 어깨를 으쓱하고는 아버지의 두 뺨에 입을 맞추고 내게도 짧게 한 번 입을 맞추고는 제 방으로 돌아갔다. 에논이 떠난 자리에 희미한 장미수 향이 남았다.

이스칸은 여전히 눈썹을 찌푸린 채 벽을 가만히 응시하고 있었다. 그의 기분이 좋지 않으면 내 계획에 차질이 생길지도 몰랐다. 나는 이스칸 앞으로 가서 조심히 그의 신발을 벗긴 뒤 부드럽게 발을 마사지해 주었다. 내 손이 그의 몸에 닿는 것만으로도 구역질이 날 것 같았다. 그렇게 많은 사람을 죽이고도 그가 그 자리에, 내 눈앞에 살아 있다는 것이 끔찍했다.

"이스칸-셰, 고민이 있으세요?"

"코린 말이오. 내 말을 듣지 않소."

이스칸이 한숨을 길게 내뱉으며 뒤로 더 편하게 기대고서 내 쪽으로 발을 뻗었다.

"나는 코린이 에라반 아크 우스티-슈의 딸과 혼인하기를 바라오."

"암두라비의 왕 말인가요?"

이스칸이 코웃음을 쳤다.

"그자는 그렇게 말하겠지. 그렇소. 하지만 실제로는 우리 카레노코이 국왕의 총독에 지나지 않지. 어쨌든 그가 지난달에 죽었소."

"그분은 지난달에 여길 오시지 않았나요?"

나는 이스칸의 발을 조심히 내 무릎 위에 올렸다. 그가 나를 보며 미소를 지었다.

"그랬지. 뭔가 맞지 않는 음식을 먹었나 보오. 얼굴이 거의 잿빛이 되어 집에 도착해서는 얼마 안 돼 죽었다더군. 독약을 먹은 흔적은 없었소."

나는 이스칸이 무슨 짓을 했는지 알지 못하는 척했다.

"그러니 당신은 이제 코린이 그의 딸과 혼인했으면 하는군요?"

"그렇소, 그의 첫째 딸과 말이오. 아들은 없고 맏딸이 에논의 나이요. 그 딸이 암두라비의 유일한 후계자지. 코린이 그 아이와 혼인하면 내 아들이 암두라비의 총독이 되고 암두라비는 카레노코이의 땅이 되는 거요. 바클라트와 네르나이처럼. 내가 다스리기 시작한 뒤로 카레노코이의 국토가 아주 광대해졌소. 전의 세 배가 되었지. 부는 말할 것도 없고. 암두라비는 지금 공격에 취약한 상태요. 여자 후계자만 남아 있으니 누구든 쳐들어가 무력으로 뺏을 수 있어. 하지만 암두라비가 평안한 것이 우리 카레노코이에 이득이오. 근처에 군대가 있으면 우리에게도 위협이 되거든. 게다가 우리는 이제 거의 향신료만 재배하고 있어서 암두라비의 쌀과 밀에 크게 의지하고 있소. 내 계획대로 우리는 향신료 무역에 집중한 덕에 막대한 금화를 벌어들였지."

이스칸이 긴 숨을 뱉으며 마사지 중인 발을 바꿔 다른 쪽 발을 내게 뻗었다.

"하지만 그 때문에 식량은 부족해졌소. 내가 왕을 움직여 엣세를 의

무적으로 재배하도록 하는 법령을 선포하자 사람들이 불평하기 시작했어. 지금은 반란이 일어나선 안 돼. 그러니 백성들을 잠재우려면 쌀과 밀이 꼭 필요해."

"그런데 코린이 에라반의 딸과 혼인하고 싶어 하지 않는 건가요? 얼굴이 안 예쁜가요? 아니면 다른 흠이 있나요?"

그의 표정이 다시 어두워졌다.

"아니오. 최고의 미인이라 할 수는 없지만 못생기거나 명예에 흠이 있는 건 아니오. 지참금으로 암두라비 땅을 가져오지 않는다고 해도 선택할 만큼 좋은 짝이라고 생각했었는데. 그런데 코린은 스스로 혼인할 상대를 선택하고 싶어 하오. 그런데 그 애 머릿속에 들어 있는 거라고 해봐야 여자의 부드럽고 풍만한 가슴과 예쁜 얼굴 같은 것들뿐이지!"

이스칸은 포도주를 꿀꺽꿀꺽 들이켰다. 그는 이미 많이 취해 있었지만 그 편이 내게는 좋았다. 나는 금세 포도주를 더 가져와 그의 잔을 채운 뒤 계속 마사지를 이어갔다.

"당신도 스스로 아내를 고르셨잖아요."

이스칸이 웃음을 터뜨렸다.

"그랬지. 분명 당신이 예뻐서는 아니었지. 에라반의 딸처럼 당신도 어마어마한 지참금을 들고 왔잖소. 코린도 자기가 원하는 여자는 나중에도 충분히 얻을 수 있다는 걸 알아야 하는데. 결혼은 다른 목적을 위한 거요."

그의 말에 마음이 쓰라렸다. 이 모든 일을 겪고도 여전히 그랬다. 한때 나는 그가 나를 사랑한다고 믿었었다. 나를 아름답고 귀하게 여긴다고 믿었었다.

"당신은 현명한 분이잖아요. 코린은 아버지 말을 따를 거예요."

이스칸이 한숨을 내쉬었다.

"그 애는 고집도 세고 자기 생각이 강한 아이요. 반면에 에논은 다루기가 쉽지."

"그러면 코린이 끌릴 만한 제안을 하는 건 어떠세요?"

나는 그의 발을 땅에 내려놓고 쿠션 위에 앉으며 말했다.

"카레노코이에서 가장 예쁜 여자들로 다섯 명을 데려와 코린이 그중 몇을 첩으로 삼게 해주는 거예요. 혼인 선물로 말이죠."

내가 그런 제안을 했었다는 사실을 이렇게 자백하는 것조차 부끄럽다. 나는 그 여자들과 코린의 인생을 함부로 대했다. 그때는 내 인생조차 귀하게 여길 줄 몰랐으니 다른 사람의 인생이라고 해서 다를 것이 없었다.

이스칸이 웃으며 내게 잔을 들어 올렸다.

"카비라, 내 지혜가 당신에게도 좀 옮겨 간 것 같군. 내 명예를 걸고 그렇게 하리다. 그렇게 되기만 하면 카레노코이의 힘과 권세는 더욱 커질 테지. 그리고 나의 권세도."

이스칸은 기분이 다시 좋아졌다. 한껏 기분이 좋아진 그는 평소와 다른 눈길로 나를 보았다. 나는 그날 저녁 일부러 그의 술잔을 끊임없이 채워 그를 취하게 하고 판단력도 흐려지게 만들었다. 나도 마셨다. 내 계획을 밀고 나가려면 술기운이 필요했다. 나는 두려웠다. 하지만 마음 한구석에는 다른 감정도 아주 작게 꿈틀거리고 있었다. 외로움이었다. 누군가를 만나본 지가 너무 오래되었다. 이 남자를 사랑한 적도 있었는데. 한때 그를 그렇게 원했는데.

다음은 내가 걱정했던 것만큼 어렵지 않았다.

나는 이스칸을 잘 알고 있었다. 그가 좋아하는 것들을 꿰고 있었다.

나는 어떤 때는 온순하게, 어떤 때는 소녀처럼 우러러보는 눈으로, 또 어떤 때는 수줍어하며 적절히 그의 기분을 맞춰주었다. 이스칸의 유일한 약점은 아첨이었다. 그는 자기 칭찬이라면 절대 질려하는 법이 없었다. 나는 결국 내가 원하는 곳으로 그를 이끌었다.

나는 그를 내 침대로 데려갔다. 그날 밤, 나는 그의 아이를 가졌다.

*

아이는 딸이었다. 이스칸이 내가 딸을 가졌다는 사실을 미리 알고 아이를 지우게 했을 때와 모든 신호가 똑같았다. 내 임신 사실을 이스칸이 알게 될까 봐 나는 겁에 질렸다. 내 딸을 지켜야 했다. 나는 나의 아이를 갖고 싶었다. 온전한 내 아이, 내가 사랑을 주고 키울 수 있는 아이를 갖고 싶었다. 메리바가 죽어가고 있을 때 나는 딸을 갖고 싶다는 생각을 처음 했다. 그날 이후 나는 때를 기다렸다. 이사니가 세상을 떠나기를 기다렸다. 그 여자가 살아 있는 한 내 계획을 실행하는 것은 불가능했다.

임신한 사실을 숨기는 건 생각보다 쉬웠다. 어리고 예쁜 첩들을 집에 두고 나이 많고 예쁘지도 않은 나 같은 여자의 유혹에 넘어갔다는 사실에 이스칸은 수치심을 느꼈다. 나는 그가 어쩌면…… 아니, 모르겠다. 나는 그가 변할지도 모른다고 생각할 만큼 어리석었다. 하지만 그는 나를 피했다. 이스칸이 내 방에 오는 일은 거의 없었고 나를 감시해 아들에게 고자질할 이사니도 없었으므로 나는 조용히 방에 틀어박혀 지냈다. 낮 시간이 길어질 무렵 나는 정원에 나가 산책을 하기 시작했다. 이스칸이 궁에 없다는 사실을 확인한 뒤였다. 나는 다이라헤시의 그레이트홀에는 얼굴도 내비치지 않았다. 딸아이를 위해 옷을 짓고 아무도 모르는 곳에 감춰두었다. 글을 읽고 시를 필사하고 그림도 그렸다. 하지만 시간이 흐르면서 그것들도 지겨워졌다. 그래서 다이라헤시의 여자들이 외출할 때면 용기를 내 작은 서재로 살금살금 숨어들어갔다. 그곳에는 읽을 수 있는 두루마리들이 많았다. 대부분이 이미 내가 전에 여러 번 읽은 고전이었지만 그래도 시간을 보내는 데 도움이 되었다. 서재의 두루마리를 다 읽고 나자 다른 것도 읽고 싶다는 갈망이 내 안에서 꿈틀거렸다. 배 속의 아이가 나를 발로 차고 쿡쿡 찌르며 내게 음식 말고 더 많은 걸 내놓으라고 말하는 듯했다. 딸은 지식을 원했다.

이스칸은 아주 큰 서재를 가지고 있다. 그는 세상 곳곳에서 온갖 서책들을 끌어다 모았고 심지어 자기가 알지 못하는 언어로 쓰인 기록들까지도 다른 이들이 보지 못하게 모두 빼앗아 왔다. 나는 마치 굶주린 여자처럼 그것들을 읽고 싶었다.

내가 방에만 머물며 지내는 동안 나를 보러 오는 사람은 소난이 유일했다. 소난은 얘기했던 대로 가끔 내 방을 찾아왔다. 내가 원하는 만큼 자주 오지는 못했고 그 애가 원하는 만큼 오기도 어려웠지만, 이스칸과 코린의 감시를 피할 수 있을 때마다 소난은 내게로 왔다. 코린은 암두라비 총독의 딸과 혼인을 앞두고 있었다. 네 명의 첩도 들였는데, 새로 오는 여자마다 이전의 여자보다 더 예뻤다. 이스칸과 코린은 혼례를 준비하느라 정신이 없었고, 그 덕에 소난이 종종 그들의 눈을 피해 내 방으로 숨어들어 올 수 있었다. 이스칸을 제외하면 다이라헤시에 발을 들일 수 있는 남자는 내 아들들뿐이었다.

소난은 내가 임신한 사실을 전혀 눈치채지 못했다. 어렸고 임신 같은 것에 대한 지식이 전혀 없었던데다가 내가 늘 헐렁한 옷을 입었으니까. 우리는 내 방의 가장 좋은 탁자에 앉아 시간을 보냈다. 탁자 위에는 늘 소난이 좋아하는 다과를 준비해 놓았다. 내가 빵을 굽거나 음식을 해줬으면 좋았겠지만 그럴 수 없으니 하인들에게 요리법을 하나하나 자세히 알려주었다. 이사니의 간섭이나 불호령 없이 아들과 마주 보고 앉아 있는 것만으로도 무척 행복했다. 방해하는 사람 없이 나는 소난의 예쁜 눈과 부드러운 턱, 귀여운 미소를 마음껏 바라보았고 원할 때면 언제든 아이의 따스한 손을 잡았다.

14년의 세월 동안 떨어져 있었으니 소난의 마음에는 아직 나에 대한 의구심이 남아 있었다. 아이는 밝고 예의도 바르지만 우리 사이에 편안한 친밀감 같은 것은 없었다. 이사니가 나에 대한 거짓말로 아들들을 꾀어낸데다 소난은 아버지와 큰형의 그늘 아래 자기 능력과 생각에 확신을 갖지 못하는 아이로 자랐다. 아이는 나를 좋은 어머니라고 믿고 싶어 했지만 그러지 못했다. 나에게도 쉬운 일은 아니었지만 나는 시간이 해결해 주기를 바라며 인내심을 가지고 기다렸다. 우리는 아주 많은 이야기를 나누었다. 여러 달이 지나자 경계심이 사라졌고 편안해졌다. 내 배도 점점 불러오고 있었다. 소난은 말 타기와 사냥을 좋아하고 무술 훈련은 싫어했다. 선생님이 엄격해 암송 수업은 어렵다고 했지만 글씨를 곧잘 쓰고 그림도 잘 그렸다. 호수에서 수영을 하고 배 타는 것을 좋아했고 궁에 친한 친구들도 꽤 있었다.

"난 책 읽는 걸 좋아한단다."

지독했던 여름이 마침내 끝나갈 무렵 내가 말했다. 우리는 내 방 테라스에 앉아 있었고 소난은 막 베야 튀김을 배불리 먹고 난 뒤였다. 창밖에서 새들의 노랫소리가 들려왔고 길을 잃은 나비 두 마리가 안으로 들어와 우리를 맴돌았다. 소난은 홀린 듯 눈으로 나비를 쫓고 있었다.

"이곳 서가에 있는 책들은 벌써 모두 읽었어."

"평안의 집에 아주 큰, 아버지의 서재가 있어요."

소난이 아랫입술에 묻은 설탕을 털어내며 말했다. 내가 다가가 남아 있는 설탕을 털어주자 아이가 놀랐다가 이내 다정한 미소를 지었다. 내 마음이 행복으로 가득 찼다.

"제가 책을 좀 가져다드릴게요."

"그럼 정말 기쁘겠지만, 아들아, 나 때문에 네가 아버지 눈 밖에 나는 건 원치 않는단다."

소난은 괜찮다는 듯 손을 내저었다.

"아버지와 코린은 암두라비에 가셨어요. 그곳에서 예식을 치를 거래요. 아버지 말씀이 코린과 하나이가 함께 있는 모습을 암두라비 사람들에게 보이고 그들의 새로운 통치자가 누군지 알리는 일이 중요하대요."

"하나이가, 코린이 혼인할 아이의 이름이니?"

소난이 고개를 끄덕였다. 그 아이의 이름을 들은 건 처음이었다. 사람들에게 그 여자아이는 총독의 딸일 뿐 자기 이름을 가진 존재가 아니었다.

"그러니 제가 두루마리 몇 개쯤 빼온다고 해도 아무도 모를 거예요. 어떤 것을 읽고 싶으세요, 어머니?"

갑자기 온 세상이 내 앞에 펼쳐진 기분이었다. 소난은 내가 원하는 만큼 아주 많은 서책을 가져다주었다. 나는 읽고 또 읽었다. 소난이 설명해 준 덕에 이스칸의 서재가 어떤 모습인지 서서히 내 머릿속에 그려지기 시작했다. 이스칸이 두루마리들을 어떻게 정리하는지도 알게 되었다. 역사 관련 기록은 어디에 두는지, 의학은 어느 쪽인지, 그리고 가장 비밀스러운 문서들은 어디에 숨겨두는지도. 아니처럼 세상 곳곳에 숨겨진 생명의 근원지에 관련된 기록들 말이다. 그런 문서들은 희귀해서 많지도 않았지만 내가 알지 못하는 글로 쓰인 것도 있었고 설명도 난해했다. 그 기록들은 의도적으로 사람들이 쉽게 이해할 수 없도록 쓰여 있었다. 하지만 나는 인내심을 갖고 계속해서 읽어나갔고 시간이 지나면서 조금씩 이해할 수 있게 되었다. 가끔은 내 안의 아기가 나를 도와주는 것만 같았다. 아이가 몸을 홱 돌리면 나는 그 전까지 이해하지 못했던 뭔가를 번뜩 이해하기도 했다. 아이가 내 갈비뼈를 발로 차면 규칙들이 내 눈앞에 떠올라 어떤 형태를 만들었다. 딸은 이스칸의 아이였고 이스칸의 몸에는 아니의 힘이 스며들어 있었다. 아마 딸의 몸속에도 그 힘이 살아 숨 쉬고 있었을 것이다.

나는 방 밖으로 나가지 않고도 온 세상을 누비고 다녔다. 어떤 책을 읽을 때는 여행자들을 따라 대양을 건너 멀리 북쪽과 동쪽, 그리고 남쪽으로 떠났고 또 어떤 책을 읽을 땐 인간의 혈관을 따라 이동하며 몸속을 탐험하고 공부했다. 나는 하늘에 뜬 별 사이를 날아다녔고 바다 깊은 곳에서 물고기들과 함께 헤엄쳤으며 농부들을 따라 철마다 변하는 곡식들을 돌보았다. 왕좌에 앉은 군주 옆에도, 지하 감옥에 갇힌 죄수 옆에도 앉았고, 낯선 신을 만나기도 했다. 이 세상이 창조되는 모습을 지켜보았고, 옛 현인들과 함께 무엇이 옳고 선한 일인지, 진실이란 무엇인지 토론도 벌였다.

임신 사실을 들킬까 봐 조마조마했던 점만 빼면 내 인생에서 가장 좋은 날들이었으리라.

더위가 사그라들고 찬바람이 불어오기 시작한 어느 가을 아침, 그해 처음으로 불을 붙인 화로 곁에 앉아 글을 읽고 있었다. 전날 소난이 가져다준 책이었는데 서재의 비밀 구역에 꽂혀 있던 것이었다. 그 책에는 아니에 대해 쓰여 있었다. 아니 이야기가 적힌 기록을 본 건 그때가 처음이었다. 고대 문자로 쓰인 그 글은 수수께끼 같은 암호로 가득했다. 이스칸이 아니의 도움을 받아 자기 나름대로의 해석을 적어둔 흔적이 있었는데, 그리 멀리 가지는 못했다. 아니는 그에게 모든 걸 알려주기를 꺼리는 것이 분명했다. 달이 차오를 때 내가 아니에 갈 수만 있다면, 마치 태어났을 때부터 그 고대 문자를 읽을 줄 알았던 사람처럼 내용을 이해할 수 있을 텐데. 나는 몇 개의 규칙은 거의 알 것 같았다. 딸이 내 안에서 발을 찰 때마다 글자들 사이에서 규칙과 의미들이 번득이며 나타났다. 뱀과 사과, 꽃잎 다섯 장이 달린 장미가 보였다.

"조심해야 해요."

내가 깜짝 놀라는 바람에 손에 있던 두루마리가 바닥에 툭 떨어졌다. 가라이가 화로 반대편 쿠션에 다리를 꼬고 앉아 나를 보고 있었다. 글을 읽느라 가라이가 오는 소리도 듣지 못한 것이다. 나는 상의를 끌어당겨 배를 가려보려고 했지만 소용없었다. 예리한 가라이의 눈을 피할 수는 없었다.

나는 두루마리를 들어 망가진 곳은 없는지 살폈다. 그러고는 뒤로 기대앉아 보란 듯이 배 위에 두 손을 올린 채 가라이의 시선을 마주했다. 그 창백한 눈. 나는 가라이의 눈이 늘 조금은 섬뜩했다. 도무지 적응되지 않는 눈빛이었다.

"얼마나 됐어요?"

가라이가 물었다. 내가 대꾸하지 않자 가라이가 고개를 갸웃하며 나를 관찰했는데, 그 바람에 그녀의 머리에 달린 장식들이 달랑거리며 소리를 냈다. 화로에서 춤추듯 타오르는 불꽃의 열기에 그녀의 하얀 피부가 장밋빛을 띠었고 삐쩍 마른 쇄골이 옷 위로 드러났다. 가라이가 그때 입고 다니던 아무 장식 없는 비둘기색 상의와 그보다 더 연한 잿빛의 헐렁한 바지가 지금도 기억난다. 장신구는 머리핀 하나만 달고 다녔다. 입과 눈 주변에 전에 없던 주름이 지기 시작했고 군데군데 세월의 흔적이 나타나고 있었다. 하지만 다른 여자들과 달리 가라이는 이에 저항하지 않는 것처럼 보였다. 오히려 두 팔 벌려 환영하는 것 같았다.

가라이가 한숨을 내쉬며 내 배를 자세히 들여다보았다.

"몇 달 남지 않았네요. 두 달 정도 남았나요? 아무도 이 사실을 모르고요?"

나는 입술을 오므렸다.

"날 뭐로 보는 거야? 첩 주제에. 난 극도로 신중하게 행동하고 있어."

"이스칸은 최근에 암두라비에서 지내죠. 다행이에요. 하지만 지금 이스칸이 알게 된다면, 그래서 이 여자아이를 없애려고 한다면 당신 몸이 견뎌내지 못할 거예요. 당신이 오아키의 물에 얼마나 적응되었건 그건 지금 도움이 되지 않아요. 아이가 벌써 너무 커졌고 당신도 나이가 들었어요."

"그러니 이스칸은 절대 몰라야겠지."

"아기가 태어나면 어쩌려고요?"

나는 머뭇거렸다. 검은 반점이 얼룩덜룩 생기기 시작한 내 손을 들여다보았다. 나는 더 이상 젊지 않았다. 오랫동안 계획하고 잘 숨겨왔는데 이제 가라이가 알아버렸으니, 그녀가 마음만 먹으면 언제든 이스칸에게 달려가 일러바칠 수도 있게 되었다. 그러니 좀 더 말한다고 해도 달라질 건 없다.

"어떻게 알았지?"

시간을 벌어볼 심산으로 내가 물었다.

"계속 방에서 혼자 지내고 계시잖아요. 아들 외에는 사람을 만나지도 않고요. 이스칸의 어머니가 죽은 날 밤, 당신이 이스칸과 밤을 보낸 걸 알아요. 그러니 당신이 임신했다는 사실을 아는 게 어려운 일은 아니었어요."

"이 사실을 아는 사람이 또 있나?"

"오르세올라요. 제가 말한 건 아니에요. 당신 꿈을 보았대요."

오르세올라. 그녀는 예측하기가 어려웠다. 위험했다. 나는 오르세올라를 잘 알지 못했고 그녀가 어떤 말을 할지, 어떤 행동을 할지 전혀 예상할 수 없었다.

"다른 사람들은?"

가라이가 피식 웃었다.

"다른 여자들은 당신에게 관심 없어요. 주인이 당신에게 애정을 갖지 않는 한 그들에게 당신은 벽에 걸린 그림이나 다를 바 없죠. 그 여자들이 관심 있는 건 자기 서열이나 이스칸이 누굴 제일 좋아하는지 그런 것뿐이에요."

가라이의 얼굴에 슬픔이 스쳐 지나갔다.

"그 애들 탓을 할 수는 없죠. 인생에 그것 말고는 아무것도 주어지지 않았으니까요. 그중 세 명은 글을 읽는 법조차 몰라요. 긴 하루를 어떻게 보내겠어요?"

"나를 감시하는 이사니도 없으니 이 아이는 남자아이로 키울 거야."

가라이가 눈을 치켜떴다. 가만히 앉아 나를 물끄러미 바라보았다. 그러고는 시선을 돌려 숯불이 조용히 꺼져가는 모습을 지켜보았다. 나는 두 손을 꽉 움켜쥐었다. 타닥타닥 숯이 타는 소리, 바람에 창문이 덜컹거리는 소리, 창밖에서 들려오는 새의 울음소리에 정신을 돌리려고 해보았다. 배 속의 아이도 긴장한 듯 조용했다. 가만히 기다리고 있었다.

"우리 정말 조심해야 해요. 제가 아이의 유모가 되면 돼요. 다른 사람들이 들어올 필요 없게. 직접 젖을 먹이실 거예요?"

내가 고개를 끄덕였다. 나는 주먹을 꽉 쥐고 있었다. 몰랐지만 숨도 참고 있었던 것 같다.

"좋아요. 그럼 그나마 위험을 덜 수 있겠어요. 우리는 이스칸이 의심할 수 있는 상황을 아예 차단해야 해요. 제가 오르세올라와 얘기할게요. 좀 걱정되긴 하지만 오르세올라를 우리 편으로 만들 수 있을지도 몰라요."

가라이가 쓴웃음을 지으며 자리에서 일어났다.

나는 손을 들어 그녀를 멈춰 세웠다. 상황의 주도권을 다시 가져오려는 작은 시도였다.

"왜 나를 돕는 거지?"

가라이가 일어섰다. 그러고는 예의 사람을 불안하게 하는 그 눈을 천천히 깜박이며 말했다.

"당신을 돕는 게 아니에요. 아기를 위해서예요."

가라이가 내 배를 가리키며 말했다.

"당신은 스스로 선택한 일이지만 아이는 아니잖아요."

가라이가 떠나고 나는 한동안 누워 자리에서 일어나지 못했다. 아이가 안에서 나를 쿡쿡 찼다. 내가 지금 무슨 짓을 벌이고 있는 걸까?

레한이 꿈에 나타났다. 동생은 아무 말도 하지 않았다. 그저 나를 보더니 두 손으로 나를 힘껏 밀었고 나는 아래로, 아래로 떨어졌다.

한 달 뒤, 아이가 태어났다. 이스칸은 암두라비에서 돌아왔지만 나를 찾아오지는 않았다. 나는 고양이에게 들킬까 봐 두려운 쥐처럼 방 안에 조용히 숨어 지냈다. 다른 하인들은 부르지 않았고 에스테기와 가라이의 시중만 받았다. 에스테기는 전부터 아이의 비밀을 알고 있었다. 매일 밤 내 퉁퉁 부은 발을 마사지해 주었고 무거워진 배에 아몬드 오일을 발라주었으며 태동으로 잠 못 드는 밤이면 내 잠동무가 되어주었다. 진통이 시작되면서 고통이 밀려오고 숨이 잘 안 쉬어졌다. 나는 에스테기에게 소난이 마지막으로 가져온 두루마리를 읽어달라고 하고 싶었지만, 그녀는 깊고 부드러운 목소리를 가졌으며 두루마리에 대해 아무에게도 발설하지 않을 테지만, 글을 읽을 줄 몰랐다.

"가라이를 불러와."

내가 진통이 이는 사이에 겨우 말했다. 에스테기는 고개를 숙이고 황급히 자리를 떠났다. 나는 터져 나오려는 비명을 참으며 그녀가 돌아오기 전까지 영원과 같은 시간을 견뎠다. 그날 밤 내 방에서 아이가 태어난 사실을 아무도 몰라야 했다.

에스테기가 가라이와 함께 돌아왔다. 너무 조용히 들어와 그 둘이 바로 내 옆에 오고 나서야 그들이 왔다는 사실을 알아차렸다. 램프 아래로 가라이가 나를 유심히 살펴보았다.

"오는 길에 들킬 뻔했어요. 한 명이 잠에서 깼거든요. 제가 침실에 없다는 걸 아무도 몰라야 하는데."

가라이가 조용히 말했다.

나는 극심한 고통 때문에 그런 걸 신경 쓸 정신이 남아 있지 않았다.

"읽어줘."

나는 가까스로 말한 뒤 두루마리를 가리켰다.

탁자로 가 두루마리를 집어 든 가라이가 그것을 주의 깊게 죽 훑어보았다.

"이거, 어디서 난 거예요?"

인내심을 잃은 내가 손을 내저었다. 칼로 에는 듯한 진통이 덮쳐 와 말을 할 수가 없었다. 에스테기가 대신 말했다.

"주인님의 서재에서 가져온 거예요. 소난이 가져다줬어요."

가라이가 고개를 끄덕였다. 그러고는 두루마리를 펴 조용히 글을 낭독하기 시작했다. 엘리안에 있는 신성한 식물과 그 사용법에 관한 글이었다. 에스테기가 내 옆으로 와 몸을 낮췄다.

"일어나 보세요. 저를 잡고 걸어요."

에스테기의 팔을 잡고 나는 방 안을 천천히 걸었다. 가라이의 낭독에 집중할 수는 없었지만 그녀가 글을 읽는 리듬을 따라, 식물들의 이름을 따라 나는 한 발, 한 발, 걸음을 내디딜 수 있었다. 검은 이파리, 물뿌리, 해골 보닛, 빛나는 세 점, 에레베리, 늑대 발, 겨울 솔기. 모두 병을 치료해 주는 식물들이었다. 내가 깡마른 에스테기의 팔을 잡고 매달리자 에스테기가 단단히 나를 받쳐주었다.

자정 무렵, 아이가 태어났다. 세 명의 아들을 낳은 뒤였으므로 딸은 어렵지 않게 세상 밖으로 나올 수 있었다. 가라이가 아이를 받고 에스테기가 아이 몸에 묻어 있는 피를 닦아주었다. 내 가슴 위에서 그 작은 아이를 안을 때도 우리는 탯줄로 연결되어 있었다. 짙은 눈동자에 빨갛고 쭈글쭈글한 피부. 아이가 살아서 숨을 쌕쌕 내쉬고 있었다. 울지도 않았다. 세 여자와 아기가 내쉬는 숨소리뿐 방 안은 아주 고요했다. 우리 셋은 아이가 젖을 찾아 꿈틀대는 모습을 눈으로 좇고 있었다. 깊은 밤이 우리를 에워쌌고 아이가 젖을 빨았다. 그 순간, 내가 저지른 일의 엄청난 무게와 의미가 나를 덮쳤다. 나는 가라이를 보았다. 그녀는 내가 한 번도 본 적 없는 미소로 활짝 웃고 있었다.

"아이는 건강해요, 카비라. 완벽해요."

가라이는 내 눈에 서린 근심을 보았지만 그것이 그녀의 기쁨을 방해하지는 못했다.

"아이가 강해요. 이 아이가 여기에 온 이유가 있어요. 저는 느낄 수 있어요. 당신도 느껴지나요? 이 아이가 대지 그리고 생명의 힘과 이야기하는 걸 들어보세요!"

나는 아이가 온 힘을 다해 젖을 먹는 소리에 귀를 기울였다. 아이는 이제 세상 밖으로 나왔다. 내 몸에 닿는 아이의 몸이 따스하고 단단했다. 딸에게서는 포근한 아기 냄새도 풍겨왔지만 그 아이만의 특별한 냄새가 났다. 흙과 나뭇잎과 물의 향기. 마치 아니처럼 짙고 어두운 향기였다.

가라이에게 들린다는 소리는 내게 들리지 않았지만 듣지 않아도 무슨 말인지 이해할 수 있었다. 아이는 세상과 단단히 연결되어 있었다. 바로 그 샘에 말이다. 아이를 가졌을 때 어쩌면 내 몸에 아니의 샘물이 조금은 남아 있었는지도 모른다. 그리고 이스칸의 몸에도 아니의 선하고 악한 물이 모두 흐르고 있었다. 아이는 나와 이스칸, 그리고 아니와 오하딘이었다.

"아이 이름은 에시코야."

내가 나직이 말했다.

"이스칸이 이름을 따로 붙이겠지만 내 아이의 이름은 에시코야. 내 어머니의 이름이야."

"아이는 이스칸의 아들이 되는 건가요?"

에스테기의 목소리가 이상하리만큼 만큼 슬프게 들렸다.

"이 아이는 이스칸의 막내아들이자 가장 사랑받는 아들이 될 거야."

가라이는 마치 예언하듯 나 대신 대답했다. 나는 아이의 작고 부드러운 머리에 입을 맞췄다. 그날 밤만큼은 딸은 온전히 나만의 아이였다. 젖을 먹던 딸이 눈을 감더니 이내 잠이 들었다. 아이의 오빠들에게서는 한 번도 볼 수 없었던 모습이었다. 딸은 처음부터 온전히 자기 자신의 모습으로 태어난 아이였다.

술라니

그들이 나를 포획했을 때 나는 이미 혼자 수백 명의 적군을 쳐부순 뒤였다. 처음에는 화살촉에 홍합 독을 발라 활을 쏘았고, 그것마저 다 떨어지자 나무 몽둥이와 칼을 들고 싸웠다. 그들은 나를 묶고 피범벅이 될 때까지 두들겨 팬 뒤 자기들 야영지로 끌고 갔다. 천막이 500개는 족히 넘을 것 같았다. 부대장들이 천막에서 잤고 간혹 둘씩 자기도 했을 것이다. 보병들은 그보다 훨씬 더 많았으며 다들 중무장을 하고 있었다. 투구를 쓰고 갑옷을 입고 날카롭게 휜 검을 허리에 찼는데, 그나마 팔이 방어가 허술했다. 활을 쏘는 사람은 많지 않았다. 말들은 훌륭했고 머리와 온몸을 갑옷으로 두르고 있었다. 모든 것이 엄격한 통제 아래 있는 듯했다. 그들의 군사력에 비하면 내가 죽인 병사들의 수는 터무니없이 적었다. 그들이 전진하는 것을 막을 수는 없었다. 하지만 나의 승리는 값진 것이었다. 내가 병사들을 막는 동안 강에 있던 사람들이 재빨리 짐을 챙겨 하류로 달아날 수 있었다.

나는 강의 정령이 내게 내려준 승리에 감사했다.

병사들은 내 몸을 발로 차고 굴려 자기들 지휘관의 천막으로 끌고 갔다. 어둠 속에서 향이 타오르고 있었다. 달콤한 향기가 나는 것들을 태워 들판에서 썩어가는 시체 냄새를 덮고 있었다. 대장으로 보이는 자는 온갖 문서와 지도가 쌓인 책상 옆에 서서 검을 가지고 놀고 있었다. 보통의 키에 아주 젊지는 않았고 피부가 매끈했는데 얼굴에는 표정이 없었다. 딱 벌어진 어깨에 다부진 근육이 말 타기와 운동으로 다져진 몸이었지 살기 위해 싸워온 전사의 몸은 아니었다. 연약해 보이는 턱에는 수염이 듬성듬성 나 있었다.

그의 옆에는 열 살쯤 되어 보이는 남자아이가 쿠션 위에 앉아 있었다.

"우리를 공격한 자들을 이끈 게 너인가?"

남자가 나를 보지도 않은 채로 물었다.

"네가 우리가 건너는 다리를 무너뜨리고, 야밤에 물자를 훔치고, 전령과 정찰병들을 죽였나?"

남자가 나를 향해 한 걸음 걸어왔다. 단검은 테이블 위에 올려둔 상태였다. 천막에는 경호병도 없었으므로 나는 맨손으로도 당장에 남자의 목을 부러뜨릴 수 있었다. 아이가 소리를 지르겠지만 일이 벌어진 뒤일 것이다. 나는 몸의 무게 중심을 한쪽 발로 옮겼다. 태세를 갖췄다.

"다른 사람들은 어디에 있지?"

남자가 나를 향해 걸어왔다.

"너는 지난 며칠 동안 내 병사들을 수백이나 죽였다."

그가 내 앞에 와 나를 유심히 들여다보았다.

"내가 궁금한 건 네가 왜 그렇게까지 저항했느냐 하는 거다. 야페리 이쪽에는 아무도 살지 않는 것으로 아는데."

내 발은 준비되었고 두 손도 준비되었다. 공격 태세를 갖추느라 몰래 손가락을 쭉 펴니 바닥에 마른 진흙과 피가 떨어졌다.

남자가 내 손을 보더니 고개를 내저었다.

"아냐. 쓸데없는 짓 하지 마."

그가 웃으며 말했다. 사람을 죽여본 적 있는 자의 미소였다. 살인의 즐기는 자의 미소다. 그 순간, 뭔가가 내 몸을 뚫고 지나갔다. 남자가 뭔가를 했다. 눈으로 날 쳐다봤을 뿐인데. 끔찍한 고통이 나를 덮쳤다. 그날 싸우다 칼에 베인 상처보다 훨씬 더 큰 고통이었다. 나는 결국 바닥 위로 쓰러졌다.

아이가 고개를 갸우뚱하며 자기 아버지가 내 몸의 모든 뼈를 으스러뜨리는 광경을 지켜보았다.

나는 비명을 지르지 않았다. 아이도 비명을 지르지 않았다. 남자는 내게서 눈을 떼지 않고 집중한 채로 두 손을 내게 뻗고 있었다. 밖에서 병사들의 군화 소리, 말 울음소리, 무기가 철커덕거리는 소리가 한데 뭉쳐 들려왔고 천막 안에서는 내 입에서 새어 나오는 신음만이 간간이 들렸다.

나는 온몸의 뼈가 부서져 반쯤 죽은 채로 그의 발밑에 고꾸라졌다. 그제야 남자는 두 손을 거두었다. 그러고는 아이를 돌아보았다.

"보거라, 오라노. 적은 이렇게 다루는 거다. 이제 이놈을 어떻게 하면 좋을까? 강가에 버려도 좋겠군. 우리에게 대항하면 어떻게 되는지 사람들이 똑똑히 볼 수 있게 말이야."

아이가 내게 몸을 숙여 나를 보았다. 앞이 제대로 보이지 않았던 터라 그저 작고 하얀 형체가 내게 가까이 다가오는 모습만 어렴풋이 보일 뿐이었다.

"여자예요."

아이가 말했다.

남자가 몸을 숙였다. 그는 한참 나를 가만히 들여다보았다.

"아들아, 예리한 눈을 지녔구나. 다른 것도 보이니?"

"네, 아버지. 모르시겠어요? 이 여자는 강력한 힘을 지니고 있어요."

"강이군."

남자가 놀라며 말했다.

"역시 뭔가가 더 있을 줄 알았다. 똑똑한 녀석."

눈앞에 보이던 형체 둘이 사라졌다. 남자가 내 옆에 쪼그려 앉는 것 같더니 내 입에 뭔가가 닿았다.

"마셔라."

목이 말랐지만 턱이 뭉개져 마실 수가 없었다. 남자가 내 입으로 물을 흘려 넣은 뒤 날 지켜보며 기다렸다. 잠시 후 그는 물을 더 주었다. 나는 물을 조금 삼켰다. 고통이 서서히 가라앉았다.

"보거라."

남자가 아들에게 말했다.

"아니의 물을 먹는다고 해서 그 누구도 이 여자처럼 빠르게 회복되지는 않는다."

"여자의 몸에 이미 아니의 힘이 흐르고 있기 때문이에요. 여자의 강과 아니는 아주 비슷해요."

아이가 말했다.

"비슷하다마, 하지만 완전히 같지는 않지."

나는 의식이 희미해지고 있어 그의 마지막 말은 거의 들리지 않았다.

"이 힘에 대해 더 알아봐야겠어. 하지만 내가 장악하기에는 너무 크고 어려워 보이는군. 이 여자 같은 자들이 더 있을 거다. 강의 힘이 가득 깃든 전사들 말이다. 강을 불살라야겠어."

다시 눈을 떴을 때는 밤인지 새벽인지 분간하기가 어려웠다. 천막 안은 어두웠다. 부드러운 깔개가 바닥에 깔려 있었고 나는 그 위에 뺨을 대고 옆으로 누워 있었다. 목이 말랐다. 몸은 더 이상 아프지 않았다. 팔을 한번 펴본 뒤 다른 팔도 쭉 펴봤다. 일어나 앉아봤는데 목에 뭔가 무거운 것이 느껴졌다. 손으로 만져보니 단단한 쇠고랑이 목에 채워져 있었다. 목에서부터 이어지는 쇠사슬이 땅에 박힌 철 고리에 단단히 연결되어 있었다.

뭔가가 움직였다. 나 혼자 있는 것이 아니었다. 나는 반사적으로 물러나 천막 벽에 등을 붙이고 방어 자세를 취했다.

"왜 남자처럼 입고 있지?"

다소 높고 날카로운 목소리였다.

그 남자아이였다. 아이는 빨간색, 파란색의 푹신푹신한 쿠션들 위에 앉아 있었다. 그 옆의 책상에는 두루마리들이 쌓여 있었고 램프가 하나 있었다. 아이는 나를 두려워하는 기색이 없었는데, 사실 그 작은 얼굴에는 표정이라고 할 만한 게 없었다. 짙은색 머리카락은 짧았으며 눈은 희미한 불빛 아래서도 까맣게 빛났다. 아이의 아버지나 경호병은 보이지 않았다.

"왜 남자처럼 입고 있냐고 물었어."

나는 내 옷을 가리키며 고개를 저었다. 아이를 좀 더 가까이 유인할 수만 있다면 남자와 협상해 볼 수도 있었다. 아니면 아이를 죽여, 내 부족을 도망자 신세로 만든 것에, 내 집과 사람들의 집을 모조리 파괴한 것에 복수할 수도 있었다. 나는 강의 전사였다. 복수는 내 몫이었다.

아이가 나를 자세히 관찰했다.

"정말 그러네. 네 옷은 남자 것도 여자 것도 아니구나. 머리도 자르지 않았고. 난 널 보고 야만인들은 전부 머리를 자르지 않는 줄 알았거든."

아이가 내게 몸을 숙였다.

"홍합이나 달팽이 껍데기 같은 것도 잔뜩 달고 있고."

나는 아이의 시선을 붙잡았다. 내게 더 가까이 오도록 하려고 애썼다. 그러나 아이는 꿈쩍도 하지 않았다.

"그런데 너만 그런 거지? 이렇게 입는 건 너뿐이야, 그렇지?"

내가 고개를 끄덕였다. 내 머리에 달린 껍질들이 달그락거리는 소리를 냈다.

내 머리에는 도요새의 뼛조각과 수달의 이빨도 달려 있었다. 손을 들어 아이에게 이리 오라고 손짓해 봤지만 꼬마는 진지한 표정으로 고개를 흔들었다.

"아냐, 너는 위험해. 난 알 수 있어. 아주 위험해."

아이가 다시 고개를 옆으로 갸웃했다.

"너는 아버지만큼 강해."

고개를 끄덕이며 말했다.

"너도 알겠지. 아버지와 나처럼 네 안에도 같은 힘이 있으니까. 아버지는 그 힘을 다스릴 수 있지만 나는 아직 못 해."

꼬마는 발끝으로 시선을 돌린 뒤 얼마간 말이 없더니 다시 말을 걸었다.

"그런데 넌 왜 남자처럼 전장에 나와 싸워? 안 그래도 되잖아. 원한다면 집에서 자수를 놓거나 신나를 연주할 수도 있을 텐데."

"그럼 내 부족은 누가 지키지? 내 강은?"

단어가 내 목 안을 할퀴는 것 같았다. 말을 한 지가 너무 오래되었다.

"그야 물론 남자들이지."

"왜 내가 하면 안 되고 남자들이 해야 하지?"

아이는 한참을 생각했고 처음으로 얼굴에 표정이 나타났다. 입술을 깨문 표정이 뭔가를 걱정하는 것 같기도 했다.

"남자들이 힘이 더 세니까?"

"나는 네 아버지의 그 힘센 남자들을 수백이나 죽였어."

"넌 다르잖아. 넌……."

아이는 적당한 말을 찾지 못했다.

"나는 강의 전사야. 내 삶을 강에 헌신하기로 맹세했어. 강은 내게 생명의 힘을 부여해 주었지. 강은 내가 여자든 남자든 상관하지 않아."

아이가 얼굴을 붉히며 고개를 돌렸다. 나는 구석에 앉아 몸을 웅크려 안았다. 여기서 빠져나갈 방법을 찾아야 한다. 달아나거나 죽거나. 다시 한번 나는 복수를 다짐했다.

잠시 후 남자가 떠날 채비를 하고 천막 안으로 들어와 아들에게 갔다.

"여자가 무슨 말을 했느냐?"

아이가 나를 흘긋 보았다.

"아니요, 아버지. 말을 할 수 있는 자인지도 모르겠어요. 아니면 입을 다물기로 작정한 건지."

"성가시군. 내가 입을 열게 해줄 수도 있지만 시간이 없다. 우리는 서둘러 강의 힘을 파괴해야 해. 소난에게 전령을 보냈다. 강의 수원지에서 만날 거다. 내 지도에 따르면 동쪽으로 며칠 가야 한다더군."

"강의 힘은 어떻게 파괴할 수 있죠, 아버지?"

"소난이 내 경전을 가지고 오는 중이다."

남자가 물건을 챙기며 대꾸했다.

"그 안에 분명 해답이 적혀 있을 거다."

기록이라니, 그들은 그걸로 정말 내 위대한 강의 힘을 빼앗을 수 있는 것처럼 말하고 있었다. 남자는 상류로 가고 싶어 한다. 잘된 일이다. 우리 부족이 카누를 타고 하류로 달아나기에 충분한 시간을 벌어줄 것이다. 나는 속으로 미소를 지었다. 이를 감지한 남자가 내게로 성큼성큼 걸어왔다.

"때가 되면 이 미개한 자가 도움이 될지도 모르지."

그의 말에 내 심장이 얼어붙었다. 나는 강과 한 몸이었지만 고문을 당하면 비밀을 발설해 버릴지도 모른다. 강이 어떻게 파괴될 수 있는지 나는 알지 못했지만 그에게 유용한 뭔가를 내가 알고 있을지도 모르는 일이었다.

내가 죽어야 한다. 그것만이 유일한 해결책이다. 그게 강을 지킬 유일한 방법이었다. 그러나 이번에도 남자는 내 속을 들여다보고 내 생각을 읽었다.

"네 죽음은 차후로 미뤄두기로 하지. 그건 이제 내가 정해."

남자는 내게 손끝 하나 대지 않고 내 몸의 뼈를 전부 산산조각 냈었다. 그는 내 죽음이 자신의 손에 달렸다는 사실 또한 의심하지 않았다.

*

남자는 소수의 병사만 데리고 동쪽으로 이동했다. 그와 아들, 부대장들, 그리고 50여 명의 병사들이 전부였다. 그중 절반 정도는 말을 탔고 나머지는 걸었다. 지휘관의 천막과 보급품을 가득 실은 암말이 그 뒤를 따르고 있었다. 나는 전리품이었고 마지막에 따라가는 말의 안장에 사슬이 묶인 채로 끌려갔다. 지휘관과 아들은 병사들의 삼엄한 보호에 둘러싸여 있어 뒤에서는 보이지도 않았다.

남자가 내게 준 물은 과연 강력한 힘을 지니고 있었다. 나의 강조차 상처를 그렇게 빨리 낫게 하지는 못했는데 어느새 나는 씻은 듯 나았다. 우리는 내 땅을 가로지르는 중이었다. 몇 년 전 온나가 나를 자기 움막으로 데려가 생선과 갓 구운 빵을 내어준 이후로 줄곧 내가 살아온 터전이었다. 동전 한 푼 없이 굶주리던 내가 며칠째 음식을 훔쳐 먹으며 마을을 이리저리 전전하고 있을 때, 온나가 나타나 아무 대가도 없이 내게 먹을 것을 주고 그다음엔 지낼 곳을 내주었다.

우리는 나무와 덤불 사이로 산길을 걸어 올라갔다. 강은 왼쪽에 있었지만 너무 멀어 강의 목소리는 들리지 않았다. 하지만 강의 전사가 된 뒤로 나는 강에서 얼마나 멀리 떨어져 있든 강의 존재를 느낄 수 있었다. 발밑의 흙은 상태가 좋았다. 단단하고 탄성도 좋아 걷기에 편했다. 나는 강의 후예답게 가슴을 펴고 등을 곧게 세웠다. 나는 자라고 나서야 강의 부족 사람이 되었지만 늘 나 자신을 그들의 가족이라고 생각했다.

온나는 처음 나를 봤을 때 내 비쩍 마른 다리 때문에 내가 훨씬 더 어린 줄 알았다고 했다. 소금에 절인 생선을 받아 먹은 뒤 온나의 집으로 따라 들어가자 따뜻한 음식이 줄줄이 나왔다. 조개 수프, 블랙베리와 견과가 잔뜩 들어간 파이, 그리고 이웃이 직접 양조했다는 맥주까지. 나는 그녀가 나중에 내게 뭘 요구할까 잠깐 걱정했지만 일단 허겁지겁 입으로 음식을 집어넣었다. 떠돌이 생활 중에 대가 없이 내게 뭔가를 준 사람은 단 한 명도 없었다.

언제나 치러야 할 값이 따랐다. 그녀가 내 몸을 원할 거라고는 생각하지 않았다. 온나는 나이 든 여자였다. 그래서 나는 그녀가 지혜의 여인이 아닐까 생각했다. 어쩌면 내 시력이나 기억력을 원하는 건지도 몰랐다. 내가 먹을 것에 정신이 팔린 사이 나도 모르게 그것들을 앗아갈지도 몰랐다.

"가져가세요."

내가 말했다.

"뭐든 다 가져가요."

온나는 눈물을 글썽거리며 나를 바라보았다. 그러고는 아무 말 없이 파이를 좀 더 가져다주었다. 나는 내 기억이 사라진 게 아닌지 생각해 봤지만 내 정신은 마치 그날 태어난 것처럼 선명하고 온전했다. 그날은 돼지우리에서 혼자 밤을 지새운 뒤 아침에 집으로 돌아간 날이었다. 암퇘지가 새끼를 낳았는데 밤사이에 새끼돼지들을 깔아뭉개지는 않을지 걱정이 되었기 때문이다. 오두막 안에 적막이 흘렀다. 난롯불도 꺼져 있고 아침 식사도 없었다. 침대에 나란히 누운 어머니와 아버지의 몸이 딱딱하게 굳어 있었다. 아기 침대에서 자고 있던 어린 남동생도 고통으로 등이 굽은 채 몸이 차갑게 식어 있었다. 내 가족들을 모두 데려간 병마는 그들의 얼굴과 손에 물집을 남겼다.

병은 우리 마을을 휩쓸었다. 마을엔 죽음과 적막만이 남아 있었다. 돼지우리에서 밤을 지새운 나만 그곳에서 살아남았다.

나는 두 눈을 비볐다. 그 기억은 아직도 그대로다. 무슨 짓을 해도 내 머릿속을 떠나지 않았다.

"가져가세요."

나는 소리를 질렀다.

"제발 가져가세요. 더 이상 견딜 수 없어요!"

온나가 고요하고 다정한 눈으로 나를 보았다.

세상에는 그런 따뜻함도 존재한다는 것을 차라리 몰랐더라면 더 좋았을 텐데. 가끔 나는 너무 힘들 때면 온나에게 그런 생각을 내뱉기도 했다. 나를 구해준 대가로 나는 온나를 때렸다. 저주하고 침을 뱉고 얼굴을 할퀴었다. 그러면 온나는 전보다 훨씬 더 큰 사랑으로 나를 안아주었다.

강이 내게 온나를 주었다. 내게 집과 가족을 주었다. 그리고 강은 자신의 가장 깊은 정수를 내게 주었다. 그러고는 내게서 그 모든 걸 가져가 버렸다.

동쪽으로 가는 내내 나는 짐승처럼 다뤄졌다. 병사들은 내게 물을 주었지만 분명 강물은 아니었다. 강물만 마실 수 있다면 그까짓 족쇄는 단번에 끊어버릴 수 있었을 텐데. 저녁이 되어서야 병사들은 진을 치고 내게 빵을 주었다. 나는 금식에 익숙했으므로 그런 건 괜찮았다. 병사들이 내 앞을 지날 때 땅에 침을 뱉거나 조롱을 하긴 했지만 대부분은 귀찮게 하지 않고 혼자 내버려 두었다. 남자들은 나를 두려워하고 혐오했다. 자기들보다 키도 크고 강한 여자를 참을 수 없었던 것이다.

어느 날 남자 하나가 말을 타고 남쪽에서 달려왔다. 그가 왔다는 소식을 전해들은 정찰병은 곧장 지휘관에게로 갔다. 잠시 후 그들은 평소보다 이른 시각인데도 천막을 치기 시작했다. 나는 부대 구성을 주의 깊게 살폈다. 그들은 이동 중에는 늘 세 명의 정찰병을 두었다. 제일 앞에 한 명, 제일 뒤에 한 명, 그리고 남쪽에 한 명. 밤에는 무장한 경비병들이 세 번씩 교대하며 삼엄하게 주위를 경계했다. 그중 두 명은 말과 물자, 나를 감시했다. 밤에는 내 손과 발에 단단한 고리를 채워 달아나지 못하게 했는데, 그걸 푸는 건 불가능해 보였다. 하지만 고리가 어디에 묶여 있는 것은 아니라서, 감시가 느슨한 틈을 타 빠져나가거나 경비병을 때려눕히면 그곳을 벗어날 수는 있을 것 같았다. 나는 달아나려는 게 아니었다. 남자를 죽여야 했다.

병사들은 극도로 훈련된 사람들이라 기회를 찾기가 어려웠다. 근무 중에 조는 일도 없었고 잡담을 하지도 않았으며 경계를 늦추는 법이 결코 없었다. 엄격한 통제 아래 있는 자들이었다. 자기들의 대장에 대해 떠드는 일도 없었으며 가벼운 농담도, 불평도 하지 않았다.

다음 날 아침, 아직 새벽이슬이 풀밭에 서려 있을 때 무리는 일찍 길을 나섰다. 발에 촉촉이 젖은 흙이 닿으니 상쾌했다. 이제 꽤 높은 곳까지 올라와 있었다. 흰 왜가리의 울음소리가 들려왔다. 흰 왜가리는 슬픔의 호수를 지키는 수호새다. 그 새의 깃털이 행운을 가져다준다는 이야기가 있다. 하지만 나는 세상에 운 같은 건 없다는 사실을 잘 알고 있다.

왜가리의 울음소리는 호수가 가까워졌다는 뜻이었다. 그곳은 성스러운 구역이었다. 예사롭게 아무 이유 없이 넘나들어서는 안 되는 곳이었다.

선두에 있는 말 탄 남자들을 따라 앞으로 죽 가면 곧 얼음처럼 차가운, 슬픔의 호수에 이르게 된다. 큰 호수는 아니지만 깊이는 그 정도를 알 수 없을 만큼 깊어서 호수가 무엇을 품고 있는지는 아무도 모른다고 했다. 저 멀리 새가 보였다. 호수 너머로 보이는 산꼭대기는 청명한 봄 하늘에 대비되어 눈이 부시게 하얗다. 계곡 위로 푸른 하늘이 끝도 없이 펼쳐졌다.

왼쪽에 강이 있었다. 지휘관은 병사들에게 그곳에 진을 치도록 명령했고 고요한 호수에 남자들의 목소리가 메아리쳤다. 호수 반대편에 있던 새들이 머리를 들고 우리 쪽을 쳐다보았다. 지휘관이 말을 타고 내게 왔다. 남자는 푸른 하늘처럼 새파란 옷을 입고 있었고 두 눈은 호수처럼 차가웠다. 그는 아무 말 없이 안장에 연결된 내 쇠사슬 끝을 잡고는 다시 방향을 돌려 앞으로 갔다. 남자의 말은 힘이 넘쳐서 말의 움직임에 따라 방향을 돌리던 나는 풀썩 넘어졌다. 세 마리의 말이 합류했는데 나는 내 발밑을 보느라 누가 그 말에 타고 있는지 보지 못했다. 남자는 호수에서 강이 시작되는 곳으로 곧장 이동했다. 지체하지 않고 지금 당장 끝내려는 것이었다.

그가 고삐를 당기자 나는 땅으로 쓰러졌다. 남자들이 말에서 내려 움직였고 무거운 장화가 땅을 쿵쿵 울렸다. 그러다 내 앞에 쑥 나타난 손 하나가 내 머리채를 잡아 뒤로 휙 젖혔다.

"강을 파괴하려면 네가 있어야 할 줄 알았는데, 이제 그럴 필요가 없겠군."

지휘관이었다. 그가 내 옆에 가까이 앉아 목소리를 낮추고 말했다.

"내게는 경전이 있어. 이 세상 구석구석을 뒤져 모은 것들이지. 그리고 내 아들이 그중 가장 중요한 경전을 이곳으로 가져왔다. 너의 강 같은 곳들에 대해 말해주는 문서지. 나는 이 세상에 있는 생명의 근원지에 대해 누구보다 더 잘 알고 있어. 사람들은 그것들을 한낱 신화나 옛날얘기로만 알고 있지. 하지만 나는 그것들이 진짜 존재한다는 것을 안다. 그리고 너도 알고 있지."

내게 얼굴을 가까이 댄 남자가 조용히 웃었다. 그의 두 눈은 흰자위가 거의 없고 온통 까맸다. 내 안의 강이 남자의 힘에 맞서 싸웠다.

"그 성스러운 땅들은 곧 그저 이야기나 전설로만 남게 될 거다. 내가 그것들을 파괴할 방법을 찾았으니까. 하나씩, 하나씩 파멸시켜 모조리 다 없앨 것이다. 어린 전사여, 그 힘을 파괴하려면 무엇이 필요할 것 같으냐?"

나는 시간을 벌기 위해 대꾸할 말을 찾는 양 입술을 적셨다. 나는 손을 움직일 수 있었다. 나는 계속 땅에 쓰러져 있는 척했다. 내 머리채를 잡은 남자의 손에 힘이 더 들어간 순간 내가 그에게 달려들었다. 나는 남자의 목을 두 손으로 움켜쥐었다. 나는 강의 힘을 가진 전사였다. 온 힘을 다해 그의 목을 졸랐다.

남자가 웃었다.

"아니지."

내 손에서 힘이 스르르 풀렸다. 옆에 있던 병사가 이미 내 목에 칼을 들이댄 뒤였다. 남자가 일어섰다.

"여자를 데려와."

그가 어깨 너머로 명령했다. 내 목에 칼을 댄 병사는 내 옷깃을 거머쥐고 나를 강기슭으로 끌고 갔다. 강의 수원지는 크지 않다. 산과 언덕에서 여러 개의 작은 물줄기들이 강으로 흘러들었지만 강으로 가장 많은 물을 흘려보내는 건 슬픔의 호수였다. 호수는 강이 지닌 힘의 근원이었지만 호수 자체는 그렇게 강력한 힘을 지니지 않았다.

지휘관, 그리고 그와 똑같은 턱을 가진 어린 소년이 그곳에 서 있었다. 병사가 나를 남자의 발아래 거칠게 꿇어앉혔다. 칼이 스친 내 목에서 피가 흘러내렸고 상처가 쓰라렸다. 나는 나의 강 앞에 쓰러진 채 그 땅 위에 피를 뚝뚝 흘리고 있었다. 강이, 그녀가 노래했다. 그녀의 노래에 내 피가 화답했다. 그 성스러운 땅 위에 남자들이 감히 검과 무기를 들고 발을 딛고 서 있었다.

"필요한 건 오직,"

지휘관이 조용히 혼잣말을 했다.

"외부의 오아키, 그것뿐이다. 그 둘이 섞이면 강은 더 이상 자신이 아니게 되지. 운 좋게도 내게, 그에 딱 맞는 것이 있다."

남자는 허리춤에서 작은 술병을 꺼내 조심히 흔들었다.

"충분하군. 좋아."

그는 마개를 뽑은 뒤 물처럼 투명한 액체를 강에 부었다.

수십 마리의 커다란 왜가리들이 비명을 내지르며 일제히 날아올랐고 날개를 퍼덕거리며 허공을 갈랐다. 나는 물속으로 뛰어들었다. 남자가 나를 잡고 있던 사슬을 놓았다. 물이 나를 에워쌌다. 나는 아주 오래전부터 그 물속에서 헤엄을 쳤고 그 물을 마셨다. 그런데 그 물이 변했다. 이제 그건 그저 차갑고 평범한 강물이었다. 강, 나의 어머니, 나의 모든 것이 사라져버렸다. 강의 정령은 저항도 작별 인사도 없이 그렇게 흔적도 없이 사라져버렸다.

나는 강 없이는 아무것도 아니었고 나를 보호해 주는 힘도 사라졌다. 내 안에 흘러넘치던 모든 것이, 내 세상이 한순간에 어둠 속으로 떨어졌다.

어둠. 몸에 경련이 일었다. 머리가 무겁고 피가 쏠리는 기분이었다. 말의 냄새도 났다. 입이 마르고 입술이 부르터 있었다.

내 몸이 말 위에 실려 있는 것 같았다. 병사들의 장화 소리와 무기가 달가닥거리는 소리가 들렸다. 눈을 뜨니 갈색 말의 옆구리와 풀밭, 구름떼처럼 많은 병사가 이동하며 일으키는 흙먼지가 보였다. 나는 다시 눈을 감고 어둠이 나를 데려가게 했다.

물. 깨끗하고 차갑고 평범한 물이었다. 목이 말랐지만 물은 입 밖으로 쏟아졌다. 어떤 손이 내 머리를 받쳐주었다. 나는 물을 마셨다. 눈을 떠보려고 했지만 잘되지 않았고 아무것도 보이지 않았다. 시력을 잃은 걸까? 물그릇이 치워졌다. 내 고개가 아래로 툭 떨어졌고 가벼운 발걸음 소리가 멀리 사라졌다. 나는 눈만 끔뻑거리며 땅 위에 쓰러져 있었다. 시간이 좀 지나자 어슴푸레한 불빛이 보였다. 시력을 잃은 건 아니었다. 나는 깜깜한 천막 안에 있는 것 같았다. 밖에서 희미한 불빛이 새어들어 왔다. 달빛인가. 밤이었다. 팔을 움직여보니 아무것도 채워져 있지 않았다. 하지만 목에는 여전히 쇠사슬이 채워져 있었다. 몸에 힘이 하나도 남아 있지 않았다. 강이 내게 부여해 준 힘이 보호막과 함께 완전히 사라진 것이다. 내 안에서 살아 숨 쉬며 말을 걸던 강의 목소리도 이제 들리지 않았다. 그저 평범한 인간의 심장 뛰는 소리만 들려올 뿐이었다. 내 숨소리는 얕고 희미했다.

조그만 형체가 빠른 걸음으로 천막 안에 들어섰다. 아이였다. 아이는 내 옆에 쪼그리고 앉아 그릇을 내밀었다. 나는 겨우 몸을 일으키고 앉아 그릇을 들어 물을 마셨다. 손등으로 입을 쓱 닦아냈다. 이번에는 아이가 빵을 건넸고 나는 그것을 받아 손으로 뜯었다. 소금의 맛과 달콤한 냄새가 났다.

“왜 나를 살려두는 거지?”

소년은 바로 대답하지 못했다.

“모르겠어.”

잠시 생각에 잠긴 듯했다.

“아버지가 너를 그냥 강에 빠져죽게 둘 줄 알았는데, 네가 한참 버둥대는 걸 보더니 너를 건져 올렸어. 처음엔 네가 죽은 줄 알았어. 그런데 소난이 네가 아직 살아 있다고 했고, 그러자 아버지가 너를 말에 묶어 데려가라고 명령하셨어."

"어디로 가는데?"

"오하딘. 집으로. 남쪽으로 가는 거야."

"음."

아이가 나를 유심히 살폈다.

"네 안에 있던 힘이 다 사라졌네. 기분이 어때?"

나는 대답하고 싶지 않았다. 생각하고 싶지도 않았다. 빵을 한 조각 뜯어 입안에 쑤셔 넣었다. 눈이 어둠에 적응되어 주위를 둘러보니 남자가 혼자 쓰는 천막이었다. 나를 지켜보는 소년의 짙은 눈동자가 희미한 어둠 속에서 검게 빛났고 반쯤 벌린 입 속의 하얀 치아도 보였다.

"너희는 왜 여기까지 왔지?"

"아버지는 금화가 필요해. 오하딘에 있는 궁전을 넓히느라 국고에 있는 금화를 다 써버렸거든. 더 이상 세금을 올리기도 어렵고. 아버지 말씀이 지금 사람들이 반란을 일으키면 안 된다고 하셨어."

아이가 하품을 했고 나는 지금 시각이 얼마나 늦었는지, 그리고 지휘관은 어디에 있는지 궁금했다.

"여기엔 숲이 울창하고 카레노코이에는 없는 나무들이 있어. 우리는 카레노코이 북쪽에 있는 작은 땅을 정복했거든. 아버지가 다른 일로 바쁠 때 그들이 우리를 공격하지 않고 우리에게 충성을 바치도록 손을 쓴 거지. 그러고는 이곳으로 곧장 행진해 왔어. 여기에 아무도 살지 않는다고 들었는데, 어쨌든 나무들을 남쪽 강으로 실어 갈 거야. 그러고는 바다로 보내 값을 비싸게 쳐주는 곳으로 가져가야지. 이곳엔 은광도 있더군. 그런데 사람들이 나타나 저항했고 아버지가 그들을 죽였어. 방해가 됐으니까."

아이가 말하는 사람들은 우리 부족 사람들이었다. 병사들이 나타나 우리를 공격했고 우리는 방어했을 뿐이다. 그러나 병사들이 너무 많아 도저히 상대가 되지 않자 나는 살아남은 부족 사람들을 빠져나가게 하고 홀로 남아 싸웠다.

"그래서 이게 전부 금과 은 때문이라는 건가? 네 아버지는 탐욕스러운 자다."

나는 마지막 남은 빵 조각을 삼키고 손가락에 묻은 밀가루를 핥았다. 짠맛이 났다.

"맞아, 탐욕스럽지."

아이는 생각에 잠긴 채로 주머니에서 말린 과일을 꺼내 내게 건넸다. 나는 그것들을 천천히 씹었다.

"하지만 금과 은 때문이 아니야. 아버지는 지배하고 싶은 거야. 금과 은은 그 일에 도움이 되지."

"누구를 지배하고 싶은 건데?"

"모든 것. 모든 사람."

어린 소년은 천막 반대편에서 이불을 덮고 잠이 들었다. 나는 내 목에 걸린 쇠사슬을 끝까지 끌어당겨 길이를 가늠해 보았다. 그러고는 사슬을 든 채로 그것이 묶여 있는 천막 기둥까지 조용히 기어갔다. 단단한 사슬이 그만큼 단단한 잠금쇠에 묶여 있었다. 도구만 있다면 천막 기둥을 잘라낼 수 있을 텐데.

천막의 문이 들리면서 달빛이 흘러들어 왔다. 나는 그 자리에 얼어붙었다. 아무 소리도 듣지 못했던 것이다. 예전의 내 예리한 감각들이 약해지고 무뎌졌다. 남자가 천막 안으로 들어왔다.

"어린 전사께서 확실히 살아나셨군."

남자는 내게 등을 보이는 것도 개의치 않고 느긋하게 오일 램프에 불을 켰다. 서두르지 않았다. 램프에 불이 붙자 남자는 잔에 뭔가를 따른 뒤 쿠션 위에 앉았다. 그것을 조금씩 마시며 처음으로 나를 관심 있게 지켜보았다. 남자의 입이 잔에 가려져 있었다. 그는 아주 여유롭게 나를 유심히 관찰했다.

나는 구석으로 뒷걸음질 쳤다.

"내가 왜 너를 살려주었는지 이유를 생각해 보았다."

남자가 턱수염을 만지작거리며 말했다. 아버지의 기척에 아이가 잠에서 깼는지 이불 아래서 몸이 살짝 들썩였다.

"나는 정복자다. 땅, 자원, 사람들과 그들의 생각까지도 정복한다. 내가 지난 수백 년을 통틀어 가장 잘 훈련된 병사들을 거느릴 수 있게 된 이유를 아느냐? 그들은 나를 두려워하지, 어린 전사여. 지금 네가 나를 두려워하는 것처럼."

나는 고개를 숙이고 몸을 웅크렸다.

"처음에 너는 나를 겁내지 않았다. 하지만 네가 잘못 알았던 거지. 그렇지 않으냐? 모든 사람이 나를 두려워한다. 대개 이유도 모르면서 어쨌든 나를 겁내지."

남자는 별안간 지겨워졌는지 기지개를 켜며 하품을 했다.

"그건 너무나 자연스러운 일이다. 나는 원하는 것은 기필코 갖지. 훗날 모두가 나를 '정복자'라는 칭호로 부르게 될 것이다."

남자가 일어나 나를 향해 걸어왔다. 나는 내 몸이 사라지기를 바라기라도 하듯 땅바닥에 딱 붙었다. 살면서 그렇게 두려웠던 적은 없었다. 강의 힘도 나를 저버렸고 내 방어막도 사라졌다. 여태껏 눌러왔던 감정들이 모두 깨어나 나를 압도해 숨을 쉴 수 없었다. 남자가 내 옷을 벗기는데도 나는 저항하지 못했다.

남자는 할 일을 마치고 내 옷에 자기 몸을 닦았다. 나는 두 팔로 머리를 감싸 몸을 웅크리고 있었다. 내 몸의 모든 곳에서 남자의 냄새가 났다.

남자가 램프를 끄기 전, 천막 한쪽에서 뭔가가 살짝 움직이는 모습이 보였다. 아이가 등을 돌린 채 이불을 머리끝까지 뒤집어쓰고 있었다.

남자는 나를 모욕하는 일에서 재미를 느꼈다. 내 피를 흑마술에 이용했는데, 나는 그런 마술은 알지도 못했고 알고 싶지도 않았다.

밤이 되면 아이는 종종 내게 빵과 물을 가져다주었다.

"이름이 뭐야?"

지휘관이 내게 다녀간 뒤 곯아떨어진 어느 밤, 아이가 내게 조용히 물었다. 그 어린 소년은 조금 떨어진 곳에 앉아 있었는데, 내게서 나는 냄새 때문이었다. 나는 누군가가 발견하고 빼앗아 가기 전에 허겁지겁 음식을 입에 넣었다.

"술라니."

아이가 잠시 주춤했다. 아이를 흘긋 보았는데 그 애는 아랫입술을 깨물고 있었다.

"내 이름은 오라노야."

나도 몇 번 들어본 적 있는 이름이었다. 아이를 부를 때 아버지가 그렇게 불렀다. 그런데도 아이는 그 이름을 말하기 전 머뭇거렸다.

"네 어머니는 어디 있지, 오라노?"

"오하딘, 집에 계셔. 여자들이 머무르는 다이라헤시에."

아이가 고개를 들었다.

"나는 아버지를 따라 전장에 나왔어. 이제 나도 충분히 자랐으니까. 아버지는 내게 모든 걸 가르쳐주셔. 난 막내지만 아버지는 나를 가장 사랑하시지."

"어머니는 네게 뭘 가르쳐주시지?"

"다른 것들."

오라노가 얼버무리며 말했다.

"별로 중요한 건 아냐."

"먹을 걸 더 줘."

아이는 주머니를 뒤져 먹을 만한 걸 찾더니 땅콩을 한 움큼 꺼내 내게 건넸다.

그 순간, 나는 아이의 팔목을 낚아채 내 쪽으로 확 끌어당겼다. 땅콩이 바닥에 와르르 쏟아졌다. 내 더러운 옷에 몸이 닿자 무표정했던 아이의 얼굴이 일그러졌다. 나는 아이의 손목을 세게 비틀었다. 그 애는 비명을 지르지 않았다.

"소리쳐 아버지를 불러. 네가 죽는 걸 그자가 눈앞에서 봐야 하니까."

"아버지가 널 죽일 거야."

"하지만 그 전에 내 복수는 할 수 있지. 그자는 네가 죽는 걸 보게 될 거야. 그리고 그게 자기 탓이라는 사실을 평생 품고 살아야 할 거야. 전처럼 살 수는 없겠지."

나는 그 영악한 소년의 귓가에 마지막 문장을 속삭였다. 그러고는 두 손으로 아이의 목을 거머쥐었다.

"그러니 소리를 질러! 아버지를 불러!"

"아니."

아이는 내가 지휘관의 목을 졸랐을 때와 똑같은 어조로 말했다. 하지만 이번엔 아이에게 어둠의 힘이 없었다. 그저 말뿐이었다. 그러나 아이의 목소리에는 단순한 거절 이상의 힘이 있었다.

"아니."

아이가 다시 말했다.

"넌 나를 죽이지 않아."

그건 사실이었다. 나는 아이의 목을 더 세게 쥐었다. 아이는 눈이 튀어나올 것 같았는데도 저항하지 않았다.

아이의 얼굴이 점점 더 검게 달아올랐다. 나는 소리쳐 지휘관을 부르려고 입을 벌렸다. 죽기 전에 복수를 하고 말 것이다.

시간이 멈췄다. 내 손에 전해지는 아이의 요동치는 맥박, 내 숨소리, 내 손에 닿는 조그만 몸의 온기.

나는 아이를 밀쳐냈다. 전사는 완전히 사라져버렸다. 나는 몸을 웅크리고 바닥에 얼굴을 묻었다. 나는 그저 술라니였다.

오라노가 반대쪽으로 기어갔다. 뭔가를 뒤적거리는 소리가 들렸다.

작은 손이 나타나 내 앞에 가만히 땅콩을 올려두었다.

*

해가 질 무렵, 우리는 오하딘에 도착했다. 병사들이 높은 담 아래 멈춰 섰고 지휘관과 그의 측근들만이 말을 탄 채로 문을 통과했다. 나는 다시 감시병이 끄는 말에 묶여 가고 있었다. 성벽 밖에는 지붕이 평평한 낯선 형태의 집들이 마을을 이루고 있었다. 집집마다 문에 전등이 걸려 있고 창을 통해 새어 나온 빛이 거리를 비추었다. 어른과 아이의 목소리, 염소 울음소리, 길든 새의 울음소리도 들렸다. 공기에는 연기와 음식 냄새, 가축의 분비물 냄새가 섞여 있었다. 이렇게 큰 도시는 처음이어서, 나는 몸이 피곤했음에도 주변을 주의 깊게 살폈다. 어디로 끌려가는지 알아야 했다.

우리는 다른 쪽 성벽으로 갔는데, 그곳에는 지휘관을 위한 더 작은 문이 따로 있었다. 그와 아들만 말을 탄 채 그 문을 통과했고 나머지는 모두 말에서 내렸다. 내 말을 끌고 가던 병사가 말의 엉덩이를 때려 앞으로 이동하게 했고 문을 통과하자마자 파란 옷을 입은 다른 민머리 병사가 아무 말 없이 내 말을 넘겨받았다.

우리는 벽이 둘러진 공원에 당도했다. 이미 어둑어둑해져 공원이 얼마나 큰지는 알 수 없었다. 동쪽에는 여러 층으로 된 커다란 빨간 건물들이 모여 있었다. 동쪽 건물들보다는 작지만 똑같이 화려한 자태를 뽐내는 건물들이 서쪽에도 몇 채가 모여 있었다. 동쪽과 서쪽 사이를 정원이 죽 가로질렀다. 어두운 탓에 식물은 잘 보이지 않았지만 물이 흐르고 새가 울고 낙엽이 바스락거리는 소리가 들렸다. 동쪽 건물에서는 음악과 웃음소리가 들려왔고 서쪽에서는 아무 소리도 들리지 않았지만 창을 통해 빛이 새어 나오고 있었다. 말이 걸음을 멈추고 고개를 낮추기에 나도 걸음을 멈추고 고개를 낮췄다.

말들은 따스한 마구간으로 가 모이를 먹을 테고 어쩌면 마부가 빗질을 해줄지도 모른다.

나는 어떻게 되는 걸까.

두 명의 새로운 경비병이 금색 문을 열고 나왔다. 한 명은 체격이 작고 다부졌고 한 명은 키가 크고 수염이 덥수룩했는데 이 둘도 머리를 민 남자들이었다. 땅딸막한 남자가 안장에 연결된 내 사슬을 풀어 손에 쥐었다. 그가 나를 끌고 현관으로 올라갔고 키 큰 남자가 내 뒤를 따라왔다. 건물 안에 들어서자 뒤에서 문이 잠겼다. 나는 오하딘에 있는 지휘관의 궁에 갇히게 되었다.

긴 복도에 난 수많은 문과 아치를 지나 작은 연못이 있는 뜰에 다다랐다. 뜰에는 위로 이어지는 계단이 있었고 경비병이 나를 데리고 위로 올라갔다. 주위에 사람이라고는 보이지 않았으며 댕그랑거리는 내 쇠사슬 소리 말고는 아무 소리도 들리지 않았다.

내 앞에 또 다른 금색 문이 나타났다. 경비병이 열쇠를 꺼내 그 문을 연 뒤 나를 향해 걸어왔다. 나는 황급히 뒤로 물러섰다. 남자는 혀를 차며 거칠게 내 목에 있는 고리를 홱 잡아 풀었다. 그러고는 나를 앞으로 밀며 몇 개의 문을 더 통과했다. 뒤에서 그 문들이 차례로 잠겼다. 그곳은 지휘관의 다이라헤시였다.

내가 도착한 곳은 천장이 높은 어떤 홀이었다. 홀 중앙에는 슬픔의 호수에 사는 왜가리처럼 새하얀 분수가 설치돼 있었다. 양쪽에 열린 창을 통해 밤공기가 들어왔다. 방은 초와 램프 불빛으로 환했고 바닥에는 두꺼운 카펫이 깔려 있었다. 짙은색의 낮은 나무 탁자가 두 개 놓여 있었는데 그 주변에는 커다란 쿠션들이 산처럼 쌓여 있었다. 그리고 여자들이 있었다. 한쪽 테이블에 있는 여자들은 전부 어렸고 길고 까만 머리카락에 화려한 색의 옷을 입었으며 보석을 주렁주렁 달고 있었다. 헷갈릴 정도로 비슷해 보여서 몇 명인지조차 알 수 없었다. 테이블 위에는 자수와 카드, 주사위, 과일 같은 것이 놓여 있었다. 여자들 주변에는 나이대가 들쑥날쑥한 아이들이 뛰놀고 있었다.

다른 테이블에는 세 명의 여자가 앉아 있었다. 한 명은 나이가 많고 검은 머리카락이 군데군데 하얗게 셌고 손에도 주름이 잘었다. 옷은 값비싸 보였지만 어린 여자들에 비하면 단조로운 모양새였다. 두 번째 여자는 머리카락이 새하얗고, 검은 머리 여자나 나와는 달리 피부색이 갈색과 붉은색의 중간쯤 되는 빛을 띠었다. 여자는 위아래 모두 수수한 갈색 옷에 보석 하나 없이 머리핀 하나만 꽂고 있었다. 마지막 여자는 내가 그때껏 본 사람 중 피부색이 가장 어두웠고 곱슬곱슬한 머리에 눈이 동그랬다. 외모로는 몇 살인지 가늠하기 어려웠는데, 눈빛을 보니 나보다 나이가 많을 것 같았다. 귀와 목에는 진주와 달팽이 껍데기 같은 것으로 만든 이상한 물건이 달려 있었다.

"저게 뭐야!"

까만 머리 여자들 중 한 명이 소리를 질렀다.

"어디서 저런 게 온 거지?"

내 몸에서 풍기는 악취에 그 까만 머리 여자가 손으로 입을 막으며 말했다.

"바보같이 굴지 말거라."

나이 많은 여자가 퉁명스러운 목소리로 말했다.

"이스칸이 데려왔을 거다. 오늘 밤 돌아온다고 했다."

백발의 여자가 나이 든 여자를 향해 몸을 돌렸다.

"그럼 오라노도 오겠군요."

나이 든 여자가 미소 짓는 것을 보니 그 여자가 오라노의 어머니인 듯했다.

"오라노가 좋아하는 것들을 벌써 다 준비해 놓았어."

여자가 뭔가를 더 말하려고 했으나 어린 여자가 끼어들었다.

"저 여자는 저기에 계속 저렇게 서 있을 건가? 여기에 사는 건 아니겠죠? 저는 저 여자랑 한방에서는 못 자요!"

"네 주인의 뜻을 거스르겠다는 것이냐?"

나이 든 여자가 낮은 목소리로 물었다.

"저는 당신의 새로운 여자와 함께 지내기 싫습니다, 이런 말이라도 전하고 싶은 거야? 그럼 이스칸이 네게 따로 방이라도 마련해 줄 것 같으냐, 아베라?"

어린 여자들이 앉은 테이블이 순식간에 조용해졌다. 하얀 머리 여자가 빙긋 웃었다. 팔과 발목에 화려한 장식을 많이 단 어린 여자 한 명이 자리에서 일어났다.

"저는 방이 따로 있어 다행이에요. 이만 물러가 볼게요. 주인님께서 오늘 저를 부르실 테니까요."

여자가 작은 문을 통해 홀을 떠나자 남아 있는 다른 여자들이 얼굴을 찌푸렸다.

"걘 좀 조심해야 할 거야. 지금까지야 애첩이었지만 주인님 마음은 금세 바뀔 텐데."

아베라라는 여자가 말했다.

"어쩌면 이것한테 가실지도."

다른 여자가 턱으로 나를 가리켰고 어린 여자들이 웃음을 터뜨렸다. 나이 많은 여자가 나를 유심히 보았다.

"이 아이를 어떡해야 하지?"

나이 든 여자가 머리가 하얀 여자에게 조용히 물었다.

사람들을 둘러싼 벽이 빙빙 돌았고 내 몸이 크게 흔들렸다. 마지막으로 뭘 먹은 게 언제인지 기억나지 않았다.

어두운 구석에 있던 여자가 소리도 없이 미끄러져 쓰러지는 나를 강한 두 손으로 붙잡았다. 커다란 코와 소박하게 땋은 머리, 치아가 다 드러난 입이 보였다. 나는 정신을 잃었다.

나는 눈을 떴다. 모든 게 부드러웠다. 침대와 쿠션, 내가 입고 있는 실크 옷까지 전부 그랬다. 누군가 내 입에 물 잔을 대주었다. 오라노는 아니었다. 아이의 손이 아니라 크고 힘이 세 보이는 손이었다. 나는 잠깐씩 의식이 돌아왔다가 다시 정신을 잃었고 그동안 여러 날이 흘렀다. 내 몸이 깨어나길 원하지 않았다. 잠을 자면 현실에서 도망칠 수 있었다. 누군가가 계속해서 내게 수프나 부드러운 음식을 먹여주고 쓴 약도 입에 넣어주었다. 가끔은 두 손이 내 눈앞을 둥둥 떠다니며 상처를 닦아주고 붕대를 감아주기도 했다. 그는 늘 부드러운 손길로 나를 대했다. 하지만 나는 잠에서 깼을 때도 눈을 감고 있었다.

가끔 지휘관에게로 보내질 때도 있었다. 남자는 자기 방식대로 나를 대했고, 그런 다음에 나는 더 많이 씻어야 했고 상처도 더 많아졌다. 나는 눈을 뜨지 않았다. 눈꺼풀 뒤에 숨어 있었다.

남자가 날 찾지 않은 지 하루, 이틀, 그리고 더 많은 날이 지나갔다. 그제야 나는 눈을 뜨고 햇빛을 느꼈다. 격자무늬 창문, 캐비닛, 궤, 카페, 쿠션이 눈에 들어왔다. 바깥에서는 새가 나무에 앉아 지저귀고 있었다. 종달새다. 몸은 그렇게 아프지 않았다. 침대 위에 일어나 앉았다. 문이 앞에 있었다. 두 다리로 서보려고 했지만 다리가 내 몸을 감당하지 못해 다시 뒤로 풀썩 주저앉았다. 문이 열리고 코가 크고 손이 부드러운 여자가 방으로 들어왔다.

여자가 서둘러 내 옆으로 달려와 나를 부축해 주었다. 그러고는 새로 생긴 입가의 상처를 돌봐주었다.

"먹을 수 있겠어요?"

나는 상처 부위에 혀를 갖다 댔다. 입을 여니 상처가 쓰라려 고개를 저었다.

"목욕하고 싶어요? 뭘 좀 마실래요?"

여자의 목소리는 허스키했다. 나는 그 목소리가 좋았다.

내가 고개를 끄덕이자 여자가 안쓰러워하는 미소를 지었다.

"좋아요. 목욕물을 준비해 줄게요. 기다려요."

여자가 방을 나갔고 그동안 나는 쿠션에 기대어 앉아 있었다. 창으로 흘러들어 오는 햇살 덕에 다리에 따스함이 느껴졌다. 나는 그때 나체였는데 차마 내 몸을 쳐다볼 수가 없었다. 나는 언제나 내 몸의 흉터가 자랑스러웠다. 그건 내가 잘 싸웠다는 증거였다. 하지만 지금 이 상처들은 전장에서 얻은 것이 아니었다.

여자는 커다란 파란색 옷을 들고 와 내 몸을 감싸주었다. 그러고는 나를 부축해 아주 천천히 방을 나섰고 분수가 있는 커다란 홀을 지나고 또 다른 문을 지나 계단을 내려갔다. 그동안 호기심에 찬 눈빛으로 우리를 지켜보는 여자들이 있었지만 뭐라고 말을 거는 사람은 없었다. 내가 도착한 방은 수증기로 가득 차 있었다. 여자는 내가 욕조 안에 들어갈 수 있게 도와주었다. 상처에 따뜻한 물이 닿으니 내 입에서 나직한 신음이 흘러나왔다. 곧 온몸의 긴장이 녹아내렸다. 여자는 바지를 다리 위로 걷어 올리고 욕조 안으로 들어와 부드럽고 향기가 좋은 뭔가로 내 머리와 몸을 씻겨 주었다. 지휘관의 손이 닿은 곳에 여자의 손이 닿으면 나도 모르게 몸이 움츠러들었다. 하지만 여자의 손은 따뜻하고 다정했다. 그녀의 보살핌은 내가 남자의 기억을 지울 수 있도록 도와주었다.

몸을 씻는 데 한참이 걸렸다. 내가 침대에 누워 있을 때도 여자는 천으로 나를 닦아주었지만 그렇게 닦는 데는 한계가 있었다. 머리카락에 더러운 것들이 엉겨 붙어 있어 일부를 가위로 잘라내기도 했다. 여자는 달팽이 껍데기와 새의 뼛조각을 내 머리에서 떼어냈다. 그건 내가 전사일 때 하고 다니던 것들이었고 나는 더 이상 전사가 아니었다.

여자는 수건으로 내 몸을 닦아준 뒤 지독한 냄새가 나는 연고를 상처에 발라주었다. 나는 그저 여자가 하는 대로 따르며 가만히 서 있었다. 그녀가 내게 새 옷을 입혀줄 때 나는 처음 입을 열어 말했다.

"이름이 뭐예요?"

여자는 갑자기 부끄러운 듯 땅으로 시선을 돌리며 대답했다.

"에스테기예요."

"나는 술라니예요."

여자가 고개를 들었다.

"알고 있어요."

내가 당황한 것처럼 보였는지 여자가 덧붙였다.

"오라노가 어머니에게 당신 이야기를 했거든요. 당신이 누구인지 조금은 알고 있어요."

"당신은 누구죠? 당신은……."

나는 적당한 단어가 떠오르지 않았다. 황금색 문부터 음식과 욕조, 향기, 음악, 그 모든 것이 내게는 낯설었다.

"부인인가요?"

여자가 큭큭 웃었다.

"저는 하인이에요. 어릴 때부터 이곳 다이라헤시에서 일했어요. 그 전에는 주인님의 어머니를 모셨고요."

"저, 고마워요."

여자는 내 말의 의미를 이해했고 슬픈 눈으로 나를 보았다. 그녀는 내 가슴을 천으로 감싸 매듭을 묶어주었다. 늙은 사람의 손은 아니었으나 그녀는 아주 어리지도 않았다. 나보다 나이가 많아 보였지만 얼마나 많은지는 추측하기 어려웠다. 나도 모르게 여자의 앙상한 두 손을 잡고 입을 맞췄다.

에스테기가 동작을 멈췄다. 내가 그녀의 손에 입을 맞추는 동안 에스테기는 그런 나를 바라보았다. 손을 뺀 그녀는 뺨이 목까지 빨개져 있었다. 내가 뭔가를 잘못한 것 같았다. 나는 두 손을 내리고 방을 나가 계단을 오르는 에스테기의 뒤를 가만히 따라갔다.

밤이 되고 나는 그녀의 이름을 조용히 떠올렸다. 에스테기. 나와 비슷한 이름이었다.

내가 깨끗이 씻고 좋은 냄새를 풍기자 남자는 별로 좋아하지 않았다. 그의 관심도 차츰차츰 사라졌다. 여전히 나를 찾았지만 매일 밤은 아니었고 그의 뒤틀린 욕망도 사그라들었다. 내 상처도 자연히 나아졌다.

나는 조용히 혼자 지냈다. 다른 여자들은 옷을 만들거나 정원에서 수다를 떨거나 음악을 즐기거나 했고 내게는 무관심했는데, 나도 그들이 궁금하지 않았다. 나이가 제일 많은, 첫째 부인 카비라는 다이라헤시에서 거의 볼 수 없었다. 백발의 가라이가 가끔 정원을 거니는 듯했고 까만 피부의 오르세올라는 종종 왕궁에서 밤을 지새우고 돌아와 며칠을 내리 잠만 잤다.

내 동무가 되어준 건 에스테기였다. 그녀는 부인 카비라의 하인이었는데 카비라가 시키는 일들이 많아 늘 바빴다. 하지만 잠시라도 틈이

날 때면 먹을 것을 들고 내 방으로 왔다. 상처가 아물고 내가 조금씩 움직일 수 있게 되자 에스테기는 내 팔다리가 기력을 되찾도록 도와주었다. 나를 부축해 함께 산책을 했고 아름다운 것들을 보여주었다.

하지만 그중에서도 가장 아름다운 건 에스테기였다.

그녀는 산산조각으로 부서진 나를 조용히 끌어안아 주었다. 내 몸을, 내 존재를. 그녀의 따스한 보살핌으로 나는 다시 온전히 기워질 수 있었다. 나는 예전의 내 모습을 조금씩 되찾고 있었다. 오하딘의 뜰에 처음 발을 내디딘 뒤로 줄곧 에스테기는 나에게 힘이 되어주었다. 다른 사람들은 모두 나를 강한 전사, 그들을 보호해 주는 수호자로 여겼다. 하지만 에스테기는 내게 안식처가 되어주었다. 세상이 내게 준 유일한 안식처였다.

카비라

이스칸은 새로운 차원의 어둠이 되었다. 아니의 검은 물을 마시는 횟수도 부쩍 늘었다. 한때 아름다웠던 갈색 눈동자는 까맣게 변해 흰자위를 거의 다 덮고 있었다. 겉으로는 늘 그렇듯 흐트러짐 없고 차분해 보였으나 그 표면 아래에는 깊은 어둠이 부글부글 끓고 있었다. 이스칸은 내가 상상도 하지 못한 방식으로 그 힘을 휘둘렀다. 에스테기가 나와 가라이에게 와서, 이스칸이 술라니에게 무슨 짓을 했는지, 술라니의 모습이 어땠는지를 말해주었다. 에스테기는 말로 전하는 것조차 힘들어했는데, 이야기하는 도중 자주 말을 멈췄고 몸짓으로 표현하려다 그것마저 포기하고는 희망 없는 눈빛으로 그저 멍하니 우리를 바라보았다. 우리가 할 수 있는 일은 없었다. 우리 중 감히 이스칸의 관심을 끌고 싶은 사람은 없었기 때문에 아무도 나서지 못했다. 이스칸은 오하딘을 떠나 있을 때 그를 더 사악하고 깊은 어둠으로 이끈 어떤 장벽을 만난 것 같았다. 뭔지 모를 그것이 그에게 오아키를 더 자주 마시게 하고 있었다. 다이라헤시는 굳게 닫혀 있어 그 안에 갇힌 우리는 바깥 세상에서 일어나는 일을 잘 알지 못했다. 소난은 국왕이 총애하는 가문의 딸과 결혼했다. 코린과 에논은 다른 지역 총독의 딸과 결혼한 탓에 멀리 떨어져 살았고 그곳을 다스리느라 오하딘에 거의 오지 못했다. 소난은 아내와 함께 오하딘의 큰 저택에 살게 되었으므로 나와 가까이 있어 나는 무척 기뻤다. 하지만 소난 또한 이스칸이 맡긴 일들이 많았고 돌봐야 할 딸이 있었기 때문에 자주 볼 수는 없었다. 아들은 이제 다 큰 성인이 되어 나와 함께할 시간을 갖기가 어려웠다.

그 어둠의 시기에 이스칸을 두려워하지 않는 유일한 사람은 에시코였다. 아이는 나와 함께 살았지만 내 방에서 보내는 시간은 거의 없었다. 대부분의 시간에 에시코는 아버지를 그림자처럼 따라다녔다. 오하딘을 정찰하거나, 교역을 감독하거나, 갈수록 노쇠하고 허약해지는 국왕을 만나거나 아니를 찾을 때도 아이는 아버지와 함께했다. 이스칸은 에시코에게 숨기는 것이 없었고 아이는 내게 많은 것을 숨겼다.

한번은 목욕을 하고 내 방에 들어섰는데 에시코가 가라이의 옷을 입고 서 있었다. 가라이가 이스칸의 가장 아끼는 첩이었을 때, 이곳에 처음 온 그녀에게 이스칸이 선물한 옷이었다. 옅은 푸른색에 아름다운 자수가 놓인 옷이었는데, 에시코의 피부색이나 머리카락 색과 어울리지 않아 무척 어색했다. 아이가 여자 옷을 입은 걸 본 건 처음이라 나는 그 자리에 얼어붙었다. 아이는 가느다란 팔과 목에도 보석을 달고 있었다. 거울을 들여다보고 있는 에시코와 내가 눈이 마주쳤지만 아이는 나를 신경 쓰지 않았다.

"뭐 하고 있니?"

내가 떨리는 목소리를 진정시키며 물었다.

"여자가 되는 게 어떤 기분인지 알고 싶었어요."

아이가 두 팔을 앞뒤로 흔들며 대답했다.

"옷이 불편해서 움직이기가 힘들어요."

"차츰 익숙해진단다."

나는 얼른 방 안으로 들어가 문을 닫았다. 아이가 그런 차림으로 있는 걸 들키면 큰일이었다.

아이는 바닥으로 팔을 흔들어 팔찌를 떨어뜨렸고 그 바람에 쨍그랑거리는 소리가 났다. 그러고는 족제비처럼 빠른 몸놀림으로 옷을 벗었다.

"입지 않아도 돼서 다행이에요."

아이의 가슴은 아직 납작했고 아직은 다른 신호도 없었다. 입술도 얇기만 했다. 나는 매일같이 아이의 몸을 유심히 살피며 조그만 신호라도 나타나진 않는지 늘 확인했다. 그때를 위해 만반의 준비를 해야만 했다. 이스칸의 눈을 피하려면 어떻게 해야 할까? 어떻게 해야 아이를 살릴 수 있을까? 하지만 아직 확실한 묘책을 생각해 내지 못했다. 나는 아이가 딸이라는 사실을 숨긴 채로 영원히 내 곁에 두고 싶었다. 시간이 자비 없이 흘러가고 있으며 아이의 몸이 우리를 배반할 날이 곧 닥치리라는 사실을 인정하지 못하고 있었다.

*

나는 성벽 위에 서서 그들이 말을 타고 새벽 어스름 속으로 달려나가는 것을 지켜보았다. 이스칸이 아레코에서 나를 이곳으로 데려온 뒤 처음으로 나는 다이라헤시를 잠시 나갔다 와도 좋다는 허락을 받았다. 20년 만의 외출이었다. 내 옆에는 에시코가 함께 서 있었다. 나의 세 아들들은 밤처럼 새카만 수말을 타고 병사들의 선두에 서서 달려나가고 있었다. 매서운 바람에 깃발이 펄럭였다. 나는 거친 벽에 기대어 섰다. 동이 트자 아들과 말의 가슴을 덮은 갑옷 위로 눈부신 광선이 비추었다. 장성한 남자 셋의 늠름한 모습에 어머니에게서 멀어져가는 앳된 소년의 얼굴이 겹쳐 보였다.

아들들이 전쟁터로 나간 건 처음이 아니었으나 그렇게 멀리 떠나는 건 처음이었다. 에시코가 전해준 이스칸의 말에 따르면 북서쪽에 새로운 세력이 나타났다고 했다. 엘리안이라는 곳이 카레노코이의 지배에 저항하며 국경에 있는 우리 속국을 침략했다. 엘리안은 바클라트와 네르나이를 장악했는데, 이 두 지역은 카레노코이 경제에 아주 중요했다. 그 두 땅 전역에서 곡물이 자랐기 때문이다. 렝카와 오하딘에서는 이제 향신료만이 자라고 그것으로 금을 샀다. 빵이나 밥이 아니라 금이었다. 식량 가격이 하늘을 찔렀다. 이제 카레노코이 속국의 총독들은 엘리안이 쳐들어올까 봐 벌벌 떨거나, 이를 카레노코이에서 벗어날 일말의 기회로 삼으려고 상황을 주시하고 있었다. 이스칸은 사람들이 좋아하는 통치자가 아니었다. 카레노코이를 실제로 지배하는 자가 이스칸이라는 사실을 사람들은 모두 알고 있었다. 국왕은 정신이 오락가락하는 노인일 뿐이었다. 왕자들이 전부 죽은 뒤로 그에게서 모든 기운이 빠져나가 버렸다. 더 이상 아니의 물을 마시게 할 필요도 없을 것 같았다. 국왕은 더 살고자 하는 의지도 없이 방에만 틀어박혀 지냈다. 그는 너무 늙었기에 아무도 태만하다고 비난하지 않았다. 왕위 계승 문제가 남아 있었다. 왕자들이 모두 죽어버린 지금 누가 왕위를 받을 것인가? 첩의 아들 중 한 명이 받아야 할까? 그들 중 감히 이스칸에 대적하려는 사람은 없었다. 모두가 알고 있었다. 그에게 대항하는 순간 죽음을 맞으리라는 것을.

에시코는 얘기하지 않았지만 나는 에스테기를 통해 엘리안에서 일어난 반란의 진짜 원인이 노예 매매라는 사실을 알게 되었다. 이스칸은 카레노코이의 새로운 교역물로 노예를 팔아넘기기 시작했다. 오래전 가라이를 사 왔던 하레라의 방식을 따른 것이다. 어린 여자들은 제법 값이 나갔고 그가 바라는 대로 끊임없이 영토를 넓혀 가려면 계속해서 금이 필요했다. 그리고 이스칸은 생명의 근원지를 모조리 찾아내 파괴하길 원했다. 그는 자기처럼 예언과 죽음을 다스리는 자가 나타나 자신에게 맞설까 봐 두려워하고 있었다. 그리하여 비시에르의 명령에 따라 카레노코이와 그 속국들, 그리고 그 주변 땅에서까지 가난한 동네의 어린 여자들이 납치되어 상인들에게 팔려나갔다. 엘리안처럼 노예 징집이 횡행한 곳에서는 어머니들이 딸의 머리를 깎고, 얼굴에 상처를 내거나 화상을 입히고, 이를 뽑았다. 딸들을 지키기 위해서라면 뭐든지 했다. 태어날 때부터 입술이 갈라지거나 몸에 사마귀나 반점이 있는 아이들은 축복받은 것으로 여겨졌다. 그들은 안전했다.

이스칸은 아들들을 선두에 세우는 것이 불가피하다고 했다. 그는 이제 너무 늙어 직접 전쟁터에 갈 수 없었고 그러기에는 자신이 너무 중요한 인물이라고 생각하기도 했다. 하지만 지배하는 영토가 넓어지고 인구가 늘어갈수록 문제들이 생겨났다. 사람들은 마음속 깊이 이스칸을 증오했다. 이래 죽으나 저래 죽으나 마찬가지인 사람들이었으므로 그들을 죽음으로 위협할 수도 없었다. 이스칸은 아주 오랫동안 국왕이 백성들의 오래된 조상이라는 이야기를 퍼뜨렸고, 그렇게 자신이 만들어낸 왕실 숭배 문화를 통해 백성들을 지배했다. 하지만 사람들이 국왕을 보지 못한 지가 벌써 몇 년이나 되었다. 사람들은 실제 통치자가 누구인지 알고 있었고 곳곳에서 반란이 일어나기 시작했다. 이스칸은 꼭 필요한 상황이 아니라면 사람들을 죽이고 싶어 하지 않았다. 한 명, 한 명이 노동력이고 향신료 농장에 필요한 일꾼이었다. 지난 대기근 때 죽은 인력을 보충하기 위해 하레라에서 노예들을 사 왔지만 턱없이 부족했다. 이제 이스칸은 엘리안이 카레노코이의 진정한 적이라는 것을 사람들에게 알림으로써 문제를 해결해 보려고 했다. 카레노코이가 공격을 받았다, 침략자에 맞서 다 같이 힘을 모아 싸워야 한다! 사람들이 이런 시선으로 전쟁을 바라보도록 이스칸이 계획하고 있다고 에시코가 알려줬다. 그 작전이 얼마나 성공했는지 나는 알지 못했다. 내가 아는 건 내 아들들이 그 전쟁터에 있다는 사실이었다.

이스칸은 아들들 외에는 아무도 믿지 못했고 심지어 때로는 아들조차 믿지 못하는 것처럼 보였다. 그들이 떠나기 전날 밤, 소난은 이스칸이 코린에게까지 삐딱한 의심을 품고 있다고 했다. 코린이 암두라비에 금을 감춰두고 있다고 말이다.

"금으로 뭘 하려고 하지? 네 병사들을 모으려고? 누구에게 맞서려고? 경고하겠다. 넌 내게 대항하지 못해, 알아듣겠느냐? 내게 대적할 수 있는 사람은 없다. 특히 너는 더더욱!"

코린은 고개를 숙이고 주먹을 꽉 쥔 채, 금은 식량이 부족할 때를 위해 비축해 둔 것이지 다른 뜻은 없다며 아버지를 안심시켰다. 그러고는 아버지께 몸을 바짝 낮추고 간청을 올렸다. 아내인 하나이가 임신을 했으니 이번 엘리안과의 전쟁에 나가지 않고 암두라비에 남을 수 있게 해달라고, 정말—

"정말, 무엇이냐?"

이스칸이 조롱하며 물었다.

"아이를 낳는 동안 손이라도 잡아줘야 한다 이 말인가? 네 속셈을 안다. 걱정 말거라. 너는 명예롭게 전쟁터로 가게 될 것이다. 내가 너를 친히 지휘관으로 임명하겠다."

코린은 아버지께 예를 갖춰 감사의 인사를 표했지만 이스칸이 등을 돌리자마자 그의 눈은 아버지를 향한 적개심으로 가득 찼다. 한 영토를 책임지는 총독이자 여섯, 아니 이제 일곱 아이의 아버지인 코린은 이미 중년의 나이였기에 아버지가 여전히 자신에게 고압적으로 명령하는 것에 분개했다. 코린이 이스칸보다 자기가 다스리는 사람들을 특별히 더 위하지는 않았지만 현실은 더 잘 직시하고 있었다. 만약 암두라비에서 반란이 일어난다면 코린이 할 수 있는 일은 거의 없었다. 그렇다고 해서 암두라비를 떠난다면 상황이 더욱 복잡해질 터였다.

그날 밤, 소난과 나는 늦게까지 이야기를 나누었고 에시코는 소난 옆에 앉아 단어 하나 놓치지 않으려고 귀를 쫑긋 세우고 우리 이야기를 들었다. 에시코는 아버지와 가까웠지만 나는 그 아이 앞에서는 뭐든 자유롭게 이야기할 수 있었다. 딸은 나나 내 주변 사람들을 배신하지 않았다. 에시코는 무표정한 얼굴로 그저 아버지가 하는 말과 내가 하는 말을 전부 그 작은 머릿속에 집어넣었다. 딸이 무슨 생각을 하는지 나는 알 수 없었다. 가끔은 네 진짜 모습을 볼 수 있게 나를 네 속에 들여보내 달라고 아이를 잡고 흔들고 싶었다. 소난과 나는 진정으로 가까운 사이가 될 수는 없었다. 지난 몇 년 동안 우리가 가까워지긴 했지만 소난이 어렸을 때부터 이사니가 파놓은 우리 사이 간극이 너무나 컸다. 하지만 에시코는 달랐다. 에시코는 처음부터 내 아이라고 생각했는데.

소난은 말은 안 했지만 전쟁을 두려워하고 있었다. 전쟁터로 떠나기 전날 밤에 어머니께 두렵다고 떼를 쓰는 자식은 없을 것이다. 소난은 성인이지만 전쟁터에 나간 적은 없었다. 게다가 최근에 결혼해 어린 딸도 보았기 때문에 따뜻한 난로가 있는 집을 떠나고 싶어 하지 않았다. 하지만 아버지와 형들이 지시하는 거라면 뭐든 따르는 아이였다.

"저는 전사가 아니에요, 어머니."

식사가 끝난 뒤 에스테기가 접시를 치우고 있을 때 소난이 조용히 말했다.

"지도자가 될 만한 깜냥도 없고요. 그런데 아버지가 저를 타네 궁수들의 대장으로 임명하셨어요. 그들은 거친 사람들이에요, 어머니. 수많은 전투에서 단련된 활쏘기의 명수들이죠. 그들은 저를 우습게 여겨요. 그들 탓도 아니죠."

"이번 기회에 그들에게 배울 수도 있잖아."

에시코가 말했다.

"형은 활쏘기도 좋아하니까, 안 그래? 타네의 궁수들만큼 달리는 말 위에서 활을 잘 쏘는 사람들도 없어."

소난은 대충 얼버무려 대꾸하고는 자리에서 일어섰다. 나는 아들을 붙잡고 싶었지만 더 붙잡아 둘 이유를 찾을 수가 없었다. 소난은 내게 몸을 숙여 뺨에 입을 맞추었다.

"만약 제게 무슨 일이 생기면…… 어려우실지도 모르지만 제 아내와 딸을 보살펴 주세요. 제게 아들이 없으니 아버지는 제 가족을 돌봐주지 않으실 거예요."

"그런 말 말거라, 아들아."

나는 아들을 내 품에 꼭 껴안았다. 고약한 이사니가 살아 있을 때 단 한 번이라도 아이를 안아보고 싶었던 그 심정으로 아들을 안았다.

"넌 아주 건강히, 어디 하나 다치지 않고 돌아올 거야."

"형, 아내와 딸은 걱정하지 마. 내가 잘 돌볼게."

에시코가 담담하게 말했다.

"그렇게 무거운 맘으로 전쟁에 나가면 안 돼."

소난은 조심히 내 팔을 풀고 품에서 떨어졌다. 그러고는 동생의 등을 툭툭 두드리며 말했다.

"너라면 믿을 수 있지, 오라노. 아버지는 널 좋아하시니까. 잘 있어, 동생."

"잘 다녀와, 형."

소난과 에시코는 서로의 뺨에 입을 맞추었다. 그 둘은 언제나 서로 잘 지냈다.

소난이 서두르며 내게 마지막으로 입을 맞추었다.

"가야 해요. 아내가 절 기다리고 있어서 너무 오래 지체하고 싶지 않아요. 건강히 지내고 계세요, 존경하는 어머니."

소난이 떠났고 우리는 홀로 남았다. 나는 얼굴을 손에 묻었다. 아들 셋 모두 전쟁터에서 경황이 없겠지만 코린과 에논이 동생을 잘 지켜주길 바랐다.

"아버지가 형들을 위해 아니의 물을 보내신대요."

에시코가 하품을 하고는 돌아다니며 램프를 껐다. 에스테기도 침대로 돌아갔다. 에시코의 형체가 어슴푸레하게 보였다. 아이의 동그란 엉덩이가 보였다. 빳빳한 실크 재킷으로 가슴은 감출 수 있지만 엉덩이는……. 얼굴에서도 전과 달리 부드러운 선이 드러나기 시작했다. 우리의 비밀을 더 이상 숨길 수 없는 때가 곧 닥칠 것이다. 그런데도 나는 여전히 딸을 지킬 방법을 찾지 못하고 있었다.

"다행이구나. 그럼 아이들은 무사할 거야."

하지만 나는 여전히 소난에 대한 걱정을 떨칠 수가 없었다.

에시코가 램프를 손에 든 채 멈춰 서서 나를 보았다. 그 순간 에시코는 조금 전까지 내 앞에 있던 어린아이가 아니라 훨씬 더 성숙한 여자의 눈빛을 하고 있었다.

"아니의 힘은 이곳 렝카에 속해 있어요."

에시코가 말했다.

"먼 곳에서는 그 힘이 사라져버려요. 다른 생명의 근원지를 지날 때도요. 아버지도 이 사실을 알고 계실 텐데, 가끔 잊으시는 것 같아요."

온몸에 전율이 스쳤다. 나는 자리에서 벌떡 일어났다.

"뭔가를 본 거니? 대답해!"

"전 아니에서 많은 걸 봐요. 하지만 형제들의 죽음을 본 적은 없어요."

"그게 무슨 뜻이지?"

내 목소리가 떨렸다.

"형제들이 언제 어디서 죽든, 어머니, 이곳에선 아니라는 뜻이에요."

그날 아침, 말을 타고 떠나는 세 아들의 모습을 지켜보며 나는 에시코가 한 말을 떠올리고 있었다. 내가 그들을 보기 위해 성벽 위로 나왔다는 사실을 알지 못하는 아들들은 뒤를 돌아보지 않았다. 아들들은 곧 건물들 사이로 사라져 보이지 않았지만 태양이 떠오르는 내내 나는 그 자리에 남아 있었다. 성 밖에서 소규모 병력들이 합세하는 소리가 들렸다. 보병들도 도시 밖에서 기다리고 있었다. 도시의 성문이 열리고 말을 탄 늠름한 수장들이 모습을 드러내자 북과 나팔 소리, 득의양양한 병사들의 함성이 터져 나왔다. 코린은 적어도 자기 아버지보다는 인기가 많은 듯했다. 병사들이 넘어야 할 북서쪽의 할림산 등성이가 보였다. 그들은 다음 날 최대한 빨리 그곳에 도착하려고 서두르고 있었다.

방으로 돌아가려고 몸을 돌리는데 에시코가 평소답지 않게 내 손을 잡았다.

"제가 있잖아요, 어머니."

아이가 내 손을 꼭 쥐고 말했다.

"형들이 돌아올 때까지 제가 어머니 곁에 있을 거예요."

나는 그 손을 빼고 다이라헤시의 감시병이 기다리고 있는 계단을 향해 더듬더듬 걸어갔다. 눈물이 앞을 가려 내 손과 발이 대신 길을 찾아 주었다.

*

몇 주가 지나자 전령들이 오기 시작했다. 에시코는 매일 이스칸을 따라 온갖 회의와 협상에 참석했고 궁으로 들어오는 소식들을 내게 전해주었다. 첫 소식은 카레노코이의 병사들이 바클라트에 도착하자마자 거센 저항에 부딪혔다는 소식이었다. 예상했던 것보다 더 큰 병력이 그들을 기다리고 있었는데, 바클라트 인근 지역도 엘리안 편에 서기로 했기 때문이었다. 이스칸은 그곳 사람들의 미움을 사고 있었다.

이스칸은 병력을 보충하기 위해 바클라트에 병사를 더 보내려고 했으나 에시코 말에 따르면 어느 지역도 부름에 응하지 않았다고 했다. 아이는 저녁 늦게나 되어서야 우리 방으로 돌아왔다. 궁에서 지금 너무 많은 일이 벌어지고 있는데 하나도 빠뜨리지 않고 알고 싶다고 했다. 눈가가 시커메진 에시코는 무척 피곤해 보였고, 내가 걱정되어 법석을 피워도 신경 쓰지 않았다.

"아버지는 하루에도 몇 번씩 명령을 내리고 또 대응해요. 이제 곧 보름달이 뜰 거예요. 아버지는 아니가 이번에 무엇을 보여주고 말해줄지 기다리고 계세요. 이렇게 초조해하시는 모습은 처음 봐요. 렝카에서 너무 먼 곳에서 전쟁이 벌어지는 걸 걱정하세요."

"아니에서 너무 멀다는 뜻이겠지. 적군이 그렇게 강하다면 그냥 후퇴할 수는 없는 거니?"

"아버지가 단 한 번이라도 물러서는 걸 본 적 있으세요? 패배를 인정하라고요? 이 방에서 한 발짝도 나가지 않는 어머니가 전쟁과 전략에 대해 뭘 아시겠어요!"

나는 깜짝 놀라 아이를 보았다.

"나는 여자고 비시에르의 부인이야. 이곳 다이라헤시를 벗어날 수 없지. 너도 잘 알고 있다시피."

나는 화제를 바꿨다.

"아가, 피곤하겠구나. 궁에서 너무 많은 시간을 보내지는 말거라."

"저는 아버지의 오른팔이에요. 형제들이 모두 멀리 떠나 있으니 제가 아버지 곁에 있어야 해요."

순간 나는 간담이 서늘해졌다. 아버지의 오른팔. 그건 이스칸을 처음 만났을 때 그가 내게 한 말이었다. 내 두 팔이 힘없이 툭 떨어졌다. 나는 에시코를 보았다. 아이는 아버지처럼 턱밑이 쑥 들어갔고 진한 눈썹과 날렵한 콧날도 똑 닮았다. 어딜 보나 이스칸을 거울에 비춘 듯 닮아 있어 딸이라는 사실을 숨기는 일이 그동안 어렵지 않았었다. 하지만 아버지와 달리 아이는 웃지 않았다.

"이제 자러 갈게요, 어머니. 새벽에 깨워주세요. 아침 식사도 침대에서 먹을 수 있게 준비해 주세요. 일어나면 곧장 아버지에게 갈 거예요."

아이가 떠났고 나는 걱정과 두려움 속에 홀로 남았다.

클라라스

나는 항구에 살았다. 매일 밤 남자들을 받았다. 가장 가난한 뱃사람, 예쁜 여자를 살 수 없거나 적당히 예쁜 여자도 살 능력이 없는 남자들이었다. 얼굴이 예쁜 여자들은 값을 꽤 괜찮게 받을 수 있었다. 헐값에 그런 남자들을 받고 싶은 여자는 없었으니까. 나도 그랬다. 어떤 이들은 돈을 받을 수 있을지조차 미심쩍었다. 그들은 늙고 냄새가 지독했으며 손가락이나 이가 없었다. 그래서 값나가는 옷에 머리에서는 좋은 향이 나는 오일을 바른 그 남자가 하룻밤 상대로 나를 골랐을 때는 아무도 이를 믿지 못했다. 그중에서도 내가 제일 믿지 못했다.

남자는 얼굴이 예쁜 여자를 찾는 게 아니었다. 흉측하고 뒤틀린 것을 원했다. 말하자면 나 같은 여자를.

남자는 하룻밤으로 만족하지 않았다. 나를 아예 소유하고 싶어 했다.

나와 함께 있던 여자들은 이를 시샘했다. 자기가 가진 가장 좋은 옷과 보석을 걸치고 나 대신 자기를 데려가라고 남자를 유혹했다. 하지만 남자는 나를 샀다. 나는 그제야 내 인생에 조금은 빛이 든다고 생각했다. 이 남자, 저 남자 받아야 하는 지겨운 밤들도 끝이라 생각했다. 이제 다시는 먹을 것과 입을 것, 잘 곳을 걱정하지 않아도 됐다. 남자에게 받은 돈을 부모님께 보냈다. 그런 뒤 나는 옷가지만 몇 개 챙겨 남자를 따라나섰다.

남자는 나를 오하딘이라는 도시로 데려갔다. 처음 가보는 곳이었다. 나는 바닷가를 떠난 적도 없었다. 그의 궁전은 내가 살던 항구 마을 전체를 합친 것만큼 컸다. 건물은 크고 천장도 높았으며 정원에서는 좋은 향기가 났다. 그런 곳은 상상으로도 그려본 적이 없었다.

다이라헤시의 문 안으로 들어설 때는 긴장한 탓에 목이 움츠러들었다. 그곳에서는 바다가 보이지 않았다.

그곳에 들어서자 내 뒤에서 문이 잠겼다. 나는 창가로 달려가 밖을 보았다. 창 너머로 지붕과 나무, 초록 풀밭이 보였다. 바다 냄새 흔적도 찾을 수 없었다.

나는 다이라헤시에 들어온 마지막 여자였다. 그리고 그곳에서 도망치기로 결심한 첫 번째 여자가 되었다.

내가 오하딘에 간 건 늦은 여름이었다. 남자의 세 아들이 모두 전사한 그 전쟁이 끝난 직후였다. 남자가 내게 끌렸던 건 그 때문인 것 같았다. 그는 누구에게든 화를 풀고 싶어 했다. 다이라헤시에는 남자의 부인이 아들들을 위해 피워둔 제향 냄새가 가득했다. 당시에는 그 부인을 거의 보지 못했다. 아주 가끔 그녀를 볼 때면 여자는 자기가 어디에 있는지도 모르는 유령처럼 걸었다. 곁에서 막내아들 오라노가 그녀를 부축하고 있었다. 여자는 누런 양피지처럼 늙었고 어딘가 망가진 얼굴이었다.

다이라헤시의 여자들은 나를 무시했다. 흉측하다며 내 얼굴을 쳐다보기도 싫어했다. 임신한 여자들은 나를 보면 나처럼 이상한 아이를 낳을까 봐 두려워했다. 사람들이 언청이라 조롱하는 내 갈라진 입술을 신경 쓰지 않고 내게 말을 거는 사람은 하인 에스테기와 까만 피부의 오르세올라뿐이었다. 오르세올라는 나보다 나이가 훨씬 많았지만 우리는 금세 친구 비슷한 관계가 되었다.

다이라헤시에서의 시간은 더디게 흘렀다. 시럽이 떨어지듯 똑, 똑. 어릴 적 나는 가족의 생계를 위해 일했다. 하루도 빠지지 않고 아버지와 오빠와 함께 배를 탔다. 낚싯줄과 그물을 띄우고 생선을 건져 올리고 그날 잡은 것들을 깨끗이 손질했다. 홍합과 굴을 캐러 바다로 뛰어들었고 작살로 큰 물고기도 잡았다. 나는 가족들에게 도움이 되는 필요한 존재였다. 일할 때는 내가 어떤 얼굴이든 상관없었다. 하지만 다이라헤시 안에서 내가 할 수 있는 건 아무것도 없었다. 갈 곳을 잃은 두 손은 가만히 무릎 위에 올려져 있었다. 나는 천천히 시들어가고 있었다.

이른 가을, 내가 임신했다는 사실을 알게 되었다. 그 순간, 나는 결심했다. 내 아이가 이 감옥에서 태어나지 않게 하겠다고. 그의 아이가 아니라 내 아이였다. 내게는 아이에게 좋은 삶을 마련해 줄 의무가 있었다.

어느 날 밤, 꿈에서 나는 뱃머리에 앉아 머리 위로 살랑살랑 불어오는 바람을 맞고 있었다. 공기에서 짠 바다 냄새가 났다. 내가 타고 있던 배는 작았지만 튼튼하고 날렵했고 회녹색 돛을 달고 있었다. 나는 잠에서 깨자마자 오르세올라를 찾았다.

그녀는 연못가에 앉아 꿈의 덫을 물에 담그고 있었는데, 그것이 물에 빠진 꿈이라고 했다. 오르세올라가 하는 말을 누가 이해하겠는가.

"내게 배를 보여준 게 당신이에요?"

그녀가 고개를 저었다. 그녀의 검은 팔이 촉촉했다. 오르세올라는 여전히 꿈의 덫을 보고 있었지만 움직이던 손이 멈췄다.

"아니. 하지만 네 꿈에서 보긴 했지. 여태껏 여기서 본 꿈 중에서 가장 아름다웠어."

그녀의 조용한 목소리에는 감정이 없었다. 그러고는 나를 보더니 눈썹을 들어 올리고 말했다.

"오늘 난 온종일 자유의 향기를 느낄 수 있었어."

그게 오르세올라의 방식이었다. 그녀의 기분은 순식간에 휙휙 바뀌었다. 여름 폭풍처럼 종잡을 수가 없었다.

"그 배는 내 거예요."

내가 말했다.

"배는 나온델이라고 부를 거예요."

"어디로 갈 건데? 집?"

"네."

나는 오르세올라가 다시 내게 고개를 돌릴 때까지 기다렸다.

"바다로요. 제가 자란 곳은 이제 저의 집이 아니라는 걸 알잖아요."

오르세올라가 고개를 저었다.

"지참금이 없었다고 했지, 작은 가시고기. 끔찍한 이야기야. 아아, 너무나 슬픈 일이야. 몸을 팔아야 했다니. 너는 우리 중 유일하게 제 발로 이곳에 온 아이지."

나는 목구멍에서 험한 말이 쏟아져 나오려 했지만 이를 꽉 물었다.

"어디든 바다만 있다면 그곳이 저의 집이에요."

오르세올라가 몸을 돌려 꿈의 덫을 주워 모았다. 깨끗해진 진주와 뼛조각들이 물에 젖어 반짝거렸다.

"그 배를 찾아주세요. 당신을 찾아오는 꿈들을 뒤져봐요. 누군가 회색 고깃배를 가지고 있을 거예요. 작고 튼튼하고 날씬한 선체에 회녹색 돛을 달고 있어요. 전 알아요. 나온델이 자기를 찾으라고 제게 스스로 모습을 드러낸 거예요."

"그런 배로 멀리 갈 수 있을까?"

오르세올라가 여전히 눈길을 다른 곳에 둔 채 물었다.

"음식과 물만 있으면 아무리 먼 곳이라도 갈 수 있어요."

"남쪽 바다 너머에 섬이 하나 있어. 테라수라는 곳이지. 누군가는 아직 그곳에 살고 있을 거야. 지금쯤이면 나를 용서했을 사람들이."

나는 그녀를 보았다. 도통 알 수가 없는 사람이었다. 하지만 오르세올라는 이곳 다이라헤시에 있는 그 누구보다 자유로운 삶을 살고 있었고 아름다움의 집을 나가 궁으로 갈 수도 있었다. 오르세올라에게 배를 찾아달라고 부탁했으니 그녀도 내 탈출 계획에 함께하는 동지나 다름없었다. 나는 달아나고 싶었다. 아무리 부정하려 해도 소용없었다.

"그곳에 가면 제가 도움을 받을 수 있을까요?"

오르세올라는 대답이 없었다. 고향에서 무슨 일이 있었다는 것, 그 정도가 내가 아는 전부였다. 하지만 그게 무슨 일인지, 그곳에 가면 어떤 일이 기다리고 있는지 나는 알지 못했다. 나는 고개를 들어 넓고 푸른 하늘을 보았다. 구름 한 점이 우리 머리 위를 천천히 지나가고 있었다. 날씨가 맑고 온화한 하루가 될 거라는 뜻이었다. 나는 오르세올라를 보았다. 내 운명을 그녀에게 걸었다.

"배를 타고 그곳에 갈 수 있어요. 하지만 그러려면 배를 찾는 걸 도와줘야 해요. 어딘가에 분명히 있어요. 해안 쪽에서 오는 꿈들을 찾아봐 줘요."

얼굴을 감싸 쥐고 있던 오르세올라가 손을 내리며 어깨를 으쓱했다.

"그럼 바다까진 어떻게 가고? 여기서 어떻게 나가지?"

"그건 차차 생각하면 돼요. 우선 배를 먼저 구해야 해요."

그 후로 여러 날이 지났다. 내 안에 있던 아이도 쑥쑥 자랐다. 남자도 알게 되었는데, 아이가 딸이며 낳아도 좋다고 했다. 그의 말은 내게 중요치 않았다. 아이에 대한 결정을 내리는 건 그가 아니라 바로 나였다. 오르세올라가 나를 찾아왔다. 내가 남자의 침실에서 내 방으로 막 돌아온 직후였다.

"배를 찾았어요?"

내가 물었다.

"아니, 그런데 다른 꿈을 봤어. 술라니와 에스테기도 탈출을 계획하고 있어."

오르세올라가 나를 보았다.

내가 고개를 흔들었다.

"안 돼요. 그 여자들은 뭍에서 자랐어요. 바다, 수심, 폭풍, 항해법 같은 건 알지도 못한다고요."

"술라니는 물을 잘 알아. 강을 환히 꿰고 있어. 그리고 그 애는 아주 강해. 영혼이 맑은 아이야. 게다가 자기 앞을 가로막는 것에 대해서는 물러섬이 없지."

"저도 마찬가지예요."

"에스테기는 우리보다 자유롭게 돌아다닐 수 있어. 하인이니 감시도

받지 않지. 우리에게 필요한 것들을 구해줄 거야."

"그 여자들을 믿을 수 없어요."

"너는 나도 믿지 않잖아. 하지만 너에겐 내가 필요하지. 그리고 우리는 전사와 첩자도 필요해."

나는 오르세올라의 말을 곰곰이 생각해 봤다. 그녀의 말이 옳았다. 전사와 첩자가 있으면 일이 훨씬 더 수월해진다.

그리하여 어느 날 저녁, 오르세올라와 술라니와 에스테기를 내 방에서 만났다. 술라니는 문 가장 가까운 곳에 자리를 잡고 앉았고 처음부터 우리를 보호하고 지키는 역할을 했다. 에스테기가 차와 과일을 내어주었다. 그녀는 언제나 나를 다른 사람과 똑같이 대해주었다. 그녀의 그런 점이 좋았다. 에스테기는 이곳에 갇혀 있는 우리와는 상황이 다른데도 도망치려 하는 이유가 뭔지 궁금했다.

나는 먼저 그들에게 맹세를 하게 했다. 우리의 탈출 계획을 그 누구에게도 발설하지 않겠다는 맹세. 그들은 엄숙히 맹세했다. 술라니는 그녀의 강을, 오르세올라는 어머니의 기억을, 에스테기는 그녀의 비밀을 걸고 맹세했다. 나는 에스테기를 보았다. 그녀의 비밀이 뭘까 궁금했다. 에스테기는 침착함을 잃는 법이 없었다. 언제나 심지가 굳고 단단했다.

나는 배 속에 있는 아이를 두고 맹세했다.

우리는 혹여나 누가 들을까 봐 작은 목소리로 이야기했다. 오르세올라가 설명했다. 술라니가 질문을 하고 계획의 허점을 찾았다. 계획의 윤곽을 얼추 잡고 필요한 물건들의 목록을 만들었다. 다른 사람들이 미처 생각하지 못한 밧줄이나 돛, 비나 파도를 피할 가림막을 내가 추가했다. 술라니는 음식을 건조하거나 보관하는 법을 잘 알고 있었다.

식사에 나오는 음식 중 말릴 수 있는 것은 이제부터 전부 챙겨두기로 했다. 부엌에서 음식을 바로 가져가는 건 너무 위험하지만 우리 식사에서 일부를 따로 빼는 건 어렵지 않았다. 에스테기는 한동안 음식을 보관해 둘 수 있는 버려진 창고를 알고 있었다.

그들이 돌아간 뒤 나는 창가에 앉아 바다가 있는 쪽을 바라보았다. 내 방은 서쪽을 향하고 있었지만 맑은 날 창살에 얼굴을 대고 있으면 남쪽에서 온 희미한 빛이 아주 멀리서 일렁이는 것만 같았다. 그날 밤에는 남풍이 불어와 바다의 숨결이 내 몸을 부드럽게 감싸주었다.

곧 만나게 될 거야. 바다에게, 내 아이에게 속삭였다. 우린 곧 만나게 될 거야.

나는 누가 우리를 배신하게 될까 궁금했다. 그 때문에 걱정이 되었던 건 아니다. 그게 사람이니까. 짐승과 달리 사람은 배신을 하고 거짓말을 한다. 짐승은 선하지도 악하지도 않으며 그저 그들 자신이다.

하지만 내게는 계획이 있었다. 나는 나와 아이를 위해 뭔가를 하고 있었다. 앞으로 계속해야 할 뭔가가 있다는 것, 그것이 중요했다. 배 속의 물고기가 꼬리를 홱 움직였다.

우리는 방해받지 않고 이야기할 수 있는 공간을 찾아 욕실에서 모였다. 텅 빈 욕실의 희미한 등불 아래 욕조만이 반짝이고 있었다. 하지만 나는 여전히 누군가가 우리 이야기를 엿들을까 봐 두려웠다.

"여길 나가려면 무기가 필요해요."

내가 낮은 목소리로 말했다.

술라니가 코웃음을 쳤다.

"어차피 무기를 쓰는 법도 모르잖아요. 너무 위험해요."

"당신은 전사가 아닌가요?"

내가 물었다.

"전엔 그랬죠."

술라니가 사납게 나를 쏘아보았다.

"하지만 당신들은 무기를 다룰 줄 모르잖아요."

에스테기가 술라니의 팔에 손을 얹고 그물에 엉킨 물개에게 하듯 그녀를 달랬다. 에스테기는 그렇게 한참을 술라니의 다부진 팔을 잡고 있었다. 나는 그들을 보았다.

이윽고 나는 고개를 돌리고 다시 말을 이어갔다.

"여기엔 경비병이 많지 않아요. 밤에는 둘뿐이죠. 어떻게든 그들을 기절시키면 돼요. 거기까지는 무기가 필요 없어요."

"하지만 실패하면 경비병들이 즉시 사람들을 부를 거예요."

술라니가 반대했다.

"경비병들이 자고 있을 때 제가 몰래 방에서 나와 열쇠를 훔칠 수 있어요. 그러고는 문을 열어 당신들을 밖으로 나오게 하고 다시 문을 잠그는 거죠. 당신들이 깼다는 사실도 모르게요."

에스테기가 말했다.

"오르세올라가 그들에게 꿈을 만들어줄 수도 있을 거예요."

내가 말했다.

"그들을 자게 만들 수는 없어."

오르세올라가 대답했다.

"아뇨. 경비병들이 잠들었을 때 꿈을 짜줄 수는 있잖아요. 그들이 근무 중에 잠이 들거나 하면요. 탈출하기 직전에요. 어떤 꿈이냐면……."

나는 그럴듯한 계획을 떠올려보려고 애썼다.

"너무 좋아서 깨고 싶지 않은 꿈이요. 경비병들이 졸기 시작하면 우리가 열쇠를 훔치는 동안 그런 달콤한 꿈을 만들어서 깨지 않게 하는 거예요."

"그건 안 돼요. 경비병들이 잠들지 아닐지 어떻게 알아요? 잠들지 않으면요? 그들이 잠들기만을 바라면서 매일 밤 기다릴 수는 없어요."

술라니가 아파하며 벽에 조심히 몸을 기댔다. 남자가 또다시 술라니를 심하게 괴롭힌 것 같았다. 에스테기가 곧바로 일어나 쿠션을 가져와 술라니가 편하게 앉을 수 있도록 돌봐주었다. 그러고는 욕실 안에 있던 병 하나를 가져와 지독한 냄새가 나는 오일을 손에 몇 방울 떨어뜨리고는 술라니의 발을 마사지해 주었다. 술라니는 중얼거리며 불평하긴 했지만 에스테기가 하는 대로 가만히 따랐다. 의견을 잘 내지 않던 에스테기가 말을 꺼냈다.

"경비병들을 재워야겠어요. 약이 있으면 돼요. 가라이가 만들어줄 수 있을 거예요."

"안 돼요!"

내가 소리쳤다.

"사람이 많아지면 탈출이 힘들어져요."

"굴을 파는 건요?"

술라니가 물었다.

"여기 욕실부터요. 밤에는 이곳에 아무도 오지 않으니까 들키지 않을 수 있어요."

"그건 너무 오래 걸려요!"

화가 난 내가 두 팔을 허공에 내던지며 소리쳤다.

"난 아이가 태어나기 전에 이곳을 떠나야 해요."

절망에 빠진 나는 사람들을 남겨두고 혼자 방으로 돌아갔다. 다른 사람을 끌어들인 게 실수였다. 우리는 탈출 방법에서조차 의견을 모으지 못했다.

어느 날 우리는 영문도 모른 채 경비병들을 따라 궁 밖으로 나가게 되었다. 가을이 끝나갈 무렵 카레노코이가 전쟁에서 크게 진 뒤로는 오하딘 밖의 소식을 점점 더 알 수 없게 되었다. 남자의 부인과 가라이는 미리 알고 있었던 것처럼 보였다. 하지만 그들이 우리와 대화하는 일은 거의 없었다. 따뜻한 퀼팅 재킷과 숄을 여러 겹 걸친 그 둘이 먼저 나갔고 오라노도 카비라 옆에 함께 있었다. 카비라와 아들은 다른 세 아들의 죽음을 기리기 위해 흰옷을 입고 있었다. 에스테기와 다른 하인들이 큰 파라솔과 쿠션, 음식 바구니를 들고 뒤를 따랐다. 하늘이 푸르고 공기도 상쾌했다. 겨울이 오고 있었다. 궁에 들어온 뒤 처음 맞는 겨울이었다. 남동쪽에 있는 동물원에서 낯선 동물들의 울음소리와 새소리가 들려왔다. 그곳에 가고 싶었다. 갇혀 있는 동물들에게 작은 위로가 되어주고 아예 자유롭게 풀어주고 싶었다.

정원의 남쪽, 연못 옆에 단상이 하나 설치되어 있었다. 경비병이 우리를 다른 연단 위로 안내했는데, 우리 쪽은 밖에서 보이지 않도록 화려한 장막이 세워져 있었다. 우리는 하인들이 가져다 놓은 쿠션 위에 앉았다. 카비라의 옆에 화로가 놓여 있고 다리 위에는 따뜻한 가죽이 덮여 있었다. 어린아이들이 울며 보채기 시작해 어머니들은 아이들을 달래느라 바빴다. 산에서 불어오는 매서운 북서풍에 나는 두 손을 소매 안으로 넣었다.

우리는 기다렸다.

왕실 여자들도 아이들을 데리고 나왔다. 머리가 새하얗고 허리가 굽은 왕비는 가마를 타고 왔다. 공주와 공주의 자식들이 그 뒤를 따라왔는데, 그들은 모두 값비싸 보이는 따뜻한 가죽으로 몸을 감싸고 있었다. 장막 반대편에 귀족들이 자리를 잡으며 낮게 웅성대는 소리가 들렸다. 단상은 여전히 비어 있었다. 연극이나 음악을 선보이는 순회공연단이 오는 건지 궁금했다. 아무도 무슨 영문인지 모르는 듯했다. 하인들은 꿀을 넣은 따뜻한 포도주와 음식을 날랐다. 나도 한 잔 받아 얼얼한 손가락을 녹였다. 임신한 뒤 그렇게 추웠던 적은 처음이었다. 손가락만 겨우 녹일 수 있었다. 내 앞에는 오라노와 카비라가 앉아 있었다. 그 둘이 나누는 대화는 들리지 않았지만 카비라가 말을 해도 아들은 그저 어깨만 으쓱할 뿐이었다. 오라노는 이제 곧 건장한 성인이 될 것이다. 그 아이가 언제까지 다이라헤시를 자유롭게 돌아다닐 수 있을지 궁금했다. 유일하게 살아남은 후계자. 그 아이는 곧 새로운 역할을 맡고 혼인도 하게 될 것이다.

그런 건 나와 아무 상관없었다. 나는 곧 떠날 테니까.

웅성거리던 좌중이 일순간에 조용해졌다. 채찍질로 등과 다리가 피범벅이 된 벌거숭이 남자들이 단상 위로 끌려갔다. 그 순간, 나는 이제 곧 무슨 일이 벌어질지를 이해했다. 당장 그곳을 벗어나고 싶었다. 하지만 병사들이 우리가 있는 연단을 둘러싸고 있어 빠져나갈 구멍이 없었다.

남자들은 총 다섯 명이었다. 그중 한 명은 이제 막 어린아이 티를 벗은 소년이었다. 아이는 혼자 걸을 수도 없어 병사들에게 질질 끌려갔다. 그 병사들은 다이라헤시를 지키는 경비병들과는 완전히 달랐다. 투구를 쓰고 검을 차고 있었고 동정심이라고는 없어 보였다. 기둥 다섯 개가 세워지고 남자들이 묶였다. 그쯤 되었을 때 소년은 거의 의식을 잃었다.

그 남자가 연단 위로 성큼성큼 걸어왔다. 그는 따뜻한 털모자에 파란 퀼팅 망토를 걸치고 긴 검정 장화를 신고 있었다. 늘 그렇듯 나무랄 데 없는 말끔한 차림이었지만 평소와는 달리 자제심을 잃고 동요하고 있었다. 남자는 뒤에 매달린 사내들에게 눈길도 주지 않았다.

남자가 뭐라고 말을 했지만 나는 듣고 싶지 않았다. 듣기도 보기도 싫었다. 아무리 떨치려고 노력해도 단어들이 드문드문 들려왔다. 반역자…… 모두가 내게 대적하고 있다…… 우리를 배신하는…… 피를 볼 것이다…… 내게 감출 수 있는 건 없다…… 자백하라.

사람을 그 정도 피투성이로 만드는 고문이라면 누구에게서든 자백을 받아낼 수 있을 것 같았다.

벌…… 죽음…… 천 갈래로 찢어…… 너희 모두를 향한 경고…….

앞에 있던 오라노의 어깨가 움츠러들었다. 카비라가 뭔가를 속삭였고 아이가 벌떡 일어서자 어머니가 아이를 붙잡았다. 오라노는 당장이라도 연단 위로 뛰어 올라갈 것처럼 보였다. 주인이 일어난 아들을 보고 화난 몸짓을 했다. 아이는 마지못해 다시 앉았다.

얼굴을 하얗게 칠했고 머리와 얼굴에 털이 하나도 없는 사내 다섯 명이 연단 위로 올라왔다. 남자는 사라졌는데, 아마도 귀족들이 앉아 있는 자리로 간 것 같았다. 흰 얼굴의 사형집행인들은 무시무시한 검을 들고 있었다. 내가 미처 고개를 돌릴 새도 없이 그들이 검을 들어 올렸다. 사형집행인들은 각 죄수 앞에 서서 그들의 살점을 한 겹 한 겹 도려냈다. 천 갈래의 작은 죽음.

사내들은 비명을 질렀다. 발악하는 비명이 아니라 조용히 신음하는 비명이었다. 한 명이 자기는 결백하다고, 아무 짓도 하지 않았다고 애원했다.

나는 고개를 돌렸다. 하지만 귀에 들려오는 비명까지 막을 수는 없었다. 여자들은 숄 안으로 아이들을 숨겼고 조금 큰 아이들은 공포 반, 호기심 반의 눈빛으로 구경했다. 하인들은 다과와 꿀을 섞은 포도주를 계속해서 내왔다. 나는 손에 들린 포도주만 뚫어져라 쳐다봤다.

우리는 해가 질 때까지 그곳에 앉아 있었다. 사람을 천 갈래로 찢어 죽이는 데는 시간이 오래 걸렸다.

그러다 이따금 카비라와 오라노를 보았다. 그들도 처음에는 침묵했으나 카비라가 아들에게 뭔가를 말하기 시작했다. 초조하게 설득하는 듯한 분위기였다. 아들은 계속 고개를 저었다. 죄수들의 비명 소리 사이에 간간이 그들이 하는 말이 들렸다.

"이걸 보고도 모르겠니?"

"아버지는 저를 해치실 분이 아니에요. 절대!"

오라노가 자리에서 일어섰다. 오라노는 얼굴이 하얗게 질려 손을 덜덜 떨고 있었다. 남자의 아들은 연단 쪽을 보지 못했다.

"네 아버지는 배신으로 여길 거다."

카비라가 아들을 향해 두 손을 뻗었으나 오라노가 피했다.

"어머니가 잘못 아시는 거예요! 저는 아버지의 유일한 후계자예요. 아무 죄도 저지르지 않았고요."

오라노의 목소리에는 매서운 날이 서 있었다. 그 아이는 자신을 설득하려는 것처럼 보이기도 했다.

잠시 후, 오라노는 어머니 옆에 다시 앉았다.

"너까지 잃을 수는 없다. 내게 남은 건 너뿐이야."

카비라가 아들의 눈을 바라보았다. 그녀는 울고 있었다. 그녀가 감정을 드러내는 걸 본 건 그때가 처음이었다. 카비라는 앙상한 손을 내밀어 아들의 손을 잡았지만 아들은 손을 빼고 고개를 돌렸다. 카비라는 손을 떨어뜨렸다. 눈물이 그녀의 뺨을 타고 계속 흘러내렸고 그녀가 이내 머리 위로 숄을 둘러써서 더 이상 얼굴이 보이지 않게 되었다.

사형수들의 신음이 완전히 사그라든 건 저녁 무렵이었다. 곁눈질로 흘깃 보니 그들이 연단 아래로 끌어내려지고 있었다. 남자가 연단 위로 다시 올라갔다. 아까보다 훨씬 더 위협적이었고 두 눈도 이글이글 불타고 있었다.

"정의가 실현되었다!"

남자가 외쳤다.

"폐하와 국가를 배신한 자들이 그에 마땅한 벌을 받았다! 축배를 들자. 풍악을 울려라!"

아직도 피가 흥건한 무대 위에 연주자들이 조심조심 올랐고 여자와 아이들은 황금 새장 안으로 다시 돌려보내졌다.

상어는 배가 고플 때 사냥을 한다. 지나치게 무자비할 때도 있지만 그건 그들의 본능이다. 먹잇감을 일부러 고문하지는 않는다. 사람들은 자연이 잔인하다고들 한다. 하지만 그날 오하딘에서 본 것만큼 잔인한 장면을 나는 자연에서 본 적이 없다.

*

사형 집행 이후로 우리는 정원에 가기조차 쉽지 않아졌다. 남자는 의심이 심해져 경비병의 숫자를 배로 늘렸다. 나는 성벽을 기어올라 탈출할 생각이었는데, 불가능하다는 것을 곧 깨달았다. 남자는 우리가 어디서 무엇을 하는지 속속들이 알고자 했다. 주변에서 일어나는 모든 일을 의심하고 음모로 여겼다. 죽음과 부패의 악취가 스멀스멀 그를 에워쌌다. 눈은 흰자위가 거의 없이 까만색으로 뒤덮였다. 남자는 계속해서 나를 찾았고 내게 하는 짓들을 재밌어했다. 내가 임신한 지금은 더욱 즐기는 것 같았다.

그해 겨울 화창했던 어느 날, 나는 작은 연못가로 나갔다. 탁 트인 하늘을 보고 상쾌한 공기를 들이마시고 싶었다.

어쩌면 바다 냄새를 맡을 수 있을지도 몰랐다. 나는 생각했던 것보다 정원이 더욱 그리웠다.

연못가에 있는 작은 벤치에 앉아 내리쬐는 햇볕을 즐기고 있었다. 내가 앉은 자리 위로 카비라 방의 창이 열려 있었다.

"이스칸에게 말했다고?"

카비라의 목소리가 들렸다. 그녀는 공포에 질려 있었다.

오라노가 대답했다.

"네, 어머니. 그리고 어머니가 틀렸어요. 아버지는 저를 밀어내지 않으셨어요."

아들의 목소리가 분노로 부르르 떨렸다.

"이제 이스칸이 나를 벌할 거야! 대역죄라 하겠지! 오, 넌 정말 아무것도 모르는구나!"

"어머니가 잘못 알고 계신 거예요."

오라노는 어머니를 진정시키려고 했지만, 아들의 목소리 또한 파닥거리는 제비처럼 침착하지 못했다.

"어머니는 아버지께 아들을 안겨드리고 싶어서 그러신 거라고 잘 말씀드렸어요. 나중에 어떻게 될지는 생각하지 못하셨다고요."

카비라는 아무 말도 하지 않았다.

"아버지는 어머니께 화나지 않으셨어요. 그렇게……까지는요."

"레한에 맹세코, 이스칸은 내게 복수할 거다. 하지만 그는 복수의 때를 기다릴 줄 알지. 넌 아니 때문에 아버지를 제대로 보지 못하는 거야, 에시코."

카비라가 아들을 왜 여자 이름으로 부르는 거지?

"어머니가 틀렸어요! 저는 아버지와는 달라요. 그리고 아니를 탓하지 마세요!"

"아니, 내 탓이지. 오래전 이스칸에게 샘을 보여준 건 나니까. 아니의 비밀도 내가 말해버렸지. 그런데 이제 너까지 이스칸처럼 아니에 미쳐가고 있어!"

"저는 미치지 않았어요!"

오라노, 아니 에시코가 새된 소리를 질렀다.

"그리고 아버지는 절 내치지 않으셨어요. 보세요. 어머니가 틀렸다고요!"

"계속 아들 역할을 할 수는 있는 거니?"

위협적인 목소리였다.

아이가 답을 하기까지는 시간이 걸렸다.

"대외적으로는요. 당분간은. 하지만 저는 한동안 방에 머물 거예요. 아버지는…… 좀 화가 나셨어요. 이제 혼자서는 아니에 갈 수 없게 됐어요."

오라노가 마지막 말을 흐렸다.

"그거 하나는 잘됐구나."

"아니는 제 일부예요! 어머니도, 아버지도 저를 아니와 떼어놓을 수 없어요!"

문이 쾅 닫혔다.

카비라가 흐느껴 우는 소리가 들렸다.

주위가 고요해졌다. 나는 잠시 기다렸다 방으로 돌아갔다.

*

차고 메마른 북풍이 불어 닥치던 한겨울 밤, 오르세올라가 나온델을 찾아냈다. 한밤중에 나를 깨운 그녀의 두 눈이 반짝였다.

"찾았어!"

"어디예요?"

나는 당장에라도 뛰어나갈 것처럼 일어나 앉았다.

"스후쿠린에 있는 뱃사람이 가지고 있어. 값만 제대로 쳐준다면 우리에게 팔 것 같아."

배라니, 우리에게 배가 생긴다니! 어떻게 하면 다이라헤시를 탈출할 수 있을까 고민하던 나는 이제 금화를 구할 방법을 궁리하느라 괴로웠다. 다이라헤시 안에 있는 모든 것의 값을 매겨보았다. 저걸 훔칠 수 있을까? 누가 알아채지 않을까? 그런데 어떻게 팔아야 하지? 카비라는 독수리 같은 눈을 가졌다. 몇 년 전에 다이라헤시에서 물건을 훔친 여자아이가 있었는데, 주인의 물건을 훔친 죄로 사형을 당했다고 오르세올라가 내게 말했다. 그 후로 카비라가 다이라헤시의 물건을 주의해서 관리한다고 말이다. 나온델을 살 수 있을 만큼 값나가는 물건이 주변에 널려 있었지만 그것들을 손에 넣을 방법이 없었다. 카비라와 가라이는 남자에게 받은 보석이 많았지만 술라니와 나는 가진 게 거의 없었다.

주인은 또다시 원정을 떠났다. 뭔가를 찾으러 나섰다고 했다. 에스테기가 주인이 하는 말을 들었는데 죽음을 다스리는 힘과 후계자를 원한다고 했다. 나는 관심 없는 이야기였다. 그가 없는 궁은 모든 면에서 좀 더 평화로웠다. 나도 안정을 찾을 수 있었다. 아기가 자라면서 식욕이 늘었다. 하지만 나는 여전히 조금만 먹고 최대한 많이 아껴두었다. 에스테기도 창고에서 계속 먹을 걸 빼돌렸다. 속도는 더뎠지만 우리의 비상식량이 차곡차곡 쌓여갔다.

우리에게 부족한 건 금화였다. 그리고 시간.

아직 봄이 오진 않았지만 우리는 폭풍이 오기 전에, 그러니까 늦어도 초여름에는 떠나야 했다. 내 결심은 그랬다. 그때까지 아이도 배 속에서 잘 버텨주어야 했다. 우리는 시간이 없었다.

"그냥 배를 안 타는 건 어때요?"

어느 날 밤, 술라니가 말했다. 그 무렵 우리는 오르세올라의 방에서 만나기 시작했다. 어쨌든 그녀가 밤에 자는 일은 거의 없었으니 말이다.

"배는 지금 스후쿠린에 있어요."

내가 대답했다.

"걸어서 가면 이틀이 걸려요. 우리에게는 하룻밤밖에 없고요. 우리가 반도 채 못 갔을 때 동이 터올 거고 병사들이 우리를 찾아 나설 거예요. 하지만 나온델이 강을 따라 오하딘의 서쪽, 아메카로 올라올 수만 있다면 우리도 새벽이 밝기 전에 그곳에 도착할 수 있어요. 그들이 우리를 찾아 강을 뒤지진 않을 거예요."

"배를 훔치고 싶진 않아요."

에스테기가 말했다.

"사촌에게 스후쿠린에서 배를 사서 그 배를 아메카로 몰고 와달라고 부탁해 볼 수 있어요."

"그래요, 배를 훔치는 건 너무 위험해요. 배가 그날 그곳에 있을지 없을지도 모르고 사슬에 묶여 있을지도 몰라요. 누군가 우리를 발견하고 뒤쫓을지도 모르고요."

슐라니가 한숨을 내쉬었다.

"흠, 그렇다면 배를 사야 하는데, 그 정도 돈을 구할 수가 없네요."

"내 보석을 팔면 돼."

침대에 누워 천장에서 빙글빙글 도는 꿈의 덫을 멍하니 바라보던 오르세올라가 말했다.

"무슨 보석요?"

오르세올라가 꿈의 덫 말고 다른 걸 몸에 지닌 모습을 본 적은없었다.

"폐하가 고맙다며 준 보석들이 있어. 내가 엮어준 꿈들에 대한 보상으로."

오르세올라가 침대에 배를 대고 엎드려 침대 밑에 있는 보석함을 꺼냈다. 에스테기와 슐라니, 내가 가까이 가 몸을 숙였다. 오르세올라가 함을 연 순간 우리 셋은 숨을 멈추었다. 상자 안에는 은과 금으로 만든 머리 장식, 반지, 팔과 발목에 거는 체인 등 온갖 장신구들이 들어 있었다. 전부 은 아니면 금이었고 다른 희귀한 보석들도 박혀 있었다.

"미리 말할 수는 없었어요?"

슐라니가 화난 목소리로 말했다.

"죽은 쇳조각일 뿐이잖아."

오르세올라가 어깨를 으쓱하며 대꾸했다.

"이게 있다는 것도 잊고 있었어."

주인이 궁에 없어 에스테기는 보석을 좀 더 쉽게 팔 수 있었다. 하지만 그녀는 장사꾼과는 거리가 멀었으므로 흥정을 할 줄 몰랐다. 궁의 성벽 너머에 있는 시장에 가본 적도 없었다. 에스테기는 사기를 당했다. 그래도 우리에게는 나온델을 살 수 있을 만큼 보석이 충분했다. 애초에 한 번에 다 팔 생각은 없었다. 그렇게 하면 사람들의 관심과 의심만 살 게 뻔했다. 발찌 하나와 머리 장식만 몇 개 팔았는데도 낡은 고깃배 한 척을 사는 데는 충분했다. 그다음, 에스테기는 사촌을 만나 배를 사서 아메카로 몰고 와달라고 부탁했다. 그녀가 저녁에 궁으로 돌아와 일을 잘 끝냈다고 넌지시 알려주었다. 나는 부모님과 살던 바닷가의 작은 모르타르 집을 떠난 이후 가장 기뻤다.

나는 점점 몸이 무거워졌고 움직이기도 힘들어졌다. 우리에게는 시간이 얼마 없었다. 내 아이를 오하딘에서 태어나게 할 수는 없었다. 나온델은 우리의 탈출구였다. 자유가 눈앞에 있었다. 그런데 그때 다이라헤시에 이오나가 나타났다. 그녀는 모든 걸 바꿔 버렸다.

이오나

나, 다에라는 이제 글을 쓸 수 없게 된 이오나를 대신해 이 글을 기록한다. 이 글은 이오나가 오하딘에 오기 전부터 시작된 이야기다.

섬에서는 꿀 향기가 났다. 섬이 아지랑이 사이로 어슴푸레 드러나기도 전에 향기가 먼저 닿았다. 이오나는 놀랐다. 많은 경우에 대비했지만 섬이 향기를 풍길 거라고는 상상하지 못했기 때문이다. 배가 섬에 가까워지자 향기의 근원지가 밝혀졌다. 까만 바위가 우아한 꽃들로 뒤덮여 있었다. 멀리서 봤을 때 섬은 딱딱하고 무서워 보였다. 커다란 도마뱀의 뾰족한 비늘처럼 생긴 바위들로 뒤덮인 섬이었다. 그런데 그 바위틈 사이로 분홍색, 노란색, 보라색, 흰색의 꽃들이 색색이 피어 있었던 것이다. 꿀 향기를 내뿜은 건 그 꽃들이었다. 이오나는 길조라 여기며 꽃을 조금 꺾었다.

이오나는 알린다가 알려준 대로 섬에 발을 내딛기 전에 옷을 벗었다. 노 젓는 남자는 등을 돌리고 앉았다. 이를 어기는 사람은 사형에 처해졌다. 하지만 여자는 남자를 조금도 신경 쓰지 않았다. 남자가 늙었던가? 아니 젊었던가? 금발이었던가? 아니면 흑발이었던가? 못생겼던가? 잘생겼던가? 그런 건 중요하지 않았다. 이오나가 외투와 실크 드레스, 속옷, 금색 자수가 놓인 슬리퍼를 차례로 벗는 동안 그녀가 걱정한 건 남자의 시선이 아니었다.

살갗에 닿는 온화한 바람이 실크처럼 부드러웠다. 이오나가 배에서 폴짝 내려와 뱃머리를 톡톡 쳐 뱃사람에게 신호를 보냈다. 삐걱거리며 노를 젓는 소리가 들려왔지만 이오나는 뒤를 돌아보지 않았다. 배가 멀어져 가다 결국 사라지는 모습을 지켜볼 필요는 없었다. 그다음에 일어나는 일에 대해서는 잘 알고 있었다. 뱃사람은 노를 저어 떠나 다시는 돌아오지 않을 것이다. 그녀는 오로지 자기 앞에 놓인 일들을 걱정했다.

섬은 작은 언덕이 봉긋하게 솟은 넓은 목초지 정도의 크기였는데, 나무와 덤불은 자라지 않았다. 언덕 위에는 작은 사원이 있었다. 하늘이 무척 파랗고 맑아 섬을 따뜻하게 안아주는 것만 같았다. 알린다가 옳았다. 섬은 아름다웠다. 이오나는 차가운 바다에 발을 담근 채 발바닥 아래서 조약돌이 오르락내리락 구르는 걸 느끼며 잠시 서 있었다. 경이로웠다. 마침내 자기가 있어야 할 곳을 찾은 느낌이었다. 다른 곳은 생각할 수도 없었다.

천천히 사원을 향해 걸었다. 모든 순간을 음미하고 싶었다. 바다의 소매치기들이 은빛 번개처럼 그녀 주변을 맴돌았다. 새들의 날카로운 울음소리가 허공을 가득 메웠다. 사원 지붕 위에는 새들이 만들어놓은 둥지가 마치 수백 년에 걸쳐 내려온 듯 당당히 자리를 잡고 있었다. 새들은 이오나와 같은 사명을 가지고 이 섬에 오는 여자아이들을 아주 오랫동안 목격했다. 그 새들은 섬을 떠나는 아이는 단 한 번도 보지 못했다.

이오나는 그 섬을 떠난 첫 번째 소녀였다.

거친 바위에 발이 긁혔지만 이오나는 아무것도 느끼지 못했다. 통증 따위는 금세 사라져버렸고 가슴이 기쁨으로 가득 차 현기증이 날 것 같았다. 그녀에게 주어진 모든 것이 감격스러웠다! 날개 끝이 슬픔으로 까맣게 물든 레몬빛 나비가 날개를 파닥이며 날아올랐다. 이오나는 이렇게 외딴섬에서 나비를 만난 것이 신기했지만 곧이어 꽃이 나비의 먹이가 되고, 나비가 새들의 먹이가 되고, 새의 분비물이 꽃을 자라게 했으리라는 사실을 깨달았다. 삶과 죽음의 완벽한 순환. 또 다른 길조였다. 순환의 의미가 그토록 깊이 마음에 와닿은 건 처음이었다. 그토록 신성한 감정은 처음이었다.

이오나는 언덕을 올라 그녀를, 그녀만을 기다리고 있는 사원에 다다랐다. 작은 회색 사원은 섬을 이루는 까만 바위로 지어져 있어 사원의 존재를 모르는 뱃사람이라면 그냥 지나쳐 갈 정도로 눈에 띄지 않았다. 그건 의도된 것이었다. 이 사원은 선택된 자만이 들어올 수 있었다. 하얀 조각들이 원을 그리며 사원을 둘러싸고 있었는데, 사람들의 믿음에 따르면 그것은 절대 깨지지 않는 보호 고리였다. 이오나는 그 하얀 원에 대해서 알고는 있었지만 직접 보니 기분이 이상했다. 사원에 들어가기 위해 하얀 조각 위로 발을 내딛는 순간 온몸이 전율에 휩싸였다.

사원의 문은 달걀껍데기를 연상시키는 푸른빛이었는데, 푸른 칠이 벗겨져 그 안에 있는 회색 나무가 훤히 드러났다. 이오나는 이렇게 성스러운 공간을 황폐하게 내버려 두었다는 사실에 화가 나 눈을 찌푸렸다. 숨을 깊이 들이마시고 안으로 들어섰다.

작고 소박한 방이었다. 구석에 테이블이 하나 놓여 있었고 벨벳이 덮인 제단 위에는 제사용 검과 돌, 빵, 그리고 밀 이삭 같은 것이 조금 있었다. 사원 양쪽에 창이 두 개 있었지만 유리에 먼지와 파리 같은 곤충들이 들러붙어 빛도 희미하게 들고 바깥도 잘 보이지 않았다. 마루에는 카펫이나 깔개 같은 것도 없었다. 이전에 선택받은 자들이 머물다 간 흔적이 전혀 없었다.

이오나는 뭔가 다른 걸 기대했다. 뭔가…… 이보다는 나은 것을 말이다. 고향에 있는 사원을 떠올렸다. 그 화려한 방과 복도, 반짝이는 금과 실크 장식, 아름답게 조각된 레드우드, 짙은 향기, 값비싼 오일, 방마다 켜진 초들 그리고 알린다의 방. 알린다가 순례자들을 맞이하는 방조차 바닥에는 파란색과 금색으로 된 두꺼운 카펫이 깔려 있었고 벽은 영원한 순환을 그린 프레스코화로 장식되어 있었다. 그중 하나가 이 섬 언덕 위의 사원 그리고 바위에 부서지는 핏빛 파도를 묘사했다.

이오나는 화가가 꽃을 빠뜨렸다고 생각했다.

방 안에 들어섰다. 발에 닿는 마룻바닥이 차가웠다. 제단으로 가 밀 이삭을 집어 드니 손 안에서 바스락 부서졌다. 그곳에 아주 오래 방치되었던 모양이다. 제사용 검은 뭉툭했다. 가장자리는 매끈하고 안쪽으로 갈수록 색이 밝아지는 회색 돌만이 세월에 변하지 않은 듯했다. 이오나의 고향에서는 주기적으로 사원의 돌들을 정성껏 닦아 윤을 냈고 가끔은 오일도 발라주었다. 섬에 있는 돌들은 파도에 닳고 부서진 게 다였음에도 이오나는 고향의 돌들보다 그것들이 더 순수하고 아름답게 느껴졌다.

사원에서도 꿀 향기가 났다. 이오나는 가장 중요한 임무를 수행할 시간이 얼마 남지 않았다는 사실을 떠올리며 다시 밖으로 나왔다. 해안가를 따라 바위 위를 걷자 햇살에 목과 등이 따뜻해졌다. 맨 처음 그녀는 바위틈을 집중해 살피며 섬을 한 바퀴 돌았다. 다음엔 범위를 넓혀 얕은 물가를 한 바퀴를 더 돌았다. 물이 터키석처럼 맑고 깨끗해 멀리까지도 속이 들여다보였는데, 성게와 홍합 말고 다른 건 보이지 않았다. 밤이 오자 해가 지고 하늘이 장밋빛, 보랏빛, 금빛으로 물들었지만 그녀는 여전히 빈손이었다.

어둠이 찾아오자 공기가 차가워졌다. 이오나는 이제 추위와 고통 같은 것에 초월해 있었다. 이런 상황은 이미 겪어봐서 잘 알고 있었다. 사원으로 들어가 바닥 위에 누웠다. 마룻바닥이 얼음장처럼 차가웠다. 이오나는 알린다의 목소리를 떠올려 보려고 애썼다. 알린다라면 지금 뭐라고 말했을까?

'여긴 신성한 구역이야. 몸이 아니라 정신을 위한 곳이지. 생각해 봐, 이오나. 네게 필요한 게 뭘까?'

이오나는 마음이 가라앉았다. 자리에서 일어나 앉아 기도를 올렸다.

그렇게 첫째 날이 지나갔다.

새벽은 대단히 아름다웠다. 간밤의 추위와 불편한 잠자리에 온몸이 딱딱하게 굳었지만 태양이 떠오르는 모습을, 낮이 다시 한번 밤을 몰아내는 광경을 보고 있자니 이오나의 마음속에도 희망과 온기가 가득 차올랐다. 그녀는 곧바로 밖으로 나섰다. 성게가 다치지 않게 조심히 물속으로 걸어 들어가 수영할 수 있을 정도의 깊이까지 나아갔다. 선택받은 자가 되고 나서 가장 먼저 배운 것이 바로 수영이었다. 마텔리 주변은 물이 따뜻하고 바다 밑은 모래밭이었다. 알린다는 부드럽고 다정한 목소리로 헤엄치는 법을 가르쳐주며 이오나의 배를 잡아주곤 했다. 이오나가 처음 혼자 헤엄쳤을 때 알린다는 무척이나 자랑스러워했다. 이오나도 뿌듯했다. 그 이후로는 기회만 되면 수영을 하고 물속에서 잠수를 했다. 선택받은 자에게 필요한 다른 기술들을 수련할 때도 마찬가지였다.

이오나가 결국 이 섬에 오게 된 건 얼마나 신기한 일인지! 그녀가 배운 모든 것이 바로 그 시간과 장소를 위한 것이었다. 지난 10년 동안 그녀는 그것만을 준비해 왔다. 그리고 이제 그 끝에 와 있었다.

이오나가 물속으로 뛰어들었다. 바다가 그녀를 품어 모든 소음을 차단했다. 이오나가 눈을 떴다.

물이 마텔리보다 더 깨끗해 바닥까지 훤히 보였다. 작은 물고기들이 몸을 반짝거리며 지나갔다. 소금물 때문에 눈이 따가웠지만 두 눈을 부릅뜨고 주위를 살폈다. 이오나는 바다 밑바닥을 샅샅이 뒤졌다. 자갈, 모래, 바위, 성게. 보이는 건 그게 다였다. 그걸 대체 어떻게 찾지?

이건 그녀의 임무였다. 실패는 생각해 본 적도 없었다. 이오나는 기도했다. 알린다의 기도문처럼 미리 준비한 정식 기도문이 아니라 이오나가 자기 마음을 잔뜩 담은 기도였다. 물 위로 올라가 숨을 들이마시고는 다시 물속으로 들어갔다. 다시 탐험하고 수색했다. 자갈, 모래, 성게, 물고기. 또다시 수면 위로 올라와 숨을 들이마셨다. 계속해서 밑으로, 밑으로 헤엄쳤다.

바위틈에서 하얀 물체가 반짝거렸다. 이오나는 재빨리 수면 위로 올라가 숨을 들이마셨다. 햇빛에 눈이 멀까 봐 잠시도 눈을 뜨지 않고 얼른 다시 물속으로 들어갔다. 눈을 떴다. 바로 거기, 바위 사이에서 하얗게 빛나는 물체가 있었다. 해골이었다. 이오나는 손을 뻗었다. 그것은 바위틈에 단단히 끼어 있어 쉽게 빠지지 않았다. 뾰족한 바위 끝에 이오나의 팔목이 깊이 베였다. 딱히 아프진 않았지만 빨간 피가 해골의 텅 빈 눈구멍으로 흘러 들어갔다.

피. 피는 약탈자를 불러들인다. 이오나는 고개를 들어 수면을 보았다. 바닷속에서 아래가 아니라 위를 본 것은 처음이어서 밖이 아득히 멀게만 느껴졌다. 끝이 없어 보였다. 저 멀리 보이는 깊은 어둠이 모든 것을 집어삼킬 것만 같았다. 피 냄새를 맡고 온 뭔가가 덮쳐 올 것만 같았다.

이오나는 예상하지 못한 두려움에 사로잡혔다. 숨이 막혀 입안에 바닷물이 들이찼다. 물 밖으로 나가야 했다. 죽을힘을 다해 수면 위로 헤엄쳐 올라가 캑캑거리며 공기를 들이마셨다. 당장에라도 뭔가가 그녀를 낚아채 물속으로 끌고 가서는 그 사나운 이빨과 발톱으로 물어뜯을 것 같았다. 이오나는 허겁지겁 헤엄쳐 해안가로 달아났다. 날카로운 바위와 성게에 배와 무릎이 긁혔다. 더 많은 피가 바다로 스며들었으니 얼른 달아나야 했다. 기침을 하고 온몸을 부들부들 떨고 비틀대며 드디어 해변에 닿았다. 물가에 있으면 안 된다, 물가에서 멀리 떨어져야 한다, 사원으로 달아나야 한다, 바다에서 멀리 달아나야 한다! 사원 안으로 달려가 문을 쾅 닫고 나서야 이오나는 멈출 수 있었다. 가쁜 숨이 안정을 되찾았다.

이오나의 손에는 해골이 들려 있었다. 그녀는 조심스레 해골을 들어 벨벳 위의 검과 돌, 밀 이삭 옆에 나란히 두었다. 그제야 이오나는 용기를 내 창밖을 살짝 내다볼 수 있었다.

푸른 바다가 반짝거렸다. 바다는 물결이 일렁이는 빛으로 반짝거렸고 그 위로 새들이 날고 있었다. 유리창이 워낙 더러워서 정말 그랬는지는 알 수 없다. 이오나는 그곳에 한참 서서 바다를 바라보았다. 그리고 반대쪽 창가로 가 또 한참을 응시했다. 밖으로 나가지는 않았다.

해가 지고 있었다. 이오나는 바닥에 앉아 상처를 살폈다. 그리 깊은 상처는 아니었지만 깨끗이 씻어내지 않으면 곪을 것이다. 하지만 이오나에게는 깨끗한 물도 상처를 동여맬 천도 없었다. 그런 것은 이 섬에 없었다. 이 섬은 죽기 위한 장소지 살기 위한 장소가 아니었다. 이오나는 죽음을 맞이할 준비가 되었다고 생각했다. 하지만 그날, 그녀는 그 믿음이 거짓이었다는 것을, 그 자신만만함이 환상이었다는 것을 깨달았다. 이오나는 수치심에 휩싸여 두 손에 얼굴을 파묻었다. 알린다를 이렇게 실망시키다니. 마텔리 사람들을 실망시키다니. 그들은 이오나를 믿고 있었다. 그녀가 제물로 바쳐지고 나면 마텔리 사람들은 자손을 낳고 번영하는 삶을 누릴 수 있다. 영원한 순환 안에서 이오나의 역할은 분명했다. 다른 이들을 위해 자신을 제물로 바치는 것, 바로 그것이었다.

이오나는 앉아서 기도했다. 하지만 아무리 기도를 열심히 해도 답을 얻지 못했다. 더러운 창을 비집고 노을이 흘러들어 올 때 이오나는 뭔가가 생각났다. 그녀가 언젠가 배웠던 것이었다. 마텔리는 아니고 집이 있던 농장에서였다. 이오나는 집에 관한 기억이 거의 없었다. 기억나는 거라고는…… 소에서 갓 얻은 따뜻한 우유, 풀을 베고 누우면 풍겨오던 향기, 빨간 양귀비, 노래와 포옹, 드문드문 들려오는 목소리, 그리고 어떤 조언. 어머니는 아니었고 좀 더 나이가 많은…… 할머니였던가? 위급할 때 상처를 치료하는 법을 알려준, 이도 거의 남아 있지 않던 입이 그 순간 생각났다.

이오나는 몸을 바로 세워 앉았다. 주변을 둘러보았다. 그릇이나 통 같은 건 없었다. 해골만 있을 뿐 이오나에게 필요한 건 아무것도 없었다.

이오나는 일어서서 제단으로 걸어갔다. 해골은 부드럽고 깨끗했다. 바닷속에 오랫동안 잠겨 있었던 탓에 살점 하나 없이 반질반질했고 치아만 온전히 남아 있었다. 해골은 놀라울 정도로 작았다. 이오나의 전임자는 무척 말랐거나 아주 어렸을 것이다. 그 전임자는 알린다가 아직 아이일 때 섬으로 보내졌고 그 소녀가 제물로 바쳐진 뒤에는 몇 년 동안 풍요로운 시절이 이어져 사람들은 후임자를 섬에 보내지 않았다. 그래서 이오나가 마텔리에 10년이나 머무르게 된 것이다.

이오나는 그녀의 이름이 궁금했다.

그 순간 이오나는 그들의 이름을 한 번도 들어본 적 없다는 사실을 깨달았다. 이오나에 앞서 이곳에 온 소녀들은 모두 이름이 없었다. 이오나의 이름은 얼마나 금세 잊힐까?

"용서해 주세요."

이오나는 아이의 해골에 대고 사과했다.

그러고는 웅크리고 앉아 두 허벅지 사이에 해골을 놓았다. 육지를 떠난 뒤로 아무것도 마시지 못했다. 섬에서는 금식을 해야 했다. 먹을 것도 마실 것도 없었다. 섬에 온 뒤로 볼일을 보지 않았고 그러고 싶은 생각도 없었다. 이오나는 해골을 반쯤 채울 수 있었다. 해골을 조심히 들고 밖으로 나가 배와 허벅지, 다리, 발을 소변으로 씻어냈다. 상처 부위가 쓰라렸지만 소독이 되고 있다는 뜻이었으니 좋은 신호였다.

해골을 씻어야 했겠지만 다시 바다로 내려갈 엄두가 나지 않았다. 해골 옆에 몸을 웅크리고 있으니 조금 덜 외로웠다.

둘째 날도 그렇게 지나갔다.

다음 날 아침엔 바람이 불었다. 하늘 위에 쌓인 회색 구름이 서로를 쫓듯 빠르게 흘렀다. 이오나는 추위에 떨었고 목이 탔다. 전날 마신 바닷물이 갈증만 더 심하게 했다. 다음으로 해야 할 일은 잘 알고 있었다. 바위에 해골을 내려친 뒤 돌과 칼로 좀 더 잘게 부수고 사원을 둘러싼 하얀 원 위에 그 뼛조각들을 흩뿌려, 이오나의 전임자가 그 자매들과 다시 만날 수 있게 해주는 것이었다. 이오나의 전임자가 그 전 전임자의 해골에 그래주었던 것처럼, 이오나 다음에 올 소녀가 이오나의 해골로 그리해 줄 것처럼 말이다. 그건 하나의 의식이자 관례였다. 이오나는 그렇게 배웠다. 만약 이오나가 그 일을 제대로 해내지 못한다면, 그녀 삶에 주어진 가장 중요한 역할을 해내지 못한다면 그녀가 배운 것들은 다 무슨 소용일까? 그녀의 인생은 무슨 의미가 있을까?

그런데도 이오나는 선뜻 그렇게 할 수가 없었다. 아직은 아니었다. 해골은 이오나의 유일한 친구였다. 그릇이 필요할 때 쓸 수 있는 유일한 도구이기도 했고 이미 소변으로 더럽혀지기도 했다. 그런 짓은 아마 금기였을 것이다. 그러니 조금 늦게 임무를 수행한다고 해서 크게 달라질 건 없을 것이다. 조금 늦을 뿐, 어쨌든 할 거니까.

바닥에 앉아 동쪽 창으로 해가 떠오르는 모습을 보다가 별안간 그 더러운 유리창이 신성한 공간을 모독하는 것처럼 느껴져 화가 났다. 바다 깊은 곳에 뭐가 숨어 있건, 그게 그녀의 발을 낚아채건 말건 상관없었다. 이오나는 자리에서 벌떡 일어나 해골을 들고는 바다로 성큼성큼 내려갔다. 어쨌든 그러려고 섬에 간 것이었으니 말이다. 해골에 바닷물을 채워 사원으로 가 쏟아지지 않게 벽에 잘 기대놓았다. 그러고는 제단으로 가 돌과 밀 이삭, 검을 치우고 벨벳 천을 뒤집었다. 다행히 천은 작은 침들로 고정되어 있어 칼로도 쉽게 떼어졌다. 천을 절반쯤 떼어내던 이오나는 문득 자신이 저지르고 있는 짓이 뭔지 깨달았다. 그녀는 제단을 훼손하고 있었다. 손에서 검이 툭 떨어졌다. 감히 그런 짓을 하다니, 자신이 혐오스러웠다.

창밖을 멍하니 보던 이오나는 휑한 마룻바닥, 엉망이 된 제단, 군데군데 칠이 벗겨진 문을 차례로 쳐다보았다. 사원 전체가 무관심 속에 방치되어 있었다.

이오나는 다시 검을 집어 들고 나머지 침을 빼낸 뒤 천을 펼쳤다. 웃음이 터져 나왔다.

"이런, 우린 운이 좋아."

이오나가 해골에 대고 말했다.

천을 크게 펼쳤더니 아까보다 네 배는 커졌다. 밤에는 그걸로 몸을 감싸고 잘 수도 있었다. 하지만 그 전에 사원을 좀 청소할 생각이었다.

해골에 떠 온 물에 천을 적셔서 정성껏 창을 닦았다. 사용한 천은 깨끗이 빨아 사원 옆 바위 위에 펼쳐서 잘 말렸다. 태양 아래 커다란 빨간 깃발이 놓여 있는 것 같았다. 마텔리에서 누군가가 배를 타고 나와 이오나가 임무를 제대로 수행하고 있는지 보러 왔다면 아주 멀리서도 그녀가 한 짓을 볼 수 있었을 것이다.

다음으로 이오나는 사원 문을 열고 그 문을 타고 올라 지붕 위로 갔다. 굶주림과 갈증에 시달린 그녀는 올라가느라 힘을 썼더니 머리가 핑핑 돌아 잠시 주저앉았다. 현기증이 가시자 눈앞에 펼쳐진 풍경이 보였다. 끝없이 펼쳐진 푸른 바다 위에는 섬 하나 보이지 않았다. 이오나는 자신의 운명과 함께 홀로 남겨져 있었다. 그때까지 그녀는 사원과 임무에만 집중하느라 주변을 둘러보지 않았었다. 이제 이오나는 지붕으로 관심을 돌렸다.

어딘가 움푹 들어간 곳에 비가 고였기를 간절히 바라며 지붕 위를 살폈지만 그런 곳은 없었다. 눈물이 나오려고 했다. 그때 그녀 곁으로 독수리 한 마리가 잽싸게 날아와 바로 근처에 있는 둥지 위에 앉았다. 그 순간, 회색 지붕과 똑같은 색으로 위장한 둥지들이 알을 가득 품고 있는 것이 눈에 띄었다.

새들이 날아와 부리와 발톱으로 이오나를 공격했다. 한 둥지에서 알을 전부 꺼내진 않았다. 이오나는 화난 새들이 날개를 파닥거리며 주변을 맴도는데도 그 자리에서 알을 쏙 빨아먹었다. 맛이 끝내줬다.

새알을 먹으니 힘이 났다. 바다에서 홍합과 성게를 잡을 수도 있었지만 다시 물에 들어갈 용기가 나지 않았다. 정말 제물로서 희생할 준비가 되었는지 더 이상 확신할 수가 없었다. 품에 해골을 안고 사원 구석에 앉아 천이 마르길 기다렸다.

해골의 텅 빈 눈이 이오나를 바라보았다. 그러자 다시 그 소녀의 이름이 궁금해졌다. 소녀도 한때 이름이 있었고 살아 있었다는 사실이 중요하게 느껴졌다. 이오나는 살면서 뭔가에 이름을 지어준 적이 없었고 사원에서 기르던 개들에게도 이름을 붙이지 않았다. 하지만 지금은 그 소녀에게 이름을 지어주고 싶었다. 그저 제물이나 선택된 자, 해골 말고 특별한 존재로 기억해 주고 싶었다. 이름을 짓는 일은 어려웠다. 사람들이 이름을 어떻게 붙이는지 알 수 없었다. 뭔가 새로운 이름을 만들어보려고 머리를 쥐어짜다 우스운 기분이 들었다. 이오나는 손가락으로 조심스레 해골의 턱과 부드러운 뺨을 만져보았다.

소녀는 무척 작고 연약했다. 그리고 죽었다. 이오나가 오기 한참 전에 죽음을 맞았다. 이름 외에는 아무것도 기억나지 않는, 이오나의 언니가 그랬던 것처럼 말이다.

"미스라."

이오나가 이름을 부르자 미스라가 이를 환히 드러내며 웃었다.

셋째 날이 흘렀다.

며칠 동안 찬바람이 불어 닥쳤다. 마치 심장이 뛰듯 규칙적으로 파도가 밀려와 바위에 부서졌다. 새알도 바닥이 났지만 새를 잡을 수는 없었다. 짜기만 한 홍합은 갈증만 더했다. 비도 오지 않았다.

벨벳 천을 몸에 두른 이오나는 미스라와 검을 들고 해변으로 갔다.

이오나는 죽기 위해 섬으로 갔다. 그러나 그녀가 생각했던 죽음과 달리 지금은 그저 갈증과 배고픔으로 말라 죽어가고 있었다. 처음 미스라를 발견했을 때는 악마가 나타날까 봐 두려웠다. 하지만 이제는 그 악마를 어서 만나고 싶었다. 이오나도 미스라처럼 고통 없이, 명예롭게, 의미 있는 죽음을 맞길 바랐다.

미스라의 두 눈을 보며 이오나는 미스라가 정말 그렇게 죽음을 맞이했기를 진심으로 바랐다.

이오나는 검을 높이 들었다. 손바닥을 그어봤지만 처음엔 작은 상처만 났다. 자신을 찌르는 일이 쉽지 않았다. 다음엔 칼을 좀 더 깊숙이 찔렀더니 빨간 피가 흘러나왔다. 그녀는 피를 바다 위로 흘려보냈다.

"여기 내가 왔어!"

이오나는 바람에 대고 외쳤다.

"어서 와서 나를 데려가!"

이오나는 손바닥에 묻은 마지막 핏방울을 혀로 핥았다. 그 정도 피면 미끼로 충분하길 바랐다. 하지만 미스라를 찾을 때 더 많은 피를 흘렸는데도 아무것도 나타나지 않았다. 어쩌면 제물이 되겠다는 진실한 바람이 있어야만 악마를 불러올 수 있는 건지도 몰랐다. 이오나는 알지 못했다. 알린다가 그런 건 알려주지 않았다. 선택된 자가 섬으로 가고 전임자의 일부로서 합당한 의식을 치르고 나면 바다가 그자를 데려간다는 말만 해주었을 뿐이다.

미스라의 해골로 의식을 치르지 않아 순환이 완성되지 않은 걸까? 하지만 이오나는 여전히 그렇게 할 수가 없었다. 이름까지 지어준 마당에 그럴 순 없었다. 미스라는 그녀의 친구였다. 이오나 또한 미스라의 친구였다. 둘은 서로에게 속해 있었다.

이오나는 바다를 가만히 응시했다. 머리에 천을 뒤집어쓰고 물보라를 피했다. 바로 그때, 수평선 저 멀리서 까만 점 하나가 나타났다. 그녀가 섬에 온 뒤로 바다 위에 뭔가가 나타난 건 처음이었다.

이오나는 무릎 위에 미스라를 올려놓고 손에는 검을 쥔 채 악마를 기다렸다.

*

남자는 배를 타고 왔다. 이오나가 상상했던 것과 아주 다른 모습이었다. 거구도 아니고, 사람 키만 한 이빨도 없고, 갈고리처럼 날카로운 발톱을 가지고 있지도 않았다. 가슴에 금장식이 달린 실크 옷을 입은 평범한 남자의 모습이었다. 그는 무기조차 지니지 않았다. 돛이 하나 달린 작은 배를 타고 왔다.

이오나는 그 자리에서 미동도 하지 않고 그를 기다렸다. 배가 섬에 가까워지자 남자는 닻을 내렸고 배에서 내려 바위에 배를 고정했다.

남자의 두 눈과 마주친 이오나는 때가 왔다는 걸 알 수 있었다. 그의 눈은 인간의 눈도 짐승의 눈도 아니었다. 눈 전체가 시커메서 악마의 눈이라고밖에 할 수 없었다. 나체인 이오나가 자리에서 일어났고 그 바람에 천이 아래로 흘러내리고 칼이 쨍그랑 소리를 내며 바위 위로 떨어졌다. 죽음과 마주할 때 어떤 말을 해야 하는지는 배우지 않았다.

"어서 와요."

이오나가 말했다.

남자가 이오나를 훑어보았다. 그 악마에게는 사나운 발톱과 이빨이 필요하지 않다는 걸 그녀는 알 수 있었다. 남자는 그것들 없이도 충분히 사악한 존재였다. 그의 눈에는 세상 그 어떤 제물로도 채워지지 않는 갈망과 굶주림이 담겨 있었다.

"반갑군."

남자가 웃으며 말했다. 그는 늙거나 어리지 않았고, 아름답거나 추하지도 않았지만, 그의 미소는 본질적으로 약탈자의 것이었다.

하지만 남자는 아무것도 하지 않았다. 그녀에게 가까이 가거나 무기를 꺼내거나 그녀를 제물로 바치기 위한 그 어떤 행동도 하지 않았다.

이오나는 혼란스러웠다. 더 이상 초조하게 기다리기도 싫었다. 바닥에 떨어진 검을 주워 남자에게 건네며 말했다.

"여기, 빨리 해치워요."

이오나는 두 눈을 감았다. 눈을 뜬 채로 죽음을 마주할 만큼 용감하지는 않았다. 배가 고프고 목이 말라 똑바로 서 있기조차 괴로웠다. 다리에 힘이 스르르 풀렸다.

남자는 쓰러지는 이오나를 붙잡아 천 위에 눕혔다. 눈을 뜨자 남자의 시선과 마주쳤다. 그의 눈은 전보다 더 어두웠으며 더 깊은 갈망에 불타고 있었다. 하지만 여전히 이오나를 공격하지는 않았다.

"잠시만."

그렇게 말한 뒤 남자가 시야에서 사라졌다. 이오나는 다시 눈을 감았다. 허리 쪽 천 아래에 미스라가 있는 것이 느껴졌다. 미스라와 함께 있으니 앞으로 어떤 일이 닥쳐와도 견뎌낼 수 있을 것 같았다.

얼마 지나지 않아, 감은 두 눈 위로 그림자가 느껴졌다.

"여기."

남자의 목소리가 들렸지만 눈을 뜰 힘조차 없었다. 눈을 떠봤자 무슨 좋은 일이 있겠어? 뭔가가 이오나의 입술에 닿았다. 시원하고 깨끗한 물이 입안으로 들어왔다. 잠깐 기침이 나왔지만 그 물을 꿀꺽꿀꺽 삼켰다.

남자가 빵도 건넸지만 그다지 많이 먹지 못했다. 몸에 힘이 없었다. 남자는 배와 사원을 오가며 뭔가를 옮겼고 이오나도 들어 옮겼다. 그녀는 미스라를 천 아래 숨긴 채 천을 꼭 쥐었다. 남자가 이오나를 사원 바닥에 눕혔는데 바닥에 푹신하고 따뜻한 것이 깔려 있었다. 그가 천을 끌어당겨 이오나를 덮어주었다.

이오나는 잠이 들었다.

그녀가 잠에서 깨자 남자가 마실 것을 더 주었다. 물고기 같은 것도 먹었다. 그리고 뭔가 달콤한 즙이 나오는 것도 먹었는데 과일 같았다. 이오나는 다시 잠에 빠졌다. 남자는 그녀를 그대로 내버려 두었다.

이오나가 눈을 뜨자 악마가 문 옆에 웅크리고 앉아 그녀를 보고 있었다. 이오나는 일어나 앉아 물을 마셨다. 여전히 나체 상태였는데, 죽음 앞에 그런 건 중요하지 않았다. 악마가 이미 이오나 앞에 있었고 그녀는 어차피 내놓은 목숨이었다.

그의 굶주린 눈이 번득였다. 이오나는 두려운 마음을 진정시키려고 애를 썼다. 알린다가 가르쳐주었듯 자기에게 주어진 운명을 자랑스럽게 여기며 죽음을 당당히 받아들이려고 애를 썼다. 그녀가 잠시 길에서 벗어나 영원한 순환을 저버릴 뻔했지만 죽음은 상상도 못 한 방식으로 다시 그녀를 운명의 소용돌이로 불러들였고 이제 더는 피할 수 없게 되었다.

"이제 좀 나아졌나?"

남자가 자리에서 일어서자 빛이 가려졌다.

"네, 고마워요."

이오나는 남자가 자기를 도와준 이유를 깨달았다. 탈진한 먹잇감은 재미가 없었다. 그녀는 기뻤다. 약해빠진 모습으로 제물이 되긴 싫었다.

"이곳에 얼마나 오래 있었지?"

남자가 고개를 돌려 창밖을 보았다.

"제가 얼마나 오래 잤죠?"

"하루 꼬박."

"그럼…… 음, 잘 모르겠어요. 오래됐어요."

"음식이랑 물도 없이?"

남자는 손으로 햇빛을 가리고 뭔가를 찾듯 바다를 두리번거렸다. 이오나는 더 이상 뭔가를 찾지 않았다. 그녀가 기다려온 순간이 바로 눈앞에 있었다.

"새알과 홍합을 먹었어요."

"내가 사는 곳에 당신들 교리에 대해 떠도는 이야기가 있지. 순결한 여자를 빈 섬에 버려 짐승에게 제물로 바친다고 하더군. 그게 사실일 거라고는 믿지 않았는데."

"영원한 순환을 위해 저 스스로 온 거예요."

이오나가 말했다. 남자가 웃음을 터뜨렸다.

"나쁜 뜻은 아니야. 하지만 악마 같은 건 없다는 걸 이제 알았을 텐데? 이곳에 온 여자아이들은 그저 천천히 굶어 죽어간 것뿐이라는 사실도."

남자가 사원을 올려다보았다.

"하지만 여기엔 뭔가가…… 있어. 그게 나를 여기로 이끈 거야. 난 생명의 근원지에 관심이 많거든. 모든 병을 낫게 해준다는 샘, 지혜를 준다는 산, 영원한 생명을 선물해 준다는 의식 등의 이야기에 관심이 있지."

남자가 이오나를 흘깃 보았다.

"나는 그런 것을 찾아다녀. 대부분은 사실이 아니야. 한때는 진실이었던 것의 파편만 남아 있거나. 하지만 어떤 것은……."

남자는 꿈을 꾸는 듯한 표정이었다.

"어떤 것들은 정말로 존재하지. 나는 그런 근원지들을 내 것으로 만든다. 그럴 수 없다면 다른 사람이 가질 수 없게 파멸시키거나."

"산을 갖는다고요?"

이오나는 남자가 하는 말을 이해해 보려고 애썼다.

"그렇다. 땅은 정복하면 되고 강은 막아버리면 되지. 지식은 기록으로 만들어 가진 뒤 나머진 불살라 없애면 된다. 내 서재에는 세상 누구도 감히 꿈꾸지 못할 지식이 담긴 두루마리들이 가득하지."

"여기선 뭘 하는 거죠?"

이오나는 답을 알면서도 물어보지 않을 수가 없었다. 남자는 여자의 생명을 거두어가려고 온 것이다. 남자는 악마 같은 건 없다고 부정할 수 있겠지만 이오나는 그가 악마라는 것을 한눈에 알아볼 수 있었다.

"나는 배를 몇 척 이끌고 동쪽에서부터 힘의 근원지를 찾아다녔다. 내게 있는 샘만으로는 부족해. 한참 부족하다는 걸 알게 되었지."

남자의 턱에 힘이 들어갔고 잠시 그가 침묵했다. 이오나는 기다렸다. 그는 창밖을 잠시 바라보다가 다시 말을 이어갔다.

"우리는 마텔리에 갔다가 네 부족의 교리에 대해 알게 되었다. 떠도는 소문들이 사실이며 어린 여자애가 죽기 위해 이제 막 이 섬으로 보내졌다는 것도 알게 되었지. 그래서 사람들 눈에 띄지 않게 마텔리에 배를 두고 혼자 이곳으로 온 것이다."

남자가 하얀 이를 드러내며 웃었다.

"그리고 너를 찾았지."

그가 이오나에게 몸을 숙이자 송곳니가 드러났다. 이오나는 그의 먹잇감이었다. 남자가 바지의 허리춤을 더듬어 끈을 찾았다. 숨소리가 거칠었고 눈빛이 흐려졌다. 빨갛게 부푼 남자의 그것이 드러나자 이오나는 그가 원하는 게 뭔지 알아차렸다. 그건 그녀의 목숨이 아니었다.

"싫어!"

이오나가 비명을 지르며 뒤로 물러났다.

"저리 가! 제물에 손을 대선 안 돼!"

"제물 따위 다 헛소리야."

남자가 거친 숨을 내뱉으며 말했다.

이오나는 고향 사람들과 지난 몇 년 동안 이어진 가뭄을 떠올렸다. 그가 틀렸다. 이오나는 다리를 벌리지 않으려고 발버둥 쳤다. 남자는 악마가 틀림없었다. 그보다 더 악마 같을 수 있을까? 하지만 이건 아니었다. 이런 일을 기대한 것이 아니었다.

"당신은 나를 죽이러 온 거잖아!"

이오나가 비명을 질렀다. 남자가 이오나의 배 위로 침을 흘리며 비웃었다.

"네가 그렇게 원한다면 나중에 그렇게 해주지."

남자가 모든 걸 망치고 있었다. 이오나가 평생을 바쳐 기다린 순간이었는데 송두리째 빼앗아 가고 있었다.

"안 돼!"

이오나가 죽을힘을 다해 저항했다. 남자가 이오나를 밀치면서 그녀의 손에 미스라가 닿았다. 그 순간 강한 에너지가 뿜어져 나왔다.

남자가 헉, 하며 뒤로 물러났다.

"그게 뭐지?"

이오나가 천 아래로 손을 더듬어 미스라의 눈구멍 안에 손가락을 넣었다. 이오나는 침착함을 되찾았다. 악마는 사라지고 그것을 축 늘어뜨린 얼빠진 남자만 남았다.

"내게서 떨어져."

이오나가 말했다. 명령은 아니었으나 그 말에는 거부할 수 없는 힘이 있었다. 남자는 벽에 닿을 때까지 뒤로 물러섰다.

남자가 고개를 끄덕였다. 그는 천으로 덮인 미스라에게서 눈을 떼지 못했다.

"그렇게 강력한 힘이라니."

"지금 당장 떠나."

남자는 이오나를 두고 떠났다.

이오나는 미스라를 꽉 안은 채 천으로 몸을 감쌌다. 옆에는 검이 놓여 있었는데 아마도 남자가 나중에 사용하려고 한 것 같았다. 이오나는 허리춤에 칼을 숨기고 제단에서 돌을 가져와 천 속에 숨겼다. 주변을 둘러보았다. 남은 거라고는 매트, 남자의 술 주머니, 제단뿐이었다. 그리고 그동안 너무 많은 고통을 지켜본 휑한 방. 이오나는 사원의 그 남루하기 짝이 없는 문을 닫고 밝은 햇살 아래로 나갔다. 남자는 보이지 않았다. 한 손에 미스라를 들고 뼛조각들이 하얗게 흩뿌려져 있는 원을 돌았다. 남자의 말이 사실일까. 여태껏 선택받은 여자아이들이 전부 굶어 죽은 걸까? 이오나 앞에 온 그 소녀들이 전부? 아니면 악마를 만났을까? 미스라를 찾은 바다 밑바닥의 틈, 그건 그냥 우연이었을까? 아니면 악마가 나타나 찢어발긴 걸까? 미스라의 죽음은 영원한 순환의 일부였을까? 아니면 그저 헛된 죽음이었을까?

죽음이란 언제나 헛된 거야.

이오나의 손에 들린 미스라가 속삭였다. 이오나는 생각했다. 어쩌면 그럴지도 모른다. 어쩌면 알린다가 옳을지도 모르고. 하지만 딱 한 가지, 이오나가 확신하는 것이 있었다. 굶주림과 갈증으로 시름시름 죽어갈 생각은 추호도 없었다.

이오나는 배로 갔다. 남자가 짐을 고정하고 있었다.

"나를 데려가요."

이오나는 미스라의 눈구멍에 손가락을 댄 채 말했다. 남자가 고개를 들었다. 이오나는 그의 표정을 읽을 수 없었다.

"지금?"

이오나가 고개를 끄덕였다. 그녀는 남자가 내민 손을 잡고 배에 올라탔다. 남자가 사원에서 자기 짐을 가져올 동안 이오나는 배 위에 앉아 기다렸다. 바다는 맑고 파랬다. 어머니의 눈과 같은 색이라는 사실이 불현듯 떠올랐다.

남자가 닻을 올리는 동안 이오나는 남자를 보았다. 악마가 사라지지 않았다는 사실을 알고 있었다. 그는 때를 기다리고 있었다. 미스라가 없었다면 이오나는 아무런 힘도 없었을 것이다.

남자가 쇠줄을 감으며 물었다.

"이름이 뭐지?"

"이오나. 당신은?"

"이스칸."

그것이 악마의 이름이었다. 그렇게, 악마는 그녀의 죽음을 손에 쥐게 되었다.

클라라스

그날 아침, 나는 잠에서 일찍 깼다. 봄이 오는 창가에 앉아 새들이 날아다니는 모습을 보고 있었다. 백조 한 마리가 커다란 날개를 퍼덕이며 날아올랐다. 내 창 아래서는 찌르레기가 총총 뛰어다니며 벌레를 쪼아먹고 있었다. 바닷새는 보이지 않았지만 바다를 느낄 수 있었다. 남쪽에서 불어오는 바람이 짠 바다 냄새와 해초 냄새를 싣고 왔다. 남자는 이번에 원정을 오랫동안 나가 있었다. 그 덕에 우리는 차근차근 준비해 나갈 수 있었다. 이제 곧 떠날 때가 되었다. 술라니의 반대에도 불구하고 나는 경비병들을 유인해서 탈출하기로 계획했다. 우리는 그레이트홀에서 만나 문 앞을 지키는 경비병 둘을 유인할 계획이었다. 우리 중 두 명은 구석에 숨어 있고 나머지 한 명이 뭔가를 깨거나 해서 그들을 유인한다. 그때 숨어 있던 두 명이 몽둥이로 감시병들을 내리쳐 기절시킨 뒤 열쇠를 훔쳐 달아난다. 이것이 내 계획이었다. 경비병들은 다이라헤시의 여자들에게 공격받은 적이 없으니 이에 대비가 되어 있지 않을 것이다. 처음에 주의를 돌릴 수만 있다면 여자 셋이 남자 두 명을 처리하는 건 가능할 것 같았다. 에스테기는 식량을 챙겨 와 문밖에서 우리를 기다리고 있기로 했다. 그러고는 어둠 속에 몸을 숨기고 달아날 계획이었다. 나온델은 준비되었다. 바다도 우리를 기다리고 있었다. 북동풍이 불어오기 시작하면 떠나야 한다. 열흘, 어쩌면 그보다 좀 더 걸려 우리는 테라수에 도착할 것이다. 테라수까지 가는 길에는 섬이 꽤 있으니 중간중간 식량을 구할 수도 있다. 하지만 바람의 때를 맞추려면 보름은 더 기다려야 했다.

그래서 우리는 기다렸다.

그리고 남자가 돌아왔다.

소식을 전한 건 에스테기였다. 가라이와 나는 작은 연못가에 앉아 있었다. 그 누구보다 평안의 정원을 그리워한 건 가라이였을 것이다. 가라이는 연못에 한 손을 담근 채 뭔가를 집중해서 듣고 있는 것처럼 보였다. 나는 벤치에 앉아 따스한 햇볕과 남쪽에서 불어오는 바람을 즐기고 있었다. 그때 에스테기가 긴 아치를 지나 와 가라이와 내게 차례로 무릎을 꿇고 인사를 했다.

"카레노코이의 비시에르 경께서 모두 그레이트홀로 오시라고 하셨습니다."

그 말에 내 몸이 부르르 떨렸다. 그를 잊고 있었다. 나온델에 정신이 팔린 나머지 우리가 왜 도망치려고 했는지조차 까맣게 잊고 있었다.

"언제 돌아왔지?"

가라이가 물었다. 그녀의 하얀 머리카락이 어깨 위로 흘러내렸다. 나처럼 가라이도 팔려 왔다. 그건 나도 알고 있었다. 하지만 가라이는 원해서 온 것이 아니었다.

나도 돈에 팔려 여기까지 오기를 원했다고는 볼 수 없었지만, 적어도 나는 선택할 수 있었다.

"어젯밤에요."

에스테기가 머뭇거렸다.

"그런데 혼자 오신 것이 아닙니다."

에스테기와 가라이가 눈빛을 주고받았다. 에스테기가 우리를 배신하는 걸까? 에스테기는 카비라와 가라이와 가까웠지만 술라니와도 가까웠다. 다른 종류의 친밀감이었다.

우리는 그레이트홀로 갔다. 분수에서 물이 흐르고 있었고 여자와 아이 들이 모여 있었다. 잠시 후 문이 열리더니 카비라와 그녀의 딸 에시코도 왔다. 그들은 우리와 약간 떨어진 곳에 자리를 잡았다.

우리는 기다렸다.

남자는 우리를 기다리게 하는 것을 좋아했다. 우리의 시간은 그가 마음껏 낭비할 수 있는 것이었다. 남자가 텅 빈 방에 들어서는 일은 일어나선 안 됐다. 우리가 남자의 시간에 맞춰 움직여야 했다.

여자들이 차를 마시며 이야기를 나눌 동안 아이들은 뛰어놀았다. 아이가 조금이라도 내게 가까워지면 아이의 어머니는 그 즉시 아이를 불러들였다. 오르세올라는 무표정한 얼굴로 아무 말 없이 내 옆에 앉아 있었다. 술라니는 늘 그렇듯 가슴을 펴고 앉아 있었고 멀지 않은 곳에 에스테기가 있었다. 가라이가 반갑게 카비라를 맞았지만 둘은 별다른 말을 나누지 않았다.

경비병 한 명이 황금 문을 활짝 열었고 남자가 들어섰다. 어린 소녀가 남자 뒤를 따라 들어왔다. 소녀는 남자의 어깨 정도 오는 키에 밤하늘처럼 까만 머리카락이 발목까지 흘러내렸다. 아무 장식이나 자수도 없는, 발까지 내려오는 긴 빨간 드레스를 입고 있었다. 허리 한쪽이 볼록 튀어나와 있었다. 장애가 있는 걸까? 잠시 생각했다. 하지만 소녀가 움직일 때마다 혹 같은 것이 옷 안에서 움직였다. 혹이 아니라 어떤 물건인 듯했다. 아이는 작고 갸름한 얼굴에 비해 눈이 컸다.

그리고 무척 어렸다.

아버지가 집을 떠나라고 했을 때의 나보다 어려 보였다.

우리 앞에 선 남자가 미소를 지었고 상어 같은 이가 드러났다.

"아주 긴 여행을 했다. 그리고 마침내 원하던 것을 찾았지."

남자가 여자를 소개했는데, 일부러 그 아이와 거리를 둔 것처럼 보였다.

"내 둘째 부인이다. 내게 아들들을 안겨주어 왕위를 굳건하게 해줄 것이야. 어젯밤 오하딘에 도착해 예식도 치렀다."

여자가 남자를 보는 표정은 내가 이해할 수 없는 종류의 것이었다.

나는 에시코를 보았다. 아이의 얼굴이 하얗게 질려 있었고 두 손도 덜덜 떨렸다. 내 옆에 있던 오르세올라의 입에서 신음이 새어 나왔다. 땀이 송골송골 맺힌 입술이 반쯤 벌어진 그녀는 새로 온 여자에게서 눈을 떼지 못했다. 나는 오르세올라가 무슨 말이라도 내뱉을까 봐 걱정돼 그녀의 팔을 잡았다. 남자가 우리를 잊고 있을수록 우리에게 유리했다.

"첫째 부인."

카비라가 일어나 남편에게로 갔다. 그녀는 예를 갖춰 고개를 숙인 뒤 지시를 기다렸다.

"이오나에게 필요한 것들을 챙겨주시오. 당신 방도 몇 개 내어주고 마땅한 옷과 보석들도. 여하튼 그런 것들 말이오."

남자가 알아서 하라는 듯 손을 흔들며 말했다.

"예."

카비라는 다시 허리를 굽혀 고개를 숙였다. 그녀가 그렇게 몸을 낮추는 모습은 본 적이 없었다. 딸 때문일 것이다. 남자가 딸아이와 자신을 살려두고 있어서인 게 분명했다. 적어도 아직은 남자가 그들을 살려두고 있었다.

어쩌면 둘째 부인은 그에 대한 벌일지도 몰랐다.

남자가 다이라헤시를 나갔다. 예상치 못한 상황에 당황한 첩들이 투덜거리기 시작했다. 새로운 부인이라니! 아무도 예상하지 못한 일이었다.

"어린아이잖아!"

내 옆에 있던 오르세올라가 외쳤다.

"아이라고!"

사실이었다. 여자아이는 이제 막 초경을 시작했을 법했다.

"우리가 도망가 봤자 남자는 여길 더 어린 여자애들로 채울 거야."

내가 오르세올라를 조용히 시키려 해봤지만 어차피 그녀는 사람들의 관심을 얻지 못했다. 모두가 얘기하는 데 정신이 팔려 그녀를 신경 쓰는 사람은 없었다.

"그를 막아야 해!"

오르세올라가 몸을 심하게 떨었다.

"막아야 한다고!"

"남자가 우리를 죽일 수도 있어요."

그렇게 말하면서도 내 시선은 이오나를 좇았다. 카비라가 이오나에게 방을 보여주고 있었다. 나는 카비라 같은 여자에게 자기 방을 빼앗기는 일이 얼마나 치욕스러울지 생각했다.

"넌 늘 그렇게 말했지. 우리 같은 사람들이 할 수 있는 건 없다고. 우리 목숨이나 잘 지키자고. 하지만 남자가 죽음을 쥐고 있다면,"

오르세올라가 속삭였다.

"난 꿈을 쥐고 있어."

*

며칠 뒤 어느 날 밤, 에스테기가 돛 문제를 의논해야 한다고 했다.

"돛을 사야 해요."

우리가 다시 욕실에 모였을 때였다. 나온델을 산 이후 에스테기는 우리의 탈출에 대해 별다른 말을 하지 않았다. 배는 아메카의 어느 버려진 창고에서 우리를 기다리고 있었고 에스테기가 배가 잘 있는지 보려고 그곳에 다녀오기도 했다. 나는 에스테기를 그저 차와 과일을 내주고 요강을 비워주고 우리 대신 시장에 보석을 갖다 팔아주는 조용한 하인으로만 생각했다. 우리와 함께 탈출하고 의견도 내는 사람으로는 생각하지 못했던 것 같다.

"나온델에 돛이 없어요?"

에스테기가 고개를 저었다.

"없어요. 사촌이 배를 가지고 올 때는 배를 판 사람한테 돛을 잠시 빌렸대요. 지금은 다시 돌려줬고요."

"배를 판 사람한테는 누가 배를 사는 거라고 둘러댔어요?"

과연 전략가인 술라니가 물었다.

"제 사촌요."

"그럼 당신 사촌은요? 누구 배라고 알고 있죠?"

"제게 숨겨둔 연인이 있는 걸로 알고 있어요."

에스테기의 얼굴이 붉어졌다.

"그래서 함께 도망가려는 줄 알아요."

에스테기가 술라니 쪽을 흘긋 보았다.

"돛을 구해야겠네요."

내가 말했다.

"테라수는 멀어요. 노를 저어서 가는 건 너무 느려요. 당신 같은 사람들에게는 너무 힘들고요."

"돛이라."

오르세올라가 혼잣말을 했다.

"배는 있지만 돛이 없다라."

술라니가 나를 보며 물었다.

"좋은 돛은 어떤 거죠?"

"튼튼하고 가벼운 거요. 돛을 만드는 사람들은 매우 뛰어난 장인들이에요. 만들기가 까다롭거든요. 난 그물은 고칠 수 있지만 돛은 못 만들어요."

에스테기가 내게 몸을 숙여 물었다.

"그럼 좋은 돛을 알아볼 수는 있어요? 어떤 감촉인지, 어떻게 움직이는지?"

내가 고개를 끄덕였다.

"좋아요. 그럼 내가 만들 수 있어요."

에스테기는 다시 똑바로 앉아 무릎 위에서 손을 포갰다. 술라니가 그런 에스테기를 보며 미소를 지었다.

"하지만 우린 돛을 만들 천이 없잖아."

오르세올라의 말에 내가 웃음을 터뜨렸다.

"이 금빛 새장 안에서 우리가 가진 유일한 것이 천이에요. 우리 주변에 쌓여 있는 것들이 안 보여요? 온통 실크잖아요! 실크 베개, 실크 커튼, 실크 옷. 다른 사람들이 평생 단 한 번이라도 입어보고 싶어 하는 실크가 여기 쌓여 있어요. 절대 해지지 않고 깃털처럼 가벼운 실크가요."

"베개는 너무 작아요."

에스테기가 지금 당장이라도 바느질을 시작할 것처럼 손가락을 문지르며 말했다.

"하지만 커튼이라면 적당하겠어요. 아니면 새로운 옷을 만들 천을 사달라고 해도 될 거예요."

"지금은 그에게 아무것도 청해서는 안 돼요. 알잖아요."

내가 말했다.

"하지만 그 정도 청은 쉽게 할 수 있는 사람을 하나 알지."

오르세올라의 말에 우리는 서로를 쳐다보았다.

"안 돼요. 그녀에게 우리 계획을 알려서는 안 돼요. 계획을 털어놓지 않으면서 그런 부탁을 해달라고 할 수는 없잖아요."

내가 반대했다.

"제가 의견을 내도 될까요?"

에스테기가 말했다. 그녀는 자리에서 일어나 예를 갖춰 머리를 숙인 채 우리 대답을 기다리고 있었다. 하지만 에스테기는 이제 더는 순종적이기만 한 하인이 아니었다.

"아무 설명도 하지 않고 청할 수 있을 거예요. 그분은 도움이 되고 싶어 하고 뭔가 재밌는 일을 찾고 있어요."

"좋아요. 우리는 실크가 필요해요."

내가 말했다.

"돛이 없다면 나온델은 그저 날개 꺾인 새일 테니까요. 내일 내가 부인에게 가볼게요."

다음 날, 나는 에스테기를 보내 새로운 부인을 찾아뵙고 인사를 드리고 싶다는 전갈을 전했고 곧이어 부인이 와도 좋다는 응답을 보내왔다. 나는 목욕을 한 뒤 달콤한 향기가 나는 오일을 몸에 듬뿍 발라, 내게 달라붙어 있는 생선과 해초 비린내를 사라지게 했다. 나는 머리에 핀을 꽂고 그레이트홀을 지나 이오나의 방 앞에 서서 방문을 두드렸다.

에스테기가 문을 열어주어 방 안으로 들어섰다. 나는 흠칫 놀라 걸음을 멈추었다. 그 방은 다이라헤시의 다른 방들과 전혀 달랐다. 돌로 만든 바닥은 휑했고 화려한 그림이나 거대한 화병도 없었다. 열린 창문으로 봄 햇살이 방 안을 비출 뿐이었다. 문 반대쪽에는 단출한 제단이 하나 놓여 있었는데 그 위에는 검과 빵 한 조각, 돌멩이 하나가 올려져 있었다. 쿠션 위에 앉은 이오나는 무릎 위에 뭔가를 올려놓고 있었다. 휑한 구멍 두 개가 뻥 뚫려 있는 황갈색 해골이었다. 이오나 맞은편에는 가라이가 앉아 있었다. 가라이는 나를 보고 미간을 찌푸렸다.

"클라라스, 무슨 일이지?"

"사제님, 제 손님이에요."

이오나가 대답했다. 가라이는 조금도 반기지 않는 표정으로 이내 이오나와 해골 쪽으로 다시 고개를 돌렸다.

나는 이오나 앞으로 걸어가 가라이 옆에 앉았다. 그녀가 있으면 청을 할 수가 없었다.

"부인께서 소유하신 이것은 불가해할 정도로 강력한 힘을 지녔습니다. 이것의 힘이라면 당신의 주인에게서도 벗어날 수 있지요."

가라이가 해골에서 눈을 떼지 못했다.

"그는 제 주인이 아닙니다."

이오나가 진지한 표정으로 말했다.

"그저 악마이지요. 제 죽음을 손에 쥐고 있습니다."

가라이가 침묵에 잠겼다. 그러고는 일어나 이오나에게 고개를 숙여 인사한 뒤 서둘러 방을 나갔다.

나는 새로운 부인이 내게 말을 걸 때까지 기다렸다. 이오나는 남자의 부인이었고 나는 첩에 불과했다. 나는 가장 늦게 들어왔으며 가장 낮은 신분이었다.

이오나는 말이 없었다. 예의는 갖추었으나 내게 관심 없는 눈빛으로 나를 보았다.

고양이 한 마리가 소리 없이 다가와 내 무릎 위에 뛰어올라 왔다. 귀를 부드럽게 쓰다듬자 그르렁그르렁 소리를 냈다. 이오나의 무릎 위에 있는 해골이 그 까만 눈으로 나를 보고 있었다.

삶과 죽음의 눈.

"말할 것이 있으신가요?"

이오나가 입을 뗐으니 나도 이제 말을 할 수 있었다.

"부인께서는 주인님의 총애를 받으십니다. 그에게 옷감을 청해주실 수 있으실까요?"

어떤 기지나 능변도 없는 말이었지만, 이게 내가 할 수 있는 최선이었다.

"어떤 천을 원하세요?"

이오나가 해골의 치아를 문지르며 물었다. 무척 작은 머리뼈였으니 어린아이였을 것이다.

"실크요. 저희는 이제 실크를 구하기가 어렵습니다. 부인과 달리 주인님의 총애를 받지 못하니까요."

내 서툰 말솜씨에 뒤에 있던 에스테기가 당황해 몸을 움찔하는 것이 느껴졌다. 하지만 이오나는 다정한 눈빛으로 나를 지그시 바라보았다. 그러고는 어딘가에 귀를 기울이듯 고개를 아래로 숙였다. 그녀는 천천히 고개를 끄덕였다.

"방을 꾸미라고 받은 실크가 제게 쌓여 있어요. 하지만 저는 지금이 좋아요. 에스테기, 내 침실에서 실크를 가져다줘."

에스테기가 고개를 숙여 인사를 한 뒤 방을 나갔다. 나도 해골에서 눈을 뗄 수가 없었다.

"그건 누구인가요?"

이오나가 부끄러워하는 미소를 지었다.

"미스라. 저의 친구이자 전임자입니다. 미스라는 악마에게 목숨을 바쳤지요. 저 또한 제 차례를 기다리고 있습니다."

"죽음을 기다리신다고요?"

내가 배 위에 손을 얹으며 물었다. 아이가 안에서 꿈틀거리는 것이 느껴졌다.

"영원한 순환을 위한 것입니다. 삶과 죽음의 순환."

이오나는 한 손으로 미스라의 얼굴을 감싸 안았다.

"그것이 제 삶의 목적이지요. 다른 목적은 없습니다."

"우리는 모두 결국 죽어요."

내가 말했다.

"왜 선대의 정령들이 부르기도 전에 죽으려고 하시죠?"

"나는 죽은 자의 영혼은 믿지 않아요."

이오나가 대답했다.

"영원한 순환 안에서는 다른 사람들의 평안을 위해 소수의 희생이 필요합니다."

"제 삶의 목적은 이 아이를 지키는 거예요."

내가 배를 보여주자 이오나가 고개를 끄덕였다.

"목적이 있다는 건 좋은 것이지요. 그럼 우리가 하는 선택들이 목적을 이루는 데 도움이 되는지, 그게 정말 좋은 선택인지 알 수 있으니까요."

에스테기가 형형색색으로 빛나는 실크 옷감들을 가져왔다. 어떤 건 얇고 투명했고 어떤 건 두껍고 튼튼했으며 돛을 만들고도 남을 만한 양이었다. 나는 할 수 있는 만큼 최대한 깊이 절하며 감사를 표하고 또 했다. 이오나가 눈앞에 해골을 들어 올렸다.

"당신께 이 천이 무척 중요하다고, 미스라가 말하더군요. 회녹색으로 하세요. 바다에서 가장 눈에 띄지 않는 색이에요."

나는 비틀거리며 방을 나왔고 에스테기도 뒤를 따라왔다. 우리의 두 눈이 마주쳤다. 에스테기가 고개를 흔들었다.

"저는 한마디도 하지 않았어요! 저를 믿으셔야 해요!"

에스테기가 속삭였다.

바다, 나온델. 이오나는 분명 뭔가를 알고 있었다. 하지만 뭘 알고 있는 걸까? 이오나가 우리를 배신할까? 이오나는 남자의 편인 것 같았는데. 하지만 그녀는 남자를 두려워하지 않았다.

남자는 누구나 두려워하는 존재였음에도 이오나는 그러지 않았다.

남자는 여전히 나를 가끔 찾았다. 이오나만으로 만족하지 못했거나 이오나에게는 내게 하듯 하지 않았나 보다. 그는 술라니도 계속 찾았다. 술라니의 얼굴과 몸에 상처들이 계속해서 생겨났다 없어졌다. 그럼에도 불구하고 술라니가 드러내고 화내는 걸 본 적이 없었다. 에스테기는 따뜻하고 부드러운 손으로 그녀의 부르튼 상처를 정성껏 돌봐주었다.

가끔 그 둘을 보면 내게도 그런 손길을 주는 사람이 있었으면 하는 생각이 들었다. 하지만 남자가 다녀간 날이면 누군가가 나를 건드리는 것을 참을 수가 없었다.

우리는 탈출에 필요한 모든 준비를 마쳤다. 에스테기의 능숙한 바느질 솜씨 덕분에 돛은 금방 완성되었다. 시간이 빠르게 흘렀다. 봄의 마지막 보름달이 뜨고 닷새째 되는 날 탈출하기로 했다. 남풍이 불기 시작하고 너무 덥지 않은 때이기 때문이다. 돛은 곱게 접어 내 침대 아래에 숨겨두었다. 모든 게 준비되었다. 그동안 우리가 모아둔 식량도 창고에서 때를 기다리고 있었다. 나는 배가 점점 더 커졌고 움직임도 느려졌지만 내 배를 뻥뻥 차는 아이의 발길질을 느낄 때마다 조금씩 더 강인해졌다. 보름달이 뜨기 하루 전날 밤이었다.

그날 밤, 모든 것이 어그러졌다.

한밤중 나는 소변이 마려워 잠에서 깼다. 아이가 크면서 이런 일이 잦아졌다. 볼일을 끝냈을 때 그레이트홀에서 발자국 소리가 들렸다. 나는 문을 열고 소리를 따라갔다.

오르세올라가 분수를 멍하니 보며 서 있었다. 그녀는 종종 왕에게 꿈을 짜주고 밤늦게 돌아오곤 했다. 격자무늬 문 너머로 보초를 서는 남자도 보였다. 그날 밤은 한 명뿐이었다.

내가 오르세올라에게 다가갔는데 그녀는 나를 보지도 않고 여전히 물만 빤히 내려다보고 있었다.

"꿈을 꾸고 있는 사람을 해쳐서는 안 돼."

오르세올라의 말이 잘 들리지 않아 나는 그녀에게 조금 더 가까이 갔다.

"어머니께서 자주 하시던 말이야. 절대 해쳐선 안 돼."

그녀는 이제 분수대 앞에 무릎을 꿇더니 차가운 대리석 분수대에 이마를 댔다.

"그는 하늘을 날고 싶어 했어. 그래서 날게 해줬지. 나는 온갖 기억을 찾아 그를 가장 높은 곳으로 데려갔어. 얼굴에 불어오는 바람, 폭풍이 치는 바다, 모든 게 완벽했어. 그 어느 때보다 멋진 꿈을 만들어줬지. 불어오는 바람에 눈물이 고이고 구름 사이를 나느라 몸이 축축해졌어. 너무나 생생했지. 나는 돌풍을 일으켜 날개를 꺾어버렸어. 그는 사나운 바람에 휩쓸리다 어디가 땅이고 어디가 하늘인지도 모르게 돼버렸어."

오르세올라가 내 어깨를 붙잡았다.

"그 여자는 너무 어려! 아이라고! 그를 멈춰야 해, 가시고기. 누군가는 그를 멈춰야 해! 그렇지 않으면 우리가 떠나봤자 계속해서 어리고 더 어린 소녀들이 여길 채울 거야!"

"누굴 말하는 거예요? 어린 여자는 누구고요?"

오르세올라가 날카로운 목소리로 크게 웃었다. 그녀의 웃음소리가 텅 빈 홀에 메아리쳤다. 경비병이 돌아보았다.

"방으로 돌아가."

절반만 남자인 경비병이 말했다.

“당장.”

“국왕에게 다녀왔어.”

오르세올라가 내게 얼굴을 대고 속삭였다.

“그 남자 가까이는 갈 수 없어. 우리의 적 말이야. 하지만 왕을 이용해서 그를 방해할 수는 있지! 조종할 수 있는 왕이 없다면 그는 어떻게 될까? 그 힘을 쓸 수 있을까?”

“오르세올라, 무슨 짓을 한 거예요?”

내가 낮은 목소리로 소리쳤다. 내 어깨를 거머쥔 오르세올라의 손에 힘이 더 들어갔다.

“그는 추락했지, 작은 가시고기.”

오르세올라가 날카롭게 외쳤다. 문밖에서 경비병이 열쇠를 달가닥거렸다. 나는 오르세올라를 붙잡고 세게 흔들었다.

“무슨 짓을 했어요!”

“국왕이 두려워하는 사람들, 두려워하는 모든 것을 찾아냈어. 그러고는 그의 꿈에 그것들을 엮어 넣었지. 어릴 적 그의 어머니가 끔찍한 고통으로 죽어가던 기억도 찾아냈어. 내 가장 아름다운 매듭으로 그에게 꿈을 짜주었어. 꿈속에서 왕의 몸이 한 번, 두 번 격렬하게 흔들렸지. 세 번째에 그는 결국 일어나지 못했어. 그가 가장 두려워하던 죽음의 공포로 그를 파멸시켰지. 국왕은 딱딱한 돌덩이가 되어 쓰러져버렸어!”

오르세올라가 가쁜 숨을 몰아쉬었다. 경비병이 잠긴 문을 열고 홀 안으로 들어섰다. 돌바닥을 걷는 그의 발소리가 저벅저벅 울려 퍼졌다. 미리 알았더라면 지금이 탈출할 수 있는 완벽한 기회였을 텐데! 하지만 그러기에는 아무런 준비가 되어 있지 않았다. 술라니도 없고 몽둥이도 없었다. 그래도 우리 계획이 통할 거라는 사실은 확인할 수 있었다. 운이 좋으면 탈출하는 날에도 경비병이 한 명뿐일 수도 있었다.

오르세올라가 훌쩍거리며 크게 소리쳤다.

"그는 이제 깨어나지 못해! 영영, 이제 영원히!"

나는 자리에서 벌떡 일어났다. 경비병이 우리 앞에 섰다.

"지금 마음이 좋지 않아서 그래요. 제가 침대로 데려갈게요."

나는 곧바로 오르세올라를 붙잡고 경비병과 함께 그녀를 끌고 침실로 갔다. 오르세올라는 저항하지 않고 순순히 따라왔다. 경비병은 못마땅한 표정으로 내게 오르세올라를 진정시키는 대로 침실로 돌아가라는 말을 남기고 돌아갔다. 그 순간에도 나는 미련을 버리지 못한 채 그의 머리를 내리칠 만한 물건이 없는지 두리번거렸다. 하지만 때가 아니었다. 나는 계획대로 다음 기회를 기약했다.

"이건 가장 금기시되는 죄야."

오르세올라가 중얼거렸다.

"나 같은 자에게 추방은 너무 자비로운 형벌이야. 그래, 그렇고말고. 내 탄생나무를 베어버려야 해. 불살라야 해. 싹 하나 남지 않도록. 나는 모든 금기를 깨뜨렸어. 어머니, 어머니, 저를 용서하세요, 어머니!"

그녀는 한참을 맹렬히 분노하고 소리를 지르고 나서야 서서히 안정을 되찾았다.

만약 오르세올라가 말한 것이 모두 사실이라면, 정말 국왕이 죽은 거라면, 주인이 이제 무슨 일을 벌이게 될까?

*

오르세올라가 국왕을 죽인 건 사실이었다. 하지만 노련한 솜씨 덕에 그녀를 의심하는 사람은 없었다. 오르세올라는 오랫동안 국왕 폐하에게 꿈을 짜주었고 그 사실을 아는 이 또한 많지 않았다. 사람들은 오르세올라를 비시에르가 선물한 애첩 정도로만 알고 있었다. 하지만 늙은 남자의 심장이 감당하기에 너무 열정적인 사랑을 나누었다고 해서 누구를 탓할 수 있겠는가? 그녀를 탓할 사람은 없었다. 폐하는 침실에서 평안히 잠들었다. 그는 이미 다른 이들보다 오래 살았고 카레노코이에서 그보다 오래 산 사람은 없었다. 국왕은 선대의 대열에 뒤늦게 합류했다.

하지만 국왕의 죽음은 원래 비시에르가 손에 쥐고 통제하고 있었다. 주인은 자기가 아닌 다른 누군가가 그 영향력을 빼앗아갔다는 사실을 알아차렸을 것이다. 그게 정확히 무슨 의미인지 나는 알지 못했지만 에스테기가 그렇게 설명해 줬다. 에스테기는 아주 어릴 때부터 궁에서 일했으므로 오하딘과 궁에서 일어나는 온갖 일과 음모에 대해 우리 중 누구보다 잘 알고 있었다.

주인은 세 아들을 잃은 뒤로 모든 사람을 의심하기 시작했다. 에시코가 딸로 밝혀진 뒤로는 그 정도가 더 심각해졌다. 그런데 이제 국왕까지 자기가 모르는 사이에 승하했으니, 제정신이 아니었다. 그는 다이라헤시의 모든 곳에 경비병을 두었다. 새로 온 경비병들은 거세한 자들이 아니었다. 사나운 얼굴에 온몸에 흉터가 가득한, 무장한 병사들이었다. 궁 안에 있는 모든 문과 창, 구석구석을 병사들이 지켰다. 우리의 계획은 완전히 실행 불가능해졌다. 탈출로가 막혀버렸다.

우리에게는 나온델과 음식과 돛이 있었지만 희망이 사라져버렸다.

카비라

나의 아들들이 죽었다.

폐하가 승하하시자 이스칸은 왕위를 탐내는 자가 있다며 왕실 친족들을 모조리 사형에 처했다. 어린아이도 예외가 아니었고 젖먹이와 배 속에 폐하의 아이가 있을지도 모르는 여자들까지 모두 죽였다. 공식적인 처형은 아니었다. 하지만 오하딘에 사는 사람들은 숙청이 일어난 그날의 비명을 똑똑히 들었다. 아이들의 울음소리가 뚝 끊겼고 여자들의 애끓는 절규가 끝없이 들려왔다. 그들의 울부짖음이 들려와도 나는 아무 감정을 느끼지 못했다.

나의 아들들이 죽었다.

다음 날 어두운 회색 연기가 평안의 집 정원과 궁의 황금 지붕, 그리고 오하딘을 까맣게 뒤덮었다. 이스칸은 도시의 북쪽 언덕에서 시체를 태웠다. 그들은 무덤조차 갖지 못했다. 흔적도 없이 사라져 저승에서 가족들을 만날 수도 없을 것이다.

그날, 오하딘은 짙은 연기와 정적에 잠겨 있었다. 누구도 입을 열지 않았다. 잿빛 연기가 새들조차 침묵하게 했다.

나의 아들들이 죽었다.

오르세올라도 제정신이 아니었다. 오르세올라는 늘 불안정한 면이 있긴 했지만 그날은 누구도 손쓸 수 없을 만큼 맹렬한 분노를 내뿜었다. 경비병들이 그녀를 침대에 묶어 자해하지 못하게 막았고 가라이가 억지로 입안에 약을 밀어 넣었다.

오르세올라가 그렇게 고통스러워하는 이유를 나는 알 것 같았다.

나의 아들들이 죽었다.

시체를 태운 다음 날, 이스칸이 내 방으로 왔다. 에시코가 스스로 딸이라는 사실을 밝힌 뒤 처음 온 것이었다. 예고도 없이 그가 불쑥 나타났을 때 나는 에시코와 함께 방에 있었다. 나는 무릎을 꿇고 땅에 엎드려 절을 했다. 에시코는 잠시 머뭇거리다 나를 따라 무릎을 꿇었다. 아이는 여자들에게 요구되는 온순한 태도를 아직 몸에 익히지 못했다. 에시코는 아버지의 명령대로 여자 옷을 입고 다녔지만 머리는 아직 짧은 상태였다. 여자 옷을 입은 딸의 모습이 내게도 아직 어색했다. 에시코는 변했다. 소심해졌고 방 밖으로 나가지도 않았다. 아이와 붙어 지낼 수 있는 건 기뻤다. 마지막으로 남은 이 아이를 지킬 수 있다면 뭐든 괜찮았다. 에시코는 방에서 조용히 지내며 아버지가 곧 자기를 다시 불러 예전처럼 가장 가까운 동지로, 조력자로 대해주길 기다렸다.

그러나 이스칸은 에시코가 여자라는 사실을 알고 나서 아이를 부르지 않았다.

"일어나거라."

나는 곁눈질로 그를 흘긋 보았다. 내가 아니라 에시코에게 한 말이었다. 기대에 찬 에시코가 어깨를 움츠린 채 아버지를 보았다. 이스칸은 보기 싫은 것이라도 본 것처럼 인상을 찌푸렸다.

"흉측하구나. 머리 꼴하고는. 머리 장식은 왜 하지 않았느냐? 족히 열 개는 달거라. 세 가문 사람이라는 걸 모두가 알 수 있도록. 머리카락이 다 자랄 때까지는 그 흉한 꼴로 사람들 앞에 얼씬도 하지 말거라."

에시코의 얼굴이 분노로 일그러졌다. 이스칸이 나를 향해 몸을 돌렸다. 흰자위가 남지 않은 그의 까만 눈을 보니 죽음의 땅을 보고 있는 것 같았다. 억울하게 죽은 원령들의 울음소리가 들려올 것만 같아 더는 그의 눈을 볼 수가 없었다.

"이 애가 여자는 맞소?"

"네, 그렇습니다."

이스칸이 내 아들들을 죽이고 난 뒤 그와 처음 나눈 대화였다.

그가 빈정거리며 말했다.

"남자가 되려고 또 무슨 짓을 했는지 내가 어찌 알겠소. 이오나가 내게 아들을 안겨주려면 시간이 걸릴 거요. 아니가 미래를 보여주었소. 하지만 이오나는 그보다 더 값진 것을 가지고 있지. 그것만 내 손에 넣고 나면 나는 다시 한번 세상에 둘도 없는 막강한 존재가 될 것이오. 그때까지는 내 자리를 잘 지켜야겠지. 나에게 대항하는 자들은 모조리 없앨 것이오. 조금이라도 내게 위협이 될 수 있는 자들은 살아남지 못할 거요. 불운이 닥쳤소. 폐하가 돌아가셨을 때 깨달았지. 국왕이 죽었으니 이제 내가 대신 이곳을 통치해야 하오."

그가 웃었다. 그 웃음에는 그 어떤 온기도 기쁨도 없었다.

"음모를 꾸민 자들이 그건 생각하지 못했나 보지. 그자들이 내게 깔

끔하게 왕위를 넘겨주었소. 하지만 나는 조력자가 필요해. 에시코는 꼴이 좀 볼만해지면 결혼을 시킬 거요. 아주 먼 곳에 있는 괜찮은 남편감을 찾을 것이오. 코린의 뒤를 이을 만한, 내게 충성을 맹세할 그런 사람으로."

"하지만 아버지, 제가 바로 그런 사람이에요!"

에시코가 소리쳤다. 나는 심호흡했다. 지금 이스칸의 신경을 거슬러서는 안 됐다. 그는 무슨 짓이든 저지를 수 있는 상태였다. 이제 에시코는 그의 아들도 아니다. 하지만 에시코는 상황을 이해하지 못하고 있었다.

"저는 지금껏 아버지를 잘 보필했어요. 제 조언도 잘 들어주셨잖아요. 아버지의 영토에 관해서라면 누구보다 잘 알고 있어요. 아니에 대해서도요! 아버지, 부탁이에요. 아니에 다시 갈 수 있게 해주세요. 제가 아버지께 도움이 된다는 걸 보여드릴게요."

이스칸이 에시코를 향해 몸을 돌렸다. 그는 아무런 감정도 없는 차가운 표정으로 에시코의 얼굴을 한참 보았다.

"너는 아버지이자 비시에르인 내게 거짓말을 했다. 내게 충성심을 언급하지 마라. 아니, 이제 내게 말을 걸어서도 안 된다. 지금 네가 목숨을 부지하고 있는 것을 감사히 여겨라. 그 또한 네가 할 일이 있어 살려두는 것뿐이니. 결혼이나 하면 된다."

그의 서늘한 얼굴을 보니 에시코가 어릴 때 그의 어깨에 자주 올라탔던 일이 생각났다.

이스칸이 차갑게 등을 돌려 방을 나갔다. 그 자리에 멍하니 서 있는 에시코의 눈에 눈물이 가득 차올랐다. 네 살 이후 그 아이가 우는 모습은 처음 보았다.

"더 이상 기대할 수 있는 건 없어. 여자는 결혼을 해야 한다. 아버지가 너무 멀지 않은 곳에서 혼처를 찾을지도 몰라. 그러면 우리는 자주 볼 수 있을 거야."

에시코를 매일 볼 수 없다는 생각이 들자 나는 두려움에 휩싸였다.

에시코가 나를 보았다.

"저는 더 나은 걸 원해요!"

딸이 외쳤다.

"어머니 탓이에요. 14년 동안 저는 늘 더 많은 걸 원해야 한다고 배워왔어요. 비시에르의 아들로서요! 그런데 이제 와서 당신처럼 살라고요? 여자로요? 아무것도 원하지 않고, 아무것도 알지 못하고, 아무것도 하지 않는 사람으로요?"

아이는 내 앞에 침을 탁 뱉고 성큼성큼 걸어 자기 방으로 돌아갔다.

아니는 이스칸에게 힘을 주었다. 이스칸이 온갖 끔찍한 악행을 저지를 수 있도록 그를 도왔다. 아니는 처음부터 내게서 딸을 훔쳐갔다. 에시코가 내 배 속에 있을 때부터 아이의 핏줄에는 아니의 힘이 흐르고 있었다. 딸은 언제나 나보다 아니의 말에 더욱 귀를 기울였다. 아니는 지금껏 그랬던 것처럼 끝도 없이 이스칸을 조종할 것이다. 이스칸이 에시코를 내게서 빼앗아 가거나 죽일 수도 있었다. 그렇게 되도록 내버려 둘 수는 없다.

이스칸에게서 힘을 빼앗을 방법이 분명 있을 것이다.

아니의 힘이 없다면 그는 평범한 노인에 불과했다. 아니가 없다면 에시코를 장악하고 있는 그의 힘도 약해질 것이고, 그러면 아이도 아버지가 어떤 사람인지 똑똑히 알게 될 것이다. 그러고 나면 애초에 내가 계획했던 대로 에시코는 진정한 내 아이가 될 것이다.

그날 밤, 나는 매캐한 냄새 때문에 잠에서 깼다.

처음에는 시체를 태우는 냄새가 아직 남아 있는 줄로만 알았다. 그런데 눈을 떠보니 창밖으로 불길이 활활 타오르는 모습이 보였다. 나는 일어나 창가로 달려갔다.

고요의 궁이 불길에 휩싸여 있었다. 그곳은 대학살에서 살아남은 왕의 첩과 딸 들이 지내는 곳이었다.

에시코가 방문을 열고 밖으로 달려나갔다. 나도 옷을 걸치고 그 뒤를 따라갔다. 여자들의 목소리와 분주한 움직임, 허공을 떠도는 공포로 다이라헤시 전체가 소란스러웠다.

에시코가 창살 달린 문 앞으로 달려갔다. 최근 전투 부대에서 배치되어 온 경비병이 그곳을 지키고 있었다. 에시코가 그의 이름을 불렀다.

"바라도, 전우여. 이 문을 열어줘."

병사가 고개를 저었다.

"미안해, 동생. 비시에르 경의 명을 어길 수는 없어."

"비시에르 경은 어디에 있지?"

"아무도 몰라."

바라도는 걱정하는 표정을 감추지 못했다.

"화재 진압은 누가 지휘하고 있는 거지, 바라도?"

에시코는 그들의 관계를 상기시키려고 계속해서 친근하게 그의 이름을 불렀다.

"나도 몰라. 오라—, 병사들은 전부 고요의 궁으로 달려갔어."

대외적으로 딸은 여전히 오라노, 이스칸의 아들이었지만, 다이라헤시를 지키는 병사들은 이제 여자 옷차림을 한 딸을 에시코로 여겼고 그 애가 여자라는 사실도 알게 되었다. 이스칸이 경비병들에게 뭐라고 설명했는지는 모르겠다. 아마 아무 말도 하지 않았을 것이다. 이스칸은 그 누구에게도 뭔가를 설명할 필요가 없었다.

"누군가는 병사들을 지휘해야 해, 바라도. 지휘관이 필요하다는 걸 알잖아. 얼마 전까지 우린 전장에서 함께 싸웠어."

에시코의 말에는 진심이 담겨 있었다. 하지만 애원은 아니었다. 에시코는 침착하고 단호했다. 지도자의 모습이었다.

"우리는 어깨를 맞대고 함께 활을 쐈잖아. 할 수 있는 사람들은 전부 불을 끄러 가야 해. 너도. 너희만 나를 따라준다면 내가 지휘를 맡을게. 최악의 상황에 불이 여기까지 번져서 비시에르의 여자들이 산 채로 불에 타면 어떡해? 그 책임을 너 혼자 뒤집어쓸 수는 없잖아."

그 순간 폐하의 여자들과 아이들은 정말로 산 채로 불타고 있었다. 나는 딸을 보았다. 에시코는 당당한 모습으로 우뚝 서 있었고 경비병은 그런 아이를 마주 보고 있었다. 그는 아무 말 없이 열쇠를 꺼내 문을 열었다. 그제야 나는 에시코의 옷차림이 어떤지 알아차렸다. 평소 오라노가 그랬듯 파란 재킷에 하얀 바지, 높은 장화를 신고 있었다.

에시코가 나를 돌아보았다.

"어머니, 만약 불길이 여기까지 덮치면 여자들과 아이들을 데리고 안전한 곳으로 가 계세요."

나는 고개를 끄덕였다.

에시코는 곧바로 계단을 내려가 사라졌다.

주변을 둘러보았다. 그레이트홀은 텅 비어 있었다.

나는 조금도 망설이지 않고 창살로 만들어진 문을 빠져나갔다. 궁에 들어온 뒤로 경비병의 감시 없이 밖으로 나온 건 처음이었다. 계단을 내려가 정원으로 나오자 레한의 죽음이 떠올랐다. 다이라헤시, 그 집에 얽힌 기억, 그곳에 살았던 여자들이 하나씩 떠올랐다. 그들에 대해 아는 것은 아무것도 없었다. 하지만 그 긴 세월, 감옥 같던 내 인생에서 그들만이 내 유일한 친구였다는 걸 지금은 잘 알고 있다. 에시코가 내게 그들을 부탁했다.

하지만 그때는 그들이 죽고 사는 일에 나는 아무런 관심이 없었다.

가라이

나는 피의 달이 뜨기만을 오랫동안 기다려왔다. 그날이 아주 가까워졌음을 별들이 내게 알려주었다. 어머니는 달과 별을 읽는 법을 알려주셨다. 달의 힘이 가장 강력해지는 그때, 달은 이 땅에 있는 모든 생명의 힘을 앗아간다. 달이 모습을 드러내면 모든 제물은 그 어느 때보다 강력한 힘을 지니게 된다. 내 온몸이 이를 느끼고 있다. 내 뼛조각 하나하나가 생명의 힘을 노래하고 있다. 그 모든 일이 있고 난 뒤, 이스칸이 우리의 외출을 금지했기 때문에 오랫동안 지스밀나무 숲을 산책하지 못했다. 그럼에도 밤이 되면 나는 그 기운을 느낄 수 있었다. 달 아래서 춤을 출 때면 내 발끝에서 지스밀나무의 뿌리가 자라나고 그것이 점점 뻗어나가 땅속 아주 깊은 곳, 생명의 힘이 넘칠 듯 부글대는 그곳에 가 닿는 것만 같았다. 나의 뿌리가 스스로 가장 깊은 곳에 있는 자신의 근원을 찾아냈다. 그녀가 나를 불렀다. 촛불 아래 조용히 앉아 이 글을 쓰고 있는 지금 이 순간에도 나를 부르는 소리가 점점 커지고 있다. 이제 내 귀에도 웅웅거리는 소리가 울려 퍼진다. 방 안의 공기가 짙어졌다. 생명의 힘이 깃드는 것이리라! 그리고 이 냄새…… 타는 냄새인가?

자리에서 일어나 창밖을 보니 연기가 피어오르고 있다. 그리고 사람들의 비명 소리. 고요의 궁이 불에 활활 타고 있었다.

그리고 샘이 내게 손짓했다.

얼마 전 저녁 식사 때 식사용 나이프를 몰래 빼돌려 날카롭게 갈아 두었다. 흑요석 검은 아니지만 이제 어머니가 봉헌식 때 쓰시던 검만큼이나 날카로워졌다. 그 칼을 꺼낼 때가 온 것이다. 이것은 다시 오지 않을지도 모르는 나의 기회다. 문이 열리기만 한다면 샘으로 달려가 다시 한번 봉헌할 것이다. 피의 달 아래, 이곳 오하딘을 수호하는 강한 생명의 근원지에 바치는 봉헌식이라니, 위대한 봉헌식이 될 것이다. 이 과정은 나를 어머니만큼 강하고 지혜로운 사제로, 아니 어쩌면 그보다 더 위대한 사제로 거듭나게 해줄 것이다. 지체할 시간이 없다. 이 일지는 가져가야겠다. 나는 이 봉헌식에서 돌아오지 못할 수도 있다. 만일 그렇게 된다면 다른 사람들이 내 글을 읽는 일이 결코 없길 바란다. 오늘 밤을 맞으려면 따뜻하게 입어야겠다. 모든 준비는 끝났다.

클라라스

에스테기가 나를 깨웠다. 나는 잠이 깊게 들어 정신을 차리는 데 시간이 걸렸다. 에스테기가 한 손에 램프를 들고 서 있었다.

"고요의 궁에 불이 났어요. 문이 열렸어요."

에스테기가 말했다.

내가 일어나 앉았다.

"오늘 탈출할 수 있을까요? 지금?"

그녀가 고개를 끄덕이며 말했다.

"술라니를 깨울게요."

에스테기는 숨소리도 내지 않고 내 방을 나갔다.

서둘러 옷을 입으며 오르세올라를 생각했다. 그녀는 우리가 힘들게 끌고 가야 하는 짐이자 결국 우리를 침몰시킬 수도 있는 존재였다. 하지만 때로는 짐이 제 역할을 하기도 하는 법이다. 적당한 무게가 실리지 않으면 그물은 떠내려가고 만다. 게다가 오르세올라는 나온델을 찾아준 사람이었다.

나는 밧줄로 돛을 묶어 등에 둘러멨다. 딱딱한 표정의 술라니가 옷을 갈아입고 내 방으로 왔다. 에스테기도 램프와 오일, 불쏘시개를 챙긴 가방을 들고 뒤따라왔다. 술라니는 허리와 어깨에 밧줄을 여러 겹 감고 있었다. 좋다. 그들은 내가 말한 것들을 잘 챙겨 왔다. 술라니의 손에서 뭔가 날카로운 것이 번득였다.

내가 가리키며 물었다.

"무기예요?"

술라니가 칼을 들어 보여주었다.

"에스테기가 구해줬어요. 전사가 무기도 없이 싸우러 갈 수는 없잖아요."

문득 나는 혼자 탈출하는 것이 아니라는 사실이 기뻤다.

"계단으로 내려갈 수 있어요."

에스테기가 목소리를 낮추고 말했다.

"창고 먼저 갈까요? 그다음에는요?"

에스테기가 나와 술라니를 번갈아 쳐다보았다.

술라니가 궁을 빠져나갈 계획을 어떻게 짜두었는지 나는 몰랐다. 나는 경비병의 주의를 끈 이후의 계획에 대해서는 생각해 두지 않았다. 술라니가 허리춤에 칼을 꽂으며 말했다.

"샘의 지붕 위로 올라갈 거예요. 거기서 성벽으로 내려갈 수 있어요. 밧줄을 타고 내려가면 돼요."

나도 모르게 배에 손을 가져다 대자 술라니가 말했다.

"내가 도와줄게요. 다른 방법이 없어요. 문은 경비가 너무 삼엄해요. 신발은요?"

나는 술라니의 말을 바로 알아듣지 못했다.

"어둠 속에 숨어서 한참 이동해야 할 텐데 맨발로 갈 수는 없어요. 위험해요."

나는 샌들 신은 발을 보여주었고 에스테기도 발을 내밀어 보여주었다. 술라니가 짧게 고개를 끄덕였다. 그녀는 머리카락이 방해되지 않게 여러 갈래로 땋아두었다. 나는 머리핀을 하나 달고 있었고 에스테기는 파란 스카프를 머리에 쓰고 있었다.

"오르세올라는요? 데려가야 해요."

술라니가 말했다. 우리는 방을 나가 그레이트홀로 갔다. 여자들이 모여 있었고 몇몇은 아기를 품에 안고 있었다. 창가에 선 그들의 눈에 빨간 불길이 비쳤다. 다행히 그들은 우리에게 관심을 두지 않았다. 나는 오르세올라의 방으로 달려갔다. 그녀는 침대 위에서 다리를 길게 꼬고 앉아 있었다.

"저리 가, 가, 가."

오르세올라가 멍한 얼굴로 중얼거렸다. 내가 샌들을 찾아 신기는 동안에도 그녀는 계속 같은 말만 반복했다.

"가, 가, 가."

나는 오르세올라에게 따뜻한 옷을 입히고 등에는 보석함을 동여매주었다. 그동안 술라니는 망을 보았다.

"오르세올라를 돌볼 수 있겠어요?"

나는 고개를 끄덕인 뒤 오르세올라를 데리고 나갔다. 그녀는 창밖으로 치솟는 불길을 보더니 걸음을 멈추었다.

"꿈의 덫."

아주 분명한 어조였다. 에스테기가 오르세올라의 방으로 다시 뛰어

들어 가 꿈의 덫을 가지고 나왔다.

술라니가 선두에 섰다. 내가 오르세올라를 데리고 그 뒤에 섰고 에스테기가 마지막에 따라왔다. 그레이트홀을 빠져나오는 동안 아무도 우리를 신경 쓰지 않았다. 어두웠고 자욱한 연기 냄새도 지독했다.

"타닥타닥, 꿈들이 한낱 재로 사라지는구나."

오르세올라가 말했다.

술라니가 문을 밀자 그 문이 활짝 열렸다. 먼저 계단 아래를 살펴본 술라니가 우리에게 따라오라는 손짓을 했다. 나는 마지막으로 뒤를 돌아보았다. 다른 여자들은 여전히 창가에 모여 있었다. 분수는 조용했고 공기는 짙은 연기 때문에 매캐했다. 나는 일행을 따라 계단을 내려갔다. 우리는 숨을 죽였다. 오르세올라가 주의를 끌까 봐 두려웠다. 그러면 경비병들이 우리를 어떻게 할지 상상해 봤다. 주인이 우리를 어떻게 할지 상상해 봤다. 나는 아주 오랫동안 탈출을 꿈꿨고 계획해 왔다. 우리가 정말 탈출을 하고 있다는 게 믿기지 않았다.

아래층으로 내려갔다. 아래층은 하인들의 공간이라 우리는 가본 적이 없었으므로 에스테기가 앞장섰다. 좁고 복잡하고 어두웠다. 모두 불을 끄러 간 건지 그곳엔 아무도 없었다.

에스테기가 어느 문 앞에서 잠깐 기다리라고 하더니 잠시 후 가방 두 개를 가지고 다시 나타났다. 그녀는 가방에서 물주머니를 꺼내 우리에게 나눠주었다. 우리는 각자의 허리춤에 물주머니를 둘러맸고 오르세올라에게도 단단히 묶어주었다. 술라니가 등 뒤로 가방을 메자 오르세올라가 킥킥 웃었다.

"용맹한 군마가 노새가 되었네."

술라니가 오르세올라를 보았다.

"맞아요. 이렇게 짐을 지고는 싸울 수 없겠어요."

에스테기는 아무 말 없이 자기 손에 있던 작은 가방을 술라니에게 건네고 대신 무거운 가방을 건네받았다.

우리는 작은 문을 열고 정원으로 나갔다. 밖으로 나가니 매캐한 냄새가 훨씬 더 심했다. 고요의 궁 전체가 마치 횃불처럼 활활 타고 있었고 불길이 닿지 않은 곳이 없었다. 사람들이 나무들 사이로 시내와 호수, 분수를 오가며 정신없이 물을 나르는 모습이 보였다. 여자, 남자 할 것 없이 사람들이 여기저기서 고함을 쳤다.

우리는 몸을 숙이고 달렸다. 나무가 짙은 그림자를 드리워 우리를 숨겨주었다. 덤불 사이를 달리느라 다리가 나뭇가지에 사정없이 긁혔다. 나는 오르세올라를 데리고 가느라 빨리 달릴 수가 없었지만 술라니가 기다려주었다. 그녀가 경계를 살피며 앞장서서 달리다 손을 들면 우리는 걸음을 멈췄고, 신호를 주면 다시 재빨리 이동했다. 나는 그저 술라니만 따라갔다. 안내자만 따르는 맹인처럼 거의 알지도 못하는 여자에게 내 모든 것을 맡긴 채 따라가고 있다는 생각에 불쑥 겁이 났다.

정원의 북쪽, 샘이 있는 곳에 다다랐다. 문이 열려 있었고 안에서 사람 목소리가 들렸다. 술라니가 멈추라는 신호를 보낸 뒤 앞으로 살금살금 기어갔다. 나는 오르세올라를 데리고 벽에 바짝 붙어 숨었고 에스테기도 그 옆에서 무거운 가방을 내려놓았다. 하늘에서 재가 눈송이처럼 날리고 있었다.

"카비라와 에시코예요. 가라이도 있어요."

술라니가 돌아와 말했다.

"어떻게 하죠?"

내가 물었다. 지붕을 올려다보니 누가 도와주기만 한다면 가장 낮은 쪽으로 기어올라 갈 수 있을 것 같았다. 나는 배가 너무 무거워 움직이기가 힘들었고 벌써 숨이 가빴다. 우리가 지금 지붕 위로 올라간다면 저들에게 들킬 것이 분명했다.

"기다릴까요?"

"이런 기회는 다시 오지 않아요."

술라니의 이마에 주름이 진해졌다.

"지금 떠나야 해요."

"내가 얘기해 볼게요."

에스테기가 말했다.

"난 저들을 알아요. 내가 얘기하면 우리를 막지 않을 거예요."

에스테기는 말은 그렇게 했지만 목소리에는 그만한 확신이 없었다. 술라니가 잠시 에스테기를 보더니 고개를 끄덕였다.

"우린 여기서 기다릴게요."

에스테기가 안으로 들어갔다.

카비라

나는 다행히 들키지 않고 평안의 집에 도착했다. 경비병들은 사방에서 물을 길어 나르고 궁에서 가지고 나올 수 있는 물건들을 챙기느라 정신이 없었다. 궁의 모든 문이 열려 있었다. 나는 서재를 찾느라 복도를 뛰어다녔다. 위치는 정확히 알지 못했지만 1층이라는 사실은 알고 있었다. 어떤 방은 열려 있고 어떤 방은 잠겨 있었다. 대리석 바닥을 뛰어다니는 발소리가 허공에 메아리쳤다. 심장이 빠르게 뛰었다. 내가 서재를 찾아 뛰어다니는 이유조차 알 수 없었다. 비밀 경전을 뒤져 에시코를 구하려고? 아니면 이 화마로부터 소중한 서책들을 지키려고? 그것도 아니면 이스칸의 힘을 완전히 무력화할 방법을 찾으려고?

나도 모르겠다.

가장 깊숙한 곳에 있는 방문이 잠겨 있었는데, 나는 그곳이 서재라는 걸 단번에 알 수 있었다. 이스칸이 열쇠를 어디에 보관하는지 에시코가 말한 적이 있다. 침실의 작은 상자. 침실은 위층에 있었다.

나는 다시 복도를 달려 계단을 찾았다. 손에 땀이 나 바지에 닦았다. 계단을 오르려는 순간, 위에서 뭔가 철커덩거리며 떨어지는 소리가 들렸다. 올라갈지 말지 망설이고 있는데 갑옷을 입은 남자가 무거운 것을 끌고 내려오는 뒷모습이 보였다.

나는 조심히 뒷걸음질 쳐 문 뒤에 숨었다. 문틈으로 보니 병사 한 명이 뭔가를 가득 담은 무거운 자루를 쿵쿵대며 끌고 내려가다가 등에 메고 도망가는 중이었다.

좀도둑이 혼란을 틈타 보물을 훔치고 있었다. 그는 용감하면서도 멍청했다. 아무리 열심히 숨어봤자 이스칸은 그를 찾아낼 수 있었다.

그 생각에 이르자 이스칸이 나도 찾을 수 있을 거라는 생각이 퍼뜩 들었다. 아니가 있는 한 어느 누구도 그에게서 달아날 수 없었다.

좀도둑이 사라지자마자 나는 서둘러 계단을 올라갔다. 위층 전체가 이스칸의 공간이었다. 얼핏 보기에는 거의 소박하게 느껴질 정도로 가구가 몇 개 없는 방들이 계속해서 이어졌다. 하지만 나는 그 항아리와 고대 병풍들이 얼마나 귀한 물건인지 알고 있었다. 이스칸은 폐하의 것에 버금가는 예술품들을 가지고 있었지만 반짝이는 금과 보석이 아니었기에 소수의 사람만이 알아볼 수 있었다.

아마 그 경비병은 은촛대처럼 평범한 물건들을 훔쳤을 것이다. 침실을 찾으면서도 그 좀도둑이 서재 열쇠가 든 상자까지 가져갔을까 봐 초조해 견딜 수가 없었다. 하지만 이스칸의 침실에 들어서자마자 침대 옆에 놓인 소박한 나무 상자가 그 상자라는 것을 바로 알아볼 수 있었다.

상자를 여니 열쇠가 하나 있었다.

다시 아래층으로 내려가 문을 열고 서재 안에 들어섰다. 에시코와 소난이 서재 이야기를 자주 해준 덕분에 가장 비밀스러운 문서들을 어렵지 않게 찾을 수 있었다. 숨겨진 온갖 지식을 담고 있는 비밀 문서. 이스칸이 독차지하려고 했던 지식들. 내게 가장 필요한 문서는 뭘까? 나는 재빨리 두루마리들을 훑어보았다. 그때, 어떤 차가운 쇳소리가 바깥의 소란을 뚫고 들려왔다.

창가로 달려가 밖을 보니 불길에 휩싸인 정원과 건물이 보였다. 불은 이제 배움의 사원까지 옮겨 붙었다. 왕궁과 평안의 집 사이에는 이스칸이 아니를 위해 지은 감옥이 있다. 내가 방금 들은 소리는 아니의 문이 움직이는 소리였다. 내가 있는 곳에서 보이지는 않았지만 나는 누군가가 그곳에 들어갔다는 것을 확신할 수 있었다.

주변을 급히 둘러보았다. 가죽 가방이 보이기에 가장 깊은 비밀을 담고 있을 것 같은 두루마리들을 골라 닥치는 대로 그 안에 넣었다. 그중에는 생명의 근원지에 대한 내용도 있었는데 이스칸도 아직 해독하지 못한 것 같았다. 나는 그가 그 지식들을 따로 복사해 두지 않았을 거라고 확신했다. 그는 그러기에는 너무 의심이 많았다. 두루마리들을 마구잡이로 쑤셔 넣다 보니 종이가 구겨지고 찢어졌다. 그때는 기록을 보전할 생각 같은 건 전혀 없었다. 전부 활활 태워버려 복수할 생각은 있었다. 그때 나는 아니에 정신이 팔려 있었다. 평안의 정원을 달리는 동안 사방으로 뛰어다니는 사람들을 마주쳤다. 그러나 모두 불을 끄러 가거나, 불에서 빠져나오거나, 다친 사람들을 돕느라 바빠 내게 신경 쓰는 사람은 없었다. 나도 눈에 띄지 않으려고 달렸다. 아니 앞에 다다르자 문이 열려 있었다. 나는 망설이지 않고 안으로 성큼 들어갔다.

아니의 영역에 들어선 것은 실로 오랜만이었다. 나는 문 앞에 멈춰 서서 숨을 깊게 들이마셨다. 아니의 향기가 났다. 흙, 축축한 습기, 썩어가는 낙엽. 이스칸이 담을 두르고 지붕을 막아 쾨쾨한 냄새가 났다.

벽은 산과 동물이 새겨진 황금 장식으로 꾸며져 있었고 바닥에는 모자이크 형식의 대리석이 깔려 있었다. 동굴 안에는 횃불이 군데군데 걸려 있었는데 황금 벽에 그 불빛이 반사돼 사방이 번쩍거렸다. 아니를 덮은 지붕에는 중앙에 작은 구멍이 있었는데 쇠창살이 달려 있었다. 아니에게서 미래를 보려면 달과 아니를 완전히 떼어둘 수 없으니 구멍을 만든 것 같았다. 동굴 안으로 들어서자 보름달이 너무 밝아 바깥의 불길이 거의 느껴지지 않았다.

샘 옆에는 에시코가 한 손을 아니에 담근 채 앉아 있었다. 딸을 향해 천천히 다가가던 나는 그 자리에 멈춰 서서 검은 아니를 내려다보았다. 35년 만이었다.

수면 위로 가족들의 죽음이 스쳐 지나갔다.

지난 모든 일이 거대한 파도처럼 돌연 나를 덮쳤다. 내 기억 속에서 사라지고 지워진 어머니, 아버지, 동생들, 용맹하고 아름다운 나의 세 아들. 이 모두가 아니의 도움을 받은 이스칸의 손에 죽었다. 슬픔이 목까지 차올라 숨이 막혔다. 나는 더 이상 서 있지 못하고 바닥에 쓰러졌다. 품에 안고 있던 코린을 이스칸에게 빼앗긴 뒤로 내 안에 쌓여 있던 울음이 한꺼번에 터져 나왔다. 눈물이 샘 위로 떨어져 수면을 가만히 흔들었다. 에시코가 아무 말 없이 내 곁을 지켜주었다. 내가 좀 진정되자 에시코가 은으로 된 잔을 조용히 내밀었다. 나는 샘물을 떠 마셨다.

그 순간 아니의 힘이 내 안을 가득 채웠다. 은빛 물약이, 독한 포도주가, 젊음의 수액이 내 혈관을 타고 온몸으로 뻗어나갔다. 몇 년은 젊어진 듯한 느낌이었다. 어릴 적에 보름달이 뜨면 샘물을 마시곤 했는데, 그때와도 완전히 달랐다. 훨씬 더 강렬한 감각이었다. 나는 가슴을 펴고 숨을 깊이 들이마셨다.

"피의 달이에요."

에시코가 창살 너머로 보이는 달을 가리키며 말했다. 달은 핏빛 포도주처럼 붉었다.

"이런 건 한 번도 본 적이 없어요. 아니에 무슨 일이 일어나고 있는 거예요. 전에 본 적 없이 아주 선명한 미래를 보여주고 있어요."

나는 고개를 돌려 수면을 바라보았다. 그 위에 비친 붉은 달이 보였다. 나와 딸의 얼굴도 보였다. 수면 속에서, 우리는 멀어졌다. 멀리, 더 멀리, 우리 사이에 광활한 바다가 놓일 때까지 계속해서 멀어졌다. 다이라헤시의 여자들이 함께 뭔가를 하는 환영이 보였다. 이어서 다른 환영들이 뒤틀리며 지나가는 바람에 그 환영이 무슨 의미인지 이해할 수 없었다. 위협, 엄청난 파괴, 새로운 시작. 다음 순간, 아주 선명한 광경이 나타났다. 왕위에 오른 에시코와 딸아이의 발아래 있는 카레노코이 사람들.

몸이 떨렸다. 나는 딸을 향해 고개를 돌렸다.

"어머니는 아니가 보여주는 것들을 이해하지 못하실 수도 있어요."

에시코가 전에 없던 다정한 어조로 말했다. 아이가 아주 어렸을 때 이후로 내게 그렇게 친근하게 말하는 건 처음이었다.

"제게는 무척 분명하게 보여요."

나는 그 순간 두려움에 사로잡혔다. 아니는 이스칸에게 그랬듯 에시코까지 어둠과 광기로 끌어들이려는 걸까? 이스칸이 그랬듯 에시코도 살인을 하고 독살을 하게 될까?

"에시코, 약속하렴! 검은 물, 오아키는 무슨 일이 있어도 절대 마시지 않겠다고. 약속해!"

나는 아이의 손을 꼭 붙잡고 말했다.

"이 샘은 오직 고통과 죽음만 가져다줬어. 누구도 다신 이곳에 발을 들이지 못하도록 담을 쌓아 막아야 해!"

에시코가 자리에서 일어났다. 다정했던 아이의 모습은 온데간데없이 사라져버렸다.

"저는 아버지와 달라요, 어머니. 저는 샘을 처음 목적 그대로 이용할 거예요. 어머니를 보세요. 샘물을 한 모금 마셨을 뿐인데 몇 년이나 젊어지셨잖아요! 생기가 돌고 건강해지셨어요. 그게 뭐가 나쁘죠?"

"나이가 드는 건 자연스러운 일이다."

나는 멈추려고 했지만 마음속에 있던 말들이 쏟아져 나왔다.

"오히려 난 빨리 늙어서 죽고 싶어. 고통에서 벗어나고 싶다. 내가 사랑했지만 결국 빼앗긴 사람들을 모두 잊고 싶어. 하지만 이스칸은 내가 편히 죽게 내버려 두지 않겠지. 내가 고통받는 모습을 보고 싶을 테니까. 벌써 네 오빠들을 잊었니, 에시코? 그 애들이 막냇동생인 너를 얼마나 사랑하고 아꼈는지 다 잊었니?"

"오빠들이 죽은 건 아니 탓이 아니에요, 어머니."

에시코가 팔짱을 끼고 내게 등을 돌렸다.

"아니라고? 이스칸이 아니를 장악했으니 네 말이 맞을지도. 그건 이스칸의 책임이지. 하지만 그가 그렇게 오만할 수 있었던 이유는 샘이 있었기 때문이야."

나는 눈물을 흘리지 않으려고 고개를 들어 붉은 달을 보았다.

"네게는 언니들이 있었다. 그것도 알고 있었니, 에시코? 여러 명 있었지. 하지만 이스칸이 아니의 힘을 빌려 그 아이들도 전부 다 데려가 버렸어. 모조리 죽였지. 네가 여자라는 걸 숨기고 아들로 키운 것도 다 그 때문이다, 에시코. 널 보호하려고."

"거짓말!"

에시코가 소리쳤다.

"그만하세요, 어머니!"

"샘을 들여다보렴. 네가 직접 봐."

"싫어요! 그런 거짓말을 하시다니 너무 뻔뻔하세요. 그런 목적으로 아니를 더럽히진 않을 거예요."

"제발 봐!"

나는 딸의 얼굴을 잡고 수면을 보게 하며 애원하듯 소리쳤다.

"내가 거짓말을 하는지 보려무나!"

바로 그 순간, 숨이 막혔다. 뭔가가 내 죽음을 건드렸다. 쇠처럼 단단하게 나를 움켜쥐었다. 끌어당기지는 않았으나 놓아주지도 않았다. 누군가가 내 심장을 손에 꽉 움켜쥐고 있는 느낌이었다.

숨이 막혔다. 에시코와 눈이 마주쳤다. 아이의 차가운 눈이 사납게 변해 있었다.

"말도 안 돼. 지금은 오아키도 아닌데."

"태어날 때부터 제 혈관에는 아니가 흘렀어요. 저는 아니 곁에서 놀았고 보름달이 뜨는 날에는 아니가 제게 앞날을 보여주었죠. 저는 아버지조차 상상도 할 수 없는 일들을 할 수 있어요."

그 순간 밖에서 누군가가 문을 열고 들어오는 소리가 들렸다. 에시코는 나를 놓았고 우리 둘 다 재빨리 자리에서 일어났다.

가라이였다. 달빛 아래 그녀의 긴 머리카락이 하얀 불꽃처럼 반짝거렸다. 나는 문득 바깥의 현실이 떠올랐다. 비명과 고함 소리, 이글거리는 불길. 우리도 여기 갇힌 걸까? 불길에 전부 휩싸인 걸까? 나는 죽는 것 따위 아무래도 상관없었지만 에시코는…….

"불은 어떻게 됐지?"

내가 물었다.

"이제 불길이 조금씩 잡히고 있어요."

가라이가 대답했다.

가라이는 왼쪽 소매를 걷어 자기 팔을 유심히 살폈다. 그녀의 팔 안쪽에는 흉터가 연달아 나 있었는데, 은빛을 띠고 있어 어두운 동굴 안에서는 잘 보이지 않았다. 하지만 유독 눈에 띄게 진한 흉터가 하나 있었다.

"잘됐네요." 에시코는 가라이를 향해 말했다.

"모든 병사와 하인에게 불을 끄는 데 총력을 다하라고 지시했어요."

건물이 텅 비어 있었던 이유는 그 때문이었다. 그 순간 한 사람이 떠올랐다.

"이스칸은 어디에 있지?"

에시코가 눈을 피했다.

"고요의 궁에 계세요."

"불을 낸 게 이스칸이군."

딸을 보았지만 딸은 아무런 대답도 하지 않았다. 그것만으로도 내 짐작이 맞았다는 것을 충분히 알 수 있었다.

가라이가 샘을 향해 다가가 무릎을 꿇고 두 손으로 물을 떠 한 모금 마셨다. 나는 다시 에시코를 향했다.

"모르겠니? 이스칸은 제정신이 아니야. 생명의 힘에 집착해 미쳐가고 있어. 마지막 순간까지 뭐든 할 거고 더 많은 사람을 죽일 거야. 에시코, 내 하나뿐인 딸, 너도 이미 아니에서 보았겠지?"

에시코는 잠시 침묵했다.

"아버지를 처음 만나셨을 때 아버지는 어떤 사람이었나요?"

"자기만 아는 사람이었지. 원하는 것을 얻기 위해서라면 무슨 짓이든 하는. 모두가 자신의 적이라고 생각했고 자기가 그 누구보다도 더 우월하다고 생각했지."

"그것 보세요!"

딸이 내게 애원하듯 말했다.

"아버지는 원래 그런 분이셨어요! 하지만 저는 아니에요, 어머니. 모르시겠어요? 저는 아버지가 아니에요."

나는 손을 뻗어 아이를 안아주고 싶었다. 아름답고 당당하고 지혜로운 내 딸. 하지만 내 죽음을 손에 움켜쥐고 있던 아이의 눈빛을 떨칠 수가 없었다.

나는 고개를 돌렸다. 그때, 누군가가 안으로 들어왔다. 에스테기가 그림자처럼 소리도 없이 스르르 들어와 곧장 내게로 왔다. 그녀는 몸을 곧게 세우고 내 앞에 서서 내 눈을 보았다.

"저는 당신의 두 아이를 받았습니다. 당신을 줄곧 모셨고요. 당신의 비밀을 제 목숨처럼 지켰습니다. 저를 믿으십니까?"

당황한 나는 에스테기가 하인이고 여자라는 사실을 속으로 되뇌며 침착함을 유지하려고 했다. 하지만 달빛 아래 서 있는 그녀는 내가 알던 에스테기가 아니었다.

"나는 아무도 믿지 않는다, 에스테기. 하지만 내 딸과 가라이만큼이나 너를 신뢰하지."

그들의 이름을 입 밖에 소리 내 말하고 나니 내게 가장 소중한 사람은 그들이라는 사실을 새삼 깨달았다. 나는 가라이를 흘깃 보았다. 가라이는 왼쪽 팔에 칼을 가져다 댄 채 낮은 목소리로 혼잣말을 하고 있었다. 그제야 나는 깨달았다. 가라이는 이스칸과와 다이라헤시와 이 세상에 나와 함께 맞서는 내 유일한 친구라는 사실을, 그리고 늘 나보다는 이스칸과 더 가까웠던 에시코보다 가라이가 나의 더 가까운 친구였다는 사실을 말이다.

가라이와 에스테기, 이 둘은 언제나 내 곁에 함께 있어주었다.

에스테기는 잠시 고민하는 듯하더니 고개를 끄덕였다.

"그거면 충분합니다."

에스테기가 이번엔 에시코를 향해 물었다.

"무슨 일이 있어도 소리쳐 사람을 부르지 않으시겠죠? 경비병을 부르진 않으시겠죠?"

에시코는 나와 가라이, 에스테기를 차례로 돌아보았다.

"내가 한 번이라도 그런 적 있어? 날 뭐라고 생각하는 거야?"

우리에게 대답을 들은 에스테기가 급히 돌아서 나가더니 곧 다른 여자 셋을 데리고 나타났다. 술라니와 클라라스, 오르세올라. 그들은 가방과 밧줄을 메고 있었다. 나도 모르게 웃음이 터져 나왔다.

"혼자 보기 아까운 광경이군! 무슨 짓이지?"

화가 난 듯한 술라니가 내 앞에 나와 섰다.

"우린 이 저주받은 곳을 떠날 거예요."

이를 악물고 말했다.

"이제 짐승 취급받으며 살지 않을 거예요."

"너희는 멀리 가지 못해."

내가 고개를 흔들었다.

"이스칸의 힘과 광기에서 여자 넷이 탈출할 수 있다고 생각해?"

"우린 계획이 있어요."

술라니가 허리춤을 가리키며 말했다.

"부엌에서 훔친 칼? 그게 네 계획이라고? 그게 네 무기라고?"

"우리 계획에 대해 당신이 뭘 알죠?"

술라니가 내 눈을 똑바로 보며 말했다.

"우리가 무슨 일을 할 수 있는지, 어디까지 할 수 있는지 당신이 뭘 알아요?"

"술라니."

에스테기가 부탁하듯 술라니의 이름을 불렀다. 부드러운 속삭임이었다. 에스테기의 말 한마디에 술라니가 한발 물러섰다. 에스테기가 하인이 아닌 당당한 한 인간으로서 나를 보았다. 그리고 우리가 동등한 친구라도 되듯 내 이름을 불렀다.

"카비라, 우린 아주 오랫동안 탈출을 계획해 왔어요. 배도 준비해 놓았고요."

클라라스가 에스테기의 말을 막으려 했지만 에스테기가 고개를 저었다.

"카비라도 우리 못지않은 감옥에 갇혀 있었어. 가라이도 마찬가지야."

에스테기는 가라이도 들을 수 있게 목소리를 조금 높였다. 가라이는 손에 칼을 쥐고 무릎을 꿇은 채 노래하고 있었다.

"우리의 감옥과는 다르겠지만, 카비라. 당신도 갇혀 있잖아요. 당신도 자유의 몸이 될 수 있어요."

"자유라고?"

나도 모르게 웃음이 났다. 내 귀에도 그 신랄하고 상처받은 웃음소리가 들렸다.

"자유? 자유 같은 건 없어, 에스테기. 내겐 그래. 날 가두는 것들로부터 진짜로 달아나는 건 불가능해."

"할 수 있어요, 카비라."

에스테기가 내 팔을 잡았다.

"자유로워질 수 있어요. 당신도 할 수 있어요."

나는 고개를 흔들며 그녀의 팔을 떨쳐냈다. 등을 돌리고 가라이를 향해 가며 소매로 두 뺨을 닦았다.

가라이가 칼을 들어 팔을 그었다. 검붉은 피가 흘러나와 아니의 수면 위로 뚝뚝 떨어졌다.

아니가 이에 화답했다.

클라라스

우리 모두가 느꼈다. 샘물을 마신 사람이든 마시지 않은 사람이든 모두 느낄 수 있었다. 엄청난 힘이 폭포처럼 쏟아져 우리를 덮치고 에워싸더니 우리 안에서 넘쳐흘렀다. 오르세올라가 뒤로 쓰러지려는 걸 내가 겨우 붙잡았다. 폭풍이나 거대한 파도가 머리 위를 덮친 것처럼 그 힘이 우리를 휩쓸고 가, 우리는 해안가에서 파닥거리는 물고기처럼 거친 숨을 내쉬었다.

그 이후, 우리 중 그 누구도 전과 같지 않게 되었다. 내 안에 깃든 힘, 나를 완전히 소유한 그 힘을 느낄 수 있었다. 나는 모든 걸 새로운 눈으로 볼 수 있게 되었다. 피가 붉다는 사실만큼이나 분명하게, 샘에 깃들어 있는 힘이 내 두 눈에 보였다. 주위를 둘러보니 다른 여자들에게도 각자 다른 방식으로 그 힘이 깃들어 있는 것이 생생히 보였다.

가라이가 일어섰다. 그녀는 이제 온몸에서 빛을 발하고 있었다. 가라이가 허리춤에 칼을 꽂아 넣으며 나를 보았다.

"나도 갈게. 이제 이곳엔 아무것도 남지 않았어."

"새로 합류하는 사람을 위한 식량은 없어요."

"난 단식하면 돼. 어디로 가지?"

가라이가 나를 향해 걸어왔다. 그녀가 한 걸음씩 발을 내디딜 때마다 생명의 힘도 파문을 일으키며 함께 울려 퍼졌다. 마치 두 번째 심장처럼 그 힘이 그녀 안에서 빛을 발했다. 가라이는 진정한 사제로 거듭난 것이었다. 그녀 뒤에서 카비라와 에시코가 작은 목소리로 계속 대화하고 있었다. 술라니가 미덥지 않은 눈으로 가라이를 보며 말했다.

"당신은 너무 늙었어요. 긴 여정이 될 거예요."

가라이가 웃음을 터뜨렸다. 오하딘에 온 이래 조소가 담기지 않은 진짜 웃음소리는 처음 듣는 것 같았다.

"전사, 나는 물과 음식 없이도 너보다 더 오래 살아남을 수 있다. 클라라스, 나는 너보다 흙과 물에 대해 더 잘 알고 있지. 치료와 출산에 관해서도 에스테기보다 더 많이 알고 있어. 내가 널 도와줄 수 있어."

가라이가 내 배를 가리키며 말했다.

"사실이에요."

에스테기가 말했다. 에스테기를 향해 고개를 돌리자 그녀의 손에서 빛이 나고 있었다. 뭐든 만들어내고 빚어낼 수 있는 손이었다.

"치료법이라면 가라이가 제일 잘 알아요. 우리 중 누가 아프면 도와줄 수 있어요. 긴 여정이잖아요."

나는 물러섰다.

"그렇게 해요. 제 짐을 맡아줘요, 사제님. 아메카에 배가 있어요. 서쪽으로 하룻밤만 가면 돼요."

"배는 어디로 가지?"

"내 섬으로 가요."

오르세올라가 말했다. 그녀는 이제 완전히 안정을 되찾았다. 그녀의 뜯기고 찢긴 마음의 상처를 빛이 마치 담요처럼 감싸고 있었다.

"테라수요. 거대한 나무와 맹그로브 늪이 있는 섬으로."

가라이가 기뻐했다.

"또 다른 힘의 근원지! 또다시 봉헌식을 할 수 있다니! 지금 당장 떠나자."

"명령은 내가 해요."

술라니가 말했다. 그녀도 샘에게서 새로운 힘을 선물받아 팔과 다리에서 빛이 나고 있었다.

"내가—"

그 순간, 술라니가 말을 뚝 멈추었다. 문 앞, 바로 그곳에 머리카락을 망토처럼 늘어뜨린 소녀가 서 있었던 것이다.

이오나였다.

"악마가 나를 불러내는 소리를 들었어요."

이오나가 천천히 입을 떼자 우리는 그 자리에 얼어붙었다.

이오나였다. 우리의 배신자는 남자의 새로운 부인, 어린 신부 이오나였던 것이다.

이오나는 가라이를 보자마자 눈부신 빛을 피하듯 손을 들어 눈을 가렸다. 그러고는 가라이 앞으로 가 고개를 깊이 숙여 인사했다.

"사제님."

"제물이여."

가라이도 이에 응답해 고개를 숙였다.

"지금 당장 가야 해요."

술라니가 외쳤다.

"이오나가 우리 얘길 들었을 수도 있잖아요. 주인에게 말하면 어떡하고요? 누가 금방 여기 올지도 몰라요."

술라니가 쇠창살이 달린 천장을 가리키며 말했다.

"저기로 나가요. 창살을 어떻게 떼어내죠?"

"나는 전부 들었어요."

이오나가 앳된 목소리로 말했다.

"전부 들었죠."

술라니가 몸을 돌렸다. 손에서 칼이 번쩍였다. 이오나에게 성큼성큼 걸어가던 술라니는 몇 걸음 가지 못해 뒤로 거칠게 튕겨나갔다. 나는 아니에게서 부여받은 새로운 시력으로 이오나가 뿜어내는 엄청난 힘을 보았다. 하지만 그 힘은 우리의 힘과는 달랐다. 어둡고 위험했다. 이오나의 손에 들린, 천으로 덮인 그 물체가 힘을 발하고 있었다.

"미스라가 있는 한 날 해할 수 없어요."

이오나가 말했다.

"제가 진정한 제물이 되기 전엔 그 누구도요."

에스테기가 두 손을 들었다.

"우리 중 누구도 서로를 해치지 않을 거예요. 술라니."

경고가 담긴 목소리였다.

"이오나, 우리와 함께 가겠어요?"

가라이가 물었다.

"오, 아니요."

이오나가 고개를 흔들었다.

"제 운명은 이곳의 악마에게 묶여 있어요."

그러나 이오나의 떨리는 목소리에 약간의 망설임이 비쳤다.

"그런데…… 저는 그가 여기에 있는 줄 알았어요. 그가 저를 불러낸 줄 알았어요. 때가 온 거라고 생각했는데."

"그렇소, 부인."

남자가 문 앞에 서 있었다. 우리가 시간을 너무 지체한 것이다. 나는 거기 있는 여자들을 모두 저주했다. 그들이 나를 막았다. 나 혼자였다면 진작에 떠났을 텐데.

하지만 혼자였다면, 나온델은 찾을 수 없었을 것이다.

"이게 다 누구신가."

남자가 동굴 안에 들어서며 말했다. 그가 달빛 아래 모습을 드러내자 새로운 시력을 갖게 된 나는 남자를 쳐다볼 수가 없었다. 어둠의 힘이 그를 감싸고 있어 몸 전체가 검고 붉은 기운으로 뒤덮여 있었다. 사람처럼 보이는 부분이 거의 없었다.

나는 그 끔찍한 모습을 보지 않기 위해 눈을 가려야 했다. 하얀 바지와 얼굴과 손이 불에 그을려 시커멨다. 남자의 뒤를 흘깃 보니 불길이 여전히 남아 있지만 수그러들고 있는 것 같았다.

"작은 모임이 열렸군. 자정의 모임이라."

그가 으스대며 느릿느릿 말했다.

아무도 감히 입을 열지 않았다.

"무슨 음모를 꾸미고 있지? 모의, 배신, 그런 걸 계획하는 사람은 늘 있기 마련이지."

남자가 고개를 저었다.

"자, 한번 상상해 봐. 당신들이 불길에 휩싸여 모두 재가 됐다고 상상해 보자고."

남자가 우리를 죽 둘러보았다.

"모두 말이야. 뭐, 서로 도우며 우왕좌왕했겠지. 불에 탄 지붕이 머리 위로 떨어졌을 테고. 그래, 그렇게 된 거지."

남자가 한숨을 내쉬었다.

"당신들을 대신할 여자들을 한꺼번에 구하려면 좀 귀찮긴 할 거야. 값도 꽤 나갈 테고. 그래도 뭐 어쩌겠어."

에시코가 일어나 아버지에게로 갔다.

"아버지."

에시코가 두 팔을 벌리며 말했다.

"제가 여기 내내 있었는걸요. 이 여자들은 불을 피해 여기로 온 것뿐입니다."

에시코가 우리를 가리켰다.

"심지어 이 여자들은 서로 친구도 아니에요, 아버지. 서로 대화도 거의 하지 않았습니다."

"에시코."

남자가 딸의 이름이 아직 혀에 익지 않은 듯 어색하게 불렀다.

에시코가 예를 갖춰 고개를 숙였다.

"내가 언제 여자의 말을 신뢰하는 걸 본 적이 있느냐? 이 여자들이 지금 사악한 음모를 꾸민 게 아니라 해도, 설사 전부가 그런 건 아니라 해도 어차피 곧 그런 짓을 하게 될 게다."

남자가 어깨를 으쓱했다.

"이제 저 여자들에겐 흥미도 없다. 다이라헤시에 새로운 피를 들이는 것도 좋겠지."

"우선 어머니를 안전한 곳으로 모시게 해주십시오."

에시코가 우리의 눈길을 피하며 말했다.

"카비라."

주인이 첫째 부인을 향해 몸을 돌렸다.

"누군가 사악한 계략을 꾸미고 있다면 그건 바로 카비라지. 아니가 알고 있다."

그의 목소리가 부드러워졌다.

"아니가 내게 전부 보여주었지."

카비라가 딸을 보았고 둘 사이에 내가 알지 못하는 뭔가가 오갔다. 카비라는 이내 돌아서서 시선을 다른 곳으로 향했다. 그녀의 두 팔은 힘없이 축 늘어져 있었다.

주인이 굶주린 상어처럼 이오나를 향해 몸을 돌렸다.

"너, 너도 이 음모에 가담한 건가? 내가 잠들어 있을 때 날 죽이기라도 할 작정이었나?"

"당신은 내 죽음을 손에 쥐고 있습니다."

그러나 이오나의 눈에는 두려움이 없었다.

"그렇다, 내가 너를 소유하고 있지. 때가 왔다."

이오나가 망설였다.

"악마가 나를 불러냈다."

그녀는 자기를 설득하려는 듯 혼잣말을 했다. 그러고는 손에 든 것을 덮고 있던 천을 벗겨냈다. 해골이 모습을 드러냈다. 그녀의 방에서 봤던 해골이었다. 이오나가 발하는 어둠의 힘은 바로 그 해골에서 나오는 것이었다. 이오나는 그것을 높이 들었다.

"나의 전임자이자 나의 수호자. 그녀의 이름은 미스라다."

가라이

나는 해골이자 제물이자 사제인 그녀에게 고개를 숙였다. 미스라는 내가 했던 그 어떤 것보다 더 큰 봉헌을 드렸고, 죽음을 통해 나는 감히 닿지 못할 아주 먼 곳까지 갔다. 그녀의 힘은 내가 상상했던 것보다 강했고, 심지어 샘보다도 훨씬 더 강력했다.

클라라스

이오나가 바닥에 미스라를 내려놓았다. 그러고는 고결한 자태로 천천히 재킷의 단추를 풀어 목을 드러냈다.

이제 이오나는 무방비 상태였다. 힘이 사라졌다.

"나는 준비가 되었다. 단일하며 일치하는 삶과 죽음, 그 순환이 곧 완성될 것이다."

남자가 웃음을 터뜨리며 이오나에게 다가가 바지 끈을 풀었다. 이오나가 사납게 고개를 흔들었다.

"제물을 모독하면 안 된다는 걸 알고 있잖아요."

술라니

그 어린 소녀, 이오나가 남자에게 맞섰다. 그렇게 작은 몸으로 어떻게 남자의 탐욕과 위협, 폭력에 대항할 수 있는 걸까? 나는 이오나를 보았다. 가느다란 팔에 구불구불 흘러내리는 검은 머리카락. 이오나 앞에 선 이스칸에게서 어둠의 힘이 고동치고 있었다. 이오나는 어떻게 저 힘에 굴복하지 않을 수 있는 걸까?

뒷걸음질 치던 이오나가 벽까지 물러섰다. 우리는 아무도 감히 나서지 못했다. 새로운 힘을 부여받은 내 팔이 꿈틀댔는데도, 심지어 내 허리춤에는 칼도 있었는데도 나는 발을 떼지 못했다. 그 일은 지금까지도 내게 수치로 남아 있다. 그는 혼자였고 우리가 수적으로 우세했는데도 대항하지 못했다. 너무 오랫동안 남자의 지배를 받아왔고 그의 통제에 익숙해졌던 것이다. 그때 내 몸은 그 남자 때문에 겪은 고통을 여전히 잊지 못하고 있었다. 남자가 우리를 전부 죽일 거라고, 우리가 할 수 있는 건 없다고 체념하고 있었다.

클라라스

남자가 입술을 핥았다.

"작은 새야, 나는 네 희생 같은 데 관심이 없다는 걸 너도 알고 있지 않느냐? 하지만 네게는 무척 관심이 많지."

주인이 자기 성기를 드러냈고 에시코가 소리쳤다.

"아버지! 제발요!"

그러나 남자는 대꾸하지 않았다.

나는 내 배를 감싸 안았다. 우린 탈출할 수도 있었는데, 성공이 바로 눈앞에 있었는데. 그런데 이제 남자가 언제 우릴 죽일지 모르는 상황이 되어버렸다. 나는 모든 걸 단념했다. 그러니 남자가 이오나에게 무슨 짓을 하든 내게 뭐가 대수였을까?

나는 그의 다음 행동을 모르지 않았다. 나는 고개를 돌렸다. 지금이라도 몰래 빠져나갈 수는 없을지 주변을 살폈다.

이오나가 손을 뻗어 해골을 집으려 했지만 주인이 발로 차냈다. 카비라가 해골을 집어 들고 묘한 눈길로 바라보았다. 주인은 카비라를 신경 쓰지 않았다.

더 이상 물러날 곳이 없는 이오나는 평정심을 잃은 상태였고 고개를 마구 흔들며 소리쳤다.

"차라리 죽겠어!"

주인이 혀를 끌끌 차며 이오나의 목을 감싸 쥐었다.

"그토록 자기 죽음에 집착하다니."

그는 잠시 웃더니 이오나의 목을 놓아주었다. 그리고는 옷을 입고 검을 꺼내 들었다.

"여기 있다."

주인이 이오나에게 검을 건넸다.

"너를 가지는 건 나중에 할 수 있으니. 지금은 이게 더 궁금하군. 네가 죽음을 선택할 수 있다고 해도 정말로 죽고 싶어 할지."

이오나는 칼이 어떻게 자기 손에 쥐여진 건지 이해할 수 없다는 표정으로 그것을 바라보고 있었다.

"나는 죽는 순간만을 기다려왔어요. 준비는 끝났어요. 죽음만을 준비하며 내 평생을 바쳤죠. 악마와 제물, 순환은 이 두 가지를 중심으로 돌아가요."

이오나가 웃음을 터뜨렸다. 이스칸의 눈을 똑바로 마주하고 있는 그녀는 더 이상 작고 가냘픈 아이가 아니었다. 그 순간 이오나는 주인보다 강해 보였다.

"악마와 제물 이야기에는 또 다른 결말도 있어요."

이오나가 말했다. 그녀는 한 치의 흐트러짐도 없는 자세로 이스칸의 검을 목에 가져다 댔다. 이스칸은 우리가 너무나도 잘 아는 그 미소를 지었다.

"내겐 그렇지 않아."

주인이 두 손을 들어 이오나를 향해 내밀었다.

"이런 죽음이든 저런 죽음이든 악마에게는 어차피 같은 것이지."

"네, 어차피 다 같은 것이죠."

이오나가 남자의 말을 받았다.

"그렇고말고요."

그 순간 이오나는 섬광처럼 빠르게 검을 돌려 이스칸의 가슴을 깊숙이 찔렀다.

동시에 카비라가 샘으로 해골을 던졌다.

에시코가 비명을 질렀다.

카비라

땅에 뒹구는 해골을 집어 들자 전에 마주해 본 적 없는 굉장한 힘이 내 손에 전해졌다. 그 순간 나는 알았다. 에시코를 위해 내가 무엇을 해야 하는지. 세상이 내게 남겨준 단 하나, 사랑하는 딸을 보니 눈물이 흘러 시야가 흐릿해졌다. 이렇게 하면 딸이 나를 평생 용서하지 않을 거라는 걸 알고 있다. 하지만 아이를 구하기 위해서는 그 아이를 영원히 잃어야 한다.

"사랑한다."

나는 조용히 속삭였다. 아무도 내 말을 듣지 못했지만 아니와 미스라는 들었을 것이다.

이오나가 이스칸의 가슴에 검을 꽂는 순간 나는 아니를 향해 해골을 힘껏 던졌다.

에시코의 비명 소리가 지금도 들리는 듯하다. 처음엔 아버지가 다친 것을 보고 그러는 줄로 알았지만, 아니었다. 아이는 나를 보며 비명을 지르고 있었다. 에시코는 무너지듯 쓰러지며 고통으로 울부짖었다.

"아니가 불에 타요!"

아이가 소리를 질렀다.

"아버지, 도와주세요!"

가라이

샘은 타들어가고 있었다. 금과 대리석으로 뒤덮인 호화로운 감옥 안에서 부글부글 기포를 뿜으며 죽어가고 있었다. 그것이 최선이었다. 생명의 힘을 가두어두는 것은 옳지 않다. 자연의 이치에 어긋나는 일이다. 그러나 아니의 죽음은 내 몸을 관통했다. 그 고통을 견딜 수 있었던 건 오로지 아니가 오늘 내게 부여해 준 새로운 힘 덕분이었다.

반면 에시코는 태어날 때부터 몸에 샘의 생명을 지니고 살아왔다. 아이는 생사를 헤맸다.

카비라

나는 땅에 쓰러진 딸에게로 달려갔다. 아이는 극심한 고통 속에서도 나를 밀쳐냈다.

"손대지 마세요! 저리 가요! 다시는 보고 싶지 않아요! 어머니가 아니를 죽였어요! 당신이—"

아이는 고통으로 몸을 웅크리고 거친 숨을 내뱉었다.

"어머니는 제가 가장 사랑하는 걸 빼앗아갔어요! 가세요!"

나는 뒤로 물러섰다. 이렇게 되리라는 것을 알고 있었음에도 이제 정말로 아이를 잃었다는 슬픔에 숨을 쉴 수가 없었다.

나는 내가 사랑했던 사람들을 전부, 전부 잃었다. 이번에도 그 책임은 내게 있었다.

클라라스

"어리석은 것."

남자가 말했다.

"나는 내 목숨을 지키는 일에 그 누구보다 철저하다. 이따위 단검으로는 나를 죽이지 못해."

하지만 주인은 식은땀을 흘리고 있었고 입에서는 신음이 흘러나왔다. 이오나가 그를 죽이지는 못했지만 꽤 큰 부상과 고통을 안겨준 것은 분명해 보였다. 주인이 칠흑처럼 까만 눈으로 이오나를 노려보았다. 갑자기 이오나의 몸이 축 늘어지더니 팔이 흔들렸고 몸이 홱 젖혀

지며 고통에 찬 비명이 터져 나왔다.

"이오나의 죽음이 거의 이곳까지 왔어."

가라이가 속삭였다.

"지금이야."

처음에 나는 그녀의 말을 이해하지 못했다. 그런데 그때, 배 속의 아이가 나를 찼다. 지금이에요. 도망가요.

주인의 입에서 동굴에서 울리는 듯한 이상한 신음이 흘러나왔다. 주인은 의식이 거의 없었다.

뭐라 말할 새도 없이, 계획도 없이 우리는 달렸다. 그가 우리를 모두 죽이기 전에 그에게서 달아나야 했다. 술라니와 에스테기가 가방과 밧줄을 들었고 오르세올라와 가라이가 이오나를 낚아챘다. 나는 카비라의 손을 잡아끌었다.

말라버린 샘 옆에 쓰러진 남자와 남자의 딸을 두고 우리는 떠났다.

술라니

내가 탈출을 결심한 건 에스테기를 위해서였다. 에스테기를 만난 뒤로 내가 한 모든 일은 그녀를 위한 것이었다. 에스테기가 클라라스, 오르세올라와 함께 탈출하기를 원했고 그래서 나는 그렇게 했다. 그 뒤에는 에스테기가 가라이와 카비라 그리고 이오나까지 데려가기를 원했다. 나는 그녀가 바라는 대로 움직였다.

에스테기의 바람대로 나는 여자들을 지붕 위로 들어 올려 지휘관의 광기에서 탈출하도록 도왔다. 내 팔은 그 어느 때보다 강했고 그들의 무게가 거의 느껴지지도 않았다. 의식이 없어 축 처진 이오나조차 가볍게 느껴졌다. 내 혈관을 따라 강의 생명력이 다시 한번 고동치는 것 같았다. 하지만 전과는 다른 느낌이었다. 이 힘에서는 뭔가 다른 기운이 뿜어져 나왔다. 힘은 다른 방식으로 내게 명령했다. 나는 더 이상 누구를 대신하고 싶거나 복수를 꿈꾸지 않았다. 나는 그저 나 자신이었다.

그때 왜 나는 검을 들어 남자를 찌르지 않았을까? 마지막으로 클라라스를 지붕 위로 올려 보내고 나는 주변을 둘러보았다. 남자에게 달려가 그를 죽일 수도 있었다. 그가 죽음에 얼마나 대비를 했든 내 검이었다면 남자는 살아남지 못했을 것이다.

지켜보는 사람도 없었다. 남자는 나에게서 고작 몇 발짝 떨어진 곳에 쓰러져 있었다.

"술라니."

지붕 위로 에스테기의 얼굴이 나타났다. 그녀가 내게 손을 내밀었다. 짧은 손가락에 앙상한 팔목, 나는 그 부드러운 손을 잡았다. 그 손을 잡고 지붕 가장자리 위로 훌쩍 뛰어올랐다.

우리는 몸을 숙이고 지붕 위를 걸었다. 동쪽을 흘깃 보았다. 고요의 궁이 다 타고 까만 재만 남아 있었다. 배움의 사원으로 번진 불길도 잦아들고 있었다. 나는 걸음을 멈추고 주변을 살폈다. 우리는 궁을 둘러싼 성벽 바로 위와 가까운 지붕에 있었다. 성벽의 병사들은 불을 진압하러 가지 않았을 정도로 그곳만은 경계가 삼엄했다.

성벽을 따라 탈출한다는 것이 내키지 않았다. 그렇게 계획하지도 않았고, 그런 경로를 생각하지도 않았었다. 병사들은 훈련이 잘되어 있고 상대하기 어려운 자들이었다. 지휘관에 대한 공포가 그들을 그렇게 만들었다.

"여기서 기다려요. 조용히."

내가 말했다.

에스테기가 고개를 끄덕였다. 나는 성벽 위로 뛰어내렸다. 다시 움직일 수 있다니, 걷고, 달릴 수 있다니 감격스러웠다. 순찰병들이 보였다. 나는 그중 한 명의 뒤로 가서 그가 고개를 돌리기 전에 목을 베었다. 다른 병사 한 명도 그가 칼을 채 뽑아 들기도 전에 해치웠다. 다른 순찰병들은 보이지 않았지만 언제 누가 또 나타날지 알 수 없었다. 그들끼리 정기적으로 주고받는 신호 같은 게 있을지도 몰랐다. 나는 쓰러진 병사의 머리에서 투구를 벗겨 한쪽 팔에 들었다. 성벽 너머를 둘러보았다. 암흑 속에 작은 집들이 옹기종기 모여 있었다. 우리가 숨어들 만한 골목이 있다는 뜻이었다. 나는 다시 우리 일행 쪽으로 달려가 작게 휘파람을 불었다. 에스테기가 밧줄의 한쪽 끝을 던졌고 나는 그것을 받아 성벽에 단단히 고정했다. 여자들이 한 명씩 성벽 위로 내려왔다. 에스테기와의 탈출. 내가 원한 건 이게 다였다. 그런데 에스테기가 날개가 부러진 여자들을 한 명씩 차례로 데려왔다. 그게 에스테기였다. 그녀는 도움이 필요한 사람에게서 등을 돌리지 못했다. 에스테기가 서투르게 미끄러져 내려오기에 나는 얼른 그녀를 잡았다. 따뜻하고 향긋했다. 이오나도 가라이의 도움을 받아 내려왔다. 이오나는 의식이 돌아오긴 했지만 무척 희미했다.

"괜찮아요?"

내가 묻자 이오나가 숨을 쌕쌕 내쉬며 말했다.

"죽음이 바로 내 눈앞에 있었어요."

이오나가 쓴웃음을 지었다.

"그런데 이제 내가 죽음을 원하지 않네요. 꼭 떠돌이 개 같죠."

가라이가 반대편 지붕 위에서 밧줄을 푼 뒤 도움 없이 혼자 성벽 위로 뛰어내렸다. 내가 일행 선두에 서서 성벽을 따라 걸었다. 병사들의 시체가 있는 곳까지는 가지 않았다. 나는 다시 밧줄을 묶어 우리 아래 있는 어느 작은 집의 지붕 위로 던졌다.

"여기가 제일 힘들 거예요. 여기서 들키지 않고 도시로 나갈 수 있다면 그다음부터는 서쪽으로 이동하기만 하면 돼요. 조용히, 빠르게 움직여요."

가라이가 먼저 내려갔다. 나이에 비해 유연하고 강한 그녀는 소리도 내지 않고 단숨에 건너갔다. 그러고는 내가 망을 보는 동안 다른 여자들을 도왔다. 카비라는 이런 일에 서툴고 느렸다. 그녀가 움직이자 어수선해졌고 건너편에 도착했을 때는 넘어지는 바람에 큰 소리가 났다. 나는 주변을 살피며 검을 들었다. 에스테기와 클라라스도 건너편으로 내려갔다.

오르세올라가 먼저 그들을 발견했다. 그녀가 가리키는 동쪽을 보니 달빛 아래에서 우리 쪽으로 다가오는 형체가 보였다. 나는 오르세올라에게 먼저 내려가라고 손짓했다. 병사들은 아직 우리를 보지 못했거나 활이 없는 것 같았다. 에스테기가 여자들을 데리고 먼저 길을 나섰길 바랐다. 아직 내려가지 못한 이오나는 혼자 갈 수가 없어 나는 그녀를 잠시 땅에 눕혔다. 그녀의 작은 몸이 회색 덩어리처럼 어둠 속에 묻혔다. 나는 투구를 쓰고 병사들을 향해 달려갔다. 그들이 먼저 밧줄이나 이오나를 발견하거나 경보를 울려서는 안 됐다.

처음에 병사들은 무슨 영문인지 알지 못했다. 그 세 명은 그저 자리를 지키며 내가 다가가는 모습을 지켜보고 있었다. 나를 소식을 전하러 온 병사라고 생각했던 것 같다. 어두운 밤이었던 것이 내게는 다행이었다. 뭔가 수상하다는 것을 눈치챈 한 명이 창을 들기 전에 나는 그 창을 빼앗아 돌려 그의 가슴에 꽂았다. 그가 신음을 내며 앞으로 고꾸라졌다. 다른 병사 한 명은 재빨리 내게 창을 겨누었으나 다른 한 명은 성벽 탓에 너무 좁아 물러설 수밖에 없었다. 나는 병사가 든 창을 발로 차냈다. 그가 칼을 뽑기 전에 내 작은 칼을 남자의 목에 찔러 넣었다. 그는 맥없이 땅 위로 쓰러졌지만 가슴에 창이 꽂힌 남자가 남아 있었고 그 뒤에 서 있던 병사가 고함을 지르며 내게 돌진했다. 나는 칼을 집어 들려고 했지만 시간이 없었다. 달려오는 남자의 다리를 낚아채 쓰러뜨렸다. 새로 생겨난 힘 덕분이었다. 한때는 내 것이었지만 영영 잃어버렸다고 생각한 그 힘이 돌아왔다. 남자는 무거운 갑옷 때문에 재빨리 일어서지 못했고 나는 잽싸게 그의 등에 올라타 목을 졸랐다. 화려한 갑옷이 그건 막아주지 못했다. 남자의 손에서 검을 빼앗아 그의 목을 찔렀다.

그러고는 첫 번째 병사에게로 가 그의 목을 베었다. 망설임은 없었다.

투구를 벗고 다른 병사에게로 갔다. 그의 목에서 칼을 뽑아 칼에 묻은 피를 그의 바지에 닦았다. 남자의 칼은 좋은 것이었지만 숨겨서 도주하는 건 불가능했다. 하지만 그들의 단검은 내 칼보다 더 길고 날이 좋았다. 나는 내 칼과 병사의 단검을 챙긴 뒤 다시 달렸다.

이오나는 아까 그 자리에 그대로 있었다. 이오나를 등에 업자 그녀가 내 목을 감싸 안았다. 나는 그녀를 업은 채 두 손으로 줄을 타고 내려갈 수 있었다. 이오나를 업고 움직이는 건 그다지 힘들지 않았다. 마침내 성 밖의 어느 집 지붕 위에 도착했다. 주변을 둘러보았지만 아무도 보이지 않았다.

다행이었다. 에스테기가 서둘러 움직여야 한다는 사실을 이해한 것 같았다.

나는 이오나를 고쳐 업은 뒤 그녀의 다리를 단단히 받치고 골목길로 뛰어내렸다.

그 순간 누가 내 팔을 잡았다. 나는 순식간에 두 칼을 꺼내 몸을 홱 돌렸다.

"쉿."

에스테기였다.

"이쪽으로."

나는 그녀를 따라 미로처럼 얽힌 골목길을 걸었다. 나 혼자였다면 길을 잃었을 것이다. 달이 구름에 가려져 어둠이 짙었다. 나는 궁을 벗어나 도시로 나온 적이 없었지만 에스테기는 다이라헤시에 필요한 심부름 때문에 종종 궁 밖에 나가곤 했었다. 에스테기가 데려간 곳에서 다른 여자들이 숨죽이며 우리를 기다리고 있었다. 우리는 곧바로 다시 이동했다. 이제 길을 훤히 알고 있는 에스테기가 우리를 이끌 차례였다.

자기 성을 보호하는 일 외에는 관심이 없었던 지휘관 덕분에 오하딘에는 도시를 방어하는 성벽이 없었고 우리는 들키지 않고 탈출할 수 있었다. 길에서 술 취한 남자들과 심부름하는 소년들, 아침 빵을 구우러 가는 제빵사들을 만났다. 그들은 아무도 우리에게 말을 걸지 않았는데, 누군가 우리에게 말을 걸려고 할 때마다 에스테기가 그들을 지그시 바라보며 두 손을 들었기 때문이다. 그렇게만 하면 그들은 말을 멈추고 우리를 내버려 두고 떠났다. 우리가 보이지 않게 되었거나 우리에게 관심이 사라진 듯했다. 그런 식으로 우리는 도시를 빠져나가 서쪽 아메카로 뻗어나가는 길목에 이르렀다. 아메카는 거대한 사카누이강의 교역지였다. 외국에서 들어오는 물건들은 그 강을 따라 수도로 이동했다.

동이 터올 무렵이었지만 우리는 이제 막 오하딘을 벗어났다. 이오나는 여전히 내 등에 업혀 있었다. 나는 괜찮았다. 우리가 느려지는 건 카비라 때문이었다. 가라이가 부축해 주고는 있었지만 성을 빠져나올 때 넘어지면서 다친 발목이 문제였다.

"다른 길로 가야 해."

잠시 쉬는 동안 내가 말했다.

오르세올라가 가만히 어둠을 응시했다.

"남쪽으로 난 길이 하나 있어. 염소들이 다니는 길이야. 사람들은 거의 다니지 않아."

"그걸 어떻게 알죠?"

내가 물었다. 내가 아는 한 오르세올라는 우리처럼 오하딘을 벗어난 적이 없었다. 에스테기와 어린 시절 오하딘을 나다녔을 카비라를 빼면 말이다.

"사람들 꿈에서 본 적이 있어. 알고 싶지 않지만 이곳 풍경은 내 머리에 지도처럼 새겨져 있지. 어딜 가도 따라다니는 이 꿈들이 지긋지긋해. 난 나무만 있어도 행복할 텐데."

우리는 곧 그 길을 발견했다. 발걸음이 점점 느려졌고 나무뿌리와 돌에 발이 걸려 자꾸만 넘어졌다. 앞장선 오르세올라가 방해물이 나타나면 우리에게 알려주었다. 바오나무 숲과 샘이 나타나 잠시 멈추었다. 우리 모두 물을 마셨다. 물을 보니 걱정이 됐다. 바다에 닿을 때까지는 우리가 가져온 물주머니로 충분하겠지만 바다에서도 괜찮을까? 당초 우리의 계획보다 사람이 세 명이나 더 늘었다. 음식도 부족할 테지만 다행히 한 명은 음식 없이 버틸 수 있었다. 그러나 물은 다른 문제였다.

우리는 깜깜한 어둠 속에서도 비틀거리며 계속해서 걸어갔고 곧 주위가 밝아지기 시작했다. 발걸음이 조금 더 빨라졌다. 하지만 경비병과 병사들, 어쩌면 지휘관의 발걸음도 마찬가지로 빨라졌을 것이다.

하지만 남자는 이제 샘을 잃었다. 샘 없이는 예전처럼 빨리 회복하지 못할 것이다. 죽을 정도의 부상은 아니었지만 상처가 꽤 깊었다.

상처 입은 짐승은 죽기 살기로 싸운다.

해가 이제 막 떠오르고 있을 때 북쪽으로 향하는 말발굽 소리가 들려왔다. 우리는 재빨리 덤불 뒤에 몸을 숨기고 기다렸다. 아침 새들이 노래했고 서쪽에서 염소 울음소리도 들렸다. 마침내 말발굽 소리가 사라지자 우리는 나무 뒤에서 나와 길을 계속 걸었다. 오르세올라가 내 뒤를 따랐고 내가 선두에 섰다. 등 뒤에서 이오나가 쌕쌕 내쉬는 숨소리가 들렸다. 이곳의 계곡과 언덕은 내게 완전히 낯설었다. 탁 트인 들판이 아닌 고향의 강기슭에 우거진 숲이 그리웠다. 가는 길에 중간중간 바오나무나 엣세나무 숲이 보였지만 나무가 울창한 숲이라고 해서 안전을 보장해 주지는 않았다. 우리가 그랬듯 병사들이나 정찰병들도 숲에 숨을 수 있었다.

들판에서 씨를 뿌리는 사람들을 보았다. 그 길 위에서 남자아이 두 명이 앞선 염소 떼와 친구들을 쫓아 우리를 향해 달려왔다. 아이 둘이 우리 앞에 멈춰 얼이 빠진 듯 우리를 보았다. 우리가 이상해 보이긴 했을 것이다. 여자들 한 무리가 어떤 사람은 값비싼 옷에 보석을 치렁치렁 달고 있고 어떤 사람은 소박한 옷차림이다. 게다가 가라이는 맨발인 데다 이오나는 의식이 없어 내게 업혀 있었다.

아이 하나가 우리 중 가장 화려한 옷을 입은 카비라를 빤히 쳐다보았다.

"귀부인께서 여기서 뭘 하시는 거지?"

아이가 코를 파며 친구에게 물었다. 소년은 더러운 맨발에 염색도 안 한 허름한 리넨 옷을 입고 있었다.

카비라가 아이를 노려보았다.

"어머니가 너를 가르치지 않았느냐? 어디 감히— 나이도 신분도 높은 사람이 묻기도 전에 입을 떼느냐?"

아이는 그저 입을 떡 벌리고 서 있었다.

"대답해!"

"모르겠어요, 부인."

아이가 중얼거리며 대답했다.

"무례하기 짝이 없구나. 염소지기 너, 너는 내게 질문을 할 수 있는 위치가 아니다. 그리고 너도."

카비라가 옆에 선 아이를 향해 돌아서며 말했다.

"너희들은 우리를 보지 못한 것이다, 알겠느냐?"

아이들은 고개를 끄덕이며 알겠다는 말을 우물거리더니 그 깡마른 다리로 최대한 빨리 달려 자기들의 염소에게로 갔다. 새끼 염소의 목에 달린 방울 소리가 저 앞으로 멀어져 갔다.

"사람들을 속일 수 있는 능력을 선물받았군요."

클라라스가 카비라의 입술을 보며 말했다.

"무슨 뜻이죠?"

내가 물었다.

"아니의 힘이 우리 모두에게 능력을 하나씩 주었어요."

클라라스가 말했다.

"몰랐어요? 샘은 죽었지만 우리 안에 살아 있어요. 당신은 팔과 다리에 새로운 힘이 생겼고 가라이는 신성한 힘을 지닌 사제가 되었죠. 에스테기는 두 손으로 뭐든 만들어낼 수 있는 능력을 받았고 오르세올라는 꿈을 잠재울 수 있는 평안을 선물로 받았어요. 그리고 나는 모든 걸 볼 수 있게 되었지요."

에스테기가 내 옷에 묻은 피를 발견했다. 해가 뜬 뒤로는 잠시도 쉬지 않고 걸었기에 알지 못했고, 어둠 속에서는 보이지 않았던 피였다.

"술라니! 다쳤어요!"

에스테기가 손을 부들부들 떨며 내 몸을 살폈다.

"다치지 않았어요. 내 피가 아니에요."

"하지만……."

에스테기가 손을 멈추고 내 눈을 보더니 이내 눈길을 돌렸다.

나도 몸을 돌려 이오나를 고쳐 업었다. 이를 악물고 걸음을 재촉했다.

나는 강 냄새를 먼저 알아챘다. 사카누이강은 내 고향의 강과는 달랐다. 나는 깊게 숨을 들이마셨다. 들판에 사람들이 차츰 많아졌고 길 위에서 사람들을 만나기도 했지만 카비라가 말하면 그들은 우리를 마주쳤다는 사실조차 완전히 잊어버리는 듯했다. 해가 꽤 높이 뜬 아침 무렵, 마침내 우리 앞에 아메카가 보였고 그 앞을 지키는 병사들도 보였다.

우리는 작은 계곡가에 앉아 앞으로의 계획을 의논했다. 우리가 한꺼번에 아메카로 들어가는 건 위험했다. 클라라스는 배를 몰 줄 알고 에스테기는 배가 있는 위치를 알고 있었으므로 그 둘이 배를 몰아 남쪽으로 오면 강둑에서 만나기로 했다. 나는 밤이 될 때까지 기다렸다가 움직이고 싶었지만 클라라스가 바로 움직여야 한다고 고집했다.

"그들은 우리가 배를 가지고 있을 거라고는 생각도 못 할 거예요."

클라라스는 초조한 눈빛으로 아메카를 쳐다보며 말했다.

에스테기도 고개를 끄덕였다.

"이스칸은 술라니의 고향인 북쪽으로 병사들을 보냈을 거예요. 그리고 가라이의 고향인 동쪽에도요. 그가 우리 계획을 알아채기 전에 최대한 멀리 가야 해요."

"에시코가 우리 계획을 일러바치지 않았다면 그렇겠죠. 그 아이가 우리 이야길 다 들었어요."

"내 딸은 우리를 배신하지 않는다. 고려할 필요가 없어."

카비라의 말에 나는 마음이 편안해졌다. 그렇다, 그 아이가 우리를 배신할 일은 없을 것이다. 우리는 완전히 안전했다.

"그러지 마세요."

클라라스가 조용히 말하자 카비라가 움찔 놀랐다. 내 안에 잠시 깃들었던 안도감도 순식간에 사라져버렸다.

클라라스와 에스테기가 밧줄과 돛을 챙겨 곧바로 길을 떠났다. 가라이는 이오나 옆에 앉아 그녀의 이마에 두 손을 얹고는 계속 뭔가를 외고 있었다.

"죽음이 코앞까지 왔어. 내가 할 수 있는 건 더 이상 없어."

"여기에 이오나를 버려두고 갈 수는 없어요."

내가 말했다. 이오나가 지휘관의 가슴을 찌르던 광경이 다시 떠올랐다. 그녀는 내가 하지 못한 일을 했다.

"나도 같은 생각이야. 하지만 그러려면 네가 이오나를 들쳐메고 가야 해. 이제 이오나는 네게 매달릴 힘도 없을 거야."

가라이가 말했다.

우리는 카비라의 숄로 이오나를 내 등에 묶고 들판을 헤쳐 남서쪽으로 걸었다. 가는 길에 농부 무리를 지나쳤는데 행색이 너무 남루해 노예와 다를 바 없어 보였다. 땅은 비옥했지만 먹을 것이 없었다. 죄다 외국에 내다 팔 향신료뿐이었다. 그들은 대부분 우리를 신경 쓸 기력조차 없었고 관심을 보이는 사람이 나타나더라도 카비라가 말을 하면 발길을 돌렸다.

들판을 헤치며 가느라 카비라의 걸음이 더 느려졌고 우리도 그럴 수밖에 없었다. 나는 남쪽의 향신료 농장까지만이라도 갈 수 있기를 바랐다. 거기서는 호기심 많은 사람들의 눈을 피해 몸을 숨기기가 한결 수월하니 말이다. 이오나가 무겁지는 않았지만 내리쬐는 햇볕에 목덜미가 따가워 땀이 뚝뚝 흘렀다. 드디어 나무가 우거진 곳을 만나 그늘에 들었다. 나무란 필요할 때 몸을 숨겨주는 무척 고마운 존재다.

"아직도 오하딘에 너무 가까워요."

내가 말했다.

"계속 가고 싶지만 여기서 배를 기다리는 편이 낫겠어요. 클라라스와 에스테기가 빨리 오기를 기다리는 수밖에요."

에스테기의 이름을 입에 담을 때마다 마음이 따뜻해지는 기분이었다. 하지만 내 옷에 묻은 피를 보았을 때 그녀의 얼굴에 스쳐 지나간 표정이 문득 떠올랐다.

성벽 위에서 경비병들이 다가올 때 내가 이오나를 잠시 내버려 두었다는 사실도 함께.

클라라스

강 냄새를 맡으니 눈물이 차올랐다. 바다 내음과는 다르지만 그래도 물이었다. 자유롭게 어디로든 흐르는 물. 에스테기와 나는 숨지 않고 태연하게 마을을 걸었다. 동네에 들어서기 전에 나는 머리 장식을 뺐고 에스테기는 하인의 옷으로 갈아입었다. 우리를 수상하게 여기는 사람은 없었다. 내 옷은 소박했고 아마 어떤 상인의 딸이나 아내처럼 보였을 것이다. 돛과 밧줄처럼 수상하게 보일 수 있는 것들은 에스테기가 들었다.

에스테기가 앞장서서 걸었고 나는 그 뒤를 따르며 지나가는 사람들을 보았다. 사람들이 어떤 일을 하는지, 어떻게 사는지, 그런 것들을 보았다. 나도 곧 그런 삶을 살게 될 것이다. 내 아이에게도 그런 삶을 주게 될 것이다.

배는 마을 서쪽 끝 창고에 있었다. 에스테기의 사촌은 그냥 가서 배를 가져가면 된다고 했지만 도착해 보니 창고가 잠겨 있었다. 창고 반대쪽에서 헤엄쳐 들어가는 수밖에 없었다. 나는 곧바로 옷을 벗고 강으로 뛰어들었다.

물속으로 들어갔다! 진흙이 있는 민물이지만 그래도 물이었다. 갈라질 것처럼 바싹 메말라가던 내 피부에 물기가 스며들었다. 물속으로 잠수하자 머리카락이 눈앞에서 해초처럼 춤을 추었다. 앞으로 좀 더 헤엄쳐 나가자 나온델이 나타났다. 나는 나온델을 한눈에 알아보았다. 좋은 나무로 만들어진 튼튼한 배였다. 나는 어미 고래 옆에 붙은 새끼 고래처럼 수면 위로 올라가 배 옆에 뺨을 갖다 댔다. 젖은 나무와 아마 냄새를 깊이 들이마셨다. 배는 오일과 아마로 칠해져 있었다. 솜씨 좋은 이가 만들었다는 뜻이었다.

그 순간을 더 즐기고 싶었지만 나는 창고 안에서 강에 접한 문을 열었다. 나온델에 오르자 그녀는 나를 아주 오랜 친구처럼 받아주었다. 배에는 장비라고 할 만한 것이 아무것도 없었고 노도 없었다. 돛대 하나만 덩그러니 있었다. 길이가 서른 자 정도 되는 배는 폭이 넓고 끝이 날렵했다. 큰 바다를 항해하기 위해 만들어진 배는 아니었지만 우리가 테라수까지 가는 데는 문제가 없을 것 같았다. 노가 없어 에스테기가 기다리고 있는 곳까지 배를 밀고 가야 했다.

에스테기가 배 안으로 밧줄 뭉치와 돛을 던져 넣었을 때 남자가 다가와 말을 걸었다.

"안녕하쇼."

에스테기 뒤에 나타난 남자는 턱이 반들반들하고 나보다는 나이가 들어 보였으며 노동으로 단련된 바닷사람으로 보였다.

에스테기가 곧바로 뒤돌아 남자에게 고개 숙여 인사했다.

"배를 준비하고 있었어요."

에스테기는 남자에게 존칭을 붙이지는 않았지만 무척 공손한 어조로 말했다.

"배를 훔쳤구만?"

"아닙니다."

에스테기가 손바닥을 위로 향하고 손을 들어 올렸다.

"이 배는 제 사촌의 것입니다. 바디라는 평민이지요. 그가 이 배를 샀는데 제게 스후쿠린으로 가져오라고 했습니다."

"노예가 어떻게 평민과 사촌일 수 있지?"

남자가 수상쩍다는 듯 에스테기를 관찰했다. 에스테기는 남자를 설득하지 못했다. 그동안 나는 최대한 눈에 띄지 않게 갑판 위에서 물건을 정리했다.

"부모님이 저를 버리셨습니다."

에스테기가 땅을 보며 말했다.

"하지만 사촌은 늘 저에게 친절합니다."

나는 에스테기를 보았고 그 말이 사실일지 궁금했다.

그녀는 여전히 손바닥을 위로 향한 채 서 있었는데, 그녀가 뿜어내는 힘이 내게도 느껴졌다. 샘의 선물이었다. 마침내 남자는 지루하다는 듯 하품을 하며 나온델에게로 고개를 돌렸다.

"도움이 필요하시겠군요."

남자는 대답도 기다리지 않고 배 위로 올라섰다. 우리는 그의 도움을 받아 돛을 끌어 올렸다. 나도 배를 타는 건 오랜만이었기 때문에 도움의 손길이 반가웠다. 우리는 감사하다는 인사를 한 뒤 고마운 마음에 음식을 조금 나누어주려고 했지만 그는 한사코 거절했다. 남자는 창고 옆에 서서 우리가 떠나는 모습을 바라보았다. 키에 손을 얹으니 마음이 고요해졌다. 우리는 항해에 나섰다. 내겐 배가 있었다. 한편 마음 한구석에는 에스테기의 말이 남아 있었다.

"부모님이 정말 당신을 버리셨어요?"

에스테기가 고개를 끄덕였다.

"저는 지참금이 없어서 집을 떠나야 했거든요. 당신도 그랬었나요?"

에스테기가 고개를 저었다.

"아니요. 부모님이 나를 버린 건 내가 어릴 때였어요. 난—"

에스테기가 말을 멈췄다. 더는 말하고 싶지 않은 것이다. 그래서 나도 더 묻지 않았다. 때로는 그냥 묻어두는 게 더 나을 때도 있는 법이니까.

술라니

전부 해서 일곱 명이었다. 우리보다 수도 많았다. 그들은 전부 말을 탔고 무장을 하고 있었다. 내게는 검과 칼이 있었지만 기껏해야 둘이나 셋 정도 처리할 수 있을 테고, 그동안 다른 여자들이 위험해지거나 인질로 잡힐 것이다. 우리는 결국 모두 새장으로, 남자에게로 다시 잡혀 들어갈 터였다. 지휘관이며 악마인 비시에르, 이스칸에게 말이다.

병사들이 우리를 에워쌌다. 이오나는 나무에 기대 누워 있었고 오르세올라는 그 옆에 앉아 한 손을 나무뿌리에 대고 뭔가를 외고 있었다. 가라이는 기품 있고 기개 있는 자세로 내 옆에 섰다. 하지만 그녀가 뭘 할 수 있겠는가?

대장으로 보이는, 짙은 밤색 콧수염을 기르고 갑옷에 손까지 덮인 남자가 카비라를 향해 말했다.

"카비라 아크 말리크-쇼 부인, 부군께서 당신을 오하딘으로 즉시 모셔 오라고 하셨습니다."

카비라가 말 탄 남자를 경멸하는 눈빛으로 쳐다보았다.

"내 남편, 카레노코이의 비시에르에게 전하게, 그의 아내를 찾을 수 없었다고."

남자가 눈을 깜박거렸다. 그는 우리를 한번 둘러본 뒤 고삐를 쥐고 말을 돌렸고 다른 병사들도 그를 따랐다.

하지만 곧 남자가 몸을 바르르 떨더니 찌푸린 얼굴로 말의 머리를 다시 돌렸다.

"우리와 함께 가셔야 합니다. 지금 당장."

남자가 신호를 보내니 병사 셋이 칼을 들고 말에서 내렸다.

그들은 우리를 이미 알고 있었기 때문에 길에서 마주친 사람에게 하듯 우리를 잊게 만드는 게 쉽지 않았다.

오르세올라의 혼잣말이 점점 더 빨라졌다. 나무 꼭대기가 바람에 흔들리기 시작했고 잎사귀들의 속삭임도 점점 커졌다. 병사들이 발을 내딛자 군화 아래 낙엽이 바스러졌다. 한 명은 이오나에게, 다른 두 명은 카비라와 가라이와 나를 향해 다가왔다.

가라이가 두 손을 들었다.

"멈춰라."

병사가 멈췄다. 그는 입이 반쯤 벌어지고 칼은 허공에 든 채로 딱딱하게 굳었는데, 두 눈동자만 간신히 움직일 수 있었다.

그 순간 나는 단검을 꺼내 방심한 다른 병사의 눈에 꽂았다. 병사는 그 자리에서 즉사했다. 말 위에 있던 대장이 괴성을 지르며 내게 달려들었고 그 뒤로 세 명이 더 따라왔다.

나뭇잎이 바스락거리는 소리가 이제 오르세올라의 주문과 하나가 되어 하늘에 울려 퍼졌다. 나는 카비라를 땅으로 밀쳐내고 내 칼을 가라이에게 넘기며 간신히 대장의 말을 피했다. 그러고는 이오나에게 접근하는 병사에게 재빨리 뛰어들어 그의 목을 베고는 검을 빼앗아 몸을 돌렸다.

대장의 말이 사납게 울며 뒤로 물러섰다. 말 탄 병사 한 명이 별안간 소리를 지르며 두 손을 마구 휘저었다. 그러자 다른 말들이 동요했고 남자들을 등에서 떨치려고 날뛰며 울었다.

사방에서 벌레 떼가 나타났다. 말의 등이며 다리, 병사들의 갑옷, 얼굴 위로 벌레들이 모여들어 기고, 쏘고, 물고, 뜯었다. 딱정벌레, 개미, 거미, 바퀴벌레, 지네 등 온갖 벌레가 썩은 나무 그루터기에서, 나무 구멍에서, 축축한 흙 속에서 끝도 없이 기어 나왔다. 병사와 말 들이 혼비백산했다. 비명을 지르면서 미친 듯이 팔다리를 허우적댔고 그 틈에 칼들이 쨍그랑 소리를 내며 땅 위로 떨어졌다. 가라이가 주문을 걸어 얼어붙은 병사는 벌레들이 꼭 움직이는 까만 담요처럼 눈과 머리와 귀를 덮어 옴짝달싹 못 하다가 그대로 뒤로 넘어가 버렸다. 남자는 경련을 몇 번 일으키더니 죽어버렸다.

벌레 떼는 여자들을 조금도 건드리지 않았다.

병사들은 날뛰는 말 위에서 어쩔 줄을 몰랐고 말들은 그대로 숲으로 달아나 버렸다. 말발굽 소리가 저 멀리 사라졌다. 숲속엔 정적이 흐르고 벌레들이 기어 다니는 소리만 들릴 뿐이었다.

나는 오르세올라를 보았다. 그녀가 웃었다.

"나무들도 서로 얘기를 나누거든. 나무들이 잊고 있던 걸 내가 상기시켜 줬을 뿐이야. 나무들은 위험이 닥치면 벌레도 불러올 수 있어. 아깐 무척 잘하더군."

오르세올라가 나무를 쓰다듬자 벌레들이 제집을 찾아 원래 있던 구멍 속으로 돌아갔다.

가라이는 쓰러져 있는 병사의 말에 굴레를 씌운 뒤 부드럽게 뭔가를 속삭였다. 말의 두 귀가 젖혀지면서 눈이 동그래졌다.

"말을 붙잡고 있어. 다른 말을 데려올게."

가라이가 내게 말했다.

나는 가라이가 시킨 대로 말의 목을 부드럽게 쓰다듬었다.

카비라가 이오나 옆으로 가서 앉았다. 오르세올라도 그 옆에 누워 잠을 청했다. 말을 하는 사람은 없었다.

얼마나 더 기다려야 하는지 알 수 없었다.

그저 기다리는 것 외에는 방법이 없었다.

얼마간 시간이 흐르자 가라이가 갈색 말을 데리고 돌아왔다. 고삐를 쥐지도 않았는데 말은 가라이를 잘 따랐다.

"말들을 북쪽으로 보내자. 여자 네 명은 충분히 태울 수 있는 말이니까 추격자들을 잠시 따돌릴 수는 있을 거야."

가라이가 말했다.

"허튼소리."

카비라가 코웃음을 쳤다.

내가 가라이에게 물었다.

"말들을 어떻게 북쪽으로 걷게 하죠?"

가라이가 그녀 뺨에 코를 비벼대는 갈색 말을 쓰다듬으며 대답했다.

"걷지 않아. 전속력으로 달리게 해야지. 발자국이 남도록."

가라이가 손짓하자 내가 잡고 있던 말이 그녀에게로 갔다. 그녀는 말의 안장과 주머니를 떼어낸 뒤 두 마리 사이에 서서 뭐라고 말하는 듯했다. 말들은 백발의 여자에게 고개를 숙이고 귀를 쫑긋 세웠다. 가라이는 말들의 코와 눈과 눈썹을 다정하게 쓰다듬었다. 갈색 말이 울며 머리를 높게 쳐들었다. 그러더니 바람처럼 달려나갔고 다른 말도 그 뒤를 따랐다. 말들은 곧 우리의 시야에서 사라졌다.

나와 가라이는 안장을 하나씩 들어 강으로 힘껏 던졌다. 우리는 이오나 곁에 앉아 기다렸다.

클라라스

나온델은 강을 마음껏 유영했다. 수면이 반짝거렸다. 키는 더할 나위 없이 부드러웠다. 바람과 물살을 따라 배를 몰자 돛이 바람에 나부끼고 밧줄은 삐걱삐걱 기분 좋은 소리를 냈다. 예전으로 돌아간 기분이었다. 꿈꾸던 그대로였다. 마음을 놓을 수 있을 정도로 안전해진 건 아니었지만, 아니, 여전히 언제라도 당장 잡힐 수 있는 위험한 처지였지만 내 마음만은 돛과 함께 노래를 부르고 있었다. 지금 여기서 잡힌다고 해도, 칼에 찔리거나 활에 맞는다고 해도 나는 자유롭게 죽는 것이다. 이번엔 산 채로 잡히지 않겠다고 스스로 맹세했다. 배 속의 아이는 잠잠했지만 자고 있지는 않았다. 아이는 이 새로운 기쁨과 기적에 감탄하며 가만히 흔들리는 강의 물살을 즐기고 있었다.

에스테기는 뱃머리에 앉아 동쪽 강기슭을 샅샅이 살폈다. 나무 한 그루도 허투루 보지 않았다. 나는 오로지 앞만 보았다. 바다가 있는 남쪽으로 향했다. 이제 조금만 가면 바다였다. 그렇다는 걸 내 혀가 벌써 느끼고 있었다. 기대감이 나를 쿡쿡 찔러 살갗이 따끔거렸다. 우리는 곧, 바다로 간다.

"저기! 저기 있어! 그들이 보여! 멈춰!"

에스테기가 소리쳤다.

나는 아쉬운 마음을 뒤로하고 뭍을 향해 배를 돌렸다. 나온델은 내가 이끄는 대로 움직였다.

돛을 접자 배는 거의 소리도 내지 않고 강기슭에 뱃머리를 댔다. 내가 닻을 내리는 동안 술라니가 이미 물속에 뛰어들어 배를 향해 걸어오고 있었다. 다른 여자들이 아무 말 없이 재빨리 배 위에 올랐고 술라니가 배를 잡아주었다. 에스테기가 몸을 기울여 술라니의 손을 잡자 둘의 시선이 마주쳤다. 그 순간 술라니의 얼굴에 마치 바다 위로 떠오르는 태양과 같은 빛이 스쳤다. 그러고는 금세 다시 원래의 얼굴로 돌아왔다.

술라니가 다시 강가로 가 이오나를 데리고 오는 동안 가라이가 배를 붙잡고 있었다. 두 눈을 감은 이오나는 창백했다.

"죽은 거예요?"

에스테기가 이오나를 살피며 그녀의 머리 아래에 빈 가방을 받쳐주었다.

"아니야."

마지막으로 배에 오른 가라이가 이오나 옆으로 가 그녀의 이마를 짚어보았다.

"하지만 얼마 못 갈 것 같아."

내가 돛을 올리려는 순간 가라이가 손을 들어 멈추게 했다.

"잠깐, 이리 와봐."

나는 바닥에 놓인 가방을 옆으로 잠시 치우고 다른 여자들 틈에 앉았다.

나는 너무나 선명하게 볼 수 있었다. 이오나를 그렇게 오래 살려둔 건 해골의 힘이었다. 해골이 죽음의 문턱에서 가까스로 이오나를 붙잡아 두고 있었다. 그러나 그 힘도 이제는 차츰 사라져 이오나에게는 아주 희미한 심장 박동만이 남아 있었다. 샘의 힘은 우리 모두 안에 저마다 다른 방식으로 살아 있었다. 손, 팔, 눈, 마음, 그리고 입. 이오나에게는 그 모든 것이 있었지만 이제는 사그라들고 있었다.

그 힘이 사라지면 이오나도 떠날 것이다.

바로 그때, 이오나가 눈을 떴다.

“자매님들.”

이오나의 목소리는 약하지만 선명했다.

그러고는 그녀는 다시 눈을 감았다. 그녀 안에서 희미한 파란 불꽃이 위태롭게 흔들리고 있었다.

가라이가 칼을 꺼냈다. 그러고는 그 칼끝으로 이오나의 심장을 겨누었다.

에스테기가 손을 들어 막았다.

“안 돼요! 안 돼!”

“이오나를 살리는 길이야. 나를 믿어.”

가라이가 천천히 에스테기의 손을 내리며 말했다.

가라이가 여자들을 주욱 둘러보며 차례로 시선을 맞추었다.

“나를 믿어요?”

우리는 고개를 끄덕였다. 서로 믿는 것 말고는 방법이 없었다.

가라이가 이오나의 가슴 바로 위로 칼끝을 가져갔다.

"나는 당신께 드립니다."

가라이가 큰 목소리로 말했다. 그러고는 검을 에스테기에게 건넸다.

"나는 당신께 드립니다."

에스테기가 부들부들 떨리는 손으로 검을 잡고 말했다. 그리고 오르세올라가 그 검을 받았다.

"나는 당신께 드립니다."

우리는 모두 검을 들어 이오나의 심장에 대고 말했다. 내 차례였다. 먼저 칼을 잡았던 여자들의 온기로 칼자루가 따뜻했다.

"나는 당신께 드립니다."

생명의 불꽃이 마지막으로 한번 불타오르더니 이내 사라졌다. 이오나에게서 우리에게로 뭔가가 전해졌다. 이오나가 지녔던 힘의 아주 작은 일부가, 그녀의 기억이, 샘에게서 받은 재능이, 혹은 그녀가 원래 타고난 재능이 우리 모두에게 전해졌다.

이오나는 더 이상 숨을 쉬지 않았다.

우리는 말이 없었다.

나온델이 가만히 물결에 흔들렸다. 에스테기가 눈물을 흘렸고 술라니가 그녀의 어깨를 다독였다. 카비라는 괜히 목을 가다듬었다.

"이오나는 죽지 않았어요."

내가 그렇게 말하자 여자들이 나를 보았다. 나는 내 손에 있는 검을 보았다.

"우리 모두의 마음속에 이오나의 일부가 남아 있어요. 이 검을 들었던 우리 모두에게요."

가라이가 천천히 고개를 끄덕였다.

"클라라스 말이 맞아요. 우리는 서로의 일부를 조금씩 마음 안에 가지고 있는 셈이에요. 그게 바로 이오나가 원했던 거예요. 우리는 이제 영원히 서로에게 결속되었어요. 자매처럼. 우리 중 누군가에게 무슨 일이 생기면, 이제 그건 우리 모두에게 생긴 일이나 마찬가지예요."

가라이가 죽은 이오나의 얼굴을 바라보았다.

"이오나, 이제 당신은 자유예요. 더는 그 누구의 제물도 아니에요."

가라이가 이오나의 이마부터 턱까지 가만히 쓰다듬었다.

가라이가 손을 떼자 이오나의 얼굴이 달라졌다. 같은 머리카락에 같은 피부, 같은 코와 입이었지만 완전히 다른 모습이었다. 뺨이 장밋빛으로 발그레해졌고 입술에도 생기가 돌았다. 이오나가 눈을 떴다. 갈색 눈동자였다.

그녀가 일어나 우리를 보았다.

"안녕, 나의 악마들."

이오나가 말했다. 환하게 웃는 그녀의 얼굴에 보조개가 쏙 들어갔다.

이오나는 바다를 보았다. 눈을 감고 숨을 깊게 들이마셨다.

"내 폐가 튼튼해요!"

이오나가 눈을 뜨고 킥킥 웃었다. 그러고는 눈앞에 손을 들어보았다.

"손은 어떻고요!"

그녀는 두 손으로 자기의 온몸을 어루만지고 느꼈다.

"정말 아름다워요!"

이오나가 웃었다. 그녀의 웃음 또한 정말 아름다웠다.

"새로운 이름을 지어야겠어요. 그게 바로 새로운 몸이 처음으로 할 일이에요."

그녀는 잠시 생각해 보더니 외쳤다.

"내 이름은 다에라예요."

나온델이 사카누이강을 따라 남쪽으로 항해하는 동안 다에라는 뱃머리에 앉아 머리칼을 스치는 바람을 느꼈다. 어느새 우리 사이에는 자매애 같은 것이 조금씩 자라고 있었다. 여자들끼리만 가질 수 있는 그런 우정 말이다. 이오나, 그녀의 힘과 이름이 우리의 가슴에 새겨졌고 우리는 모두 그녀의 어둠과 용기를 간직하고 있었다.

나는 남자 형제가 한 명 있었지만 자매는 없었다. 그런데 갑자기 자매가 여섯 명이나 생긴 셈이었다. 나는 키를 잡은 채로 그들을 한 명씩 바라보았다. 다에라의 휘날리는 머리카락과 뒷모습이 보였다. 그녀는 바람을 한껏 즐기며 웃고 있었다. 술라니는 가슴을 펴고 고개를 들어 동쪽 해안가를 주시하고 있었다. 그녀의 턱은 날카롭고 팔은 강인했다. 에스테기는 술라니의 발치에 앉아 물건들을 정리하고 있었다. 그녀는 배를 항해하는 나와 우리를 지켜주는 술라니를 믿고 있었다. 오르세올라는 가방을 베고 누워 눈을 감고 있었다. 자고 있지는 않을 것이다. 나는 그녀가 다른 이들의 꿈을 보고 있을 거라고 생각했다.

가라이와 카비라는 나란히 앉아 있었다. 둘의 주름진 얼굴에는 세월의 흔적이 역력했다. 하얗게 반짝이는 머리카락과 군데군데 센 까만 머리. 그 둘을 보니 어쩐지 나는 오랜 세월을 산 지혜로운 바다 거북이가 생각났다. 그제야 카비라가 평생 지고 살았을 거대한 짐이 보였다. 어떻게 여태껏 그걸 보지 못했을까?

"자매님, 그게 뭐죠?"

내가 물었다.

카비라가 나를 보았다. 카비라를 부를 때는 예를 갖춰 성을 붙여야 하는데 나는 그러지 않았던 것이다. 게다가 그녀가 묻지도 않았는데 먼저 말을 걸었다.

"자매라……."

카비라는 생각에 잠겨 나를 보았다.

"나도 한때는 자매들이 있었지, 클라라스."

카비라가 자기 무릎에 있던 것들을 보여주었다.

"이스칸의 서재에서 가지고 나온 비밀문서들이야. 이중 어떤 것은 이스칸도 아직 해독하지 못했지."

"이스칸이 우리에겐 관심이 없어도 그건 되찾고 싶어 할지도 모르겠군요."

가라이가 분노나 불평 없이 무심히 말했다.

카비라가 가라이를 보았다.

"이게 있으면 이스칸이 아니를 다시 깨울 수 있을지도 몰라. 아니면 사람들을 노예로 만들 방법을 또다시 찾아내거나."

가라이는 고개를 끄덕였지만 그 이상 다른 말은 하지 않았다.

카비라가 잠시 생각에 잠겼다.

"자매들, 그래서 이건."

그녀는 우리가 들을 수 있게 목소리를 높였다.

"나는 이것들을 이스칸에게서 훔쳤다. 그가 힘을 되찾게 도와줄 수도 있는 위험한 지식들이지. 사람들을 다시 해할 수도 있고. 이스칸은 이걸 되찾기 위해서라면 무슨 짓이든 할 거야."

그녀가 무릎 위에 있는 문서들을 들어 올렸다.

"얼핏 보기엔 특별해 보이지 않을 수도 있지만 이 안에는 나도 아직 알아내지 못한 엄청난 비밀들이 감춰져 있어. 차차 배워나갈 생각이야. 어쩌면 이 지식들이 우리와 다른 사람들을 도울 수 있을지도 몰라. 그러나 악한 자의 손에 들어가면 대단히 위험하게 쓰일 수 있지. 내가

— 아니, 우리가 이걸 어떻게 하는 것이 좋을까?"

"없애버려요."

카비라의 말이 채 끝나기도 전에 술라니가 말했다.

"두 번 다시, 누구도 찾지 못하게 없애버려요. 결코 기록으로 남겨선 안 되는 것도 있어요. 그 내용을 문자로 이해할 필요가 없는 사람들 사이에서만 전해져야 해요."

가라이도 고개를 끄덕였다.

"같은 생각이야, 술라니. 어느 정도는 말이야. 오로지 사람들의 마음속에만 존재하는 쪽이 최선인 것들이 분명 있지. 하지만 이건 이스칸이 다른 사람들에게서 약탈한 지혜야. 빼앗긴 자들이 쌓아온 지혜를 우리가 파괴해도 되는 걸까?"

"이스칸은 벌써 이 문서들을 찾아 나섰어요."

오르세올라가 자리에서 일어났다.

"우리를 찾으려는 게 아니에요. 이것들 때문이죠. 이스칸의 꿈에서 봤어요."

"이스칸의 꿈을 볼 수 있어? 여기서?"

가라이가 오르세올라에게 몸을 가까이 숙이며 물었다.

"네."

오르세올라가 미간을 찌푸렸다.

"몇 년 동안은 그의 꿈이 보이지 않았어요. 샘의 힘으로 자기를 보호하고 있었으니까요. 하지만 그는 지금 그 힘을 잃었어요. 나는 지금 아주 멀리까지 볼 수 있고요. 멀리서 꿈을 엮을 수도 있어요. 내가 상상했던 것보다 훨씬 더 먼 곳에서도."

"이스칸에게 꿈을 보낼 수 있어요? 병사들을 다른 쪽으로 보내도록 만드는 꿈이요. 아니면 우리가 북쪽으로 말을 타고 가는 꿈 같은 것."

오르세올라가 웃었다.

"할 수 있지."

오르세올라가 눈을 감았고 그녀의 손이 허공에서 춤추듯 움직였다. 나는 돛과 수심을 계속 주시했다. 우리 머리 위로 태양이 높이 떠 있었다. 강의 동쪽 기슭을 따라 새로 씨를 뿌린 들판이 넓게 펼쳐졌고 일꾼들이 서로를 부르는 소리가 물결 위로 실려 왔다. 부드러운 바람이 풀을 스치는 소리가 들렸다. 우리는 바다에 가까워지고 있었다.

오르세올라가 눈을 뜨며 말했다.

"이스칸은 북쪽으로 갈 거야."

"어떻게 그렇게 확신하죠?"

눈살을 찌푸린 술라니가 물었다. 그러고는 머뭇거리며 덧붙였다.

"자매님?"

술라니도 카비라처럼 자기 입에서 나온 말에 스스로 놀란 눈치였다.

"검 쓰는 전사, 넌 네가 검을 휘두를 수 있다는 걸 어떻게 확신하지?"

오르세올라가 다시 누워 눈을 감고는 햇볕을 즐기며 말했다.

"문서를 파괴하지 않아도 돼. 나를 믿어."

그리하여 그 일은 그렇게 결정되었다. 누구도 불평하지 않았다. 다에라는 우리 대화를 듣기는 한 건지 모르겠다. 그녀는 바닥에 배를 대고 엎드려 한 손을 잿빛 강물에 담갔다. 잠자리와 소금쟁이를 눈으로 좇았다. 모든 것을 처음 보듯 새롭게 보았고 오직 자기만을 위해 만들어진 것처럼 느꼈다. 금세 그런 기분이 사라지긴 했지만, 나는 왠지 모르게 질투가 났다. 나는 태양을 보며 키를 약간 돌렸다. 나온델이 화답했다.

다에라

이제 내 이야기를 할 차례다. 드디어 내 차례다! 나는 내가 강에서 태어났던 날에 대해 하나도 빠짐없이 기억하고 있다. 강기슭에 늘어선 나무들의 그림자, 강에서 나는 진흙과 부패의 냄새, 물 위에서 고요히 흔들리던 나온델. 나는 풀 한 포기까지 전부 기억하고 있다. 카비라가 그건 말도 안 되는 얘기라고 했지만 나는 정말 그렇게 느꼈다! 모든 일이 기적 같고 믿기 어려웠지만 그중에서 가장 놀라운 건 내 몸이었다. 내 몸이 완전히 나의 것이었다! 제물이 될 운명도 아니었고 다른 사람의 소유도 아니었다. 내 몸은 전적으로 내 것이었다. 나는 뱃머리에 앉아 그런 몸으로 사는 감각을 충만히 느끼고 있었다. 손은 흠 하나 없이 부드러웠고 심장 박동도 규칙적이고 활기찼다. 나는 치아도 가지런했고 눈도 잘 보이고 귀도 잘 들렸다. 모든 것이 내가 바라는 그 이상이었다. 나는 내 부드러운 목을 만져보았다. 몸에 기분 좋은 전율이 스쳤다. 기쁨을 느낄 수도 있었다! 나는 나를 살려준 내 자매들을 돌아보았다.

그들은 아름답고 연약한 동시에 강인했다. 나는 에스테기 앞에 무릎을 꿇고 그녀의 손을 잡았다.

"제게 믿음을 보여줘서 고마워요, 자매님."

나는 그녀의 손등에 입을 맞추며 말했다. 내 부드럽고 작은 손에 비하면 딱딱하고 거칠고 굳은살도 잔뜩 박인 손이었다. 에스테기가 얼굴을 붉히며 고맙다고 말했다. 그다음, 나는 질투 어린 눈길로 나를 보고 있는 술라니에게 가 그녀의 무릎에 턱을 올리고 그녀를 올려다보았다.

"당신의 힘으로 날 지켜줘서 고마워요."

술라니는 가볍게 고개를 끄덕인 뒤 다시 강기슭 쪽으로 시선을 돌렸다. 그녀는 우리를 지켜주었고 술라니가 있으면 나는 안심할 수 있었다. 이제 나는 오르세올라가 있는 곳으로 내려가 그 옆에 누웠다. 내 입가에 흩날리는 그녀의 머리칼을 빼내며 그녀의 귀에 대고 속삭였다.

"추격자들을 따돌려 줘서 고마워요."

오르세올라는 고개를 돌려 자기 코를 내 코에 비볐다. 나는 일어나서 클라라스에게로 갔다. 클라라스는 부푼 배를 안고 한 손에서 여전히 키를 놓지 않은 채 앉아 있었다.

"우리를 진실이 있는 곳으로 인도해 줘서 고마워요, 자매님."

클라라스가 진한 회색빛 눈동자를 반짝이며 웃었고 그 미소가 내 마음을 가득 채웠다.

"귀여운 자매님, 우린 아직 그곳에 다다르지 못했는걸요."

"하지만 그렇게 해주실 거잖아요!"

나는 두 마리의 작은 새처럼 배 중앙에 앉아 가만히 우리를 지켜보고 있는 카비라와 가라이에게로 갔다.

"샘을 없애고 우리와 함께 와줘서 고마워요."

나를 바라보는 카비라의 눈에는 감히 그 깊이를 알 수 없는 슬픔이 담겨 있었다. 카비라가 겪은 모든 시련이 내게 전해져 마음이 아팠다. 나도 모르게 카비라 앞에 무릎을 꿇고 그녀의 허리를 끌어안았다.

"당신만 좋다면, 당신의 딸이 되어드릴게요."

내가 나직이 속삭였다. 내 몸에 닿는 카비라의 무릎은 딱딱했지만 내 머리를 쓰다듬는 그녀의 두 손은 무척이나 따뜻했다.

"그래주면 좋겠구나."

카비라의 목소리가 잠겨 있었다. 나는 세월이 통과한 그녀의 얼굴을 올려다보고 그 옆에 있는 가라이와도 눈을 맞췄다.

"네 안에는 많은 것이 있구나, 다에라."

다른 사람이 내 이름을 부른 것은 처음이라 나는 웃음을 터뜨렸다. 내 이름은 믿을 수 없을 정도로 멋졌다!

"고마워요."

다음 말을 꺼내려는데 목이 메었다.

"저를 새로 태어나게 해줘서요. 저를 이곳에 있게 해줘서요."

가라이가 웃었다. 진실하고 따스한 미소였다. 내 머리를 쓰다듬는 카비라의 손 위에 가라이가 손을 얹었다. 마치 축복을 내리듯 그녀들의 손이 내 머리 위에 있었다.

*

우리는 바다에 닿기 전에 잠시 닻을 내리고 정박했다. 황혼에 물들어가는 하늘 위로 짙푸른 어둠이 내리기 시작했고 밤의 새들이 노래를 했다. 이 모든 광경이 너무 아름다워서 마음에 전부 새기기가 힘들었다. 우리가 잠시 멈춘 곳은 스후쿠린이라는 항구 마을이었다. 에스테기 말로는 마을이라기보다는 강과 바다를 연결하는 교역지 같은 곳이라고 했다. 술라니는 밝은 대낮에 그곳을 통과하는 것에 반대했다. 기다렸다가 사람들이 거의 다니지 않는 새벽녘에 조용히 빠져나가자고 했다. 그래서 우리는 기다리기로 했다. 스후쿠린처럼 바다와 가까운 강의 교역지에는 온갖 종류의 배가 오갔으므로 우리는 나온델과 함께 덤불 뒤에 숨었다.

클라라스는 곧바로 누워 잠을 청했다. 핏기 없는 클라라스의 얼굴을 본 에스테기가 그녀를 편하게 해주려고 분주하게 움직였다. 클라라스의 배 안에서 뭔가가 톡 차는 게 보였다. 발인가? 아니면 머리? 내가 새로 태어났듯, 새로 태어나길 기다리는 아기가 그 안에 있었다.

에스테기는 클라라스를 챙기고 난 뒤 빈 물주머니들을 깨끗한 강물로 다시 채웠다. 술라니가 에스테기를 도왔고 가끔 손이 부딪히거나 할 때 그들은 잠시 서로 눈을 마주쳤다. 그 눈빛을 보니 내 안에 존재하는 줄도 몰랐던, 간지럽고 찌르르 떨리는 감정이 일었다. 그들 사이에는 뭔가가 있었다. 그들은 뭔가를 공유했다. 나도 그런 걸 갖고 싶었다.

카비라와 가라이도 누웠다. 나는 강가에 앉아 어두워지는 강물과 반짝이는 별들을 바라보았다. 갈대 수풀 안에서 개구리 울음소리가 들려왔다. 오르세올라와 술라니를 뺀 나머지는 곧 잠이 들었다. 오르세올라는 다른 사람들이 잠든 시간에 자는 걸 좋아하지 않았고 술라니는 보초를 서고 있었다. 내 몸은 여전히 새로 태어난 기쁨에 북받쳐 들썩이고 있었다. 세상이 너무 아름답고 새로워서 끊임없이 보고 탐험하고 싶었다.

"근처 좀 둘러보고 올게요."

내가 일어서자 술라니가 인상을 쓰며 고개를 저었다.

"좋은 생각이 아니에요. 여기 있어요."

하지만 오르세올라가 나를 보며 입가에 미소를 띠었다.

"전사, 가게 둬. 가둬둘 수 없는 것들도 있으니까."

그렇게 해서 술라니가 나를 보내주었다. 나는 단숨에 덤불에서 나와 맨발로 강둑을 뛰어올라 갔다.

하늘이 드넓었다. 내가 상상할 수 있는 것보다 더 많은 별이 있었다. 그 순간 머릿속에 기억이 하나 스쳤다. 어느 섬과 바다 위에 떠 있던, 이곳과 전혀 다른 하늘. 기억은 금세 사라져버렸다. 나는 길을 따라 자유롭게 돌아다녔다. 강둑을 따라 오카하라가 이제 막 싹을 틔우기 시작한 벌판이 드넓게 펼쳐졌다. 그러다 평평한 풀숲을 만나 그곳에 등을 대고 누웠다. 광활한 어둠을 바라보니 그 안으로 빨려 들어갈 것 같은 기분이 들었다. 눈물이 흘러 뺨이 축축했다. 모든 게 아름다워 가슴이 벅차올랐다. 그 모든 축복이 어떻게 내게 왔는지 영문은 모르겠지만 기뻤다.

나는 분명 아무 소리도 듣지 못했다. 그 남자가 너무 조용히 가볍게 걸어왔기 때문에 그가 내 다리에 걸려 넘어지기 전까진 그의 존재를 알아차리지 못했다. 그가 뒤로 넘어지면서 내가 벌떡 일어나 앉았고 우리는 달빛 아래 서로를 한참 바라보았다.

"오, 미안해요."

남자가 말했다. 짙은색 눈이 다정했다. 아이도 아니지만 아직 어른도 아닌 그의 목소리는 상냥했다. 남자의 머리카락이 몇 가닥 눈앞에 흘러내려 있었다.

내가 웃자 남자가 수줍어했다. 남자가 일어나 앉으며 무릎에 묻은 흙을 털어냈다.

"이 밤에 여기서 뭘 하고 있어요? 위험해요."

"여기에 날 해칠 수 있는 건 없어요."

내가 그에게 몸을 숙이며 말했다. 숨을 들이마시자 그에게서 마구간 냄새와 땀 냄새가 났다. 나는 손을 뻗어 그의 팔을 쓰다듬었다. 그가 숨을 멈춘 채 움직이지 않았다. 남자의 살결은 실크처럼 부드럽고 따뜻하고 살아 있었다. 나는 내 팔을 들어 그의 팔 옆에 갖다 대고는 색이며 털이 난 모양, 그리고 혈관까지도 유심히 관찰했다. 그의 얼굴에 내 얼굴을 가까이 가져가 남자의 목과 귀 냄새를 맡았다. 살아 있는 생명이었다! 그에게서는 살아 숨 쉬는 생명의 냄새가 풍겼다. 그의 목에 내 숨결이 닿자 남자가 몸을 떨었다. 나도 같은 것을 느끼고 싶었다. 나는 두 다리로 그를 감싸고 앉아 그의 얼굴을 내 쪽으로 당겨 입을 맞췄다. 남자의 입술은 거칠었다. 나는 사실 뭘 해야 하는지 잘 알지 못했고 남자도 마찬가지였지만 그런 건 중요하지 않았다. 우리는 코가 부딪혔고 웃었고 또다시 입을 맞췄다. 남자가 나를 더 가까이 끌어당겼다. 그는 내 몸과는 전혀 다른, 단단한 어깨와 가슴을 가졌다. 나는 남자의 윗옷을 벗긴 뒤 그의 몸을 천천히 탐험했다. 나와 다른 그의 입술과 손과 몸이 나를 열뜨게 했고 약하게 했으며 갈망하게 했다. 나는 원했다. 새로운 그 모든 것을 느끼고 싶었다.

우리가 함께 몸짓을 나눌수록 내 몸은 점점 완전한 내 것이 되어가고 있었다. 나는 내 몸이 무엇을 원하는지, 욕망에 어떻게 화답하는지 전부 알고 싶었다. 내 몸은 더 이상 제물이나 누군가의 지배를 받는 소유물이 아니었다. 내가 원하는 대로 마음껏 누릴 수 있는, 전적으로 나만의 것이었다. 내 집을 찾은 기분이었다, 은하수 사이를 날아다니는 기분이었다, 아니, 그 모든 것이었고 그 이상이었다.

잠시 후 나는 풀밭 위에 앉아 맨몸 아래 있는 촉촉한 흙의 감촉을 느꼈다. 남자에게선 이제 다른 냄새가 났다. 나도 그랬다. 남자가 팔꿈치를 기댄 채 나를 경이의 눈빛으로 바라보았다.

"당신은 인간인가요? 아니면 강의 정령인가요?"

"당신 덕분에 오늘 밤 나는 피와 살을 얻었어요."

내가 웃으며 대답했다.

내가 옷을 입고 떠나려는 순간, 남자가 날 부르며 이름을 물었고 떠나지 말라고 했다. 시원한 밤공기가 가득한 길을 걸으며 나는 웃었다.

"내 이름은 다에라에요. 나는 누구에게도 머무르지 않아요."

이것이, 내게는 우리 여정에서 가장 중요한 사건이었다. 어디선가 갑자기 돌풍이 불어와 우리 배가 테라수 방향이 아닌 남서쪽으로 떠내려간 일도, 갈증과 굶주림으로 수차례의 죽을 고비를 넘긴 일도 내게는 중요하지 않았다. 클라라스의 눈물이 물고기를 불러내 우리가 배를 채울 수 있었던 일도, 새로운 자매애로 우리가 서로 놀랍도록 가까워진 일도 마찬가지였다. 우리를 메노스섬으로 내동댕이쳤던 폭풍, 마침내 우리의 보금자리를 찾게 된 기쁨, 가라이와 클라라스가 섬에서 발견한 거대한 생명의 힘, 그 모든 것이 그다지 중요하지 않았다. 그렇다, 내게 가장 중요한 사건은 그날 밤 이름 없는 소년을 만난 것이었다. 나를 삶에서 가장 가까운 곳, 죽음에서 아주 먼 곳으로 데려간 그날 밤의 일이었다.

카비라

봄이 찾아왔다. 이 섬에 와 일곱 번째로 맞는 봄이다. 어제는 술라니가 이빨 바위 근처를 지나가는 배를 발견했다. 이빨 바위는 선착장 가까이에 있는 바위인데, 수면 위로 뾰족하게 불쑥 솟아 있어 그렇게 이름을 붙였다. 바다가 사나울 땐 상인들은 결코 이곳을 지나지 않는다. 술라니와 에스테기가 바다로 걸어 들어가 작은 배를 맞이했고 배는 섬에서 조금 떨어진 바다 위에서 그들을 기다리고 있었다. 남자 상인들은 우리 섬에 발을 디딜 수 없다. 어떤 남자도 우리 섬에 들어올 수 없다. 가라이가 그렇게 말했다. 이 섬에 있는 생명의 근원이 남자들의 출입을 금지했다. 가라이는 이토록 강력한 생명의 힘은 만나본 적이 없다며 아니조차 메노스섬에 비할 수 없다고 했다.

술라니와 에스테기가 뱃사람들에게서 산 물건들을 가지고 돌아와 지식의 집 바깥뜰에 내려놓았다. 햇살이 좋은 오후라 발바닥에 닿는 돌들이 따스했다. 내 나이가 되면 그런 것들에 감사한 마음이 든다.

클라라스가 내게 푹신한 방석을 가져다줘서, 나는 지식의 집 문 옆에 방석을 놓고 그 위에 앉았다. 에스테기가 문에 무척 아름다운 문양을 새겨놓았다. 그 아름다운 문 아래쪽은 불에 그을린 흔적이 아직 선명하다. 그 검은 흔적을 손으로 가만히 쓸어보았다. 남자들이 이 섬을 침입한 뒤로 벌써 세 번의 봄이 지났지만 타다 남은 나무가 보통 그렇듯 여전히 그을음이 남아 있어 손에 재가 까맣게 묻었다. 이스칸이 보낸 남자들이 이곳에 왔었다. 그들은 우리를 산 채로 태워 죽이려 했고, 우리가 그들을 모조리 물리친 지도 벌써 세 해가 지났다. 그들에겐 무덤조차 없었다. 우리는 남자들의 몸뚱이와 배를 전부 바다로 쓸어내 버렸다.

에스테기가 바구니를 열었다. 다에라는 리넨 옷감을 보며 좋아했고 가라이는 콩과 씨앗을 집어 냄새를 맡았다. 클라라스의 딸 이아나도 산 물건들을 정리하는 일을 도왔다. 술라니는 소금과 설탕, 향신료 포대를 옮겼고 오르세올라는 오일 병들을 옮겼다. 에스테기가 나를 물끄러미 바라보더니 소매에서 뭔가를 꺼내 내 앞에 앉았다.

"뱃사람들이 이것도 가져왔어요. 당신 거예요. 지난가을에 어떤 남자에게서 받았대요. 그 남자는 가끔 향신료를 거래하는, 카레노코이 사람에게서 받은 거고요."

두루마리 서신이었다. 종이가 무척 닳고 구겨져 있었지만 글씨체와 안장을 보자마자 나는 그것이 딸이 보낸 서신이라는 걸 알 수 있었다. 비시에르 가문의 인장이었다.

모두가 나를 쳐다보았다. 이아나가 내게 뛰어와 호기심 가득한 눈빛으로 내 손에 있는 두루마리를 쳐다보았다.

"카비라, 뭐예요? 뭘 받았어요?"

아이의 갈색 머리카락이 어김없이 에시코를 생각나게 했다. 이아나는 에시코와 닮았다. 그도 그럴 것이, 둘은 이복 자매였으니까.

"아무것도 아니란다, 이아나. 그렇지만 말해보렴. 넌 어머니께 뭘 받았니?"

"이것 보세요!"

아이가 신나서 소리를 지르며 황금빛이 나는 노란 실을 들어 보였다.

"정말 예쁘구나."

나는 웃었다. 이아나는 무척 사랑스러운 아이였다.

이윽고 모두가 잠든 밤이 되고 나서야 나는 서신을 꺼냈다. 램프에 불을 밝히고 떨리는 손으로 두루마리를 펼쳤다. 서신이 여기까지 오는 지난 3년 동안 두루마리는 여기저기 해지고 얼룩졌다. 글은 그리 길지 않았다.

딸의 서신을 읽고 나는 한참을 그 자리에 가만히 앉아 있었다. 나는 결심했다. 다른 사람들을 괴롭히던 일을 그만둘 때가 된 것이다. 나는 자매들에게 카레노코이에서 일어난 모든 일을 글로 쓰게 했다. 이를 원치 않았던 술라니와 오르세올라에게도 강요했다. 하지만 내게는 다른 방법이 없었다. 우리가 종이를 살 수 있는 처지가 되자 나는 우리에게 일어난 모든 일을 글로 남겨야만 한다는 생각을 떨칠 수가 없었다. 내게는 다리가 필요했기 때문이다. 에시코에게 가닿을 수 있는 다리가 절실했다.

클라라스와 이아나가 섬 남쪽에서 핏빛 달팽이의 서식지를 발견한 지 두 해가 되었다. 그건 우리에게 엄청난 축복이었다. 핏빛 달팽이로 염색한 실크 덕에 우리는 많은 은화를 벌고 있다. 그 은화로 오일, 종이, 펜, 옷감 같은 필요한 물건들을 산다. 지난 몇 해 동안은 이런 것들 없이 지내야 했다. 은화가 생기자 나는 제일 먼저 이아나의 드레스를 만들었다. 아기였을 때 이아나는 여름에는 그냥 발가벗고 다녔고 겨울에는 낡은 포대나 해진 천 따위로 몸을 칭칭 감고 다녀야 했다. 아이에게 입힐 옷이 없었다. 이아나의 어린 시절엔 그야말로 모든 게 부족했다.

지식의 집을 짓기 전에는 그 아래 있는 춥고 어두컴컴한 동굴에서 살았다. 하지만 먹을 것이 부족했던 적은 거의 없었다. 클라라스가 우리에게 많은 것을 알려주었다. 홍합과 달팽이를 잡는 법, 낚시로 물고기나 오징어를 잡는 법, 바닷새 둥지에서 알을 가져오는 법, 그리고 마지막 한 알은 꼭 남겨두어야 한다는 것까지. 어린 이아나는 이 모든 일을 우리 중 가장 잘한다. 물을 자기 집처럼 여기는 아이는 물개처럼 통통하고 재빠르고 단호하다. 나는 이제 너무 늙어 산에 올라 새의 알을 가져온다거나 하는 일은 못 하지만 따뜻한 날에는 얕은 물가에 발을 담그고 홍합을 따는 일을 좋아한다. 가라이는 내가 넘어져 뼈라도 부러질까 봐 걱정된다며 늘 내 곁을 지킨다.

"당신처럼 나이 든 여자는 회복이 아주 느리단 말이에요."

가라이는 자기는 나보다 무척이나 어린 것처럼 말하며 내 곁에 있기를 고집한다. 우리는 이제 둘 다 나이가 들었다. 젊은 사람들에게 많은 걸 의지해야 한다. 우리는 물가에 자주 나가지는 않는다. 지식의 집이 다 지어지고 난 뒤 가라이는 정원을 가꾸기 시작했고, 그녀를 방해하고 싶지 않기 때문이다. 가라이는 섬을 구석구석 돌아다니며 씨앗을 모으고 다른 물건은 가끔 들르는 상인들에게서 구한다. 그녀는 땅 위에 무릎을 꿇고 손으로 흙을 만지고 땅을 풍요롭게 하는 일을 생각할 때만 비로소 평안을 찾는 듯했다. 나는 가만히 앉아 있는 편이 더 좋다. 술라니가 정원 남쪽에 만들어준 벤치에 앉아, 대개는 가라이가 무시하는 조언을 하기를 즐긴다. 하지만 가라이가 내가 곁을 지키는 걸 좋아한다는 사실을 나는 알고 있었다.

술라니가 지식의 집을 지었다. 섬에 도착한 뒤 얼마 지나지 않아 우리는 테라수를 찾아 다시 떠나는 대신 이곳에 살기로 했다. 바다로 나갔다가 자칫 잘못하면 해적이나 이스칸이 보낸 남자들에게 잡힐 위험이 있었다. 게다가 우리의 아름다운 배 **나온델**도 바위에 부딪혀 처참하게 부서지는 바람에 다시 고치는 것이 거의 불가능했다. 그리하여 우리는 모두를 위한 새로운 집을 지었다. 구조를 잡는 일은 에스테기와 오르세올라가 도왔지만 무거운 돌을 나르고 들어 올리는 일은 팔에 아니의 힘이 충만한 술라니의 몫이었다. 술라니는 집을 하나 더 지어 하나는 자는 곳으로 쓰고 하나는 일하는 곳으로 쓰자고 했다. 나는 그럴 필요는 없다고 생각했지만 오르세올라가 그러자고 했다.

"나중에 이곳에 올 사람들을 위해서."

그녀가 이렇게 말하는 것을 들었으나, 오르세올라는 원래 이상한 말을 자주 했다. 클라라스는 아니의 힘이 오르세올라를 지켜준다고 했다. 그렇지 않으면 우리가 꾸는 꿈들 때문에 오르세올라가 진즉에 미쳐버렸을 거라고 말이다. 클라라스는 그런 것을 볼 수 있다. 그녀가 받은 선물이었다. 우리가 꾸는 꿈은 오르세올라에게 전해졌고 오르세올라는 우리가 카레노코이에서 겪은 고통을 꿈속에서 반복해서 경험했다. 우리는 잠에서 깨면 꿈이 희미해졌지만 오르세올라는 여전히 그 안에서 살아야 했다. 그녀는 너무나 큰 짐을 진 채로 살아가고 있으며 나도 그 사실을 알고 있지만 어떻게 도와야 할지 방법을 모르겠다. 한번은 클라라스에게 오르세올라가 위험한 행동을 하지는 않을지 물은 적이 있다. 그녀는 이렇게 말했다.

"오르세올라가 아이를 해치는 일은 없을 거예요."

그걸로 나는 만족했다.

술라니는 염소들을 위해 작은 마구간도 지었다. 지하 동굴에 살 때 그 부드럽고 따뜻한 염소들의 몸이 우리에게 커다란 위안이 되었다. 동굴에서는 아무리 불을 많이 피워도 늘 추웠다. 동굴 바로 아래가 생명의 힘이 가장 강하기 때문이라고 가라이가 말해주었다. 아니가 그랬듯 이곳의 생명의 힘 또한 빛과 어둠을 동시에 지니고 있는 것이다. 이스칸이 보낸 남자들을 물리칠 수 있었던 것은 그 덕분이었다. 남자들이 지식의 집을 포위했을 때 우리는 동굴로 내려가 이아나를 숨겼다. 가라이가 생명의 힘에 대고 뭔가를 말했고 자신의 피를 제물로 바쳤다. 그러고는 동굴 밖으로 난 작은 길을 따라 산을 빠져나갔다. 우리의 온몸에 생명의 힘이 넘쳐흘렀다. 심지어 내 팔에서도 엄청난 힘이 솟아났다. 우리는 돌과 거대한 바위들을 들어 올려 남자들을 향해 던졌다. 바위들이 폭포처럼 굴러 내려가 남자들을 사정없이 뭉개버렸다. 단 한 명도 남기지 않았다.

술라니는 그 돌들을 가지고 집을 둘러싼 벽을 만들었는데 새로운 집은 조금 뒤에 지을 거라고 했다. 술라니의 배가 불러오기 시작했기 때문이다. 가라이 말로는 여름이면 아기가 태어날 거라고 했다.

술라니의 임신에 놀란 건 나밖에 없었다. 우리의 치료사인 가라이는 이미 알고 있었고 오르세올라는 우리의 꿈을 다 보니까 그녀가 모르는 건 없다. 클라라스조차 아는 것 같았다. 어느 날 저녁 다에라와 함께 앉아 바느질을 하고 있을 때 다에라가 아기 옷을 짓고 있길래 술라니에 대해 물었다. 다에라가 깜짝 놀라며 고개를 들었다.

"에스테기랑 술라니가 오래된 연인인 건 알고 있었잖아요, 카비라."

내가 픽 웃었다.

"내가 아는 한 여자끼리 아이를 가질 수는 없어."

"하지만 에스테기는 평범한 여자가 아니에요. 모르셨어요?"

나는 놀란 표정을 숨기려고 애썼다.

"에스테기가 남자라는 거야? 가라이가 남자는 이 섬에 들어올 수 없다고 했어."

다에라가 웃었다.

"아뇨. 에스테기는 여자가 맞아요. 에스테기가 마음속 깊이 그렇게 느끼니까요. 그게 중요한 거죠. 하지만 에스테기의 몸은 평범한 여자와는 조금 달라요. 남자와도 다르고요. 에스테기는 양쪽을 조금씩 가졌어요."

그리하여 술라니는 아이를 가졌고 우리에게는 또 다른 아기가 생긴 것이다. 나는 새로 태어날 아기가 무척 기다려진다. 내겐 살아갈 시간이 얼마 남지 않았고 그게 슬프지는 않다. 나는 아주 오래전부터 죽음을 기다려왔다. 이제는 더 이상 죽음을 도피처로 삼지 않지만 그렇다고 죽는 것이 두렵지도 않다. 나는 너무 많은 걸 보았고 너무 많은 걸 겪었다. 그래도 이 섬에 새로운 생명이 태어난다는 사실은 무척 기뻤다. 새로 태어날 아이들은 우리들이 상상도 하지 못했던 방식으로 자유롭게 살아갈 것이다.

우리는 각자의 일을 하며 시간을 보내고, 이곳의 생활은 자연스럽다. 노동이 고되긴 하지만 이 정도면 괜찮다. 가라이는 우리의 몸과 마음을 돌봐주고 온갖 허브와 물약으로 병을 낫게 해준다. 클라라스와 이아나는 물고기를 잡고 빨래를 도맡는다. 에스테기와 술라니는 염소를 돌보고 우리가 먹을 식물을 캐 온다. 에스테기는 우리의 작은 부엌을 담당하는데, 아무도 자기를 방해하지 못하도록 그곳에 발도 들이지 못하게 한다. 오르세올라는 우리가 지난 기억과 악몽에 시달릴 때 우리 마음을 달래준다. 다에라는 우리를 위해 춤추고, 노래하고, 웃고, 옷을 짓고, 아름다운 그림을 그리고, 나무를 조각하고, 가라이의 정원 일을 돕고, 술라니와 에스테기와 함께 산딸기와 풀을 따 온다.

나만 하는 일이 없다. 내가 그렇게 말하면 다들 그저 웃었다. 그들은 나를 원장 수녀님이라고 부르며 내가 우리를 하나로 묶어주는 존재라고 말한다. 나는 꼭 그렇다고 생각하진 않는다. 우리를 묶어주는 것은 아니와 이오나의 희생에서 나온 생명의 힘이다. 하지만 나는 그들이 그렇게 생각하도록 내버려 둔다. 나는 대부분의 시간에 이스칸의 비밀 경전을 정리하고 해석하며 우리에게 일어났던 모든 일을 기록하고 다른 자매들에게도 그렇게 하라고 다그친다. 그리하여 아무것도 잊히지 않도록 말이다. 그들에게는 표면적으로 그렇게 말했다.

하지만 진실은 그게 다가 아니었다. 기록은 내가 에시코를 곁에 붙잡아 두는 방법이기도 했다. 그동안 에시코를 얼마나 걱정했는지 모른다. 우리가 탈출한 뒤 이스칸이 딸을 어떻게 했을지, 그래서 아이가 지금 어떻게 살고 있는지, 살아 있기는 한 건지.

지금 내 손에는 에시코의 서신이 있다. 이제 나는 딸의 안부를 안다. 하지만 답신을 쓰지는 않을 것이다. 이제 정말로 딸을 보내줘야 할 때가 왔다.

에시코의 편지

존경하는 어머니, 어머니의 눈에 예리함을, 손에는 안정을, 마음에는 평화를 빕니다.

저는 지금 평안의 집에서 이 글을 쓰고 있습니다. 해가 낮게 걸려 있고 제 방의 큰 창으로 빛이 흘러들어 와 방 안을 떠다니는 먼지들이 작은 황금빛 등불처럼 보입니다. 제 옆에는 포도주와 베야 튀김이 놓여 있어요. 이 냄새를 맡으며 그 위에 반짝거리는 설탕을 보니 어머니의 방에서 함께 보냈던 저녁 시간이 떠오릅니다. 고요한 어둠 속에 달콤한 페이스트리가 있는 평화로운 시간이었어요. 아버지가 모든 걸 빠르고 날카롭고 단호하게 보여주었던 것과 반대로 어머니는 부드러운 분이셨습니다. 우리에게는 우리만의 비밀이 있었고 그것이 우리를 더 단단하게 묶어줬지요. 제가 어딜 가든 어머니가 잡고 있는 거미줄이 저를 지켜주는 것 같았습니다. 어머니의 선물 덕분에 저는 당신이나 오하딘의 다른 여자들과 달리 자유를 만끽하며 자랄 수 있었습니다. 그 사실을 결코 잊지 못할 거예요. 지금 제가 어머니에게

서신을 쓰고 있는 것 또한 그 선물에 대한 보답인 셈입니다. 다음 서신은 없을 거예요. 저는 여전히 어머니를 용서할 수 없고, 어머니에게 감사하는 마음이 모든 상처를 덮어줄 수 없기 때문이에요.

아니를 잃은 건 제게 너무나도 끔찍한 일이었습니다.

어머니께서 아니를 파괴한 지 세 해가 지났어요. 저는 아직도 매일 아침 심장이 타는 듯한 슬픔을 느끼며 눈을 뜹니다. 제 마음을 결코 이해하지 못하실 거예요. 어머니는 이해한다고 하실 테지만, 그리고 이 글을 쓰는 지금도 어머니의 표정이 그려지지만요. 미간을 찌푸리고 짜증스러운 표정으로, 아니의 수호자이자 친구로 자라온 당신도 다 안다고 생각하시겠죠. 하지만 모르세요. 아니는 저의 쌍둥이 자매나 마찬가지였습니다. 아니는 저의 일부였고 저 또한 아니의 일부였어요. 저는 평생을 아니와 함께해 왔어요. 아니가 없다는 사실이 아직도 믿기지 않아요. 제 안의 일부도 아니와 함께 죽었고 이를 어떻게 견디며 살아야 할지 모르겠습니다. 제게 아니가 갖는 의미는, 아버지에게 아니가 갖는 의미와도 완전히 다르기 때문에 아버지도 이해하지 못하세요. 아니는 제게 이야기하듯 아버지에게 이야기하지 않았어요. 저는 아주 어릴 때부터 자연스럽게 아니의 말을 이해할 수 있었어요. 그녀는 제 심장과 피에 대고 아주 선명히 말해주었어요. 제가 태어나기도 전부터 아니는 제 일부였습니다. 어머니가 아시는 것과는 비교도 할 수 없어요.

아니가 사라진 뒤로 고통을 겪는 건 저뿐만이 아니에요. 렝카 전체가 무너져버렸습니다. 곡물이 자라지 않아 거둬들일 것이 없습니다. 땅은 서서히 회복될 거라고 믿어요. 지역의 심장을 잃은 다른 곳에서도 그랬다고 아버지의 문서에서 읽었습니다. 아니는 렝카의 심장이었고, 아버지가 집권한 뒤로는 카레노코이의 심장이었으니까요.

음식과 삯을 받지 못한 일꾼들이 가장 먼저 이곳을 떠났습니다. 배에서 일을 구하지 못한 백성들은 대부분 동쪽으로 떠났고 강도나 해적이 된 사람들도 있어요.

땅을 가진 백성들이 가장 오래 버텼습니다. 대대로 물려 받아 농장과 선대의 무덤을 버리기는 어려우니까요. 하지만 이제 그들마저 떠났습니다. 흉년이 너무 심해 금이 아무리 많아도 먹을 것을 구할 수가 없어요. 금이 배고픔을 달래주진 않죠. 그들이 어디로 가는지, 어떻게 살아갈지는 모르겠습니다. 어쩌면 여태껏 모은 금과 보석들로 새로운 터전을 찾을 수도 있겠지요. 아닐 수도 있고요. 이곳 땅이 다시 비옥해지면 그때 돌아올 수도 있을 테고요. 아무도 모르는 일이에요.

저는 어려운 사람들을 돕는 데 전념하고 있어요. 겨울에는 궁에 비축해 둔 식량을 백성들에게 나눠주라고 명령했고 재물을 팔아 필요한 것을 사고 있어요. 하지만 전쟁 후에 궁에는 재물이 바닥났고, 어차피 이곳에는 사들일 식량도 거의 없어요. 아버지의 영토 확장 신념 때문에 아무도 카레노코이에 도움을 주지 않습니다. 이미 형편이 심각한 다른 지역에 세금을 올려 받을 수도 없어요. 저는 아버지처럼 모든 사람이 두려워하고 증오하는 통치자가 되고 싶지 않습니다. 저는 사람들이 저를 좋아하고 경외하길 바라요.

폐하께서 쓰던 궁은 지금 비어 있어요. 제가 들어갈 수도 있지만 저는 제가 쓰던 방이 좋아요. 소난의 아내와 딸을 이곳에 오게 해 함께 지내고 있는데, 그들이 있어 기쁩니다. 저녁에는 조카와 놀기도 하고요. 아이가 무척 영민하고, 아이의 어머니가 현명해 벌써 아이에게 글을 읽고 쓰는 법을 가르치고 있습니다. 어쩌면 그 아이가 커서 제 다음 비시에르가 될지도 모르겠어요. 저희는 소난과 어머니, 코린, 에논을 기리며 제사를 지냅니다.

제가 살아 있는 한 당신들을 위해 기도하고 기억할 거예요. 이 소식이 어머니의 마음에 위안이 되면 좋겠습니다. 그리고 제 언니들을 위한 향을 피우고 동전을 바치기 시작했어요. 삶이 주어지지 않았던 그들의 영혼을 위해서요. 그들이 몇 명인지도 모르고 이름조차 없겠지만 그들을 위해 기도하고 있습니다.

저는 영광의 집에 있는 왕좌의 홀을 매일 싱싱한 꽃으로 가득 채우도록 지시합니다. 왕실을 중심으로 아버지가 쌓아놓은 숭배 문화가 제게도 유용해서 제가 지금 카레노코이를 다스릴 수 있게 되었습니다. 폐하께서 세상을 떠난 날과 추수하는 날에는 폐하의 영혼을 기리는 의식을 계속하고 있습니다. 긴 행렬을 만들어 가난한 자들에게 식량과 구호품을 나눠줘요. 모든 하인과 궁정 관리와 일꾼들이 그날 하루 쉬면서 왕실과 자신들의 조상을 기리는 제사를 지내게 하고 있습니다. 이런 식으로 저는 폐하의 맏아들 자리를 이어받게 되었습니다.

제게 반대하는 사람들도 몇몇 있습니다. 어머니께선 누군지 아시겠지요. 귀족 가문의 남자들인데, 그들은 제가 남자가 아니라는 이유로 저를 배척하지만 저는 크게 신경 쓰지 않아요. 저는 그들보다 카레노코이를 훨씬 더 잘 알고 있어요. 저는 그들의 입을 막고 겁주기 위해 아니의 오아키가 필요하지 않아요. 병사들은 저를 좋아합니다. 저는 그들과 함께 전쟁터에 나갔고 함께 칼을 들어 존경받을 만한 자라는 것을 스스로 증명했어요. 궁의 신하들이 불평을 늘어놓을 때조차 병사들은 제게 충성을 다합니다. 장군들에게 식량을 넉넉히 주고 깊은 존경을 표하고, 이를 궁의 신하들에게 상기시킵니다. 특히 가두행진을 할 때는 신하들이 아니라 말을 탄 병사들을 거느리고 나갑니다.

저는 카레노코이를 다스릴 겁니다. 아버지가 만들어놓은 카레노코이의 국경을 강화할 거예요. 그래서 모든 역사가가 저 에시코, 카레노코이를 통치한 첫 번째 여자 국왕에 대해 말하게 할 겁니다. 이게 바로 어머니께서 아니를 파멸시키기 전 그녀가 제게 보여준 미래예요. 오라노로 남을 수도 있었겠지만 저는 에시코로 불리기를 선택했어요. 에시코로서, 오라노일 때 살던 그 방식대로 살 거예요. 남편도 들일 거예요. 재물이 많거나 속국에서 중요한 자리에 있는 자가 될 수도 있겠지요. 네르나이 총독에게 아들이 한 명 있는데, 총독에게 아들이 비시에르와 혼인하는 것이 얼마나 큰 영광인지 알려줄 수도 있을 것 같습니다. 저는 이제 비시에르가 되었고 이 이름이 가진 특권을 한껏 누리고 있어요. 가문의 인장을 사용하고, 비시에르의 하인들과 관리들이 모두 제 명령에 따라 움직입니다. 저는 이 자리에 오르기 위해 아버지가 그랬던 것처럼 제 아버지를 죽이지 않았어요. 저는 아버지가 편히 쉬시길 바랍니다.

어머니가 아니를 파괴했을 때 아버지는 격노했어요. 그리고 어머니께서 아버지의 가장 중요한 비밀문서를 가져간 걸 알고 나서는 거의 제정신이 아니셨습니다. 이오나가 찌른 상처가 꽤 깊어 한참을 누워 계셔야 했어요. 건강을 조금 회복한 뒤에는 그동안의 일을 다시금 깨닫고 광기에 사로잡히신 듯했습니다. 그러고는 곧 배 한 척을 보내 당신들을 찾으셨죠. 저는 전혀 몰랐어요, 어머니, 맹세할 수 있어요. 궁 안의 사람들이 모두 제게 충성을 다하는 줄 알았는데, 여전히 아버지가 매수할 수 있는 사람이 있다는 걸 알게 됐어요. 그 배에 탄 자들이 실패했다는 소식을 전해들었을 때 그 일을 처음 알았습니다. 아무도 살아남지 못했다고 하더군요. 어머니, 어떻게 그런 일이 가능하죠? 가끔 그게 궁금해요. 하지만 그 끔찍했던 밤 당신들이 아니를 둘러싸고 있던 모습과 지난 일들, 그리고 그 뒤에 벌어진 일들을 생각했습니다. 그리 놀랄 것도 없다는 생각이 들어요. 당신들은 함께라면 뭐든 할 수 있을 거예요. 어머니는 혼자서도 뭐든 할 수 있는 분이시지요. 어머니께선 제가 아버지를 닮았다고 생각하지만 사실이 아니에요. 아버지는 평생 자기를 확신하지 못한 채 두려움에 쫓기며 사셨어요. 그래서 아버지에게 아니가 필요했을지도 모릅니다. 어머니, 하지만 당신은 온전히 스스로 탈출을 감행하신 분이에요. 그 힘이 제 안에 흐르고 있습니다. 그렇기 때문에 저는 비통하긴 하지만 아니 없이도 잘해나갈 수 있어요.

하지만 아버지는 그렇지 않아요. 아버지가 보낸 남자들이 문서를 되찾아 오지 못한다는 사실을 깨닫자 정신이 완전히 나가버리셨어요. 아니를 깨울 수 있을지도 모른다는 희망을 잃으셨으니까요. 아버지는 어머니가 가져간 경전에 그 방법이 숨어 있다고 믿으시거든요. 아버지는 그 경전들을 다 읽지 못하셨고 비밀을 다 해독하지도 못하셨으며, 저 또한 그렇기 때문에 그 말이 사실인지 저는 모릅니다. 아버지는 이제 말라버린 아니 옆에 앉아 혼잣말을 하시고 잠도 그곳에서 주무세요. 하지만 아니는 그저 고요하고 말이 없습니다. 아버지는 혼자 재잘거리는 어린아이 같기도 해요. 갑자기 몇 년의 세월이 한꺼번에 아버지에게 닥쳐와 머리가 하얗게 세고, 앙상한 뼈 위로 살가죽이 늘어져 있고, 손을 덜덜 떨고, 팔다리에는 힘이 없으세요. 가끔 저를 어머니 이사니로 착각하거나 레한이라고 부르며 제 손을 잡으시기도 해요. 그렇게는 결코 마주하고 싶지 않아 이제 더는 아버지를 찾아뵙지 않아요.

아버지는 이제 누구에게도 해를 끼치지 못해요, 어머니. 그에게는 이제 생명의 힘도 없고 두 손에조차 기력이 없어요. 이제 아무도 아버지를 두려워하지 않아요. 하인들에게 음식을 가져다드리라 하고 비바람을 피할 수 있게는 해드렸지만 그게 다예요. 다음 겨울을 넘기기 어려울 것 같습니다.

어머니께 알려드리고 싶었어요. 아버지를 두려워하시거나 아버지가 다시 복수를 하러 찾아갈까 봐 겁내지 않으셔도 돼요. 남은 생은 마음 놓고 평안히 사세요.

어머니가 아니를 파괴하신 이유를 알아요. 어머니가 왜 그렇게 결심하셨는지 알고 있어요. 제가 어머니였다 해도 똑같이 했을지도 몰라요. 딸을 가진 어머니의 마음을 제가 알 수는 없겠지요. 다만 제가 아는 것은 제게는 아니가 어머니와 아버지보다도 더 가까운 존재였다는 사실이에요. 어머니를 이해하지만 용서할 수는 없어요.

때로는 아니의 힘이 여전히 제 안에 살아 있다고 믿기도 해요. 그 힘 때문에 이 거친 남자들이 제 명령을 따르는 게 아닐까, 제가 병사들에게 불어넣은 충성심이 사실은 아니가 죽을 때 뿜어낸 어떤 힘의 일부가 아닐까 하고요. 어머니는 아니에게서 선물을 받은 것처럼 느끼신 적이 있으세요?

아뇨, 대답하지 마세요. 제게 서신을 보내지 마세요. 어머니가 살아 계신지 아니면 돌아가셨는지 모르는 채로 살고 싶어요. 어머니가 섬에서 다른 여자들과 함께 새로운 집을 짓고 하얗게 센 머리칼에 바람을 맞으며 건강히 지내시는 모습을 상상하곤 해요. 이 모습을 간직한 채로 살고 싶어요. 어머니가 살아 계신다는 것을 저는 알 수 있어요. 이제 어머니도 제가 잘 지내고 있다는 걸 아시겠죠.

화로에 남은 불이 사그라들고 있어요. 창틈으로 저녁 찬바람이 들어오네요. 찌르레기의 울음소리도 들려와요. 졸음이 쏟아져 눈이 감겨요. 내일이면 카레노코이의 비시에르에게 또다시 길고 고된 하루가 시작되겠지요. 할 일이 무척 많아요. 그래서 좋습니다.

사랑해요.

안녕히 계세요, 어머니.

에시코 올림.

다에라

나는 우리가 화이트레이디라고 부르는 산에 올라 이 글을 쓰고 있다. 비바람을 피하기에는 집이 좋지만 이처럼 아름다운 여름날에는 온몸으로 햇빛을 맞고 내 앞에 펼쳐진 메노스섬과 눈부시게 반짝거리는 푸른 바다를 바라보고 싶다. 거의 50년이라는 세월이 흘렀는데도 나는 여전히 이 섬의 아름다움에 압도되고 만다. 이보다 더 아름다운 곳이 있을까? 장엄한 산은 하늘에 닿을 듯 높고 산비탈에는 올리브나무와 사이프러스 나무가 울창하며 봄에는 하얀 들꽃이 산을 뒤덮는다. 나는 이 산에 난 길을 모두 걸었다. 내 임무는 아니지만 종종 염소들을 데리고 풀을 먹이러 가는 일도 좋아한다. 새로 오는 수련 수녀들의 웃음소리와 활기, 그들의 존재 자체도 사랑스럽다. 하지만 이 아름다운 산길을 걸을 때 발밑에서 올라오는 백리향과 로즈메리의 향기, 코안 새의 울음소리에 비할 수 있는 건 아무것도 없다.

이오나는 어느 외딴섬에서 죽기로 되어 있었다. 그러므로 이 섬에서 맞는 죽음도 내게 꽤 어울린다. 나도 이제 죽음이 그리 멀지 않았다. 나온델을 타고 메노스에 온 우리 중 나 혼자 남았다. 노쇠한 오르세올라는 지난해 떠났다. 나도 그렇게 오래 살 것 같지 않지만 그런 건 내게 중요하지 않다. 나는 좋은 삶을 살았다. 진실로 살아 있는 삶이었다! 선물처럼 주어진 삶이었다. 언젠가 죽으면 내 뼈는 지하 묘실에 먼저 떠난 이들과 함께 묻힐 것이다. 하지만 내 두개골은 지금 내가 앉아 있는 산꼭대기에 묻어달라고 부탁해 두었다. 그리하여 나는 다시 한번 이오나가 될 것이고 그녀도 마침내 평안을 얻게 될 것이다.

에스테기와 술라니가 세상을 떠난 뒤, 이아나는 어머니들이 돌아가셨다는 소식을 전하기 위해 그들의 아들 타로를 찾아 먼 여정을 떠났다. 그러고는 아기를 품에 안고 섬으로 돌아왔으며 우리의 작은 수도원의 세 번째 원장 수녀가 되었다.

섬에는 새로운 수련 수녀들이 계속해서 오고 있다. 이따금 섬에 들르는 뱃사람들과 상인들을 통해 여자들만 들어갈 수 있다는 이 섬에 대한 소문이 세상을 떠돌았다. 그 이야기는 매 맞고 박해받고 학대당하는 소녀들의 귀에 들어갔다. 그런 아이들은 우리를 찾기 위해 엄청난 위험을 무릅썼다. 우리가 이곳에 지은 모든 것이 잊히지 않고 이어져서 정말 다행이다. 이 어둡고 험난한 세상의 그 어디에도 없는 안식처를 우리가 만들었다. 이곳에서는 여자아이들이 안전하게 살 수 있고 평안과 지식을 얻을 수 있다. 아이들은 이곳에서 자신이 소중하고 강인한 존재라는 사실을 배운다. 이 섬에서 우리가 만들어낸 작은 물결이 언젠가는 모든 걸 뒤엎을지도 모르는 일이다.

나는 이 글을 수도원의 비밀 연대기에 실을 생각이다. 그 연대기는 우리가 오하딘에서 가지고 온 경전을 보관해 둔 곳에 있다. 아마도 이것이 메노스의 초대 수녀들이 쓴 마지막 글이 될 것이다. 이 글이 부디 새로운 것의 시작이 되기를.

이름들

이 연대기는 오하딘의 카비라, 메이렘 사막의 가라이, 아레코의 에스테기, 테라수의 오르세올라, 강의 술라니, 바다의 클라라스, 마텔리의 성스러운 섬의 이오나, 나온델의 다에라에 관한 이야기다. 나, 카비라는 우리 이야기에 있어 중요한 사람들의 이름을 다음과 같이 기록해 둔다.

오하딘

에시코-카비라의 어머니

말리크-카비라의 아버지

티헤-카비라의 남동생

레한-카비라의 여동생

아긴-카비라의 여동생

아이콘-카비라의 충직한 늙은 하인

아레코

이스칸 아크 혼타-셰-비시에르 가문의 아들

혼타 아크 리엔-셰-비시에르

이사니 아크 오스히메-시-이스칸의 어머니

올란-국왕의 맏아들

오하딘, 훗날

코린-카비라의 맏아들

에논-카비라의 둘째 아들

소난-카비라의 셋째 아들

오라노 / 에시코-카비라의 딸

메리바, 아베라-이스칸의 첩

암두라비(속국)

에라반 아크 우스티-슈-암두라비 총독

하나이 아크 에라반-슈-에라반의 딸

테라수

아우렐로-소년

오에라-오르세올라의 여동생

오바레-오르세올라의 남동생

메노스

이아나 그리고 타로-아이들

감사의 말

먼저, 방해받지 않고 글을 쓸 수 있도록 집을 제공해 준 노라 가루시와 안나 굴릭센에게 고마움을 전합니다. 나온델에는 된스비와 솔헴의 존재가 깊이 새겨져 있어요. 원고의 세세한 부분까지 도와준 비밀 오소리 협회와 오르드뫼르다르나도에게도 고마워요. 그리고 믿을 수 없을 정도로 큰 영감을 주는 멋진 커뮤니티, 판타스티스크 포드의 모든 친구에게도 고마운 마음을 전합니다. 내가 술라니 이야기를 다시 쓰고 있을 때 스톡홀름의 어느 폐가에서 나와 함께 벌벌 떨어준 노라 스트룀만에게도 고맙습니다. 모니카 파게르홀름! 레로스에서 영감을 주는 활동을 할 수 있게 해줘서 고마워요. 덕분에 이오나를 만났어요. 나온델의 첫 독자인 네네 오르메스, 세심하게 배려해 주고 칭찬과 단호함을 오가며 재치 있게 내 문체와 형식에서 나쁜 습관과 실수를 찾고 알려줘서 정말 고마워요. 또, 아직 읽지 못한 원고에 대해서도 용기를 북돋아 주고 큰 통찰력을 제시해 준 사라 티우라니에미와 내가 믿음이 약해졌을 때 계속해서 믿음을 가지고 나아갈 수 있게 해준 핀란드 편집자, 안나 바라스도 고마워요. 좋을 때나 나쁠 때나 내가 늘 따르는 나의 편집자, 사라 엔홀름 히엘름에게도 크나큰 감사의 마음을 전합니다. 히엘름이 없었다면 나는 지금과 같은 작가가 되지 못했을 거예요. 트라비스, 나를 지지해 주고 믿어주고 나와 수많은 아이디어를 함께 논의해 주어서 고마워요. 다른 모든 책처럼 이 책 또한 내 것이자 당신의 것이에요.

옮긴이의 말

〈다양한 모습의 존재들이 안전하게 살아가는 세상을 꿈꾸며〉

이 책을 옮기며 책《아라비안나이트》가 떠올랐다. 셰에라자드가 샤리아 왕에게 1001일 밤 동안 들려준 이야기 속에 등장하는 세상의 온갖 연애와 모험, 범죄, 여행담. 레드 수도원 연대기 제2권《나온델의 항해》는 레드 수도원이 세워진 기원, 수도원을 세운 여덟 명(혹은 일곱 명)의 초대 수녀들 이야기로 거슬러 올라간다. 작가는 그냥 지나칠 수도 있었을 신화 속 존재인 초대 수녀들을 주인공으로 데려와, 단번에 그들을 마레시와 같은 인간으로, 결함 많고 실수하고 쓰러지고 도전하는 존재들로 탄생시켰다.

1권《마레시와 소녀들》을 읽고 마레시의 다음 모험을 기대한 독자들이라면 잠시 어리둥절해졌다가 이야기 속으로 속수무책 빨려들어갔을 것이다. 이야기는 한층 더 어두워졌지만 마법적인 요소와 서스펜스가 배가되어 읽는 재미가 더해졌다. 주인공들은 가족이 몰살당하고, 어머니를 배신하고, 아버지를 죽이고, 남편의 어머니의 죽음에 동참한다. 죽음을 다스리는 인물이 있는가 하면 꿈을 엮는 사람, 피를 제물로 바쳐 나무와 교감하는 인물도 있다. 카비라, 클라라스, 가라이, 에스테기, 오르세올라, 술라니, 다에라, 그리고 이오나까지 인종, 지위, 재능, 성격이 모두 제각각인 여자들이 각자의 목소리로 이야기를 진행하는 덕분에 장면들이 생생하게 전달된다. 그래서인지 어떤 순간에는 책을 읽는 것이 고통스러울 때도 있었다. 그러나 고통만 있었다면 책장을 넘기지 못했을 터, 《나온델의 항해》에는 엄연히 세상에 존재하는 폭력 앞에 주인공들이 저마다의 용기와 재능으로 좌충우돌하며 거대한 악에서 벗어나는 고군분투가 담겨 있다. 일곱 명의 초대 수녀들은 전부 이스칸에게 어떤 방식으로든 존엄성을 침해당한다. 그러나 카비라는 이스칸 몰래 딸 에시코를 키워내고, 가라이는 매일매일 일기를 써 자신을 잃지 않으려 애를 쓰며, 오르세올라는 꿈을 통해 반란을 꿈꾸고, 이오나는 자기를 제물로 바치는 대신 이스칸에게 치명상을 입히며, 에스테기와 술라니, 클라라스는 탈출을 도모한다.

작가 마리아 투르트샤니노프는 이 책을 쓰며 죽음에 대해 많이 생각했다고 한다. 우리가 죽음을 어떻게 대하는지, 더 중요하게는 삶을 어떻게 대하는지에 대해서 말이다. 죽음 혹은 죽음과 같은 절망을 앞에 둔 주인공들이 자기 삶에 닥친 시련을 어떻게 헤쳐나가는지를 보며 나는 함께 슬퍼하기도, 분노하기도, 감탄하기도 했다. 그렇게 제물이 되어 죽고 싶다던 네 진의를 증명해 보라는 이스칸에게 칼을 건네받은 이오나가 칼끝을 돌려 이스칸의 가슴에 꽂아 넣었을 때는 희열이 일기도 했다. 독자로서 나는 초대 수녀들 중 가장 어리고 약한 이오나가 이스칸을 결정적으로 무너뜨렸다는 점이 무척 좋았다. 이오나는 어릴 때부터 제물이 되기 위해 키워졌고 훈련받았다. 이오나가 자라온 세상은 어린 여자아이들에게 외딴섬으로 가 제물이 되어 희생하라고, 그것이 영광스러운 일이며 가족과 나라를 위한 일이라고 세뇌시켰다. 그래서 이오나는 섬을 떠나 오하딘에 머물면서도 희생의 때를 기다리는 것이지 '숭고한 희생'이라는 그 신념이나 대의를 의심하는 것이 아님을 확실히 한다. 황금으로 뒤덮인 고향의 사원과는 다른 황폐한 섬의 사원을 보면서도 뭔가 이상하다고 생각은 하지만 혼자서도 낡은 사원을 쓸고 창을 닦고 열심히 기도한다.

그러나 그렇게 자기가 속한 사회가 만들어놓은 악랄한 거짓을 철석같이 믿고 따르면서도 불경한 질문을 품는 일을 멈추지 않는다. 이오나에게는 딱 한 가지, 확신할 수 있는 것이 있었던 것이다. 그 대의라는 게 얼마나 신성한 것이든 '굶주림과 갈증으로 시름시름 죽어갈 생각은 추호도 없었다'는 것. 이오나는 사회가 시키는 방식으로 제물이 되지 않는다. 신념을 위해 희생하고자 하는 마음은 누구보다 진실했지만 확신을 갖기 위해 섬을 떠나는 모험을 감행한다. 그리고 마침내 기회가 주어졌을 때, 어리고 약해 보이는 이오나를 깔보며 이스칸이 오만하게도 칼을 건네줄 때 이오나는 더는 고민하지 않는다. 이오나도 스스로 제물이 되어 악마에게 목숨을 내놓아야 한다고는 생각했지만 아무리 그렇다 해도 악마의 모습이 그와 같을 수는 없는 것이다. 그리하여 이오나는 검을 돌려 그 검을 악마의 가슴 깊숙한 곳에 꽂는다. 이오나가 속한 사회와 사람들이 그녀를 속이려 했지만 이오나는 속아 넘어가지 않았고 결국 새로 태어나 다에라가 될 수 있었다.

이오나 외에도 카비라와 가라이, 오르세올라, 술라니처럼 자신의 결점이나 실수 혹은 운명의 장난 때문에 이스칸이라는 덫에 빠진 이들의 이야기를 읽으며 분노는 할지언정 결코 그것이 치욕으로 느껴지지는 않는다. 이들의 이야기에 치욕은 없다. 여성이기 때문에 당하거나 겪을 수 있는 폭력이 여성의 운명을 결정할 수 없으며 그래서는 안 된다는 작가의 의도가 엿보이는 것도 같다.

일곱 명의 여자는 신분도 다르고 나이, 재능, 직업 등이 천차만별이다. 이들은 여성 연대라는 커다란 기치 아래 부자연스레 화합하지 않으며 그것은 이 책의 큰 장점이다. 정실과 첩의 관계로 카비라와 가라이처럼 서서히 친해지는 관계도 있고 클라라스와 술라니처럼 다투는 관계, 카비라와 클라라스처럼 끝까지 데면데면한 사이도 있다. 특히 술라니는 자기 적수의 아들인(아들이라고 착각한) 오라노를 죽이려 하지만, 사실은 여자아이인 오라노는 직감적으로 술라니가 자기를 해치지 못하는 사람이라는 걸 깨닫는다. 정체성을 부정당한 여자들끼리는 서로를 알아보는 법이니까. 뿐만 아니라 후에 오라노는 여자라는 사실이 밝혀지면서 그때까지 비시에르 아들로서 누리던 모든 특권을 박탈당하고 결혼이나 하라는 징벌 아닌 징벌을 받게 된다. 통솔력이나 전투력, 지략 등 재능이 어느 하나 손상된 것도 아닌데 여자라는 이유 하나로 이렇게 다른 운명에 처하는 것이 새삼 너무도 아이러니하지 않은가?

아무튼 이처럼 다양한 여자들이 나오며 이들이 자연스레 그저 공존하는 모습을 접할 수 있다는 점이 이 책을 읽으며 느낄 수 있는 또 다른 재미가 아니었을까 한다. 이들이 만약 모두 사이가 좋거나 올바른 생각과 행동만을 했다면 인위적일 뿐 아니라 그다지 흥미를 끌지 못했을 것이다. 그동안 책, 드라마, 영화 등 많은 이야기 속에서 우리는 (한 줌도 안 되는) 여성들이 지나치게 사이가 나쁘거나 지나치게 사이가 좋은 경우를, 지나치게 올바르거나 지나치게 비뚤어진 경우를 흔히 보지 않았는가. 물론 그동안 좋은 서사들은 꾸준히 있어왔지만 판타지 세계 속에서 여러 명의 다양한 성인 여성들이 서로 관계를 맺고 악에 맞서 싸우는 이야기는 흔히 보지 못한 듯하다.

그리고 또 하나, 이 책에는 어머니를 배반하는 여자들이 나온다. 우리 시대, 특히 한국 사회는 아직까지 어머니라면 먼저 애틋한 감정이 앞서는 나라다. 시대상 어머니라는 존재는 자발적으로든 무언의 강압에 의해서든 실제로 희생을 감내한 사람들이기 때문이다. 그래서 야이의 어머니가 야이를 떠나보낼 때, 카비라가 태어날 딸을 위해 남몰래 옷을 지을 때, 나도 모르게 눈물이 차올랐다. 그러나 자신을 인정해 주지 않는 어머니 앞에서 여봐란듯이 여왕나무를 찔러 가장 큰 금기를 깨뜨린 오르세올라, 어머니를 이해하지만 용서는 할 수 없다는 에시코 이야기를 읽으며 낯선 감정을 느끼기도 했다. 아버지를 전복하는 아들, 아버지를 전복하는 딸의 이야기는 그다지 새롭지 않지만 어머니를 전복하는 딸의 이야기라니, 왠지 모를 신선함이 느껴진다. 여전히 성차별이 존재하긴 하지만 영미권이나 아시아에 비하면 성평등 지수가 높은 북유럽의 정서가 반영된 것이리라는 생각도 일견 든다.

덧붙이자면, 책의 마지막인 제3권에서는 작가의 나라인 핀란드의 겨울이 연상되는 로바스가 드디어 주요 무대로 등장한다. 마레시가 떠나는 모험이 기다리고 있으니 이 마지막 여정을 기대해도 좋다.

이 책은 에시코의 서신으로 마무리된다. 어머니 카비라의 용기와 자신의 능력으로 결국 왕위에 오른 에시코는 여자라는 사실을 감추기 위해 사용했던 이름인 오라노가 아니라 에시코의 이름으로 왕이 된다. 여자라는 사실을 숨기지 않고 여자의 이름으로 왕이 된 것이다. 술라니와 함께 아이를 낳은 에스테기 이야기와 더불어 작가가 하고 싶은 마지막 말을 전하는 것만 같다. 자기 자신이 되어도 괜찮다고. 안전하다고. 우리가 함께 그런 세상을 만들어 가자고. 그런 세상을 감히 바라며 이 글을 마친다.

2023년 여름 김은지

옮김 **김은지**

영어번역가. 고려대학교 화학과를 졸업하고 대기업 해외영업팀에서 13년간 근무했다. 분야는 달랐지만 늘 경계에서 사람들 사이를 연결하고 본 것을 전하는 일을 해왔다. 어린 시절부터 읽는 일을 사랑해 읽는 기쁨을 전하고 싶어 번역가의 길로 들어섰다. 현재 글로하나 출판번역 에이전시에서 소설과 에세이를 중심으로 영미서를 리뷰, 번역하고 있다. 역서로는 《레드 수도원 연대기 1》, 《하루 5분 UX》 등이 있다.

그림 **산호**

두 권의 만화책 《장례식 케이크 전문점 연옥당》과 《비와 유영》을 출간하였다. 현재 만화 《그리고 마녀는 숲으로 갔다》를 연재 중이며 그림 속에 이야기를 담는 작업을 계속하고 있다.

레드 수도원 연대기 2

1판 1쇄 인쇄 | 2023. 08. 08.
1판 1쇄 발행 | 2023. 08. 24.

마리아 투르트샤니노프 글 | 김은지 옮김 | 산호 그림

발행처 김영사 | **발행인** 고세규
편집 손유리 | **디자인** 김민혜 | **마케팅** 이철주 | **홍보** 조은우, 박다솔
등록번호 제 406-2003-036호 | **등록일자** 1979. 5. 17.
주소 경기도 파주시 문발로 197(우10881)
전화 마케팅부 031-955-3100 | 편집부 031-955-3113~20 | 팩스 031-955-3111

값은 표지에 있습니다.
ISBN 978-89-349-3819-4 04850

좋은 독자가 좋은 책을 만듭니다.
김영사는 독자 여러분의 의견에 항상 귀 기울이고 있습니다.
전자우편 book@gimmyoung.com | 홈페이지 www.gimmyoungjr.com